DE OOSTENRIJKSE VERLEIDING

Eerder verschenen van Karen Swan bij Xander Uitgevers

Een Noorse winternacht (2019)
De Spaanse belofte (2020)
De Ierse erfenis (2020)
De Zweedse affaire (2021)
Het winterse avontuur (2021)
De Griekse ontsnapping (2022)
De Schotse ontdekking (2022)
Het wilde eiland (2023)
De tropische zoektocht (2023)
Vuurlicht (2023)

KAREN SWAN

De Oostenrijkse verleiding

XANDER

Uitgegeven door Xander Uitgevers
www.xanderuitgevers.nl

Oorspronkelijke titel: *Midnight in the Snow*
Oorspronkelijke uitgever: Macmillan
Vertaling: Irene Goes
Omslagontwerp: ZeroMedia
Omslagbeeld: Reinhard Schmid/Huber Images & FinePic®
Auteursfoto: Alexander James
Zetwerk: Michiel Niesen, ZetProducties

Eerste druk 2024

ISBN 978 94 0162 127 4 | NUR 302

Voor Caroline Hogg
Die veel briljanter is dan ze weet

PROLOOG

Clover Phillips Vertel me eens hoe het was.

Cory Allbright *(Stilte)* Het was… alsof je in een wasmachine zit. Je wordt heen en weer gesmakt. Je weet niet wat boven en onder is. De druk is gigantisch. De golf smakt je neer en verplettert je. Daarna zuigt hij je weer omhoog… Als de golf over je heen slaat is alles donker. Dan is het net of de hemel op je hoofd stort.

C. P. Hoelang ben je onder geweest?

C. A. Bij die eerste? Twee minuut twintig, veertig.

C. P. Dat is wel erg lang om je adem te moeten inhouden.

C. A. Daar trainen we voor. Maar het is anders als de golf je te pakken heeft en je heen en weer smakt als een lappenpop. Je bent weerloos en hebt nul controle over wat je lichaam doet. Alle krachten komen van buiten je lichaam.

C. P. Kon je je oriënteren?

C. A. Eerst niet. Als die golf op je neerkomt, dan is het als een lawine – gewicht, druk, herrie. Je moet hem uit laten werken voordat je überhaupt kunt proberen om eruit te komen, je moet wachten tot hij op het laagste punt is, voor de volgende golf komt. Ik lag ondersteboven maar wist mezelf weer rechtop te krijgen, en toen ik het licht zag van de hemel, toen wist ik dat ik naar boven kon trappen. Maar voor ik boven was, werd het weer donker. Ik voelde dat het water wegtrok.

C. P. Hoe ver onder het oppervlak was je?

C. A. Een meter?

C. P. Toen kwam de tweede serie?

C. A. *(Knikt)*

C. P. Wat zag je?

C. A. (…) De hel. Ik zag hoe mijn leven van me werd afgenomen…

Ik zag de golf naar beneden komen, net alsof er een gebouw boven op me viel… Ik kon niets doen. Ik kon niet wegkomen. Ik wist dat ik niet genoeg adem had om een dubbele onder te blijven.

C. P. Wat is het laatste wat je je herinnert?

C. A. Dat het donker werd, en die enorme druk. De golf brak boven op me en smakte me neer op de bodem. Ik ging out. Het volgende moment werd ik wakker in een ziekenhuisbed, een dag later, met een gebroken arm en THL.

C. P. Met THL bedoel je traumatisch hersenletsel?

C. A. *(Knikt)*

C. P. Maar dat is niet de enige blijvende schade, of wel? Volgens je artsen was je vier minuten en twaalf seconden onder water, voordat je werd gered. Je hebt hersenletsel opgelopen door zuurstoftekort en daarnaast, door het ingeademde zeewater, ARDS, acute respiratory distress syndrome.

C. A. (…) Ja.

C. P. Wat voor impact heeft het op je gezin?

C. A. *(Slaat zijn handen voor zijn gezicht)* Zij zijn nog slechter af dan ik. Ik kan ze niet onderhouden. Mijn vrouw heeft twee banen, en daarnaast is ze mijn mantelzorger. Mijn jongens weten niet wat er met hun vader is gebeurd, want ze zijn te jong om het te begrijpen. Ze zien geen wonden, daarom snappen ze niet waarom ik niet met ze ga surfen of even een balletje gooien.

C. P. Dus je bent die dag meer kwijtgeraakt dan alleen je wereldtitel.

C. A. Ik ben de enige titel kwijtgeraakt die telt. Vader. Echtgenoot. Ik zou willen dat ik… terug kon naar die dag, dat ik alles anders kon doen.

C. P. Maar wat had je anders kunnen doen?

C. A. *(Stilte)*

C. P. (…) Cory?

1

Een jaar later
Londen, april

'En de winnaar is...'

Het podium werd van alle kanten beschenen door schijnwerpers, en de bundels kwamen samen rond het perfecte figuur van de beeldschone jonge actrice in een goudlamé jurk.

'Clover Phillips, met *Pipe Dreams*!'

De zaal barstte los in een jubelend applaus en Clover voelde een kneep in haar hand van Liam, gevolgd door een ruwe wang die tegen haar wang drukte. 'Het is je gelukt.'

'Het is óns gelukt,' zei ze grootmoedig. Haar idee, haar zwoegen, haar jaren onderzoek en filmen, interviews, montage, pitchen... maar zijn geld. En geld was alles, in welke branche dan ook.

De schijnwerpers hadden haar al gevonden, en het licht drong door in het dikke pluche van haar smaragdgroene fluwelen smoking, terwijl de mensen die om haar heen zaten allemaal een hand uitstaken voor een aanraking, een aai, een klopje toen ze passeerde, alsof ze iets van haar net verworven glorie wilden opnemen.

Ze liep het trapje op naar het podium, waar het karakteristieke gouden masker in haar richting werd opgehouden. Het voelde opvallend zwaar in haar handen toen het eigendom aan haar werd overgedragen, en de actrice haar begroette met een tere luchtkus, haar omhullend met de subtiele geur van rozenolie en oranjebloesem.

Ze keek de zaal in met al die herkenbare gezichten uit een wereld die niet de hare was, die haar toelachten als oude vrienden, wat haar zei dat deze prijs – net als alle andere – een sleutel was die haar toeliet tot de club. Al die beroemde mensen kenden haar naam en bewonderden haar werk. Ze was zevenentwintig, en binnen, een van hen.

Ze liet een klein lachje om haar lippen dansen en ging op in het glorierijke moment, terwijl het applaus aanhield. 'Dank u wel,' knikte ze. 'Dank u wel.'

Ze legde haar hand op haar hart als teken van dankbaarheid, en wachtte tot het lawaai afnam. Vanuit haar ooghoek, naast de camera's, zag ze een getal aftellen, wat haar in herinnering bracht dat ze precies vierentachtig seconden had voordat de gastheer – een stand-upcomedian met botte humor die ze liever uit de weg ging – het podium weer op kwam om de show stipt af te ronden, op tijd voor het nieuws van tien uur.

Tweeëntachtig...

'Dames en heren, geachte jury van de BAFTA,' begon ze, terwijl ze moest beslissen of ze haar kladje uit haar binnenzak zou halen voor haar speech. 'Namens het hele team bij Honest Box Films, dank u wel voor deze enorme eer. Bedankt voor het zien, horen en herkennen van de macht van Cory Allbrights verhaal. Dank u wel dat u deze film het bereik geeft dat zonder uw steun niet haalbaar zou zijn geweest – want dat is tenslotte ons uiteindelijke doel: om die boodschap van hoop en tweede kansen te laten klinken tot in de donkerste uithoeken, waar het licht het hardst nodig is.

Toen ik Cory en zijn familie benaderde met het idee om een documentaire over hem te maken, kon niemand voorzien hoe deze film wereldwijd zou worden ontvangen. De afgelopen maanden waren een gekkenhuis en ik weet hoe graag Cory hierbij had willen zijn om u zelf te bedanken.' Ze keek uit over de zee aan gezichten. 'Maar dat zit er helaas niet in, zoals we allemaal weten. Cory Allbright is altijd een publieksheld geweest, de underdog die alle obstakels op zijn pad heeft overwonnen en het tot de Pro Surf World Tour wist te schoppen. Lange tijd was hij de net-nietman, de op een na beste, de eeuwige nummer twee. Dus toen hij de winst binnen handbereik had, toen moedigde de wereld hem aan. We wilden dat hij won. Hij verdiende het, hij had ervoor gewerkt. Dit was zijn tijd om te schitteren.' Clovers glimlach vervaagde. 'Eén moment, dat was waar het op aankwam. Een keuze van een fractie van een seconde, niet eens zijn eigen keuze, en alles werd anders.' Ze voelde de vertrouwde brok in haar keel ontstaan terwijl ze voor zich uit keek en de verdrietige fronsen in het publiek zag. 'Niet alleen vielen de inkomsten uit sponsoring en wedstrijdgeld weg voor zijn jonge gezin, maar ook zijn gezondheid, zijn kracht en zijn vermogen om een leven zonder pijn te lijden.' Clover hield even stil, en liet haar woorden landen.

'Ik zou willen dat ik kon zeggen dat mijn films altijd goed aflopen. Ik zou willen dat ik kon zeggen dat passie of vastberadenheid het altijd zullen winnen van tegenslag. Maar als dat zo was, dan zou Cory hier voor u staan. Het enige wat ik kan bieden is dit.' Ze keek de zaal rond en zag de getallen op de aftelklok. *Drieëndertig, tweeëndertig...*

'Toch hoeft een einde niet goed te zijn om een nieuw begin voort te brengen, want dat nieuwe begin komt er sowieso, zo zeker als de zon de maan najaagt. Er is altijd hoop. En we moeten onze blik altijd verder omhoog en verder naar voren richten. We blijven vechten voor een volgende kans. Cory is nog steeds aan het vechten, hoewel het leven zoals hij dat kende eindigde op die dag in Praia dos Supertubos in Peniche, Portugal, in oktober 2017. En hij heeft door zijn strijd, zijn kracht en moed laten zien dat kampioenen weliswaar in het licht staan, maar het zijn de helden die een lichtpunt zijn in het donker.' Ze hief de glimmende trofee op. 'Dus bedankt, BAFTA, voor deze nieuwe fakkel langs ons pad.'

Opnieuw barstte er applaus uit, nog voor ze haar zin had afgemaakt, en stonden er mensen op van hun stoel. Gevolgd door anderen. En nog meer anderen.

Vier, drie, twee... Het aftellen stopte, maar het klappen ging door. Verbaasd keek ze naar de mensen voor haar. Meryl Streep,

Emma Thompson, Gillian Anderson, George Clooney, ze knikten haar toe en staken hun applaudisserende handen naar haar op, in een vertoon van eenheid. Ze wist dat ze niet klapten voor haar, maar voor Cory. Dit was hun manier om steun te betuigen, ze stonden naast hem. Ze hoopte maar dat hij voor de tv zat te kijken.

Clover stak de trofee zegevierend in de lucht terwijl ze naar de zijkant van het podium liep, naar een *backstage manager* met headset die haar naar achteren haalde en een volgende presentator het toneel op duwde. Pas toen ze zich langs hem wrong, zag ze dat het Daniel Craig was.

'Gefeliciteerd, Miss Phillips,' zei hij fluisterend, met die vertrouwde stem. Haar mond viel open dat Daniel Craig haar naam kende, maar het volgende moment werd hij aangekondigd en was hij al het licht in gestapt. *The show must go on*, na haar glorierijke moment diende het volgende zich aan.

Ze werd weggeleid achter de coulissen, waar de handdrukken, schouderklopjes en zacht uitgesproken felicitaties doorgingen. Ze bekeek de prijs in haar armen terwijl ze door het backstagegedeelte naar de uitgang liep waardoor ze weer in het auditorium terecht zou komen.

De deur ging open en een golf aan geluid overspoelde hen. Ze bleef even staan in de deuropening, starend naar de geslepen en gebeeldhouwde profielen van het zittende publiek. Het voelde gek, als een droom.

'Mick brengt u even terug naar uw plek,' zei de backstagemanager, terwijl ze werd overgedragen aan een ander.

'Volgt u mij maar, mevrouw Phillips,' zei Mick, die met ferme pas langs de rijen liep. De filmfragmenten voor de genomineerden in de volgende categorie werden afgespeeld op de gigantische schermen, wat voor haar diende als dekking terwijl ze weer plaatsnam op haar stoel aan het einde van de rij. Haar ereronde had nog geen drie minuten geduurd.

Liam gaf haar een knipoog. 'Ik krijg net een felicitatie van Steve

McQueen,' fluisterde hij, terwijl ze ging zitten. 'En eentje van de agent van Lewis Hamilton. Hij stelt voor om volgende week samen te lunchen.'

Clover trok een wenkbrauw op, want ze wist precies wat hij bedoelde: Hamilton kon het onderwerp van hun volgende film zijn. Na het eclatante succes van haar debuutfilm, meteen na haar afstuderen van de filmacademie, een documentaire over het leven en de tragische dood van modestyliste Isabella Blow, had ze geweldige recensies gehad voor haar moedige en vaak schrijnende weergave van het verhaal van drie overlevenden van de Grenfell-ramp, die ten gevolge van de brand worstelden met dakloosheid en trauma. Ze was bezig een reputatie te vestigen als iemand met empathie en warmte, iemand met een neus voor het zien en beschermen van de underdog.

'Kom nou. Diversiteit in de Formule 1, hij is ridder...' fluisterde Liam. 'Je wéét dat dat verhaal potentie heeft.'

'Dat zei je bij Angelina Jolie ook,' fluisterde ze. Jolies team had hen benaderd na hun Golden Globe.

'Bij haar heb je sowieso potentie...' zei hij grijnzend.

Ze bekeek hem vanuit haar ooghoek. Als voormalig bankier die de opwinding en status van filmfinanciering verkoos boven beleggen in big tech, was zijn aandacht ooit getrokken door de glamourwereld waar hij nu zelf deel van uitmaakte. Hij vond het maar wat mooi om in de duurste hotels te logeren, waar hij cocktails dronk aan de bar, op feestjes met actrices te flirten en te loungen op superjachten in Cannes. Ze kon niet ontkennen dat het gaaf was om in dezelfde ruimte te zijn als deze beroemde mensen, maar anders dan hij was ze, al bewoog ze zich nu onder hen, niet een van hen en dat zou ze ook nooit worden. Door haar werk moest ze per definitie al een outsider blijven, iemand die door het raam naar binnen staat te kijken. Het was haar taak om de moeilijke vragen te stellen die aan de oppervlakte krabden, shots draaien die de waarheid wisten te vatten.

'Luister, James Bond kent mijn naam. Ik kan het me veroorloven om even de tijd te nemen,' zei ze, toen de filmfragmenten voorbij waren. Het publiek begon weer te klappen. Daniel Craig scheurde de envelop open alsof het een kanten nachtjapon was.

'Hm, ja, maar niet te lang, dat is het enige wat ik zeg,' mompelde hij. 'We kunnen niet weer drie jaar wachten voor we de volgende uitbrengen. We hebben nu het momentum, en je weet wat ik altijd zeg: consolideren...'

'Of capituleren. Ik weet het,' verzuchtte ze. Er ging bijna geen dag voorbij of hij zei het.

'We moeten met de stroming meezwemmen. Je weet nooit wanneer het tij keert...' Hij inhaleerde diep, alsof hij een van zijn favoriete Montecristo-sigaren rook. 'En daarom wil ik de volgende in première laten gaan in Cannes.'

'Volgend jaar?' Het was nog net geen gil. Een paar hoofden draaiden om.

'Natuurlijk,' zei hij met een glimlach, op een toon die suggereerde dat hij niet zo onredelijk was om dat dit jaar al te verwachten, wat over drie maanden zou zijn. Maar zelfs volgend jaar was al krap... Het was tekenend voor de naïviteit binnen de branche dat hij dacht dat het geen probleem was om hun volgende project in elf maanden te researchen, draaien en monteren. *Pipe Dreams* had tweeënhalf jaar gekost, met een gedegen planning en flink doorwerken.

Haar lange blonde haar viel voor haar ogen als een sluier van goud satijn toen ze haar hoofd naar hem toe boog. De winnaar werd aangekondigd, en iedereen begon weer te klappen. Er werd altijd zoveel geklapt bij dit soort evenementen. 'Liam, dat is gewoon niet realistisch.'

'Het zal wel moeten,' zei hij met een schouderophalen, al klappend, zijn blik op de volgende winnaar die naar het podium liep. 'De andere investeerders willen groen licht. Soms is er tijd om op je lauweren te rusten – en dat is niet nu.'

'Maar...'

Hij keek haar aan met een gladde glimlach. 'Je kunt het, Clover. Niet te diep nadenken. Ga op je gevoel af. Het juiste verhaal dient zich vast op tijd aan.'

De auto trok op en reed weg van de stoep, de flitsen van de fotografen verblindden hen door de verduisterde ramen heen. Gelukkig waren de lenzen niet op haar gericht, maar op de beeldschone actrice in de gouden japon, die nu vertrok met Timothée Chalamet.

Clover liet haar hoofd tegen de hoofdsteun rusten en sloot haar ogen. Ze was uitgeput. Op de afterparty had ze met allerlei sterren staan kletsen, wat goed was voor haar naam – *consolideren*! – maar nu was ze wel helemaal op. Liam was doorgegaan met wat producers van Helen Mirrens tafel, en ze hadden geprobeerd haar mee te krijgen, maar ze wilde naar bed en slapen. Ze waren al maanden bezig met dit prijzencircuit en als ze zich niet 's avonds moesten optutten en applaudisseren, dan hadden ze overdag wel allerlei afspraken met filmdistributiemaatschappijen. Dankzij hun inspanningen – en hun eerste echt grote prijs bij de Golden Globes – hadden ze al aan meer dan vijfendertig landen verkocht, en er waren maar een handvol uithoeken in de wereld die niet bekend waren met het verhaal van Cory Allbright.

Cory... Ze had nog geen tijd gehad om hem te bellen met het goede nieuws.

Hoe laat was het? Ze rekende het uit. Half twee in de nacht hier was... half zes in de middag daar. Ze zocht zijn nummer op en belde. Ze liet haar hoofd naar een kant zakken en staarde uit het raampje met de telefoon tegen haar oor. Ze reden over Queen's Gate, de musea en ambassades dramatisch uitgelicht, een stel dat de hond uitliet voor het slapengaan.

'Hé!' Zelfs in dat ene woord klonk haast en drukte door.

'Mia? Met Clo.'

'Clo!' Mia's stem ging van opwinding de lucht in en Clover kon bijna horen dat ze meteen ophield met lopen. Ze had vast een wasmand op haar heup of was in de keuken bezig met kleine Brady, die alleen maar naar buiten wilde om met zijn broers mee te gaan surfen. 'Hoe was het?'

'Nou, het is ons weer gelukt. Weer een stuk metaal als bewijs dat de wereld gewoon helemaal gek is op je man!'

'Ah...' Het klonk als een zucht. 'Wat zal hij blij zijn.'

Clover fronste. Ze had genoeg tijd doorgebracht met dit gezin om het te weten als er iets mis was. 'Alles in orde?'

'Ja. Ja hoor.'

Maar Clover prikte door haar vriendins poging heen om opgewekt te klinken. 'Is het een slechte dag?'

Ze aarzelde. 'Nou, ja... een beetje slecht.'

'Is hij op?'

Weer een aarzeling. 'Nee.'

'Gisteren?'

'Nee.'

'Shit,' fluisterde Clover, die de glans van haar avond voelde verdwijnen. Ze keek naar de trofee op haar schoot, naar de lach en de traan op hetzelfde gezicht, een exacte verbeelding van de situatie in brons. De hele avond had ze haar triomf gevierd, terwijl Cory en zijn gezin nog steeds elke dag moesten leven met de gevolgen van zijn ongeluk. Clover wist dat ze de enige persoon buiten hun gezin was die begreep wat post-hersenschuddingsyndroom echt betekende. Ze was de enige die Mia had zien huilen op het strand, jammerend om het feit dat de man met wie ze was getrouwd er niet meer was, en dat ze leefde met iemand die fundamenteel anders was, gebroken, voor altijd. 'Wat erg voor je.'

'Nou, je weet hoe het gaat.' Mia's stem was vlak, zakelijk. 'We nemen het zoals het komt.'

'Zijn het zijn longen?' Maar het kon alles zijn – hoofdpijn, dubbel zicht, stemmingswisselingen, paniekaanvallen, angst, diepe depressie.

Opnieuw viel er een stilte, langer dit keer, en toen Mia weer sprak, klonk de ingehouden emotie in haar stem door. 'Er hangt gewoon weer zo'n zwarte wolk boven zijn hoofd. Het drijft wel weer over. We moeten het gewoon uitzitten. Morgen komt hij vast uit bed.'

Dat stond niet vast, wist Clover. Ze had twee weken in een donkere kamer met Cory doorgebracht, luisterend naar zijn boze zwijgen, zijn schreeuwen van frustratie, zijn gekreun van de pijn. Een groot deel van die tijd was ze bang geweest voor zijn onvoorspelbaarheid, terwijl Mia haar smeekte om naar buiten te komen – dat het erg genoeg was om het te ondergaan aan de andere kant van de muur, waar de zon nog door de luiken kwam – maar alleen door er middenin te zitten, met hem, was het Clover gelukt zijn vertrouwen te winnen, zijn muurtje af te breken en hem aan het praten te krijgen. Tegen de tijd dat ze allebei uit dat achterkamertje waren gestrompeld, was ze twee kilo lichter, en het had een volle dag geduurd voordat haar ogen het daglicht konden velen. Voor Clover was het eenmalig, maar voor Cory kwamen deze depressies net zo regelmatig langs als donkere wolken. Als ze er waren, functioneerde hij niet, en hij kon zeker niet werken.

'Mia, kan ik iets voor je doen? Heb je genoeg huishoudgeld?' Het was een botte vraag, maar ze waren bijna familie geworden. Negen maanden lang had ze bij hen ingewoond, samen gegeten, samen gehuild. Ze kende de harde realiteit van hun situatie.

Ze hoorde Mia slikken. 'Ik denk dat het zover is. We moeten het huis verkopen.'

Clover kneep haar ogen dicht. Het huis was een krot van een houten bungalow met afbladderende turkooizen verf en gele luiken. Na jaren van uitgestelde reparaties moest er een klein fortuin aan worden gespendeerd. Het lekte als het regende en bij zware storm voelde het soms alsof de boel zou omwaaien. Het bestond uit een woonkamer met open keuken, drie slaapkamers – de jongens deelden die samen – en een veranda rondom. Maar het was geen huis dat een koper zou willen kopen, en het was ook niet het huis dat het tot hun huis maakte, maar het was het stukje grond dat zo bijzonder was. Klein maar perfect, precies aan het hoofd van Half Moon Bay, op een rotsachtige klip met uitzicht op een kleine baai. Mavericks, het beroemde grote surfstrand, was er net om de hoek en Cory zei altijd dat het een van de beste uitzichten had van Californië. Het hele gezin bracht zijn leven door ofwel in de oceaan, dan wel kijkend naar de oceaan. Ver voor ze een voet in het zand hadden, konden ze de windrichtingen boven zee en de golven al beoordelen. Een huis was maar een huis, maar als ze dit verkochten, dan zouden ze zich nooit zo'n plek kunnen veroorloven. Het was het enige particuliere onroerend goed op Pillar Point, de rest van de landtong werd overheerst door een militair reservaat. Cory had de bouwvallige bungalow met land gekocht van een man die de verkoop van een paar hectares met het leger had onderhandeld toen de locatie er na de Tweede Wereldoorlog ongebruikt bij had gelegen. Al voor hij en Mia waren getrouwd, kwamen hij en zijn surfvrienden er vaak, en dan sliepen mensen op de bank, op de grond, iedereen met zand aan zijn voeten, klaar om snel weer naar de branding te rennen zodra de zon opkwam.

'Sinds het ongeluk snuffelt er een projectontwikkelaar rond. Toen die voor het eerst langskwam, dreigde Cory zijn tanden uit zijn mond te slaan als hij ooit nog eens voet op ons terrein zette... Hij heeft me zijn kaartje gegeven... en dat heb ik bewaard.' Er klonk schaamte door in haar woorden, alsof ze overspel bekende.

Clover nam het haar niet kwalijk, maar ze wist wat dit zou doen met Cory. Het zou de wreedste van alle klappen zijn. Na alles wat hij was kwijtgeraakt bij het ongeluk, was dit het enige wat hem nog restte: dat hij op zijn veranda kon zitten om naar de oceaan te kijken. Dolfijnen en bultruggen zagen ze er net zo vaak als Clover poedels zag in Battersea Park. Wat zou er van hem worden, als hij naar een betonnen tuin moest kijken? 'Maar ik dacht dat er wat mogelijke werkopdrachten waren binnengekomen?' zei ze zacht.

'Ja, wel iets. Een paar toezeggingen, maar dat is niet genoeg. En wat er verder aan opdrachten binnenkomt, daar kan hij zich niet aan committeren. Motivatielezingen zijn in theorie wel leuk, maar hij kan de reis niet aan, en de stress dat je nooit weet of je die dag misschien wakker wordt met een hoofd dat voelt alsof het uit elkaar knalt.' Mia snoof. 'Zijn oude sponsors hebben contact opgenomen om te kijken of hij wat free-surfwerk met ze wilde doen.'

'Free-surf?' Clover wist niet wat ze hoorde. Ze surften dan misschien niet voor geld, punten of titels, maar dat maakte de gigantische golven waar die surfers zich van afstortten voor films, shots en promo's niet minder riskant. 'Maar dat zijn zo'n beetje halve stuntmannen. Dat water waar ze in moeten voor het juiste shot…'

'Ik weet het. En Cory weet dat ook. Ik denk dat hij zich daarom zo rot voelt. Hij beseft des te meer dat hij niet meer thuishoort in die wereld. Op geen enkele manier.'

'O, Mia.'

'En het ergste is dat ik denk dat ze al wisten dat een volgende *wipe-out* zijn dood zou kunnen zijn. Het was gewoon… hoe heet dat? Goede pr? Met de hele hype rond de film wilden ze niet dat het leek alsof ze hem lieten gaan zonder omkijken.'

'Wat ze wel hebben gedaan!' zei Clover verhit. Ze wist dat het verlies van de steun van zijn sponsors Cory hard had geraakt, de officiële bevestiging dat zijn oude leven en alles wat daarbij hoorde – fitheid, kracht, vitaliteit, succes – voorbij was.

'Ja. Als laatste zeiden ze nog dat hij in plaats daarvan misschien af en toe een gastoptreden kon doen op de tour, bijvoorbeeld jureren. Ik weet niet, het is allemaal zo'n gelul.' Ze slaakte een zware, boze zucht. 'Sindsdien komt hij zijn bed niet meer uit.'

'O jee.' Clover staarde naar de prijs en zag dit keer alleen het huilende gezicht. Ze snapte nu waarom Mia even daarvoor aarzelend had geklonken. De roem die aan deze film – en aan Cory – zou kleven vanwege deze meest recente prestigieuze erkenning zou leiden tot meer gekke suggesties, die hem in een nog diepere depressie zouden storten. 'Zijn er nog diehards aan het waken?'

Door het rimpeleffect van het succes van de film na de winst in Toronto en Venetië was het nederige stulpje van de Allbrights de laatste maanden een soort pelgrimsoord geworden. Mia liet een zwak lachje horen, het soort dat aan een slappe lach of aan een huilbui voorafgaat. 'O, man, het lijkt wel een altaar, daarbuiten. Met al die godvergeten kaarsen. Ik zweer het je, ik lig er gewoon wakker van, straks vliegt het huis nog in de fik!' Ze haalde diep adem. 'Ik weet dat ze het goed bedoelen. Ze willen hun liefde en steun laten zien, maar ik word er gewoon zo boos van! Ik wil het wel uitschreeuwen, hij is verdomme niet dood! Snap je?'

'Ja, natuurlijk,' beaamde Clover. Voor het eerst merkte ze dat de auto niet meer reed, en ze stonden nu voor haar flat geparkeerd. Ze stak een vinger op naar de chauffeur om te vragen of hij even kon wachten. Mia was aan het eind van haar Latijn, ze had hulp nodig. Ze had een vriendin nodig. Drie kinderen, een getraumatiseerde, gebroken man, twee banen, financiële druk... Clover proefde de onderdrukte woede die door Mia's woorden liep als een soort onzichtbare rode draad.

'Luister, weet je wat, ik weet dat je niet wilt verkopen, maar misschien is verhuizen niet het ergste wat er kan gebeuren?' zei ze, zoekend naar het positieve, naar iets optimistisch. 'Het ziet er nu niet zo uit, maar misschien is dit de frisse start die jullie nodig hebben. Ja, Cory is heel graag bij de oceaan, natuurlijk, maar misschien is dat niet meer zo goed voor hem? Het kan zelfs een soort marteling zijn, een beetje of je een alcoholist een geopende fles wijn voorzet? Een constante herinnering aan wat hij niet kan zijn. Of doen. Of hebben.'

Er viel een lange stilte. 'Tja. Misschien.'

Clover was zelf ook niet overtuigd. 'Kijk, het zou op zijn minst de financiële last van je schouders wegnemen en een stressfactor minder betekenen. Je moet manieren zien te vinden om het leven makkelijker te maken, en vriendelijker voor jullie allemaal.'

'Ik weet het.'

Clover beet op haar lippen. 'Heb je het al een keer tegen hem gezegd? Van dat verkopen?'

'Nog niet. Ik stel het steeds uit.' Mia's stem brak. 'Elke keer dat ik probeer te bedenken hoe ik het tegen hem moet zeggen, krijg ik bijna geen adem meer… Serieus, ik denk dat het zijn dood wordt.'

'Nee, Mia. Nee,' zei Clover sussend. 'Hij zal zich er in het begin tegen verzetten, natuurlijk, maar dit kan wel de verandering zijn die jullie nodig hebben. Jullie zitten klem in een soort half leven, want je houdt vast aan hoe het vroeger was. Misschien moet dit wel gebeuren, zodat jullie allemaal verder kunnen.'

Er kwam geen antwoord.

'Mia? Ben je daar nog?'

'Ja.' Ze klonk afgemat.

'Luister, je weet dat ik over twee weken kom.' Ze wilde het woord 'Oscars' niet eens noemen. Niet nu. Wat had je aan roem als je met je gezicht in de modder lag? 'Daarna kom ik meteen naar je toe en dan praten we verder. Ik kan je ook nog helpen het hem te vertellen, als je wilt? Misschien dat hij het beter trekt als we het hem samen vertellen?'

'Zou je dat willen doen?'

'Natuurlijk. Als je denkt dat het helpt.'

'Oké. Ik zie wel even hoe het loopt.' Ze blies haar adem uit. 'Ik weet niet wat ik moet zeggen. Je hebt zoveel voor ons gedaan.'

'Mia, jullie zijn mijn vrienden. Je weet dat ik alles zal doen om te helpen. Ik sta achter jullie, altijd, wat er ook gebeurt.'

2

'Kat in het bakkie. Zeker weten,' zei Johnny, onderuitgezakt in zijn stoel, zuigend aan zijn vape. 'Iedereen weet dat de BAFTA's de prognose zijn voor de Oscars.'

'Zei je dat nou echt, prognose?' schimpte Matty, terwijl ze haar karamelkleurige haren onderzocht op gespleten uiteindes.

'Hé! Dat ik cameraman ben, wil niet zeggen dat ik ongeletterd ben, weet je.'

'Nou, waarom zou iemand iets anders denken, als je er als een zwerver bij loopt?' Matty bekeek zijn vaal gewassen en gescheurde jeans met afkeurende blik. Zijn broek zag er inderdaad uit alsof hij al heel lang geen wasmachine van dichtbij had gezien. 'Als je serieus genomen wilt worden...'

'Kinderen,' waarschuwde Clover, zittend op het aanrecht naast de ketel. 'Lief doen.'

Condens droop aan de binnenkant van de ramen van haar appartement op de eerste verdieping, waardoor het zicht op het gebouw met rode baksteen aan de overkant werd belemmerd. De ochtenden waren nog fris en ze hadden de oliegestookte kachel nodig om een rozige warmte te verspreiden. Hij stond te tikken op de vloer, en het ding was het enige wat in de buurt kwam van een kantoorhuisdier. In de notulen van hun laatste vergadering stond een voorstel om te sparen voor een aquarium.

'Het enige wat ik zeg is dat iedereen weet dat winnen in Londen betekent dat je wint in Los Angeles,' zei Johnny met een schouderophalen.

'Niet per se,' bracht Matty ertegen in. 'Beste acteurs, ja. Maar beste film, nee. En als het gaat om beste documentairefilm...'

'Maar beide academies delen vijfhonderd stemmende leden.' Hij haalde weer zijn schouders op, alsof dat het pleit beslechtte.

'Jongens!' zei Clover met stemverheffing om hun aandacht te trekken. Ze keek naar Matty, die haar handen om haar mok thee warmde, en Johnny, die aan zijn vape lurkte. Geen van beiden zag eruit alsof ze twee derde waren van een internationaal gelauwerd team van documentairefilmmakers. 'Het heeft geen zin om erover te steggelen. Kome wat komt.' De waarheid was dat ze er amper aan durfde te denken. Haar maag was gespannen van de zenuwen, ja, maar na haar gesprek met Mia de vorige avond... 'Veel belangrijker is wat hierna komt. Wat gaan we doen als vervolg op dit allemaal?'

Ze spreidde haar armen naar de vele boeketten die op elk oppervlak stonden. Bloemisten hadden de hele ochtend bij haar aangeklopt, met extravagante bossen witte rozen, gestreepte emmers met gele rozen, bossen lelies en fresia's, monumentale orchideeën – om maar niet te spreken van de doos muffins die ter felicitatie was gestuurd door Louis Theroux. Een wolk enorme heliumballonnen danste tegen het plafond in een hoek, alsof hij was ontsnapt aan de hand van een kind, of aan een bedankkaart, of van de filmset van *Up*. Johnny had zich 'ontfermd' over de krat Bollinger die Liam had gestuurd. Hij gebruikte hem als voetenbankje.

De prijzen die ze het hele jaar al wonnen stonden nu naast elkaar midden op de eettafel. Het nieuwe BAFTA-masker kreeg de mooiste plek, tussen de peper en zout en de fles ketchup in. (Nog steeds de glazen versie, omdat Matty gek was op 'klassiekers'.)

'Waarom zo'n haast?' vroeg Johnny. 'Kunnen we hier niet gewoon even van genieten?'

'Dat zou je denken,' zei Clover met een zucht. 'Maar helaas. Liam overviel me gisteren met het feit dat hij het volgende project in première wil laten gaan in Cannes.'

'Wat?' Matty keek ontzet. Als hun researcher-slash-pr- en marketingmedewerker was het haar taak om het internationale filmfestivalschema uit haar hoofd te kennen. Zij handelde het papierwerk af, de administratie en algemene voorwaarden voor elk festival, en zodoende wist ze meteen dat dit een tijdsspanne van elf maanden betekende. Dat lag binnen de mogelijkheden voor grotere productieteams, maar voor Honest Box, met z'n drietjes... Hun taken overlapten zozeer dat hun functietitels eigenlijk meer een eretitel waren. Alle drie maakten ze koffie, gingen naar het postkantoor, namen de camera ter hand of doken de montageset in wanneer het moest.

Dat was precies hoe ze het graag hadden. Liam had voorgesteld dat Clover een deel van haar budget zou gebruiken om het team te laten groeien, maar ze was ervan overtuigd dat het de intimiteit van hun eenheid was die hun projecten zo'n onderscheidende, rauwe stem gaf. Ze hadden alle drie samen op de Leeds Film School gezeten, hoewel ze pas in het laatste jaar vrienden waren geworden toen ze moesten samenwerken aan hun afstudeerproject. Het was een ongunstige loting geweest. Ze waren allemaal zo verschillend: Johnny, een chagrijnige techneut die van kostschool was gestuurd, niet vanwege de gebruikelijke drugs of vechtmisdaden, maar 'consequent uitslapen'; Matty, de dochter van een slanke slotenmaker, wier ambitie tot op zekere hoogte was aangescherpt nadat ze haar studie achter de bar had moeten financieren, terwijl Clover en haar trustfondsvrienden aan de andere kant ervan aan het feesten waren... En toch waren deze twee mensen die ze niet als vrienden had uitgekozen al snel haar naaste vertrouwelingen geworden. Nu waren ook zij bijna familie.

De meisjes woonden tien minuten van elkaar vandaan in Battersea, en Johnny zat met de motor op tien minuten rijden in Shepherd's Bush (of 'Chez Boux', zoals Matty het placht te noemen). Er was weinig verschil tussen een werkmeeting - zoals deze - en samen afspreken. Steevast hingen ze rond in Clovers keuken, zittend op het aanrecht en de tafel, en tekenden smileys op de beslagen ramen.

'Dat was ook mijn reactie,' kreunde Clover. 'Maar hij staat erop. Niks op de lauweren rusten. Hij wil aan het einde van de maand een pitch, of...' Ze haalde haar schouders op. Het hoefde niet te worden gezegd: geen geld. Ze hadden alle drie een haat-liefdeverhouding met hun gulle maar totaal onrealistische uitvoerend producent. Was hij vergeten dat het maanden had geduurd om de draaiafspraken met Mia te maken? Dat Cory toen helemaal niemand wilde zien, dat hij amper zijn eigen vrouw kon aankijken? Om niet te spreken over de maanden dat ze bij de Allbrights hadden ingewoond, de postproductiemontages?

'Nou, als hij echt de lul wil uithangen, dan moeten we het proces vereenvoudigen,' zei Matty, terwijl ze zich herpakte. 'Cory was een onwillig onderwerp en dat heeft de boel heel erg vertraagd.'

'Ja, maar het was ook heel oprecht,' wierp Clover met een hand op haar hart tegen.

'Ja, maar het ging ook trager,' herhaalde Matty, praktisch als altijd. 'En als het met de snelheid van het licht moet, dan moeten we iemand nemen die het ook leuk vindt om gevolgd te worden.' Ze haalde haar schouders op. 'Wie wil dat we zijn verhaal vertellen?'

Clover fronste. Ze had het gevoel dat deze vraag al een antwoord had. 'Heb je iemand in het bijzonder voor ogen?'

'Ik zeg dat we voor Angelina moeten gaan,' zei Matty zonder aarzelen. Ze pleitte hier al voor sinds het telefoontje van Jolies publiciteitsagent was binnengekomen halverwege een passessie van haar pas bezorgde ASOS-aankoop terwijl ze snoepte uit een zak Percy Pigs. Ze had een paar dagen nodig gehad om van de schrik te bekomen en sindsdien had ze het over Nancy – de publiciteitsagent – alsof ze al heel lang vrienden waren. 'UNICEF, oorlogsmisdaden tegen vrouwen. Alleenstaande moeder met dertig kinderen... Alles zit erin.'

Clover kneep haar ogen tot spleetjes. 'Jij wilt gewoon weten hoe het echt ging met Brad.' En ze wist ook dat haar vriendin Angelina's huis vanbinnen wilde zien. Volgens Matty waren niet iemands ogen het venster van de ziel, maar zijn toilet.

'Clo, de hele wereld wil dat weten! Daarom is het aantrekkelijk.'

'Dat gaat ze nooit vertellen,' zei Johnny, terwijl hij zijn hoofd schudde. 'Dan zegt ze gewoon dat het onderdeel is van de voogdijovereenkomst of zoiets.'

'Dan maken we er een voorwaarde van. Geen Brad, geen oorlogsmisdaden!' zei Matty, alsof ze tegen kleuters zei dat ze geen chips kregen als ze hun erwtjes niet aten. 'Nancy heeft ons gebeld, weet je nog? Angie heeft een platform nodig waar mensen zich aan willen verbinden. Ze moet haar imago verzachten. Ze weet dat wij dat voor haar kunnen doen.'

'Ik weet gewoon niet of mensen überhaupt nog om haar en Brad geven, weet je? We zijn toch allemaal allang verdergegaan?' vroeg Clover, terwijl ze met haar voet tegen de bordenkast drumde. 'Trouwens, dat is maar achterklap en beroemde mensen. We zoeken iets met vlees aan de botten. Human interest. Een levende, ademende tragedie.'

'Michael Jacksons kinderen?' opperde Johnny na een tijdje. 'De waarheid over het leven met hem als vader, opgroeien onder een dekentje, uit hotelkamers worden gehangen?'

'Haha!' Matty kon haar lach niet inhouden.

'Liam zou wel graag iets doen met Lewis Hamilton,' zei Clover, het idee lancerend. 'We gaan volgende week met zijn agent lunchen.'

'O, lekker voor je,' plaagde Johnny.

'Ik weet het niet, hoor.' Ze trok haar neus op.

'Waarom niet?' vroeg Matty, die meteen leek te peinzen. 'Hij heeft meer wereldtitels gewonnen dan wie dan ook, hij heeft die hond die hij overal mee naartoe sleurt en die is instaberoemd. Hij is tot ridder benoemd, maar hij gaat door de knieën voor BLM...' Ze haalde haar schouders op. 'En dat is nog maar het eerste wat in dit mooie koppie opkomt.'

'Hm. Tja.'

'Wat? Wat is daar mis mee?' vroeg Johnny, wetend dat ze totaal niet enthousiast was.

'Nou, ik weet wel dat hij interessant is... maar ik heb gewoon zo'n gevoel. Was het niet Groucho Marx die zei: "Ik wil niet bij een club horen die mij als lid accepteert"?'

Het bleef even stil.

'Is dat jouw manier om te zeggen dat je geen documentaire wilt maken over iemand die wil dat je een documentaire over hem maakt?' vroeg Johnny. 'Want ik weet bijna zeker dat Matty net heeft uitgelegd dat producties op lichtsnelheid alleen mogelijk zijn met een meewerkend onderwerp.'

Clover rimpelde haar neus. 'Ik denk gewoon niet dat we kunnen compromitteren met de integriteit van het onderwerp. Mensen die met een bepaalde agenda naar ons toe komen...' Ze schudde haar hoofd. 'De verhalen die het meest de moeite waard zijn om te vertellen zitten vaak ook het best verstopt. We moeten echt diep graven.'

Johnny leunde voorover met zijn ellebogen op zijn dijen. 'O. Dus voor de helderheid, je zegt nu dat we op zoek zijn naar een verborgen verhaal over iemand die niet gefilmd wil worden.'

Ze grijnsde. 'Eigenlijk wel.'

Hij keek opzij naar Matty. 'Eitje. Waar wacht je op?'

Matty liet zich verder achteroverzakken in haar stoel. 'Dat is niet eerlijk.'

'Maar Mats, je bent onze hoofd-researcher,' plaagde hij.

Ze trok een wenkbrauw op. 'Ik ben de enige researcher.'

'Je hebt vast een lijst van Laat-Maars, toch?' drong Johnny aan. 'Mensen die we nooit zouden doen, in nog geen miljoen jaar?'

'O ja! Die heb ik er zeker.'

'Nou, kom op dan. Dat is natuurlijk onze goudmijn.' Johnny wierp Clover een geamuseerde blik toe. Zij retourneerde een stil 'haha' maar ging er niet op in.

'Jakkes.' Matty zette haar mok neer en boog zich over tafel om haar iPad te pakken. Ze zagen hoe ze een paar keer over het scherm veegde. 'Ik waarschuw jullie alvast. Het zijn vooral paria's, tirannen en Tom Hanks.'

'Wat is er mis met Tom Hanks?' protesteerde Johnny.

'Die is veel te aardig! Wat moet je daarmee? Aan pudding zit nog een scherper randje dan aan die hele man.'

Clover giechelde en Johnny zakte tevreden achterover in zijn stoel. 'Oké, dus aan Tom Hanks en tirannen hebben we niets, maar paria's… Zelfs schurken houden van hun moeder.'

'Hm, tja. Dus dan hebben we… Roman Polanski. Nee.' Matty trok een gezicht.

'Waarom niet?' wierp Johnny tegen.

Matty keek hem aan alsof het overduidelijk was. 'Hij is een verkrachter.'

Johnny ging rechtop zitten. 'En daardoor een paria. Maar als ik even advocaat van de duivel mag spelen, zijn vrouw en ongeboren kind zijn met geweld om het leven gebracht. Hij is een schurk, ja, maar ook een slachtoffer.'

'Schurk en slachtoffer is interessant,' beaamde Clover.

'Maar zijn verhaal is uitgekauwd door alle misdaadshows,' zei Matty. 'Hij heeft te veel media-aandacht gehad.'

'Dat is ook waar.'

Matty keek op haar lijst. 'Geldof.'

'Heilige Bob?' vroeg Clover.

'Niet dat we iets gaan afdoen aan Live Aid, natuurlijk,' zei Matty snel. 'Maar het is nu wel erkend dat meer dan een half miljoen mensen gedwongen werden hervestigd in het zuidwesten van Ethiopië. De aandacht voor de hongersnood maakte een militaire campagne mogelijk die kon opereren onder het mom van een humanitaire hulpactie. En dat is betaald met westers hulpgeld.'

'En zijn privéleven ook, natuurlijk. De dood van Paula Yates en Michael Hutchence, en van zijn dochter Peaches… Allemaal heel verdrietig.'

Clover was het ermee eens. Het was een leven dat doorregen was met tragedie. 'Maar gaat hij daarover vertellen? In de tijd die we hebben? Dat zal een kwestie van lange adem zijn. Contact leggen en dan heel langzaam te werk gaan.'

'Oké. Ik zet erbij misschien, ooit.' Matty keek op de lijst en moest lachen.

'Wat?'

'Ha! Ja. Nou, niet lachen,' waarschuwde ze. 'Maar... Kit Foley.' Ze nam hun verbaasde gezichten in zich op. 'Hallo! Dit is wel de Laat Maar-lijst, hè!' zei ze ter verdediging. 'Jullie wilden dat ik hem voorlas, en deze zouden we zeker laten.'

Clover rolde met haar ogen. Als ze de naam Kit Foley nooit meer zou horen, dan was het nog te vroeg.

'Nou, hij is wat we noemen een zeer vijandige getuige,' mompelde Johnny. 'Ik weet nog dat toen je hem vroeg of je hem mocht interviewen voor *Pipe Dreams*, hij zijn dure advocaten liet antwoorden met een dreigement dat hij je zou aanklagen voor smaad.'

'Klopt. En zoals ik tegen hem heb gezegd, het is pas smaad als het niet waar is.' Clover glimlachte dankbaar terwijl Matty trots voor haar klapte. Maar hoe dapper dit ook klonk, ze waren destijds flink geschrokken van het vooruitzicht dat ze door iemand met zulke diepe zakken als Kit Foley zouden worden aangeklaagd.

Matty zuchtte diep. 'Goed, hoe dan ook, dat was het laatste wat we ooit van hem hebben gehoord tot ik een mail in mijn inbox zag, maanden terug, met de vraag of we zijn – ik citeer – "terugkeer in het internationale sportlandschap wilden verslaan, na de tragische gevolgen van Cory Allbrights ongeluk".' Ze keek ze aan met ironie in haar blik.

Er viel een stilte van verbijstering.

'Sorry. Zeg dat nog eens?' vroeg Clover. 'Wil hij dat wij zijn comeback filmen?'

Matty knikte.

'Wij?'

Matty knikte weer.

'Zeg je nou eigenlijk dat hij die hele film niet heeft gezien? Is het op een of andere manier langs hem heen gegaan dat er een bijna honderd minuten durende film is die wereldwijd prijzen binnenhaalt, die de verwoestende gevolgen van zijn gevaarlijke en roekeloze gedrag onder de loep neemt?' Clover pakte de BAFTA op en schudde ermee. 'De wereld haat hem! In welk universum zouden we ooit Kit Foley nemen, behalve om zijn reputatie verder om zeep te helpen?'

'Precies.' Matty keek opzij naar Johnny, verbijsterd door Clovers felle reactie. 'En dat is waarom ik er niets over heb gezegd. Dat had geen zin.'

Clover keek ook naar Johnny, alsof hij de absurditeit kon verklaren dat Foleys team contact met hen had opgenomen. Johnny reageerde met zijn fameuze futloze schouderophalen.

'Ik kan niet geloven dat hij een comeback wil maken,' mompelde ze, niet helemaal in staat om het te laten gaan. Kit Foley was Cory Allbrights aartsvijand geweest en dat betekende dat hij dat ergens in de laatste paar jaar ook voor haar was geworden. 'Nou, dat heeft niet lang geduurd!' schimpte ze.

'Nou...' begon Matty.

'Hoelang was het?' onderbrak Clover haar, terwijl ze naar Johnny keek. Van hun drieën was hij de sportgek. 'Drie jaar?'

'Zoiets.'

Ze wisten alle drie dat Foley een jaar na Cory's ongeluk was gestopt, hoewel de jury het er niet over eens was of hij was gesprongen of geduwd. Al zijn sponsors hadden hem gedumpt, het publiek jouwde hem uit vanaf het strand, en hoewel hij opnieuw de wereldtitel had veroverd, bleef zijn merk besmet. Overal waar hij kwam was hij persona non grata, en hij was helemaal verdwenen van de topsportradar.

'Dat iemand hem nog terug wil...' zei Johnny verbaasd.

'Nou, dat is het hem juist,' zei Matty doordringend, en ze wachtte tot ze haar weer aankeken. 'In het surfen willen ze hem niet terug. Maar hij is ook geen surfer meer. Hij gaat snowboarden.'

'Wat?' Nu was het Johnny's beurt om versteld te staan.

'Kit Foley, negenvoudig wereldkampioen surfen, gaat snowboarden?' zei Clover haar na.

'Yep. Met specialisatie halfpipe. Waarschijnlijk heb je voor beide sporten dezelfde soort skills nodig? Volgens deze e-mail doet hij volgend seizoen mee als pro.'

'Ik geloof mijn oren niet.' Clover was in de war. 'Hij verandert gewoon van sport?'

'Dat staat hier. Van zijn nieuwe sponsor. Ene... Julian Orsini-Rosenberg, wie dat ook moge zijn. Hij denkt dat Kit heel ver zal komen. Hij heeft hem uitgenodigd om een eigen kledinglijn en boards te ontwerpen... Klinkt als een deal waar veel geld mee gemoeid is. Hij gaat volgende winter debuteren.'

Clover staarde Johnny aan alsof hij alle antwoorden had. 'Kent het ego van die man geen grenzen?'

'Volgens mij weten we het antwoord daarop al,' prevelde hij.

Matty zag er verontrust uit. 'Zou Cory het weten?'

Clover viel stil. O god, zou het? Zou dit een reden zijn achter zijn laatste dip? Of dé reden? Ze drukte met haar vingers op haar mond in een gebaar van concentratie. 'Ik moet het aan Mia vertellen,' zei ze vlakjes. Maar hoe? Hoe kon ze haar vriendin vertellen dat de man die volledig verantwoordelijk was voor het ongeluk van haar man niet alleen verderging met zijn leven, maar zelfs een nieuwe weg in sloeg?

In de stilte die volgde kauwden ze op de bekendmaking.

'Hoe dan ook, ik denk dat we het er allemaal over eens kunnen zijn dat dit een stevige nee is voor Foley,' mompelde Matty, en ze keerde terug naar haar lijst. Ze keek door haar wimpers. 'Hm. Edward Snowden. Verrader? Of de klokkenluider van ongrondwettelijke spionage? Woont nu in Rusland. Daar is het natuurlijk heel lastig filmen, om maar te zwijgen over de vrieskou...'

Clover staarde afwezig voor zich uit en luisterde niet. Ze was te geschrokken van wat ze net had gehoord. Ze tikte 'Kit Foley snowboarden' in op haar telefoon en scande de paar artikelen, allemaal recent, en allemaal minder dan een jaar oud. Geen grote stukken over zijn carrièreswitch, slechts een paar regels met zijn naam op de deelnemerslijst van een aantal wedstrijden in Europa. Europa? Niet meer dan wat lokaal, kleinschalig grut. Niet wat je noemt een knallende lancering van iets nieuws. Misschien hadden mensen het nog niet door en realiseerde men zich niet dat het om díé Kit Foley ging?

Dan wist Cory het misschien toch niet? Of nóg niet.

Ze legde haar telefoon neer en staarde naar de rij trofeeën op tafel. Ze voelde iets van kalmte terugkeren. En iets van perspectief. Over twee weken zou ze op de rode loper staan bij de Oscars en dan zou de wereldpers de rest doen, waarna Cory's verhaal verder en breder dan ooit zou worden verspreid. Na meer dan drie jaar in de wildernis was dit zijn moment. Iedereen hield van hem en ze duimden voor hem. Ze stonden aan zijn kant. Kit Foley, aan de andere kant, was een internationale paria. Zijn naam – als hij al in de pers verscheen – was voor altijd verbonden aan wat hij die dag in het water had gedaan. Hij zou nooit worden vergeven. De surfgemeenschap was een soort stam, en zij hadden hun kant gekozen. Misschien was Cory niet de enige voor wie het slecht was afgelopen?

Clover keek afgeleid toe hoe Matty en Johnny opnieuw aan het bekvechten sloegen. Voor wat Mia en Cory betrof, kon ze alleen maar hopen.

3

De telefoon op het bed ging over. Clover keek ernaar en stootte een kreet uit. 'Shit! De chauffeur is er.'

Johnny, die ondanks de commotie probeerde te slapen op de bank in de andere kamer, tilde zijn hoofd op. 'Dan neem je de volgende vlucht.'

Dat hielp niet.

Matty verwierp deze suggestie met een vernietigende blik en maande tot kalmte met een armbeweging. 'Oké. Geen paniek. Ik denk dat we er goed voor staan.' Clover vond dat niet geruststellend, want het kwam van iemand met mascara op haar wangen en een ballpoint in haar haar. Ze zagen er allemaal niet best uit.

'Mats, ik zie je dubbel! Ik ben nog dronken! Ik weet niet of ze me wel in het vliegtuig laten.'

Maar Matty schudde haar hoofd, ze wilde niet in paniek raken. 'We lopen het lijstje af.' Er was niets in haar wereld wat niet kon worden opgelost aan de hand van een of ander lijstje. Ze deed haar ogen dicht en stelde een inventaris op in haar hoofd. Het was alsof je keek naar iemand die mediteerde. 'Paspoort?'

Clover pakte haar tas en haalde het eruit. 'Yep.'

'Visum?'

'Ja.'

Tas?'

'Ja.' Clover keek naar het raam. Ze wist zeker dat ze daar de wolk uitlaatgas van haar wachtende auto zag. Ze was laat. Hoe kon ze hebben gedacht dat een afscheidsdrankje in Soho House anders zou aflopen dan zoals het nu was gegaan?

'Schoenen? En dan bedoel ik hakken, dus geen sneakers.'

Clover dacht na en kwam uit bij het moment dat ze die had ingepakt. 'Yep.'

'Smoking?'

'Ja.' Dat herinnerde ze zich meteen. Het was amper te doen om zo'n ding zo op te vouwen dat het fluweel niet ging kreukelen.

Matty's ogen gingen open. 'Niet dat het uitmaakt. Ik heb een paar japonnen naar je hotelkamer laten sturen. Vraag me niet hoe ik dat heb gedaan. Een paar goed geplaatste telefoontjes...' Ze liet Clovers overweldigde uitdrukking over zich heen komen en rolde met haar ogen. 'Bedank me later maar. Oplader? Oplader van je tandenborstel? Die vergeet je altijd.'

'Ja.'

'Opladers?' riep Johnny uit de kamer ernaast. Zijn enige bijdrage aan het op tijd aankomen in Los Angeles. Hij duwde zichzelf langzaam op tot een zittende houding, met zijn wilde asblonde haar nog meer in de war dan ooit.

'O, shit. Opladers.' Clover stak haar vingers als kammen in haar haar en draaide het om bij haar slapen. Waar had ze die voor het laatst gezien?

Matty pakte haar bij de schouders terwijl ze kleren uit andere laden trok. 'Geen tijd. Koop die maar op het vliegveld. Ik ga een lijstje appen als je in de auto zit. Blijf scherp. Toespraak?'

'Op mijn laptop.'

'Oké. Laptop?'

Clover zette grote ogen op. 'Shit!'

'Clo!' riep Matty uit, een stuk minder kalm. 'Koppie erbij! Zonder je laptop begin je niets!'

'Ik weet het!' Haar telefoon trilde. Het was de chauffeur weer.

Matty boog zich over het bed heen en trok Clovers laptop van onder een berg kleren en het dikke dekbed vandaan. Clover schoof het in haar handbagage. 'Goed, ik moet weg. Wat ik nu nog vergeet, dat is niet erg, dan koop ik het daar wel.'

'Ja. Goed. Ga, ga!' Matty pakte haar stevig beet, met haar vingertoppen diep in Clovers schouders. 'Het wordt ongelooflijk.'

Johnny schuifelde naar hen toe en sloeg zijn armen om hen heen, waarbij hij met zijn volle gewicht op hen leunde. Ondanks zijn haveloze verschijning rook hij lekker.

Clover trok zich terug. 'Ik zou willen dat jullie mee konden. Het is oneerlijk. We zijn een team.' Ze hadden maar twee kaartjes toebedeeld gekregen en Liam zou de kans om dezelfde lucht in te ademen als de Hollywood-hotshots nooit aan zich voorbij laten gaan.

'Dat is best wel kut, ja,' was Johnny het met haar eens. 'Er lopen daar wat cinemamensen rond waarvoor ik mijn rechterarm zou geven als ik ze kon ontmoeten.'

'Ik belóóf je dat ik zorg dat ze allemaal jouw naam kennen en wat je hebt gedaan. En ik neem hun kaartjes voor je mee,' zei ze serieus.

'Dank je, Clo.'

'En mocht je Nancy zien...' Matty haalde een schouder op. 'Doe haar de groetjes. Zeg maar dat ik haar bel.'

Clover gaf haar een verstrooid knikje.

Johnny pakte haar tas. En hij keek verbaasd op. 'Zit hier wel iets in?'

Matty kreunde. Ze kon niet begrijpen dat 'traveling light' iets was wat je daadwerkelijk kon doen. Haar goeroe en koningin op de meeste punten – koffers inpakken, juwelen en sieraden, je haar föhnen – was Elizabeth Taylor. Meer is meer.

'Alleen het hoognodige.' Clover blies beiden een kus toe en liep naar de deur. 'Ik bel wel als ik er ben. In de tussentijd, Mats, ik denk wel dat er wat zit in dat Geldof-idee. Gooi maar een hengeltje uit, zien wat er gebeurt. Johnnyboy, als je alvast kunt beginnen met monteren van het bonusmateriaal voor Netflix. Elf minuten mag het zijn.'

'Komt voor elkaar.'

Ze nam de eerste treden van de trap. 'Hollywood, we komen eraan!'

'En als je Liam Hemsworth op de mond kan zoenen, dan zou ik

zeggen: doen!' riep Matty haar na terwijl haar hoofd verdween in de grote wenteltrap. 'Doe het voor mij!'

'Zal ik doen!' riep Clover terug, inmiddels in de hal beneden, trekkend aan de zware voordeur. 'Sorry, sorry!' zei ze toen ze de chauffeur in zijn donkergrijze pak bij de auto op haar zag staan wachten. 'Ik heb me verslapen.'

Hij was te professioneel om te zeggen dat het twee uur 's middags was.

'Er is wel verkeer op de M40, mevrouw Phillips,' was het enige wat hij zei, terwijl hij haar tassen van haar overnam en in de kofferbak legde.

'Hé, Clo!' Ze keek om en zag Matty staan zwaaien vanuit het raam in de woonkamer. 'Je vergeet je telefoon, tuthola!'

'Fuck!' Ze was zo opgewonden – en katerig – dat ze haar hoofd nog zou vergeten.

'Johnny komt hem brengen!' riep Matty, precies toen de voordeur openzwaaide en Johnny met gestrekte arm naar buiten leunde. Hij had geen schoenen en sokken aan en het pad glansde van de lenteregen. 'Gelukkig ging-ie over, anders hadden we hem niet op tijd gevonden,' zei hij terwijl ze naar hem toe rende.

'Ging-ie over?'

'Mia.'

'O! Dank je, Johnny.' Ze nam hem aan, blies nog een luchtkus en draaide zich weer om naar de auto. De chauffeur stond naast het openstaande portier met een blik die zijn ergernis nauwelijks kon verhullen.

'Hoi, Mia! Ik vertrek nu, echt letterlijk nu! Ik ben heel erg laat!' Hoe laat was het daar? Half zes in de ochtend?

'Clo? Ben jij het?'

Clovers voeten hielden op met lopen bij het geluid van de stem van haar vriendin. Het klonk raar, alsof er scheurtjes in haar zaten, alsof ze bezig was in stukken te breken. 'Wat is er? Wat is er gebeurd?'

Haar eigen stem klonk ook vreemd: gesmoord, verbogen door de inspanning. Ze zag een frons ontstaan op Johnny's voorhoofd.

'Cory is weg.'

Een ogenblik lang weergalmden de woorden in haar hoofd als lege en betekenisloze geluiden. 'Wat bedoel je, weg? Weg, waarheen? De deur uit?'

'We weten niet waar hij is. Hij slaapt al een paar nachten op de bank, maar toen de kinderen vandaag wakker werden, was hij niet thuis.' Mia's stem ging paniekerig omhoog.

'Ja, maar is hij aan het wandelen? Frisse lucht is goed voor zijn hoofd, toch?'

'Nee, dat is het niet. Dat weet ik zeker.' Er viel een dreigende stilte. Clover kon horen dat Mia snel en gehaast ademde. 'Ik heb het hem gisteravond verteld, Clo... Ik heb hem verteld dat we het huis moeten verkopen.'

O god. 'Hoe nam hij het op?'

'In het begin keek hij me alleen maar aan en zei niets.' Haar stem ging weer omhoog. 'Toen zei hij dat als ik dacht dat dat het beste was...'

'Dat was het?'

'Ik kon zien dat hij van streek was, maar ik dacht dat hij snapte dat het niet anders kan.'

Clover slikte en koos voor optimisme. 'Dan is hij aan het wandelen. Hij wil erover nadenken en het nieuws verwerken.'

Mia's stem kraakte opeens, terwijl de emotie erdoorheen brak. 'Nee. Hij is niet aan het wandelen. Er komt een storm aan. Aflandige wind.'

Clover wist wat die omstandigheden betekenden. Net om de hoek vanaf Ross Cove, waar hun huis stond, lag Mavericks. Het land van de grote golven.

'Zijn board is weg.'

Vier woorden die leken op kleine grafstenen. Clover voelde de grond een paar centimeter onder haar voeten verzakken. Ze moest een stap achteruit doen om haar evenwicht te hervinden toen de reden voor dit telefoontje eindelijk de oceaan overbrugde en door de telefoon haar oor bereikte, haar hoofd in, haar hart.

Toen Mia weer wat zei was het met een klein stemmetje. 'Ze zijn hem nu aan het zoeken. Iedereen zoekt mee. Er zijn zoveel mensen op het strand en in zee, meer dan ik ooit heb gezien. Jongens die hun leven wagen...' Haar stem stierf weg.

Clover werd zich bewust van Johnny, die bij haar was komen staan, met zijn blote voeten op de natte stoep, een hand lichtjes op haar arm. Hij keek haar aan met bezorgde blik. 'Maar dan vinden ze hem en brengen ze hem thuis.'

'Nee, je hoort me niet.' Mia stortte hoorbaar in en ze wist duidelijk niet meer waar ze het vandaan moest halen. 'Het gaat tekeer op zee. De kustwacht heeft gezegd dat ik me moet voorbereiden, Clo. Ze zoeken een lichaam. Cory is dood.' Er kwam een geluid uit haar lichaam dat Clover nog nooit had gehoord. 'Mijn man is dood!'

Het water deinde en ademde onder hen, glinsterend en gedwee, onder een wolkeloze hemel. De storm was voorbij. Hij was tekeergegaan als een razende furie, een spoor achterlatend van geknakte bomen, kapotte elektriciteitsdraden, en een lichaam op het strand.

Geen vraagtekens meer.

Tegen de tijd dat haar vliegtuig in San Francisco was geland en ze de rit naar Half Moon Bay had afgelegd, was de storm op zijn hoogtepunt geweest, met een woeste wind die palmen omboog alsof het niets was en het water opstuwde in bergachtige toppen die omsloegen en om de zoveel tellen neersmakten, oorverdovend, donderend, angstaanjagend voor de honderden toeschouwers die veilig aan land stonden.

De stranden waren volgestroomd met mensen naarmate het nieuws van de zoektocht zich had verspreid. De politie zag zich genoodzaakt de lokale toegangswegen af te sluiten en het had veertig minuten gekost om Mia aan de telefoon te krijgen zodat ze kon worden doorgelaten naar hun bungalow aan de kop van de baai. De twee vrouwen hadden elkaar in smart en stilte omhelsd. Wat viel er te zeggen? Er was geen hoop meer om aan vast te houden, geen troost, niets als tegenwicht voor de aanblik van Cory's drie jonge zoons, die stijf rechtop stonden te kijken op hun lap grond bij de oceaan naar de activiteit op het water, terwijl professionele surfers en strandwachten, jetskiteams en de kustwacht het heldere water tussen de series golven afzochten naar het lichaam van hun vader.

Toen de oceaan hem eindelijk uitspuwde, was de storm uitgeraasd en waren de schilderachtige weersomstandigheden weer terug. De branding, hoewel altijd indrukwekkend, was weer vrij van zijn grauwende dreiging, gezinnen speelden weer op het strand, en de bekende rij golfers op hun boards lagen te wachten op hun beurt.

Maar vandaag leek op geen van de dagen die Clover ooit had meegemaakt. Onder een stralende hemel was er anderhalve kilometer ten noorden vanwaar de tragedie had plaatsgevonden al een ongelooflijk spektakel gaande. Het nieuws over Cory's dood was overal, vooral dankzij de wereldwijde verslaggeving in de media en daarbij het dramatische feit dat hij die avond op de rode loper had moeten staan in Los Angeles – Liam nam een date mee op haar ticket, Clover kon niets bedenken wat minder belangrijk was dan aanwezig zijn bij de Oscaruitreiking – en nu stonden er honderden surfers op het strand met hun board aan hun zij, klaar voor de paddle-outherdenking. Clover zat met Mia en de jongens in een traditioneel Hawaïaanse uitleggerkano die Cory mee had gebracht na zijn eerste winst ooit bij Pipe Masters op Oahu. Hij hield van dat ding.

Met z'n vijven, plus Eddie 'Scheermes' Kahale – een plaatselijke surfer en oude huisvriend van de Allbrights; Clover had hem uitgebreid geïnterviewd voor de documentaire – waren ze door de branding gevaren. Clover was verbaasd over hoe behendig en krachtig de jonge jongens hadden gepeddeld, hun spieren zichtbaar onder hun magere bruine ruggen terwijl ze dit deden voor hun vader. Om hem trots te maken.

Nu, een paar honderd meter de zee op, kwamen ze weer op adem, en lieten ze de boot zachtjes drijven en keken ze naar de vele mensen op het strand die naar hen keken. Overal was pers – tv-ploegen, drones, camera's met lange lenzen op statief – en nu en dan een passerende boot die uit medeleven de scheepstoeter liet afgaan. Maar het was verbazingwekkend rustig langs de kust, de drommen mensen stonden er in stilte, uit respect.

Zeemeeuwen in de lucht spiedden zwevend op luchtstromen naar vis. Clover kon net het kleine, gehavende huis van de Allbrights zien op de klif bij Ross Cove. Uit veiligheidsoverwegingen werd de herdenking gehouden in de baai naast Half Moon. De strandwachten zouden zo'n grote bijeenkomst bij die pieren niet toestaan. Hier was er tenminste geen rif, geen wit water.

De stilte werd verbroken. Clover tilde haar hoofd met een ruk op toen er plotseling drie keer aan een bel werd getrokken, en de mensenmassa op het strand als een geheel bewoog, waarna de veelkleurige menigte verbrokkelde in vele felle deeltjes nu tientallen hun board oppakten, het water in renden, op hun buik op het board doken en met bloemen met lange stelen tussen de tanden begonnen te peddelen.

Clover kon het niet helpen. Ze voelde de tranen weer over haar wangen stromen toen iedereen recht op de kleine kano af kwam. Er waren al zoveel tranen vergoten de afgelopen dagen, en het was een overweldigend gezicht, zoveel mensen die op het gezin af kwamen als toonbeeld van al die liefde. Ze bereikten hen binnen een paar minuten en vormden op enkele meters van de boot een beschermende kring om hen heen.

Twee meisjes peddelden recht naar de *ama*, het uitstekende deel van de kano dat fungeerde als tegenwicht, en begonnen de palen te versieren met bloemenkransen.

De driejarige Brady, de jongste zoon van Cory en Mia – Mia was zeven maanden zwanger toen Cory zijn ongeluk kreeg – begon te huilen. Mia tilde hem op, nam hem op schoot en kuste hem op zijn haar. Het lukte haar om sterk te blijven. Sinds die ene dierlijke uitroep aan de telefoon had ze zich grootgehouden voor de jongens en deed ze wat er moest gebeuren. Maar ze had een blik in haar ogen die ze ervoor niet had gehad, een soort lege blik, waarbij ze verrast opkeek als een stem tot haar doordrong. Clover moest dingen vaak een paar keer zeggen voordat ze hoorde wat ze zei en hoewel ze er wel bovenop zat dat de jongens hun bord leegaten, was Clover er vrij zeker van dat Mia zelf amper wat had gegeten. Ze zag er bleek uit.

Clover wist uit ervaring dat dit de schok was die hoorde bij rouw. De jaren van verpleging en verzorging van de man van wie ze hield, die van totale afhankelijkheid overging in totale minachting, kon niet in een paar dagen worden weggewerkt. Mia was het gewend om nodig te zijn, afgewezen te worden, zichzelf voorbij te lopen, en Clover had haar meerdere keren in een kamer aangetroffen waar ze stond te staren naar de leegte, alsof ze verbaasd was dat hij daar niet was. Er was niets meer te doen. Niemand om mee te vechten. Of om voor te vechten.

Wat ze om zich heen zagen werd steeds wonderlijker. Er waren honderden mensen op het water, drijvend als waterlelies, alle gezichten naar hen gekeerd. Iemand wees op een school dolfijnen verderop in de baai. Clover kon de mengeling van emoties om hen heen voelen, in ieder persoon: verlies, schok, verdriet, boosheid. Maar ook dankbaarheid, genegenheid, liefde.

Een man die ze vagelijk herkende als Pipe Rat, de leider van Cory's plaatselijke surfclub – zijn echte naam was Wes – stond op zijn board, zoals afgesproken, en begon te spreken.

'Vrienden! We zijn hier samengekomen om dank te zeggen voor het leven van onze vriend en surfmaatje, Cory Allbright. Hij was pas zesendertig, veel te jong om te gaan. Hij had nog zoveel te geven. Het zou allemaal heel anders moeten zijn...'

Zijn woorden droegen over de zwijgende eenheid van samengedromde mensen. Alle ogen waren op hem gericht.

'Cory was onze man. Een echte plaatselijke held, hier geboren, hier getogen. Hier gestorven. Hij was een van ons, ook al was hij ook een van de grootsten! Hij had het net zo naar zijn zin als hij met zijn Half Moon-maatjes lekker een beetje kon spelevaren of met een tandarts buiten dienst, als wanneer hij door een barrel spoot bij de Pipe Masters. En hij genoot het meest als hij met zijn drie jongens aan het surfen was.'

Pipe Rat keek naar ze en hevelde daarmee het gewicht van de starende blik van de menigte over op hen. 'Jullie kunnen zo trots zijn op jullie vader. Het enige wat hij wilde was jullie trots maken. Hij wilde de beste zijn voor jullie.' Hij keek om naar de peddelaars. 'Achtenveertig overwinningen in twintig jaar, surfend tegen jongens die de helft jonger waren. Hij stond eerste in de ASP World Tour-ranking toen hij zijn ongeluk kreeg, en daarvoor was hij vier jaar achter elkaar tweede… Hij was consistent, een harde werker, en de beste surfer die nooit wereldkampioen is geworden.'

Zijn woorden zweefden over het wateroppervlak.

'Cory heeft het nooit makkelijk gehad. Hij heeft nooit mazzel gehad op de juiste momenten. Maar hij was een vechter en ging door. Hij was net als wij allemaal, een gewone jongen, niet zonder demonen, iemand die gewoon zijn best deed.'

Clover keek naar de jongens. Op een dag, maar niet vandaag, zouden ze ook horen over hun vaders sporadische drank- en drugsproblemen, over de keren dat hij een halfslachtig einde maakte aan zijn sportieve carrière en hij alles opgaf en kilo's aankwam. Maar hij had de draad altijd weer opgepakt en was altijd weer teruggegaan. De oceaan had geen zeemeerminnen nodig om hem terug te lokken, alleen grote golven.

'Hij is niet opgegroeid in een of ander chic huis. Hij was geen rijke jongen die alles op een gouden presenteerblaadje kreeg aangereikt. Wat hij heeft bereikt, heeft hij eigenhandig verdiend. Op de moeilijke manier. Met lef. En veerkracht. En talent. En geloof in zichzelf. Hij wilde winnen, niet voor het geld, maar voor liefde. Voor zijn familie: Mia en zijn jongens – Hunter, Taylor, Brady. Jullie waren zijn wereld. Hij wilde jullie trots maken. Omdat hij zo ongelooflijk trots was op jullie.'

Clover zag dat Mia's schouders opgetrokken waren tot aan haar oren in een poging haar tranen te bedwingen, en ze leunde voorover om een troostende hand op haar schouder te leggen. Brady zat nog weggekropen op zijn moeders schoot, maar de oudste jongens keken stoïcijns naar de mensen vanachter hun lange, door de zon gebleekte witblonde haar. Hun lijfjes stonden stijf van de spanning terwijl ze elk woord van Pipe Rat over hun vader opzogen, met grote teugen adem waar hun ribbenkast van opzette.

'Cory Allbright was een prachtige ziel. Dit had nooit mogen lopen zoals het is gelopen, dat weten we allemaal. Maar er komt nog wel gerechtigheid, ooit. Zo werkt karma.'

Zijn stem was ineens hard en kil. Iedereen wist waar hij het over had, of beter gezegd, over wie. Clover merkte dat ze nu allemaal elkaars handen vasthielden, waardoor er in concentrische cirkels rond het bootje tien, elf kettingen werden gevormd. Een stukje verderop dobberde een eenzame surfer. Was hij te laat gekomen? Of was hij gewoon een passant, die niet wist waar hij getuige van was? Hij zat daar, alleen zijn silhouet was zichtbaar. Hij keek toe zonder aanstalten te maken om dichterbij te komen.

'Maar dat is van later zorg. Vandaag gaat het om het herdenken van Cory. Om het zegenen van zijn ziel en dat we in ons hart de herinnering aan de goede tijden bewaren. We zullen hem niet vergeten. En de surfgemeenschap zal ervoor zorgen dat zijn familie liefde krijgt, en steun, en bescherming.' Hij keek naar Mia. 'Mia, dat is onze belofte aan jou. De jongens en jij zijn niet alleen.'

Mia slikte en knikte als dank.

'Cory, we houden van je, man! Rust in vrede, broer!'

Er klonk gejuich, dat aanzwol in volume en gewicht, terwijl mensen begonnen te slaan op het water en het opschepten als een soort saluut. Kippenvel liep over Clovers armen terwijl ze keek naar de kakafonie.

Eddie ging staan en gaf Taylor, die achter hem zat, de urn die veilig bij zijn voeten had gestaan. Taylor keek er een paar tellen naar en kuste hem. 'Ik hou van je, pap,' snikte hij. Hij gaf hem door aan Hunter, die hetzelfde deed.

Clover vond het niet te verdragen. Die arme kinderen, hun laatste afscheid...

Mia gaf Brady een klopje en hij kroop van haar schoot, want hij begreep dat het zijn beurt was. De urn was zwaar, zwaarder dan hij misschien had verwacht, en hij moest hem dicht tegen zijn lijf houden om het gewicht te kunnen dragen. Hij deed zijn ogen dicht en wiegde de urn heen en weer, alsof het een teddybeer was. 'Kom terug, papa. We zullen lief zijn.'

Mia kon een hoorbare snik niet onderdrukken. Ze stak haar hand naar hem uit, kamde zijn haar naar achteren en gaf kusjes op zijn wang. 'Papa hield zoveel van jou, schatje.' Ze had een brok in haar keel vanwege de ingehouden tranen. 'Jullie waren zijn beste jongens. Alle drie. Hij leeft nu hier.' En ze tikte op Brady's borst, bij zijn hart. 'Hij zal jullie nooit verlaten. Hij zal altijd bij jullie zijn.'

Clover keek weg. Ze wilde niet dat de jongens haar tranen zouden zien. Ze wist hoe het was om je vader te verliezen, maar dit was niet haar tragedie. Wie was zij om zo van streek te zijn? En toch... ze was inmiddels zo verweven met hun gezinsleven. Ze had met ze samengewoond, hun werkelijkheid meegemaakt achter gesloten deuren. Ze wist hoe het voelde als een gezin uiteenviel.

Mia pakte de urn en ging staan. De tranen blonken in haar ogen en ze probeerde ze niet meer te verbergen terwijl ze uitkeek over de stille bijeenkomst. De menigte staarde terug in gemeenzaam begrip, ze hoefde niets te zeggen. Ze knikte alleen langzaam en zij begrepen het. De verbinding sprankelde in het zwijgen, als een spinnenweb dat zonlicht vangt.

Aan het uiteinde van de kano stond Eddie op en hij hief een treurige Hawaïaanse treurzang aan. De kringen van drijvende surfers leken nog dichter naar elkaar toe te drijven terwijl Mia het deksel van de urn schroefde en met slanke, trillende armen haar mans as in de zee goot. De as gleed het water in, zwaar en stil, alsof het terugkeerde naar zijn ware plaats. Niet zozeer stof tot stof, maar meer zand tot het strand.

Eddies lied droeg tot hoog boven alles en iedereen. Niemand verroerde zich. Mensen huilden stilletjes, maar openlijk. Zoute tranen in een zoute oceaan. Toen het lied ten einde was, gooide iedereen zijn guirlandes, bloemstelen en kransen op het water en binnen een paar tellen was het bezaaid met kleur en geur, een tapijt op het oppervlak, als een minuscuul, prachtig litteken in het water.

'Mama, kijk!'

Mia keek en zag Hunter, haar oudste zoon van acht, wijzen naar de zee. Die was vlak, er heerste doodse stilte in de baai vandaag, op een enkele serie golven na, die op weg was naar hen toe.

Iedereen draaide zijn hoofd die kant op en slaakte een collectieve zucht bij de aanblik. In minder dan een minuut tijd bereikten de golven hen en werden ze allemaal een voor een opgetild, terwijl hun boards heen en weer gingen. Eddie keek naar Mia en knikte. Clover wist wat hij bevestigde, iets wat Cory haar zelf had verteld. Het was een Hawaïaans geloof dat de overledene zijn aanwezigheid zou tonen met een golf die onder de kring doorging, en hoewel Cory een door en door Californische jongen was geweest, had hij ook lang geleden de spiritualiteit van de oude Hawaïaanse watermannen overgenomen. Hij zei daarmee dat hij bij hen was.

En dat hij wegging.

Mia snikte van verbazing en verdriet om het laatste vaarwel van haar man. Hij was echt weg. Er werd een chant ingezet door Eddie, en iedereen begon tegelijk op het water te slaan. Het was niet alleen

een ongelooflijk gezicht, maar het geluid was dat ook – honderden handen die tegelijk het water raakten, terwijl de druppeltjes het zonlicht weerkaatsten. Een dans op het water, met het water.

Clover keek de serie golven na die naar de kust rolden, waar ze op het land zouden breken en voor altijd zouden verdwijnen. Haar blik viel weer op de eenzame surfer. Hij had hun vreemde privéceremonie verlaten en was nu terug naar het strand aan het peddelen, op zoek naar een soort vermaak dat hij hier niet kon vinden. Niet vandaag.

Vanuit het bed – dat vorig jaar negen maanden lang haar bed was geweest – kon Clover de maan zien schijnen op het water, terwijl het licht passerende schepen in donkere stippen aan de horizon veranderde. Dichterbij hoorde ze het ritmische rollen en breken van de branding. Het was de ondergrond voor het leven hier, in deze baai, in dit huis. Zelfs de wind ging weleens liggen, maar de branding bleef maar komen, eindeloos, repetitief, betrouwbaar. Hij zou er nooit niet zijn. Rotsen zouden verkruimelen en bergen instorten voordat die golven zouden verdwijnen.

Daarom was Cory een stormachtige zee in gelopen. Hij was net zozeer onderdeel van dit landschap als de kliffen en de oceaan zelf. Hij hoorde hier thuis. Ergens anders doorgaan kon hij niet. Mia had haar in de stille uren sinds ze hier was verteld hoe ze Cory had geprobeerd over te halen om niet alleen te verhuizen, maar ook om in een andere staat te gaan wonen. Om echt opnieuw te beginnen en iets te vinden wat ingesloten werd door land, zonder kustlijn. Geen branding die hem kon martelen met iets wat nooit meer zou zijn. Maar zoutwater was zijn zuurstof, dat was wat hij haar had verteld. Hij kon niet zonder het water, net zomin als een vis op het droge. Uiteindelijk had hij het niet eens geprobeerd.

Zuchtend sloeg ze de lakens terug en stapte uit bed. De slaap was vanavond als een zenuwachtige vogel, niet van plan om op haar te landen. Ze kon de diepe emoties van de dag nog steeds in haar vaten voelen flakkeren als dovende vlammetjes. Ze zette haar deur op een kier en keek de woonkamer met open keuken in, waar ze lange schaduwen zag op de houten vloer. De kraan druppelde. Een skateboard stak onder de bank vandaan, op een van de barkrukken lag een natte badhanddoek.

Ze liep erheen om hem uit te hangen over een stoel, en haar blik dwaalde onvermijdelijk af naar het schouwspel buiten. De oceaan lag erbij als een nachtelijk lint, glinsterend in het licht van de volle maan, met bomen die als torenspitsen van een kathedraal hun schaduwen afwierpen, als inkttekeningen op het gras.

Een schaduw in het bijzonder – zacht en rond – trok haar aandacht. Ze bleef een paar tellen staan kijken. Toen pakte ze een sprei van de bank, schoof de achterdeur open en liep stilletjes langs de rij surfplanken die tegen de muur stonden. Mia zat op het gras met een vest aan, in haar onderbroek, met haar armen om haar knieën. Op haar huid lag een blauwig schijnsel, haar blonde haar was zilver in het maanlicht. Ze zag eruit als een engel.

'Kon je niet slapen?' vroeg Clover zachtjes, bijna fluisterend.

Mia schrok niet op. Zoals steeds de laatste tijd leek het een paar seconden te duren voordat ze de vraag registreerde. Ze keerde haar hoofd naar haar toe met een droeve glimlach.

Clover legde een hand op haar schouder. 'Je hebt het hartstikke koud. Hier.' Ze legde de sprei over Mia's blote huid en liet zichzelf op het gras zakken.

Minutenlang zeiden ze geen van beiden iets. Ze keken naar een containerschip dat langs de horizon trok, op weg naar wie weet waar. Al snel was het niet meer te zien.

'Het was heel mooi vandaag,' zei Clover uiteindelijk.

'Ja. Ja, het was mooi,' zei Mia langzaam, alsof de woorden er aan een draad uit getrokken moesten worden. 'Hij zou het geweldig hebben gevonden.'

'Zeker weten.'

'Ik denk dat hij paf had gestaan als hij had gezien – echt gezien –

hoeveel mensen van hem hielden.' Mia keek haar aan alsof ze verbijsterd was. Toen keek ze weer weg, en haar blik bleef hangen op de weerspiegelde maan, die flikkerend van vorm veranderde naarmate de golven erdoorheen kabbelden, waardoor Clover zich weer herinnerde hoe de serie golven die ochtend onder hen door waren gerold. Cory's vaarwel. 'Denk je dat als hij het had geweten...'

Clover wist wat ze vroeg, maar er viel geen antwoord op te geven. 'Het belangrijkste is dat hij wist hoeveel jullie van hem hielden.'

'Denk je dat hij dat wist?'

Clover was verbaasd. Hoe kon Mia daaraan twijfelen? Hun relatie was onstuimig en passievol, maar Clover had niet één keer getwijfeld aan de kracht van hun verbond. 'Mia, natuurlijk! Jij meer dan wie dan ook. Jij was zijn grootste beschermer.'

Mia knipperde met haar ogen en schudde zachtjes haar hoofd. 'Ik ben niet heilig. Het kwam zo vaak voor dat ik gewoon maar wilde dat het voorbij was. Dat ik zo niet meer door kon.' De tranen fonkelden in haar ogen. 'Ik heb dit gewénst.'

Clover greep haar bij de arm. 'Mia, luister goed naar me. Jij hebt dit niet veroorzaakt... Natuurlijk ben je geen heilige. Dat is niemand. Het zou niet menselijk zijn om te verwachten dat iemand die zoveel te verstouwen heeft gekregen als jij de laatste jaren, niet een keer gek wordt. Hoor je me? Je hebt gedaan wat je kon. Beter dan wie dan ook het had kunnen doen. Zeker beter dan ik ooit zou hebben gekund. Je was zijn vrouw, helemaal tot het eind. Je bent de moeder van zijn kinderen. Hij had geluk dat hij jou had en dat wist hij. Dat heeft hij me zelf verteld, zo vaak. Steeds weer zei hij dat hij niet kon geloven dat je bij hem was gebleven. En dat je beter verdiende.' Clover slikte. 'Jij bent de reden dat hij het nog zo lang heeft volgehouden.'

Mia staarde terug met grote, glimmende ogen. De tranen stroomden in stille banen over haar wangen. 'Ik wil gewoon schreeuwen. De hele tijd.' De woorden werden zacht uitgesproken, stil als bloemen die opengaan, maar de pezen in haar nek stonden strak, de spieren in haar armen aangespannen van onderdrukte woede. 'Ik wil dat hij ziet wat hij ons heeft aangedaan. Ik wil dat hij ziet wat hij met mij heeft gedaan. Mijn kleine jongens. Ik wil dat hij lijdt zoals wij lijden. Want dit gaat niet stoppen. Dit gevoel. Deze pijn.'

Clover legde haar hand op haar schouder. 'Echt wel, Mia. Mettertijd...'

Mia keek haar met een ruk aan met een verwilderde blik in haar ogen. 'Bullshit.' Haar stem klonk nog zacht, maar wel ruw. 'Dit is voor ons niet het begin. Wij leven al jaren in deze nachtmerrie. Brady heeft zijn vader voor het ongeluk niet eens gekend, hij kent alleen het monster. Dat geldt voor hen alle drie! Hunter en Taylor waren te klein om zich hem daarvoor te herinneren. Het enige wat ze zich zullen herinneren zijn de woede-uitbarstingen en de depressies. Dat is de erfenis die hij nalaat. Hij heeft hun vader van ze afgepakt, niet één, maar twee keer!'

Clover fronste haar voorhoofd. 'Mia... over wie hebben we het?'

Mia knipperde weer met haar ogen, alsof de vraag haar verbaasde. 'Kit Foley!' zei ze huilend, de tranen bleven maar stromen. 'Wie anders? Hij is de architect van dit alles. Alles wat ons is overkomen... alles... kan worden herleid tot wat hij die dag heeft gedaan. Dat weten we. Hij weet het. En hij is ermee weggekomen.'

Clovers mond ging open omdat ze ertegenin wilde gaan. Ze wilde iets zeggen om haar op te monteren, maar wat kon ze in hemelsnaam zeggen? Wetend wat ze wist van Foleys recente avonturen, viel niet te ontkennen dat zijn leven de weg omhoog had gevonden. Het was waar. Hij was ermee weggekomen.

'Wij zijn degenen die moeten leven met de negatieve gevolgen. Mijn jongens groeien op zonder vader. Ik ben mijn soulmate kwijt. En we hebben niets. Geen geld.' Mia slaakte een wanhopige kreet en verborg haar gezicht in haar handen. 'O... heb ik je dat al verteld? De laatste klap in mijn gezicht?'

Clover schudde zwijgend haar hoofd. Ze durfde niet te bedenken wat voor nieuwe calamiteit haar vriendin kon hebben getroffen.

Mia haalde langzaam en diep adem. 'De levensverzekering keert niet uit, omdat het zelfmoord was.'

'O, mijn god, Mia.' Clover had nog niet nagedacht over wat er na Cory's dood zou gebeuren.

Mia drukte de ballen van haar handen tegen haar ogen, uitgeput, geërgerd, verslagen. Gedurende een paar minuten werd er niet gesproken. Mia had geen man. En nu geen geld. 'Ik heb het huis verkocht.'

'Nu al?'

'Ik had toch geen keuze? We moeten er over vijf dagen uit.'

'Zo snel al?' Clover wist niet wat ze hoorde. Tot het haar te binnen schoot. 'Ah. Die projectontwikkelaar?'

Mia knikte. 'Hij mailde me sinds het ongeluk om de drie maanden. Vaste prik. Of we wilden verkopen? Alsof dit allemaal onvermijdelijk was.' Haar stem brak bij het laatste woord, en ze keek Clover met vragende ogen aan. Was dat zo? Was er echt nooit hoop geweest voor haar man?

Clover pakte haar hand en kneep er hard in.

Mia haalde haar schouders op en liet haar hoofd hangen. Haar stilte was even veelzeggend als woorden. 'De dag nadat ze Cory hadden gevonden, zei ik dat hij me zijn beste bod moest doen. Dat valt in het niet bij wat we zouden kunnen krijgen als we het ons konden veroorloven om te wachten, maar hij weet dat we dat niet kunnen. Dus hij wint ook en wij blijven maar verliezen. We blijven gewoon steeds maar weer verliezen.' Ze staarde naar de zee, en naar het zwarte moeras dat alles van hen had afgepakt. Clover kon de tranen zien glinsteren op haar wangen. 'Cory zei altijd dat dit huis de plek was waar onze zielen dansten, maar nu wordt het gewoon gesloopt en dan komt er zo'n glazen vakantiehuis voor in de plaats voor een of andere techmiljonair die waarschijnlijk niet eens van natte voeten houdt.'

Clover sloeg haar arm om de schouders van haar vriendin. 'Het spijt me zo erg, Mia,' fluisterde ze. 'Dit is allemaal zo oneerlijk. Je verdient dit allemaal niet.'

Zo zaten ze dicht tegen elkaar aan, terwijl de maan een bevend pad schetste dwars over de baai.

'Ik zou willen dat ik de reden wist,' fluisterde ze tot de duisternis. 'Hoe kan ik ooit rust vinden als ik niet snap waarom ons dit is overkomen? Hoe leg ik aan mijn jongens uit dat ze hun vader zijn kwijtgeraakt, en hun huis?'

Clover was stil. Tijdens de productie van *Pipe Dreams* had ze de beelden van het ongeluk duizend keer gezien. Voor haar geestesoog zag ze Cory peddelen naar de golf, terwijl Kit Foley zijn hoofd omdraaide om te zien waar zijn rivaal was, waarna hij ook begon te peddelen... Beide mannen stonden binnen een seconde van elkaar op hun board. Cory had voorrang als de outside rider, maar Foley blokkeerde opzettelijk zijn lijn, waardoor hij van zijn board werd gedwongen precies toen de golf brak. Het was een automatische interferentiestraf voor Foley, maar toen was Cory al onder.

Cory had nog maar één goede run nodig gehad om de heat te winnen, de wedstrijd te winnen, en daarmee de wereldtitel. Foley had hem dwarsgezeten om te zorgen dat hij de punten niet pakte terwijl de wedstrijdseconden wegtikten. De wil om te winnen was een ding, sportief gedrag iets anders. Maar om te doen wat Foley had gedaan, in die zware surfomstandigheden... dat was niets minder dan roekeloze gevaarzetting.

Ze staarden naar de nachtelijke horizon, maar terwijl de maan achter een wolk vandaan kwam, voelde Clover iets, iets wat eerder verborgen had gezeten, in zich opkomen. Door de schok en het verdriet begon er iets van woede in haar op te borrelen, want Mia had gelijk. Haar man was dood. Haar gezinsleven verwoest. Dan verdiende ze op zijn minst te weten waarom.

4

Zes maanden later

De trein won aan snelheid en het landschap versmolt tot een vlek van aarzelende grijs- en groentinten. Clover keek uit over rode daken, maar zonder iets te zien.

'Er ligt amper sneeuw!' klaagde Johnny, uitkijkend over velden die modderig waren en niet bevroren.

'Geef het een kans. We zijn net voorbij Salzburg,' mompelde Matty, die nu opkeek van haar telefoon.

Clover schoof in haar stoel. Ze wilde per se niet toegeven aan de zenuwen die in haar vingertoppen en tenen kriebelden en borrelden in haar maag. Ze had dat gevoel dat ze altijd had als ze op de bovenste verdieping van een wolkenkrabber was, een plotselinge angst dat ze er niet op kon vertrouwen dat ze niet zou springen. Maar dit was geen duizeligheid en er was niets ingebeelds aan de spanning die was gegroeid tijdens de zes maanden heen en weer mailen voor de pitch, die was ontstaan uit een idee, geboren uit een belofte.

Noch Johnny, noch Matty had haar geloofd toen ze haar voorstel had onthuld bij terugkomst uit Californië. Ze hadden verwacht dat ze terugkwam met een Oscar, niet met een plan voor 'carrièrezelfmoord'. Eerst hadden ze gelachen, vervolgens hadden ze harder gelachen. Haar bleke gezicht maakte duidelijk dat ze het meende. Liam, die tegenover haar zat in de gebruikelijke stoelen in Soho House, had haar aangekeken alsof hij niet kon bepalen of het een briljant plan was of totaal gestoord. Kon het niet allebei? Dat was haar reactie geweest.

Grof gezegd, in commerciële termen, was het verhaal een hoofdstuk verder. *Pipe Dreams* ging over het leven na Cory's trauma: het verlies aan identiteit, verlies van gezondheid, van een droom. Nu hadden ze het leven na Cory's dood. Alleen wilde ze dit niet vanuit dezelfde invalshoek benaderen. Dit was geen vervolg. Ze wilde het honderdtachtig graden draaien en onderzoeken hoe het had uitgepakt voor de antagonist in dit verhaal. Hoe kon Kit Foley leven met wat hij had gedaan? Hoe lukte het zo iemand om te slapen?

Mensen hadden van Cory gehouden juist omdat hij de eeuwige underdog was, altijd de bruidsjonker, nooit de bruidegom. Ze zagen zichzelf in hem, vooral wanneer hij het moest opnemen tegen een tegenstander die meer dan alleen een geweldig atleet was. Foley had alles mee: hij was een meter vijfentachtig, Cory een meter vijfenzeventig; Foley's beroemde blauwe ogen en gebeeldhouwde lichaamsbouw hadden hem een tweede fortuin opgeleverd naarmate de sponsorgelden binnenstroomden; hij had tal van Hollywoodactrices versierd. Kortom, Foley had zijn hele leven gewonnen. Hij had geen idee hoe het was om te verliezen, tot nu toe dan.

En nu kon hij niet winnen. Hadden zijn surfcarrière en reputatie al flinke nevenschade geleden door de gevolgen van Cory's letsel, Cory's dood was de genadeklap geweest voor zijn hoop op welke vorm van comeback dan ook. In de weken na Cory's zelfmoord hadden de kranten vanuit alle invalshoeken verhalen gemaakt over zijn tragische ondergang: zou de helm verplicht moeten worden bij grote surfwedstrijden? Wat waren de langetermijnrisico's van hersenschuddingen, niet alleen bij surfen, maar bij alle contactsporten? Waar lag precies de juridische aansprakelijkheid in professionele sportcompetitie wanneer veiligheidsvoorschriften opzettelijk werden geschonden? Slechts één feit werd voor waar aangenomen: Kit Foley had dit gedaan. Hij had de hemel op Cory's hoofd laten neerkomen. En ook op zijn eigen hoofd.

Liam begreep het niet. 'Iedereen zal verwachten dat je hem haat,' had hij gezegd.

'Ik haat hem ook. Maar dan kan ik nog wel mijn werk doen.'

'Maar waarom zou je?'

'Omdat niemand dat verwacht,' had ze schouderophalend gezegd.

'Maar je gaat over de vijandelijke linie! Dan breek je af wat je met *Pipe Dreams* allemaal hebt opgebouwd. Je loopt het risico dat je je eigen werk ontmantelt.'

'Dat is als je aanneemt dat ik voor zijn verhaal val. Maar ik ben drie jaar lang dag en nacht met dit verhaal bezig geweest. Hij kan zijn daden niet goedpraten tegenover mij. Ik weet precies wat hij heeft gedaan. Ik weet alleen niet waarom.'

'Maar als Cory het je niet wilde zeggen, waarom zou Kit dat dan wel doen?'

'Omdat dit zijn enige kans is om publiekelijk zijn reputatie te herstellen. Zijn leven is ook aan flarden. De surfwereld is klaar met hem, en dat weet hij. Maar als hij een nieuw hoofdstuk wil beginnen, en dat wil hij, dan moet hij eerst schoon schip maken. Hij kan dit niet negeren en hopen dat het overwaait. Peniche is vier jaar geleden en nu, nu Cory's zelfmoord in zijn gezicht ontploft... Dit gaat niet zomaar weg. Totdat hij zijn excuses aanbiedt en bekent, blijft dit zijn kryptoniet.'

'Dus je wilt hem laten smeken?'

'Ik wil dat hij toegeeft wat hij heeft gedaan. Mensen willen dat zien. Hij is verantwoordelijk voor Cory's dood.'

'En als hij dat niet doet?'

'Dan zien ze hem voor wie hij echt is.'

Liam had haar aangestaard, haar woede gezien. 'Dat gaat hij niet doen. Ik weet niet veel over die gast, maar ik weet wel dat hij zich niet bloot gaat geven.'

'Die mooie nieuwe sponsor met diepe zakken zegt van wel.'

Liam had zijn ogen samengeknepen. Hij had gezucht. 'Oké, stel dat hij wel zijn kant van het verhaal wil geven. Waarom zou hij met ons willen samenwerken, dezelfde mensen die hem onderuit hebben gehaald?'

'Beter kan toch juist niet? Als hij mij kan overtuigen dat hij een goeie vent is, verkeerd begrepen, wat dan ook…' Ze had een geamuseerd, ongelovig lachje laten zien. 'Dan overtuigt hij iedereen.'

'Of hij kan naar Oprah.'

Liam wilde zijn geld er niet op inzetten. Letterlijk niet. Ze hadden de meeting allebei in shock verlaten: Clover omdat ze niet kon geloven dat Liam haar niet wilde steunen en Liam verbijsterd dat ze zonder hem zou verdergaan. Maandenlang hadden ze nog gedacht dat de ander wel zou bijtrekken, maar nu zat ze hier, in een trein die door het Oostenrijkse landschap kroop, steeds sneller op weg naar het doel.

Haar buik borrelde weer. Het idee pitchen en er daadwerkelijk naar handelen waren twee heel verschillende dingen. Dag in, dag uit zouden zij, Matty en Johnny de komende zes weken met de man samenleven die ze waren gaan verafschuwen, en die hen verafschuwde. Maar als dit project moest slagen – en de hypotheek op haar flat was een dwingende reden dat dat gebeurde – moest ze neutrale grond vinden, tonen dat ze misschien geen vrienden maar ook geen echte vijanden waren. Ze kwam daar om haar werk te doen. Er was geen plek voor persoonlijke emoties.

Tot haar verrassing had ze al snel ingezien dat ze ondanks Foleys belangrijke rol in *Pipe Dreams* weinig van hem afwist, op wat krantenkoppen na. Haar focus was tot nu toe alleen gericht geweest op wat hij had gedaan en niet op wie hij was.

Dat was nu anders. Zes maanden lang waren zij en Matty alles te weten gekomen wat er te weten was over de man. Ze had duizenden uren surfcompetitie uitgezeten, de heats gekeken en de interviews achteraf. Ze had hem zien groeien van tienerbelofte tot een jonge gast die trofeeën bij elkaar graaide alsof het snoepjes waren. Op zijn veertiende was hij pro geworden en zijn eerste wereldtitel had hij gewonnen toen hij zestien was, maar zelfs als jongeman was hij gereserveerd en ogenschijnlijk volwassen voor zijn leeftijd. Hij was altijd professioneel, bondig en kortaf. Lastig te interviewen.

'Gaat het?'

Matty keek haar vanaf de stoel tegenover haar aan. Haar blik zakte iets af naar Clovers benen tot Clover zich realiseerde dat ze met haar been tegen haar zitting had zitten tikken.

'Ja hoor.' Clover zette beide voeten op de grond en stak haar handen onder haar dijen. Ze keek uit het raam. De bergen in de verte kwamen dichterbij, en hun witte toppen staken al af tegen de steile afgronden en glinsterende gletsjers.

'Heb je onze nieuwe vrienden ingelicht over de vertraging?' vroeg Matty. Ze hadden twee uur op het asfalt staan wachten op Heathrow, omdat ze hun tijdslot hadden gemist dankzij een bemanningslid dat te laat kwam.

'Zeker,' knikte Clover. 'Ik zei dat ze niet hoefden te wachten op ons en dat we zelf wel naar het chalet zouden komen.'

'Wat zeiden ze ervan?'

'Niks. Ze antwoordden niet.'

Matty's wenkbrauw ging omhoog. 'O, leuk. Goed begin.'

Ze keken elkaar ongerust aan. Matty beet op haar lip. Johnny zag er misselijk uit.

'Kijk niet zo nerveus. Het komt wel goed,' zei Clover opbeurend.

'Denk je?' zei Johnny. 'We hebben alleen e-mails gehad. Ze zitten er volgens mij helemaal niet op te wachten.'

'Nou, Julian Orsini-Rosenberg wel, en hij is hun grote roerganger. Waar hij gaat volgen zij. Toch, Mats?'

Matty haalde haar schouders op. 'Dat zegt hij. Hij heeft heel erg geholpen, hij heeft alles uit de kast gehaald om te zorgen dat dit gebeurt.'

'Ja, hèhè,' sputterde Johnny. 'Hij rekent erop dat wij van de drol een gebakje maken.'

Clover schoot in de lach. 'Wat zeg jij nou!'

Johnny grijnsde. 'Het enige wat ik zeg is dat ik straks degene ben die in de vuurlinie staat.'

'Hoezo?' zei Matty met gefronst voorhoofd, alsof zij in de vuurlinie wilde staan.

'Omdat ik de excuusman ben. Tegen jullie gaan ze natuurlijk niet lelijk doen, of wel?'

'Waarom niet?'

'Duh. Heb je weleens in de spiegel gekeken de laatste tijd? Ik ben de enige gast. Ik ben degene op wie ze hun pijlen richten.'

'Ah, dus je bedoelt dat het een alfamandingetje wordt?' vroeg Matty onschuldig.

'Nou, ja...' Johnny trapte er bijna in. 'Ga weg, Mats.'

Ze lachte. 'Kom op! Wat gaan ze doen, Johnny, je uitdagen voor een potje armdrukken? Planken?'

'Misschien!'

'Relax. Als dat gebeurt, schiet ik je te hulp.'

'O, denk je dat je me kunt verslaan in een potje armdrukken?'

Matty wierp hem een vernietigende blik toe. 'Johnny, ik weet dat ik je kan verslaan.'

Clover gniffelde zachtjes en Johnny keek van de een naar de ander. 'Ik denk niet dat jullie helemaal snappen hoe het daarboven zal zijn. De grote jongens in de surfcultuur zijn harde noten. Dat moet je ook wel zijn, om te doen wat zij doen. Het is geen *Baywatch*! Surfen is *tribal*. De plaatselijke gebruiken zijn een ding. Ze verdedigen hun territorium als hyena's. En wij zijn zo'n beetje de harde kern van Team Cory. Ik zeg het jullie al maanden, dit is een slecht idee.'

Clovers been begon weer te wippen. 'Kijk, het zal heus een beetje vreemd zijn, de eerste twee dagen of zo, maar we hoeven niet te doen alsof we vrienden zijn. Dit is een zakelijk ding voor alle partijen. We blijven neutraal en professioneel. Er is echt geen reden om erin te gaan alsof we oorlog krijgen.'

'Clo heeft gelijk,' zei Matty, terwijl ze hun een foto op haar telefoon liet zien. 'Ik heb ze even opgezocht en je kunt me niet wijsmaken dat dit geen lieverdje is.' Haar grijns werd steeds groter terwijl Johnny het plaatje bekeek van Kits manager, Ari Jones, toen hij zelf nog profsurfer was.

Clover rolde met haar ogen en Johnny jankte bij het zien van Ari die het zegevierend uitschreeuwde, surfend op zijn board. Hij was een beer van een vent met verschillende tatoages. Zijn gezicht werd ontsierd door zware littekens, die Clover een gevoel van medelijden bezorgden met degene die hem dat had aangedaan. 'Hij ziet eruit alsof hij mijn benen zou kunnen verbrijzelen door er alleen maar in te knijpen.'

'Dan moet je hem maar niet irriteren,' zei Matty simpel. Ze veegde over het scherm. 'En hier hebben we Tipper McKenzie. Die is toch niet bedreigend? Hij lijkt om mijn oude aardrijkskundeleraar.'

Johnny bekeek Kits coach van dichtbij, een lange, slanke man met wit haar en een gewatteerd jack. Het was waar dat je lichamelijk niet hoefde te vrezen voor hem, Clover vond hem een combinatie van Ted Danson en Arsène Wenger, maar hij maakte een strenge en stugge indruk. Hij had eerder met Shaun White gewerkt en het was zijn aanwezigheid in het Foley-kamp waardoor mensen begonnen te denken dat Foleys intenties misschien wat serieuzer waren dan ze eerder hadden gedacht.

'En als je naar Beau kijkt, nou, dat is gewoon een grote puppy. Moet je zien, een grote bos haar en lange ledematen. Het is net Pluto!'

Johnny proestte. 'Hij lijkt helemaal niet op Pluto! Beau Foley is een gevaarlijke gek. Afgelopen zomer is hij gearresteerd voor openbare dronkenschap en verstoring van de openbare orde. Het is echt zo'n blower, altijd stoned. Hij is de rechterhand van zijn broer en een eersteklas profiteur.'

'Je laat het klinken alsof dat erg is,' schimpte Matty. Ze trok een wenkbrauw op bij zijn opwinding. 'Johnny, chill. Er is niets om je zorgen over te maken. Clover en ik zullen je beschermen.'

Clover gniffelde om het eindeloze gekibbel van haar vrienden. Ze voelde zich er weer iets moediger door terwijl ze naar buiten keek naar de rijzende bergen. Kit Foley was daar ergens, en ze was op weg om hem te grazen te nemen.

'Nou, ze hebben je wel heel letterlijk genomen,' zei Johnny toen ze een uur later op straat stonden met hun tassen naast hun voeten. De zon was tevoorschijn gekomen en het licht was verblindend. Het werd weerkaatst door de met sneeuw bedekte bergtoppen die hen omgaven in het komvormige dal. In het midden, op de bodem van de vallei, lag een saffierkleurig meer, en de stad Zell am See lag op het smalle stukje land tussen de oevers en het Pinzgaugebergte. De uitzichten als je aankwam per trein waren betoverend, en Johnny had zijn best gedaan om ze vast te leggen, snel de camera uitpakkend en filmend uit de deuren.

Dat was een warmer welkom dan dat van hun gastheren. Er was duidelijk niemand hier om hen te ontvangen. Nadat ze vijftien minuten verloren op de stoep hadden gewacht voor het geval er toch iemand kwam, liep Clover naar de felgele taxi aan de kop van de rij, haar skitas achter zich aan sleurend. Ze liet de chauffeur het adres zien dat Ari Jones haar schoorvoetend had gegeven. Matty en Johnny klommen achter haar aan de auto in.

'Hebben ze een jacuzzi, denk je?' vroeg Johnny.

'Ik betwijfel of we erin mogen als ze die hebben,' verzuchtte Clover. Dit koude welkom was een wel zeer onheilspellend begin.

Ze keken uit het raam naar het stadje waar ze doorheen reden. Het was er levendig maar niet druk, met mensen die rondliepen in spijkerbroek en donzen jas. Het was nog een week of wat te vroeg voor toeristen. Zell am See lag zevenhonderdvijftig meter boven zeeniveau, maar de sneeuwgrens lag momenteel op honderd meter boven de stad, en hoewel er een goede laag sneeuw lag op de hogere hellingen, zouden de pistes pas in de eerste week van december opengaan.

Het was een mooi stadje, zelfs zonder de spectaculaire ligging aan het meer. Anders dan de speciaal ervoor gebouwde betonnen jungleresorts die Clover had bezocht toen ze was gaan skiën in Frankrijk, bestond de bebouwing voornamelijk uit traditionele lage houten chalets en appartementenblokken in kleurrijke tinten zoals citroen, mosterd en terra. Het zag er misschien hier en daar een beetje uit als vergane glorie, maar Clover hield daarvan. Het zorgde ervoor dat de plek echt aanvoelde en alsof die het hele jaar door werd bewoond, in tegenstelling tot de plaatsen die in de zomermaanden veranderden in een spookstad. Het zag er allemaal indrukwekkend en koppig 'normaal' uit.

De taxi stopte voor een extreem hoge muur en stevige poort.

'Zijn we er al?' vroeg Clover verbaasd. Ze stapte uit en keek op naar het vier verdiepingen tellende chalet dat erachter oprees. Het was een groot nieuwbouwproject, maar het ging bescheiden op in de omgeving, met een lichtgrijze stenen fundering die naar boven overliep in donker, oud houtwerk. De voorgevel, die op het centrum van het stadje en het meer uitkeek, was aangekleed met rookkleurig glas, waardoor je van buitenaf niet naar binnen kon kijken. Clover voelde dat haar hartslag steeg. De architectuur sprak, maar zachtjes, en de kwaliteit straalde ervan af. Zoiets als Gianni Agnelli in crèmekleurig kasjmier. Het was dus niet zo slecht gesteld met Foleys fortuin? Een wereld van verschil met situatie van de Allbrights. Mia en de jongens waren naar een flat in Redwood City verhuisd, een half uur rijden van de kust, met een betonnen achtertuin. 'Maar ieder van de jongens heeft zijn eigen slaapkamer,' had Mia gezegd, zich vastklampend aan iets positiefs.

'Dat valt tegen,' schimpte Johnny zachtjes. 'Ik haat het nu al.'

'Ik ook,' verzuchtte Matty, duidelijk onder de indruk.

Clover, die haar vastberadenheid weer terug had, stapte naar voren en drukte op de bel. Ze wachtten en probeerden relaxed te kijken, wetend dat er via de intercom naar hen werd gekeken. Niemand zei wat, voor het geval dat.

Het duurde een volle minuut voordat iemand antwoordde, en Clover had haar arm net uitgestoken om opnieuw te drukken toen de brede poort opzijgleed en een oprit met kinderkopjes zichtbaar werd met daarachter een reeks getrapte terrassen. Een glimmende

Range Rover stond aan het andere einde geparkeerd, naast een *jet bike*.

'Shit,' mompelde Johnny. Het was blijkbaar niet intimiderend genoeg dat ze stoere bonken waren. Ze waren ook nog eens rijke stoere bonken.

Clover keek naar hem en was vastbesloten niet in paniek te raken. 'Johnny. Hij heeft negen keer de World Tour gewonnen.' Ze sprak nu zo zacht dat haar lippen niet eens bewogen. 'We weten dat hij geld heeft. Dat is geen verrassing.' Ze rechtte haar rug, tot haar volle lengte van een meter zevenenzestig. 'Maar wij hebben een Golden Globe en een BAFTA, wat ook niet verkeerd is, dus we staan gelijk. *Capisce?*'

'*Capisce*.'

Ze droegen hun spullen het terrein op, voordat de poort weer achter hen sloot. Vooral Johnny had meerdere grote gewatteerde tassen met apparatuur te dragen, en daarnaast nog zijn snowboardspullen. Hij snowboardde al sinds zijn elfde en hij nam de sport serieus. Clover had haar hele jeugd geskied. Als kleuter had ze voor het eerst haar skischoenen dichtgeklikt, hoewel ze nu al meer dan tien jaar niet meer op de latten had gestaan. Matty was laat met de sport begonnen. Ze leerde het toen de familie bij wie ze als nanny werkte in de vakanties van de universiteit haar meenam naar Les Arcs. Natuurlijk had ze het binnen een paar dagen onder de knie en skiede ze aan het einde van de eerste week al van zwarte pistes.

De voordeur van het chalet ging open. In de deuropening stond een gespierde kale man in een witte tuniek. Zijn ernstige voorkomen viel weg toen hij naar hen glimlachte. 'Hallo, jullie zijn dus de filmploeg?' vroeg hij met een vet Schots accent, en hij keek naar hun berg bagage.

'Klopt,' zei Clover. 'Ik ben Clover Phillips en dit zijn Martha Marks – Matty – en Johnny Dashwood.'

'Leuk jullie eindelijk te ontmoeten. Ik ben Fin Maclennan, de chef.' Een lachje speelde rond zijn lippen. 'Iedereen kijkt erg uit naar jullie komst.'

'Kijken jullie ernaar uit? Echt?' Clover probeerde de scepsis uit haar stem te weren. Achter zich kon ze de poort horen dichtschuiven.

'Ja, zeker. Kom verder, kom verder. We verwachtten jullie al...' Hij stapte naar achteren om hen binnen te laten in een lange gang met ruwe stenen muren. Een antieke Spaanse tafel stond tegen de muur met daarop wat plompe zwarte aardewerken lampen en een modern beeldhouwwerk. 'Maar ik ben bang dat ze er op dit moment niet zijn. Ze zijn naar de gletsjer van Kitzsteinhorn voor een training.'

'Dat is prima. Onze vlucht had vertraging, dus we lopen twee uur achter op ons schema. We hebben geappt, we wilden niet dat ze op ons zouden wachten.'

'Carlotta, de manager van het chalet, heeft ook haar vrije dag. Ze is om zeven uur weer aan het werk, maar Ari zei dat jullie je het gewoon gemakkelijk moesten maken en dan komen zij later.'

'Te gek.'

'Zal ik jullie een snelle rondleiding geven? Nu we toch hierbeneden zijn?' vroeg hij en hij liep naar de dichtstbijzijnde deur en opende die. 'Dat is de schoenenruimte en het snowboarddepot, met verwarmde beugels en rekken, enzovoort. Geen outdoorskispullen voorbij dit punt, ben ik bang. De antieke stenen vloeren zijn niet dol op skischoenen.'

'Mijn voeten ook niet.' Clover glimlachte.

'Snap ik,' beaamde Fin. 'Hier heb je de gym en helemaal achterin heb je de hamam en spa.' Clover wist dat Johnny zich zou afvragen wat een hamam was.

Fin wees naar de deur aan de andere kant. 'Daartegenover is de jacuzzi en het zwembad. En daarnaast zit de garage.' Hij wees naar een lift aan hun rechterkant en haalde zijn schouders op. 'Dat spreekt voor zich. Handig na een zware avond, als de trap te veel gevraagd is.'

'Gebeurt dat weleens, ja?' vroeg Clover onschuldig.

Fin lachte en schudde met zijn vinger. 'Ha! Geen commentaar!'

Hij leidde hen een wenteltrap op halverwege de hal. Die had leistenen treden en om de drie treden was een spotje geplaatst. Halverwege de overloop stond een gigantische bonsai op een console.

'Op deze verdieping zijn de kleinere slaapkamers voor personeel en gasten. De mijne is daar, naast de lift, Carlotta's kamer is naast die van mij. Er is een lege kamer aan die kant,' zei hij, wijzend naar de deur in de rechterhoek. 'Ari heeft de grote hoekkamer ertegenover en er is een dubbele slaapkamer naast hem, hier.' Hij deed de deur open van een slaapkamer met twee eenpersoonsbedden met antracietgrijs beddengoed met rode bies. Een hele verzameling zachte knuffels stond op een plank, met wat puzzels en bordspellen. Fin trok een wenkbrauw op. 'Sorry, we zitten vol. Deze kamer is normaal van de kinderen.'

Waren er dus drie bedden maar slechts twee kamers?

'Nou, dan neem ik aan dat wij deze nemen,' zei Clover, die naar Matty keek. Het was niet alsof Johnny en Matty samen konden, die zouden elkaar de kop inslaan.

'Logeerpartijtje.' Matty haalde haar schouders nonchalant op.

'Heb ik even mazzel,' mompelde Johnny terwijl Fin hun voorging naar de etage erboven. 'Dus ik mag recht tegenover Ari "Killer" Jones slapen?'

Matty schoot hard in de lach. 'Ik zei toch dat ik je zou beschermen.' Ze giechelde de hele wandeling naar boven.

'En dit hier is wat we het plezierpaleis noemen.' Hij zette een stap achteruit en wachtte tot ze achter hem samendromden en hun monden van verbazing openvielen.

'Ja. Ik weet het,' knikte hij. 'Best wel ongelooflijk. Je moet er even aan wennen.'

De ruimte was enorm. Dubbele hoogte, dubbele breedte, dubbel… alles. Achterin, naast de rookglazen ramen die van vloer tot plafond reikten, stonden twee vintage oranje fluwelen Camaleonda-sofa's, geplaatst aan beide kanten van een gigantische uivormige hangende haard. Op de grond lagen zitzakken met schapenvacht. Aan de muur hing een groot kleurrijk abstract kunstwerk boven een vier meter lange Shou Sugi Ban-eettafel met veertien stoelen. Aan dezelfde kant stond in een loodrechte hoek een biljarttafel en in een muur die betimmerd was met planken vol boeken was een volledig bevoorrade bar weggewerkt. Ook de muur ertegenover was bedekt met boekenplanken. Op drie meter hoogte werd de ruimte doorkruist door een dikke eiken balk, waar een ladder tegenaan stond. Op het oog moesten er wel duizend boeken in de kamer staan.

Clover keek omhoog naar een entresol. Ze besefte dat haar mond openhing en deed hem bewust weer dicht.

'Daar is de bioscoop en gamekamer.' Fin wees naar een deur aan de andere kant. 'Tweeënvijftig inch plasmascherm, Playstation, Xbox, noem maar op.'

'Scrabble?' vroeg Matty met een pokerface.

Fin grijnsde. 'Natuurlijk.'

'Eh... waar is de keuken?' vroeg Clover, die opmerkte dat dit chalet alleen maar om plezier draaide en niet om werk.

'Ah.' Fin liep naar de bibliotheekmuur aan hun rechterkant en duwde zacht tegen een boek. Met een zwakke klik ging een zwaaideur open, waardoor een fonkelende prachtige ode aan roestvrij staal zichtbaar werd, met lange, smetteloze werkstations en boven elkaar gestapelde Sub-Zero-apparatuur. Prachtig gearrangeerd fruit was zichtbaar in klimaatkasten met glazen deuren en er stond een industriële sinaasappelpers in de hoek.

'Kit neemt zijn smoothies nogal serieus,' zei Fin, toen hij zag hoe verbaasd Clover keek naar de schaal met een meter doorsnee ernaast, waar een berg sinaasappels in lag.

'Het is hier allemaal zo... veel,' mompelde Matty, die weer terug de woonkamer in wandelde.

‘Passend bij de omgeving,’ zei Fin met een schouderophalen. ‘Het begint nu donker te worden, maar je kunt zien dat het uitzicht op het meer echt best wel waanzinnig is.’

‘Weet je wat?’ Johnny keerde zich om en keek hen aan. ‘Misschien hoeven we Kit niet eens te interviewen. Laten we gewoon dit huis draaien! Dat alleen al wordt een hit. Woorden zijn maar woorden, dat weet iedereen.’

Clover lachte en keek hem veelbetekenend aan. ‘Hoe laat komen ze terug, weet je dat?’

‘Dat hebben ze niet gezegd, maar Ari vroeg wel of ik het eten om zeven uur klaar kon hebben voor jullie, als dat uitkomt?’

‘Ja, fantastisch,’ zei Clover, opgelucht dat ze nog wat tijd had voor de formele introductie. ‘Bedankt.’

‘Zoals ik zei, Carlotta begint haar dienst om zeven uur. Ik laat jullie uitpakken en settelen. Het spreekt allemaal voor zich, maar laat het me weten als er wat is. Ik ben in de keuken als je me nodig hebt.’

‘Eh… op welk boek moeten we drukken om de deur open te maken?’ vroeg Matty met een geamuseerde uitdrukking.

Fin gniffelde weer. ‘Ik weet het. Het is een beetje gek. Hier.’ Hij liet hun een reeks bordeauxrode leren edities zien op een plank op ooghoogte. ‘Het zijn dummy’s. Je drukt op een van deze ruggen en daarmee activeer je het paneel.’

‘Ben je nooit bang dat je wordt opgesloten?’ vroeg Matty.

‘Nee. Daar droom ik van!’

‘Eh… Fin?’ vroeg Clover, toen hij terugliep naar de keuken.

‘Ja?’

‘Waar is Kits slaapkamer?’

Fin wees naar boven. ‘Daarboven. Hij heeft de masterbedroom en zijn broer Beau heeft de andere. Maar ik kan je daar niet mee naartoe nemen, ben ik bang. Dat is verboden terrein.’

Clover glimlachte. ‘Natuurlijk, ja. Dat is prima. Ik vroeg het me alleen af.’

Fin verdween weer in zijn blinkende schuilplaats, en de deur ging automatisch achter hem dicht. Clover volgde de anderen naar beneden. Ze begonnen te kletsen van opwinding, maar haar hoofd zat alweer bij andere dingen.

Ze haalden hun tassen op uit de hal en brachten die naar hun kamer. Matty en Clovers kamer was best klein voor twee volwassen vrouwen, zelfs als Matty niet de neiging had gehad om te veel spullen mee te nemen. Clover was binnen vijf minuten klaar en ze keek met een mix van bewondering en afkeer toe hoe er allerlei tasjes en etuis op Matty's bed werden gelegd en de kasten en laden gestaag werden opgevuld.

Ze liet haar vriendin haar gang gaan en stak de gang over om bij Johnny's kamer om de hoek te kijken.

'Lukt het hier, neem je het er even van?' Zijn tassen stonden ongeopend op de grond en hij lag languit op het tweepersoonsbed met een schapenvacht over zijn benen getrokken, druk bezig met de afstandsbediening van de tv. 'Ha! Doe alsof je thuis bent!'

'Wat?' protesteerde hij. 'We zijn vroeg vertrokken en we hebben de hele dag gereisd. Ze zijn nog niet terug en zoals je zei, we hebben zes weken hier. Het is niet alsof elke minuut telt. Ik wil gewoon heel even chillen voordat Ari "Boze Oog" Jones me in mijn slaap vermoordt.'

'Hij gaat je niet in je slaap vermoorden,' grijnsde ze, maar hij weigerde getroost te kijken. 'Luister, ik kom even kijken of je...' Ze knikte naar het plafond. 'Met mij boven wilt checken?'

Johnny sperde zijn ogen paniekerig open, omdat hij meteen wist dat ze niet de zitkamer bedoelde. 'Je bedoelt de slaapkamers?'

Ze knikte.

'Clo! Dat is inbreken!'

Ze rolde met haar ogen. 'Hoe kan dat nou, we zijn toch al binnen?'

'En als Fin ons betrapt? Hij heeft duidelijk nee gezegd en dat zou zo gênant zijn.'

'Ja, maar hij zit opgesloten in de keuken. En als hij ons betrapt kunnen we zeggen dat we nieuwsgierig waren. Niets aan de hand. Ik bedoel, hoe erg is het om even te kijken?'

Johnny trok een wenkbrauw op en was duidelijk niet overtuigd. Wat hem betreft was het allemaal erg.

Clover zuchtte. 'Luister, dit is niet echt zo gepland en ik begrijp ook dat het niet mijn meest verstandige idee ooit is... Aan de andere kant, de dienstmeid heeft een dagje vrij en iedereen is de deur uit... Misschien krijgen we deze kans niet meer.'

'Maar wat wil je daar doen?'

'Niks. Gewoon even rondkijken.'

'Snuffelen bedoel je.'

'Goed dan. Snuffelen, en... Ik wil een gevoel krijgen bij hem voordat we elkaar ontmoeten. Je kunt een heleboel afleiden uit iemands privéplekken.'

Johnny glimlachte zelfgenoegzaam.

'Slaapkamers! Je weet dat ik slaapkamers bedoel!' kreunde ze. 'Ik ga niets doen, of pakken. Ik wil gewoon een idee hebben van hoe hij leeft als niemand kijkt. Hij geeft publiekelijk bijna niets weg, in interviews is hij net een machine. Dit is slechts een kans om even achter het gordijn te spieken.'

'En Matty dan? Waarom mag zij niet mee?'

'Omdat zij hier nu blijkbaar woont en ze moet het keukenaanrecht nog uitpakken.' Ze drukte haar handen samen alsof ze bad. 'Alsjeblieft, Johnny. Laat me niet in mijn eentje gaan.'

'Aargh,' kreunde hij en hij trapte het schapenvel van zich af. 'Nou, kunnen we dan wel met de lift?'

'Je bent toch geen vijf!' zei ze grijnzend. 'En nee, dat kan niet, misschien zegt-ie ping.'

Ze slopen als pantomime-inbrekers, met kromme rug en op hun tenen, naar boven naar de zitkamer, en vanaf daar meteen naar de entresol. Het decor op de bovenste verdieping werd meteen zachter en weelderiger. Weg waren de ruige stenen muren en antieke geplaveide vloeren, die waren aangebracht voor hogere bezoekersaantallen. In plaats daarvan werden hun kousenvoeten ingepakt door een dik crèmekleurig tapijt. Op de muren prijkte een bleke houtskooltekening van een berglandschap, waarvoor twee stoelen met wijnrode linnen bekleding waren geplaatst. Op de hele verdieping waren maar twee deuren, een aan beide kanten van de hal.

De deur aan de linkerkant deden ze als eerste open, waarna ze voorzichtig naar binnen keken. De kamer was leeg, maar toch hielden ze hun adem in toen ze naar binnen gingen.

'O ja,' fluisterde Clover, in haar sas met wat ze zag. De kamer was groot – minstens twee keer zo groot als haar eigen kamer – met grote ramen die vanuit de vallei over de bergen uitkeken, met de opgaande kabels voor de Schmittenhöhebahn in het zicht. Het voelde nog groter door het gewelfde plafond en de blootliggende balken. De muren waren afgezet met linnen in de kleur van donker mos, met een gecapitonneerd hoofdeinde dat net zo hoog was als het bed lang.

Maar hoewel het concept van de kamer en het design geraffineerd waren, de persoon die er woonde was dat niet. De lakens lagen verfrommeld in een hoop, een kussen op de vloer, een laptop lag aan de oplader, midden op het matras. De deuren van de kledingkast stonden open, maar het leek overbodig, want overal lagen kleren: jacks, truien en jeans lagen in bergen op stoelen; de grond was bezaaid met boxershorts en sokken, thermokleding lag binnenstebuiten op de radiatoren. Vapevullingen en Rizla-vloeitjes lagen op het bureau, een paar tijdschriften – auto's, surf, porno – gleden langzaam van een stoel af.

'Hm. Dus hij is een eeuwige vijftienjarige,' mompelde Johnny. 'Lijkt wel alsof hij een feestje heeft gegeven in de kamer van zijn ouders.'

'Hij is in elk geval een slons,' zei ze langzaam, terwijl ze Johnny achternaliep naar de badkamer.

Er lagen natte handdoeken op de grond; de stank van verschraalde urine was een teken dat er niet was doorgespoeld. Nog meer vapes. Een shampoofles ondersteboven in de douche.

'Aha. Dit is Pluto's kamer,' mompelde Johnny, die de naam las op het etiket van een wit pillendoosje in het badkamerkastje boven de wasbak.

'Wat?' Ze liep ernaartoe en staarde ernaar. 'Beau Foley.' Shit. 'Alprazolam. Wat is dat?'

Hij snoof minachtend. 'Een soort straatbenzo... Benzodiazepine? Tegen angst.'

'Heeft hij angsten?'

'O, dat betwijfel ik. Hij gebruikt het waarschijnlijk als een downer.' Hij stak zijn hand in het kastje en nam nog wat flesjes eruit. 'Ja. Om hem down te krijgen na deze.'

Clover keek hem wezenloos aan.

'Onze jongen houdt van een feestje,' prevelde hij, en hij zette de flesjes weer terug. 'Rechterhand en profiteur, tot nu toe klopt het aardig.'

Ze liep terug de slaapkamer in en keek met minachting rond. 'En dan is hij nog de aardige broer!'

'O, mooi.' Johnny rolde met zijn ogen. 'Ik heb een idee, laten we dit niet in Ari's kamer doen. Ik heb echt geen zin om op zijn exotische messencollectie te stuiten.'

Ze liepen de hal weer in en stonden voor de deur aan de andere kant van de gang. 'Klaar?' vroeg ze. Johnny haalde zijn schouders op. Hij wilde het achter de rug hebben. En zij besefte dat ze het voor zichzelf vroeg. Ze moest even diep ademhalen voordat ze naar binnen ging, de meest intieme ruimte van de meest gehate man. 'Daar gaan we dan...'

Ze gingen naar binnen. Het was net als het betreden van een kathedraal en ze hadden de neiging om omhoog te kijken, om zich te vergapen. Beaus kamer was mooi, of had dat moeten zijn. Maar dit was van een ander niveau. Drie keer zo groot en helemaal in het wit ingericht, het was net alsof je een wolk in stapte. De achterste wand bestond helemaal uit rookglas in een zwart frame, en keek uit op de zitkamer beneden en het enorme raam dat uitzag op het Zellmeer. Een gigantisch vrijstaand koperen bad stond in het midden, waardoor de badgast een prachtig uitzicht had, maar of dat ook gold voor de persoon die beneden op de bank een kopje thee dronk?

De muren waren behangen met handgeschilderd behang van het merk Fromental, van kersenbloesem. Een sofa van schapenvacht stond aan het einde van het kingsize bed met twee bijpassende armstoelen ertegenover, als hij een of andere meeting of bijeenkomst wilde hebben in zijn slaapkamer. Clover wist bijna zeker dat er nog nooit iemand op had gezeten.

Ze liep erheen en ging eerst op de ene en toen op de andere zitten.

'Heb je het naar je zin?' fluisterde Johnny met een geamuseerd gezicht.

'Ja, zeker,' grijnsde ze. Maar ze voelde ook teleurstelling.

Dit was hun eerste indirecte ontmoeting met Kit Foley, een opzettelijke inbraak in zijn heiligdom. Het zou iets over hem moeten zeggen, zonder woorden, maar als ze om zich heen keek, dan hoorde ze bijna niets. De kamer zag er precies zo uit als hij bedacht was – smetteloos, mooi, kalm. Het bed was opgemaakt, de kledingkasten waren dicht. Geen pornoblaadjes, geen rookwaar, geen vies ondergoed overal. Ze stond op – niet eens een zeperig randje in het bad.

Ze ging naar zijn kast en keek erin. Er hingen drie witte overhemden, een zwart pak, een flink aantal snowboardjassen – allemaal in degelijke, sobere kleuren met JOR in matte schaduw op de schouders. JOR: Julian Orsini-Rosenberg. De man achter Foleys comeback. Dus dit zou Kit zelf hebben ontworpen?

Ze controleerde de lades. Hij was een Calvin-man, en niet erg geïnteresseerd in sokken – alleen maar zwarte geribde paren. Ze bekeek de andere lades: thermokleding, jeans, wat donkergrijze truien van merinowol.

'Bah, hij kleedt zich als een architect,' mopperde ze. 'Waar zijn de Hawaïaanse bloesjes en surfshorts?'

'Die heeft hij opgegeven, weet je nog? Dit is Foley 2.0.'

'Nou, Foley 2.0 is... saai.' Ze stond naast zijn nachtkastje en maakte een snelle inventaris: vitaminepillen, een oplader, oortjes, een paar boeken. Hield hij van lezen?

'O god,' zei ze met een grijns, en ze hield het bovenste boek op naar Johnny. '*Unfu*k Yourself: Stap uit je hoofd en in je leven*. Hij is dus een denker? Alsjeblieft.'

Ze nam de tweede. '*De kracht van positief denken*... Misschien moet hij aan de rustgevende pillen?'

Johnny gniffelde.

'Obama's biografie,' mompelde ze, en ze hield een exemplaar van *Dromen van mijn vader* omhoog. Ze bladerde er wat door. 'O, kijk eens. Gesigneerd. Vrienden in hoge posities.'

'Niet meer. Ik gok dat hij geen handtekening krijgt voor Obama's nieuwe boek.'

Clover glimlachte, iets gematigd door die gedachte. 'Denk het ook niet.'

Ze pakte wat losse papieren op en bekeek ze – tekeningen van een architect voor een huis. Verbazingwekkend popperig, dacht ze, als ze naar de veranda keek met zuiltjes.

Ze legde ze weer terug en dacht na. Wat onthulde dit allemaal over Kit Foley? Hij kon lezen, goed, hij was dus geen compleet achterlijke sportgek. Hij ging graag om met de groten en de goeden der aarde – over zijn ego wist ze alles al. Hij was een huis aan het bouwen. Oké, maar waar dan? Was het een investering, of was het voor hem? Wilde hij zich ergens settelen? Hij was dertig, niet meer de tienersensatie die over de wereld reisde, harten brak en golven pakte.

Johnny volgde haar de badkamer in. Die blonk. Handdoeken waren gevouwen en hingen netjes over de buisverwarming. Clover keek naar de producten in de douche – plaatselijke supermarktmerken, geen duur spul. Hij gebruikte een elektrische tandenborstel, de borsteltjes waren wit en de haren stonden rechtop, wat suggereerde dat de opzetstukjes recentelijk waren vernieuwd. 'Zorgt voor zijn tanden,' fluisterde ze. 'Is duidelijk gesteld op zijn lach.'

'Ik denk niet dat iemand zou ontkennen dat die gast een killerglimlach heeft, Clo.'

Clover keek terug met toegeknepen ogen. 'Ik wel. Het is een slang.'

De inhoud van het badkamerkastje was onopvallend. Paracetamol. Aspirine. Tijgerbalsem. Compressiebuisverband. Wat kruidenmiddelen, echinacea, ginseng, sint-janskruid...

'Gatver... het is allemaal zo... gaap,' siste ze geërgerd.

'We moeten gaan. Ze kunnen elk moment thuiskomen,' zei Johnny nerveus.

Ze keek de ruimte rond en voelde haar frustratie toenemen. Niets van wat ze zag gaf ook maar enigszins iets prijs over de man. Het was allemaal zo... Nietszeggend. En dat was raar, want Kit Foley was veel dingen, maar nietszeggend was daar niet een van. Er was geen subversief leesmateriaal, geen twijfelachtige substanties, geen flardje slechte smaak. Als dit een blik in zijn hoofd was, dan was er weinig te zien. Waar was zijn persoonlijkheid?

'Clo?'

'Hè?'

'Zullen we het niet overdrijven?'

'O ja, ik kom,' mompelde ze.

Johnny ontspande zichtbaar toen ze geluidloos over het dikke tapijt liep en hij de slaapkamerdeur achter haar sloot met een zachte klik. Clover liep achter hem aan de trap af, in peinzende stilte. Als het een openbaring was geweest, dan was het om de verkeerde redenen. Ze had het afgelopen half jaar besteed aan het bestuderen van deze man. Ze wist zijn geboortedatum, wist dat hij een goofy was – wat betekende dat hij op zijn board met zijn rechtervoet voor stond – en allergisch voor schelpdieren, dat hij een voorkeur had voor blond, dat hij groot fan was van Bruce Lee, dat hij een Hawaïaanse kākau tattoo had op zijn linkerbiceps, dat hij aan beide benen zijn voorste kruisband had gescheurd... Maar terwijl ze de kamer was binnengegaan met de hoop meer inzicht te krijgen in een man van wie ze al zoveel wist, had ze nu het gevoel dat ze op een of andere manier minder van hem wist. Hij had niet alleen niet voldaan aan de verwachtingen – hij was helemaal niet aanwezig geweest. Het was zorgwekkend. Als hij zich zelfs privé verborgen hield, hoe moest zij hem dan zien te vinden?

Ze had het plotselinge angstige gevoel dat Kit Foley filmen hetzelfde zou worden als proberen de onzichtbare man te fotograferen.

5

'Ze vroegen me hun excuses door te geven,' zei Carlotta, die champagne inschonk in hoge flûtes en die uitdeelde. 'Ze wilden profiteren van de verse poeder en zijn de tijd uit het oog verloren. Ze zeiden dat we moesten beginnen zonder hen.'

'Maar wanneer komen ze dan?' vroeg Matty. 'We kunnen toch wachten.'

'Ze zeiden dat ze dat niet goed wisten.'

Clover, Matty en Johnny wisselden een blik uit. Het werd nu wel heel raar.

Carlotta rechtte haar rug. Haar halflange donkere haar zat in een lage paardenstaart en ze bewoog vlot en zeker. Ze was zakelijk en kennelijk niet genegen tot glimlachen. 'Het avondeten is *tafelspitz*.'

'Tafelspitz,' zei Johnny haar kortweg na.

'Ja. Dat is een traditioneel Oostenrijks gerecht. Rundvlees, gekookt in bouillon met wortelgewas, mierikswortel en appelmoes. Meneer Foley dacht dat jullie wel zin zouden hebben in een typisch Oostenrijks maal op jullie eerste avond hier.'

'Gekookt rundvlees? Wat aardig van hem,' zei Johnny vluchtig, waardoor het sarcasme erin doorscheen.

'Dat klinkt heerlijk,' zei Clover snel. 'Is meneer Foley altijd zo attent voor zijn gasten?'

'Meneer Foley heeft hier nog nooit gasten gehad.'

'Echt niet?' Ze kon haar verbazing niet uit haar toon weglaten.

'Nou, wat ik bedoel is, zijn gasten blijven meestal niet eten.'

Matty trof Clovers blik en grijnsde.

Clover probeerde haar te negeren. 'Werk je al lang voor hem?'

Carlotta knikte, er zat iets van trots in haar uitdrukking. 'Sinds hij in Zell am See is.'

Clover nam een slokje champagne. Die smaakte goed, vintage, een beetje biscuitachtig, goud van kleur. 'Dat is dan iets meer dan een jaar, toch? Je zult hem dan wel goed kennen.'

Maar Carlotta was duidelijk niet van plan om te blijven kletsen. Ze zette de champagne met een kwiek gebaar terug in de ijsemmer. 'Excuseer me, ze hebben me nodig in de keuken,' zei ze en ze stoof weg.

Toen ze eenmaal uit zicht was, keken ze elkaar weer aan. 'Ze is doodsbang dat je haar gaat interviewen,' mompelde Matty.

'Ze heeft gelijk. Ze zal wel heel veel shit over hen weten, denk je niet?' zei Clover, en ze reikte naar een olijf.

'Nou, ik zou willen dat ik mijn joggingpak had aangetrokken,' kreunde Matty, trekkend aan de broekband van haar skinny jeans. 'Ik vond dat ik nog een beetje mijn best moest doen voor de eerste ontmoeting. Maar zij nemen niet eens de moeite om te verschijnen.'

'Wel aardig van ze om gekookt vlees voor ons te regelen,' zei Johnny, met opgeblazen wangen, alsof hij moest overgeven.

'Het is allemaal prima,' zei Clover met een evenwichtigheid die ze niet voelde. 'We moeten hierdoor niet verrast zijn. Foley speelt spelletjes. Dit is wat hij doet.' Ze haalde haar schouders op. 'Hij laat zien wat hij in handen heeft.' Ze nam nog een trage teug champagne, maar vanbinnen voelde ze zich op stang gejaagd. Dit wachten, dit constante wachten tot hij terugkwam… Het voelde alsof ze al de hele dag haar adem inhield. Het was verontrustend om alleen te zijn in het huis van de man die de aartsvijand was van haar vriend. Ze werden verwacht, maar ze waren niet welkom.

'Nou, hij heeft duidelijk niet de memo van de sponsor gelezen dat hij ons aan boord moet zien te krijgen,' verzuchtte Johnny. 'Wat betekent dat het waarschijnlijk de armpje-druk-route wordt.'

Matty en Clover moesten allebei gniffelen. Matty stak haar hand uit naar een soepstengel. 'Wanneer denken jullie dat ze komen? Halverwege het diner, wanneer er gekookt vleessap over onze kin druipt?'

'Waarschijnlijk.' Clover keek weer om zich heen naar de indrukwekkende ruimte. Ze zou er even aan moeten wennen. Ze zaten bij het vuur, dat nu aan was en knetterde. Carlotta was haar dienst efficiënt begonnen. De stad was een lap lichtjes onder hen, het meer een inktvlek onder een hemel vol sterren.

'Hé. Cool,' zei Johnny, toen hij een platenspeler zag achter de biljarttafel. Hij liep erheen om hem te bekijken. Clover keek omhoog naar de glazen muur van Kits slaapkamer op de entresol, het koperen bad blonk zelfs in het donker. Ze wilde dat ze langer de tijd hadden genomen, iets beter hadden gesnuffeld, in plaats van dat ze de kamer na een paar minuten alweer hadden verlaten.

Ze stond op en begon te lopen, te rusteloos om te zitten. Op een zijtafel stond een schaakbord met stukken, halverwege een spel. Ze liep erheen, nam de situatie op en verzette een stuk. Het lag zwaar in de hand.

'Je bent echt een *rebel without a cause*, weet je dat?' vroeg Matty, die toekeek met een wenkbrauw opgetrokken.

'Ik kan het niet helpen,' zei Clover schouderophalend. 'Wil je kijken of je me kunt verslaan?' Ze plaagde haar, maar het was een valide vraag. Ze was goed. Haar vader had haar leren schaken toen ze klein was en het was meteen 'hun' spel geworden, haar manier om zijn aandacht te krijgen als hij thuiskwam van zijn werk. Ze had al jaren niet meer gespeeld. Ze zou wel roestig zijn…

'Wedden dat ik je in tien zetten versla,' zei Matty, terwijl Clover de kleine tafel verzette, zodat ze voor het haardvuur konden spelen.

Clover lachte. Haar vriendin was de meest competitieve persoon die Clover ooit had gezien. 'Hm, strijdvaardig, hoor.'

Matty zat op de punt van haar stoel en bestudeerde de opstelling. 'Ik neem wit,' zei ze na een tijdje.

'Dat is niet eerlijk. Je hebt mijn loper al.'

'Ik speel altijd met wit,' zei Matty met een schouderophalen, terwijl Clover ondertussen een van de zitzakken naar zich toe trok en neerplofte.

Clover nam een grote slok bubbels en onderzocht hoe zwart ervoor stond, min de bisschop. 'Nou,' zei ze uiteindelijk. 'Dit is niet best.'

'Best lastig,' mompelde Matty, terwijl ze het bord ook bestudeerde. 'Welk stuk heb je net gespeeld?'

'Toren naar F4.'

'Hm.'

The Who begon te spelen door de surround luidsprekers. Perfecte geluidskwaliteit. Johnny zat met zijn benen over elkaar op de grond naast de platenverzameling albums om te slaan, met zijn hoofd knikkend terwijl hij meezong.

Clover voelde de rust neerdalen in de kamer, zeker nu ze niet meer op de klok keken, tenminste, niet meer de hele tijd. Het vuur knetterde lui, de champagne bruiste in hun glazen, met hier en daar een zachte klop van de gewichtige schaakstukken die op het bord werden verplaatst in een trage glijdende dans.

'Hoe de andere helft leeft, hè?' mompelde Matty, die haar paard liet springen en nog een slok nam. Ze keek de kamer weer rond alsof ze niet kon geloven dat ze dit leventje kon leiden in het skichalet van een miljonair. 'Als ze nou niet zouden terugkomen, dan zou het echt perfect zijn.'

'Je hebt alleen de nietige kwestie van de huur,' mompelde Clover als antwoord, terwijl haar hand boven de koning zweefde.

'Waar heb je het over? Jouw flat is een fortuin waard. Die kun je verkopen en dan heb je makkelijk de helft hiervan.'

'De helft. Dat schiet op.'

Carlotta kwam binnen om bij te schenken. 'Is alles… oké voor jullie?' Ze leek te bevriezen terwijl ze naar hen keek. Johnny die met zijn benen over elkaar vinyl op de draaitafel legde, Clover en Matty die aan het schaken waren.

'Ja hoor,' zei Clover met een lach.

'De chef zegt dat het eten over een kwartier klaarstaat.'

'Geweldig.'

Carlotta aarzelde en knikte. Toen schonk ze bij, porde het vuur op en gooide er nog een blok hout bij. Ze aarzelde opnieuw toen ze wilde vertrekken en Clover zag dat ze het kalme tafereel gadesloeg, alsof het haar verwarde.

'Is alles in orde?' vroeg Clover.

'Ja. Ja.' Carlotta rechtte haar rug stijfjes. 'Het is gewoon... we hadden jullie anders verwacht.'

'O?'

Maar Carlotta antwoordde niet en liep terug naar de keuken, terwijl ze hen achterliet in verwarring over wat Kit, Ari en Beau over hen hadden gezegd. En wat hadden ze dan eigenlijk verwacht?

Ze bewoog en draaide zich om, waarna haar lichaam meteen weer zwaar aanvoelde, als een dood gewicht waar ze lag, heerlijk in vergetelheid...

Daar was het geluid weer. Ze schrok. Haar ledematen reageerden en haar brein ging aan, maar niet genoeg om de deken van slaap af te schudden. Haar ademhaling was diep en langzaam, en ze zakte weer weg uit de schoorvoetende halve waakstand terwijl ze een oog opendeed om in het duister te staren. Maar het zilveren licht dat onder de deur door kwam in de andere hoek was niet waar ze het verwachtte. Verwarring wekte haar verder. Wat? Waar? Alles voelde onbekend. Ze was gedesoriënteerd.

Toen schoot het haar te binnen.

Ze voelde haar spieren aanspannen van de zenuwen en haar hart begon sneller te kloppen toen ze zich realiseerde wat ze hoorde.

Hoe laat was het?

Met haar hand greep ze naar de telefoon. Acht over half vier stond er in neongroen licht, waardoor haar hoek van de kamer een soort spookachtige gloed kreeg. 'Mats,' fluisterde ze.

Matty, wier gezicht half verborgen ging onder een zijden oogmasker en met over haar oren een koptelefoon met bluetooth waardoor haar slaap-apps direct in haar oren afspeelden, verroerde geen vin. Ze waren zo lang als ze konden opgebleven, maar hun vroege start en de lange reis – laat staan de emotionele druk van wat hun daar wachtte – had ze uiteindelijk naar beneden gedwongen, naar bed, iets over de klok van één uur. Het was duidelijk dat hun gastheren geen zin hadden in gastheerschap.

'Mats, ze zijn terug!' fluisterde Clover, die op halve kracht haar benen uitstak om ze in de ruimte tussen de twee bedden neer te zetten. Maar het bed was te breed om bij de grond te komen. Matty, die toch iets van een verstoring voelde, kreunde en draaide zich op haar andere zij.

'Ugh.' Nog steeds half in slaap lag Clover stil in bed. Ze probeerde te horen wat er zich beneden afspeelde. Ze hoorde allerlei snowboarduitrusting over de vloer ratelen, tegen muren bonken, over rekken glijden. Iemand liet wat vallen. Iemand vloekte. Iemand lachte.

Het was bepaald geen muisstille missie. Ze waren duidelijk stomdronken, en het donkere timbre van de mannenstemmen droeg via de trap helemaal naar boven en verbrak daar achteloos de nachtrust, en niemand kon het wat schelen dat er mensen in hun slaap werden gestoord. Of misschien was dat wel het punt – weer zo'n passief-agressief gebaar van minachting. Het was bijna vier uur in de ochtend. Ze waren de hele dag en avond en nacht weggeweest en hadden er zo voor gezorgd dat er nul kans was om haar en de anderen vanavond te ontmoeten. Ze wilden dat de belediging compleet was en maakten dat op een zeer vijandige manier duidelijk. En nu dit? Ze vroeg zich af of Johnny ook wakker was geworden. Of hij daar nu lag te luisteren en te wachten tot Ari 'Priemoog' Jones opdook bij zijn voeteneind.

Ze luisterde naar het tumult met een langzaam pruttelende woede. Ze ging op haar zij liggen, met haar rug naar de deur en starend naar de muur. Ze kon de weerkaatsing voelen van haar bonzende hart in het matras. Dus dit was hem dan: Foleys eerste zet. Het was het soort mentale spelletje dat Cory aan haar had beschreven toen ze op zijn veranda zaten en uitkeken over de zee waarop hij niet meer kon surfen. 'Boosheid maakt mensen zwak, omdat ze dan de controle verliezen,' had hij gezegd. 'Foley is altijd op zoek naar de knopjes waarop hij kan drukken zodat jíj de controle verliest.'

Haar woede was zijn doel. Was ze nu boos? Ja. Maar ze was al boos voor deze avond. Ze was ook boos omwille van Cory, van Mia, van die drie kleine jongens die niet meer aan zee woonden, en als ze wilde pakken waar ze voor kwam, dan moest ze slimmer en kalmer worden dan ze nu was. Ze kon het zich niet veroorloven om de controle te verliezen.

Ze liet haar ogen dichtgaan en was vastberaden om te gaan slapen. Ze haalde diep en langzaam adem en concentreerde zich op het ontspannen van haar spieren. Dit was de manier waarop ze kon winnen.

Ze schrok op toen de deur van Ari's kamer plots hard werd dichtgeslagen, zonder rekening te houden met hen – of met Fin en Carlotta. Dit was een middelvinger in deurvorm. Als Johnny eerder niet al doodsbang was, dan was hij dat nu zeker...

Ze zuchtte en probeerde het opnieuw. Ze ademde diep in en uit en ontspande zich weer totaal terwijl de stilte terugkeerde in het chalet. Iedereen was nu in elk geval in zijn kamer, en hun zielige puntje was gemaakt.

Toch was er iets, iets op intuïtief niveau, dat door haar heen schoot. Ze had dat rare gevoel dat ze werd bekeken, en haar ogen gingen net op tijd open om nog een kegel licht op de muur te zien verdwijnen, alsof er een waaier dichtging.

Ze draaide zich om en schoot met een hap adem rechtop, maar de deur was al dicht. Ze bleef een paar tellen roerloos zitten en haalde het moment terug in haar hoofd, zonder te ademen. Het was allemaal zo snel gegaan, zo stil, dat ze bijna had kunnen denken dat het een trucje van haar verbeelding was. Een delirium midden in de nacht. Bijna. Maar ze wist dat daar iemand naar hen had staan kijken. Dat had ze gevoeld.

Woede dreef haar toen ze de dekens van zich afsloeg en de deur openzwaaide – de gang was leeg, met sfeervol amberkleurig licht dat omhoog scheen op de stenen muren, maar om vier uur 's nachts kon esthetiek haar weinig schelen. Ze verliet de kamer in haar T-shirt en probeerde voetstappen op de trap te horen, maar het was stil in huis. Alle deuren waren dicht.

Ze fronste, verward en suf van de slaap. Had ze het zich allemaal ingebeeld?

De lift gaf een 'ping'.

Handig na een zware avond, als de trap te veel gevraagd is. Ze sprintte de gang door terwijl de lift al dichtging.

'Wacht!' zei ze hijgend, maar de deuren raakten elkaar al bijna toen ze ervoor stond. Ze had net genoeg tijd om te zien dat hij zijn hoofd oprichtte bij het geluid van haar stem, en zijn beroemde blauwe ogen de hare voor het eerst ontmoetten.

Toen was hij weg.

Clover liet zich met haar rug tegen de muur zakken. Haar hart klopte snel. Het wachten was voorbij. Er was geen woord gezegd, maar in die ene blik zat alles. Daar sprak niets dan minachting uit. Het zei haar alles wat ze al vreesde, alles wat ze al wist – dat hij zich niet zou inhouden. Hij was een competitieman van wereldklasse, gewend aan het gevecht.

Hij wist hoe hij moest winnen. Ten koste van wat dan ook.

6

'Goedemorgen! Jij bent vast Ari.' Clover stond op van tafel en draaide haar hoofd naar hem toe. 'Ik ben Clover. Ik heb me erop verheugd je te ontmoeten.'

De grof geschoren man stond bovenaan de trap argwanend naar haar te kijken. In zwarte broek en zwart T-shirt zag hij er behoorlijk slecht uit. Zijn zongebruinde huid zag meer vaalgeel dan bruin, met diepe donkere kringen onder zijn ogen. Op zijn hoofd had hij stoppels, net als op zijn pokdalige kaken, en ze kon de bovenkant van een tattoo zijn hals op zien kruipen. Na een moment van verbijsterde stilte liep hij naar de tafel en schudde haar de hand. Kon het zijn dat hij was vergeten dat ze zouden komen? 'Clover.'

Clover glimlachte. 'En dit is Johnny Dashwood, onze cameraman en editor. En Martha Marks, onze researcher en pr- en marketingmanager.

'Aangenaam,' glimlachte Matty hem koeltjes toe vanaf de andere kant van de tafel. Johnny, naast haar, gaf een naar hij hoopte mannelijk knikje.

Ari schudde hun de hand met zichtbaar wantrouwen in al zijn bewegingen. Gelukkig leek zijn kater het grootste probleem op dit moment en moest hij zich wel laten zakken in de dichtstbijzijnde lege stoel, naast Clover.

Carlotta kwam de keuken uit en zette een bruine shake met havermelk op de placemat voor hem, met twee pillen. Het leek een vaste routine. 'Dank je,' zei hij nors. Hij zag dat de anderen halverwege hun ontbijt waren.

'O, ik hoop dat je het niet erg vindt dat we zonder jullie zijn begonnen,' zei Clover. 'We wisten niet wat jullie schema zou zijn.'

Hij wierp een blik op haar, alsof hij wilde checken of ze dat sarcastisch bedoelde. Maar ze glimlachte nog steeds, met haar theekopje in haar hand als een Engelse hertogin. 'Was gisteren productief?' vroeg ze luchtig.

Hij leek op het verkeerde been gezet door haar joviale manier van doen. 'Ja.'

'Jullie hadden geluk met die strakblauwe poederdag. We zagen groen en geel van jaloezie dat jullie daarboven zaten en wij in die trein. Het moet spectaculair geweest zijn op de top.'

'Ja.'

'Zo zonde dat onze vlucht vertraging had. Ik hoop dat je mijn berichtjes wel hebt gekregen?'

Ari keek de tafel rond, in verlegenheid gebracht nu hij werd herinnerd aan zijn gebrek aan goede manieren. Hij knikte kort. 'Hoe laat waren jullie hier?' Praten leek een opgave en hij klonk hees.

'Rond drie uur?' vroeg Clover aan de anderen.

'Zoiets,' beaamde Matty, die haar lepel in een halve roze grapefruit stak.

Clover begon haar toast te beboteren. 'Het is hier zo prachtig. De bergen, het meer, dit huis. Johnny wordt verwend met zo'n keuze aan mooie shots.'

'Bijna te veel keuze,' beaamde Johnny, die meteen van zijn zwarte koffie begon te drinken alsof hij wilde bedekken dat hij had gesproken en daarmee de aandacht op zichzelf had gevestigd.

Ari zei niets. Kletspraat was niets voor hem. Hij staarde naar de shake, pakte het glas, legde de twee pillen op zijn tong en sloeg het geheel in vier grote slokken achterover.

Johnny keek er verschrikt naar.

Ari ademde luid uit en liet zijn lippen smakken. 'Ah.'

'Zware avond?' vroeg Matty zuinig.

'Dat kun je wel zeggen.' Hij keek haar aan alsof hij haar voor het eerst zag. 'Groot plezier op grote hoogte. We zijn in een club geëindigd.'

'Klinkt leuk.'

Een geluid op de bovenverdieping deed Clover opkijken, maar de entresol was vanaf deze kant van de tafel niet te zien, wat ze al wist toen ze besloot waar ze ging zitten. Ze wilde niet nogmaals bespioneerd worden. Een keer was genoeg. Ze was zeker niet de enige die een preview wilde van haar nieuwe huisgenoot, maar als Kit Foley haar wilde zien, dan moest hij maar naar beneden komen.

'Hoe bevalt het in de bergen?' vroeg ze Ari. 'Mis je het leven aan de kust?'

'Is dat een officiële vraag? Zijn jullie al aan het filmen?' Zijn toon was defensief, de sfeer aan tafel sloeg meteen om.

Johnny hield zijn vork met daarop ei en spek op enkele centimeters van zijn mond. 'Niet aan het filmen.'

'Ari, het is gewoon een gesprek. Meer niet.'

Hij keek haar aan met ontstemde zwarte ogen. 'Goed. Want voordat dit een stap verder gaat moeten we een openhartig gesprek hebben met elkaar.'

'Oké, ja, natuurlijk.' Ze nam nog een slok thee en wachtte geduldig af, al zat haar hartslag tegen het plafond.

Ari's mond ging open.

'Wauw! O, shit, ik was het vergeten...'

Ze keken omhoog en zagen bovenaan de trap een slungelachtige, slonzige man staan. Clover stond meteen op. Vriend, niet vijand. 'Beau? Hoi! Ik ben Clover.'

Beaus ogen gleden naar Ari terwijl hij naar hen toe schuifelde. 'Hé,' zei hij, en hij schudde haar de hand. Clover hield haar glimlach vast, en ze hoopte dat hij die hand had gewassen. Ze kon het niet helpen dat ze moest denken aan zijn vieze badkamer.

'Hartstikke leuk je te ontmoeten. En dit is Matty, onze researcher en pr- en marketingmanager. En Johnny, onze cameraman en editor.'

'Hoi,' zeiden de anderen, terwijl ze omhoogkwamen uit hun stoelen om zijn hand te schudden.

'Waarom zitten we aan deze kant van de tafel?' vroeg Beau, die de lege stoel naast Ari nam en meteen koffie voor zichzelf begon in te schenken uit de kan. Hij schonk een beetje over de rand, waardoor er donkere vlekken op het ivoorwitte linnen tafelkleed kwamen.

Matty kromp ineen. 'Jullie chalet is waanzinnig,' zei ze snel tegen hem, terwijl Beau opnieuw naar haar keek. Matty trok veel tweede blikken.

Beau grijnsde. 'Ik weet het. Best wel radicaal, of niet?'

'Je hebt echt geluk. Ik zou mijn eigen oma verkopen om in zoiets als dit te kunnen wonen.'

Beau keek haar aan met blauwe ogen die minder gevaarlijk waren dan die van zijn broer, en in elk geval minder gefocust. Zijn ruige bruine haar was aan de punten nog verbleekt van de zon van hun oude leven en zijn gezicht zat onder de sproeten. Hij had niet die scherpe randjes die zijn broer wel had. 'Nou, dat hoeft dus niet,' zei hij na een paar tellen. 'Want ons huis is jouw huis, weet je.'

Matty glimlachte. 'Heb ik even geluk… En mijn oma ook.'

Beau grijnsde om het grapje en keek toen behoedzaam naar Ari naast hem en begon van zijn koffie te drinken, met een blik alsof hij te veel had gezegd. Was hij te vriendelijk geweest?

Carlotta kwam terug met een dienblad. 'Eieren,' zei ze en ze zette Ari een bord met daarop een eiwitomelet voor en gaf Beau een bord met gebakken aardappeltjes, worstjes en bonen.

'Dank je wel, Carlotta,' zei Beau stralend. Hij leek oprecht dankbaar. Hij begon met smaak te eten, waarbij Ari even afkeurend toekeek. Beaus kater was duidelijk een stuk minder erg dan die van Ari, hoewel de manager – zoals zij zich herinnerde – negen jaar ouder was dan hij.

Ari leek te wachten tot de huishoudster wegliep, want zijn ogen schoten van haar naar Clover. 'We stonden op het punt even te babbelen,' zei hij tegen Beau, maar Clover wist dat de woorden voor haar bedoeld waren. En ja hoor, een tel later hield hij haar vast met zijn donkere blik. 'Ik zeg het je gewoon maar meteen, zoals ik al heb gezegd in de mailwisseling. Kit vindt het helemaal niks.'

Ze antwoordde niet, al hield ze haar gezichtsuitdrukking open en neutraal.

'Om redenen die voor iedereen heel duidelijk zijn wil hij jullie hier niet hebben,' zei hij botweg. 'Hij mag jou niet en hij vertrouwt je niet.'

Ari pauzeerde, alsof hij haar wilde toestaan om bezwaar te maken. Maar Clover bewoog niet.

'Wat hem betreft is het hele punt van deze nieuwe carrière om een deur achter zich dicht te doen en door te gaan met zijn leven. Kit is een atleet, hij heeft die competitie nodig.'

Clover knikte, wat hem leek te verwarren.

'Nee. Ik bedoel dat hij het nódig heeft. Het gaat voor hem niet over geld of glorie. En hij heeft de beroemdheid niet nodig. En dat is waarom hij ook jou niet nodig heeft.'

Clover liet de daaropvolgende stilte voortduren. Ze liet zich niet opjagen. 'Denk je dat dat is waarom we hier zijn? Om hem beroemder te maken?'

'Ik weet niet zeker of je dat zou kunnen. Je hebt hem berucht gemaakt.' Zelfs met een kater begonnen zijn ogen te branden. Zijn manier van doen was kortaf en in combinatie met zijn imposante lichaam werkte dat intimiderend. Johnny had gelijk gehad. 'Ik heb het je eerlijk gezegd in de e-mails – dit is een heilloze oefening, je krijgt niks uit hem. Als Kit een beslissing neemt, dan kun je hem dat niet uit zijn hoofd praten.'

'Maar het was zijn sponsor die ons als eerste benaderde. Hij heeft ons gezegd dat Kit graag meedoet aan het project,' zei ze.

'Julian zegt zoveel, maar hij weet niet veel van snowboarden, en nog minder van Kit.'

'Ik heb ook gehoord dat in Kits contract staat dat hij moet voldoen aan marketing- en promotieverplichtingen, zoals uiteengezet door JOR,' zei ze kalmpjes. Als zijn manager had hij dat contract toch gelezen? Toch?

Ari zweeg even. 'Kijk, Julian mag hem dan hiertoe gedwongen hebben, maar dat is wat ik probeer te zeggen: Kit leeft naar de letter van zijn contract. Jullie kunnen hier zijn als Julian daarop staat, maar denk niet dat Kit jullie iets gaat geven. Dit is een heilloze missie. Jullie verspillen je tijd.'

Clover hield haar hoofd schuin en dacht na, terwijl ze ondertussen een vinger over de rand van haar theekop liet glijden. Het was waar dat Ari zijn best had gedaan om haar te laten afzien van dit project. Als hij Julian niet kon tegenhouden, dan probeerde hij het maar bij haar? 'En vind jij ook dat het in zijn voordeel is? Dat we stoppen met dit project?'

Ari leek verbaasd door de vraag. 'Hè?'

'Nou, jij bent zijn manager. Jij neemt de beslissingen die de beste uitkomst voor zijn carrière bepalen. Reputatie is daar een intrinsiek onderdeel daarvan. Je bent het er toch wel mee eens dat hij nu een behoorlijk imagoprobleem heeft?'

Ari's ogen vernauwden zich.

'Zoals het er nu voor staat is hij giftig. Voor sponsoren, het publiek, andere sporters... Hij kan niet echt verder zolang hij niet afrekent met het verleden.' Ze tikte met haar wijsvinger op het randje. 'Ik snap wel waarom Kit niet met ons wil werken. Dat is niet de makkelijkste keuze.' Ze haalde haar schouders op. 'En ik ga niet net doen alsof ik geen vrienden ben geworden met Mia en Cor...'

Matty gaf haar een schop onder tafel, maar Clover bleef Ari onverstoord aankijken.

'Maar dit is nooit iets persoonlijks geweest, Ari. We zijn nooit anti-Kit geweest. We hebben gewoon Cory's verhaal verteld na het ongeluk, waar Kit de katalysator van was.'

'Ja, maar het was de manier waarop je het vertelde. En hij is erdoor gedemoniseerd!'

'Dus als hij zijn kant van het verhaal heeft, dan is dit de kans om die te belichten.' Ze haalde haar schouders op. 'Wij vertellen het en dan mogen de mensen zelf bepalen wat ze ervan vinden.'

Ari keek haar in defensieve stilte aan, terwijl hij zijn kaakspieren zichtbaar aanspande.

'Ari, je bent zijn manager. Ik weet dat jullie al heel lang vrienden zijn en dat je hem wilt beschermen, maar je moet hier zonder emoties naar kijken en hem eerlijk adviseren. Kit moet zichzelf opnieuw uitvinden. En snel ook.'

Ari schudde koppig zijn hoofd. 'Hij gaat niet luisteren. Voor zijn gevoel heb je zijn leven verpest.'

'Prima. Laat hem dat dan zeggen. Zorg dat hij met me praat en dan mag hij alles zeggen wat hij wil. Hoe boos hij ook is. Hoezeer hij me ook haat. Ik ben hierheen gekomen om naar hem te luisteren. En dat zal ik ook doen, dat beloof ik.'

Matty schraapte haar keel op een zeer overdreven manier en dit keer keek Clover haar kant op. Matty zette grote ogen op en liet ze naar de trap afdwalen.

Clover draaide zich om in haar stoel en zag dat Kit zelf tegen de muur geleund stond, met zijn armen voor zijn borst gevouwen. Het was als oog in oog staan met een tijger.

Er viel een ongemakkelijke stilte.

'Jouw beloftes zijn niets waard,' zei hij uiteindelijk. 'Ik hoef mezelf niet te verantwoorden tegenover jou.'

Met een kalmte die ze niet voelde stond Clover op van haar stoel, liep zijn kant op en bleef halverwege staan. Nu ze dichter bij hem stond, werd ze herinnerd aan de eerste glimp die ze vannacht van hem had opgevangen. Hij straalde een energie uit die voelde als een sonische hartslag, waardoor alles in haar, bijna op een moleculair niveau, werd samengeperst en vervolgens uiteenviel. 'Je zou jezelf verklaren vía mij. Zoals ik net tegen Ari zei, dit is nooit iets persoonlijks geweest.'

'Het voelde anders behoorlijk persoonlijk vanuit mijn positie.'

'Dat spijt me dan.'

Hij kneep zijn ogen tot spleetjes. Ze fikten als een natuurbrand, ze zag de woede erin terwijl hij haar las. 'Niet waar. Kom niet bij me aan met je clichés. Je hebt je prijzen over mijn rug binnengesleept. Je hebt naam gemaakt door de mijne door het slijk te halen.

En nu denk je dat je dat ongedaan kunt maken en mij kunt rédden?' Hij sprak zacht, hij gromde bijna. Ze kon de bas in zijn stem voelen resoneren in haar eigen borst. 'Rot op,' zei hij simpelweg. 'Je bent wel de laatste met wie ik wil praten.'

'Ik denk echt dat het een gemiste kans is voor je.'

Hij keek Ari aan. 'Kan iets me minder schelen dan wat zij denkt?' vroeg hij hem.

Ari gaf geen antwoord. Hij zag er betrapt uit.

Clover schraapte haar keel. Ze was vastbesloten haar stem in bedwang te houden. 'Jouw sponsor...'

'Fuck hem.'

'Maar...'

Kit keek haar aan met een blik die haar aan het huilen zou kunnen krijgen.

'Jullie moeten inpakken. Stap in dat vliegtuig. En rot op.'

Clover staarde terug en probeerde woorden te vinden waarmee ze hem kon kalmeren.

'Ik zei ga weg. Rot op.'

'Kit. Maat,' zei Ari op verzoenende toon.

Clover keek naar Ari, maar het was duidelijk dat hij geen echte macht had. Kit was de zon waar iedereen omheen draaide. Ze keek naar Beau, die daar zat te zwijgen, zijn hoofd gebogen en zijn ellebogen breeduit op tafel. Hij ontweek ieders blik. Ze zuchtte kort en keek Kit weer aan. Niemand ging hem ervan weerhouden hen eruit te gooien. 'Nee.'

Ze voelde de dreiging als warmte van hem afstralen. Cory had vaak verteld hoe het was om in gevecht te zijn met Kit – hij laat niet los, het is een straatrat, hij geeft nooit op, hij gaat nog liever dood – maar woorden konden niet beschrijven wat het was om eindelijk in zijn schaduw te staan. Hij had een hele reeks wapens tot zijn beschikking – zijn fysiek, vaardigheid, intelligentie – om te koeioneren en te intimideren.

'Julian heeft ons hier uitgenodigd en naar ik begrijp heb je een contractuele verplichting om hiermee in te stemmen. Dus wij gaan nergens heen.'

Zijn ogen schoten vuur. Het was alsof je naar een inferno keek. Het maakte haar ogen waterig en haar keel werd dichtgeknepen. 'Jullie krijgen twintig minuten om je spullen te pakken...' Zijn stem klonk als een laag gegrom.

'Nee,' zei ze weer, als ijs tegenover zijn vuur. 'Je hoeft me niet aardig te vinden. Je hoeft alleen maar met me samen te werken.'

Zijn mond vertrok in een soort grijns. Voor iemand die zo knap was kon hij er ook lelijk uitzien. 'Je luistert niet, Clover Phillips. Het kan me geen reet schelen wat Julian Orsini-fokking-Rosenberg wil. Ik heb zijn sponsoring niet eens...'

Ze hoorde het schrapen van stoelpoten en opeens stond Ari tussen hen in en plaatste een hand op Kits schouder. 'Maat, je hebt een enorme kater. Wij allemaal. Dit is geen goed moment voor discussies. Waarom nemen we niet even een time-out en dan hebben we het hierover wanneer we weer helder zijn? Goed?'

Hij keek Clover aan en gaf een ruk met zijn hoofd naar de trap, een gebaar dat ten doel had dat ze meteen zou vertrekken.

'Dat is waarschijnlijk wel het beste,' zei ze zachtjes. Ze wilde niet wegrennen – met Cory had ze een vertrouwenspositie moeten winnen, maar met Kit zag ze dat ze meteen een machtspositie moest zien in te nemen. Maar Ari wierp hun beiden een lijntje toe. 'We laten jullie rustig ontbijten.'

Bij het woord 'we' schoven Johnny en Matty hun stoelen naar achteren en ze kwamen bij haar staan. Het was even stil terwijl de twee partijen naar elkaar keken, en toen draaide Clover zich om en liep weg.

Het verbaasde haar dat haar benen haar ondersteunden terwijl ze de hoek om liep naar het trappenhuis, waar ze met een hand tegen de muur steun zocht.

'Shit!' fluisterde Johnny, die haar inhaalde. 'Dat was bruut.'

Maar Clover wilde niets zeggen totdat ze veilig terug waren in de slaapkamer. Ze wachtte tot de deur dicht was en begon toen te ijsberen, met haar handen op haar heupen en haar gezicht naar het plafond gericht. Haar hart ging nu drie keer zo snel. Ze was nog nooit iemand tegengekomen die zo snerpend agressief was.

Hij had alleen woorden gebruikt, zijn stem, zijn massa, en toch had het gevoeld alsof hij haar had afgeranseld. Ze had nog nooit een lichamelijk gevecht geleverd, maar haar zenuwsysteem zei haar dat het precies zo voelde.

'Dat was intens,' zei Johnny. Hij keek haar bezorgd aan. 'Het leek of hij je tot op de grond toe wilde afbranden.'

'Dat wil hij ook,' prevelde Clover.

Matty stak haar hand uit om haar te laten stoppen met ijsberen, en om haar te dwingen hen aan te kijken. 'Gaat het?'

'Ja hoor,' jokte ze.

'Je hebt het heel goed gedaan. Je hebt geen centimeter prijsgegeven. Eerst Ari. Toen Foley. Ik weet niet hoe je het hebt geflikt. Ze waren echt heel heftig.'

Clover haalde haar schouders op. 'Ik had me schrap gezet. Na de waarschuwing van gisteren zat deze confrontatie eraan te komen. Ze zouden ons sowieso nooit met open armen hebben onthaald.' Ze liet maar even onbenoemd dat ze Kit in het holst van de nacht had gezien.

'Ik weet het, maar toch... dat was echt niet mis.'

'Ze hebben ook veel te verliezen.' Clover rechtte haar rug en rekte haar nekspieren om haar zenuwsysteem tot kalmte te manen. Ze wilde niet laten doorschemeren hoe erg ze van haar stuk was gebracht.

'Jeetje,' verzuchtte Johnny, wrijvend over zijn gezicht. 'Ik heb het gevoel dat een-op-een draaien met Cory een fluitje van een cent zal lijken vergeleken met dit project.'

'Hm.'

'Is hij wat je had verwacht?' vroeg Johnny.

Clover beet op haar lip. 'Erger.'

Niemand zei wat.

'Ik was onder de indruk dat hij het woord cliché gebruikte,' zei Matty.

Johnny staarde haar aan met een blik vol ongeloof. 'Is dát wat je hiervan is bijgebleven?'

'Wat?' vroeg ze. 'Het betekent in elk geval dat hij niet een compleet beest is.'

'Dat is hetzelfde als dat je zegt dat psychopaten mooie wijn kunnen waarderen!'

'Nou, dat is toch zo?'

Er werd op de deur geklopt en ze schrokken alle drie op. Aarzelend liep Johnny – als alfaman – naar de deur om open te doen.

Ari keek hem aan, met een duistere blik, en zocht toen naar Clover. 'Gaat het?' vroeg hij, toen hij haar in de hoek zag staan, leunend tegen het bureau.

Ze knikte en haalde haar schouders op.

'Luister, het spijt me. Hoe hij daarnet deed... zo had hij niet tegen je mogen praten.'

Ze gaf geen antwoord.

'Hij kan nogal... intens zijn als hij boos is. En als hij dan ook nog eens een kater heeft... Nou, hij sloeg even de plank mis. Maar ik heb hem net de les gelezen...' Dat betwijfelde Clover ten zeerste. 'Het simpele feit is, Kit heeft hierin geen keuze. Jullie weten dat. Ik weet het. Hij moet wel meedoen, of hij dat nou leuk vindt of niet.'

'Ik zet in op niet,' zei ze.

'Nee, misschien niet,' beaamde hij. 'Maar zoals je zei, hij hoeft je niet aardig te vinden. We moeten alleen een manier vinden om samen te werken.'

'Dat zou mooi zijn.'

'Dus in die gedachte, kunnen we rustig aan beginnen en hem niet meteen de tent uit jagen met te heftige dingen? Geef me een kans om te zorgen dat hij luistert.'

'Denk je echt dat je dat gaat lukken?'

'Ik ken Kit al zo'n beetje mijn hele leven. Ik weet dat hij soms zijn eigen ergste vijand kan zijn, maar ik krijg hem wel aan boord. Echt. Geef me even de tijd… Ga er niet meteen met gestrekt been in.'

Clover keek hem aan. 'Goed,' zei ze. 'We geven hem tijd. Geen gestrekte benen. Mijn voeten komen niet van de vloer.'

7

Clover liet haar benen zwaaien en keek ondertussen verwonderd naar de afgrond onder haar. Ze had een duizelingwekkend gevoel van vrijheid. Het gras lag onder dikke sneeuwdekens, maar sommige bomen hadden hun bladeren nog, en ze voelde de warmte van de zon op haar gezicht. Ze had nog nooit in zulke zachte weersomstandigheden geskied.

Het was alsof ze de berg voor zichzelf alleen hadden. Er zat amper iemand in de skilift – de grote pistes waren nog niet open – maar de gletsjer lag glinsterend voor hen, en naarmate ze dichterbij kwamen, ontwaarden ze lichamen die zich als miertjes bewogen in het smetteloze landschap.

Het was Ari's idee geweest om de berg op te gaan, 'om het ijs te breken, sorry voor de woordgrap'. Ze waren voorzichtig welkom geheten toen ze eindelijk weer boven waren gekomen, Beau had hen begroet met een terloops 'hoi' alsof ze alleen even wat boodschappen waren gaan doen. Kit had met een norse blik opgekeken van tafel, maar niets gezegd.

Ari had een vermoeden dat ze het beste eerst iets samen konden gaan doen om Kit zo rustig aan hun aanwezigheid te laten wennen. Daarom had Johnny de camera's niet meegenomen, als teken dat hij 'ongewapend' was. Toch kon Clover zien dat hij automatisch het landschap scande en plekken opsloeg die in filmisch opzicht goed zouden werken.

Het was een ritje van tien minuten van Zell am See naar het naburige stadje Kaprun en de lift naar de gletsjer van Kitzsteinhorn. Clover, Matty en Johnny hadden Kits Range Rover met de taxi gevolgd. Nu zaten de drie mannen twee stoeltjes voor hen met hun snowboards bungelend aan één voet ongedwongen te babbelen.

Althans, Beau en Ari praatten met elkaar, Kit leek helemaal niet eens te bewegen. Zijn broer en zijn beste vriend zaten aan weerszijden van hem en gingen met fluwelen handschoenen met hem om. 'De ster', nam ze aan, die de speciale behandeling kreeg, zijn ego werd voortdurend gestreeld. Hun levensonderhoud en manier van leven hingen tenslotte af van zijn prestaties en successen.

'Lachen.'

Clover keek op en zag Matty haar telefoon op hen beiden richten, terwijl ze een selfie nam. Clover stak automatisch haar tong uit de zijkant van haar mond en kneep haar ogen dicht. Binnen een minuut stond de foto op Matty's Insta en binnen twee minuten had ze negenendertig likes. Matty had meer dan zesduizend volgers, de meeste mensen namen aan dat ze model was.

Ze zag er ook goddelijk uit in het nieuwe Perfect Moment-skipak dat ze op een *sample sale* had gekocht – een nauwsluitende donkerblauwe jumpsuit met rode en witte accenten op de schouders, taille en knieën. Johnny zag eruit als een echte boarder in een wijd zittende blauwgroene broek met mosterdkleurig jack. Om zo min mogelijk op te vallen had Clover gekozen voor een effen zwarte broek en een wit jack, waarin ze zich nu voelde als een moeder die haar kinderen afzet bij de skischool.

Ze naderden nu snel het eindstation en ze kon zien hoe de anderen de veiligheidsbeugel tot boven hun hoofd trokken en zich klaarmaakten om uit te stappen door naar voren te schuiven op de zitting. Ze keek toe hoe ze tegelijk opstonden en de stoeltjeslift tegen hun knieholten lieten duwen om de korte helling af te glijden, waar ze tot stilstand kwamen en hun schoenen vastmaakten.

Kit was voor een willekeurige voorbijganger onmogelijk te herkennen, zijn kenmerkende gebeeldhouwde botstructuur en die beroemde vlammend blauwe ogen verborgen achter een helm met bril. Clover wist alleen dat hij een kaki met lichtblauw pak droeg en dat Beau helemaal in het oranje was. Ari was compleet in het zwart gekleed. 'Als een fucking ninja,' had Johnny bezorgd gemompeld.

Matty begon de beugel omhoog te duwen, waardoor haar aandacht weer terugging naar het feit dat het ook voor hen tijd was om uit te stappen.

'Hé,' zei Clover een paar seconden later, terwijl ze voorzichtig remde naast Ari, die – alleen – op hen stond te wachten. Ze keek om zich heen, haar glimlach stokte. 'Waar zijn ze gebleven?'

'Ze zijn alvast een paar afdalingen gaan maken om op te warmen. Jullie kunnen wat mij betreft hetzelfde doen en genieten van het uitzicht. Ze zullen zo wel naar het funpark gaan, er zijn op dit moment toch weinig plekken om heen te gaan. Dus ga lekker even plezier maken en ik denk dat we jullie op een gegeven moment wel weer inhalen.' Ari haalde zijn schouders op, trok zijn bril omlaag en gleed weg voordat ze kon protesteren.

'Wat kleinzielig!' mompelde Matty, terwijl ze zag hoe hij naar rechts afboog en al snel uit het zicht verdween. 'Eerst komen ze niet opdagen en vervolgens gaan ze ervandoor. Stelletje kleuters.'

'Misschien niet zo verkeerd,' zei Johnny. 'Ik voel er niets voor om naast die kerels te boarden als ze zo'n bui hebben. God weet waar we dan terechtkomen. En een gratis sneeuwsessie in hun tijd? Vind ik niet zo erg.'

'Johnny heeft gelijk,' beaamde Clover. 'Foley is aan het mokken en probeert ons de vinger te geven wanneer het maar kan. Laat hem zijn zielige overwinninkjes maar halen, als hij zich daardoor machtiger voelt.' Ze keek naar haar vriendin. 'Het verandert niets. We zijn hier nog steeds.'

'Jeetje, sinds wanneer ben jij zo oneindig geduldig? Het lijkt wel of je volwassen bent,' zei Matty met een kreun.

Clover glimlachte. Ze was blij dat het niet overduidelijk was dat ook zij zich tot het uiterste gedreven voelde. Ze moest de illusie van kalmte bewaren, ze mocht niet reageren. Cory had haar, zonder dat het zijn bedoeling was geweest, geleerd hoe ze met Kit Foley moest omgaan, en op dit moment was het Kit die boos was en de controle verloor. Dat betekende dat zij aan de winnende hand was…

Clover liet haar blik over het landschap dwalen. Het meer van Zell was vanaf hier niet te zien. Ze bevonden zich in een gekartelde kom, op bijna drieduizend meter boven zeeniveau. Volgens de pistekaart lag het funpark een paar liften verder naar rechts, niet te zien vanaf hier. De afdaling waar zij nu op stonden was een blauwe piste, fijn om op te warmen, heel breed en niet te steil. Ze zou wel een paar oefenafdalingen nodig hebben om haar skibenen te hervinden na al die jaren, en er ging een rilling van spanning door haar heen toen ze voelde hoe haar ski's de helling af wilden glijden.

Ze kreeg door dat haar vrienden naar haar keken.

'Nou? Waar wachten we op?' vroeg Matty, haar hoofd schuin, haar handen vragend omhoog. Ze keek bergopwaarts naar hen en begon achteruit te skiën. Ze zag eruit alsof ze haar hele leven niets anders had gedaan. 'Wie het laatst bij de lift is, geeft een rondje.'

Clover vergat haar zenuwen en zette meteen af. Ze was al genoeg geld kwijt aan deze reis. Johnny en Matty gingen er allebei van uit dat Liam hen nog steeds steunde en ze wilde dat graag zo houden. Zij geloofde in dit project, al deed hun producer dat niet. Het ging allemaal om vertrouwen uitstralen en het voortouw nemen. Zolang zij maar een film had om voor de deadline van Cannes in te dienen, kon ze dit laten werken. Ze waren hier en nu hoefde ze alleen Kit Foley nog maar aan het praten te krijgen.

'Hé!' schreeuwde Matty, niet voorbereid op de plotselinge vlucht van Clover en nu in de achtervolging. Johnny zat maar een paar meter achter hen, ze hoorden zijn board luid door de sneeuw snijden, waardoor de meisjes precies wisten waar hij was en het uitschreeuwden.

Ondanks al haar flair en lange benen verloor Matty de race naar de liften, maar dat kon niemand wat schelen. Ze waren los, skieden met overgave, joelend en lachend terwijl ze de ene afdaling na de andere probeerden, cruisend met de zon in hun gezicht, hun armen uitgestrekt. Matty en Clover legden een afdaling af waarbij ze om en om tussen elkaars benen skieden, terwijl Johnny zich uitsloofde met spectaculaire gecarvede bochten, waardoor ze een douche van sneeuw over zich heen kregen. Ze maakten sprongetjes en deden korte slalomraces waarmee ze buckels probeerden te maken. Na alle spanning in aanloop naar hun komst hier en de frustraties van gisteren – om nog maar te zwijgen van de schokkende confrontatie van vanochtend – was het goed om wat stoom af te blazen.

De omstandigheden waren perfect. Ze bevonden zich hoog boven de boomgrens en de lucht was van een knisperende zuiverheid. Er stond heel weinig wind, zelfs op deze hoogte, en onder de snel opklarende hemel waren de schaduwen scherp en donker, en alle contouren van de sneeuw zichtbaar.

Ze hadden bijna een uur geskied toen ze stilstonden aan de rand van een eeuwig sneeuwveld dat steil afliep tussen twee pistes. Het was zo groot als een paar voetbalvelden en er was geen enkel spoor te zien in de zachte sneeuw. Ze keken elkaar grijnzend aan. Eerste sporen waren de droom van iedere skiër.

'We kunnen beter een voor een gaan,' merkte Johnny verstandig op, terwijl ze ondertussen de piste afzochten op rotsen of plotse gaten of kloven.

'Ja, pap,' zei Clover, terwijl ze zich vooroverboog en gierend en gillend de helling af raasde. In het begin zorgde het momentum en de snelheid ervoor dat ze over de sneeuw vloog, maar naarmate de hellingshoek afnam en ze dus snelheid verloor, begon de pluizige poedersneeuw zich op haar ski's te verzamelen, waardoor ze steeds langzamer ging, tot ze uiteindelijk, wild wankelend...

'Wooo!' Ze viel languit voorover in de sneeuw, tot hilariteit van de anderen.

Ze lag op haar buik en moest haar hoofd optillen om hen te roepen. 'Ik zit vast!' riep ze, gierend van het lachen en niet in staat zich te bewegen. De uiteinden van haar ski's zaten diep onder het poeder, maar door haar langzame stop waren de bindingen niet losgegaan, waardoor de ski's vast waren blijven zitten. De hoek waarin ze lag, maakte het moeilijk om naar achteren te reiken en de kracht uit te oefenen die nodig was om de bindingen zelf los te krijgen. 'Ik zit echt vast!'

'Je verdiende loon!' brulde Johnny. 'Ik heb het trouwens op de GoPro!'

Clover kreunde bij de gedachte dat het later op Matty's Insta terecht zou komen. Ze kon haar vrienden horen lachen, die nog steeds bovenaan de helling stonden. Met veel getrek en gegrom lukte het dankzij uren beenspieroefeningen in de sportschool op de een of andere manier om haar voeten genoeg omhoog te krijgen om haar ski's te bevrijden. Met enorm geklungel om ze boven de sneeuw te houden probeerde ze gierend van de lach zich op haar rug te draaien, als een soort spartelende kever. Ze lag in metersdiepe poedersneeuw en steeds als ze probeerde zich af te zetten op het oppervlak dook ze opnieuw tot aan haar oksels in de sneeuw. Ze kon haar ski's niet uitdoen en opstaan, laat staan het veld af lopen, als ze niet wist hoe diep het hier was. Ze moest er ofwel op haar buik uit zien te glijden tot ze bij de piste kwam – wat er natuurlijk niet uitzag – dan wel op haar rug zien te draaien en weer op haar ski's gaan staan.

'Mijn god,' jammerde ze, buiten adem van het lachen. Ze lag met gebogen benen op haar buik, haar voeten in de lucht, parallel aan elkaar. Voorzichtig rolde ze, zonder met haar armen te duwen om niet weer in de sneeuw te zakken, op haar zij, oppassend dat haar ski's niet zouden kruisen, maar ze moest iets te veel gedraaid zijn, want haar buitenste ski viel door het gewicht verder door, totdat ze met haar voeten en ski's naar buiten geklapt op haar rug lag. 'Ah, nee!' gilde ze en ze schoot weer in de slappe lach. Dit was zo mogelijk nog erger!

Ze liet zich een moment terugvallen in de sneeuw en keek omhoog. 'Nee hè! Lekker dan,' gilde ze, terwijl ze de stoeltjeslift recht boven haar hoofd voorbij zag komen. Als dit een normale dag in het hoogseizoen was geweest, zouden honderden wintersporters haar gestuntel hebben gadegeslagen. Ze zei een dankgebedje dat het skigebied nog grotendeels gesloten was en dat de stoelen boven haar hoofd leeg en schommelend overtrokken. Dit was niet haar meest elegante moment ooit. 'Ik zit nog steeds vast!' riep ze naar de anderen.

'Maak je geen zorgen, ik kom je redden, Clo!' riep Matty, die energiek vertrok en het spoor van Clover volgde. Maar zij had ook carveski's...

'O, mijn god!' riep ze toen de poedersneeuw over de toppen van haar ski's kwam en haar afremde, waarmee ook zij met zwaaiende armen onderuitging. Ze tilde haar besneeuwde gezicht op en blies een mondvol sneeuw uit.

Clover barstte opnieuw in lachen uit. Had het er bij haar ook zo uitgezien?

Johnny, die alles filmde met het cameraatje op zijn helm, had geen haast om hen te komen helpen. Zijn board – breder en met meer spreiding over de sneeuw – zou deze omstandigheden met gemak aankunnen, maar dit was gouden comedy.

Matty gromde van inspanning en vloekte hevig terwijl ze probeerde de punten van haar ski's los te krijgen, maar elke keer als ze haar handen in de sneeuw probeerde te planten om overeind te komen, verdwenen haar armen tot aan haar oksels in de poedersneeuw. Dat schouwspel van dichtbij bekijken was het grappigste wat Clover ooit had gezien en toen het Matty eindelijk lukte, en ze net als zij met gespreide benen op haar rug in de sneeuw lag, lachten ze samen zoals ze in jaren niet hadden gelachen. Ze voelden zich kinderlijk, speels en vrij. Even niet volwassen.

'Johnny, help!' schreeuwde Matty. 'We komen niet overeind!'

'Ik ga even een biertje drinken!' hoorde ze hem roepen. 'Tot zo!'

'Eikel!' giechelde ze.

De twee vrouwen lagen languit in de sneeuw en lachten zo hard dat de tranen over hun wangen stroomden en in het schuim van hun skibrillen sijpelden. Clover keek op naar de lucht. Ze voelde zich zwak en hulpeloos terwijl ze luisterde naar Johnny, die hen in simpele bochten naderde. Ze zag hoe de lege stoelen boven hen aan hen voorbijtrokken, het leek wel alsof ze in een waanwereld was. Het was zo vreemd om te skiën met de berg bijna voor henzelf.

Bijna.

'O nee... dat meen je niet,' kreunde Matty. Haar lach verstomde toen ze een groep snowboarders in de stoeltjeslift zag overkomen. Met hun armen leunend op de veiligheidsbeugel – gezichten verborgen achter brillen en helmen – staarden ze onbewogen naar beneden. Het duurde even voor Clover ze herkende.

Helemaal oranje. Helemaal zwart. Kaki en lichtblauw.

Ze passeerden in stilte, zonder een woord of een blik achterom, en lieten de twee vrouwen als een stel lappenpoppen in de sneeuw liggen en zich als volslagen idioten voelen.

'Dus dit is waar iedereen zich schuilhoudt,' zei Johnny terwijl de meisjes zich bovenaan de piste bij hem voegden. Beneden hen lag het funpark, waar het erg druk was, vergeleken met de lege snelwegen waarop zij hadden geskied.

Clover keek uit over het aangelegde landschap. Het was tot in de puntjes verzorgd en gepolijst, de sneeuw glansde als wit fluweel. Twee rijen rollers, in verschillende lengtes, hoogtes en helling, gevolgd door een grote schans die iedereen die zich daarop waagde naar de maan zou sturen. Tientallen snowboarders en freestyle skiërs stonden geduldig langs de lijnen en klapten in hun wanten en handschoenen voor de kunsten van de anderen, zoals voorgeschreven door ongeschreven regels en etiquette. Af en toe steeg er een 'oeh!' op, net als plotselinge zuchten als het bij iemand even niet goed ging. Er heerste bijna een feestelijke stemming, maar in elk geval een tastbaar gevoel van kameraadschap.

Clover, Matty en Johnny kwamen langzaam naar beneden op de naastgelegen piste en ondertussen speurden ze naar de kleuren van hun 'team'. Waar waren ze?

Johnny zag ze als eerste.

'Daar.' Hij wees naar de superpipe. Die verschilde van de gebruikelijke halfpipes die ze eerder had gezien omdat hij veel groter was – met verticale wanden van wel tweeëntwintig meter hoog – en ook breder. De randen en hoeken waren opzettelijk zo gemaakt om hoge *air jumps* mogelijk te maken en nog ingewikkelder trucs. Dat was de reden waarom Foley Kaprun en Zell am See als basis had gekozen – de superpipe en deze gletsjer maakten dat hij hier negen maanden per jaar kon trainen.

De pipe glinsterde vervaarlijk in de felle zon en had onderaan een gigantisch luchtkussen. Een groep boarders stond in een rij aan de top, wachtend op hun beurt. De opvallende en feloranje outfit van Beau was gemakkelijk te herkennen. Hij stond achter Ari, die achter Kit stond.

'Snel. Laten we van onderaf kijken hoe ze naar beneden komen,' zei Johnny en hij vertrok voordat ze er iets tegen in konden brengen.

In twintig seconden waren ze er en draaiden zich in de rembeweging om net toen de boarder voor Kit in een lome zigzag door de pipe naar beneden kwam, met steeds hogere sprongen en ingewikkelder trucs. Clover hapte naar lucht toen hij aan het einde een soort kurkentrekkerdraai maakte, vliegend door de lucht, en soepel en speels op het reusachtige luchtkussen landde, alsof het allemaal maar een spelletje was.

Verschillende mensen juichten en schreeuwden complimenten op het moment dat hij het luchtkussen om zich heen liet zakken. Wat hij zojuist ook gedaan mocht hebben, het was duidelijk een hele prestatie en hij leek er tevreden mee te zijn.

Clover keek weer omhoog om eindelijk te zien wat Kit Foley allemaal kon. Het was één ding geweest om maandenlang naar hem te kijken op haar laptop en zijn kenmerkende stijl op het water te leren kennen. Hij stond bekend om zijn agressie, die krachtig gesneden bochten, zijn ogenschijnlijk moeiteloze 360's, zijn uitmuntende balans... Maar de berg – steen, sneeuw en ijs – was een heel ander verhaal. Was hij hier de rivaliserende atleet die hij daar ook was geweest? Vroeger?

Hij stond bij de rand, kennelijk klaar om te gaan, maar zelfs zijn stilstand zag er spannend uit. Hij stond stil, maar wel áán. Zelfs onder zijn ruimvallende kleding zag ze dat zijn lichaam strakgespannen stond. Hij staarde geconcentreerd in de verte, zich schijnbaar niet bewust van het feit dat anderen stonden te wachten, tot hij plotseling de punt van zijn board naar beneden richtte en vertrok. Voor de steile afdaling nam zijn lichaam die krijgerachtige houding aan die ze zo goed kende, knieën gebogen, armen gespreid voor evenwicht. Het waren niet alleen de hoogte en de helling die de pipe zo uitdagend maakten, maar ook de ijzige gladheid van het oppervlak, met sneeuw die bijna gepolijst leek. Eenmaal in de pipe was er geen houden meer aan, net als in een achtbaan moest de berijder zich volledig aan de rit overgeven.

Hij nam de eerste lijn op bescheiden wijze, maakte een keerpunt zo scherp als een zweepslag en kwam weer naar beneden en over de andere kant. Deze keer kwam hij hoog, heel hoog. Hij landde goed en Clover zag sommige mensen vol bewondering knikken toen hij de derde kering naderde. Hij schoot de lucht in, greep zijn board met één hand en strekte op het moment dat hij zijn hoogste punt bereikte in een achterwaartse boog. Vervolgens kwam hij weer omlaag, zijn armen wijd en diep door zijn knieën om de klap van de sprong op te vangen terwijl hij voor zich uit keek naar zijn laatste keer opwaarts...

'O!' Johnny keek weg, een collectieve inwaartse zucht door de tanden suisde hoorbaar door de pipe. Foley lag op zijn rug en gleed over het ijs. Hij hield zijn benen beschermend in de lucht terwijl hij, kleine rondjes draaiend, begon af te remmen. 'Jammer,' zei Johnny, terwijl hij voor hem klapte.

Het had Clover een lelijke val geleken, maar Foley kwam overeind zodra hij zijn board veilig naar beneden kon krijgen en baande zich een weg naar de onderkant van de pipe. Hij gleed vlak langs hen heen, zonder enig teken dat hij hen had gezien of herkend. Weer een streepje. Weer een middelvinger. Clover hoopte dat hij hen had gezien. Ze hoopte dat hij besefte dat zij hem hadden zien vallen. Ze hoopte dat hij zich had bezeerd.

Ze zag hem naar een man gaan in een marineblauw jasje met rode biezen en een zonnebril op. Ze begonnen druk te praten, waarbij de andere man zijn armen nadrukkelijk gebruikte om iets uit te leggen. 'Is dat Tipper McKenzie?' vroeg ze aan Johnny.

Maar Johnny keek naar Ari, die door de pipe kwam. Hij voerde een paar aardige turns uit met een voorzichtige *grab*, maar allemaal zonder veel flair. Clover vermoedde dat zijn kater hem in toom hield. Hij was hier alleen ter ondersteuning. Hij kon waarschijnlijk niet wachten om terug te gaan naar het chalet.

'Hè? Wat zei je?' vroeg Johnny, klappend voor Ari.

'Tipper McKenzie?' Ze wees naar waar Kit onderaan de helling stond, boven een stel rollers.

'O ja, zo te zien wel.'

'Hij ziet er niet blij uit,' zei Clover.

'Terecht. Beginnersfout. Foley had zijn gewicht te ver achterover. Hij is niet aan het surfen.'

'Allemachtig!' riep Matty uit, waardoor ze zich allebei prompt omdraaiden. Beau kwam de pipe in, zo ontspannen als het maar kon, en voerde een reeks ingewikkelde jumps uit. 'Wat is hij goed!'

'Ja,' beaamde Clover. 'Hij is echt goed.'

Ze keken allemaal toe hoe hij eindigde met een Cab 180, perfect landde, remde en een paar feestelijke 360-spins maakte terwijl iedereen juichte.

'Lekker, Beau!' riep iemand.

'Bedankt, man!' riep hij terug, voordat hij een paar eenvoudige bochten draaide en op hen af kwam. Ze stapten alle drie achteruit toen hij hen passeerde op zijn weg uit de pipe. Ze zetten zich schrap voor een sneer van Team Foley.

'O, hé, jongens,' zei hij hijgend toen hij langsgleed.

Matty, Clover en Johnny wisselden een blik. Hadden ze nu een 'O, hé, jongens' te pakken?

Dan was de dag dus niet helemaal verspild.

Tegen de tijd dat ze in de taxi terug zaten, waren hun gastheren al twintig minuten thuis, en was de sneeuw op hun boards en laarzen al aan het smelten in de schoenenruimte. Ze merkte dat Foley erop geilde dat hij moeiteloos werd rondgereden – en dus razendsnel weg kon zodra hij dat wilde – terwijl zij het moesten doen met in de rij staan voor een bus of taxi.

Matty en Johnny waren meteen naar hun kamers vertrokken voor een warme douche. Clover was in de verleiding gekomen om even op bed te gaan liggen, wachtend op haar beurt om te douchen, maar ze had zichzelf gedwongen om naar boven te gaan en daar haar gezicht te laten zien. Hoe verleidelijk het ook was om zich in hun kamers te verstoppen, voor Kit moesten ze het feit dat ze hier met hem woonden zien te normaliseren. Hij moest eraan wennen – dat moesten ze allemaal – hoe pijnlijk dat misschien ook was.

Ze liep naar de woonkamer. Ari was aan de telefoon en liep heen en weer bij de tafel. Ze hoorde Beaus stem in de keuken. Kit lag languit op een van de banken, scrollend op zijn telefoon. Hij keek op en zijn duim hield even stil bij de afschuwelijke aanblik van haar.

'Hé,' zei ze luchtig, met een knikje en een halve glimlach. Hij reageerde niet. Hij staarde slechts met een blik van onderdrukte woede die haar het gevoel gaf dat ze er een brandwond aan kon overhouden. Het was hoogst intimiderend. Hij knipperde niet eens.

'U bent weer terug,' zei Carlotta achter haar.

Clover draaide zich opgelucht om. 'O. Ja.'

'Hebt u plezier gehad?'

'Ja, zeker.'

'Hebt u zin in *gugelhupf*?'

Clover keek naar de hoge gemarmerde tulbandcake op het bord dat Carlotta in haar hand had. 'O. Ja.'

'Met thee?'

'Graag,' knikte Clover. 'Dat zou heerlijk zijn.'

'En de anderen?'

'Die zijn aan het douchen. Ze zullen zo wel naar boven komen.'

'Heel goed. Dan breng ik het over tien minuten.'

'Super.' Clover zag de huishoudster weglopen en wilde dat ze dat niet deed. In gesprek zijn met haar bood veiligheid. Ze durfde zich niet om te draaien voor nog een confrontatie met Foley. Er was nul kans op een praatje met hem, hij kon het duidelijk niet eens aan om met haar in dezelfde ruimte te zijn.

Ze wreef lichtjes in haar handen en liep naar het schaakspel dat zij en Matty gisteravond hadden gespeeld. Ze hadden het tweede spel niet af kunnen maken voor het eten werd opgediend en ze keek er nu naar. Ze wilde een stuk verplaatsen.

'Niet doen!'

Het bevel deed haar opspringen en ze keek op naar Ari, die haastig haar kant op kwam. Hij gooide zijn telefoon op de bank. 'Sorry,' zei hij, terwijl hij zijn handen verontschuldigend ophield toen hij haar geschrokken reactie zag. 'Ik bedoel... Kit en ik spelen dit spel al... nou, een paar weken nu, maatje?'

Hij keek naar Foley, maar Kit reageerde helemaal niet. Ari keek haar met een grijns aan.

'Schaken jullie?' Ze kon de verbazing niet uit haar stem houden.

'Het is veel wachten tijdens een *pro tour*, op vliegvelden en in hotels. Het is een goede manier om de tijd te doden.' Hij haalde zijn schouders op. 'Hoe dan ook, we spelen een spel met twintig zetten, maar zonder tijdslimiet. We zijn net halverwege en het is heel erg spannend...' Hij hield op met praten toen hij haar gezichtsuitdrukking zag. 'Wat?' Hij keek omlaag naar het schaakbord en zag dat de stukken waren verplaatst. 'O... shit.'

Foley stond meteen overeind. 'Wat is er?' wilde hij weten.

'We wisten het niet,' zei Clover snel tegen Ari. 'Als we het geweten hadden...'

Foley liep naar de plek waar ze stonden en staarde naar het verpeste spel. Zijn borstkas kwam omhoog en Clover, die vlak bij hem stond, voelde een rilling van oprechte angst. 'Het spijt me.'

'Het spijt je?' In een flits had hij zich omgedraaid en hield haar arm in een bankschroefachtige greep. 'Het spíjt je? Je komt hier de kamer binnen en verpest zomaar even iets wat al weken aan de gang is? Iets waar je niets van wist?'

'Er was niemand. We wisten niet...'

Ari stond naast hem en legde zijn hand op die van Kit op haar arm. 'Maatje, kalmeer. Laat haar arm los.'

Maar Kit staarde haar nog steeds aan. 'Wanneer ga je inzien dat je excuses waardeloos zijn? De schade is aangericht. Niets wat je zegt kan goedmaken wat je hebt gedaan. Snap je dat dan niet?'

Clover staarde naar hem terug, haar adem ingehouden. Had hij het nog steeds over het schaakspel?

'Haar arm, Kit. Laat los.' Ari's stem was vastberaden, zijn blik strak. 'Nú.'

Kit keek naar haar arm. Hij leek verbaasd te zijn dat hij die vasthad. Hij liet zijn greep om haar biceps los, een grijns om zijn mond.

'Gaat het?' vroeg Ari haar.

Clover knikte, maar ze wist dat ze zichtbaar van streek was. Ze kon het niet verbergen. Ze voelde zich beledigd door zijn minachting, angstig door zijn woede. Ze was zich ervan bewust dat haar gezicht rood aanliep en dat ze zwaar ademde, haar lichaam in paniekmodus.

'Wat is er aan de hand?'

Ze draaiden zich om en zagen Beau in het midden van de kamer staan. Hij had een schaal met water en een schaal met wattenbolletjes in zijn hand. Hij had zijn oranje jas uitgetrokken en droeg alleen zijn donkergrijze thermokleding en sokken. Hij was zo lang, met slungelige armen en benen... Matty had zich niet vergist met haar verwijzing naar Pluto.

'Niets,' snauwde Foley en hij trok zijn thermoshirt met lange mouwen in één beweging over zijn hoofd terwijl hij naar de bank liep. Clover zag dat zijn gespierde rug bezaaid was met blauwe plekken en felrode wonden. Ze waren akelig en liepen van zijn schouderbladen naar zijn heupen. Van zijn val eerder, veronderstelde ze. Het oppervlak van de halfpipe was zo compact dat het glinsterde als glas, maar er vormden zich kleine bolletjes harde steenslag aan de bovenkant van de wanden waar de boarders bochten maakten en ze liepen recht naar beneden naar het midden van de pipe. Het moest pijnlijk zijn om erover te glijden op een onbedekte huid, alsof je over ruwe knikkers rolde.

Beau wierp Ari een vragende blik toe toen hij passeerde, maar de manager schudde zwijgend zijn hoofd alsof hij 'niet nu' wilde zeggen. Clover keek toe hoe Beau zich bij zijn broer op de bank voegde en de wonden met gezouten water begon te deppen.

Ze voelde een lichte aanraking op haar arm. 'Clover, het spijt me... Mag ik je vragen te vergeten dat dit is gebeurd?' Ze keek om en zag dat Ari zich tot haar richtte, zijn stem nauwelijks meer dan een gemompel. 'Alsjeblieft.' Ari wenkte naar de andere kant van de kamer en ze volgde hem. 'Dat ging echt veel te ver,' zei hij zacht. 'Maar hij is zichzelf niet helemaal op dit moment. Hij is gestrest.'

Gestrest? Clover staarde hem aan. Hoeveel van Ari's werk bestond uit schadebeperking rond Kits gedrag? Dit was de tweede keer in twaalf uur dat hij fysiek tussenbeide moest komen. 'Dit is onwerkbaar,' fluisterde ze. 'Ik kan mijn werk niet doen als ik fysiek word bedreigd, Ari.'

'Dat weet ik. En ik zal hem zeggen dat als hij je nog met één vinger aanraakt, ik hem zelf een pak slaag zal geven.'

Ze keek naar de broers. Beau was bezig Kits wonden te deppen. Bij elke aanraking reageerde Kit met een wegtrekking en een sis door zijn tanden.

'Hij heeft een hoop shit aan zijn kop op het moment,' mompelde Ari, terwijl hij even omkeek om te zien of ze niet in de gaten werden gehouden. 'Maar ik snap dat hij dat niet bepaald sympathiek laat merken.'

Clover keek hem weer aan. 'Hoe moet hij straks met me praten, als hij me niet eens kan aankijken?'

'Geef hem gewoon wat tijd. Het is een goeie jongen, diep vanbinnen.'

Hoe diep? Ze was een interviewer, geen mijnwerker.

'Moet je horen, of je me nu wel of niet gelooft, vanuit een puur egoïstisch perspectief, ik had net Julian net aan de lijn. Alweer. Hij heeft me vandaag zeventien keer gebeld. Heel stom, er is geen bereik in het funpark.' Hij keek geïrriteerd. 'Hoe dan ook, hij hoorde dat we er gisteren niet waren en hij heeft heel duidelijk gemaakt hoe hij erover denkt. Vanaf nu is het *No more Mr Nice Guy...*'

Clover fronste haar voorhoofd. Wie had Julian precies verteld dat ze er gisteren niet waren geweest? Niet zij of de anderen.

'Luister. Ik wil niet dat Kit een rechtszaak aan zijn broek krijgt na alle shit die hij al heeft meegemaakt, dus ik beloof je dat ik het zal regelen. Kit zal meewerken. Ik heb alleen een paar dagen nodig om hem tot inkeer te brengen. Kun je me die geven?'

Clover zuchtte. Ze zag dat Ari zijn best deed. En hij was net tussen haar en Kit gaan staan, wat meer was dan hij bij hun ochtendconfrontatie had gedaan... 'Nou, ik denk dat we wel B-roll-shots kunnen maken terwijl we wachten,' zei ze uiteindelijk.

'B-roll?'

'Achtergrondopnamen. Stilstaande beelden. Panorama's.'

'Juist. Ja, B-roll. Dat zou fijn zijn.'

Ze wierp een blik op de broers op de bank. 'Ze lijken hecht,' mompelde ze, terwijl ze naar Beau keek, die zijn broers wonden verzorgde.

'Ja.'

Ze keek weer naar Ari. 'Het spijt me echt van het schaakspel. Ik wist het niet.'

'Dat kon je toch niet weten?'

'Het is niet onze bedoeling om hem tegen ons in het harnas te jagen. We blijven vanavond beneden,' zei ze rustig, nog steeds starend naar de nare plekken op Kits rug. Zijn hoofd hing naar beneden, zijn spieren verkrampt. 'Hopelijk helpt dat om hem te kalmeren. Ik zal Carlotta zeggen dat we vanavond in onze kamers eten.'

'O, maar...' zei Ari terwijl ze wegliep. 'Heeft Julian het niet verteld?'

'Me wat verteld?'

'Je kunt je telefoon beter even checken, zoals ik al zei, er is geen ontvangst op de gletsjer... Hij vertelde me dat hij jullie vanavond om acht uur in Hotel Orsini wil ontmoeten. Hij heeft een tafel gereserveerd voor het diner.'

Het was het allerlaatste waar ze zin in had. Ze liet haar schouders zakken. 'Het Orsini... is dat van hem?'

'O ja, hij is de grote man hier.' Ari zuchtte. 'Ik denk dat het je zal bevallen. Het is de chicste tent in de stad.'

Ze probeerde haar wanhoop niet te tonen. Dit was een lange en niet geweldige dag geweest. 'Betekent dat dat er een dresscode is?'

Ari rolde met zijn ogen. 'Daar zou ik maar van uitgaan. Julian doet niet aan casual. Die man is geboren in driedelig kostuum.'

8

'Wat? Niemand heeft gezegd dat ik mooie kleren moest meenemen!' protesteerde Johnny toen Matty zijn outfit zag en haar ogen ten hemel sloeg. Schoon was het beste wat hij te bieden had: jeans, een nieuw paar sneakers en een oud Guns N' Roses-T-shirt met lange mouwen (waarbij de lange mouwen de onderscheidende factor waren ten opzichte van zijn niet-nette kleren).

Ze stonden in een mooie lobby met houten lambrisering en grote rustieke vloerkleden en bibliotheekstoelen met warme, rokerige fluwelen bekleding. Het had een ontegenzeggelijk luxe uitstraling, maar de gedimde lampen en zachte kussens gaven een welkom gevoel.

Matty zag er zeer op haar plek uit in een halflange zijden jurk met felle print en koordhals – die ze tweedehands had gekocht op Vestiaire – met afgezakte zwarte suède laarsjes.

Clover had haar Isabel Marant-piratenbroek moeten lenen en een korenblauwe blouse. Net als Johnny had ze ingepakt voor actie en avontuur en niet voor een diner met haar grootouders.

'Ach, nee! Ik had gehoopt dat ik jullie voor zou zijn!' riep een uitgelaten stem.

Ze keken om en zagen daar tot hun verbazing een lange blonde man van begin dertig op hen af komen. Zijn benen alleen al leken wel een meter tachtig, en hij had ongelooflijk diepliggende donkere ogen. Hij droeg een nauwsluitend donkerblauw pak met een jasje in Oostenrijkse stijl, open, met een opstaand kort kraagje en koperen knopen die helemaal tot aan de hals liepen.

Clover had niet nagedacht over hoe hun nieuw gevonden bondgenoot eruit zou kunnen zien, maar ze had automatisch aangenomen dat hij grijs haar en een buikje zou hebben en dat hij eind vijftig zou zijn. Matty duidelijk ook, haar ontsnapte een piep.

'Nee, hè, het is Tom Hollander,' kermde Johnny.

'Je bedoelt Tom Hiddleston, sukkel,' siste Matty tussen haar tanden door, waardoor Clover er bijna in stikte.

'Martha?' vroeg Julian, met een net zo blij verraste blik. Hij bleef voor hen staan terwijl Matty een stap naar voren deed. Als hun marketingmens was zij de enige geweest die direct contact met hem had gehad, toen ze hem terugbelde na zijn eerste benadering, om te bevestigen dat ze ermee doorgingen. Alle communicatie sindsdien was over garanties van toegang tot Kit gegaan en over logistiek in Oostenrijk, toen Ari's mails iets anders suggereerden. Julian wilde toen alles graag verder bespreken, maar Matty had beleefd maar duidelijk afgehouden. Om redenen van integriteit zou het 'niet netjes' zijn om te overleggen, had ze gezegd. Oordelend naar haar gezicht op dit moment zou ze het nu niet zo 'niet netjes' vinden.

'Julian, eindelijk, een gezicht bij de stem,' zei Matty stralend, en ze schudde zijn hand. Er ging een moment voorbij dat voor Johnny en Clover langer voelde dan kennelijk voor hen het geval was.

Johnny liet een niet zo subtiele kuch horen.

'En Clover, de beroemde, de opmerkelijke Clover Phillips,' zei Julian, zich tot haar wendend. 'Ik weet niet of ik opgewonden of bang moet zijn dat het me gelukt is om jullie te laten verschijnen voor het diner.'

'Nou, ik denk niet dat ik een van beide verdien.'

Maar hij liet een geluidje horen dat suggereerde dat hij het daar niet mee eens was. 'Jij weet precies hoe je mensen aan het praten krijgt, Clover. Ik weet dat maar al te goed. Ik vraag me af of ik het bij water moet houden vanavond.'

Clover moest lachen. 'We zullen het luchtig houden, dat beloof ik.' En hopelijk ook kort, dacht ze bij zichzelf.

'En Julian, dit is Johnny Dashwood, onze cameraman en editor,' zei Matty, die weer naar zijn T-shirt staarde met daarop een dolk waar bloed vanaf droop met rozen om het lemmet. 'Zoals je waarschijnlijk wel kunt zien.'

'Johnny.' Julian schudde hem enthousiast de hand en leek zijn outfit niet op te merken. 'Jij bent net zo discreet als Clover direct is. Dat beeld van Cory thuis, toen hij zijn donkere episode had... Dat heb je echt met veel respect gedaan.'

'Bedankt,' zei Johnny waarderend. 'Niet veel mensen merken dat op.'

Clover zag een hotelmanager op discrete afstand afwachten. Hij hield een marineblauwe blazer vast.

'Ah,' zei Julian en hij wendde zich een kwartslag naar hem toe en wuifde met een discreet handgebaar het jasje weg. 'Bedankt, Otto. Het ziet ernaar uit dat onze tafel klaar is. Kom, laat ons de tocht uit gaan, de warmte in. Jullie zijn vast erg moe na zo'n drukke eerste dag, nietwaar? Was de sneeuw goed?'

'Fantastisch!' zei Matty met overslaande stem. Ze liep naast hem terwijl Otto hun voorging een eetzaal door die er weer zowel grandioos en gracieus uitzag als knus: lichte eikenhouten lambrisering, donkere olieverfschilderijen aan de muren in goudkleurige lijsten, wit linnen servetten met geschulpt saliegroene geborduurde randen. Bijna alle tafels waren bezet, de mensen zaten in stellen van twee rustig te praten, met gerechten voor zich die eruitzagen als kunstwerken op borden van het merk Meissen geserveerd, en hoge bloemstukken die uit Medici-urnen barstten.

Julian liep rechtstreeks naar de tafel in de verre hoek van de zaal en ging pas zitten toen de anderen zaten. Matty en Johnny namen plaats in de stoelen bij de muur, Clover en Julian aan de andere kant, met hun rug naar de zaal.

Even later kwam er een ober met een ijskoude fles Bollinger. Julian knikte haast onzichtbaar. 'Jullie zijn gezegend met goed weer sinds jullie aankomst,' zei hij bij wijze van gesprekje, terwijl de ober de fles ontkurkte en begon in te schenken. 'Afgelopen week was het alleen maar regen, regen, regen. Sneeuw op de top, natuurlijk, maar hierbeneden...'

'Geen zorgen, we zijn Engels,' zei Matty met een glimlach. 'We kunnen wel tegen wat regen.'

'Nou, dat is maar goed ook. Want de voorspelling voor de komende week is niet zo best.'

'Verdorie. Ik wist dat ik vandaag de camera had moeten meenemen,' mopperde Johnny.

'Waarom heb je dat niet gedaan?' vroeg Julian.

Johnny realiseerde zich dat hij iets had gezegd zonder na te denken. 'Nou, het leek ons goed om een beetje rustig te beginnen. We wilden de paarden niet laten schrikken, bij wijze van spreken.'

Julian fronste zijn voorhoofd toen hij begreep wat Johnny bedoelde.

'Ja. Ik heb gehoord dat Kit zich heel slecht gedraagt. Het spijt me dat jullie zo zijn behandeld.' Hij keek hen aan met een oprechte blik. 'Maar ik heb vanmiddag lang gepraat met zijn manager en ik kan jullie verzekeren dat hij vanaf nu met jullie zal meewerken.'

Clovers gedachten gingen terug naar hoe Foley tegenover haar was ontploft, en dat hij haar zo hard had beetgepakt juist toen Ari aan de telefoon was met Julian. Ze forceerde een glimlach. 'Ari is verrassend behulpzaam geweest.'

Julian ging achteroverzitten, zodat hij haar wat makkelijker kon aankijken. 'Nou, hij begrijpt hoe de vork in de steel zit, beter dan Kit waarschijnlijk. Voelen jullie je thuis, in het chalet?'

'Hoe kan dat ook anders?' vroeg Matty, die niet doorhad waar Julian op doelde. 'Het is prachtig!'

'Bedankt,' knikte Julian.

Matty zette grote ogen op. 'Is het van jou?'

'Van mijn familie. We hebben veel verschillende investeringen in de stad.' Hij keek weer naar Clover. 'Maar als Kit zich als een kind blijft gedragen, weet dan dat er hier altijd kamers zijn die jullie kunnen gebruiken.' Hij gebaarde vaag naar hun luxueuze omgeving. 'Het is nog vroeg in het seizoen, dus we zijn nog niet op volle capaciteit. Ik ben bang dat ik niet de beste kamers kan garanderen, maar ik ben vastberaden Kit jullie niet te laten wegpesten. Die tactiek heeft in het verleden goed voor hem gewerkt en hij denkt dat het nu ook gaat werken. Ik ben bang dat hij nog niet van zijn fouten heeft geleerd.'

Clover sloeg hem gade terwijl hij sprak. Julian was beschaafd, wereldwijs, goedgemanierd. Zijn Engels was onberispelijk, hij gedroeg zich als een gentleman. Hij was een klassieke Europeaan, gewend om te verkeren in het gezelschap van vrouwen in bontjassen en mannen met sigaren. Dus waarom had hij ervoor gekozen om zijn familienaam in verband te brengen met de naam van een uit de gratie geraakte sportster die synoniem was aan schandaal?

Glimlachend stelde ze hem precies die vraag.

Julian moest lachen. 'Wauw. En daar is hij dan, de stalen vuist in een fluwelen handschoen. Recht op het doel af.' Hij tikte met een vinger tegen zijn champagneglas en leek een beetje in de war. 'Oké, nou, dat is een goede vraag. En daar heb ik niet zomaar antwoord op.'

Clovers glimlach werd breder. De beste vragen lieten zich niet zomaar beantwoorden.

'Ik denk dat ik zou moeten zeggen dat het is omdat ik geloof in tweede kansen. We zijn allemaal zo kritisch geworden, zo snel met ons oordeel, om iemand weg te zetten, te trollen. We zijn niet zo goed in vergeven en compassie tonen, denk ik, maar iedereen maakt fouten.' Rond Julians mond gloorde een glimlach. 'Maar luister, ik ben ook een zakenman. Ik ga niet net doen alsof dit alleen uit mijn hart komt. Ik ken de marktkrachten en Kit Foley is een kampioen. Hij heeft "het", wat dat ook is. Hij is belachelijk getalenteerd, gedreven. Heel knap ook, natuurlijk. Hij heeft dat klassieke mannen-willen-hem-zijn-vrouwen-willen-met-hem-zijn. En dat vertaalt zich in commercieel goud.'

‘Behalve dan dat Burton hem niet wilde. Oakley. Salomon. Zij waren het daar duidelijk niet mee eens.’

‘Omdat ze te groot zijn om zich met hem in te laten,’ zei hij schouderophalend. ‘Ze moeten hun straatje schoonhouden. De risico’s zijn voor ons niet hetzelfde; soms kan het goed zijn om een witvis te zijn in een zee vol haaien. Maar dat betekent niet dat ze hem niet hadden willen hebben. Ze kennen zijn palmares. Hij mag dan nieuw zijn in dit veld, maar hij heeft de technische skills die je hier ook nodig hebt, de ervaring, hij kent de druk van competitie op het hoogste niveau, hij zal meteen meedraaien in de top als hij dit seizoen debuteert.’

‘Maar is de roem van een medaille genoeg om goed te maken wat hij heeft gedaan?’ drong ze aan. ‘Voor het publiek is hij een valsspeler. Misschien willen ze hem helemaal niet zien winnen! Veel mensen houden hem verantwoordelijk – al is het indirect – voor Cory Allbrights dood.’

Julian keek haar aan. ‘Zoals jij.’

Clover haalde haar schouders op, zonder het te ontkennen. ‘Cory werd een vriend, ja. Ik heb de gevolgen van Kits daden die dag van dichtbij meegemaakt. Dat was moeilijk om te zien.’

Er verschenen rimpels in Julians gladde voorhoofd. ‘Moet ik me zorgen maken? Ga je hem eerlijk zijn verhaal laten vertellen?’

‘Kit heeft zichzelf tot nu toe geen dienst bewezen,’ zei ze eerlijk. ‘Ja, ik zal naar hem luisteren, maar ik ga het verhaal achterna, en je moet weten dat ik geen garantie kan geven dat je leuk gaat vinden wat ik tegenkom.’ Clover haalde haar schouders op. ‘Dit,’ zei ze gebarend naar de prachtige eetzaal, ‘is magnifiek, en ik ben je dankbaar voor je gastvrijheid, maar…’

‘Je bent niet te koop. Ja, dat snap ik,’ knikte Julian. ‘En daar heb ik respect voor. Maar voor wat het waard is, ik heb het volste vertrouwen dat dat soort compromissen niet nodig zullen zijn. Ik zou het niet in mijn hoofd halen om te proberen je om te kopen. Kit zal zichzelf vrijpleiten. Op dit moment ligt hij met zijn gezicht voorover in de modder, maar hij is te zeer een strijder om daar te blijven liggen. De wil om te vechten zit in zijn DNA. Hij komt terug en zijn koers gaat weer stijgen.' Julians ogen glansden. 'Zoals mijn accountant het graag zegt, hij is een aandeel met winstverwachting.'

Clover glimlachte. 'Denk je dat hij je zal belonen met zijn loyaliteit als zijn moment van glorie komt?'

Julian lachte weer. 'O, dat betwijfel ik ten zeerste! Als hij begint te winnen en jouw film toont hem in een gunstig licht, dan gaat hij natuurlijk tekenen bij een van de grote jongens.' Hij knipte met zijn vingers. 'Dan is hij weg. Zonder berouw. Maar tegen die tijd heeft hij al wel opgeleverd wat ik nodig heb.'

'Dat hij je profiel een boost geeft?' opperde Matty, die graag ook aan het gesprek wilde meedoen.

Julian keek haar aan met een nog warmere glimlach. 'En mijn zakken gevuld. Voortijdige beëindiging van een contract kost geld.'

'Voor hoelang is hij aan jou verbonden?'

'Drie jaar.'

Clover maakte een snelle berekening. 'Dan is hij drieëndertig voordat hij vrij is om een nieuw contract te tekenen. Dat is al best oud in de snowboardwereld, of niet?'

'Nou, de gemiddelde leeftijd van zijn concurrenten is tweeëntwintig, dus...'

Clovers wenkbrauwen gingen omhoog. 'Je gelooft echt in hem.'

'Of misschien ben ik zo gek als iedereen me zegt dat ik ben,' grijnsde hij. 'De feedback op mijn nieuwe avontuur was niet wat je noemt positief.' Hij maakte een nonchalant gebaar.

Clover vroeg zich af hoeveel miljoenen hij had geïnvesteerd in het contracteren van Kit en het regelen van productiecapaciteit voor de kleding- en snowboardlijnen. Het vooruitzicht dat hij zijn investering zou kunnen kwijtraken leek hem niet veel zorgen te baren. Van wat Ari haar had verteld – dat Julian hem zeventien keer had gebeld op een middag – had ze verwacht dat hij gedreven was, maar de man die ze voor zich had, had een bijna bestudeerde inertie. Tenzij dat gewoon hoorde bij zijn gekunstelde gedrag?

'Hoe vond jíj Kit? Op persoonlijk vlak, bedoel ik?' vroeg ze, en ze bestudeerde zijn gezicht. 'Het is duidelijk waarom hij naar ons toe vijandig doet, maar jouw sponsorschap legt de goede naam van jouw familie op zijn besmeurde reputatie...'

'Mooi woord, besmeurd,' knikte Matty goedkeurend.

Julian gniffelde en zijn ogen bleven even bij haar hangen.

'Je hebt hem en zijn team een prachtig chalet gegeven om in te leven, een basis waar hij bijna het hele jaar door aan zijn nieuwe ambacht kan werken. En ik neem aan dat de grote glimmende auto ook onderdeel is van het pakket. Jullie zijn zeker dikke vrienden?'

Julian trapte er niet in. Hij wist dat het een retorische vraag was. Ze waren duidelijke tegenpolen: een estheticus en een atleet, oude wereld en nieuw geld. Julian haalde verholen adem. 'Nou, Kit heeft nog altijd zijn demonen. Het is waar dat hij iemand is die nog geen vrede heeft gesloten met zichzelf, en dat maakt hem weleens... moeilijk. Maar hij probeert zijn leven weer op te bouwen en hij wil opnieuw beginnen. We moeten geduld hebben.'

'Dat is dus een nee,' grijnsde Clover, die zijn diplomatieke antwoord doorprikte.

'Het is een...' Julian aarzelde. 'Een "nog niet". Maar eerst, en vooral, is dit een zakelijke relatie. Het helpt als je met elkaar door een deur kunt, natuurlijk, maar we hoeven elkaar niet leuk te vinden.'

'Grappig, dat is ook wat ik zei.'

'Dan hebben we dus iets gemeen.' Hij lachte naar haar, maar ze kon zien dat hij haar analyseerde. Ze waren allebei niet helemaal zoals de ander had verwacht.

'Er is iets wat ik me afvraag,' zei ze. 'Het is duidelijk een enorme uitdaging voor Kit om met ons te moeten werken. Hij wil deze film absoluut niet, maar je hebt het onderdeel gemaakt van zijn contract.'

'Ik moest wel. Zijn reputatie ligt aan duigen. Medailles winnen is niet genoeg. Hij moet elke inspanning leveren om het vertrouwen en de vergiffenis van het publiek terug te winnen.'

'En jouw merk er goed uit laten zien.'

'Natuurlijk.' Julian ontkende het niet.

'En toch, ik denk dat hij nu in het chalet zit te bedenken of twintig jaar in de cel voor de moord op mij als ik vanavond terugkom misschien wel de moeite waard is.' Julian lachte geschokt, maar Clover meende het. 'Zo erg vindt hij dit. Waarom doet hij zichzelf dit aan? Hij is al rijk. Hij heeft zijn laatste jaar op de wereldsurftour zelf gefinancierd. Hij had hetzelfde hier kunnen doen en niet zichzelf aan allerlei marketingverplichtingen hoeven committeren die duidelijk een gruwel voor hem zijn.'

Julian was even stil. 'Nou, misschien is het omdat hij zijn laatste jaar surfen heeft gefinancierd dat hij een sponsor hiervoor wilde. Ik denk dat het een bepaalde... authenticiteit en respectabiliteit aan zijn inspanningen geeft?' Hij trok een wenkbrauw op. 'Maar wat eigenlijk nog meer voor de hand ligt, is dat zijn manager de kleine lettertjes van het contract niet heeft gelezen.'

Had Ari het verknoeid, vroeg ze zich af, niet voor het eerst. Had hij zijn cliënt in een situatie gewerkt zonder makkelijke uitweg? Ari was Kits vriend, en hij had ongetwijfeld Kits bestwil voor ogen, maar hij was ook een oude surfpro, zonder juridische ervaring (voor zover zij wist). Het zou Ari's wanhopige verzoek verklaren om hem tijd te geven om Kit te bewerken.

Opeens moest Julian lachen. 'Wat is dat toch met Kit Foley? Die man heeft er een handje van om een gesprek te overheersen, zelfs als hij er niet is!' Julian nam zijn glas op en hief het. 'Kom, laten we de zaken voor vanavond terzijde schuiven. Vanavond is bedoeld om elkaar wat beter te leren kennen. Ik wil graag een toost uitbrengen op nieuwe vrienden.'

Matty ging rechtop zitten, want nu kon ze eindelijk meedoen. 'Op nieuwe vrienden,' zei ze, als eerste klinkend met haar glas tegen het zijne, en ze gaf niet de indruk dat ze van plan was onpartijdig te blijven.

Eigenaar Slatterdorf Sports Ja, ik heb hem wel een paar keer gezien in het dorp.

Clover Phillips Begint hij een beetje te wennen? Denk je dat de inwoners van Zell am See blij zijn dat hij hier is?

Eigenaar Ik zie niet waarom niet. Hij is hier een paar keer binnen geweest en hij is altijd beleefd. Niet heel spraakzaam, maar ik denk dat hij gewoon op zijn hoede is.

C. P. Waarom denk je dat hij op zijn hoede is?

Eigenaar Nou, iedereen weet wat hij heeft gedaan als surfer. Die film die toen is uitgekomen heeft hem niet veel goeds gedaan… Hé, is dat waarom je aan het filmen bent?

*

Man met hond Wie?

*

Medewerker supermarkt Ik denk dat hij iets wil bewijzen. Ik wens hem het beste. Ik vind hem wel leuk.

'Ja, dat is goed. Daarlangs,' zei Clover, kijkend door de lens. Ze stapte terug en liet Johnny zijn magie uitvoeren. Hij had een groothoeklens boven het funpark ingesteld.

De laatste positie die hij had gevonden – via een moeilijk pad op een niet geprepareerde helling – stelde hem in staat tot het maken van een panoramashot dat liep van de majestueuze gletsjertop rechts, helemaal naar links tot je recht de superpipe in keek, met de rollers erachter. Vanaf deze afstand, met de industrieel uitziende rails en boxen die je bijna niet kon onderscheiden, zag het park er prachtig uit, een beetje zoals een extreem gestileerde buxustuin.

Het sneeuwde zacht en vette vlokken vielen voor de lens langs. De hemel lag zo laag dat het zicht op de stad Kaprun werd geblokkeerd. Ineengedoken op hun geïsoleerde positie had Clover bijna het gevoel alsof zij en Johnny in hun eigen wolk zaten. Het had een uur geduurd om daarboven te geraken en in positie te komen, nog eens vijfentwintig minuten om de camera's op te zetten en de instellingen te finetunen. Ze wachtten tot de zon van achter de Kitzsteinhorn vandaan zou piepen – zo nu en dan werden de wolken net dun genoeg om wat mistig lichte plekken te laten ontstaan, waardoor de noordhellingen in diepe schaduwen werden gehuld en de skyline van dramatisch gekartelde bergtoppen werd gesilhouetteerd.

Clover sloeg haar armen om haar knieën. Het was stil in het park vandaag, er waren slechts een paar groepjes boarders en skiërs. Kit, Ari en Beau waren daar natuurlijk ook ergens.

Johnny en zij hadden zich de laatste dagen met deze 'zachte start' beziggehouden, waarbij ze locaties hadden gescout, met de drone eropuit waren geweest en vaste shots in allerlei weersomstandigheden en op verschillende tijden hadden gedraaid – zonsopkomst, zonsondergang en vandaag de late middag. Ze hadden gedaan wat Ari had gevraagd en hadden zich verdekt opgesteld, om Kit en de atleten heen bewegend zonder te dichtbij te komen (hoewel het verhaal blijkbaar al wel de ronde deed dat Foley zijn eigen filmploeg had. '*The ego has landed*,' had iemand gisteren van een afstandje naar hen geschreeuwd).

Maar hun kousenvoetenwerk leek weinig effect te hebben. In plaats van dat Foleys humeur verbeterde leek de vertrouwdheid alleen maar meer minachting te kweken. Toen ze terug waren gekomen van het etentje met Julian op hun tweede avond, waren Kit, Beau en Ari al in hun slaapkamers en de volgende morgen waren ze allemaal al weg voor een trainingssessie 'off site', volgens Carlotta, voordat de anderen op waren voor het ontbijt.

De dagen erna waren volgens ongeveer hetzelfde schema verlopen. Het was kinderachtig gedrag, maar Clover weigerde zich op stang te laten jagen. Ze zei tegen zichzelf dat ze een lang spel speelde; ze kon het zich wel veroorloven wat tijd door de vingers te laten glippen. Bovendien, vroeg of laat moesten ze toch naar het chalet terugkomen, en dan zorgde ze dat ze op de bank zat om hen met een ontspannen glimlach te begroeten. Dan vroeg ze hoe hun dag was geweest, alsof ze vrienden waren, alsof haar plannen helemaal niet om hen hadden gedraaid.

Beau was altijd vriendelijk, wel een beetje schaapachtig, als een uit de kluiten gewassen puppy die op wacht werd gezet terwijl hij alleen maar een knuffel wilde. Ari was kordaat en afstandelijk als Kit er was, maar Clover voelde aan dat hij achter de schermen deed wat hij kon. Kit wilde haar nog steeds niet eens aankijken. Dan kwam hij de trap op, keek hij de keuken in om met Fin te bespreken wat hij wilde eten, om zich vervolgens – als zij er was – terug te trekken in zijn kamer. Ze keek altijd van een afstandje toe. Ze ging hem uit de weg, maar zorgde wel dat ze in zijn buurt was.

Ze keek op en zag Johnny overeind springen en achter de camera kruipen. Het wolkendek brak open aan de westkant en de vroege winterzon was opeens verblindend, met felle bundels licht die op de gletsjer schenen alsof het flitsende zwaarden waren. Ze sprong op, greep de gigantische lichtreflector, en hield hem zoals Johnny wilde. Ze zag hoe hij de camera behendig bewoog. Niet te snel, niet de langzaam. Hij wist precies hoe dit shot moest zijn, voor wanneer ze de documentaire gingen monteren, en het verhaal in elkaar gingen zetten, begin volgend jaar.

Hij keek om naar haar. 'Hebbes,' grijnsde hij.

'De moeite van het wachten waard?'

'O, zeker.'

'En die lange tocht ook waard?'

'O ja.'

'Goed. Mijn dijen zijn stram,' kreunde ze. 'Ik denk dat ik vanavond even ga zwemmen.'

'Moet je doen. Het is een gaaf zwembad. Er zit een tegenstroominstallatie in waar je tegenin kunt zwemmen.'

'Natuurlijk,' snoof ze. 'Wat heeft dat huis niet?'

'Een dame des huizes?' grijnsde Johnny, die ondertussen de camera losmaakte van het statief en hem in de gewatteerde tas opborg. 'Hoewel die zich misschien al eerder aandient dan we denken.'

'Dat zou kunnen.'

Johnny bukte zich en liet het statief inklappen. 'Ze kwijlde zowat in haar soep tijdens het etentje.' Hij ritste de tassen dicht en kwam overeind. 'Wat denk je dat ze nu aan het doen zijn?'

'Eh... werken, hoop ik!'

Julian had geregeld dat Matty met hem naar Salzburg zou reizen om het hoofd pr en marketing te ontmoeten op het hoofdkantoor van de zusterfirma, O-R Holdings. Hun portfolio bestond vooral uit luxehotels met een paar high-end appartementencomplexen, en er was geen goede reden voor zover Clover kon zien waarom ze 'synergieën' zouden onderzoeken, zoals Julian het had geformuleerd. Aan de andere kant was Julian een waardevol contact voor hen. Als de enige persoon in een positie om enige macht over Kit Foley te laten gelden, kon het voor nu geen kwaad om hem dichtbij te houden, en Matty nam dat graag op zich. Meer dan graag zelfs.

Ze tilden de tassen op hun schouders en begonnen de steile, onbetreden helling af te dalen. Het was zwaar, met alle apparatuur die ze moesten dragen. 'Zullen we een drive-by doen?' vroeg hij toen ze bij de piste waren en hij zijn board vastmaakte.

'Tuurlijk, waarom niet?' zei ze en ze klikte haar bindingen dicht. Ze moesten toch langs het funpark op weg naar het dal. Ze draaiden rustige bochtjes, voorzichtig zodat de spullen niet door de sneeuw sleepten, en stopten op een punt waar een pad liep vanaf de piste naar het funpark.

Een rijtje boarders stond te wachten op hun beurt. Ze zag Foley meteen. Hij was langer dan de meeste anderen en hij droeg een vaal beige camouflagepak. Maar dat was niet waarom hij opviel. Het was zijn geïsoleerde plek in de roedel waardoor je hem meteen herkende. Terwijl de anderen elkaar high fives gaven en samen in groepjes in de sneeuw zaten, was er om hem heen een duidelijke zone. Als hem dat was opgevallen, dan liet hij dat niet merken. Hij wachtte op de man voor hem om te gaan, maar hij leek afgeleid, want hij keerde zijn hoofd om de paar tellen naar de verre rand. Clover keek ook en zag Tipper McKenzie, zijn coach, langs de kant staan en hem aanmoedigende knikjes geven. Ari en Beau stonden met hun board in de hand naast Tipper.

'Gaan, Mikey!' riep iemand. 'Doe je ding!'

'Schultzy!'

Johnny, die naast haar stond, leek opeens alert. 'O, shit, is dat Mikey Schultz? Hij is van Team USA en heeft net Shaun White uit het team geknikkerd voor de volgende Olympische Spelen.'

'Echt?'

'Ja. Wat doet die nou hier? Hij woont in Utah, dacht ik.'

Clover dacht kort na. Dit was een Amerikaanse olympiër, die daar net voor Kit aan de beurt was?

'Pak de drone, snel,' zei ze en ze liet de draagtas van haar schouder zakken zodat Johnny de rits kon opendoen.

'Het licht is niet best,' zei Johnny, die snel handelde.

'Geeft niet. Kijk maar hoever je komt...'

De kleine menigte bij de pipe juichte luid toen Schultz in positie schoof.

'Schiet op, hij gaat bijna.'

Johnny liet de drone de lucht in gaan, met zijn ogen naar beneden gericht op de actie terwijl hij met de afstandsbediening friemelde. Clover hield haar blik op de boarder gericht, maar het volgende ogenblik was hij uit haar gezichtsveld verdwenen, toen hij de neus van zijn board naar beneden richtte en in een verticale drop werd gelanceerd voordat hij de lucht in vloog en boven de andere kant van de pipe uit kwam. Hij verdween weer achter iets en een tel later verscheen hij weer.

De toeschouwers joelden en gilden het uit terwijl hij hoger en hoger kwam. Vanuit Clover en Johnny's positie was hij alleen te zien als hij boven de zijkanten van de pipe uit kwam, maar zelfs van een afstand konden ze de atletische dynamiek zien van zijn sprongen, van zijn verbazingwekkende lef. Elke sprong vereiste microprecisie en volledige beheersing. Het kon catastrofaal zijn om twee graden te ver naar voren of te ver naar achteren te landen.

Hij eindigde met een ingewikkelde jump waarvan Johnny in reactie rechtop ging staan, met open mond, even vergetend dat hij de drone bediende. De toeschouwers stonden ook allemaal overeind, stampend op de grond en hun vreugde uitschreeuwend over de vallei.

Er was blijkbaar iets historisch gebeurd.

'Zag je dat?' riep Johnny uit. 'Hij heeft net een Switch Backside 1260 gedaan. Dat kan echt bijna niemand. White heeft het een keer gedaan, dacht ik, bij de X Games.'

'O?' Clover keek een tikje verbijsterd naar de gekte. Snowboarden was ondoorgrondelijk voor haar. Als je een sprong met een draai hebt gezien, dan heb je ze allemaal gezien, zo dacht ze erover. 'Kijk! Foley is aan de beurt.'

Ze wachtten tot Kit in startpositie stond. Hij bleef steeds maar kijken naar Tipper... Clover fronste. Hadden ze een soort code? Een bluetoothconnectie waarmee ze met elkaar konden praten? Want Tipper verstijfde plots. Zijn handen kwamen uit zijn jaszakken. Hij schudde heftig nee. Zette een stap naar voren, schudde weer zijn hoofd.

Maar Foley keek de andere kant op. Een paar tellen lang bereidde hij zichzelf voor en toen was hij weg, buiten het zicht, de afdaling in, waar Clovers maag van verkrampte. Twee tellen later kwam hij hoog boven de andere kant van de pipe uit.

Voor haar was het verbazingwekkend dat mensen dit konden. Dat hij dat kon. Het ene moment stond hij voor haar te roepen dat ze verdomme moest oprotten, en nu zag ze hem daar, vliegend en vrij… hoe kon hij beide mannen zijn?

Wacht…

Clover fronste terwijl ze wachtte op zijn volgende truc. En nog een. Verbeeldde ze het zich? Ze keek naar Tipper en zag hoe hij stond – kaarsrecht, alsof hij bevroren was. Het geroezemoes van de menigte was een tweede bevestiging.

Johnny's mond hing weer open en hij bracht de drone in stelling. 'Dit meen je niet,' zei hij hijgend.

Clover keek weer naar de pipe. Naar Tippers verstarde houding.

'Hij is toch Schultz aan het nadoen?' vroeg ze aan hem. 'Hij doet toch precies wat Schultz net ook deed?'

'Ja. Alleen die laatste jump gaat hij niet doen. Het bestaat niet dat hij daarvoor genoeg ervaring heeft…'

Maar hij deed het wel. Hij maakte vaart voor zijn laatste sprong. Ze keek toe hoe zijn lichaam naar boven schoot als een raket, en het precies deed wat hij het vroeg te doen… draaiend, krommend, reikend…

Clover sloeg haar hand voor haar mond.

Hij landde perfect op de luchtzak aan het einde, en hij deed er niet eens moeite voor. Maar het was ruimschoots duidelijk dat als hij voor de harde landing had gekozen, die zou zijn gelukt. De run was perfect uitgevoerd, en zijn punt helder. Hij had Mikey Schultz geëvenaard, truc voor truc. Hij had zijn kaarten laten zien.

Beau en Ari stonden langs de kant elkaar te omhelzen en schreeuwden in elkaars gezicht van blijdschap. Zelfs Tipper bewoog wat vrijer, hij liep rond en klapte zacht.

Maar verder bewoog niemand. De toeschouwers aan beide zijden van de pipe waren kalm en volledig stil. Hun armen hingen slap langs hun lijven, als teken van verzet. Clover bleef kijken. Vanaf haar hogere positie was het duidelijk dat er een passief-agressieve vibe af kwam van een gemeenschap die bekendstond om zijn bromances. Er was hier geen sprake van kameraadschap, niet voor Kit Foley. In de snowboardbroederschap was hij een lone wolf.

9

Ze zat weer op haar plek op de bank tegen de tijd dat ze een uur of wat later thuiskwamen. Beau hield een magnum champagne in zijn hand en zong uit volle borst. Met zijn andere arm hing hij om Ari's nek.

'Kom op, maat,' zei Ari, die met hem naar de bank tegenover Clover strompelde, waar hij hem zonder omhaal liet vallen. 'Hij is straalbezopen,' zei hij gniffelend tegen haar, voor het geval ze dat nog niet doorhad.

Kit stond recht achter hen en nam nu plaats naast zijn broers in elkaar gezakte lijf. Hij gaf hem een liefhebbende klap op zijn schouder. 'Gaat het, jongen?'

Beau trok een grimas naar hem. Zo te zien had hij het grootste deel van de fles zelf opgedronken.

'Niet kotsen, oké?'

'Nja.' Beau knikte en deed zijn ogen dicht.

'Iets te vieren?' vroeg Clover luchtigjes, terwijl ze haar laptop van haar schoot pakte en naast zich op de zitting neerzette. Ze keek naar de verzamelde soorten geluk van de drie mannen. Ari, geanimeerd, Beau, ladderzat. Kit was, hoewel niet straalbezopen, toch in een betere bui dan ze hem ooit had gezien, want hij bleef niet alleen bij haar in de buurt, maar ging zelfs actief tegenover haar zitten.

'Nou en of!' zei Ari. 'Kit heeft het hem vandaag geflikt. Hij heeft een Switch Backside 1260 gedaan, en wel perfect.'

'Een Switch Backside 1260?' zei Clover hem na. 'Die zijn waanzinnig, toch? Heeft Shaun White er niet eentje gedaan bij de X Games?'

Ari en Kit keken haar allebei verbaasd aan.

'Hoe weet jij wat Shaun White heeft gedaan bij de X Games?' vroeg Kit, die haar aankeek met een priemende blik.

'Onderzoek,' zei ze droog.

'Onderzoek jij snowboardsprongen?'

'Ik probeer de wereld die ik ben ingestapt te begrijpen,' zei ze schouderophalend.

'De wereld die je bent ingestapt,' zei hij haar spottend na. Zijn sardonische blik gleed naar Ari, en weer terug naar haar. Een tijdlang zei hij niets. 'Dan zul je wel hebben gebaald toen je hoorde dat ik hiermee was begonnen. Al die tijd die je in het bekijken van Cory hebt gestoken, alles wat je hebt geleerd, zoals goofy-foot en *frontside riding*.' Er krulde een grijns om zijn lippen. 'En nu moet je weer helemaal opnieuw beginnen.'

Clover voelde dat haar hart sneller ging kloppen toen Cory's naam uit zijn mond kwam. Het voelde als lasterpraat, als een opzettelijke steek onder water. Zag hij dat ze schrok? Hij keek haar recht in de ogen en leek geen problemen te hebben met het oogcontact. Hij was een toproofdier en gebruikte het als een wapen, als boksers die neus tegen neus staan voor een gevecht. Hij leek amper te bewegen en toch voelde het voor Clover alsof ze in een klem zat die steeds strakker werd aangedraaid.

Naast hem moest Beau giechelen, waarmee de impasse werd verbroken. 'Goofy-foot,' zei hij met dubbele tong.

'Ik was vooral geïntrigeerd,' zei Clover simpelweg, antwoord gevend op een vraag waarvan ze allebei wisten dat hij retorisch was geweest, want ze wilde niet happen. Ze zou zijn hitte beantwoorden met koelte – ze zou water voor zijn vlammen zijn, mist tegenover zijn stoom. 'Het is nogal wat, om naar een andere sport over te stappen. Dat kan geen gemakkelijke beslissing zijn geweest.'

'Wie zegt dat ik dat heb besloten? Misschien is het mij wel opgelegd.'

Zijn blik vlamde van verwijt. Hij hield haar verantwoordelijk voor zijn faustiaanse val. 'Dat denk ik niet,' zei ze vlak.

‘O. Jíj denkt van niet?’

‘Nee. Ik denk niet dat jij het soort man bent die ooit iets doet wat hij niet wil.’

‘Je kent me helemaal niet.’ Hij leek onthutst door haar suggestie.

‘O nee?’ Ze weidde niet uit. Er zat zelfverzekerdheid in haar korte zinnen, maar diep in haar borst bonkte haar hart als een gek. Dit was het langste gesprek dat ze in de vijf dagen dat zij met haar team er was hadden gehad. Het was het langst dat hij haar had aangekeken, en het beviel haar niet.

Zijn lippen krulden verder omhoog toen het hem voor het eerst duidelijk leek te worden dat ze grondig studie van hem had gemaakt. ‘Als je denkt dat je me kent na het lezen van die flutinterviews die ik moest doen van mijn sponsors, of door Cory die vuil over me spuide, dan heb je het mis.’

Clover reageerde toen hij Cory’s naam noemde. ‘Hij heeft nooit vuil over jou gespuid.’

Hij snoof van minachting. ‘Nu weet ik gewoon dat je liegt. Hij haatte me. Hij haatte me meer dan hij van zijn eigen gezin hield.’

‘Wat?’ Clover voelde zich verontwaardigd door die uitspraak, en haar vastberaden kalmte viel van haar af als een natte lap. ‘Ik weet niet of dat nou het meest egoïstische is wat ik ooit heb gehoord of het meest pathetische! Wat zeg je nou? Hij haatte jou m…’

‘Jongens, jongens,’ zei Ari plots en hij ging tussen hen in staan, waardoor ze elkaar niet meer konden zien. ‘We hebben een fijne middag gehad. Laten we dat niet verpesten. De adrenaline zit nog in ons systeem. We moeten nog even landen.’ Hij keek naar Kit. ‘Maat, waarom ga je niet lekker even de jacuzzi in? Of zal ik een massage voor je boeken?’

Kit zei nog niets. Hij loerde naar Clover, of dat probeerde hij, maar Ari’s benen onttrokken haar op effectieve wijze aan het zicht. ‘Nah,’ zei hij eindelijk. ‘Ik ga de gym in.’

‘Nu? Maar je hebt de hele dag al keihard gebeukt. Je hebt gehoord wat Tipper zei, je krijgt flinke klappen daar op die piste. Misschien kun je beter even gas terugnemen en ontspannen.'

Maar Kit schudde zijn hoofd en stond op. 'Ik moet boksen.' Hij keek omlaag naar zijn broer, die nu lag te slapen op de bank. 'Hou je hem een beetje in de gaten?'

Ari zuchtte. 'Tuurlijk, maat,' antwoordde hij, met een geruststellende klap op Kits schouder. 'Ga maar lekker boksen dan.'

Kit liep de ruimte uit en keek niet meer om. Clover keek hem na terwijl hij de trap op liep, en ze zag het licht aangaan in zijn kamer.

Ari keek naar haar. 'Hij moet gewoon even...'

'Iets kort en klein slaan?' maakte Clover zijn zin af.

'Kijk, dat was vooruitgang. Hij heeft met je gepraat.'

'Ik zou het nou niet direct zinvolle conversatie willen noemen, maar als je bedoelt dat hij het kon opbrengen om langer dan drie minuten in dezelfde ruimte als ik te zijn... ja, dan is dat een vorm van vooruitgang.'

Ari's schouders zakten omlaag, zijn blije humeur was verdwenen, en ze had bijna medelijden met hem. Ze benijdde hem niet om het feit dat hij de hele dag een weg om Kit Foleys ego heen moest zien te onderhandelen. 'Waar zijn de anderen?'

'Johnny is beneden aan het chillen. Matty is onderweg terug vanuit Salzburg.'

'Salzburg?' Hij klonk verrast. 'Wat deed ze daar?'

'Julian wilde dat ze de pr- en marketingman van Orsini-Rosenberg Holdings zou ontmoeten op het hoofdkantoor.' Ze haalde haar schouders op. 'Iets met synergie. Geen idee.'

'Maar waarom? JOR Clothing sponsort Kit. Niet een van de andere O-R-takken. Hij heeft de naam Rosenberg Hotel niet op zijn rug, godzijdank! Waarom schakelt hij zijn hoofdkantoorteam in?'

'Dat moet je hem vragen. Mats zal me er natuurlijk over vertellen als ze terugkomt, maar ik stel me zo voor dat ze gewoon een lekkere lunch en een leuk dagtripje heeft gehad. Het is nou niet zo dat we het hier heel druk hebben.' Ze keek hem betekenisvol aan.

Hij begreep de boodschap. 'Ik zal hem blijven bewerken. Ik heb hem bewerkt. Je ziet hoe hij kan zijn. Wat hem een winnaar maakt, maakt hem ook...'

'Een nachtmerrie?' maakte ze zijn zin af. 'Ari, luister. We hebben alle B-roll gedaan en we hebben het grootste deel van de eerste week hier onder de radar doorgebracht. Maar dat van daarnet was de eerste keer dat hij me echt heeft aangekeken, tegen me heeft gepraat, een ruimte met me heeft gedeeld. En dat alleen maar omdat hij een lekkere dag heeft gehad. Maar als gevolg daarvan staat hij nu een boksbal in elkaar te rammen. Als je blijft wachten tot hij over de brug komt, dan kun je nog heel lang wachten.'

Ari schoot in de lach, maar Clover ging rechtop zitten en maakte haar punt. 'Dus we beginnen morgen met draaien.'

'Morgen?' Ari leek geschrokken. 'Maar...'

'Het is dat of we gaan.'

Ari slaakte een verslagen zucht.

'We beginnen door hem heel rustig te volgen met de camera.'

'Wat houdt dat in?'

'*Fly on the wall*, noemen we dat, dus registreren maar niet regisseren. Het dagelijks leven, maaltijden, trainingen, Kit op de piste, thuiskomen. Alles waar zijn dag uit bestaat. Alleen slaapkamers blijven private ruimtes – daar gaan we niet zonder uitnodiging naar binnen, wat ik ook niet zie als noodzakelijk voor dit project. In deze fase laten we de camera's lopen, niemand hoeft naar ons te kijken of iets tegen ons te zeggen. Ze kunnen doen alsof we er niet zijn en gewoon doen wat ze altijd doen. We gaan in het begin nog geen *talking heads*...' Ari keek haar vragend aan. '... een-op-een-interviews doen, die kunnen nog even wachten totdat Kit echt gewend is aan de situatie.'

'Maar...'

'We moeten beginnen aan het verzamelen van beeldmateriaal. We kunnen niet nog meer tijd verliezen. Onze uitvoerend producent wil de film in Cannes in première laten gaan,' zei ze, wat niet gelogen was. Zij was nu de uitvoerend producent en ze moest hem in Cannes krijgen of ze kon haar flat gedagzeggen. 'Dat betekent dat we rond kerst klaar moeten zijn. En zelfs dan moeten Johnny en ik nog dag en nacht werken om het te halen.' Ze pakte haar laptop en stond op. 'Dus ga jij het hem vertellen of zal ik dat doen?'

Ari zag er uitgeput uit. 'Het is beter dat ik het doe.'

'Vind ik ook. Bedankt.' Ze glimlachte. 'Luister eens, ik zal tegen Carlotta zeggen dat we vanavond weer op onze kamer eten. We kunnen jullie op zijn minst nog een laatste avond zonder ons geven.'

'Dat hoeven jullie echt niet...'

'Jawel. Dat moet wel.'

Hij zuchtte en knikte, want hij wist ook wel dat het geen zin had om de waarheid te ontkennen. Kit Foley was niet dichter bij de aanvaarding van dit project dan hij een week geleden was geweest. Morgen was het begin van een oorlog.

Ze stak de kamer door naar de keuken.

'Clover?'

Ze draaide zich om.

'Ik weet dat je geen reden hebt om dit te geloven, maar Kit is niet de man die jij denkt dat hij is.'

Clover aarzelde even. 'Nou... dat hoop ik maar.'

Clover Phillips Wat vind je ervan dat Kit Foley dit seizoen zijn debuut gaat maken?

Snowboardmeisje Kit Foley? Dat was toch die surfer, of niet? O ja! Dat is een lekker ding!

C. P. Wist je dat hij sinds kort hier woont?

Snowboardmeisje O, echt? *(Kijkt over haar schouder)* Ik hoop dat ik hem een keer tegenkom!

Liftbediende Volgens mij is iedereen benieuwd wat hij gaat doen. Van wat ik heb gezien, is hij heel gefocust. Ik denk dat hij wel wat mensen gaat verrassen.
C. P. Denkt u dat mensen dan nog aan zijn verleden denken?
Liftbediende Nee. Je moet in het nu leven. Dingen loslaten.
C. P. Zelfs als er iemand is gestorven als gevolg van zijn handelen?
Liftbediende *(Haalt zijn schouders op)*

'Hoe ziet het eruit?' vroeg ze aan Johnny, waarbij ze zich op zijn bed liet vallen en tegen zijn rug aan keek. Hij was aan het werk aan het lichte eikenhouten bureau, waar hij zijn laptop en montageapparatuur had neergezet.

Vanaf hier kon ze zien dat hij bezig was wat materiaal dat ze gisteren hadden geschoten op te ruimen. Johnny had een kunstig shot weten te draaien van een regenfront dat over het meer raasde, met druppels die het glasachtige water als kogels op tin raakten.

'Oké. Niet echt schokkend. Ik heb alles geïmporteerd wat we op de B-roll hadden en nu ben ik mijn mappen aan het neerzetten,' mompelde hij. 'Ik wil bijblijven met mijn administratie als we een kans willen maken om dit op tijd voor de inleverdatum in maart af te hebben.'

'Nou, die uitleg heb ik letterlijk net aan Ari gegeven, en je zult blij zijn om te horen dat we een go hebben vanaf het ontbijt morgen.'

Johnny draaide zich om op zijn stoel met een gezicht alsof hij onder de indruk was. 'Hoe heb je dat voor elkaar gekregen?'

'Ik heb het Ari eerlijk gezegd. Hij had net gezien dat Foley weer een dubbelloops op me richtte, en insinueerde vervolgens dat ik dankbaar mocht zijn dat hij tenminste tegen me sprak!' Ze zonk terug in de kussens en staarde naar het plafond. 'Wat een lul is het.'

'Ari?'

'Nee, Foley.' Ze strekte haar armen in de lucht en bekeek haar nagels. 'Volgens mij is Ari eigenlijk best wel aardig.'

'Ha, nou, als jij het zegt,' zei Johnny met een ongelovig lachje, waarna hij zich weer naar zijn scherm draaide. 'Tegen mij heeft hij nog niets gezegd. Ik ben blijkbaar niet waardig. Vind je niet dat hij er precies uitziet als een psychopaat? Ik bedoel, wat moeten al die littekens in zijn gezicht?'

Verveeld kwam Clover overeind op haar ellebogen. 'Ik heb gezegd dat we vanavond weer hier eten.'

'Mij best.'

'Heb je iets van Mats gehoord?'

'Ja. Ze zegt dat ze vertraging hebben en dat ze laat thuiskomen, dus of ik tegen Carlotta wilde zeggen dat ze in het hotel eet.'

'O.'

'Ja. O...' mompelde Johnny. 'Die zijn aan het seksen. En als het nu nog niet zover is, dan zeker eind deze week.'

Clover kreunde en liet zich weer vallen. 'God, wat deprimerend. We zijn hier al bijna een week en Matty heeft de lokale baron gescoord. Ondertussen hebben we nog geen drankje gehad, laat staan seks.'

'Ik ben altijd beschikbaar, hoor,' zei Johnny.

'Hé!' Clover gooide een kasjmieren kussentje naar hem.

'Voor een drankje, bedoelde ik,' suste Johnny. 'Natuurlijk.'

Clover lachte en stond op. 'Ik ga even zwemmen. Als ik hier niet kan neuken, dan kan ik tenminste wel aan mijn conditie werken.'

'Oké.'

'Daarna een drankje doen? We kunnen even het stadje in.'

'Is goed,' mompelde hij, alweer afgeleid. Ze was hem kwijt aan de technologie.

Ze glipte de kamer uit en stak de gang over naar haar eigen kamer. Ze bedacht dat als Matty iets met Julian had, het op zijn minst meer ruimte voor haar zou betekenen. En privacy. Ze trok haar bikini aan en greep een handdoek, die ze over haar schouder sloeg, en toen snelde ze de trap af naar de begane grond voordat ze iemand zou tegenkomen.

Ze duwde tegen de deur en… 'Dit is niet het zwembad!' ontglipte het aan haar lippen, bijna als een gil.

Kit stopte met slaan, zijn bokshandschoenen nu bij zijn gezicht. Hij liet ze vallen en staarde hijgend naar haar. 'Nee, klopt.'

Hij droeg een zwarte short, zijn huid glom van het zweet. Clover voelde zich verlamd van verwarring. 'Sorry, ik…'

De tijd leek te vertragen, net als glas dat met de mond wordt geblazen, draaide die langzaam en gleed zo weg van haar. Hij liet zijn ogen langzaam over haar lichaam naar beneden dwalen. Met enige schrik besefte ze dat hij niet de enige was die maar half aangekleed was.

Kit fronste. 'Is dat…'

Maar met een snik van afschuw greep ze naar haar handdoek en zette ze snel twee stappen achteruit. De deur sloeg dicht in haar gezicht en ze bleef er nog even naar staren, met een bonzend hart van schaamte en woede over haar ontzettend domme actie. Ze bleef een paar tellen staan, zichzelf vervloekend. Hoe kon ze zo onnadenkend zijn geweest, en zo in haar bikini de gym binnen zijn gelopen? Precies toen hij er was. Hij, nota bene.

Aan de andere kant van de deur klonk ook een verbijsterde stilte. Daarna hoorde ze het stompen weer. Een-twee. Een-twee. Een-twee-drie-vier-vijf-zes-zeven.

Ze draaide weg en snelde de gang door, duwde tegen de juiste deur en liep de ruimte van het zwembad in. Het licht stond zacht, bewust geplaatst langs de ruwe stenen muren, met intervallen langs een twaalf meter lang bad met zwarte bodem. Maar de rustige schoonheid kon haar niets schelen. Ze was woest op zichzelf. Ze liet haar handdoek op een van de ligbedden vallen en stapte het water in. Het voelde warm en satijnachtig, een willoze omarming van haar vermoeide lichaam. Ze zakte weg tot aan haar schouders en begon meteen te zwemmen, haar gezicht naar beneden, in een regelmatige crawl.

Ze doorkruiste met zo strak mogelijke onderwaterkeringen het bad, zonder de moeite te nemen de baantjes die ze zwom te tellen, met als doel zichzelf af te matten. Ze voelde zich van slag en onrustig. Alles leek scheef en verkeerd. Het was een zware week geweest.

Ze wist niet hoelang ze had gezwommen. De stress van het project leek haar voort te stuwen, leek haar benen te laten trappelen, haar handen te laten reiken, haar gezicht maar half uit het water. Maar toen ze eindelijk bovenkwam en haar hand uitstak naar de muur aan de ondiepe kant, merkte ze dat ze hijgde en voelde ze zich op een of andere manier gezuiverd. En ook weer vrij van de woede die hij in haar opwekte.

Ze stond op en streek haar haar uit haar gezicht, waarna ze het water van haar huid veegde. Ze deed haar ogen open.

Kit knipperde terug. Hij zat op het ligbed, met haar handdoek in zijn handen.

Clover staarde hem aan met een gevoel van ongeloof. Hoelang zat hij daar al?

'Ik zal je niet storen. Ik moet alleen...' Hij schraapte zijn keel. 'Ik moet mijn excuses aanbieden. Daarvoor.' Zijn blik zakte weer naar beneden en dit keer zag ze wat hij eerder had gezien: meerdere blauwe plekken op haar arm, perfecte afdrukken van vingertoppen. Haar mond ging open van verbazing. Ze had ze niet opgemerkt. Ze had de laatste tijd niet in de spiegel gekeken.

'Ik was boos, maar ik had nooit mogen... Het is geen excuus...' Zijn mond was smal, zijn gezicht strak van spanning. 'Kijk, ik weet wat je van me denkt. En ik ben van alles. Maar dat ben ik niet.' Hij slikte. 'Dus het spijt me.'

Ze knipperde en stond versteld van wat haar overkwam. Kit Foley zei sorry tegen haar? Voor een paar blauwe plekken? 'Oké.'

Hij stond op, zag de handdoek in zijn hand en stak die toen vragend naar haar uit.

Ze nam hem aan zonder ernaar te kijken. 'Dank je.'

Hij bleef nog even staan, starend naar haar, en alles in zijn wezen – zijn houding, zijn energie – was zo anders dan wat ze tot dan toe van hem had gezien. Ze wachtte of hij nog iets zou zeggen, maar toen draaide hij zich om.

'Kit...' Het was een halve roep, bewust aarzelend. Ze had geen idee wat ze wilde zeggen, maar dit zou toch zeker wel de opening zijn waar ze op gewacht had?

Hij hield zijn pas in, maar keek niet naar haar om. 'Dit verandert niets,' zei hij over zijn schouder, alsof hij haar gedachten had gelezen.

Ze keek hem na en zag de plekken op zijn rug van zijn val van een paar dagen geleden.

De deur ging definitief en zachtjes achter hem dicht. Het was een branddeur, om te voorkomen dat brand zich kon verspreiden, en ze voelde de glimp van een wapenstilstand die even tussen hen had geglinsterd – de belofte van een andere manier van communiceren met elkaar – weer uitdoven.

'Wat is dit voor een tijdstip?' Haar gefluister in het donker klonk als vuurwerk in de avondlucht.

'Shit, shit!' siste Matty, toen ze bijna van schrik omviel op het bed. 'Ik krijg bijna een hartverzakking. Ik dacht dat je sliep!'

'Ik sliep, ja. Je bent niet zo geluidloos als je denkt. Of misschien niet zo nuchter?' Clover reikte naar het schakelaartje op de lamp tussen hun bedden in. Het licht bloeide open als een bloem in de nacht.

Matty grijnsde naar haar. Haar ogen waren helder, met wat mascaravlekken in de hoek. 'Oeps.' Ze hikte, waarmee Clovers vraag werd beantwoord.

'O god,' kermde Clover, niet in staat om niet ook te grijnzen. Ze had die uitdrukking vaker gezien. 'Nee toch, hè?'

'Nee, nee, echt niet. Ik doe heel braaf,' zei Matty, terwijl ze haar benen op haar bed trok en lekker ging zitten voor een roddelpraatje. 'Maar het kost wel moeite.'

Clover aarzelde. 'Om braaf te zijn?' wilde ze weten.

Matty barstte in lachen uit. Ze was duidelijk erg dronken. Ze ging achteroverliggen in de kussens, met haar armen wijd terwijl ze naar het plafond staarde. 'God, wat een lekker ding.' Ze keerde haar gezicht naar Clover. 'Vind jij hem geen lekker ding?'

'Daar had ik nog helemaal niet over nagedacht.'

Matty trok haar neus op. 'Jij vindt niemand een lekker ding. Het enige waar jij aan denkt is werk. Je bent dood vanaf je navel naar beneden.'

'Dank je.'

'Ik meen het! Wanneer ben je voor het laatst op een date geweest? 1982?'

'In 1982 was ik nog niet geboren, laat staan dat ik aan het daten was. En trouwens, ik kan niet daten. Ik heb een baby.'

'Baby?' Matty's hoofd liep vast. 'O,' zei ze teleurgesteld. 'Je bedoelt Honest Box. Je weet dat er meer is in het leven dan werk.'

'Ja, maar is dat zo?' Clover probeerde zich te herinneren wanneer ze voor het laatst op een date was geweest. Henry? Die hardloper die ze in het park had ontmoet? Dat was... augustus? 'Nou, misschien als ik eenmaal een Oscar heb.'

Matty zuchtte, stak een slank been in de lucht en onderzocht het. Ze droeg een donkerblauwe panty met een kort crèmekleurig rokje. Clover had het gevoel dat deze stijl goed zou passen in Salzburg.

'En hoe was het? Wat hebben jullie de hele dag gedaan als het niet dát was?'

'Nou,' begon Matty glimlachend, terwijl ze zich uitstrekte als een kat. 'We begonnen met ontbijt in de trein.'

'Een ontbijtmeeting in de trein, bedoel je.'

'Ja,' zei ze met een knik opzij. 'Waarom niet?'

'Waar hebben jullie het over gehad?'

'Zijn familie vooral. Ik had geen idee dat ze zo'n... bereik hadden.'

Clover wist dat dit Matty-code was voor 'rijk'.

'Ze hebben zeven vijfsterrenhotels! Twee in Salzburg, een in Innsbruck, drie in Wenen, Zell am See natuurlijk, een in Lech...'

'Dat is acht.'

'Ja?' Matty fronste. 'O... Nou, in elk geval, ze hebben veel. Julians broers runnen die in de steden, maar hij zegt dat hij altijd graag in de bergen is geweest. Daarom is hij zo gefocust op het ontwikkelen van de wintersporttak. Zijn grootvader heeft het eerste hotel hier in Zell geopend en toen heeft zijn vader de portefeuille uitgebreid tot wat die nu is, maar Julian is erop gebrand om ook in andere branches uit te breiden. Hij wil geen hotels doen.'

'Hij wil modeontwerper worden.' Clover kon de bittere toon niet uit haar stem weren.

'Nee! De kledinglijn is niets. Hij heeft zulke grote plannen, maar hij schreeuwt het niet van de daken. Wist je dat hij degene was die heeft gezorgd dat het funpark in Kaprun er kwam?'

'Nee,' verzuchtte Clover, niet echt geïnteresseerd. Julians andere ondernemingen waren voor hen niet van belang. Hij was Kit Foleys sponsor, en dat was het enige relevante. 'Dat wist ik niet.'

'Ja, zeker wel. Hij heeft in alle machinerie geïnvesteerd en in het gereedschap dat nodig is om het te bouwen. En hij heeft beroemde *parkitecten* ingeschakeld.' Ze giechelde. 'Is dat niet een te gek woord? Een parkitect ontwerpt een funpark helemaal speciaal voor jou. Hij zei dat het een boel geld kost, maar hij is er zo op gericht om het gebied echt op de kaart zetten.' Ze liet haar stem zakken tot ze bijna fluisterde. 'Hij is zelfs in gesprek met de World Snowboard Federation om te kijken of de stad sponsor kan worden.'

'Waarom fluister je?'

'Omdat hij zei dat het geheim was.'

'Als het geheim is, waarom heeft hij het je dan verteld?'

Matty grijnsde. 'Omdat hij me vertrouwt.' Dit was code voor 'en moet daarom wel van me houden'. 'Hij is zo'n heldere denker. Hij heeft gigantische ambities en hij gaat er gewoon voor. Geen aarzelingen.'

'Ja, dat kan ook als je geld hebt om te verspillen,' mompelde Clover, op haar rug rollend. 'En hoe was Salzburg?'

'Zó mooi!'

'Ik bedoel die man aan wie hij je heeft voorgesteld. Het hele punt van de trip?' Clovers haar ritselde op het kussen toen ze naar haar vriendin keek.

'O, hij.' Matty's giechelige glimlach verdween. 'Ja, prima. Saai.'

'Wat waren de synergieën waar ze het over wilde hebben?'

Op Matty's voorhoofd verschenen rimpels terwijl ze in haar met champagne doordrenkte brein groef. 'Hij wilde vooral weten wat onze marketingkanalen waren voor de film, bij welke festivals we hem gaan indienen, onze pr-strategie, of je een promotournee gaat doen.'

Clover dacht na. 'Zichtbaarheid, met andere woorden. Ze willen rendement van hun investering in mooiboy.'

'Mooiboy?'

'Foley,' verduidelijkte Clover. 'Wie anders?'

Matty's lippen gingen van elkaar. 'Dat is de eerste keer dat je hem mooi noemt!'

Clover staarde haar ongelovig aan. 'Dat meende ik natuurlijk niet! Het is een uitdrukking! En niet echt complimenteus, trouwens.'

'Wie houdt er niet van om mooi genoemd te worden?'

'Eh... een gast van vijfentachtig kilo spieren die er zijn werk van heeft gemaakt om adrenalineshots na te jagen!' Ze stak een waarschuwende vinger op toen Matty haar mond opnieuw opendeed om iets te zeggen. Clover kon aan de glinstering in haar ogen zien dat ze haar in haar overdreven fantasieën wilde meeslepen. 'Mijn god, hou op, hoor! Ga me nou niet beledigen met domme opmerkingen. Je bent ontzettend dronken. Morgen kun je je weer herinneren wat hij heeft gedaan en waar het toe heeft geleid en waarom ik hem zo afschuwelijk vind. Goed?'

Matty beet op haar lip. 'Dan ga je dit niet leuk vinden.'

'Wat niet?' Er klink iets van alarmering in haar stem.

'Julian wil dat we morgenavond uit eten gaan met hem.'

'Alwéér? We zijn net uit eten geweest.'

'Nee. Dit keer is het met z'n vieren: jij, ik, Julian en... Kit.'

'Wat?! Waarom?'

Matty haalde haar schouders op. 'Waarom niet? Hij wil gewoon dat we goed met elkaar overweg kunnen.'

'Nee.' Clover vernauwde haar ogen. 'Hij wil ons beïnvloeden en zorgen dat we weer een held van Foley maken.'

'Niet waar.'

'Natuurlijk wel! Hij bombardeert ons met liefde om het ons onmogelijk te maken zijn lieveling anders dan in juichende termen neer te zetten. Hij manipuleert ons en doet dat met een glimlach.'

'En wat een prachtige glimlach.'

'Nee, hè. Dat is de lust die spreekt. Je denkt niet meer helder.' Clover gromde afkeurend. 'Ik heb niks aan je.'

'Dat wordt toch leu-heuk.' Matty wist het woord te rekken.

'Dat wordt de hel op aarde!' riep ze ongeduldig. 'Gelukkig is het een academische kwestie. We kunnen erop rekenen dat Foley zijn gebruikelijke onuitstaanbare koppige zelf is en weigert te komen.'

'Het is alleen om we elkaar beter te leren kennen.'

'Jullie twee, bedoel je. Heb je al gezoend?'

'Nee.' De domme lach kwam weer terug op Matty's mooie gezicht en ze slaakte een zucht van opgewonden verwachting. De woordjes 'nog niet' zweefden onuitgesproken in de lucht.

'Dat zou gewoon een soort veredelde dubbeldate zijn om jullie samenzijn te legitimeren! Hou mij daar maar buiten.' Clover reikte naar het lampje en klikte het uit.

'Hé!'

'Ga slapen. Het is bijna twee uur en we gaan met het ontbijt draaien.'

'Hè, wat?'

Clover draaide zich met haar gezicht naar de muur, waarmee ze aangaf dat het gesprek was afgelopen. Ze hoorde Matty zuchten, opstaan en naar de badkamer wankelen, en vervolgens de deur die achter haar dichtklikte. Ze was moe en deed haar ogen dicht. De relatie tussen Matty en Julian was een complicatie waar ze niet op zat te wachten. Matty wist maar al te goed dat ze overdag de grenzen helder moesten houden. Wat hij zelf misschien ook graag mocht denken, Julian was niet de hoofdrolspeler in deze film. Hij was facilitator en meer niet. Dit charmeoffensief kon belemmerend werken. Verhoudingen zorgden altijd voor gedoe en ze zouden hier nog wekenlang zijn.

Maar Clover wist ook dat proberen hen tegen te houden hetzelfde zou zijn als schreeuwen tegen de wind in. Het balletje was al aan het rollen, het momentum nam toe, en ze wist heel goed dat je niets kon doen tegen de wet der aantrekkingskracht. Behalve die negeren.

10

'Negeer ons maar,' zei Clover snel, toen ze Beau de zitkamer in zag strompelen. Hij droeg alleen een boxershort. Halverwege bleef hij staan, toen hij, terwijl zijn handen zijn wangen nog naar beneden trokken, zag dat de camera op hem gericht was.

Johnny had een statief opgesteld bij de boekenkast tegenover de trap. Het gaf hem een mooi overzicht van de kamer vanaf de bank en het haardvuur bij het raam rechts, en dan helemaal tot de eettafel, de lift en het trappenhuis, naar de keuken en de deur die naar de bioscoop en de gelagkamer leidde. Met andere woorden, je kon je nergens verbergen.

'Negeer ons. Doe alsof we er niet zijn,' zei ze luchtig.

Beaus handen gleden van zijn wangen en vielen los langs zijn lijf. 'O nee! Maar ik ben een wrak.' Hij zag er inderdaad niet best uit.

'Ik heb ernstige twijfels of dit interessant genoeg wordt om in de montage terecht te komen,' zei ze met een geruststellende glimlach. 'We laten gewoon de camera's lopen.'

'Moet ik dan nu ook het interview met jou doen?'

'Nee hoor,' antwoordde ze, weer met een lach.

Hij ontspande. 'O, gelukkig.'

Clover keek door de lens terwijl Beau naar de tafel kuierde en neerplofte op de stoel tegenover Ari, die al aan tafel zat. Hij zat met een zwijgzame uitdrukking toast te eten. Hij zag eruit als een kleine jongen die door zijn moeder was berispt, zijn ogen schoten elke halve minuut naar de camera. Clover wist dat hij wachtte op – en zich schrap zette voor – Foleys opkomst. Ze was benieuwd hoe hij gisteravond aan Kit had verteld dat het filmen nu echt zou beginnen, en hoe Kit dat nieuws had opgevat.

'Gaat het een beetje?' gromde Ari tegen Beau, terwijl Carlotta ondertussen de keuken uit kwam en zwarte koffie voor hem inschonk.

'Ja hoor,' zei Beau, en hij knikte een paar keer. Clover en Johnny konden hem alleen van achteren zien, maar hij had nog steeds dat speelse over zich. Hij was nooit lang uitgeteld.

'Heb je zin om vandaag de berg op te gaan?'

'Zeker!' Beau pakte ook een snee toast en nam er meteen een hap van, kennelijk niet in staat nog langer te wachten. 'Hm,' kreunde hij al kauwend. 'Ik hoef alleen maar even koolhydraten binnen te krijgen.'

Ari keek even in de richting van de camera.

'Denk je dat Mikey er weer zal zijn?' vroeg Beau met volle mond.

'Nee. Tipper heeft gisteren na de sessie met hem gepraat. Hij gaat naar Saas-Fee.'

'Voor het kamp?'

'Ja.'

'Doet hij allebei de weken?'

'Ja.'

'Nou,' zei Beau knikkend. 'Dan zien we hem daar wel.'

'Ja.'

'Is alles oké?' vroeg Beau.

Ari wendde zijn blik af van de camera en keek naar hem. 'Ja.'

Johnny duwde geamuseerd met zijn dij zacht tegen die van Clover. Beau was een natuurtalent. Ari niet.

Iedereen hoorde de voetstappen de trap af komen. Foley kwam de hoek om. Hij droeg een oranje snowboardbroek, hangend op zijn heupen – misschien wel de broek die Beau eerder had gedragen – en een grijs thermoshirt met lange mouwen.

Zijn blik ging meteen naar haar en Johnny toe, die aan de overkant zaten, tegen de achterste muur, met het oog van de camera op hem gericht. Hij verblikte of verbloosde niet toen hij hen zag, maar ze zag de woede door zijn ogen schieten toen hij voorbijliep.

De verontschuldiging van gisteravond voelde als een verre, vervormde droom.

'Broer,' zei hij, en hij sloeg zijn broer op de schouder op weg naar zijn plek aan de tafel. 'Je ging hard gisteravond.'

'We hadden wat te vieren,' zei Beau, die opkeek van zijn ontbijt en de uitgestoken hand van zijn broer vastpakte.

'Het was maar een training.'

'Nee, man. Het was een voorteken van wat komen gaat. Mikey was echt pissed.'

'Ik zou niet weten waarom. Hij maakte een landing. Ik niet.'

'Je hebt het niet geprobeerd. Maar je zou goed zijn geland en dat weet hij.' Beau schudde zijn hoofd en lachte. 'Je hebt ze uitgedaagd, man. Je gaat ze pakken en dat weten ze. Ze doen nu pissig tegen je, maar net als op het water moeten ze straks allemaal door de knieën voor je.' Beau prikte opgewonden met zijn vinger in de lucht.

Kit trok een geamuseerd lachje en Clover besefte dat het de eerste keer was dat ze hem ooit had zien glimlachen. 'Nou, dat wil ik wel zien.' Hij sloeg Beau op de schouder en ging zitten op de stoel naast hem, nadrukkelijk met zijn rug naar de camera.

De eerste sneer van de dag.

Clover zat er niet mee. 'Heb je dat?' fluisterde ze tegen Johnny.

Hij knikte, waarna zij achterover ging zitten en glimlachte. Het was het eerste fatsoenlijke materiaal dat ze hadden gedraaid.

'... naar Saas-Fee,' zei Ari.

'O, echt?' Foley leunde tegen de rugleuning terwijl Carlotta opnieuw langskwam met de koffie en zijn dagelijkse proteïneshake. 'Dank je wel, Carly.'

Carly? Was de bijnaam een flirt? Of een teken van genegenheid? Hoe het ook zij, Clover was er zeker van dat de huishoudster bloosde op haar weg terug naar de keuken. Johnny stootte haar voet aan met zijn voet. Het was hem ook opgevallen.

'... veel ogen dan. We moeten goed opletten wat we ze laten

zien.' Foley sprak nu zachter, maar ze wist dat de microfoon het oppikte.

Ze zag hoe Ari Foleys blik trok en een waarschuwend knikje gaf in hun richting, maar Foley haalde met zijn gebruikelijke minachting zijn schouders op en keek uit het raam. De bewolking hing laag vandaag, en de bergen aan de andere kant van het meer waren onttrokken aan het zicht. Er hing een sombere lucht boven het stadje. 'Het licht is vreemd,' mompelde hij, zijn handen achter zijn hoofd vouwend en zich uitrekkend.

'Ja. Er zou neerslag vallen vanavond, maar ik denk dat het sneller komt dan ze dachten,' zei Ari, die ook naar buiten keek.

'Ik heb een gek idee, waarom nemen we niet een dag vrij van het park en gaan we gewoon lekker de poeder in?' stelde Beau voor terwijl Kit opstond en naar het raam liep. Hij keek naar buiten, met een hand tegen het glas, en zijn silhouet stak af tegen het licht.

'De liften zijn nog open,' zei Ari, die de app op zijn telefoon checkte. 'Maar vanaf elf uur gaat het flink harder waaien.'

'We kunnen verse sporen trekken en vroeg teruggaan,' opperde Beau.

'Hm.' Kit tikte met zijn vinger rusteloos tegen het glas terwijl hij nadacht. Hij leek niet enthousiast. 'Ik voel het niet. Het waait al. Tegen de tijd dat we boven zijn... Willen we echt een dag ijsbijten?'

'O, kom op, zeg!' riep Beau. 'Wees niet zo'n watje!'

Kit negeerde zijn broer en keek naar Ari. 'We kunnen de hal in.'

'Ja, tuurlijk, wat je wilt. Alles staat klaar.'

Kit zette zich af tegen het glas, knikte en zag er wat overtuigder uit. 'Ja. Laten we dat maar doen. Ik wil de 1260 internaliseren, ik wil er wat spiergeheugen voor kweken. Met dit weer kan ik dat niet, met al die wind die ons in het gezicht slaat.'

'Of we gaan lekker freeriden,' opperde Beau. 'Als het weer tegenzit, kunnen we net zo goed chillen en van de berg genieten.'

'Van de berg genieten?' Kit fronste.

'Hoe moet je broer doen wat jij zo zeker weet dat-ie gaat doen als hij daarmee een dag verspeelt?' viel Ari plotseling uit. Iedereen schrok. 'Kit kan niet maar een beetje rondhangen zoals jij, Beau. Hij moet trainen. Mensen verwachten wat van hem. Saas-Fee is over een paar dagen en we weten al dat alle ogen op hem gericht zullen zijn. Je zag hoe het gisteren was op de piste! Het is jouw taak om hem gefocust te houden, niet om hem aan te sporen een dagje vrij te nemen alleen omdat jij brak bent.'

Er viel een lange stilte, waarin de spanning opliep, totdat Beau zijn stoel hard achteruitschoof en opstond. 'Oké, oké.'

'Dus je gaat mee?' riep Kit hem na terwijl Beau de kamer uit stampte en met twee treden tegelijk de trap nam.

Vier seconden later hoorden ze zijn slaapkamerdeur dichtslaan. De stilte keerde terug.

'Hij gaat wel mee,' zei Kit tegen Ari.

Ari knikte en richtte zijn blik weer op haar en Johnny. Ze voelde aan zijn uitdrukking dat hij was vergeten dat zij er waren. Dat ze dat allemaal waren vergeten.

Ari keek naar Kit en schraapte zijn keel. 'Dus we gaan een indoortraining doen vandaag,' zei hij tegen hen, alsof ze dat niet hadden meegekregen.

'Oké,' zei Clover met een glimlach. 'Bedankt voor de waarschuwing vooraf, dan nemen we wat lampen mee.'

Kit fronste. Hij had zijn handen op zijn heupen gezet. Hij keek Ari veelbetekenend aan, maar die trok alleen kort zijn schouders op.

'We pakken onze spullen. Moeten we verder nog iets meenemen?' vroeg ze.

Ari opende zijn mond, maar Kit was de eerste die sprak. 'Niet nodig. Het staat allemaal klaar voor ons. Het is daar heel oké.'

'Fijn,' antwoordde ze, waarbij ze hem onzeker aankeek. Zijn norse blik was opeens verdwenen. Ze glimlachte en klopte Johnny op de schouder. 'We gaan de spullen halen.' Johnny tilde de camera met statief op en ze verlieten samen de kamer, zonder iets te zeggen, tot ze een verdieping lager waren.

'Nee, jouw kamer,' fluisterde ze. 'Beau is niet de enige met een houten kop. Doornroosje ligt nog te knorren.' Ze gingen naar binnen in Johnny's kamer en deden de deur dicht. 'Zag je dat?' vroeg ze.

'Wat?'

'Hij keek me niet vernietigend aan. Hij was bijna behulpzaam.'

'Nou, hij deed ook weer niet overdreven zijn best,' grinnikte Johnny. 'Maar inderdaad, hij zocht geen ruzie. Waarschijnlijk is het daar nog te vroeg voor, zelfs voor hem.'

Clover zei niets. Johnny wist niets van haar aanvaring met Kit over het schaakspel. Hij wist niet dat ze blauwe plekken op haar arm had die zo donker waren als tatoeages. Hij wist niet van de excuses.

'Dat was raar, toch? Met Ari en Beau, bedoel ik. Zoals Ari uitviel tegen hem. Het kwam uit het niets, leek het.'

'Nou, het lijkt me logisch dat hij gefrustreerd raakt door de situatie. Hij probeert Kit scherp te houden – wat natuurlijk niet makkelijk is met ons hier – en Beau is alleen maar lol aan het maken, en probeert hem af te leiden.'

'Tja.'

'Ik bedoel, Kit doet een Switch Backside 1260 en Beau is degene die het gaat vieren en lam thuiskomt? Kom op, zeg! Dat moet wel tot spanning leiden.' Johnny liep naar de kledingkast en ritste een gewatteerde tas open. Hij liet de camera erin zakken en klapte het statief in.

'Hm. Dat was een prima start, die opmerking van Beau dat iedereen straks voor hem door de knieën zal moeten? Dat zal niet lekker vallen. Het gaat daar zogenaamd altijd om broederschap en kameraadschap. En dan wil Foley de koning zijn?'

'Ja, inderdaad,' beaamde Johnny. Hij haalde wat kleurenfilters tevoorschijn. 'Het bevestigt maar weer wat we al wisten – dat Kit Foley geen teamspeler is. Toen niet, nu niet, nooit niet.'

'En het ontgaat hun niet dat hij wordt buitengesloten.'

'Denk je dat hij dat erg vindt?' vroeg Johnny.

'Nee. Hij kijkt alleen naar zijn doel.' Clover zonk weg op het bed en keek uit het raam. Het zicht op de bergen werd grotendeels benomen door de wolken die samenpakten. Het zag er koud uit, en onheilspellend. Ze was blij dat ze die dag binnenbleven. 'Ik vraag me af of hij het mist.'

'Wat?'

'Surfen. De oceaan. Zon. Zand. Zijn oude leven... Het is allemaal zo het tegenovergestelde hiervan.'

'En toch heeft de sport zoveel overlap. Het is alleen op een andere ondergrond.'

'Hm. Maar denk je dat hij er echt van houdt?'

Johnny dacht even na. 'Ik krijg niet de indruk dat hij van veel dingen houdt, als ik eerlijk ben. We zijn hier nu bijna een week... hij lacht niet, hij maakt geen grapjes, hij chilt niet. Hij heeft die jump gisteravond niet echt gevierd, hij doet niet aan freeriden, laat staan een beetje lol trappen in de sneeuw...'

'In tegenstelling tot sommige anderen,' grijnsde ze, terugdenkend aan hun eerste dag op de piste. 'God, dat was zo gênant.' Ze sloeg haar handen voor haar gezicht bij de gedachte aan Kit, Ari en Beau die boven hen langskwamen in steenachtig stilzwijgen. 'Hij is zo'n plezierspons.'

'Ja, precies,' zei Johnny met een grijns. 'Hij lijkt wel bevroren. Of hol, een lege huls, zoiets.'

'Misschien is dat de instelling van een winnaar. Dat je dat nodig hebt om een kampioen te zijn, dat je niet op de kleine dingen kunt reageren.'

'Of misschien is hij gewoon ongelooflijk saai?' fluisterde Johnny, met grote ogen van verbijstering. 'Hij mag er dan uitzien als een Romeinse god, maar misschien zit er gewoon niks onder al die spieren, onder dat haar en achter die ongelooflijke blauwe ogen. Misschien is dat het.'

'Misschien, wie weet. Ik heb niets gezien waar hij warm van wordt,' zei ze peinzend.

Johnny moest opeens lachen en ging rechtop zitten. 'Op jou na, dan. Hij haat je echt.'

Clovers mond viel open. 'Ons, bedoel je! Hij haat óns!'

Johnny kauwde daar even op. 'Jawel...' Zijn gezicht brak open in een geamuseerde grijns. 'Maar vooral jou. Jouw naam staat hierop. Het is jouw gezicht op het scherm. Jouw bedrijf. Als wij tegen de muur stonden en hij had maar één kogel, dan zou hij jou neerschieten.'

Clover schoot in de lach. 'Johnny!'

'Wat? Ben je het niet met me eens?'

Ze schudde haar hoofd en lachte nog harder. 'Nee, jawel. Dat is het hem juist. Je hebt gelijk. Hij zou me neerschieten. Hij is...' Ze zuchtte. 'Hij is een monster.'

Ze dacht aan zijn verontschuldiging bij het zwembad de vorige avond. Hij kreeg het amper over zijn lippen. *Ik ben van alles. Maar dat ben ik niet.* 'Ja,' zei ze voor zich uit starend. 'Hij is echt een monster.'

Clover bleef rillend in de gang staan toen Matty de trap af kwam met paniek in haar blik. 'Mijn god, eindelijk! Waar waren jullie nou?' siste ze.

'Filmen. We wilden genadig zijn en je laten uitslapen.' Clover bekeek haar argwanend van top tot teen. 'Waarom heb je dat aan?' Haar vriendin had hakken aan en een crèmekleurig broekpak van Zara dat eruitzag als een Valentino, met een kraagje karamelkleurige zijde onder haar revers. Ze zag er belachelijk model-achtig uit.

'Dat heb ik gisteravond gezegd. Eten! Ik probeer je al de hele dag te pakken te krijgen.'

Clover rolde met haar ogen. 'Ja, we hadden geen bereik. We zaten op een bedrijventerrein buiten Kaprun. Julian heeft daar een soort speelparadijs voor hem...'

'Pardon,' gromde Ari, voorbijlopend met een stenen kop.

Clover ging opzij en beet verontschuldigend op haar lip. 'Oeps.'

Ze ging zachter verder. Beau en Kit zouden zo ook komen. 'Hij heeft een zooi ballenbakken en gigantische trampolines in een hal voor hen laten opstellen. Ze hebben de hele dag sprongen geoefend. En als ik zeg de hele dag...' Clover rolde met haar ogen. 'Het probleem is alleen, er is daar geen verwarming. Of een plek waar je warme thee of eten kunt krijgen. Dus terwijl zij zich in het zweet werkten...'

'O nee.'

'O ja,' knikte Clover, rillend van de kou. 'En raad eens wie ons dat expres niet heeft verteld? Ik had niet eens een jas meegenomen, omdat hij zei dat we binnen zouden zitten. Ik ben echt door en door verkleumd.'

'Je lippen zijn een beetje paars... O, hoi, Beau,' zei Matty lachend toen hij langsliep.

'Hé, Matty, wat zie je er goed uit.' Hij bleef staan en corrigeerde zichzelf. 'Sorry, ik bedoel... leuk?'

Matty glimlachte, niet wetend wat ze ervan moest denken, terwijl hij de lift in ging. 'Hij heeft geen idee,' zei ze geluidloos.

'Geen idee.' Clover rilde weer. 'Moet je horen, ik denk dat ik kou heb gevat. Ik moet in bad. Kun jij alsjeblieft aan Carlotta vragen of ik misschien een warme chocolademelk kan krijgen? Ik ben te moe om nog een trap op te lopen.'

'Clo! Je kunt niet in bad en je krijgt ook geen chocolademelk!'

'Is het echt te veel gevraagd?' Clover zuchtte. 'We hebben jou vrijaf gegeven vandaag. Het minste wat je kunt doen is...'

'Julian kan hier elk moment zijn.'

'Oké. En jij bent al helemaal klaar. Je hoeft alleen heel even naar boven te gaan voor me. Alsjeblieft?' zei ze over haar schouder terwijl ze de gang in liep.

'Clo!' riep Matty haar na. 'Julian verwacht dat jij en Kit met ons meegaan.'

'Ha! Ja hoor!' zei Clover lachend, terwijl ze zich omdraaide en terugliep. 'Ik lijd bijna aan onderkoeling door hem!'

'Maar hij heeft gereserveerd.'

'En ik heb al nee gezegd. Over mijn lijk. Ik kan me niets ergers voorstellen...'

'Erger dan wat?'

Ze keken om en zagen dat Kit in de deuropening stond met zijn board onder zijn arm.

'Niets,' zei Clover snel.

Hij keek door zijn wimpers. Hij hoorde dat het een leugen was. Hij keek Matty aan met vragende ogen.

Matty slikte. 'Kit, sorry als je het nog niet had gehoord, ik dacht dat Clover het je misschien vandaag zou hebben verteld...' Ze wierp Clover een boze blik toe. 'Maar Julian verwacht je voor het diner vanavond. Hij heeft een tafel voor vier gereserveerd.'

Hij verwerkte het nieuws in stilte en keek langzaam naar Clover. 'Waarom heb je dat niet gezegd?'

Haar mond viel open van verbazing. 'Omdat ik wist dat je nee zou zeggen.'

'O. Omdat je me zo goed kent?' De vraag was een uitdaging. 'Dat jij je nou niets ergers kunt voorstellen...' antwoordde hij, in haar letterlijke woorden. Hij keek weer naar Matty. 'Hoe laat?'

'Nu ongeveer?' zei ze met een scheef lachje.

Clover zag Foley heel even inzakken. Hij had acht uur achter elkaar getraind, en hij had zelfs geweigerd om te stoppen zodat ze ergens lunch konden halen – alleen om haar te straffen, dat wist ze. Maar hij zou toch niet meteen na zo'n heftige sessie uit eten gaan, alleen om haar te dwarsbomen. Toch?

'Goed. Geef me tien minuten. Ik moet douchen,' mompelde hij, en hij liet zijn board tegen de muur staan.

Clover keek met afschuw toe terwijl hij de lift in stapte en op de knop drukte voor de vierde etage. De deuren sloten.

'Je meent het toch verdomme niet!' brieste ze naar Matty. Ze had de laatste paar uur gefantaseerd over warme chocolademelk en een heet bad.

Matty's gezicht vertrok bij het zien van haar stille woede. 'Ik maak het goed met je, Clo. Dat beloof ik.'

'Hoe dan?' siste ze. 'Hóé?'

11

De deur ging met een zwiep achter hen dicht en Clover voelde dat er werd opgekeken toen ze naar de receptie liepen.

'Linz, hoe is het ermee?' vroeg Julian, met een hand losjes in zijn broekzak.

'Meneer Orsini-Rosenberg, altijd een genoegen u te zien. We hebben uw vaste tafel voor u klaargemaakt.'

'Heel goed.' Hij draaide zich om en keek hen aan. 'Ik weet zeker dat jullie het een mooie plek vinden.'

Foley zei niets. Hij droeg het zwarte pak dat ze in zijn kast had zien hangen, zonder das, en hij staarde naar Linz alsof de arme man de bron was van al zijn problemen.

'Mag ik uw jassen aannemen?' vroeg Linz, terwijl Matty zich uit haar jas wurmde, waarop Julian toeschoot met een helpende hand.

Clover wilde haar ski-jack eigenlijk niet uitdoen. Ze had het nog steeds koud nadat ze feitelijk een hele dag in een soort ijskast had gezeten. De douchebeurt van drie minuten was niet genoeg geweest om haar op te warmen. Ze rilde terwijl ze met tegenzin probeerde uit haar jas te komen, waarbij Foley geen aanstalten maakte om haar te helpen haar arm eruit te krijgen.

'Wilt u mij volgen?'

Linz leidde hen door het restaurant. Het had een plafond met oude vuren planken, leisteen tegen de wanden, een open haard en eigentijdse vloerkleden. Kalfsleren stoelen in jarendertigstijl prijkten sober en chic aan grote tafels met tafelkleden van gordijnkwaliteit. Op elk oppervlak flakkerden kerkkaarsen, bronzen plaques sierden de wanden. Het algehele effect was intiem, voornaam, indrukwekkend en tijdloos.

De clientèle was opvallend jonger dan in het hotel en een paar jonge gezinnen die goed bij kas waren zaten al te eten.

Er werd een stoel voor Matty naar achteren geschoven. 'Wat is het hier mooi,' verzuchtte ze, met een glinstering in haar ogen.

'Het is heel bijzonder inderdaad,' beaamde Julian. 'We mogen dan in de bergen zijn, we hoeven nog geen wilden te zijn, hoop ik.'

Matty moest meteen lachen. Clover forceerde een glimlach. Kit deed het noch het een, noch het ander. Hij keek om zich heen alsof hij opnam hoeveel mensen er naar hem staarden, of inschatte waar zijn vijanden zaten. Hij wapperde zijn servet open en wist op een of andere manier iets van agressie in het gebaar te leggen.

'Kit, wil jij de wijnkaart bekijken?' vroeg Julian hem galant, toen de menukaarten werden uitgedeeld.

Kit keek op. Hij leek geen haast te hebben om iets te zeggen. 'Nee,' zei hij vlak. 'Ik weet zeker dat jij daarin een veel genuanceerdere mening hebt dan ik.' Zijn blik vond Clover, die gedwongen was geweest tegenover hem plaats te nemen. Matty had weer de beste plek ingepikt tegenover Julian. Dan kon je beter in elkaars ogen kijken...

Clover vroeg zich af of Kit wist wat er tussen zijn sponsor en haar researcher gaande was. Hij had ze nog niet samen gezien.

Ze luisterden in beleefde, stijve stilte naar Linz die de specialiteiten doornam. Clover verstond er bijna niets van. Ze wilde geen rijk, chic eten geserveerd in vier gangen. Een kom chili, in bad, dat was vanavond haar idee van de hemel.

Julian bestelde de wijnen terwijl Clover naar de stof van de diep cranberryrode zijdeachtige jurk keek die Matty haar had geleend. Het bleef haar verbazen dat wat eruit had gezien als een wild onrealistische kledingkeuze voor een werktrip in de bergen in feite precies raak was. Naast haar skiuitrusting had Clover alleen leggings en een spijkerbroek bij zich.

'Die kleur staat je heel goed, Clo,' zei Matty, die haar overduidelijke ongemak opmerkte en nog steeds probeerde haar gunst terug te winnen.

Clover fronste. 'Dank je.'

'Ja, het past heel goed bij de kleur van je haar,' was Julian het met haar eens. 'Je moet vaker die kleur dragen.'

'Oké.' Ze wist niet goed wat ze daarop moest zeggen.

'Je maakt het me vanavond hopelijk makkelijker,' glimlachte hij, voordat hij naar Kit keek. 'Is ze al begonnen met interviewen? Vergis je niet. Ze is een sluipmoordenaar met een glimlach op het gezicht.'

Kits frons veranderde in een uitgesproken norse blik.

Clovers gezicht betrok ook. Hoe handig was het dat de enige man met enige macht en controle over deze afvallige zei dat zijn interviewer een lachende sluipmoordenaar was? 'Ik denk niet...'

'Goeie genade, zeg in elk geval niets voor de camera over die avond in Monaco!' riep Julian lachend uit.

Clover nam een complete verandering in Kits uitdrukking waar.

'Wat is er in Monaco gebeurd?' vroeg ze, en ze keek van de een naar de ander.

'Niets,' zei Kit meteen.

Julian ging op in de herinnering en was nog aan het lachen, maar leek toen Kits diepe ongenoegen aan te voelen. Zijn glimlach verdween toen hij doorhad dat hij een faux pas had gemaakt. 'Niets interessants, Kit heeft gelijk. Het was een oude grap van toen ik probeerde hem te laten tekenen. Het heeft niets te maken met waar jij voor bent gekomen,' zei hij doodleuk.

Maar Clover pikte het niet. Alles over Kit Foleys leven kon aan bod komen in deze documentaire. Monaco. Ze maakte een mentale notitie dat ze Matty het moest laten uitzoeken. Eerlijk gezegd zag het er niet naar uit dat het moeilijk zou zijn voor haar vriendin om haar knappe gastheer een paar geheimpjes te ontfutselen.

'Pardon, meneer Foley.' De hoge stem zorgde ervoor dat ze allemaal omkeken. Een jongen van een jaar of zeven, acht was naar de tafel gelopen en stond naast Kit. 'Mag ik alstublieft een handtekening?'

Clover keek naar Kit, niet naar de jongen. Hij leek overvallen door het verzoek. Hij was toch wel gewend om handtekeningen uit te delen? Of had hij er recentelijk gewoon geen hoeven uitdelen?

'Tuurlijk,' zei hij na twee tellen, en hij ging rechtop zitten. 'Heb je iets waar ik op kan schrijven?'

Het jongetje leek even in paniek, alsof hij niet zover was gekomen om daar aan te denken. Hij draaide zich om en keek naar zijn ouders, die discreet toekeken vanaf hun tafel aan de andere kant van de ruimte.

'Geeft niet, kijk, dit kan ook,' zei Kit, met een knipoog naar hem terwijl hij zijn servet van zijn schoot wapperde. Hij ging met zijn hand naar zijn binnenzak en haalde daar een vulpen uit. Tot verbazing van Clover. Ze had hem ingeschat als een balpentype. 'Hoe heet je, maatje?'

'Elias.'

'Oké, Elias,' mompelde Kit, terwijl hij met zwarte inkt een boodschap schreef en zijn naam schreef op het zware witte linnen.

Julian keek met afschuw toe.

'Zo goed?' vroeg Kit, terwijl hij het servet gaf.

De jongen knikte, en leek er vol van.

Kit keek naar hem. De jongen leek te aarzelen. 'Wil je soms ook een selfie?'

Het gezicht van de jongen klaarde op. 'Alstublieft.' En hij hield de telefoon op die hij in zijn andere hand had verborgen. Kit nam hem aan en schakelde de camera in. Hij keek aarzelend naar haar. Ze wist dat hij haar niets wilde vragen, zelfs niet voor een fan.

'Hier, ik maak hem wel,' zei ze, en ze reikte over tafel zodat hij de kwelling niet hoefde te ondergaan.

'Zo,' zei Kit, met een arm om de schouder van de jongen en met geheven vuist voor een boks. De jongen glunderde en duwde zijn vuistje tegen die van Kit en beiden keken ze haar recht aan door de lens.

Clover voelde een steek van de haar bekende paniek die ze als normaal was gaan zien als Kit Foley haar recht aankeek. 'Zeg eens *cheese*.'

'Cheese,' zei het jongetje volgzaam.

Zo snel als ze kon nam ze meerdere foto's. 'Alsjeblieft.'

'Dank u wel. Dank u wel, meneer Foley,' zei het jongetje snel.

'Geen probleem, Elias. Blijf cool, maatje.'

Ze keken hoe hij zo snel hij kon terugliep naar zijn tafel, waar zijn moeder liefhebbend door zijn haren woelde en hij op zijn stoel klom en hun zijn trofeeën liet zien.

'Volgens mij heb je zijn hele week goedgemaakt,' zei Julian met een tevreden gezicht. 'Wat zei ik? Eens een held, altijd een held! De mensen zijn nog steeds gek op je, Kit. Wacht maar, je zult het zien.'

Matty keek over de tafel naar Clover, maar die kon niet reageren. Kit zat weer boos naar haar te kijken, alsof Julians woorden hem eraan hadden herinnerd dat het Clover zelf was geweest die hem zijn roem en goede naam had afgepakt.

Ze wendde haar blik af met een vermoeide zucht en begon het menu te bestuderen. Hun aperitiefjes werden ingeschonken terwijl een ongemakkelijke stilte over hun tafel neerdaalde. Zelfs Matty leek zich een beetje opgelaten te voelen in Kits aanwezigheid en verloor haar gewoonlijke droge, laconieke humor. Hij kon zijn nukkigheid puur door zijn lichaamstaal overbrengen en Clover zag dat hij al spijt had van het feit dat hij dit etentje aan de anderen had opgedrongen. Hij was te gretig geweest om nog een punt tegen haar te scoren, en had niet nagedacht over wat het ook van hemzelf zou vragen.

'Ben je een beetje opgewarmd, Clo?' vroeg Matty, in een wanhopige poging het gesprek gaande te houden.

'Is het in het chalet niet warm?' vroeg Julian verbaasd.

'O nee, het chalet is perfect,' lichtte Matty de zaak toe. 'Clover heeft het vandaag een beetje koud gehad, dat is alles. Ze had visioenen over een lang warm bad... maar toen bedacht ze dat we geen bad hebben!'

'O ja, dat spijt me,' zei Julian, met een gepijnigd gezicht. 'Het enige bad staat in de masterbedroom.'

'Het is prima, echt. De hete douche was net zo heerlijk.'

Maar Julian zag eruit alsof hij het echt erg vond, waardoor Clover zich afvroeg of hij nu overwoog om baden te installeren om de vergissing goed te maken. 'Ik ben bang dat een bad heel Brits is. In Europa hebben we liever een douche.'

'Ja, ik weet het. Maar echt, het was geen probleem. Ik vond het niet zo belangrijk.' Clover keek Matty doordringend aan. Waarom moesten ze het hierover hebben? Het onderstreepte alleen maar dat Kit vandaag punten tegen haar had gescoord.

'Maar ik weet zeker dat Kit er geen bezwaar tegen zou hebben om zijn kamer beschikbaar te stellen als jullie echt graag een bad zouden nemen,' opperde Julian.

De blik die Kit Julian toewierp na deze opmerking kreeg Clover bijna hardop aan het lachen. Hun gedeelde ongeloof was het eerste ding waar ze het eindelijk over eens konden zijn.

Kit richtte zijn blik langzaam weer op haar. 'O, zeker, altijd welkom. Dag en nacht. Waarom niet?' Het sarcasme droop er in dikke klodders vanaf.

Julian leek het te ontgaan. Hij bleef maar kletsen, over het weer, over de plannen voor een wellnesscentrum met sauna in het hotel. Hij probeerde Kit bij het gesprek te betrekken over het trainingskamp in Zwitserland volgende week, maar Kit sloeg alle eindjes over die kwestie in de wind, door vol te houden dat hij er nog nooit was geweest en er dus niets zinnigs over kon zeggen.

'Vertel me eens iets over jezelf,' zei Julian, toen hij zich uiteindelijk weer tot haar richtte.

'Ik? O god, nee.'

'Jawel. Heb je altijd filmmaker willen worden?'

'Nee. Het grootste deel van mijn jeugd wilde ik bij de brandweer of zoöloog worden.'

Matty verslikte zich in haar drankje. 'Nietes!'

'Ja, echt. Mijn oudste broer was geobsedeerd door zwaailichten met sirene en ook door dieren, en ik aapte hem na, en daarin dus ook.'

Matty schoot in de lach.

'Je hebt een broer?' vroeg Julian. Hij was een kei in babbelen, ogenschijnlijk geïnteresseerd in zelfs de meest banale details van het leven van anderen.

'Ja, Tom. Hij is drie jaar ouder dan ik.'

'Zijn jullie close?'

'Ja, maar we zien elkaar niet zo vaak als we zouden willen. Ik reis veel en ben veel van huis, en hij woont nu in Genève, met zijn gezin.'

'O ja? Wat doet hij daar?'

'Hij is bedrijfsjurist.' Ze haalde haar schouders op. Ze had geen zin om details over haar familie met hem te delen. Hoe minder Kit van haar wist, hoe beter.

'Wat vindt hij ervan dat hij een beroemde kleine zus heeft?'

'Ik ben niet beroemd,' reageerde Clover snel. 'Maar zelfs als ik dat was, dan zou hij daar niet van onder de indruk zijn. Tom geeft niks om dat soort dingen.'

'Vindt hij de voordelen van het succes niet leuk? Maar hij zit in de wereld van de big business!' plaagde Julian. 'Bonussen! Partner worden!'

'Dat drijft de meeste advocaten, ik weet het. Maar Tom niet.'

'Wat dan wel? Toch niet het nastreven van gerechtigheid?' Julian lachte opnieuw.

Clover bleef heel stil zitten. Als hij het op die manier zei...

'O.' Er viel opnieuw een ongemakkelijke stilte toen Julian zijn laatste blunder doorhad. Ze kon zien dat Matty nu wenste dat het een dinertje voor twee was. Clover en Kit waren beroerde disgenoten. 'Nou, goed, dat is heel interessant,' zei hij, zich herpakkend. Hij liet zich nooit lang uit het veld slaan.

'O ja?'

'Ja. Je broer houdt zich bezig met waarheidsvinding en rechtvaardige beloning.' Hij keek haar aan. 'Net als jij.'

Clover slikte. Ze zei niets, maar ze voelde haar wangen gloeien.

'Dat is wat je najaagt in je films, nietwaar? Gerechtigheid?' poneerde hij. 'Dus misschien doe je nog steeds je grote broer na?' Hij grijnsde weer.

Clover lachte geforceerd.

'Ik vraag me af waardoor jullie beiden waarheidszoekers zijn geworden?'

'Moet er iets zijn?' vroeg ze defensief. Te defensief, realiseerde ze zich, terwijl ze in haar ooghoek zag dat Kit zijn hoofd geïnteresseerd iets kantelde. 'Trouwens, dat is niet hoe ik zou beschrijven wat ik doe,' zei ze stellig. 'Ik zoek goede verhalen. Humaninterest-reportages.'

'Nou, je kiest wijselijk. Je lijkt een feilloze intuïtie te hebben als het gaat om wat mensen willen zien. Gevallen engelen, helden met een gebrek, de worsteling voor verlossing...' Julian sprak bijna alsof Kit niet bij hen aan tafel zat. 'Heb je plezier in wat je doet?'

'Ik vind het geweldig,' zei ze eenvoudigweg. 'Ik kan niet geloven dat ik ervoor betaald krijg. Niet tegen mijn producer zeggen, maar ik zou het ook voor niets doen.'

Julian lachte en drukte vervolgens geïnteresseerd een vinger tegen zijn lippen. 'Vertel eens waarom je het zo geweldig vindt.'

Ze dacht kort na. 'In elk project is er een moment... dat iemand zichzelf écht ziet. Als hij een gevecht achter de rug heeft... dit klinkt pretentieus, maar dan zie je die persoon in zijn kracht stappen. In mijn film over de nasleep van de Grenfell-brand durfde Bindi, een jonge moeder van tweeëntwintig, zich in te schrijven voor een rechtenstudie aan de Open Universiteit, zodat ze kon helpen in de strijd om de rechten van de bewoners... We waren bij haar op de dag dat ze de brief kreeg dat ze was toegelaten. Het was zoiets geweldigs. Na alles wat ze had meegemaakt zagen we de wereld voor haar opengaan.' Ze nam een teug adem. 'Ik denk dat ik bedoel dat ik van die momenten hou wanneer "dat kan ik niet" verandert in "dat kan ik". Als mensen hun grenzen verleggen, en je ziet de verbazing in hun ogen over het besef dat ze op een of andere manier méér kunnen zijn.'

'Dat is waar je ook op mikt met Kit?'

Clover keek Julian aan. 'Nee. Kit weet al wat hij kan zijn.'

Julian leunde een klein beetje naar voren. 'Dus...'

Clover keek naar Kit en hield zijn boze starende blik vast, waarmee hij haar leek uit te dagen om te zeggen wat ze van hem wilde. 'In Kits geval is het bijna het tegenovergestelde. Als je al meer bent, waar kun je dan heen? Wat gebeurt er met je menselijkheid? Wat kost de behoefte om te winnen je? En zijn de offers het waard? Want het komt mij voor dat als we proberen bij de zon te komen we ons altijd branden.'

'Ach ja, de allegorie van Icarus, als stervelingen voor goden spelen.' Julian glimlachte, zijn blik dwaalde naar Kit.

'Vind je dan dat mensen genoegen moeten nemen met... middelmatigheid?' Kits stem klonk laag. En snijdend.

Haar ogen ontmoetten die van hem. 'Nee. Niet iedereen, hoewel ik wel denk dat de meeste mensen blij zijn met wat de middelmaat biedt. Het klinkt slechter dan het is, als je het mij vraagt,' zei ze vlak. 'Een groter leven hoeft niet noodzakelijkerwijs een beter leven te betekenen, maar sommige mensen lijken meer... intensiteit, feedback, of hoe je het ook wilt noemen, nodig te hebben.'

'En in welk kamp val jij? Of zal ik gokken?'

'Ik denk niet dat iemand verbaasd opkijkt als ik zeg dat ik blij ben met een kleiner leven.'

'Nee,' spotte hij. 'Het is duidelijk hoe jouw leven zal lopen.'

Ze staarde hem aan. Ze haatte hem, zoals hij achterover ging zitten, zo helemaal in zijn nopjes. 'Je doet dit nog een tijdje. Dan ontmoet je een man in pak. Dan koop je een huis, krijgt kinderen, je wordt dik. En dan eet je je avondmaaltijd dertig jaar lang voor de tv.'

Ze voelde zich geraakt door zijn vernietigende voorspelling, maar ze wilde het niet laten zien. 'Nou, alleen als ik heel veel geluk heb,' antwoordde ze bondig.

Ze liet zijn blik los en keek naar de anderen. Matty keek haar met grote ogen aan en leek bezorgd over hun onverholen vijandschap.

'Eigenlijk ben ik het niet met je eens, Kit,' zei Julian, tot verrassing van de anderen. 'Ik denk dat Clovers toekomstige pad veel meer in lijn is met het jouwe dan ze nu laat blijken.'

'Pardon?' Clover stikte zowat.

'Jullie hebben allebei trofeeën. Jullie bereiden je allebei meer dan uitgebreid voor, dompelen je helemaal onder in een levensstijl, jullie doen er alles aan om te winnen. Geen van beiden zouden jullie hier zijn zonder die tunnelvisie en obsessieve motivatie. Ik zie jou geen huisvrouw worden, net als ik Kit dat niet zie worden.'

De pauze die hij liet vallen na zijn uitspraak ontsproot in een stilte en Clover reikte naar haar glas. Ze voelde dat Foley nog steeds naar haar staarde. Hij keek nog norser en tikte met tussenpozen op tafel. Met zijn ene arm lui liggend op tafel leek het of hij wachtte tot hij een vermeende zwakheid bespeurde waar hij zich op zou kunnen storten.

Ze dwong zichzelf om opgewekt te glimlachen. 'En ik begrijp dat jullie trip naar Salzburg heel succesvol was?' vroeg ze, schaamteloos van onderwerp veranderend.

'Zeker.' Julian keek naar Matty. 'Martha heeft me erg goed geholpen, meer dan ze weet.'

'O ja?'

'Ja. Sterker nog, dat was de reden dat ik vanavond zo graag samen wilde dineren. Ik heb zeer bijzonder nieuws te melden.'

Julian keek naar Kit, die terugkeek met duidelijke argwaan. De relatie tussen de twee mannen was op zijn zachtst gezegd afstandelijk.

'Om tien uur vanavond...' Hij keek op zijn horloge en tikte erop. 'Over iets meer dan anderhalf uur gaat er een persbericht uit. Kaprun, en specifiek het JOR Funpark, zal vanaf volgend jaar een vierdaags toernooi organiseren, met big air, slopestyle en natuurlijk de halfpipe, als officieel onderdeel van de World Snowboard Tour. JOR zal de officiële sponsor zijn en Kit, als onze eerste gecontracteerde, zal het gezicht ervan zijn.'

Kit keek verbaasd. Het was duidelijk dat hij niet op de hoogte was van deze gesprekken. Zijn ogen lichtten op en hij liet zijn verdediging tijdelijk iets zakken, waardoor Clover besefte wat een muur hij de hele tijd om zich heen had. Nu leek hij op een zeventienjarige jongen met zijn eerste auto. 'Echt waar?'

'De deal is nog onder embargo tot vanavond, maar ik hoop dat dit ons absolute vertrouwen in jou onderstreept en dat wat wij geloven dat je gaat bereiken in je nieuwe sport.'

Er viel een langdurige stilte. Kit bestudeerde Julians gezicht alsof hij zich ervan wilde verzekeren dat het geen grapje was. Maar Julian wachtte gewoon af. Kit kreeg opeens een enorme glimlach op zijn gezicht. Hij stak zijn hand uit over tafel, greep die van Julian en schudde hem plechtig. 'Wat te gek, zeg. Echt helemaal te gek.'

Matty keek met glanzende ogen naar Clover, opgelucht dat er eindelijk vrede was uitgebroken. Clover lachte ook, maar ze was minder onder de indruk van Julians buitensporigheid. Matty had deze primeur gisteravond al aan haar doorgegeven – en als Julian zijn geheimen zo vrijelijk prijsgaf, deed Matty dat misschien dan ook met die van hen? Het was in Julians commerciële belang om te zorgen dat ze zijn ster oppoetsten tot hij blonk. Wat kreeg Julian van haar vriendin? En hoe?

Julian hief het glas voor een toost – nog een. 'Op een stralende toekomst.'

'Op een stralende toekomst,' mompelde Clover, en ze keek toe hoe Julians blik weer op Matty bleef rusten. Nieuwe vrienden, stralende toekomst, wat een week beleefde hij.

Clover zag hoe de gastheer van het restaurant Julian zijn kaart teruggaf. Ze kon wel huilen van opluchting. Het was na middernacht en het was zo'n eindeloos lange dag geweest. De wijn was haar naar het hoofd gestegen, de obers hadden zo vaak bijgeschonken dat ze het niet kon bijhouden, en hoewel de spanning van de avond was afgenomen na Julians aankondiging, kon ze niet wachten tot ze in bed lag.

Matty's zenuwen waren ook verdwenen en als Kit eerder niet had doorgehad dat er werd geflirt door zijn sponsor en haar researcher, dan zag hij dat inmiddels wel. Meerdere keren had Clover hem betrapt als hij naar hen fronste op momenten dat ze elkaar een uitgesproken compliment gaven of ze een inside joke maakten.

Eén keer had Kit heel even, totdat hij zichzelf erop betrapte, verbaasd naar haar gekeken. Julian had Matty net met open mond en ogen brandend van hitsigheid verteld dat ze de ogen van Mona Lisa had en toen had Kit automatisch naar Clover gekeken als een bondgenoot, iemand uit zijn team met wie hij kon dollen. Haar eigen ongeloof sloot aan bij dat van hem, waardoor haar glimlach automatisch was en even, een verblindend moment lang, waren ze verenigd in gedeelde minachting. Op dat ene moment was hij niet de man die Cory had afgesneden, waardoor hij in het water was verdwenen terwijl de golf naar beneden was gekomen, maar de held die ze had gezien op de podiums en posters: verbluffend, onstuitbaar, de wereld aan zijn voeten.

Het volgende moment was het weer weg, en werd de flakkerende verbinding abrupt verbroken terwijl hij opzijkeek en vroeg om nog een glas wijn. Maar het was gebeurd, en ze wist dat ze het allebei hadden gevoeld. Voor even had hij haar niet gehaat. En als hij één zo'n moment kon beleven, dan konden het er ook twee worden. De dooi was ingezet, dat wist ze. Ze had het ook geweten toen Cory, na twee weken in een verduisterde kamer naar de muur staren terwijl zij daar stil op de bank zat, in afwachting, zich eindelijk had omgedraaid om haar te vragen hoe laat het was. En ze wist het nu weer. Kit zou haar misschien nooit mogen, maar hij was aan het leren haar te tolereren. Daar viel mee te werken.

Een kelner hield galant haar ski-jack op en zij gleed erin. De kussenachtige warmte voelde meteen comfortabel. Ondanks het rijke diner en het warme haardvuur was de kou van die dag in haar botten gaan zitten. Julian had hen eerder opgehaald in zijn Porsche Panamera en zou hen weer afzetten bij het chalet. Ze zou over minder dan tien minuten in bed liggen.

'O jee! Wat is dit allemaal?' vroeg Julian toen de voordeur voor hen werd geopend.

Er had zich een kleine menigte verzameld, sommigen met spandoek. Clover zag Kits naam op een ervan staan toen ze tussen de mensen door liep.

'Het ziet ernaar uit dat je fanclub je heeft gevonden,' zei Julian lachend en hij keek tevreden om naar Kit, die na hen naar buiten kwam. Kit keek ernaar met een wantrouwende halve glimlach.

Het was een verbazingwekkend positieve avond geweest, met de jonge fan, met het nieuws van Julian, en nu...

In een felle, glimmende flits vloog er iets door de avond en landde boven op hen. Opeens leek de tijd samengeperst tot een moment waarin alles stilstond, als een video die op pauze werd gezet. Opeens gilde Matty het uit toen ze zag dat haar crèmekleurige pak onder het bloed zat. Julian keek ook verbijsterd. Het zat in zijn haar, op zijn gezicht.

Wat was...

Hij reikte blindelings naar Matty en trok haar weg bij het groepje mensen, dat hen nu begon te omcirkelen. Kit. Twaalf man, misschien vijftien, dreven hem in het nauw, gooiden met emmers, begonnen hen te bekogelen met... Clover kon het niet zien... Oud fruit? Rotte groente?

Ze knipperde met haar ogen terwijl ze probeerde te begrijpen wat er gebeurde. Ze voelde koude vloeistof op haar huid. Als in slow motion doopte ze haar vinger erin en staarde ernaar.

Ze keek weer naar de spandoeken. Haar Duits was basaal, maar ze kon het redelijk vertalen. KIT FOLEY, BLOED AAN JE HANDEN! KIT FOLEY, GA NAAR HUIS!

Met een inademing van uiterste afschuw keek ze naar hem. Hij bewoog niet. Ironisch gezien leek het bloed hem grotendeels te hebben gemist. Het spul was voornamelijk op Matty en Julian terechtgekomen, omdat zij als eersten naar buiten waren gekomen. Maar toen bewoog hij, als een luipaard dat uit een boom springt, en sprong boven op hen, recht in het midden van de menigte, hen terugduwend. Meerdere mannen wankelden achteruit, maar anderen stompten Kit met hun vuisten. Hij werd belaagd.

'Stop!' schreeuwde Clover, zich niet bewust van het feit dat ze schreeuwde. 'Stop!'

Meerdere witte flitsen verblindden haar. Ze gingen af in het donker van de late avond, en ze zag dat mensen foto's namen en dat ze hen filmden. Haar handen gingen automatisch de lucht in terwijl ze naar hen toe wankelde. 'Stop! Stop hiermee!'

Nog een paar mensen renden weg, maar het maakte geen verschil. Kit werd nog altijd door vier mannen aangevallen. Het jasje van zijn pak was gescheurd en zijn armen werden vastgehouden door drie mannen, terwijl de grootste hem in zijn maag stompte, waardoor hij dubbelsloeg.

'Hou daarmee op!' schreeuwde Clover, en ze stoof op hem af. Ze voelde de hitte van het gevecht, de lichamelijke spanning die als draden tussen hen gespannen stond. Haar wild zwaaiende handen grepen het haar van een van de mannen die hem vasthad en ze rukte uit alle macht aan zijn hoofd. De man wankelde en kronkelde, waardoor er een ruimte ontstond. Een vuist kwam recht op haar af.

'Nee!' De brul kwam niet van haar. Zo'n laag geluid zou haar lichaam niet hebben kunnen huizen. Ze voelde het contact van bot tegen bot, een vreselijke afranseling van ledematen dat als vuurwerk gedurende meerdere lange seconden afging in haar ooghoek.

En toen sloot de wereld zich in steeds kleiner wordende cirkeltjes. Het laatste wat ze zag was een paar felblauwe ogen die van bovenaf naar haar keken. Tot er alleen nog zwart was.

12

‘Volgens mij wordt ze wakker.’ Matty’s stem klonk ver weg.

Clover probeerde haar ogen te openen, maar er was weerstand, alsof ze tegen een deur duwde waar handdoeken voor lagen. ‘Ah,’ zei ze en ze ademde scherp in, haar ogen tegen het licht dichtknijpend.

‘Clo, hoor je me?’ vroeg Matty.

‘Ja,’ mompelde Clover. Haar handen gingen automatisch naar haar gezicht, maar iets of iemand oefende druk uit op haar armen.

‘Niet bewegen, probeer stil te liggen.’

‘Waar ben ik?’ Haar woorden waren net zo wazig als haar zicht.

‘In bed.’

Clover fronste haar voorhoofd. Die stem was dieper. Johnny?

‘Weet je nog wat er is gebeurd?’

Wist ze het nog? Het deed al pijn als ze nadacht. Alles voelde beurs.

Bot op bot. De herinnering flitste door haar heen en deed haar naar adem snakken. Schrikken.

Haar ogen gingen open. Eentje dan. Het andere…

Haar hand schoot weer naar haar gezicht, voordat Matty het kon tegenhouden. Er zat iets zachts – een verband? – op haar rechteroog. En haar wang raakte ze in een hoek die ze niet herkende.

Ze keek hen aan met haar ene open oog. Ze zaten aan weerszijden van haar op het smalle bed bezorgd naar haar te kijken. Matty’s eigen gezicht was pafferig en bleek, haar ogen roodomrand. Haar haar was nat, maar haar hoofdhuid was roodgekleurd. Johnny zag er gekweld uit.

‘O jee, hoe erg zie ik er wel niet uit?’ mompelde ze na een paar tellen in een poging hen gerust te stellen.

Matty schoot in de lach van opluchting dat ze een grapje kon maken, maar Johnny bleef fronsen.

'Spiegel,' beval ze zachtjes, kijkend naar hem.

'O, Clo…' ging Matty ertegenin. Haar lach verstierf in haar keel.

'Spiegel,' drong ze kijkend naar Johnny aan.

'Ze moet het toch een keer zien,' zei hij pragmatisch. Hij kwam terug met Matty's make-upspiegel.

'Ja, niet met die kant,' siste Matty. Ze draaide snel de spiegel om, zodat ze niet de vergrotende kant voor haar neus kreeg. Clover vond het op de beste momenten al lastig om in dat ding te kijken – en ze had het gevoel dat dit niet het beste moment was.

Johnny hield de spiegel voor haar op.

'O.' Het kwam eruit als een ziel die een lichaam verliet. Een uitdoven van hoop. Ze kon haar oog niet zien. Het werd bedekt door verband, maar aan de randjes kwam de beurse plek al tevoorschijn. Haar wang was paarsblauw en erg gezwollen. Er zaten wat spatjes gedroogd bloed op haar neusvleugel. Ze had het niet voor mogelijk gehouden dat ze er erger uit zou zien dan ze zich voelde. Maar dat was dus mogelijk.

Het beeld vervaagde, er welden tranen op in haar goede oog.

'Daar was ik dus al bang voor,' beet Matty Johnny toe en ze griste de spiegel uit zijn hand.

'Maar je kunt het niet voor haar verbergen,' fluisterde Johnny terug.

'Niets aan de hand,' onderbrak Clover hen zachtjes, want ze wilde niet dat ze ruziemaakten. 'Het is beter dat ik het weet.'

Ze zwegen een paar tellen. Clover probeerde te verwerken wat er was gebeurd.

'Ik herinner me… ogen…' zei ze haperend. Haar lichaam trok samen en spande aan terwijl ze met haar geest probeerde terug te gaan in haar geheugen. 'Vechten…' Ze fronste. 'Ze hadden Kit vast… Bloed.'

'Dat bleek rode verf te zijn,' zei Matty. 'Ik weet alleen niet wat beter zou zijn geweest. Bloed of verf? De binnenkant van Julians auto is helemaal verpest.'

'Serieus?' snauwde Johnny met een intensiteit waar beide vrouwen van schrokken. Johnny verhief nooit zijn stem. 'Dát is je grootste zorg?'

'Nee. Nee, natuurlijk niet,' zei ze snel, op de vingers getikt.

Johnny schudde zijn hoofd en keek haar aan als een teleurgestelde vader die zijn dronken tienerdochter terechtwees. Hij wendde zich weer tot Clover. 'Weet je nog iets van nadat je werd geraakt?'

Clover concentreerde zich, maar er kwam niets op vanuit de diepte. Kleuren, maar geen echte beelden, geen geluiden...

'Herinner je je de terugweg in de auto nog?'

Ze schudde haar hoofd. 'Zou ik dat nog moeten weten?'

'Soms was je even weg, en dan kwam je weer bij.'

Clover liet het tot zich doordringen. Weg en bij... 'Hoe ben ik in de auto terechtgekomen? Heb ik gelopen?'

'Julian heeft de wagen laten komen en Kit heeft je gedragen. Ik heb de dokter gebeld op de weg naar huis. Hij was hier binnen vijf minuten.'

'Dat herinner ik me allemaal niet,' fluisterde ze. Het verslag voelde als een dreun.

'Hij zegt dat je een zware hersenschudding hebt. Morgenochtend komt hij weer.'

'Ochtend? Hoe laat is het nu?'

'Drie uur. Hij heeft gezegd dat we je om de paar uur moeten wakker maken.'

Het was veel, wat ze te horen kreeg. Ze voelde zich suf. Haar oog dreigde weer dicht te vallen. 'Hoe is het met Kit?'

'Prima.'

'Ze doken met z'n allen op hem,' mompelde ze.

'Het hield snel op toen jij onderuitging,' antwoordde Matty. 'Dat was echt afschuwelijk! Wat dacht je nou, om zo midden in een gevecht te duiken?'

'Ik dacht niét.'

'En dan noem je hém een kamikazepiloot!' Johnny schudde weer wanhopig zijn hoofd.

'Neem me niet kwalijk,' verzuchtte ze, en ze deed haar oog dicht.

'Ze is moe. Laat haar maar slapen,' zei Matty zacht. Clover voelde een hand op haar arm. 'We komen je om vijf uur weer wekken.'

'Alsjeblieft niet,' mompelde ze. Ze was zo moe. Ze wilde alleen maar slapen en slapen en… De gedachten dreven weg, haar lichaam werd zwaar, en ze zakte weg.

'Volgt u mijn vinger, alstublieft.'

Ze deed haar best, maar blijkbaar niet genoeg. Wist hij niet dat ze uitgeput was? Pasgeboren baby's hadden een betere nachtrust gehad dan zij, met Matty en Johnny die haar om en om elke twee uur wakker hadden gemaakt.

'Hm,' mompelde de dokter, terwijl hij weer rechtop ging zitten. 'Ik kom vanavond terug. Ze moet in bed blijven en rusten. Het raam moet openblijven. Ze heeft verhoging, dat is zorgelijk. Heeft ze zich gisteren hevig ingespannen, voor het ongeluk?'

'Nee. Het omgekeerde eigenlijk, ze heeft het heel koud gehad,' zei Johnny, die een stap naar voren zette vanaf de plek waar hij stond, in de deuropening van de badkamer. Matty en Ari stonden allebei bij de slaapkamerdeur. 'We hebben vrijwel de hele dag stilgezeten en er was geen verwarming. Ze dacht dat ze kou had gevat.' Hij keek naar Ari.

'Hm. Nou, het is wel iets om goed in de gaten te houden,' zei de dokter. Hij sprak goed Engels, maar met een dik accent. 'Onderkoeling kan zorgen voor problemen bij middel- tot zware hersenschuddingen. Het is niet goed gedocumenteerd voor milde gevallen. Als haar toestand op enige manier verslechtert, dan moeten jullie me meteen bellen.'

De dokter keek ook naar Ari, die bij de muur stond, terwijl hij dit zei. Ari knikte. Hij had zijn armen voor zijn borst gevouwen, en greep nu met zijn handen zijn bovenarmen vast. Tijdens het onderzoek had hij met een somber gezicht toegekeken.

Clover wist niet waarom er zoveel mensen bij moesten zijn.

'Wanneer mag ik uit bed?' vroeg ze, verbaasd over hoe haar stem klonk.

De dokter keek haar streng aan. 'U mag niet uit bed zonder assistentie. U bent nog steeds gedesoriënteerd en u kunt vallen. Naar de wc moet u worden begeleid.'

Matty grijnsde en gaf haar een knipoog.

'Afhankelijk van hoe goed u vandaag uitrust, kunt u morgen weer lopen.'

'En de pistes op?'

De dokter leek gechoqueerd. 'Pas over een week tot tien dagen, op zijn vroegst. Ik zou het op twee weken houden.'

Haar mond ging open van ontzetting. 'Maar...'

'Clo, maak je niet druk over het werk,' zei Johnny stevig, wetend waar ze zich zorgen over maakte. 'Er is nog genoeg tijd.'

Ari ging op zijn andere been staan en keek naar zijn voeten. Clover voelde een golf van wanhoop. Ze zouden morgen naar Saas-Fee reizen voor het Stomping Ground-trainingskamp. Dat was waar de meeste topatleten van het Europese circuit zouden samenkomen voor het eerste evenement van het seizoen en het was een uitgelezen kans om Foleys nieuwe collega's te interviewen, om de reacties te peilen op zijn debuut in hun sport en te zien hoe ze hem zagen. Hij werd hier al buitengesloten, in zijn eigen 'achtertuin'. Ze konden het niet aan zich voorbij laten gaan hoe hij werd behandeld door de crème de la crème. Wat hij zag als 'zijn' roedel. Echt niet dat ze dat aan zich voorbij zou laten gaan.

De dokter deed zijn tas dicht. 'Ik kom vanavond na zessen terug. Goed rusten en veel water drinken.'

Clover knikte gehoorzaam en keek hem na toen hij de kamer uit liep. Ari begeleidde hem tot de deur. 'Ook goeiemorgen,' fluisterde ze. 'Ik ga echt niet Saas-Fee overslaan, Johnny.'

'Je gaat niet als hij zegt dat dat niet mag.'

'Hou me eens tegen,' zei ze koppig. 'Je weet net zo goed als ik dat we daar het vlees van de film gaan krijgen.' De zin had haar uitgeput. 'Ugh,' kreunde ze, en zonk dieper weg in de kussens.

'Dat raam moet open,' zei Matty. Ze liep erheen en zette het op een kier. De frisse lucht stroomde fluitend naar binnen.

'Deze zijn voor je gekomen,' zei Ari, die de kamer weer in kwam, bijna helemaal verborgen achter een enorm boeket bloemen, mooi opgemaakt in een roze-wit gestreepte emmer.

Matty ademde hoorbaar in en sloeg haar handen voor haar mond. 'Van wie zijn die?'

Clover keek haar vermoeid aan. Zelfs met een hersenschudding wist ze dat ze van Julian waren. Dat extravagante was typisch iets voor hem. 'Maak jij de envelop open en lees je hem voor alsjeblieft?' vroeg ze rustig.

Matty deed het graag. 'Ze zijn van Julian!' riep ze uit, terwijl ze opkeek. 'Hij wenst je beterschap.'

Clover glimlachte. Haar blik ontmoette die van Johnny. 'Nou, wat attent van hem.'

Ze zag hoe Ari het boeket op haar nachtkasje wilde zetten, maar er was niet genoeg plaats voor de kan met water en het glas dat erop stond. Hij zag er meteen hoogst ongemakkelijk uit. 'Eh...'

'Laat maar, dat doet Mats zo wel,' zei ze zacht.

Hij knikte dankbaar. Hij had vreemd genoeg gezwegen tijdens het doktersbezoek.

'Gaat het goed met je?' vroeg ze.

'Met míj?' Hij snoof verrast. 'Ja hoor, prima. Het is gewoon moeilijk om naar je te kijken... naar wat ze je hebben aangedaan...'

'Ik voel me prima, echt.' Al verschilde haar bewering duidelijk van die van hem. 'En Kit, hoe gaat het met Kit?' Ze had hem nog niet gezien.

'Prima.'

Weer dat 'prima'. Dat woord dat niets zei, niets betekende.

Hij schraapte zijn keel. 'De politie was hier nog.'

'O?'

'Ik zei dat ze niet met je mochten praten totdat de dokter was geweest. Maar ze komen later terug. Ze wilden je wat vragen stellen.'

'Hebben ze de daders gearresteerd?'

'Nee. Nog geen arrestaties.'

Clover voelde dat haar hartslag versnelde. 'Maar weten ze wel wie het zijn?'

'Nee, volgens mij nog niet,' zei Ari, zijn mond was een strak streepje. 'Maar ze bekijken beelden van beveiligingscamera's. Maak je geen zorgen, ze gaan die eikels vinden.'

Ze keek naar hem. Ze kon zijn woede voelen.

'Hoe wisten ze eigenlijk dat we daar waren?' vroeg ze aan Matty. 'Ik bedoel, het restaurant is best goed verborgen. Het is niet wat je zegt het vaste adres voor paparazzi.'

Haar vriendin haalde haar schouders op. 'Iemand die hem naar binnen heeft zien gaan heeft misschien een telefoontje gepleegd? Of misschien zag iemand hem dat jongetje een handtekening geven en dat trok de aandacht?'

Clover fronste terwijl haar iets te binnen schoot. 'Ze namen foto's. Ze filmden het.' Ze werd bleek bij de gedachte dat dat materiaal ergens rondzwierf. 'Staat het in de krant?' Clover keek Ari aan. Ze wist dat er elke ochtend een stapel plaatselijke en internationale kranten werd bezorgd bij het chalet.

Ari keek weg, niet wetend wat hij moest zeggen.

'Ja dus.' Clovers stem klonk hol.

'Clo, maak je geen zorgen over die dingen. Het doet er niet toe,' zei Johnny op vaderlijke toon. 'Jij moet je bezighouden met beter worden.'

'Ik wil het zien.'

'Nee.' Johnny was stellig.

'Je kunt me niet tegenhouden. Je weet dat ik het online toch wel vind.'

Johnny staarde haar met grote ogen aan. 'Godverdomme, Clo! Dat gaat je niets opleveren!'

'Ik moet het zien.' Haar stem klonk kalm maar standvastig. Ze wisten dat het onmogelijk was om te voorkomen dat ze het zou zien.

'Verdomme!' zei hij weer door zijn op elkaar geklemde kaken en hij beende de kamer uit, zo langs Ari, zonder zelfs maar na te denken. De Johnny van vorige week zou hebben gebeefd alleen al bij de gedachte aan het delen van een ruimte met Ari. Wat konden dingen toch snel veranderen binnen een paar dagen.

'Ik ben het met Johnny eens dat je er nog niet naar moet kijken,' zei Ari. 'Jouw focus moet nu liggen bij je herstel. Vooruitkijken, niet achterom.'

'Maar dat is het hem juist. Ik herinner me zo weinig. Er zit een gat in mijn geheugen, een paar vage indrukken die enger zijn zonder context. Ik moet het zien.'

Johnny kwam de trap weer af en de kamer in. Hij had de plaatselijke krant in zijn hand. 'Het is alleen nog in de lokale media. Met een beetje geluk wordt het niet internationaal opgepakt.'

'Laat zien.'

Met wat leek op de snelheid van een gletsjer schudde hij de krant open naar de voorpagina. 'SCHANDE!' was de kop, en daaronder een grote foto van Kit in het gedrang. Zijn arm werd naar achteren getrokken, net op het moment dat hij een stomp incasseerde. Zijn gezicht was vertrokken in een masker van razernij, zijn tanden ontbloot. Hij zag eruit als een beest, door zijn opengesperde ogen leek hij wel een bezetene. Op de grond, bij zijn voeten, lag een gestalte op de grond, gestrekt. Haar gezicht lag naar de andere kant van de camera, maar haar blonde haar lag uitgewaaierd over de stoep. Clovers adem stokte toen ze zichzelf zag, zo overduidelijk buiten westen. Er liepen ijskoude rillingen over haar lijf bij de aanblik van zichzelf. Ze zag eruit als een slachtoffer.

Door de hoek en – van wat ze kon opmaken – de tekst werd er

gesuggereerd dat Kit haar tegen de grond had geslagen. Dat hij het gevecht was begonnen. Ze kon zich niet precies de choreografie herinneren. Ze had slechts vluchtige fragmenten, flarden van beelden, sprankjes van indrukken die opdoemden en dan weer verdwenen, maar ze wist dat hij niet was begonnen.

Clover keek op. 'Heeft hij dit gezien?'

Ari aarzelde voordat hij knikte. 'Ja.'

'En wat zegt hij hierover?'

'Niet veel.'

Niet veel? 'Oké.'

'Ik laat je rusten. Ik wilde alleen weten of het een beetje gaat.'

Ari stak onhandig zijn hand uit, alsof hij haar wilde aanraken maar niet wist waar. Of hoe.

In plaats daarvan verliet hij de kamer.

'Wij laten je ook slapen,' zei Matty zachtjes.

'Wacht.'

Matty en Johnny draaiden zich om en zagen dat ze haar hand in de lucht had om hen terug te wenken. Ze kwamen met bezorgde gezichten bij haar staan.

'Jullie moeten aan dat materiaal zien te komen,' zei ze met een lage stem.

'Wat?' fronste Johnny.

'Het gevecht. Dat moet in de film. Je moet uitzoeken wie die foto's heeft gemaakt. Wie heeft ons gefilmd?'

'Clo, ben je gek geworden? Je bent in dat gevecht buiten westen geslagen!' siste Johnny.

'Dat weet ik. Maar dit is een kans waar we niet eens van hadden kunnen dromen. Kit die op straat wordt aangevallen? Hoe kunnen we dat er niet in stoppen?'

Haar woorden vielen op een bedje van verbijstering en stilte.

'Clo, hij heeft voor jou gezorgd. Hij heeft je naar de auto gedragen,' zei Matty.

'Goed, dus hij heeft iets van fatsoen. Niemand heeft gezegd dat hij een psychopaat is. Maar dit moet erin. Dit is zijn werkelijkheid. Dit is wat mensen van hem vinden en van wat hij heeft gedaan. Dat kunnen we niet negeren.' Clover keek naar Matty met haar ene oog. 'En Mats, je mag dit niet tegen Julian zeggen. Hij mag niet weten dat het in de film komt. Hij bemoeit zich al genoeg met dingen – chique etentjes, dure bloemen.'

'Dat is uit aardigheid!'

'Hij manipuleert ons. Hij paait ons, en dat weet je. Maar we laten ons niet sturen. Deze film moet onafhankelijk zijn.'

'En noem je dit dan onafhankelijk?' vroeg Johnny uit het niets. 'Of doen we dit alleen maar om hem in de val te laten lopen?'

Mia's zilveren gezicht in het maanlicht flitste door haar hoofd.

'Ik weet niet eens hoe ik dat zou kunnen, Johnny. Dat gevecht laten zien is niet liegen! Het is echt gebeurd. We kunnen niet iets laten zien als het niet gebeurd is, maar het is wel gebeurd en ik heb de blauwe plek én het T-shirt om het te bewijzen. Mensen wíllen niet dat hij weer medailles wint.' Ze keek hen weer aan. 'Dat is cinemagoud. Jullie moeten de hand leggen op dat materiaal. Koste wat kost.'

Ze voelde de blik in haar rug prikken. Ze draaide zich om en zag dat Beau door de kier van de deur spiekte.

Hij deinsde naar achteren, maar een fractie te laat.

'Hoi, Beau,' zei ze, en ze duwde zichzelf omhoog. 'Het is oké, hoor. Kom maar.'

'Sorry. Het was niet mijn bedoeling om… Oei.' Hij kon zijn schrik niet verbergen toen ze haar hoofd optilde en hij zag hoe opgezet haar wang was en haar verbonden oog met de blauwe plek die eronderuit kwam als een wolkvormige schaduw. 'Shit.'

'Het valt wel mee, echt,' zei ze snel. Ze had een vreemd soort neiging om anderen gerust te stellen over hoe ze eruitzag. 'Ik voel me goed.'

Hij leek niet overtuigd.

'De dokter houdt me alleen in bed omdat ik verhoging heb, anders zou ik allang op zijn. Het is eigenlijk onzin.' Ze zag hoe hij ongemakkelijk bleef dralen bij de deur. 'Kom binnen, alsjeblieft, ik word zenuwachtig van je.'

'Ik wil je niet storen...'

'Ik word gek van verveling, je doet me een plezier, echt.'

'Oké.'

Hij ging bij het voeteneind staan en ze zag hem twijfelen of hij hier wel moest zijn. Alsof hij tegen een bevel inging. De vijandelijke linie was overgestoken. 'Kom, vermaak me eens. Wat valt er te roddelen? Wat gebeurt er allemaal daarboven?'

'Niks,' zei hij schouderophalend.

'Helemaal niks?'

Hij dacht even na. 'Nou, ik zit in de top honderd in Fortnite.'

Ze keek hem aan.

'Een game.'

'O... Heb je niet geboard?'

Ze zag zijn gezicht vertrekken. 'Nope. Wat heel erg is, want het heeft onwijs gesneeuwd. Geweldige poeder.'

'Waarom ga je dan niet?'

Hij haalde zijn schouders op, maar antwoordde niet. Clover bekeek hem. Ze snapte niet waarom hij...

Het kwartje viel. 'Is het omdat Kit niet gaat?'

Hij keek weg.

'Maar hij houdt jóú toch niet tegen, of wel? Je kunt doen wat je wilt.'

'Het klopt gewoon niet, zonder hem,' zei hij. Clover staarde hem verbijsterd aan. Waarom moest Beau binnenblijven, alleen omdat Kit zich schuilhield?

'Gaat het wel met Kit?'

'O ja, dat gaat prima.'

'Dus...'

'Hij wil gewoon niet naar buiten op dit moment. Hij wil niet in de kijker staan.'

'Begrijpelijk,' zei ze stilletjes. Maar dat maakte het nog niet aanvaardbaar om Beau te dwingen ook binnen te blijven.

'Vooral omdat we nog niet weten wie die gasten waren. Wie de vijand is, weet je?'

'Ja. Het is echt vreselijk.'

Beau beet op zijn lip en zijn ogen werden streepjes terwijl hij aan een nijnagel pulkte. 'Kit kan er maar niet over uit hoe ze wisten dat hij daar was. Hij is ervan overtuigd dat hij erin geluisd is. Dat het een hinderlaag was.'

Clever fronste. 'Dat ben ik ook geneigd te denken. Het was erg vreemd dat ze hem daar vonden. Iemand moet ze getipt hebben. Waarom zou iemand hem erin willen laten lopen?'

'Om hem er slecht uit te laten zien. Het is bijna een sport op dit moment, tegen iemand aan schoppen die al op de grond ligt.' Hij keek naar haar op toen hij besefte wat hij had gezegd. Het was dankzij haar dat Kits beroemdheid beruchtheid was geworden. 'Sorry, ik bedoelde niet dat je...' Hij deinsde opnieuw terug bij het zien van haar verwondingen. 'Ari zei dat je niets gebroken had?'

'Nee, ik heb geluk gehad. Blijkbaar!' Ze deed haar best om te grijnzen. Knipogen was geen optie. 'Zo ziet geluk eruit.'

Maar het grapje ging aan hem verloren. 'Hij had je kunnen vermoorden. Kit zei dat die man twee keer zo groot was als jij. Als je je hoofd had gestoten bij het neergaan...'

Haar glimlach vervaagde. 'Nou, ik ga me op de positieve dingen richten.'

'Zijn die er?'

Ze keek hem aan. Een van de eerste dingen die ze aan hem had gemerkt was dat hij een geleider was voor de stemmingen van zijn broer: als Kit blij was, dan was Beau energiek en ontspannen. Als Kit gespannen was of afgeleid (wat bijna altijd zo was, zeker in haar aanwezigheid), dan was hij schichtig en onrustig. 'Beau, gaat het echt goed met Kit?'

'Echt,' zei hij snel. 'Hij is alleen pissig.'

'Het was heel slechte timing,' beaamde ze, denkend aan Julians persbericht onder embargo. 'Hij heeft mazzel dat hij jou heeft om voor hem te zorgen. Ik kan zien dat jullie erg hecht zijn.'

Beau keek even geschrokken door haar pogende uitstapje naar een persoonlijker onderwerp. Maar ze hield haar ogen neergeslagen, terwijl ze frunnikte aan de borduursels op het dekbedovertrek, zodat het niet te uitdagend overkwam. 'Je hebt geluk. Ik mis mijn broer. Ik zie hem lang niet zo vaak als ik zou willen.'

'Niet?'

'Hij woont in Genève, dus...' Ze glimlachte. 'Ironisch genoeg ben ik nu dichter bij hem dan ik jaren ben geweest, en nog hebben we geen tijd om elkaar te zien.'

'Je kunt er toch wel heen, een dag of zo? Of hij kan hierheen komen? Is hij een snowboarder?'

'Hij is een skiër, net als ik,' zei ze met een droeve grijns.

'Ach, dat geeft niet. Dan kun je nog steeds wel een béétje plezier hebben,' plaagde hij.

'Je bent echt gek op boarden, hè?' vroeg ze, terwijl ze hem bestudeerde. 'Meer nog dan op surfen?'

Hij keek haar leep aan vanonder zijn wimpers. 'Niet tegen Kit zeggen.'

Clover glimlachte, maar ze vroeg zich af waarom het geheim moest blijven dat hij meer van de sneeuw hield dan van het water. Dat hij naar deze arena was verplaatst was tenslotte Kits idee geweest. Waarom mocht Beau er niet ook gek op zijn? 'Het ziet er zo natuurlijk uit, jij op die piste. Compleet in je element.'

'Het is alsof het in mijn bloed zit.' Hij keek doelloos de kamer rond. 'Misschien is dat ook wel zo. We waren al aan het boarden voordat we surften. Onze vader heeft het ons geleerd.'

'O, echt?' Ze doorliep in haar hoofd de profielen en tijdlijnen die Matty in de zomer had voorbereid.

'Ja. Iedereen denkt dat we aussies zijn, maar we zijn kiwi's, alleen met een Australisch accent. Wist je dat?'

'Dat wist ik, ja,' zei ze met een glimlach.

'Ja. We zijn in Queenstown op het Zuidereiland geboren, twintig minuten van Coronet Peak. Pas toen ik vijf was en Kit tien zijn we naar de Gold Coast verhuisd.'

Clover rekende snel mee: dat was dus direct na de scheiding van hun ouders.

'En Kit vond het geweldig, aussie zijn. Hij stortte zich meteen voluit op het surfen. Werd zo goed, zo snel. Ik volgde hem gewoon, natuurlijk. Wat hij deed, dat deed ik ook.'

'Maar snowboarden was eigenlijk je grote liefde?'

'Nou, ik was een peuter toen ik voor het eerst op een board stond. Wat wist ik nou helemaal? Het zal een kwestie zijn van spiergeheugen, denk ik. Het voelt zo natuurlijk sinds ik hier ben. Alsof het altijd zo heeft moeten zijn.'

'Misschien is dat ook zo.'

'Ik weet niet.' Hij wendde zijn blik af en Clover kon het schuldgevoel op zijn gezicht zien. Ze waren hier omdat zijn broers leven in de surfwereld was opgehouden, ze waren vluchtelingen van een andere sport. Hij wilde de gedachte niet gedogen dat zijn lotsbestemming om te boarden in vervulling ging ten koste van Kits lotsbestemming dat hij niet kon surfen.

Hij staarde voor zich uit en Clover vroeg zich af wat een half leven het voor hem was om continu in de schaduw van zijn broer te moeten leven. Als hij niet eens de poedersneeuw in wilde zonder Kit... Ze herinnerde zich zijn onverwachte uitval naar Ari een paar ochtenden geleden, toen zijn wensen opzij werden gezet voor Kits trainingsregime.

Hij sprong ineens op. 'Ik moet je laten rusten. Ik wilde je niet storen. Ik wilde alleen checken of je oké was.'

'Dat is heel lief van je, Beau, dank je wel,' zei ze glimlachend. 'Ik stel het op prijs.' Het was meer dan zijn broer had gedaan.

'Laat je het me weten als je iets nodig hebt?'

'Natuurlijk.'

Hij keek haar nog een laatste keer aan en deed de deur achter zich dicht.

Clover liet zich in de kussens zakken en dacht na. Ze had iets opgevangen van wat hij zei – dat Kit het gevoel had dat hij erin was geluisd. Dat hij in een hinderlaag was gelopen. Waren er echt mensen die eropuit waren om Kit er slecht uit te laten zien?

Want als dat zo was, dan wilde ze die ontmoeten.

13

'Nee, nee. Jij hoort in bed te liggen!' zei Matty. Ze versperde de deur.

'En als ik deze kamer niet uit mag, dan word ik gek!' bracht Clover ertegen in, en na een simpel tikje op Matty's pols liet Matty haar armen zakken. Ze liep langs haar de gang in en wilde de trap op lopen. Dat alleen al was opwindend. Het voelde alsof ze ontsnapte, alleen al andere muren om zich heen te zien! Ze had drie dagen in bed gelegen en gehoorzaam de doktersvoorschriften opgevolgd, maar haar temperatuur was weer normaal, en het was nu mooi geweest. Ze moest bewegen. Ze moest aan de slag.

Het verband op haar oog was eraf, maar het zat nog steeds dicht door de zwelling. Het zag er vreselijk uit, op een vreemd prettige manier. Iets van de zwelling was weg, maar de plek was dieppaars van kleur met groengeel langs de randen. Clover vond dat als ze dan toch letsel had, het er net zo erg moest uitzien als het voelde. Er was niets ergers dan je slecht voelen terwijl je er prima uitzag. Matty kon haar nauwelijks aankijken, wat zij opvatte als een goed teken.

'Nou, ik loop achter je voor als je valt,' zei Matty nukkig.

'Als ik val, dan denk ik niet dat je sterk genoeg bent om me op te vangen. Misschien kun je beter een kussen onderaan de trap leggen?

'Ha fokking ha. Jouw humor kan soms echt pijn doen, weet je dat. Je lijkt wel de patiëntversie van de boze dronkaard.'

Maar Clover luisterde niet. Een beetje van haar aanpakkersbravoure was al verdampt doordat ze zich duizelig voelde. Ze zocht steun tegen de muur toen ze bij de bovenste trede was. Carlotta, die net naar de keuken liep, liet de vaas met bloemen die ze in haar handen had bijna vallen toen ze Clover opeens in de kamer zag staan. 'Sorry, Carlotta,' zei ze zacht. 'Ik wilde je niet laten schrikken.'

Matty had al haar maaltijden bij haar gebracht, waardoor de ernst van haar verwondingen voor de huishoudster tot dan toe hypothetisch was gebleven. Ook voor Kit. Hij had haar nog niet gezien. In al die tijd dat ze in bed had gelegen had hij niet één keer de beleefdheid opgebracht om even naar binnen te kijken en te vragen hoe het ging. Alle anderen hadden die moeite wel genomen. Ari, Beau, zelfs Julian was even langs geweest... Het was gewoon een kwestie van fatsoen, maar zelfs dat was duidelijk te veel gevraagd. Kit Foley was in orde en het kon hem geen reet schelen dat het met haar niet goed ging. Hij vond het waarschijnlijk zelfs wel mooi. Waarschijnlijk vond hij dat ze het verdiende.

Carlotta herpakte zich snel. 'Juffrouw Philips, ik dacht dat de dokter had gezegd dat u nog moest rusten?'

'Klopt, maar zoals ik net ook aan Mats heb uitgelegd word ik gek als ik een minuut langer in bed moet liggen. Ik dacht dat ik wel even op de bank kon zitten om van het uitzicht te genieten? Dan rust ik daar wat.'

Carlotta keek met open mond achterom naar de andere kant van de kamer. 'Natuurlijk. Ik zal de haard aanmaken, het hout is al opgestapeld.' Nog altijd met de vaas in haar handen haastte ze zich terug vanwaar ze was gekomen, zette de bloemen neer en knielde voor de haard met de lucifers.

Clover volgde haar op een langzaam tempo, met haar handen voor zich uitgestrekt, omdat ze zich niet wilde stoten tegen salontafels of...

'O! Hoi!' zei ze, toen ze Beau en Ari aan tafel zag zitten voor de lunch. Beaus mond viel open toen hij haar zonder haar verband zag.

'Shit.' Het woord ontsnapte hem in een trage uitademing.

'Geen zorgen, geen zorgen,' zei ze snel. 'Het gaat prima,' loog ze.

De hoofdpijn van de laatste dagen was misselijkmakend geweest.

Geen Kit, zag ze.

'Clover, je ziet er niet uit alsof je uit bed mag.' Ari zag er bezorgd uit. Hij stond op van zijn stoel.

Ze weerhield hem van verder protest met een gestrekte arm en een glimlach. 'Het was maar één klap.'

'Jaja. Een klap die míj ook zou hebben gevloerd.'

Matty begeleidde haar naar de dichtstbijzijnde bank, waar Carlotta wat kussens voor haar opschudde. 'Het gaat echt wel,' protesteerde ze, toen Matty op haar schouder duwde en haar dwong om te gaan zitten.

'Ik heb tachtigjarigen gezien die sneller de trap op komen.'

'Ik was alleen een beetje duizelig, meer niet, maar het zal wel gaan nu ik normaal rondloop.' Ze was geïrriteerd dat Carlotta haar op deze bank had geïnstalleerd. Het had een beter uitzicht over het meer en ze had ergens wel geregistreerd dat het sneeuwde, maar het betekende ook dat ze met haar rug naar de glazen wand van Kits slaapkamer zat.

Drie dagen in bed had ze niets anders te doen gehad dan luisteren naar het komen en gaan van de chaletbewoners – en er was eigenlijk amper een 'gaan' geweest. Zoals Beau haar had verteld – bevestigd door Johnny – was niemand ook maar een keer naar buiten gegaan. Geen boarden, geen jumps. Zelfs geen tripje naar de winkels, een café, een club… Beau en Ari hadden zich opgesloten in de gamekamer, gamend en wachtend tot Kit een keer uit zijn kamer zou komen, maar hij bleef onder de radar. Nog altijd aan het mokken. Matty had haar verteld dat er de eerste paar dagen wel een paar journalisten voor de poort hadden rondgehangen, maar ze waren afgedropen toen het hun duidelijk werd dat hun prooi zich niet zou laten zien.

Johnny had van de gelegenheid gebruikgemaakt om meters te maken met het monteren, terwijl Matty – die niet kon werken in de slaapkamer waar Clover lag te herstellen – was ingegaan op

Julians aanbod en een kamer in het hotel had genomen. Daar was ze steeds overdag geweest om de gevoelige telefoontjes te plegen die hoorden bij het graven in Kits verleden, telefoontjes waar ze in het chalet de privacy niet voor had.

Als ze had gehoopt dat werken in het hotel zou betekenen dat ze meer tijd met Julian kon doorbrengen, dan was ze daarin teleurgesteld. Na het gevecht was hij in een pr-fiasco terechtgekomen. Er waren nog altijd geen arrestaties verricht, want de politie had het idee dat de daders niet uit de regio kwamen, wat alleen maar meer de vraag deed rijzen hoe ze überhaupt hadden geweten dat Kit in dat restaurant was. Clover gokte op het restaurant zelf, ofwel via een gast, ofwel via een personeelslid.

Helaas voor zowel Julian als Kit was het nieuws toch doorgedrongen tot ver buiten de regio Salzburg. De videobeelden waren viral gegaan, en de stilstaande plaatjes ervan werden breed uitgemeten in de Oostenrijkse pers en de Britse, Australische en Amerikaanse roddelkranten.

De timing kon niet slechter voor wat betreft de aankondiging van Julians samenwerking met de WST. Alle persberichten onder embargo waren maar een paar uur voor het gebeuren vrijgegeven, op tijd voor de headlines van de ochtend. Niet in staat om de geest terug in de fles te krijgen worstelde Julian in plaats daarvan om een schadebeperkende strategie op te werpen. Maar welke draai viel er te geven aan deze deal met het gezicht van zijn nieuwe onderneming, iemand die al een publieke figuur in diskrediet was en die nu liep te knokken op straat, enkele weken voor zijn professionele debuut?

Even kwam de gedachte op bij Clover dat het misschien niet Kit was die ze wilden saboteren, maar Julian. Was een rivaal vastbesloten om hem af te serveren nog voor hij was begonnen?

De enige meevaller in dit hele fiasco was dat ze nog niet was herkend doordat haar haar voor haar gezicht viel. Niemand had de stukjes aan elkaar gepuzzeld dat zij de filmmaker was die verantwoordelijk was voor de film waardoor Kits handelingen onder de aandacht van de wereld waren gebracht. En het was ook beter van niet. Niet voordat ze er klaar voor was… Ze moest de boodschap zelf kunnen sturen. Deze samenwerking was al controversieel genoeg.

'Wilt u iets warms drinken? Iets eten?' vroeg Carlotta.

Clover keek verbaasd op. Ze was verdwaald in haar gedachten. 'Ik zou wel een kop koffie lusten, alsjeblieft.'

Ze zag Ari en Beau weer naar hun gamekamer vertrekken. Het leek erop dat Johnny niet had overdreven toen hij had gezegd dat er daar boven niets gebeurde, en dat ze niets miste.

'Ik vind nog steeds dat je in bed zou moeten blijven,' zei Matty, die keek hoe zij hen nakeek. 'Je bent nog hartstikke duf.'

'Stop daarmee. Het gaat echt wel… Potje backgammon?' Het schaakspel zou ze met geen vinger aanraken.

Matty maakte een afkeurend geluid met haar tanden, maar pakte wel het koffertje. Ze versloeg Clover drie keer achter elkaar en keek haar toen scherp aan. 'Normaal win ik nooit zo makkelijk van je.'

'Nou, nu wel.'

Clover zuchtte van frustratie. Hoelang moest ze hier nog blijven? Ze draaide zich om en keek op naar de glazen muur. Er was geen beweging voor zover ze kon zien. Was hij er eigenlijk wel?

'Ik ga terug naar bed,' zei ze en geërgerd stond ze op. Matty sprong op om te helpen, maar ze stak haar hand op als stopteken. 'Echt, het gaat. Blijf jij hier. Ik neem de lift, en als ik je nodig heb dan bel ik.'

Matty gaf het op en liet haar zonder hulp naar de lift lopen. Clover stapte erin, maar ze drukte niet op de knop naar beneden. Ze voelde het bloed naar haar hoofd stijgen, plotse warmte in haar wangen.

De deuren gingen twaalf seconden later met een ping open. Ze haalde diep adem terwijl ze de luxueuze zachtheid van de bovenste verdieping in zich opnam. Ze stapte naar buiten, niet wetend wat ze zou zeggen. Het was haar niet helemaal duidelijk waarom ze naar boven was gegaan. Ja, ze was boos op hem. Ze had een klap voor hem opgevangen en hij kon niet eens komen kijken hoe het met haar ging? Hij hoefde het niet eens te menen! Alleen al de schijn van beleefdheid zou genoeg zijn. Maar wat ging ze doen? Zeggen dat hij zich moest verontschuldigen? Eisen dat hij zou vragen naar haar welzijn?

Ze wilde op de slaapkamerdeur kloppen, maar die stond op een kier. Ze aarzelde, want ze voelde een overweldigende drang om gewoon naar binnen te kijken en hem te betrappen op... Op wat? Dat hij sliep? Dat hij zat te mokken?

Ze spiekte door de deuropening. Het tafereel dat haar begroette kon niet meer verschillen van de keer dat ze met Johnny naar boven was geslopen, iets meer dan een week geleden. Het bed was een grote warboel, overal lagen kleren, vieze borden en bierblikjes. Het rook er ranzig en ze zag bloedvlekken op het tapijt.

Ze ging naar binnen en keek gechoqueerd en verbaasd rond. Als deze privéruimte een aanwijzing was voor zijn geestelijke gesteldheid, dan zag het er niet best uit.

'Wat moet je?'

Ze draaide zich met een ruk om bij het geluid van zijn stem. Kit stond op de drempel van zijn badkamer, een lange handdoek om zijn heupen gewikkeld. Er stroomde stoom langs hem heen.

Ze schrokken allebei van wat ze zagen. Ze wist hoe zij eruitzag na één klap, maar hij... hij was meerdere keren geraakt. Hij had niet een maar twee blauwe ogen, hij had allerlei blauwe plekken op zijn torso, zijn rechterhand was verbonden en een fel wit verband – net ververst, zo leek het – was meerdere keren om zijn ribben gewikkeld.

Ze kon niet spreken. Er was dus zeker wél wat met hem. Waarom had iedereen gezegd dat het goed met hem ging? Ze staarde en staarde, en besefte opeens vol afgrijzen dat ze naar boven was gekomen om hem te schande te maken dat hij niet op bezoek was gekomen, dat ze op een of ander niveau had gewild dat hij zag wat er met haar was gebeurd. Ze had gewild dat hij het walgelijk had gevonden, verafschuwd was door wat hij mensen liet doen.

Het was niet bij haar opgekomen dat hij er misschien slechter af kon zijn gekomen.

Haar stem klonk als een bleke schaduw. 'Ik kwam kijken hoe...'

'Ga weg.'

Ze knipperde door de hardheid in zijn stem. 'Maar...'

'Ik zei: ga weg.' Hij zette een stap in haar richting en zij deinsde instinctief naar achteren. Hij zag het, haar angst voor hem. Hij stapte ook achteruit. 'Ga weg!'

Ze wilde de kamer uit rennen en botste in haar haast tegen een stoel. Ze gaf een gil van paniek. Ze zag geen diepte met slechts één oog, laat staan met een oog dat zich vulde met tranen.

Ze vluchtte de kamer uit en snelde naar de lift. De trap nemen kon ze niet. Zijn ruwheid had haar strijdlustige houding lamgelegd en de tranen vloeiden nu vrijelijk. Zijn aanblik had haar herinnerd aan de gruwel van het gevecht: de hitte, de energie, de haat, de kracht. Het gevoel van bot op bot, de ene mens die de andere verpletterde.

Ze hoorde de lift opengaan en ze viel er zowat in. Binnen drukte ze blindelings op een knop, op alle knoppen. Het maakte haar niet uit waar ze terechtkwam, als het maar niet hier was.

14

Restauranteigenaar Het bedienend personeel merkte op dat hij erg stil was aan tafel. Het leek wel of hij geen aandacht op zichzelf wilde vestigen. Hoewel een ventje om zijn handtekening vroeg en die gaf hij gewoon. Niet alle sterren doen dat als ze zitten te eten.

Martha Marks Denkt u dat hij onder invloed was, of op een of andere manier geïrriteerd, toen hij uw restaurant verliet?

Restauranteigenaar Hij was... wat opgewekter dan daarvoor. Maar ik zou niet zeggen dat hij aangeschoten was, nee. Het was een schok om het allemaal zo te zien exploderen. Het ene moment waren we hun jassen aan het pakken, en het volgende moment moesten we de politie bellen.

Martha Marks Hebt u gezien hoe het begon?

Restauranteigenaar Niet echt. Een gast bij het raam maakte ons erop attent dat er een groepje fans voor de deur op hem stond te wachten. Maar we hadden geen jurisdictie om ze weg te sturen, en nadat hij zijn handtekening had gegeven aan het jongetje dachten we dat hij het wel leuk zou vinden. Hij ging weg, met zijn gezelschap, de deur ging dicht en toen hoorden we het geschreeuw. Ik keek naar buiten en zag hem klappen uitdelen. Zo snel ging het.

Oudere dame Een schande. Hij zou verbannen moeten worden. En de sport ook. Alle sporten! Eens een boef, altijd een boef!

*

Stoeltjesliftbediende Ik weet het niet, het lijkt wel alsof er een soort zelfvernietigingsknop op hem zit. Waarom zou je net nadat je megadeal bekend is gemaakt op de vuist gaan? *(Tikt tegen zijn hoofd)* Als je het mij vraagt, zit er een schroefje los.

*

Boarder Zet hem maar terug in het water en richt de punt van zijn plank naar Australië. Ze mogen hem terug. Hier is hij niet welkom.

Er ging nog een week in stille lethargie voorbij. De blessures van Kit betekenden dat trainen, of zelfs maar de sneeuw in gaan, niet mogelijk was en de Saas-Fee-trip moest zo ver worden uitgesteld dat het nog maar de vraag was of ze er überhaupt nog heen zouden gaan. Clover had het gevoel alsof ze huisarrest had. Alleen Matty en Johnny gingen de deur uit om te filmen, waarbij ze keer op keer argwanende blikken van Kit kregen en bezorgde van Ari. Ze draaiden korte interviews met mensen op straat over Kits ambassadeurschap van hun stad. Waar ze mee terugkwamen was verbijsterend negatief. Het gevecht, en de golf aan boulevardnieuws als gevolg ervan, was deze conservatieve stad in het verkeerde keelgat geschoten. Toerisme was hun levenssap. Zell am See stond bekend als het Megève van Oostenrijk. Het mocht niet bekend komen te staan om huftergedrag en 'sneeuwtuig'.

Maar Clover zag bij het bekijken van het opgenomen materiaal tot haar frustratie vooral de vragen die níét werden gesteld. Kansen om spetterend materiaal op te halen werden gemist. Mensen waren boos! Vonden het walgelijk! Ze zouden al die emotie moeten uitbuiten, want Kit voldeed niet aan de verwachtingen. Maar Matty was geen journalist, en de helft van het beeld ging over dat ze iemands jas bewonderde of iemands hond aaide. Johnny zat Matty ook niet achter haar broek, hij was echt puur een man van het beeld, en Clover had nog steeds sterke bedenkingen bij zijn tegenzin om hard te zijn voor Kit en het beeld te gebruiken van het gevecht. Als hij bereid was zoiets weg te laten, wat voor ander materiaal werd er dan nog meer gemist?

Clover stond te popelen om er zelf op uit te gaan, maar dat kon nog niet. Haar blauwe en rooddoorlopen oog zag er nog te eng uit om mee de straat op te gaan, nog even afgezien van het feit dat het direct gelinkt kon worden aan het gevecht. In plaats daarvan bracht ze het grootste deel van haar tijd door met Johnny als hij terug was, waarbij ze met z'n tweeën in zijn slaapkamer de beelden monteerden en tijdlijnen maakten met schone, bondige voxpops.

Arme Johnny zag eruit als een wrak. Hij zag bleek van al die uren binnen en korte nachten, starend naar schermen. Clover kon hem niet bijhouden. Haar geblesseerde oog was snel moe van het blauwe licht, met ergens steeds een zeurende hoofdpijn, en een echte diepe slaap kon ze niet vatten.

Niemand zat lekker in zijn vel, zo leek het, en de sfeer in het chalet was gespannen. Kit, die nu tenminste zijn kamer uit kwam, bewoog zich door het huis als een gewonde tijger, snauwend tegen iedereen en uit op ruzie met Beau en Ari. Hij was slecht geschoren en bewoog zich stijf. Ze vermoedde dat het pijn zou doen als hij probeerde te lachen, maar die kans was afwezig. De minieme ontdooiing die ze had gevoeld in het restaurant, toen hij zich had ontspannen door het goede nieuws en de nog betere wijn, was weer keihard bevroren. Hij had haar amper aangekeken sinds ze zijn kamer was binnengedrongen en ze merkte aan zijn stekelige vijandigheid dat hij haar verantwoordelijk hield voor het gevecht, en de consequenties. Ze kon raden naar zijn logica – haar film had een schurk van hem gemaakt en daarmee zijn aanvallers opgezweept.

Clover bleef maar wat graag uit zijn buurt. Na de manier waarop hij haar eruit had gegooid, kon ze de energie die ervoor nodig was niet meer opbrengen om een glimlach op te zetten en net te doen alsof ze een vriend was, en geen vijand. Ze voelde zich fysiek en emotioneel in elkaar getimmerd en ze begon zich slechter te voelen naarmate de dagen voorbijgingen zonder dat er ook maar een arrestatie plaatsvond. Kits gezicht was alom aanwezig in de internationale pers, maar op een of andere manier waren deze mensen zo anoniem als ze waren gekomen ook weer vertrokken.

Het enige lichtpuntje was dat Matty de hand had weten te leggen op beeldmateriaal van het gevecht. Het was in het publieke domein veelvuldig gedeeld, en degene die het had gefilmd had duidelijk niet de intentie gehad het copyright te claimen. Maar verder was er heel weinig om blij mee te zijn. Ze hadden nul materiaal van gewicht, alleen wat boze inwoners voor opvulling, en nu waren ze een essentiële week van interviewmogelijkheden in Zwitserland kwijtgeraakt. Ze hadden nog geen enkele keer een zittend interview gedraaid met zelfs maar Ari of Beau. Clover had geprobeerd om een vertrouwensband op te bouwen, maar de tijd tikte snel door en ze kwamen niet nader tot elkaar.

Johnny en Matty waren na de lunch naar het funpark vertrokken om beeld te schieten van de andere plaatselijke boarders. Clover bleef maar aandringen dat ze moesten uitvinden – nu het stof iets was neergedaald – hoe Foley werd gezien in het licht van het gevecht, en gezien het feit dat hij met zijn gezicht hun stad en hun sport vertegenwoordigde op de wereldtournee.

Johnny was schoorvoetend vertrokken, behoorlijk gefrustreerd, en Clover wist dat waar ze vandaag ook mee thuiskwamen, het zou geen vlees opleveren voor de film, geen hart. Er zat een gapend gat in het midden, met veel te veel uitstel en vertraging, terwijl het vijandelijk onderwerp angstvallig uit de weg werd gegaan. Er waren maar een paar mensen wier mening ertoe deed en elke keer dat ze dacht dat ze dichterbij kwam, gebeurde er iets waardoor ze weer op afstand werden geplaatst. Maar ze kon niet te vroeg toeslaan. De tikkende klok ten spijt wist ze dat ze moest wachten. Ze kreeg misschien maar één kans met ieder van hen – Tipper, Ari, Beau, en natuurlijk Foley zelf. Je kon niet meerdere opnames maken. Als je een interview zou overdoen en vragen zou herhalen, dan gaf je ze de kans om te oefenen en hun antwoorden bij te slijpen – dat was het ergste wat er kon gebeuren. Wat zij nodig had was dat ze intuïtief antwoordden, onbedachtzaam, rauw, en dat ze zonder nadenken zeiden wat er in hen opkwam.

Clover bekeek zichzelf in de spiegel. Ze had er in haar hele leven – letterlijk – nog nooit zo slecht uitgezien. De zwelling rond haar oogkas was iets verminderd en het blauwpaars was veranderd in een lijkachtig geel dat je met dim licht nog amper zag, maar ze maakte een afgetobde en verzwakte indruk. Ze kon de plekken nu tenminste wel bedekken met make-up, bedacht ze, en drukte zachtjes op de huid. Dan kon ze naar buiten gaan en ontsnappen aan deze gouden kooi. Gewoon even wandelen, koffiedrinken…

Ze deed haar ogen dicht en wenste vurig dat ze terug was in haar Londense flat, rondbanjerend in haar ondergoed, te veel water gevend aan haar planten. Ze wilde lunchen in de Bluebird, een filmpje pakken in de Picturehouse, dronken worden in The Duke of Cambridge. Ze wilde een ruimte kunnen binnenlopen en zich niet veracht voelen door de mensen die daar zaten. Ze wilde kunnen hardlopen in Battersea Park, winkelen op King's Road, haar haar laten doen en misschien ook – doe eens gek! – haar nagels.

Ze bukte en gooide koud water op haar gezicht. Dat voelde goed op de beurse plek. Het verkoelde. Ze keek naar haar spiegelbeeld. Misschien kon ze gaan zwemmen? De beweging zou haar goeddoen. Al dat nietsdoen zorgde voor een slecht humeur.

Ze kleedde zich om en greep een handdoek, waarna ze voorzichtig de trap afdaalde. Haar balans was teruggekeerd sinds het oogverband eraf was. Toen ze de zwembadruimte in liep, voelde ze de warmte en luchtvochtigheid meteen op haar huid.

Ze liet haar handdoek op de ligstoel vallen en…

Ze verstarde.

Er dreef een lichaam in het water, halverwege het bad. Hij lag met zijn gezicht omlaag, met armen en benen slap en uitgespreid.

Het was Kit.

Clover schreeuwde het uit. Ze rende langs de zijkant en dook erin bij een ondiep gedeelte. Het was er minder dan twee meter diep, maar er was geen tijd om te springen en dan pas onder te duiken. Haar armen reikten naar zijn lijf, om zijn borst, terwijl haar voeten ondertussen de bodem vonden en ze duwde zich naar het oppervlak…

Nog voor ze kon ademen brak hij vrij uit haar greep. Ze zag zijn vertrokken gezicht door de pijn van de gewelddadige beweging tegen zijn gekneusde ribben.

Wat? Ze staarde hem verbaasd aan.

'What the fuck?' riep hij uit, happend naar adem. Hij hijgde. Maar hij was niet verdronken. Hij had geen water ingeademd.

'Ik dacht…' Ze trappelde in totale verbijstering en probeerde te vatten wat er gebeurde. Waarom lag hij daar als hij…

'Dacht wat?!' riep hij. Hij zag eruit als een wilde. Alweer. Hij was woest op haar. Alweer. 'Dat ik was verdrónken?' Het klonk spottend.

Ze voelde haar boosheid eindelijk naar boven komen en uitbarsten. Ze kon het niet meer, dat net doen alsof ze moreel de betere was. Hij was onuitstaanbaar. 'Ja! Wat moest ik dan denken?' huilde ze. 'Je lag daar!'

'Dacht je nou echt dat ik verdronken was? In een godvergeten zwembad?' sneerde hij. 'Ja, nou, ik snap wel dat je dat dacht. Wishful thinking?'

'Wat?' Ze kon amper geloven wat ze hoorde.

'Kit Foley is verdronken! Wat een krantenkop! Wat een primeur!'

'Doe niet zo idioot!'

'Je had het live op beeld kunnen hebben! Dan had je Johnny kunnen halen met zijn camera! Dan had je je einde gehad! Hij heeft gekregen wat hij verdiende op het eind, nietwaar? Boontje komt om zijn loontje! Eerst Cory, dan ik!'

'Je bent verachtelijk,' gilde ze, en ze zwom bij hem weg. Ze kon hem niet langer aanzien. Ze probeerde een voet op de grond te krijgen, maar het was te diep, het water sloot zich boven haar hoofd. Ze kwam weer boven en hijgde. Het klonk als een snik.

'Is dat wat er nodig is voordat iemand me vergeeft?' riep hij tegen haar rug, niet bereid op te geven terwijl zij door het water weg probeerde te komen. 'Moet ik verdomme ook dood?'

Ze stopte bij die woorden en draaide zich om. Zijn stem was gebroken en hij keek haar aan met een veranderde blik. Dat wilde, de woede, de minachting was overgegaan in iets anders.

Ze staarde hem aan. Hij maakte geen grap. Het was geen poging om haar te doen walgen.

'Natuurlijk niet.' Haar stem klonk zacht en dunnetjes door de schok. 'Kit, nee. Niemand wil je dood hebben. Dat geloof je toch niet echt?'

Hij wendde zijn blik af. Ze kon de spanning in zijn kaak zien terwijl hij probeerde zich terug te trekken. Zich in te houden. Ze kon zien dat hij voelde dat hij te veel had gezegd, dat hij zich had blootgegeven. Hij schudde zijn hoofd een keer en begon terug naar het ondiepe eind te waden. Hij kon zich niet ophijsen, de blauwe plekken op zijn ribben waren nog altijd zichtbaar, de schaduwen van de stompen die op hem waren neergekomen.

'Kit!' zei ze, en ze reikte naar hem toen hij langsliep, maar hij schudde haar hand af als een paard een vlieg.

'Doe niet net alsof het je wat kan schelen.'

Ze sprong voor hem en blokkeerde zijn pad. 'Ik ben bezorgd! Hoe kun je nu denken dat iemand zou willen dat jou dat overkomt?'

Hij staarde haar aan. 'Geef nou maar toe. Je zou blij zijn.'

'Niet!' Ze schudde haar hoofd. 'Niet waar. Natuurlijk niet.'

Hij zette een stap naar voren om haar uit de weg te duwen, maar ze ging niet opzij. Ze zou zich niet opnieuw laten koeioneren, ze zou zich niet laten intimideren door zijn lengte.

Onder water kon ze de haartjes op zijn been tegen haar huid voelen, en een moment kromp samen terwijl ze hun plotselinge nabijheid verwerkten. Het voelde gevaarlijk om zo dicht bij hem te zijn. Het was duidelijk niet oké en ervaring had haar geleerd dat hij onvoorspelbaar was, zelfs op de beste momenten.

Hij staarde omlaag naar haar. 'Ik weet dat je een goed mens bent, Clover.' Er zat iets van een krul in zijn lip. 'Je bent alles wat ik niet ben. Je wilt gerechtigheid en regenbogen. Je hebt geprobeerd me uit dat gevecht te redden. Daarnet wilde je me redden. Dat is jouw instinct, je kunt het niet helpen.' Zijn stem was laag en vlak en sarcastisch. 'Maar een deel van jou, ergens heel diep in jou, gelooft ook dat ik het heb verdiend. Geef het gewoon toe.'

Ze schudde haar hoofd weer. 'Nee.'

'Zeg het nou gewoon. Je haat me.' Hij bewoog niet, en het voelde als de dreigende stilte voor een storm – vogels die uit de bomen vlogen vlak voor een aardbeving, het wegtrekken van de oceaan voor een tsunami...

'Nee.' Ze kon haar hart tekeer voelen gaan in haar borst, terwijl er paniek in haar opkwam, waarvan ze in de war raakte.

'Je hebt het voor de anderen weten te verbergen, maar ik kan het voelen. Je haat me.' Hij was nu zo dichtbij dat hun lichamen door het water naar elkaar toe slingerden. Ze kon de druppels zien op zijn wimpers, het lichte litteken op zijn lip, de gelige plekken die pasten bij die van haar. Ze kon zijn hart ook in zijn borst voelen bonken, net zo snel als dat van haar.

'Niet.'

'Je haat me.'

Ze kon niet stoppen met staren naar hem, terwijl hij naar haar staarde. Wat gebeurde er? Hij had zijn handen niet op haar, dit keer niet, maar zijn blik was gericht op haar mond en ze voelde zich vastgepind als in een bankschroef. Ze kon niet wegstappen, weg van hem.

'Je haat me.'

Hij kon bij haar naar binnen kijken. Opeens wist ze het. Ze kon niet tegen hem liegen.

Ze knikte langzaam. 'Ja. Ik haat je.' De woorden vielen zo uit haar mond en ze waren als springveren op een hek, waarmee de hazen werden vrijgelaten, want in het volgende ogenblik zoende ze hem, of hij haar. Ze hadden in volledige synchroniciteit bewogen, met een woede, een urgentie die ze niet kende. Zijn lippen waren ruw, zijn stoppels prikten op haar huid. Het maakte haar niet uit. Ze sloeg haar armen om zijn nek om hem naar zich toe te trekken, harder te kussen. Het was niet genoeg.

Ze voelde zijn handen haar gemakkelijk optillen en ze sloeg haar benen om zijn middel, waarbij ze hem zo stevig mogelijk tegen zich aan duwde. Hij nam twee, drie stappen naar de kant van het bad, duwde haar tegen de muur, en duwde zich tegen haar op. Ze voelde zijn mond in haar nek en op haar schouders terwijl zij naar adem hapte. Ze trilde over haar hele lichaam. Ze wilde hem krabben, bijten, opeten.

'Ik haat je,' fluisterde ze terwijl ze voelde dat zijn vingers haar bikinibroekje opzijschoven.

'Ik weet het,' zei hij hijgend, en hij liet haar schreeuwen terwijl hij bij haar naar binnen ging. 'Ik haat jou ook.'

'Schat, we zijn thuis... O!' Matty's pseudo-Amerikaanse uitroep stierf halverwege weg. 'Wat is er met jou?'

Clover keek op vanaf het voeteneind. Hoelang had ze daar zo gezeten? Ze had haar handdoek nog om zich heen. Haar bikini was bijna opgedroogd, maar ze kon niet stoppen met bibberen.

'Shit, Clo, wat is er?' vroeg ze, en ze liet haar tas vallen terwijl Johnny de deur achter hen dichtdeed.

Clover knipperde met haar ogen en keek hen aan. Hoe kon ze het in hemelsnaam zeggen? Ze kon het zelf nog niet geloven. Ze kon aan dat wat ze had gedaan geen geluid geven, geen vorm, geen lichaam, geen gewicht.

Matty hurkte voor haar neer. 'Clo? Moet ik een dokter bellen? Is het je oog? De hoofdpijn?'

Ze schudde haar hoofd. Ze voelde zich zo... dom! Wat had ze gedaan?

'Clo, je moet wat zeggen. Je maakt ons bang,' zei Johnny, die op het voeteneind van Matty's bed zat.

Ze staarde hen aan voor wat voelde als een eeuwigheid. Johnny had gelijk. Ze wist dat ze het hun moest zeggen. Ze moest uitleggen waarom ze hier nu niet konden blijven.

'Wat is die uitslag?' zei Matty met een frons, terwijl ze met de rug van haar hand langs Clovers kaak ging. Het volgende moment wist ze het. 'Wacht...'

'Ik ben met hem naar bed geweest.'

Een donderslag van stilte galmde door de kamer.

Johnny moest lachen. 'Wat bedoel je... je...' Zijn lach vervaagde na de eerste schok. 'Wie?'

Ze knipperde. Ze wisten alle drie heel goed dat er maar een 'hem' was. Er was maar een persoon met de macht om haar wereld zo uit elkaar te laten klappen. 'Kit.'

Matty's handen vlogen naar haar mond terwijl ze op haar hielen achteroverzakte.

'Dat is een goeie... toch?' vroeg Johnny, die haar vol hopeloos ongeloof aanstaarde.

Clover schudde haar hoofd en verwerkte hun verbijsterde uitdrukkingen. Ze hadden gelijk dat ze zo vol afschuw reageerden. Er bestond geen andere reactie hierop. Het was shocking. Onvoorstelbaar. Hoe kon dit zijn gebeurd? Ze wist het nog steeds niet.

Er viel een lange, lange pauze. Clover was zich ervan bewust dat haar vrienden diep en snel probeerden na te denken, in een poging de bom die ze had laten vallen te verwerken. Ze had anderhalf uur voor zichzelf gehad om erover na te denken en nog sloeg het nergens op.

Matty's hand vond de hare op haar schoot. Ze keek Clover aan met een uitdrukking die Clover nog nooit had gezien. 'Je moet eerlijk zijn tegen ons... Wat... Wat is er gebeurd? Ik bedoel, heeft hij...'

'Nee! Hij heeft me niet gedwongen, als je dat bedoelt,' zei Clover snel. 'Dat was het niet! Ik wilde het. Op dat moment wilde ik hém.' Haar hoofd viel voorover. De woorden waren ook voor haar ongelooflijk. Hoe kon ze ze zelfs maar uitspreken?

Matty zag er nog geschokter uit.

Clover stond op. Ze kon hun blikken niet meer verdragen. Haar handen bleven naar haar hoofd gaan alsof, als ze maar hard genoeg kneep, er wel iets van redelijk verstand zou terugkomen. 'Ik weet niet wat er is gebeurd! Ik ging alleen even zwemmen.'

Ze keken haar afwachtend aan, en ze besefte dat ze niet meer terug kon.

Haar schouders zakten naar beneden. 'Ik ging zwemmen en ik vond hem op zijn buik drijvend in het water.'

'Wát?' gilde Matty.

'Ik weet het! Dat dacht ik ook! Ik dacht dat hij was verdronken, dat hij was uitgegleden en zijn hoofd had gestoten of zoiets. Het zag er zo vreselijk uit.' Ze slikte. 'Toen ben ik in het water gesprongen. Natuurlijk.'

'Natuurlijk,' knikte Johnny.

'Maar er was niks aan de hand. En toen was hij woest op me. Hij...' Ze fronste. 'Eigenlijk weet ik nog steeds niet wat hij aan het doen was.' Ze keek op naar hen beiden. 'Hij zag er echt dood uit.'

Matty wuifde het weg. 'Jaja. Ga door.'

'Nou, toen begon hij tegen me te schreeuwen. Hij zei dat ik het jammer vond dat hij niet dood was en dat ik vond dat hij het verdiende om dood te zijn.' Ze keek hen opnieuw aan. 'Hij was zo...'

Ze wachtten tot ze verderging.

'Zo kwaad?' vulde Matty aan.

'Nee. Zo verdrietig. Hij klonk gebroken.'

Noch Johnny, noch Matty verroerde zich, terwijl zij terugdacht aan het moment. Ze kon hem nog de emotie zien verdringen, met zijn onderkaak naar voren, zijn hangende wenkbrauwen... Die kant van hem had ze nog nooit gezien. Een kant die hij bij de volgende ademhaling alweer had verborgen.

Ze fronste. 'Maar toen... richtte hij zijn pijlen op mij en zei hij dat ik hem haatte. Dat hij wist dat ik hem haatte en dat ik het moest zeggen. Ik moest het zeggen. Hij ging maar door, en hij dwong me het gewoon toe te geven. En het ding was, ik kon niet liegen omdat ik zag dat hij de waarheid wist. Want ik haat hem inderdaad. Ik haat hem zo erg. Ik haat alles wat hij Cory heeft aangedaan en alles wat we hebben gezien dat hij is. Ik haat hem bijna meer dan ik aankan.' Ze keek opzij en staarde in het niets. 'En dat tegen hem zeggen... eindelijk eerlijk kunnen zijn na al die leugens en dit...' Ze gebaarde met haar handen naar haar gehavende gezicht. 'Het voelde als een soort bevrijding. We konden elkaar net zo makkelijk in elkaar hebben geslagen.' Ze keek naar haar vrienden. 'Ik haat hem en hij haat mij.'

Haar stem eindigde in het niets en een paar minuten lang zei niemand iets. Johnny liet zijn gezicht in zijn handen vallen en zuchtte uitgeput. Matty zonk weg op het bed en liet haar hoofd hangen, met haar ellebogen op haar knieën.

'Goed. Nou...' zei Johnny uiteindelijk. Zijn stem was amper hoorbaar, terwijl ze alle drie probeerden de onverwachte wending van de middag te verwerken.

'Het spijt me heel erg,' fluisterde Clover.

Johnny zuchtte nogmaals. 'Ik zag dit niet aankomen.'

'Ik ook niet! Dat moet je geloven.'

Hij keek naar haar. 'Maar hoe heb je hem achtergelaten?'

'Wat?'

'Nou, was het rozengeur en maneschijn? Aan de manier waarop we jou hebben aangetroffen neem ik aan dat hij je niet binnenkort mee uit eten neemt?'

Clover keek weg en beeldde zich zijn lippen op haar schouder in, zijn adem in haar haar. Het moment van perfecte stilte direct erna, met alleen hun bonzende harten tegen elkaar, toen de gekte plaatsmaakte voor gezond verstand... 'We hebben niets gezegd. Hij is gewoon weggegaan.'

'De lul,' brieste Matty.

'Wat had hij moeten zeggen?' zei ze, licht defensief. 'Hij was net zo verbaasd als ik. Ik wilde niet met hem praten. Het was gebeurd voordat we...' Ze liet haar hoofd in haar handen zakken. 'God, hoe kon ik mezelf zo laten gaan?'

'Haatseks,' zei Matty koeltjes. 'Dat is feitelijk gewoon de beste seks. Een vrouw kan haar verstand verliezen bij een man die ze verafschuwt. Er is eigenlijk niks beters.'

Clover en Johnny draaiden hun gezicht met een ruk naar haar toe.

'Wat?' zei Matty, met haar handpalmen naar boven gericht. 'Ik had drie maanden lang de beste seks van mijn leven toen het steeds aan en uit was met mijn ex.'

Johnny stond op, liep naar Clover en omhelsde haar. Het huilen stond haar nader dan het lachen. 'Luister, wees niet zo hard voor jezelf. Je hebt het zelf gezegd, het was een bevrijding, toch? Jullie hebben allebei veel meegemaakt, met het gevecht en zo. Ik weet niet, het kan ook een soort gek moment van gedeelde verbinding zijn geweest, een soort PTSS? Sterke emoties kunnen soms in iets anders veranderen, wat je zei, jullie hadden elkaar in plaats daarvan net zo goed kunnen slaan.'

'Maar ik heb Cory verraden... en Mia! Wat moet ik tegen haar zeggen? Hoe kan ik zeggen dat ik alles heb verpest in een moment van gekte?'

'Niks is verpest.' Hij rolde met zijn ogen. 'Nou ja, zolang Liam er maar niet van hoort.'

Clover staarde naar hem. Hij wist nog steeds niet dat er geen Liam was. Ze voelde weer een steek van verlangen naar haar flat, die ze had gekocht met haar erfenis. De flat die haar een huis had gegeven toen ze haar familie verloor. Als deze film niet tot stand zou komen en een distributeur vond, dan kon ze haar tweede hypotheek niet betalen. Ze zou haar huis verliezen, hun kantoor... Maar hoe moest ze in hemelsnaam die film nu nog maken?

Clover versteende. 'O god.'

'Wat?' vroeg Johnny.

Een rampzalige gedachte schoot door haar hoofd. 'Wat als... dit het plan was?'

'Wat voor plan?'

'Om te zorgen dat ik ervan afzie. Dat ik met geen mogelijkheid meer verder zou kunnen.'

Hij fronste. 'Bedoel je... dat hij je met opzet heeft verleid?'

Het bleef lang stil. Alle drie dachten ze na.

'Hij kan het niet hebben gepland,' zei Matty. 'Hij wist niet dat je hem in het zwembad zou vinden en zou denken dat hij bezig was te verdrinken!'

'Nee,' zei Johnny. 'Maar het kan in hem zijn opgekomen dat met haar naar bed gaan – op een of andere manier, op enig moment – een optie was, een tactiek om haar van haar stuk te brengen en de regie in handen te krijgen? Het maakt haar positie redelijk onhoudbaar.'

Clover staarde hem aan en voelde een golf van ellende opkomen. 'Cory zei altijd dat niets hem ergens van kon weerhouden... Kit wist dat ik door met hem naar bed te gaan Cory verraadde. Hij was mijn vriend en ik heb net seks gehad met zijn vijand. Met de man die verantwoordelijk was voor...' Ze kon de zin niet afmaken. Haar ogen vulden zich met tranen. 'Het is het ultieme verraad. Zelfs als Kit dit niet echt heeft gepland, dan weet hij wat dit betekent voor de film.'

Niemand voelde zich geroepen om snel de leegte te vullen. Ze was misleid en dat wisten ze, want hoe kon ze nu nog naast hem zitten en hem interviewen?

'Klootzak!' riep Clover uit, en ze begon te ijsberen, opnieuw met een bonkend hart. 'Klootzak! Dat is waarom hij het heeft gedaan!'

Johnny keek toe hoe ze door de kamer liep. 'Oké, nou kijk, zelfs als dat zo is, dan hoef je hem er nog niet mee weg te laten komen. Als hij denkt dat je hier wegrent, uit schaamte... Doe dan het omgekeerde. Pak de handschoen op en kijk hem in de ogen. Kin omhoog, sla je erdoorheen. Je weet dat hij dat ook zal doen!'

Ze staarde hem aan. Ze wist dat het waar was. Zo zou hij het doen. 'Maar ik kan toch niet... Hij heeft het hun vast verteld... Ari en Beau.'

'Ja, dus? Jij ons toch ook?'

Had hij gelijk? Kwam het neer op wie de meeste lef had?

Ze keek Matty aan. 'En dan te bedenken dat ik de laatste weken heb geprobeerd jou en Julian aan de goede kant van professioneel te houden!' Ze barstte uit in een redelijk hysterisch gelach, en het leek alsof het net zo makkelijk kon omslaan in tranen. 'En nu ben ík degene die de vijandelijke linie oversteekt!'

Matty en Johnny wisselden blikken uit. Ze lag te spartelen als een vis op het droge, niet wetend welke kant ze op moest.

'Oké, dit is wat je gaat doen,' zei Johnny, die de teugels ter hand nam. 'Jij gaat daar nu naartoe en doet alsof het nooit is gebeurd.'

'Wat? N...'

'Jawel. En als iemand iets zegt – ofwel direct, ofwel indirect – dan veeg je dat van je schouders. Je moet het niet ontkennen, maar zeg gewoon dat het niks voorstelde. Heetst van de strijd. Foutje. Verveling. PTSS, wat je wilt. Als je er maar nul emotionele betekenis aan verbindt.'

Ze knipperde met haar ogen. 'Nou, dat is niet zo moeilijk. Want dat had het ook niet.'

'Goed. Dan beginnen we nu, dus ga maar naar boven.'

'Nee!'

'Jawel. Dan heb je het maar gehad. De eerste keer dat je hem weer ziet zal het moeilijkst zijn, hij zal kijken hoe je reageert, dus dan geef je hem niets. Minder dan niets.' Hij liep naar de deur. 'We vragen aan Carlotta of ze thee met cake wil brengen, en meteen daarna gaan we weer naar beneden. Boem, gedaan, dan is het ergste achter de rug.'

Clover aarzelde. 'Ik kan niet naar boven... niet nú.' Ze had meer tijd nodig om rustig te worden. Haar emoties schoten alle kanten op, als raketten, soms ontplofte er eentje onverwacht en schrok ze op. 'Ik... ik moet me nog aankleden,' zei ze, de boel vertragend. Ze keek naar beneden. Gelukkig had ze haar bikini nog aan.

'Doe dit maar aan.' Matty pakte een slonzig sweatshirt en worstelde het over haar hoofd.

'Maar...' Clover probeerde nog een reden te bedenken waarom ze het moesten uitstellen.

'Kom op.' Johnny ging haar voor, maar Matty greep haar bij haar arm en hield haar tegen.

Clover keek om.

'Maar was het te gek?' fluisterde Matty.

Haar mond viel open. 'Wat is dat voor een vraag?'

'Wat is dat voor een antwoord?' reageerde Matty met een opgetrokken wenkbrauw. Ze wisten allebei dat dat geen ontkenning was.

Clover schoot de trap op toen Johnny de bovenste tree bereikte.

'Hoi, Carlotta,' zei hij geforceerd vriendelijk, terwijl hij de woonkamer in liep. Clover had hem nog nooit zo assertief gezien.

'Ach, daar zijn jullie weer, mooi. Het vuur is al aan. Willen jullie thee met cake?'

'Ja, graag! Matty en ik zijn net terug van een draak van een filmsessie in het park.' Johnny speurde de ruimte af om te zien wie er was. Niemand. 'En Clover heeft dertig baantjes getrokken, dus die is uitgehongerd,' mompelde hij.

Clover lachte even toen Carlotta haar bekeek, zo raar aangekleed, blote benen en met een veel te grote trui aan.

'Natuurlijk. Ik zal het Fin laten weten.'

'Dank je wel.'

Carlotta draaide zich om en wilde weglopen.

'Carlotta, waar zijn de anderen? In de gamekamer?' vroeg Johnny, met een duim opgestoken in de richting van de achterste deur.

'Nee. Ze zijn een uur geleden vertrokken.' Carlotta leek in de war. 'Ik nam aan dat jullie dat wisten.'

'Sorry?' Johnny keek Clover met grote ogen aan. 'Waarheen?'

De huishoudster haalde haar schouders op. 'Nou, Saas-Fee, natuurlijk. Ze zijn naar Zwitserland.'

15

'Kijk, dat begint erop te lijken!' zei Johnny, toen ze uit de bus stapten en om zich heen keken. De straten bruisten van de activiteit, snowboarders en skiërs liepen langs op zware schoenen en met hun ski's of boards op de schouder. Overal was het donzig en wit. Het stadje lag nog eens duizend meter hoger dan Zell am See en de besneeuwde balkons en daken leken bedekt met kussens. Rijen brede chalets lagen verspreid naar beneden, naar een dal met een snelstromende aquamarijnkleurige rivier. Romantische lampjes hingen kriskras over straat, een gigantische kerstboom fonkelde en glinsterde in het felle daglicht.

'Volgens mij is de Kerstman geland,' zei Matty terwijl er een paar jonge mannen voorbijliepen in te grote kerstmanpakken. Een van hen knipoogde naar haar. 'Ik voel me al behoorlijk kerstachtig. Jullie ook?'

Clover staarde voor zich uit zonder iets te zien.

'Aarde aan Clover.'

Matty wapperde met haar hand voor Clovers ogen en knipte met haar vingers.

'Hè, wat?'

Matty wierp Johnny een blik toe.

Hij sloeg een broederlijke arm om Clovers schouder. 'Kom op, laten we het appartement opzoeken. En we moeten misschien onderweg even wat melk en brood scoren... Er is hier niemand die voor ons gaat zorgen, jammer maar waar.'

Clover besefte dat haar voeten bewogen, dat haar benen bewogen, en dat ze zich eigenlijk... prima voelde. Ze zag er hetzelfde uit als alle andere twintigers hier, maar geen van hen zou zoiets doms hebben kunnen doen als zij. Wie... wie anders zou zo tegen haar eigen natuur in hebben kunnen gaan? De schok zat nog in haar lijf, als een huppelende kabouter die haar aan het schrikken maakte, terwijl de flashbacks steeds weer opdoemden: zijn handen, zijn adem. *Ik haat jou ook.*

Ze keek op naar de Zwitserse Alpen. Ze waren ruiger van vorm dan hun Oostenrijkse buren, hoger ook. Ze zag hoe prachtig het gebergte was, maar ze voelde niet veel. Ze bleef het maar terughalen in haar hoofd, om te achterhalen waar het schisma had plaatsgevonden, het exacte moment dat ze zichzelf was kwijtgeraakt, maar het lukte niet. Ze leken naar elkaar toe te zijn gevallen alsof ze op rails hadden gegleden, van tegengestelde kanten en gewelddadig waren gebotst, onhoudbaar. Haar lijf bleef rillen, met kippenvel waar haar huid van prikte, toen ze zich opeens herinnerde hoe zijn been voelde onder water, zijn tong in haar mond, zijn handen die haar optilden...

Johnny sloeg opnieuw zijn arm om haar schouder. 'Hou op met jezelf verwijten te maken,' fluisterde hij, alsof hij haar gedachten las. 'We zijn allemaal weleens met de verkeerde het bed in gedoken.'

Matty's hoofd schoot omhoog. 'O ja?' vroeg ze. 'Wie was de jouwe dan, Johnny?'

Twee uur later zaten ze. De ijskast was bevoorraad met het belangrijkste – jus d'orange, melk, kaas, ham, wodka – en ze hadden de bedden opgemaakt. Maar de stemming was tot onder nul gedaald, en Fin en Carlotta werden al ernstig gemist.

Hun verbanning uit het paradijs deed zich pijnlijk gevoelen. Matty bleef ontevreden staren naar de oranje keuken en vaalblauwe jarentachtigtegels in de badkamer. De linoleumvloer krulde op in de hoeken en de aquarelprints van een gebergte aan de muur leken uit de kringloopwinkel te komen. Het beddengoed was van lichtgeel polyester en Matty's haar stond recht overeind van de statische elektriciteit.

'Wat? Dit was het beste wat we konden krijgen op zo'n korte termijn,' zei Johnny.

Dat was niet helemaal waar. Er waren nog andere opties te huur, maar dit was het enige appartement dat Clover kon betalen. Van de prijzen in deze stad schoten de tranen in je ogen en ze had snel verzonnen dat Liam hun onkostenbudget had besteed aan mediaruimte. Het originele plan was geweest om hier ook bij Kit en zijn team te logeren, maar hij was expres zonder haar vertrokken. Hun. Haar... Ze weigerde door de knieën te gaan om het adres te vragen.

'Maar waarom kunnen we niet bij hen in huis?' vroeg Matty, die aanvoelde dat ze een vijfsterrenminibreak misliep. 'We moeten ons toch eigenlijk in hun leven onderdompelen. Als Julian wist...'

'Maar hij weet het niet, en hij hoeft het niet te weten. Dat zorgt alleen maar voor vragen.'

'Maar het was de bedoeling dat we bij hen inwoonden.'

'Ja. En nu liggen de dingen anders. Overduidelijk,' zei hij geïrriteerd. 'Je zult het wel overleven, Mats. Je hoeft niet zo de prinses uit te hangen.'

Ze hapte naar adem en keek hem met grote ogen van verbazing aan. 'Ik?'

'Ja, jij. We blijven hier maar een paar nachten. Deal ermee. Voor je het weet zijn we terug in Zell en dan kun je terug naar het leven waar je aan gewend bent geraakt, met meneer Gladjakker.'

'Noem hem niet zo!'

'Ik noem hem wat ik wil,' zei hij schouderophalend.

Er viel een verontwaardigde stilte. 'Wat is jouw probleem?' wilde Matty weten. 'Wat heeft Julian ooit gedaan om jouw minachting te verdienen? Hij is niets dan gul geweest. Je weet niet eens dat hij je de vernedering heeft bespaard dat je in het hotel werd gevraagd een jasje te dragen. Dat had hij niet hoeven doen!'

'Ik heb het hem niet gevraagd!'

Ze keken elkaar boos aan en langzaam drong tot hen door dat ze ergens op wachtten. Dat er iets ontbrak.

Hij zocht Clover. Ze stond bij het raam naar de straat te staren. Zonder iets te zien.

Een paar tellen later voelde ze een hand op haar schouder. 'Aarde aan Clover...'

'O, yes!' Matty zuchtte van tevredenheid toen ze uit het gebouw van de gondellift liepen en hun ski's en boards op de sneeuw gooiden. 'Ik neem het terug. Dít is het betere werk.'

Clover stond zwijgend naast haar. Het funpark bruiste van activiteit, terwijl muziek uit gigantische boxen schalde. Kreten en gejuich van mensen die trucs oefenden in de halfpipe en op het slopestyleparcours vulden de lucht. Er was een grote schans met een gigantisch luchtkussen aan het eind ervan, en de lichamen vlogen door de blauwe lucht in verscheidene ingewikkelde draaiingen. Er was zelfs een luchtkussen bij de halfpipe, die net zo groot was als die in Kaprun, maar hij leek nog scherper, dreigender, met randen die glommen als zwaarden. De speciale pipesnijmachine, die er meer uitzag als een oorlogswapen, stond aan de zijkant geparkeerd, klaar om uit te rijden als er herstelwerk nodig was.

Ze bleven enkele momenten staan kijken hoe de boarders door de lucht vlogen. Het was meer luchtgymnastiek dan snowboarden, vond Clover. De boarders lieten het er zo makkelijk uitzien, alsof alle lichamen zo konden buigen en strekken en reiken en draaien, maar ze wist nu – van de uren dat ze naar Kit en Beau had gekeken – hoeveel uren en uren van training en oefeningen ze op de trampolines met ballenbakken hadden doorgebracht voordat ze door konden naar de harde ondergrond daar op de piste. Dit was een trainingskamp voor de absolute top – de snowboardelite. Kit Foley wilde niets liever dan hen verslaan, hij wilde hun goedkeuring en respect. Zou hij die krijgen?

Ze zette af met haar skistokken en gleed de piste af voordat de anderen ook maar hun handschoenen aan konden doen. Over haar lijk.

Clover Phillips Ben je onder de indruk van wat je hem hebt zien doen?

Xander Bergstrom *(Lacht)* Man. *(Lacht weer)* Ik bedoel... wat... wat moet ik daarop antwoorden? Ik wil niet lullig doen, maar... Ik bedoel, het ziet er allemaal niet zo soepel uit... Hij is ook best oud, toch?

C.P. Zou je verbaasd zijn om te horen dat hij een Switch Backside 1260 heeft gesprongen, nog geen twee weken geleden?

X.B. Echt waar?

*

Nina Heikkinen Nou, de vrouwentour is er wel blij mee, als je begrijpt wat ik bedoel. *(Knipoogt, steekt haar tong uit)*

*

Yuki Watanabe Hij is best stil. Hij is erg op zichzelf, maar ik denk dat hij ons bekijkt. Hij weet dat de ogen op hem gericht zijn.

C.P. Van wat jij hebt gezien, denk je dat hij het in zich heeft?

Y.W. Ik heb wel vette dingen over hem gehoord. Ik weet niet, ik heb hem nog niet zo vaak gezien. Hij zit meestal in de pipe terwijl ik meer van de aerials ben... Maar ik heb gehoord dat zijn broer echt *sick* goed is!

*

Mikey Schultz Is er liefde voor deze gast? *(Lacht)* Nee.

C.P. Hoe denk je dat dat komt?

M.S. Hij is geen teamspeler. Hij heeft de verkeerde sport gekozen.

C.P. Je bent een paar weken geleden in Kaprun gaan boarden. Wist je dat hij daar ook zou zijn?

M.S. Tuurlijk. Dat is waarom ik ben gegaan. Waarom niet? Ik zou er toch heen gaan, dus ik dacht: ik ga hem even checken. Ik had wat dingen gehoord.

C.P. En wat vond je?

M.S. *(Haalt schouders op)*

C.P. Hij was vlak na jou aan de beurt. Hij kopieerde jouw ride truc voor truc. Inclusief de Switch Backside 1260. Wat vond je daarvan?

M.S. Dat was een kutactie.

C.P. Zou je dat ook hebben gezegd als iemand van jouw crew het had gedaan?

M.S. Maar hij is er niet een van mijn crew. Dat is het hem juist. Het gaat hem alleen om nummer één. Hij geeft om niets en niemand en dat is een feit. Die surffilm heeft het goed laten zien. Hij is hier niet omdat hij ervan houdt. Hij wil gewoon nog meer gezichten in de sneeuw duwen.

C.P. Is dat een mening die wordt gedeeld door de andere boarders?

M.S. *(Lacht)* Shit, ja! Ze weten hoe hij in elkaar zit.

C.P. Denk je dat hij zijn stempel kan drukken op het eliteniveau in deze sport?

M.S. Hij is een atleet. Ik denk dat hij wel weet hoe hij het moet brengen. Maar als hij hierheen is gekomen op zoek naar roem, of vergiffenis… Dat wil niemand weten.

C.P. Dus je vindt niet dat hij een tweede kans verdient?

M.S. Nope. *(Grijnst)* Ik vind daarentegen wel dat ik jouw nummer verdien, omdat ik je vragen zo goed heb beantwoord. Ik wil wedden dat niemand anders heeft gezegd waar het op staat.

C.P. Je bent heel open geweest. Als ik alleen nog mag vragen…

M.S. Naar mijn nummer? Ja hoor. *(Grijnst)* Maar waarom maken jullie eigenlijk een film over hem? Die gast is oud, en hij is oud nieuws. Hij zal er niet lang bij zijn. Je zou iets over mij moeten maken. Ik ben degene die je in de gaten moet houden. Ik ben degene die de lat steeds hoger legt.

C.P. Ik zal het tegen mijn producer zeggen. Bedankt voor je tijd vandaag.

M.S. Geen probleem… Maar even serieus, heb je plannen hierna?

*

Annalise Shepherd Ik vind dat je niet te snel moet oordelen, weet je? Ik bedoel, hij heeft heftige shit meegemaakt.

C.P. Kun je toelichten wat je daarmee bedoelt?

A.S. Nou, hij is vorige week in elkaar geslagen, dat heb je vast wel gehoord? En natuurlijk is hij verbonden met dat hele Cory Allbright-verhaal. Daar komt hij niet van af, snap je?

C.P. Vind je dat hij het verdient om ervan af te komen? Veel mensen houden hem verantwoordelijk voor Cory's dood.

A.S. *(Hoofdschuddend)* Nee, dat is te simpel. Hij heeft een fout gemaakt. Maar dat doen we allemaal. Ik wed dat Cory Allbright ook geen heilige was. Maar Kit… hij is ermee gebrandmerkt, alsof hij de zondebok is voor de hele zooi. En wie kan daarmee leven? Ik vind het zielig voor hem. De situatie moet wel heel erg voor hem zijn geweest als hij het gevoel had dat hij van sport moest veranderen. Ik bedoel, hij zat helemaal aan de top in het surfen, en hij verdiende lekker. Daar loop je niet zomaar van weg.

C.P. Kit Foley had het surfen al verlaten toen Cory Allbright overleed.

A.S. Ja, maar als je het mij vraagt was Cory Allbright al een tijd dood voordat zijn hart stopte met kloppen. Ze waren vrienden, daarvoor. Het bestaat niet dat Kit daar niet onder heeft geleden.

C.P. Je weet veel van hem.

A.S. Wij aussies moeten voor elkaar opkomen. En bovendien, ik kende een tijd geleden mensen die hem kenden. Ik kreeg vaak het laatste nieuws over zijn verloofde. *(Rolt met ogen)* Een knappe meid.

C.P. Verloofde?

A.S. Ja. Je weet wel, dat model. Amy nog wat. Ze doet badmode. Blond. O, je weet wel, een en al tanden en tieten.

C.P. Als je zegt dat je het laatste nieuws kreeg over zijn verloofde...

A.S. Nou, mijn fysio in die tijd kende haar agent. Die liet weleens wat vallen. Daardoor raak je er wat meer bij betrokken, nietwaar, als je een persoonlijke link hebt? Maar dit is allemaal al heel lang geleden. Dat is geschiedenis. Hij is een vrij man. *(Knipoogt)*

C.P. Heb je Kit Foley weleens ontmoet?

A.S. Nog niet. Maar ik hoor dat hij hier is, dus... dit is maar een klein stadje, snap je wat ik bedoel?

'Hoe kan het dat we dit niet wisten?'

'Clo, ik heb de woorden Kit Foley en verloofde nooit in dezelfde zin zien staan,' verweerde Matty zich. 'Denk je niet dat ik het erin zou hebben gezet? Zoiets is zo ongeveer de basis van een profiel.' Haar Franse frietjes werden koud, maar ze kon de intense blik van Clover niet loslaten. 'Ik zou dat hebben meegenomen als die informatie er was geweest, natuurlijk wel!'

Clover leunde achterover in haar stoel. 'Er moet iets zijn. We leven in het digitale tijdperk! Het bestaat niet dat iemand met zijn status kan zijn weggekomen met een geheime verloving.'

'Het viel me wel op dat hij zijn privéleven afschermde. Voor een vent die eruitziet zoals hij is hij heel voorzichtig. Van wat ik heb gezien, verschijnt hij bij evenementen altijd met Beau of een andere atleet. Hij heeft een paar affaires gehad met een paar grote actrices en hij heeft een paar keer de rode loper gedaan, maar geen van die affaires heeft ergens toe geleid. En ja, er zijn wel paparazzifoto's van hem met allerlei vrouwen op het strand, of in de auto, dat soort dingen, maar dat lijken me gewoon een hele rits onenightstands. De vrouwen worden niet bij naam genoemd of blijven onbekend, kennelijk omdat ze niet lang genoeg blijven plakken om van betekenis te zijn.'

'Nou, eentje wel. Haar naam is Amy. Ze is zwemkledingmodel. Aussie, naar het lijkt. Blond. Je moet haar vinden. Er moet een foto van haar zijn, ergens, genomen voordat ze samen iets serieus kregen en hij zijn best ging doen om hun relatie te verbergen. Je moet op zoek naar wat een willekeurige paparazzifoto lijkt.'

'Maar waarom zou hij haar verbergen?' vroeg Johnny zich af, terwijl hij een hap van zijn hamburger nam.

'Dat lijkt me helder. Hij wilde zijn hitsige fanclub natuurlijk niet verliezen,' zei Matty lijzig. 'Kijk maar naar de wedstrijdbeelden, die meiden bespringen hem zowat.'

Clover werd misselijk bij het idee dat zij bij die dubieuze club hoorde. Dat ze tot het legioen behoorde.

'Maar goed, als hij deze relatie verborgen hield, dan kan hij er ook meer hebben verborgen,' gooide Johnny op.

'Ben ik met je eens,' knikte Clover, die terugkeerde naar het heden. Ze hadden een nieuw aanknopingspunt naar iemand die misschien wel een hoofdgetuige kon worden. Wie anders kon hem beter kennen dan de vrouw met wie hij van plan was geweest zijn leven te delen? 'We beginnen bij haar, bij Amy, en afhankelijk van wanneer ze samen waren, kunnen we ofwel terug, ofwel vooruit in de tijd zoeken. Mats, duik jij de fotoarchieven in op zoek naar iedereen die past bij haar beschrijving.'

'Sorry hoor, maar "blond bikinimodel" is zo ongeveer de helft van de Australische bevolking.'

'Ze zei ook witte tanden, grote borsten.'

'Ik herhaal...' Matty trok haar schouders op. 'Die vrouwen zijn gewoon allemaal hot.'

Clover zuchtte. 'Begin dan ook maar alle modellenbureaus te bellen. Probeer plaatjes te krijgen van iedereen die Amy heet en vergelijk die met de gezichten uit de mappen. Eerlijk gezegd kan het droppen van Kits naam ook al genoeg zijn.'

'Tenzij deze Amy niet over hem wil praten. Of niet aan hem wil worden herinnerd. Het kan verkeerd zijn geëindigd tussen hen.'

Johnny snoof. 'Dat kán?'

'Oké, ik ga aan de slag. Maar waarom is zij belangrijk? Ze maakt geen deel meer uit van zijn leven. Ze is oud nieuws.'

'Misschien, maar ze is wel een van de weinige mensen die hem op intiem niveau kent. Zijn binnenste kringetje zit potdicht, dus zij zou ons een cruciaal nieuw perspectief op hem kunnen bieden... Ik wil ook weten wanneer ze samen waren. Overlapt dat met de tijd van Cory's ongeluk? Wie weet kan ze nieuwe inzichten bieden op wat er tussen hen is gebeurd.'

'Beau zou daar goed voor zijn, toch? Hij is tenslotte Kits schaduw. De hoeder van zijn geheimen,' zei Johnny en hij nam nog een enorme hap nam van zijn burger.

'O ja, hij weet het. Maar gaat hij het zeggen? Dat is de vraag,' zei Matty. 'Hoewel hij ook weer niet de slimste van het hele stel is. Die krijg jij wel aan de praat, Clo, dat weet ik zeker.'

'Ik probeer een band met hem op te bouwen. Dat kan ik niet overhaasten, want hij laat zich snel afschrikken. Maar ik denk... misschien wil hij er toch wel wat over loslaten.'

Matty zweeg even. Haar blik rustte op iets aan de andere kant van de zaal. Ze leunde over de tafel. 'Clo, die knappe gast die naar je zit te kijken, op twee uur,' fluisterde ze. 'Ken je hem?'

Clover keek verward op. Ze kende niemand hier, afgezien van hen. Een gozer die er bekend uitzag lachte naar haar. Ze herinnerde zich vaag zijn twinkelende ogen. 'O... Ja... Die hebben we geïnterviewd. Hij is die Amerikaan, Mikey nog wat.'

'Schultz. De vijfentwintigjarige olympiër. Het is maar een kleinigheid, maar ja, vergeet gewoon zijn naam,' grapte Johnny.

Clover moest lachen om zijn sarcasme. 'Hé! Dat jij nou in dit soort dingen geïnteresseerd bent, betekent niet dat ik dat ook moet zijn.' Ze keek weer naar haar bord en was de Amerikaanse flirt meteen vergeten. 'Waar hadden we het over?'

'Beau,' mompelde Johnny, terwijl hij wat frietjes in de ketchup doopte.

'O ja... Had ik verteld dat hij denkt dat iemand Kit erin heeft geluisd? Met het gevecht voor het restaurant, bedoel ik.'

'O, top, dat is goed voor Kits paranoia,' zei Johnny, terwijl hij met zijn ogen rolde.

'Op wie zetten jullie je geld?' vroeg ze aan hen allebei, waarna ze in een augurk beet.

'Je bedoelt wie hem erin heeft geluisd? Dat hang ervan af.'

'Waarvan?'

'Van wat hun bedoeling was. Waren het willekeurige Cory-fans die gebruik hebben gemaakt van de kans om hem er flink van langs te geven?'

'Nope. Ze hadden spandoeken bij zich. Het was voorbereid.' Matty klonk stellig.

'Nou, als het hun bedoeling was om hem een slecht figuur te laten slaan in de media... wie zou daar het meest bij gebaat zijn?' mompelde Johnny, waarna hij in de lach schoot. 'Jij natuurlijk. Zoals je zei, het was cinema-goud.'

'Maar niet de moeite van het in elkaar geslagen worden waard,' zei Clover, met een sarcastisch lachje.

'Nou, er is duidelijk geen voordeel voor wie zakelijk of commercieel aan hem verbonden is,' zei Matty. 'Julian probeert uit alle macht de brokken bij elkaar te rapen. En Ari en Tipper balen natuurlijk als een stekker. Wat slecht is voor Kit, is slecht voor hen.' Ze haalde haar schouders op, ze kon niets meer bedenken. 'Dus misschien waren het inderdaad echte Cory-fans die wisten dat hij in de buurt was. En die hem zijn gevolgd. En het hebben gepland.'

'Of misschien was het Beau?' poneerde Clover.

De anderen keken haar met een diepe frons aan. 'Maar je zegt net dat hij denkt dat het een hinderlaag was,' zei Matty.

'Ja.'

'Dus?' Matty leek in de war.

'Goh, ik weet niet.' Clover zuchtte. 'Ik vroeg me gewoon af of hij dat misschien zegt om de verdenking af te leiden van hemzelf. Het is nogal duidelijk dat de hinderlaag geen toeval kan zijn geweest. Iemand heeft het opgezet.'

'Maar wat heeft Beau eraan als ze zijn broer zijn benen breken?'

'Heel veel! Hij heeft zijn hele leven in Kits schaduw gestaan. Hij houdt van de bergen, hij is een natuurtalent. Iedereen hier heeft het erover hoe goed hij is, ik heb gehoord dat sommigen vroegen waarom hij niet pro wordt. Hij is jonger, flexibeler... Maar het gaat altijd over Kit. Kit, Kit, Kit. Beau mag nooit meedoen. En we hebben allemaal die aanvaring met Ari gezien. Die jongen is gefrustreerd. Zijn leven trekt aan hem voorbij. Wat heeft hij dat echt van hem is?'

De anderen zwegen.

'Nee... dat is echt niet genoeg om zijn broer in elkaar te laten slaan!' zei Johnny na een paar tellen stilte. 'Mijn broer en ik hebben gevochten als pitbulls, maar ik zou nooit toestaan dat iemand anders hem met een vinger aanraakt.'

'Dan was het misschien iemand uit Kits verleden,' suggereerde Matty. 'Een oude rivaal?'

'Wie heeft er allemaal toegang tot zijn bewegingen?' Clover leek te twijfelen. 'Dat restaurant zat in een achterafstraatje. Wat er is gebeurd was geen ongeluk. Ze wisten dat hij daar was.' Ze nam haar wijnglas en drukte haar handpalm ertegen. 'Ik kom er niet uit wie of waarom,' verzuchtte ze. 'Maar iemand wil hem te pakken nemen.'

16

Het was weer zo'n prachtige dag met een strakblauwe hemel. De zon liet de sneeuw stralen, zodat het niet dragen van een ski- of zonnebril geen optie was. Iedereen was op de piste, zo leek het. De stoeltjesliften waren vol en de helling leek op een festivalterrein.

'Wah!' riep iemand, toen de boarder die de pipe af kwam een Method Grab deed. Hij landde en stak toen juichend zijn armen in de lucht.

'Wie was dat?' vroeg Johnny, die opkeek van zijn lens. Ze stonden weer net naast de onderste bocht, tegenover de airbag. Johnny had de hele dag 'epische' shots gedraaid, recht omhoog filmend. Clover kon praktisch zijn gedachten lezen en zien hoe hij zich de montage voorstelde die hij ging samenstellen van al deze atleten in de lucht. Een slow motion-compilatie van alle toeren in de lucht…

'Ik weet het niet, maar ik zal z'n aandacht proberen te trekken. Kijken of hij met me wil praten.'

Clover stak een hand op, met de microfoon zichtbaar in haar handschoen, terwijl ze de boarder wenkte die de pipe uit kwam gezigzagd.

'Hoi!' zei ze met een brede glimlach, terwijl hij een dramatische stop maakte. Ze kon zien aan zijn lichaamstaal dat hij vol adrenaline zat. 'Hoi! Mag ik je een paar vragen stellen?'

'Clover?' De snowboarder deed zijn sneeuwbril af.

'Beau?' Ze verstijfde.

'Was jij dat?' riep Johnny.

'Ja, man!' zei Beau lachend, opgewonden knikkend en de high fives van de twee beantwoordend.

'O, mijn god,' zei Clover hijgend, die van Beau naar Johnny keek. Maar in alle opwinding over de luchtacrobatiek leek Johnny totaal te zijn vergeten wat Beaus aanwezigheid voor haar betekende. Waar Beau was... Ze keek zorgelijk om zich heen.

'Ik kan niet geloven dat ik dat net heb gedaan! Maar het voelde zo goed, weet je? Ik dacht gewoon: fuck it, waarom ook niet?'

'Je hebt het hem geflikt!' zei Johnny lachend, terwijl Beaus lijf aanspande en hij opnieuw hard 'wauw' uitriep.

'Wat is dit gaaf, zeg!'

Clover speurde de helling af, maar ze kon niet herkennen wie de volgende boarder was. Er was alleen een silhouet tegen de hemel te zien. Bovendien hadden ze hier gisteren de hele middag gefilmd en hen alle drie niet gezien. Kit en Ari waren er misschien niet eens.

'Wanneer zijn jullie hier gekomen?' vroeg Beau, friemelend aan het bandje van zijn helm.

'Eh... gisteren,' zei Clover, hem aankijkend. 'Laat in de ochtend.'

Hij fronste. 'Maar waarom logeren jullie niet bij ons? Het chalet is waanzinnig groot!'

Clover staarde hem aan. Meende hij dat?

'We dachten: laten we voor deze dagen even ons eigen plekje regelen,' zei Johnny in haar plaats, toen hij zag dat ze niets ging zeggen. 'Zo geven we jullie even wat rust. Het is best wel intens geweest, de laatste weken.'

'Het was hier ook best wel intens! Jullie hadden met ons uit moeten gaan. We zijn alleen maar aan het feesten sinds we hier zijn.'

'Nou, we zijn echt begraven onder het werk,' zei Clover voorzichtig. Dat was waar. Zij en Johnny hadden de interviews van gisteren gemonteerd tot ver na middernacht, terwijl Matty haar graafwerk naar Kits romantische geschiedenis voortzette. 'Een andere keer.'

'Clo, wanneer je maar wilt! Moet je horen, ik moet weg. Tipper roept me, maar ik zal Ari vragen of hij je wil inlichten over onze plannen. Hij heeft jullie nummers, toch?'

Johnny en Clover knikten en keken hem na toen hij weggleed.

'Hij weet het niet?' fluisterde ze, en ze keek over haar schouder naar Johnny.

'Hij weet het écht niet.'

'Maar waarom zou Kit het hem niet vertellen? Dat leek me het eerste wat hij zou doen?'

Ze schrokken op van een snijdend geluid in de sneeuw toen er weer een boarder een harde stop maakte vlak voor hun neus.

'Wat doen jullie hier?' Hij haalde zijn sneeuwbril niet van zijn hoofd. Dat hoefde ook niet. Die minachtende manier van doen herkende ze uit duizenden.

Wat doen jullie hier? Hoezo, had hij dan verwacht dat ze zou opgeven? Vertrekken?

'Werken,' zei ze snel. 'Jij?'

Het commentaar was kort en bondig, een terugduw tegen zijn arrogante verwachting dat ze haar werk zou laten zitten terwijl hij onverstoord doorging met het zijne. Ze staarde naar haar eigen spiegelbeeld in zijn spiegelende bril, en ze haatte het dat zij hem helemaal niet kon zien terwijl zij volledig zichtbaar was voor hem. Ze kon niet zien wat er in hem omging, alleen het beeld van de laatste keer dat ze hem had gezien, de laatste keer dat hij haar had gezien...

Een paar tellen lang zei hij niets. Toen, met een enkele draai van zijn enkel, was hij weer weg, achter zijn broer aan, die met de coach stond te praten.

'Shit...' stamelde Clover, in wier ingezakte lichaamshouding de plotselinge beproeving zichtbaar was. Ze had zich niet gerealiseerd dat ze haar rug had gerecht in zijn aanwezigheid, alsof ze zich schrap zette voor de volgende aanval, of die nu verbaal, lichamelijk, emotioneel of van een andere aard was.

'Gaat het?' Johnny sloeg zijn arm om haar heen.

'Natuurlijk.' Ze knikte en probeerde de vrijgekomen adrenaline te verwerken. 'Het is goed. Dan heb ik het maar gehad. Zoals je zei, nu we elkaar hebben gezien, kunnen we door.'

Johnny hield even zijn mond. 'Ja, Clo. Goed gedaan. Hij kan niets hebben gemerkt.' Hij trok zijn sneeuwbril omlaag. 'Ik moet naar de wc. Let jij even op de camera. Ik ben zo terug.'

Clover zag hem wegsprinten, en ze fronste terwijl zijn woorden inzonken. 'Johnny, wacht!' riep ze hem na. 'Wát kan hij niet hebben gemerkt?'

Clover schuifelde vooruit in de rij voor de lift en maakte plaats voor de tien mini-tornado's die haar allemaal hadden gepasseerd op weg naar beneden. Ze nam aan dat vallen niet zo'n pijn deed als je hoogste punt maar zestig centimeter boven de grond was.

Ze had een zeer late lunch voor zichzelf en Johnny bij zich. Na haar vijandige ontmoeting met Kit bij de pipe hadden ze het grootste deel van de dag doorgebracht bij de big air en het slopestyleparcours, waarbij ze probeerden interviews af te nemen met wie ze maar konden. Ze hadden gesproken met voorbijkomende skileraren, nog meer stoeltjesliftbedienden, coaches en bijna alle pro-snowboarders die ze konden vinden op de berg. Ze hadden stuk voor stuk een mening, die steevast in drie kampen vielen: Kit Foley is een eikel, een slachtoffer, een lekker ding.

'Is dat een baguette in je zak, of ben je gewoon blij om me te zien?' vroeg een stem toen ze eindelijk vooraan in de rij stond.

Ze lachte van de schrik.

'O, het is in orde, hoor, ze hoort bij mij,' zei de vreemdeling toen de liftbediende kwam zeggen dat ze moest wachten – pro-snowboarders hadden voorrang bij de lift. Hij ging bij haar staan.

De stoeltjeslift schepte haar bij de benen en ze voelde de gebruikelijke schommelbeweging toen ze de lucht in zwiepten, zij met z'n tweeën in een lift met zes plekken.

'Sorry, maar wie ben jij?' vroeg ze met een verbaasde glimlach.

'Ik ben gekwetst dat je dat niet meer weet.' Hij deed zijn vizier omhoog.

'Aha. Ik had het kunnen horen aan je accent,' zei ze, toen bleek dat ze Mikey Schultz in het gezicht keek.

'Ja, klopt. Ik ben een vreemde eend in deze contreien.' Hij grijnsde, nogal vol van zichzelf. Hij wist dat hij een koning was op dit terrein. En prettig voor het oog ook. 'Nou, ik heb je de hele dag al in de peiling. Je bent lekker druk.'

'Nou, je weet wat ze zeggen, slechteriken kennen geen rust.'

'Je bent dus bloedmooi én slecht?' Hij keek verrukt.

Ze moest lachen. Ze kon zich de laatste keer dat iemand met haar had geflirt niet herinneren.

'Je beseft dat ik je naam niet eens weet,' zei hij. 'Dat maakt het lastig om je te vinden. Hoewel de meeste mensen wisten wie ik bedoelde toen ik "Cameradame" zei.'

'Pakkend!' grijnsde ze. 'Clover. Clover Phillips.'

'Natuurlijk!' zei hij, haar doordringend aankijkend. 'Een mooie vrouw moet een mooie naam hebben.'

Clover lachte weer en hoopte dat ze niet bloosde.

Ze voelde de wind om hen heen blazen. Ze wilde haar sneeuwbril afdoen en de zon op haar gezicht voelen, maar ze wilde niet dat hij de sporen van haar blauwe oog zag. In zekere zin zag het er nu erger uit dan in het begin, nu het wegtrok in een soort vaalgeel, waardoor ze er ziek uitzag.

Een flashback van de wonden op Kits gezicht en zijn gehavende lijf schoot weer door haar heen. Ze rilde.

'Late lunch?' vroeg hij, kijkend naar de baguettes die uit haar zakken staken.

'Ik sterf van de honger,' knikte ze. 'We hebben geen pauze genomen.'

'Jullie zitten wel achter hem aan, hè?'

Ze keek hem aan. Mikey Schultz. Matty had een korte bio van hem gemaakt voor hun achtergrondinformatie: vijfentwintig jaar, twee keer gouden medaille op de X Games, Amerikaans olympisch team. Hij had zandbruin haar, sproeten, een Californische glimlach. 'We willen gewoon graag het hele plaatje. We benaderen het niet vanuit een specifieke invalshoek,' loog ze. 'We gaan alle data verzamelen, om het zo maar even te noemen, en dan kijken we wat het ons zegt.'

Hij leunde over de veiligheidsstang, omlaagturend naar het dramatische landschap onder hen. Ze gingen over een bergspleet, diepe, rotsachtige kloven bedekt met dikke, bolvormige ijslagen die een blauwe glans gaven in het zonlicht. 'Ik ken die gast niet zo goed, en ik denk ook niet dat ik hem goed ga leren kennen, maar hij is volgens mij niet erg geliefd. Ik weet zeker dat je niet veel ophaalt. Dus waarom laat hij je dit doen?'

'Dat doet hij niet. Zijn sponsor doet dat.'

Mikeys mond ging open toen hij het snapte. 'Aha,' zei hij, langzaam knikkend. 'Hij heeft getekend bij Mister Money. Dat is dan het pondje vlees, hè?' Hij ademde uit met een geamuseerde zucht. 'O, man.' Hij schudde zijn hoofd, zachtjes gniffelend. 'Kun je die arme jongen niet even waarschuwen en zeggen dat hij beter naar huis kan gaan? Die film die jullie maken wordt een shitshow.'

'Ja? Of probeer je me gewoon zover te krijgen dat ik voor jou de concurrentie uitschakel?'

Mikey gooide zijn hoofd achterover en lachte. Hij had een fijne, makkelijke lach. 'Nee. Hij zit me niet in de weg.'

'Is hij geen bedreiging? Denk je echt niet dat hij je zou kunnen uitdagen? Hij deed je in Kaprun slag voor slag na. Ik was daar. Ik heb het gezien.'

'O ja, technisch, zeker. Hij doet wel mee. Maar of hij het podium haalt?' Hij schudde zijn hoofd.

'Omdat...'

'Omdat hij het hier niet heeft.' Hij gaf een klop op zijn borst, op zijn hart. 'Hij maakt wel sprongen, maar hij mist liefde. Hij voelt het niet. Hij hoort in het water thuis.'

'Wat als ik je vertelde dat hij een boarder was voordat hij surfer werd? Hij is in Nieuw-Zeeland geboren en woonde vlak bij de bergen.'

Mikey haalde zijn schouders op. 'Maar liefde is liefde, toch? Je kunt er niets aan doen waar je van houdt, of waarom. Je houdt er gewoon van. Maakt niet uit wat hij als eerste deed.' Hij keek naar haar ski's. 'Heb je weleens geprobeerd te snowboarden?'

Ze wist dat boarders op skiërs neerkeken, zo niet met openlijke minachting, dan toch op zijn minst met medelijden. Johnny had haar verteld dat ze bekendstonden als 'plankers'. 'Nee. Ik ben een zeer tevreden skiër. Ik ken mijn beperkingen. Bedankt.'

'Heel goed.' Hij gniffelde, maakte het bandje los van zijn helm en zette hem even af. Hij woelde door zijn haar, keek op naar de hemel en genoot van de bries op zijn hoofd. Ze zag dat hij in zijn element was. Zijn hele lijf was ontspannen, in harmonie met grotere ritmes.

Hij zette de helm weer op. 'Dus eh... Ik heb je gisteravond niet gezien.'

'Was je me aan het zoeken?' Ze keek ervan op.

'Iedereen met ogen in zijn hoofd zou naar jou op zoek zijn, Clover Phillips.' Hij keek haar strak aan met een blik die aan duidelijkheid niets te raden overliet. Zijn zelfvertrouwen was aantrekkelijk. 'Je moet vanavond mee uit met ons. Het is de voorlaatste avond. Dat wordt groots.'

'Ik kan niet. Ik ben echt ondergesneeuwd met werk.' De afwijzing voltrok zich automatisch, als een reflex. Het was waar dat ze absurd lange dagen maakten om de late aankomst hier wegens het gevecht en alles wat erop was gevolgd goed te maken. Maar bovenal zat ze nu niet te wachten op een feestbeest zoals hij.

Ze naderden het station op de top en duwden moeiteloos de veiligheidsstang boven hun hoofden. Ze stonden op en gleden de uitgangshelling af. Hij stopte naast haar.

'Luister, het stelt niet veel voor. Er speelt een band in de M+M Bar vanavond. Ze zijn goed,' zei hij, terwijl hij zijn board vastmaakte. Hij kwam overeind. 'Je moet ook komen. Ik laat je naam op de lijst bij de deur zetten. Je weet nooit, voor als die berg sneeuw waar je onder bedolven ligt smelt.'

Hij grijnsde en gaf haar een knipoog. Daarna duwde hij zijn vizier omlaag en gleed de piste af, vooroverleunend en achterover, in rustige bochten. Hij keek nog een keer om en gaf haar een saluut.

Clover lachte. Ze vond hem er leuk uitzien. En sexy. Ze was helemaal vergeten dat ze daar stond, terwijl ze naar hem keek met baguettes die uit haar zakken staken.

'Iets gevonden?' Clover schudde haar jack van zich af en stortte kermend neer op de bank. 'O, mijn voeten. Ik heb de hele dag die skischoenen aangehad.'

Matty, die aan het kleine tafeltje van de kitchenette zat, wiebelde ten antwoord met haar voeten in kasjmieren sokken. 'Eigenlijk wel, ja.'

Clover tilde haar hoofd met een ruk op. 'Heb je wat?'

'Yep.' Matty stond op en liep naar haar toe met een vel papier in haar hand. 'Haar naam is Amy Killicks. Ze is achtentwintig, woont in Sydney, maar was in LA ten tijde van haar verloving met Kit.'

Clover nam het printje aan en staarde ernaar. Het was de bio van een model: lengte een meter negenenzeventig, gewicht zevenenvijftig kilo, haar blond, ogen blauw, maten negentig, zestig, negentig.

Ze kneep haar ogen dicht, niet zeker wetend of ze deze informatie wilde of nodig had.

'Haar grootste klus was de Pirelli-kalender in 2016. Ze doet voornamelijk shows voor zwemkleding, veel cataloguswerk.'

Johnny kwam ook kijken. Hij leunde op de rugleuning van de bank. Hij schoot in de lach. 'Holy shit! Daar is ze, hoor. Mijn droomvrouw, mijn toekomstige wederhelft!'

Matty stak haar tong naar hem uit. 'Al bezet, ben ik bang. Ze is nu getrouwd met een of andere techmiljardair.'

'Natuurlijk,' kreunde hij, en hij duwde zichzelf terug op de bank.

'Hoe heb je haar gevonden?' mompelde Clover, met een misselijk gevoel. Ze was bloedmooi. Echt een plaatje.

'Je had gelijk, ik vond een foto van ze waarop ze samen de hond uitlieten, ik neem aan haar hond, zo'n schoothondje.' Matty was opgegroeid met een Duitse staande. Ze had geen geduld voor keffertjes.

Ze liet Clover nog een printje zien. Het was wat korrelig, vooral door de printkwaliteit: een lange vrouw in een kort afgeknipte spijkerbroek en een zwart vest, met Birkenstocks aan haar voeten. Haar haar zat in een rommelige knot, en ze had grote ringen in haar oren.

Zelfs onopgemaakt zag ze eruit als een model. Kit liep naast haar en hield haar hand vast. Zijn grip zag er stevig uit en hij lachte naar haar terwijl hij iets zei. Hij zag er op geen enkele manier uit als het vat borrelende woede dat Clover kende.

Ze gaf de papieren terug, ze wilde er niet meer naar kijken. 'En wanneer was dit?'

'Deze is uit 2016, maar het ziet ernaar uit dat ze iets meer dan een jaar samen waren. Er zijn niet veel foto's van hen samen, omdat ze allebei altijd aan het werk waren – zij op locatie, hij op tournee. Je kent het wel, de gebruikelijke problemen van een powerkoppel.'

'Hoe weet je dit allemaal?'

'Haar agent. Magnifiek indiscreet, *darling*.'

'Waarom zijn ze uit elkaar gegaan?'

'Werkdruk.' Matty haalde haar schouders op. 'Je ziet eruit alsof je dat teleurstellend vindt.'

'Nee hoor. Ik...' Ze zuchtte. 'Ik denk dat ik gewoon hoopte dat er meer achter zat. We hebben bijna geen ingangetjes naar zijn privéleven. Geen van de publiciteitsagenten van sterren wil ons zelfs maar tot op een kilometer van hun cliënten laten komen en we weten niet wie die andere vrouwen zijn.' Ze beet op haar lip. 'Denk je dat ze met ons wil praten?'

Matty trok haar mondhoeken kort naar beneden. 'Ik heb het gevraagd, maar die agent dacht van niet. Amy is nogal een dame tegenwoordig. Ze is gestopt met modellenwerk. Wil graag worden gezien op de juiste plekken, en met de juiste mensen. Haar agent dacht niet dat ze haar verleden met een surfrat graag wilde terughalen, zeker nu niet. Hij staat niet wat je zegt hoog op de populariteitsladder.'

'Nou, blijf het proberen en kijk wat je nog meer kunt vinden. Zelfs al is het alleen de naam van de vrouw met wie hij na haar datete. De een kan naar de ander leiden? Er toch moet iemand bereid zijn om op camera iets over hem te zeggen op privévlak. Beide ouders zijn dood en Beau is... Beau. Het enige wat we nu hebben is Kit Foley, de topsporter. Niets over de man zelf.'

'Oké, ik ga mijn best doen,' verzuchtte Matty, die naar de kleine bank aan de nadere kant van de tafel liep en daarin wegzakte. 'En hoe is het met jullie? Jullie waren de hele dag weg.'

'Het was super op de berg. Geen wolkje aan de lucht,' prevelde Johnny terwijl hij scrolde op zijn telefoon.

'Jakkes, hou op,' zei ze geërgerd. 'Je weet niet hoe pijnlijk het was om binnen vast te zitten terwijl jullie op de piste waren.'

'Wij waren ook aan het werk! Werk-werk-werk en niet spelen, daar maak je Johnny niet blij mee,' mompelde hij.

Clover hoorde de vermoeidheid in zijn stem. Hij klaagde nooit, je kreeg hem ook nooit gek, maar de uren die hij nu al maanden draaide waren onhoudbaar. Ze beet op haar lip en keek door het raam uit over het dorp. De sterren stonden al aan de hemel, kerstverlichting flakkerde zachtjes in chaletvensters aan de overkant. Het leven voltrok zich aan de andere kant van het glas.

Mensen installeerden zich voor de tv voor een gezellige film, of ze gingen samen eten, of dansen. Terwijl zij zich bezighielden met het tot in detail uitkammen van iemand anders leven werden hun eigen levens verwaarloosd.

'Iemand zin in een klein drankje?' vroeg ze.

Matty keek meteen op. 'Spreek,' beval ze.

'Nou, er speelt een band in een of andere bar. Mijn naam staat op de gastenlijst.'

'Alleen de jouwe?'

'We komen echt wel allemaal binnen, geloof me.'

Matty fronste. 'Wie heeft je naam op de lijst gezet?'

Clover aarzelde. 'Mikey Schultz.'

'Mikey?' herhaalde Johnny.

'Yep. Ik zat in de stoeltjeslift met hem toen ik terugkwam met de lunch, en toen raakten we aan de praat.'

'Raakte je aan de praat? Of was hij je aan het versieren?'

Clover lachte. 'Joh, het stelt niet veel voor. Ik heb niet gezegd dat we zouden gaan.'

'Maar je wilt wel,' zei Matty, die haar wat beter bestudeerde.

'Nou, ik kan wel een beetje lol gebruiken,' zei Clover nonchalant. 'Ik vond het niet echt leuk allemaal de laatste tijd.'

'Is dit inclusief of exclusief de hete seks met ons onderwerp?'

Matty hield haar handen defensief op, ook al was ze aan het plagen.

'Stop! Ik ben er niet klaar voor om daar grappen over te maken. Ik meen het.'

'Nou, in dat geval...' sprak Matty lijzig. '... heb je waarschijnlijk wel meer dan een klein drankje nodig.'

17

Er stond een meterslange rij voor de deur, tot ver in de straat, met meisjes die in de sneeuw en in de nachtelijke kou ski-jacks aanhadden over hun topjes met spaghettibandjes. 'Wauw,' prevelde Matty. 'Blij dat je naam op de lijst staat. Weet je zeker dat ze ons allemaal binnen zullen laten?'

'Hm,' zei Clover. Ze twijfelde.

Ze kon niet naar binnen kijken. De ramen waren beslagen en op het glas waren verlichte Gösser-bierlogo's aangebracht, maar de energie van de tent was buiten voelbaar. Oranje, rood en paars licht flitste aan en uit, de muziek pompte, de mensen binnen zongen mee met die stukken van de liedjes die ze kenden.

Ze stapten op de portier af en Clover gaf haar naam op. Ze wachtten ietwat nerveus op zijn controle van de lijst. Hij had een tatoeage en een zeer precies geschoren baardje.

'Hij ziet eruit als Max in *Wie is het?*,' fluisterde Matty, en Clover proestte het uit. Ze hadden een paar shotjes wodka genomen voordat ze uitgingen om 'op te warmen'. Clover kon wel wat moed gebruiken.

'Hoe onthoud je dat soort dingen in godsnaam?'

'Nou, jij weet anders ook wie ik bedoel!'

'Hier staat maar één persoon.' De portier keek hen aan.

'Echt?' vroeg Clover om tijd te rekken. Hoe kon ze hem ompraten zodat hij hen binnenliet met zo'n lange rij? 'Dat is wel heel gek. Mikey zei dat mijn…'

'… ploeg mee mocht. Wij zijn zijn filmploeg. We maken een documentaire over hem,' onderbrak Johnny.

'O! Jij bent Cameradame?' zei de portier, met opeens een grote glimlach die door zijn strenge uiterlijk brak.

'Ja!' zei Clover opgewekt, en ze moest oppassen dat ze niet weer in de lach schoot bij het zien van Matty's gezichtsuitdrukking. 'Ik ben Cameradame.'

'Ik heb over jou gehoord! Jaja, ga maar naar binnen.'

'Wat de f…' grijnsde Matty toen de deur weer openging. Ze moesten zich een pad banen door de onmiddellijke drukte en struikelden en persten zich een weg vooruit – wat lastiger was voor Johnny omdat er meer van hem was – totdat ze uiteindelijk een kleine open plek vonden.

Ze keken blij om zich heen. Dus dit was après-ski in Saas-Fee! De herrie was oorverdovend. De band speelde, de zanger stond bij de microfoon alles te geven. Er stonden tafeltjes langs de muren maar die waren overbezet. Zitten was er dus niet bij.

'Shit, hé,' zei Johnny, en hij trok een gezicht toen hij naar de bar keek. 'Best veel mensen. Kan wel even duren.'

'Dan zou ik maar opschieten, Johnnyboy,' zei Matty, en ze duwde hem de drukte in met een wrede grijns. 'Ze zullen je in elk geval niet over het hoofd zien.' Hij was een kop groter dan de meeste mensen in de bar.

Clover draaide een rondje, op zoek naar Mikey. Er waren zoveel mensen… Het voelde opeens belachelijk om te denken dat ze bij hem konden komen. Hoeveel mensen zou hij meegevraagd hebben? Iedereen die hij tegenkwam? Het feestje was op het hoogtepunt, hij zou voor haar geen tijd…

'Clover!'

Ze keek op. Mikey zwaaide naar haar vanaf de andere kant van de ruimte. Hij stond bij een van de tafeltjes en wenkte haar te komen. 'Kom hier!' schreeuwde hij.

'Oeh!' ademde Clover hoorbaar in, en ze keek naar Matty. 'Hij heeft ons gezien.'

'Nou, ga dan. Ik volg!'

Clovers hand schoot naar haar wang. Matty had haar opgemaakt met foundation en poeder om heel kunstig de laatste schaduwen van de blauwe plek weg te werken, maar ze voelde zich nog altijd niet zeker in het openbaar. In het chalet of met haar sneeuwbril op had ze zich nog wel kunnen verstoppen. Maar hier was iedereen superknap.

'Je ziet het niet, ik beloof het!' sprak Matty luid, toen ze zag dat Clover aarzelde. 'En de verlichting is hier ook niet best!'

'Weet je zeker dat je mee die kant op wil?'

'Hij heeft een tafel! Natuurlijk wil ik mee die kant op!' zei haar vriendin, met een por.

'We doen gewoon één drankje, goed?' probeerde Clover boven de herrie uit te komen.

'Echt niet!' zei Matty lachend terug, terwijl ze zich een weg door de verdrukking draaiden, doken en kropen.

'O, mijn god,' zei Clover en ze lachte toen ze eindelijk opdoken bij zijn tafeltje, buiten adem van in de inspanning. 'Wat een gekte!'

'Yes! Je hebt het gered!' Hij leek oprecht blij.

'Ach, ik dacht... één drankje dan. Dit is mijn vriendin Martha. Matty. Mats. Smats, wat je wilt. En Johnny is daar ergens, bij de bar.' Ze zocht hem. 'Die lange.'

Maar Mikey leek zich niet druk te maken over een kennismaking met Johnny. 'Hé, Mats Smats! Ik ben Mikey. En dit zijn Logan, Ely, Kelly, Gretchen en Noah,' zei hij, gebarend naar de anderen aan tafel. 'Jongens, dit is Mats, en Clover, over wie ik heb verteld.'

Mikey duwde Matty een shotglaasje in de hand. 'Je ziet eruit alsof je dorst hebt.' Hij deed hetzelfde bij Clover. 'En jij alsof je heel veel dorst hebt.'

Clover keek hem aan en lachte. 'Wat is dit?'

'Flügel. Je moet wel even doordrinken.'

'O jee,' zei ze lachend toen Matty haar glaasje tegen dat van haar tikte voordat ze kon weigeren. Ze sloegen het in een keer achterover. De alcohol – rode wodka – brandde in hun keel en Clover huiverde. 'Oeh. Dat spul lijkt wel gif.' Ze duwde de rug van haar hand tegen haar mond en keek naar Mikey, die naar haar grijnsde.

'Ik weet het,' zei hij. Hij ging weer zitten en klopte op de stoelzitting naast hem. 'Dus de sneeuw is gesmolten?'

Clover leunde voorover om te horen wat Logan zei, iets over een lijn op de noordhelling van een berg in Breckenridge. Haar hand zocht steun op de dij van Mikey voor balans. Alle hulp was welkom. De tent begon te draaien. Zijn arm had de hele tijd over de rugleuning gelegen en op enig punt had hij hem op haar schouder gelegd. Waarschijnlijk rond dezelfde tijd dat het een goed idee had geleken om op de stoelen te dansen.

Matty was tussen Mikey en Logan in gaan zitten, toen ze er genoeg van had gekregen om Her Majesty na te doen over tafel. De band speelde nu nog harder dan eerst – als dat überhaupt mogelijk was – en de deinende massa op de dansvloer was nu meer een springende, stampende moshpit.

Mikey gaf Clover nog een shot.

'Ik kan niet meer!' jammerde ze lachend.

'Ik doe het als jij het ook doet.'

'Jij bent groter dan ik! En veel ervarener met dit spul.'

Hij trok een wenkbrauw op. 'Drie, twee, een...'

Ze sloeg het achterover. 'O, mijn god,' kermde ze. 'Dat had ik niet moeten doen.'

'Maar het is leuk,' zei hij, waarna hij zijn hoofd naar haar toe boog en haar opeens begon te kussen.

Dat overviel haar zo dat het even duurde voordat ze haar ogen sloot.

'Vind je niet?' vroeg hij grijnzend.

'Hm.' Clover voelde zich duizelig. Ze kon zien dat Matty en Logan ook flirtten. Ze voelde wel aan dat na deze move van Mikey, Logan niet lang op zich zou laten wachten.

Mikey kuste haar weer, dit keer langzamer, met een hand in haar haar om haar dichter naar zich toe te trekken. Dit keer kuste zij hem ook. Ze herinnerde zich hoe goed hij eruit had gezien toen hij bij haar vandaan boardde, en hoe blij hij had geleken om haar te zien. Het voelde goed om gewild te zijn, begeerd te worden… Niet gehaat.

De band zette een nummer in dat iedereen leek te kennen. Mikey trok zich even terug, keek naar Logan en lachte. 'Weet je nog de laatste keer dat we dit hoorden?'

Logan knikte en begon mee te headbangen.

'Ik ga naar de wc,' zei Clover tegen Mikey.

Hij moest lachen. 'Meteen weer terugkomen, hoor,' zei hij, terwijl hij haar bij de pols vasthield. Zijn pupillen waren groot, zijn lippen roze van hun zoenen.

'Doe ik.'

Hij kuste haar opnieuw en liet haar gaan.

Ze stond op en de zaal begon meteen te tollen. O god, dit kende ze. Ze had echt te veel gedronken. Ze werkte zich slapjes door de menigte heen naar de toiletten, maar schoot niet erg op. Iedereen was aan het springen, met de armen in de lucht, waardoor de vloer vibreerde. Ze vond een open plek en ging daar even staan, op zoek naar een volgende en ging daarheen.

De wc was aan de voorzijde, bij de ingang, dat wist ze. Als ze maar daar kwam, dan kon ze meteen wat frisse lucht opsnuiven…

Iemand die stond te dansen sprong op haar tenen, waardoor ze het uitschreeuwde van de pijn. Het deed echt heel veel pijn – en het zou morgen nog een stuk erger zijn, dat wist ze. Dronkenschap was een goede verdoving.

De man draaide zich om. 'Shit! Het spijt me… Clover!'

Ze keek naar hem en schrok. 'Beau? Wat doe jij hier?' riep ze. Twee keer op een dag.

'Hetzelfde als jij, denk ik!' grijnsde hij, en hij knikte schuin naar een brunette met een beanie op die tegen hem aan stond te dansen. Hij knipoogde met een stonede en relaxte kop.

Clovers maag draaide zich om. Bedoelde hij dat hij haar en Mikey samen had gezien? Betekende dat…

'Zeg, je gaat toch niet weg?' vroeg Beau terwijl zij de bar rondkeek. Er waren zoveel gezichten, al dat flitsende licht...

'Nee! Ik...' Clover voelde dat de ruimte nog sneller begon te draaien. Opeens had ze het heel heet. Ze had een vaag gevoel dat er iets was wat ze tegen hem wilde zeggen. Ze kon zich herinneren dat hij vaak in haar gedachten had gezeten. 'Luister, Beau, ik moet echt met je praten.' Ze hoorde wel dat ze een beetje een dubbele tong had.

Hij boog zijn hoofd naar haar toe, nog altijd dansend. 'Ja hoor, waarover?'

'Amy. Kits verloofde.'

Zijn hoofd schoot omhoog alsof ze hem had gebrand en trok een gezicht waardoor hij opeens op zijn broer leek. 'Nee.' Het kwam over als een klap – hard en afgemeten. Hij leek opeens heel nuchter. 'Noem zelfs haar naam niet.'

'Maar...'

'Geen maar, Clover. Ik zeg het je nu, noem haar naam niet tegen Kit.'

Ze keek hem aan en deed haar best om hem niet twee keer te zien. Ze had Beau niet eerder iets zo stellig horen zeggen. Hij meende het echt.

'Ik wil alleen weten waarom ze...'

'Noem. Haar. Naam. Nooit.'

Ze werd aan het wankelen gebracht door mensen die tegen haar aan stootten. Het voelde alsof de muren naar binnen kwamen, het plafond naar beneden. Ze voelde zich verward, misselijk, verhit, het werd haar allemaal te veel.

Een hand verscheen op zijn schouder. Beau keek om. 'O, hé!'

'We gaan...' Kits stem stierf af toen hij zag met wie zijn broer stond te praten.

'Nee joh! Jullie gaan niet weg, toch?'

'We gaan thuis verder feesten,' zei een zachtere stem. Clover zag een klein, slank, zwartharig meisje naast Kit staan, haar lichaam tegen zijn arm gedrukt, haar hand in de zijne. Ze had een neusring en een tongpiercing, en de mooiste ogen die Clover ooit had gezien.

'We gaan, ja,' zei hij, met zijn blik op Clover alsof zij de vraag had gesteld.

Clover staarde hem ook aan, maar ze kon voelen dat haar gekwetste oog begon te tranen. Het was gevoelig voor rook en licht. Hij had het voordeel niet van make-up om zijn blauwe plekken te camoufleren, natuurlijk, maar hij had het ook niet nodig. Hij droeg zijn wonden als een soldaat. Clover kon zien hoe vrouwen zich om hem heen zouden verdringen, hoe hij hun moederlijke instinct zou aanspreken... Niet dat het meisje dat aan hem hing er heel moederlijk uitzag.

Het was de eerste keer dat ze hem echt had gezien sinds... sinds...

Wat ze ook tegen Johnny had gezegd bij het funpark, namelijk het tegenovergestelde, die verrassingsontmoeting had niet geholpen. Het had hen niet verder gebracht. Hij had zijn sneeuwbril opgehad. Het was alsof je tegen een muur praatte. Maar nu kon ze zijn ogen zien, en daar was die blik weer, die blik die ze gezien had in het zwembad. Niet de blik toen hij tegen haar tekeer was gegaan over dat ze hem had geprobeerd te redden, niet die blik van toen zijn uitdagingen waren veranderd in passie, zoals lachen kan omslaan in tranen.

Dit was de blik van toen hij had gevraagd wat ervoor nodig was om vergeven te worden. Of hij dood niet beter af was. Het was de blik die haar had laten zien dat hij ergens vanbinnen gebroken was. Dat was het moment, besefte ze nu, dat alles tussen hen verschoven was, van hun pantomime van minachting tot iets rauws en kwetsbaars en verborgens.

'Wil je dat ik en Stacey ook meegaan? Ik kan mijn jas pakken,' stelde Beau voor, waarmee hij het zegel van hun vacuüm verbrak.

'Nee.' De boosheid kwam terug in zijn ogen, die nog steeds op Clover gericht waren. 'Dit feestje is voor twee.'

Ze stapte naar achteren toen hij zich langs haar duwde, met zijn date aan zijn hand terwijl de menigte zich leek te openen voor hen. Ze voelde de klap van koude lucht in haar gezicht terwijl de deur van de hoofdingang werd geopend en zij de nacht in stapten.

Een paar tellen lang bewoog Clover zich niet. Het was alsof ze aan de grond genageld stond. Ze voelde een werveling aan emoties die ze niet eens kon bevatten. Bevende botten, gespannen spieren… Ze had het heet, koud…

Ze voelde een enorme opwelling in haar maag.

'O god,' kreunde ze en ze hield haar mond dicht met haar hand en rende naar de wc om over te geven.

18

'Au! Je ligt op mijn haar,' mompelde Clover.

'Oef,' kreunde Matty, en ze draaide zich om.

Ze lagen een minuut of wat zonder te bewegen, beiden diep en langzaam ademend, beiden hopend nog wat langer te kunnen slapen. Maar hun benen waren rusteloos en ze bleven maar vol ergernis woelen.

'Hoe laat is het?' mompelde Clover terwijl Matty weer van haar linker- op haar rechterzij draaide.

'Weet niet, geeft niet,' zei Matty met een gezicht dat voor de helft was verstopt in een ballonachtig hoofdkussen.

Clover luisterde naar het geluid van haar eigen ademhaling. 'Ik denk dat ik misschien wel doodga.'

'Ik ben al dood.'

'Dank je wel dat je mijn haar weghield.'

'Jij ook.'

Ze schrokken van het geluid van een deur die werd dichtgegooid.

'Wat?' kreunde Matty, die amper haar hoofd kon optillen.

Clover voelde zich iets beter. 'Hallo?' kraakte ze.

Johnny's hoofd piepte om de hoek. 'O, mooi, jullie leven nog.' Hij verdween weer.

'Wacht… Niet waar… We zijn dood. Heel erg dood,' jammerde Matty.

'Opstaan,' gilde hij vanuit de keuken. Ze konden horen dat hij de ketel vulde.

'Nee. Ik sta nooit meer op,' kreunde Matty, die probeerde dieper in het matras en dekbed weg te duiken.

Hij verscheen weer in de deuropening. 'Het is de laatste dag en de zon schijnt. Ze zijn al op weg naar boven. De rijen bij de liften groeien nu snel.'

Matty stak haar gezicht verder onder het dekbed. 'Hoe dan?' riep ze uit. 'Hoe kunnen ze zo feesten en dan opstaan en zichzelf van de berg...' Ze tilde haar hoofd op, omdat haar iets te binnen schoot. 'Wacht eens even! Johnny, jij bent net binnengekomen!'

Een luide stilte klonk vanuit de keuken.

Clover deed een oog open en keek naar Matty, wier mond openhing.

'Waar ben jij geweest?'

Meer stilte.

'Johnny, heb je gescoord?'

Er kwam geen antwoord, hoewel ze hem konden horen bewegen in de keuken. Hij deed keukenkastjes open en dicht, zette bekers neer. Hij kwam een moment later de kamer in, met koffie voor hen. Dankbaar snoof Clover het aroma op, alleen daarvan knapte ze al op.

'Johnny, wie heb je gescoord?' wilde Matty weten toen hij de koffie neerzette aan Clovers kant van het bed.

Hij liep om en zette ook haar beker neer. 'Dit heb je niet meer nodig, of wel?' vroeg hij, en hij pakte het teiltje op dat op de grond was neergezet voor het geval dat.

Hij liep weer weg. Matty keek hem met open mond na.

'Waarom geeft hij geen antwoord?' siste Matty.

Clover stak haar hand uit en klopte haar op de arm. 'Ik denk dat de echte vraag is waarom jou dat wat kan schelen?'

'Dat kan me niet schelen! Echt niet! Ik ben gewoon... nieuwsgierig. Ben jij niet nieuwsgierig?'

'Nee.'

Ze hoorden de badkamerdeur dichtklikken en de douche aangaan. Zo bleven ze nog even liggen, worstelend met de vraag hoe ze moesten opstaan om toch aan de dag te beginnen. Met een zucht hees Clover zich op tot een zittende positie. Ze kreunde en probeerde na te gaan hoe ze zichzelf in deze staat had gebracht.

'O god, die Flügels,' kermde ze. 'Ik drink nooit meer.' Ze drukte de koffiemok tegen haar lippen en liet de cafeïnewalm in haar gezicht dampen. Ze voelde zich erger dan belabberd. Ze voelde zich vernederd. Matty had haar in de wc gevonden toen ze zelf binnen kwam rennen om over te geven. Wat zouden Mikey en Logan wel niet denken, dat ze hun zomaar hadden laten zitten, en arm in arm en lijkbleek de tent uit waren gestrompeld?

Ze sloot haar ogen en weigerde te denken aan dat andere.

Haar ogen vlogen open toen ze ergens anders aan dacht. 'Fuck,' fluisterde ze.

'Wat?'

'Ik sprak Beau gisteravond – over Amy,' mompelde ze, en ze probeerde haar hersenen aan het werk te zetten.

'Wie zeg je?' gromde Matty.

'De verloofde.'

'O... Waarom?'

Ja, waarom? Ze wist het zelf eigenlijk niet. 'Omdat ik stomdronken was en het een goed idee leek? Ik weet niet waarom. Ik zag hem en het floepte eruit. Ik denk dat ik hoopte dat het waar is wat ze zeggen, dat dronken mensen de waarheid spreken.'

'Wie zegt dat?'

'Mijn opa.'

'O.'

Clover rook opnieuw aan haar koffie en probeerde zich minder beroerd te voelen. Het voelde beter als ze wat rechterop zat. 'Hij... hij drong er op een best wel opvallende manier op aan dat ik haar nooit moest noemen, nooit contact moest opnemen met haar, en nooit haar naam moest noemen in Kits bijzijn...'

Matty draaide zich om. 'Niks zeggen, hoor. Maar nu je dit weet, wil je niets liever dan over haar beginnen, contact leggen met haar, en haar naam noemen waar Kit bij is.'

'Maar natuurlijk.'

Matty keek boos naar haar. 'Ik snap jullie twee niet,' mompelde ze.

'Wat valt er te snappen? We hebben een hekel aan elkaar.' Ze beet op haar lip en dacht na. Haar instinct begon haar kater aan de zijkantjes iets te verdringen. 'Maar weet je, als Beau zo overdreven reageert, dan zit daar wel een verhaal.'

'Of misschien was hij net zo lam als jij.'

'Misschien. Maar als zij een open zenuw is voor Kit... dan moet je een manier vinden om contact met haar op te nemen.'

'Hoe dan? Ik heb het geprobeerd. Haar agent neemt niet meer op als ik bel en ze heeft gezegd dat Amy het niet wil weten. Haar socialmedia-accounts zijn allemaal privé. Wat kan ik nog meer doen?'

'Wees inventief. Vind een manier.'

'Tss.'

'Mats, ik meen het. Ze kan van doorslaggevend belang blijken te zijn.'

'Ze is zijn ex,' kermde Matty. 'Waarschijnlijk is alles wat ze zegt toch een en al leugens.'

'We moeten haar spreken. Zorg dat je haar nummer vindt, al is dat het enige wat je vandaag doet.'

Matty voelde een kans. 'Als het me lukt, mag ik dan terug naar bed?'

'Als het moet.'

'Yes.' Mats kroop nog dieper weg in haar dekbed. 'Ik ben de hele tijd zo jaloers op jullie de laatste dagen, dat ik hierbinnen zit terwijl jij en Johnny de berg op kunnen. Maar vandaag niet.'

'Nee,' verzuchtte Clover, die met angst en beven dacht aan wat haar daarboven wachtte. 'Vandaag niet.'

Het was meteen duidelijk dat de training van gisteren slechts een opwarmer was voor de grote finale van vandaag. Alle boarders waren aanwezig. De parkitecten hadden de hele nacht doorgewerkt met het snijden, scherpen en vijlen van het parcours. Coaches en trainers stonden langs de kanten, bevelen schreeuwend en aantekeningen uitwisselend, oplettend toekijkend terwijl de atleten steeds maar harder en hoger gingen.

Clover was er niet in geslaagd om zichzelf vooruit te branden, ondanks Johnny's smeekbedes, en het was lunchtijd voordat ze bij de gletsjer aankwamen en naar het funpark roetsjten. Terwijl Johnny zocht naar de beste plekken om te gaan staan, wat licht betreft, keek zij om zich heen naar vertrouwde gezichten.

Mikey. Ze zocht hem. Ze moest op zijn minst haar excuses aanbieden voor het feit dat ze hem zo had laten zitten. Ze wist dat hij hier op de parkhelling zou zijn. Hij had een groot deel van de avond gepraat over dat hij volgende week naar het FIS World Cup-event in Modena ging.

'Wil je wat big air-shots pakken?' vroeg ze aan Johnny.

Hij keek haar verbaasd aan. 'Waarom? Die doet Foley niet.'

'Weet ik, maar we kunnen kijken of we wat nieuwe gezichten zien. Meer citaten ophalen.'

'Dat hebben we gisteren al gedaan. Het is de laatste dag, Clo. Kit heeft elf dagen kamp gemist door dat pak slaag. Vind je niet dat we ons nu op hem moeten richten?'

Ze zuchtte. 'Ja, je hebt waarschijnlijk gelijk.' Het laatste wat ze vandaag wilde was hém zien.

'Hé,' zei Johnny, en hij gaf haar een por met zijn elleboog. 'Je zei toch dat je met Tipper McKenzie wilde praten?'

'Ja. Hoezo?'

Johnny wees met zijn kin naar een gestalte die vanaf de lift kwam aanlopen met een kop koffie in zijn hand. Hij was alleen, voor de verandering, geen teken van anderen.

'Shit,' mopperde ze zacht. Er zou geen beter moment komen. Natuurlijk moest haar kans zich voordoen als ze amper haar eigen hoofd omhoog kon houden! 'Vooruit dan.' Ze snelde vooruit. 'Meneer McKenzie?'

Ze stak haar arm op om zijn aandacht te trekken toen hij opkeek. Ze hobbelde op hem af.

'Ja?' vroeg hij, en het leek alsof hij nauwelijks bewoog. Hij had wit haar en was ongelooflijk slank, zijn wangen waren rood van de bijtende kou. Hij droeg een simpel donkerblauw ski-jack met spijkerbroek – zoals altijd – waarbij aan niets was te zien dat hij een status had in deze gemeenschap.

'Ik ben Clover Phillips,' zei ze. En toen hij niet antwoordde, zei ze: 'Weet u wie ik ben?'

'Natuurlijk. Jij bent de reden dat mijn cliënt mij al een maand lang kopzorgen geeft.' Hij probeerde zijn woorden niet te verzachten met een glimlach.

'O.' Clover knikte. 'Nou, het spijt me dat u dat vindt.'

'Het is een feit, geen opvatting.'

Ze lachte breeduit. 'Hebt u gehoord wat we proberen te doen met deze documentaire? Dat het de bedoeling is om een alternatieve invalshoek te geven aan Kits verhaal?'

'En gelooft iemand dat ook, dat dat is wat je gaat doen? Kits verhaal is nu onlosmakelijk verbonden aan dat van Cory Allbright, en het was duidelijk wat jij daarvan vond.'

'We benaderen elk project vanuit een neutraal standpunt. In dit geval werden we benaderd door Julian Orsini...'

'Ja. Hoe minder je over hem zegt, hoe beter.'

'U mag hem niet?'

'Hij weet niets van deze sport en nog minder van Kit. Als ik jou was, dan zou ik me niet veel aantrekken van zijn mening.'

Clover zuchtte. Ze was niet geïnteresseerd in hun geschillen. 'Maar goed, hebt u een paar minuten om met ons – op camera – te praten over Kit?'

'Wat ik weet van Ari is dat ik daarover heel weinig te zeggen heb. Blijkbaar zijn we allemaal verplicht om mee te werken.'

Een beetje een langdradige manier van ja zeggen, dacht Clover bij zichzelf, en ze forceerde een glimlach toen Johnny naast haar aan de slag ging met het opzetten van de camera.

Tipper nam een slok koffie terwijl hij wachtte en bekeek haar van dichtbij. 'Hoe gaat het met je oog?' vroeg hij.

Haar hand ging automatisch naar haar gezicht. Ze droeg een zonnebril maar aan het feit dat hij het vroeg leidde ze af dat de blauwe plek zichtbaar moest zijn. 'Beter, dank u wel.'

'Het was roekeloos van je om je ermee te bemoeien.'

'Ja, nou... Ik dacht eigenlijk niet na.'

Johnny schraapte zijn keel, haar teken dat hij klaar was.

Ze glimlachte naar hem. 'Meneer McKenzie, u hebt gewerkt met Shaun White, Mark McMorris, Scotty James, enkele van de grootste namen uit het snowboarden. Wat maakte dat u besloot om Kit Foley, die toch een relatieve nieuwkomer is in deze sport, te gaan coachen?'

Tipper haalde langzaam adem. Het zag eruit alsof zijn geduld nu al op de proef werd gesteld. 'Kit had de World Surf Tour negen keer gewonnen toen hij ermee stopte, en ik twijfel er niet aan dat hij zou zijn doorgegaan met winnen als hij ervoor had gekozen om door te gaan met die sport.' Het klonk staccato, en vlak, alsof het hem verveelde dat hij moest praten. 'Toen zijn agent me benaderde, heb ik mijn besluit gebaseerd op het feit dat hij de instelling heeft van een kampioen en weet hoe hij moet winnen. Hij is een atleet op de toppen van zijn kunnen: sterk, lenig en bereid om zijn lijf tot het uiterste te dwingen. Hij weet hoe hij een trainingsregime moet aanhouden, hij kan omgaan met druk. En bovenal is hij realistisch over wat er mogelijk is. Surfen heeft hem alle benodigde skills gegeven voor halfpipe, maar hij weet dat op zijn dertigste op dit niveau beginnen aan slopestyle... onverstandig zou zijn.'

'Ja. En hoe makkelijk is het om van surfen de switch te maken naar halfpipe?'

'Het is makkelijker voor een surfer om te boarden dan andersom. Bij surfen moet je afgezien van het rijden van een golf ook een perfecte techniek hebben voor peddelen, de golven timen en op het board gaan staan. Alles op een bewegende ondergrond. Feitelijk heeft Kit op de sneeuw alleen hoeven leren hoe hij zijn gewicht op het midden van het board moet balanceren. Bij surfen rij je met je gewicht op je achterste voet.'

'Maar het is veel ingewikkelder dan dat, met al die sprongen die je moet leren. Dat is bijna een soort turnen.'

'Klopt. Maar Kit is extreem gefocust. Hij heeft waarschijnlijk evenveel tijd op de trampolines en luchtkussens besteed als op de sneeuw. Het was belangrijk om zijn zelfvertrouwen op te bouwen met die sprongen voordat we naar de hardere ondergrond gingen.'

'Heeft hij een aangeboren gevoel voor het springwerk?'

'Nee.'

'Kunt u dat toelichten?'

'Hij kan doen wat hij doet door pure wilskracht. Het komt hem niet aanwaaien.'

'Is dat dan genoeg als zijn concurrenten constant de grenzen verleggen?'

'Mijn gevoel – en dat heb ik hem ook gezegd – is dat hij de hoge punten gaat scoren door de basics heel goed te doen: hoogte, stijl en superdegelijke landingen.'

Ze knikte. 'Zijn broer lijkt een natuurlijke flair te hebben. U en ik staan hier bij het Stomping Ground-trainingkamp in Saas-Fee en er wordt veel gespeculeerd over dat Beau Foley misschien ook het professionele circuit in gaat.'

'Beau is niet mijn cliënt. Ik richt me alleen op Kit.'

Clover was verbaasd. 'Is dat niet… kortzichtig?'

Hij leek verbaasd door haar plotse lompheid. 'Kit is de ster. Hij heeft maar een paar jaar om door te breken. Ik focus me op hem.'

Ze zweeg even. 'U staat in hoog aanzien in deze wereld. Dacht u dat het uw reputatie zou kunnen schaden als u zich zou inlaten met Kit Foley?'

'Nee.'

'Denkt u dat Kit Foley dacht dat het goed zou zijn voor zijn reputatie als hij met u geassocieerd werd?'

'Dat zou u aan hem moeten vragen.'

Clover beet op haar lip. Bloed. Steen. 'De snowboardgemeenschap staat bekend om zijn camaraderie, maar Foley wordt zichtbaar buitengesloten, sommigen zouden zelfs zeggen uitgestoten, door de andere boarders.'

'Mensen oordelen te snel. Ze geloven wat ze lezen... of zien.' Zijn ogen vernauwden zich. Verwijtend.

'Heeft het u nooit dwarsgezeten, Kits rol in Cory Allbrights ongeluk?'

'Nee.'

Clovers wenkbrauwen gingen omhoog. 'Hij heeft nooit ontkend dat hij met opzet Cory's recht op voorrang op de golf verbrak. Hij blokkeerde zijn lijn en dwong hem feitelijk in het water. De golf pikte Cory op toen hij brak en hield hem onder... Dat vindt u niet zorgelijk?'

Hij haalde hoorbaar adem. 'Kit en ik hebben samen lang gesproken over wat er die dag is gebeurd. Ik ben tevreden met wat hij me heeft verteld. Ik geloof niet dat hij een gevaar is voor de andere atleten.'

'Dus u vindt dat Kit geen blaam treft?'

'Dat heb ik niet gezegd.'

'Maar u lijkt hem helemaal niet verantwoordelijk te houden. Op zijn minst is hij schuldig aan grove onsportiviteit.'

'Het is tegen de geest van de sport, maar niet tegen de wet.'

Clover moest wegkijken, ze voelde woede opkomen. Johnny keek naar haar met een waarschuwende blik in zijn ogen.

'Goed. Ik heb nog een vraag voor dit moment. Denkt u dat hij de top gaat bereiken?'

Er viel een lange stilte. 'Ja, dat denk ik.'

Ze keek door haar wimpers. 'Dat klinkt niet heel zeker.'

'Hij gaat het redden, maar alleen als hij het liever dan wat dan ook wil.'

'U weet niet zeker of dat zo is?'

'Ik weet niet zeker dat híj dat al weet.'

Clover keek naar Johnny. Hij knikte naar haar en ze liet haar microfoon zakken. 'Dank u wel voor uw tijd, heel fijn dat u even met ons wilde praten.'

Hij wierp haar een sceptische blik toe en knikte naar haar, maar hij glimlachte nog steeds niet. Hij begon weg te lopen…

'Trouwens, ik heb een vraag voor jou,' zei hij, en hij liep terug.

'Ja?'

'Is er gisteravond iets gebeurd?'

Clover keek hem neutraal aan. 'Gisteravond?'

'Ja. Hij liep vanochtend rond als een beer met hoofdpijn.'

'Dat hebben we allemaal,' zei Johnny. 'Er was een groot feest in de M+M Bar gisteravond en van wat ik heb gezien, leek het alsof Kit…' Hij slikte, alsof zijn brein eindelijk in de pas liep met zijn mond, en keek haar vanuit zijn ooghoek aan. 'Het naar zijn zin had.'

'Hm.' Tipper fronste, en zijn blik gleed van Johnny naar Clover. 'Nou, wat het ook was wat hem op stang heeft gejaagd, daar kunnen we meer van gebruiken. Hij rijdt als een beest vandaag.'

'Ik dacht dat hij zich inhield,' zei Clover. 'Vanwege zijn verwondingen?'

'Niet meer. Hij is ergens door aangewakkerd en ik zou willen dat ik wist wat. Ik zou het graag op de tap hebben. Ik dacht dat het misschien iets met jullie te maken had.'

'Met ons?' vroeg Clover, en ze keek Johnny vragend aan.

'Wel, dat leek mij het verband, de laatste tijd.'

Ze keken hem na. Clover voelde dat haar kater weer opspeelde. Ze had het heet, koud, er liepen rillingen over haar rug.

Johnny keek al naar haar toen ze zich naar hem omdraaide. 'Nou,' zei ze met een dun lachje. 'Dat was… interessant.'

'Ja,' knikte hij, en hij klapte het statief in. 'Dat is het juiste woord, ja.'

Jay Kaplin, Team Canada Ja, ik heb hem nu een paar keer zien rijden, maar hij ziet er vandaag wel anders uit. Hij begint er echt goed uit te zien. Het lijkt alsof hij zich daarvoor inhield. *(Lacht)* Ik begin me zorgen te maken.

Clover Phillips Waarom zou hij zich hebben ingehouden, denk je?

J.K. *(Haalt zijn schouders op)* Ik bedoel, hij heeft wat blessures gehad. Hij is flink in elkaar geslagen, heb ik gehoord.

C.P. Denk je dat er iets klopt van het gerucht dat hij zijn niveau moedwillig verborgen heeft gehouden?

J.K. *(Fronst)* Nee… Ik bedoel… Als je daar op die berg staat, dan moet je het echt wel flikken. Je kunt niet met halve maatregelen komen. Snowboarden is een *state of mind*. Ik denk dat hij gewoon rustig wilde beginnen.

C.P. Hij maakt er geen geheim van dat hij hier is om prijzen te winnen, niet om vrienden te maken. Kan hij ooit een van hen worden?

J.K. Ik weet het niet, man. *(Zucht)* Hij is… hij is niet zoals de gemiddelde boarder, dat is waar.

*

C. P. Wat vind je van Kit Foleys manier van boarden vandaag?

Gabriel Beadeaux, Team France Hij is ontzettend lekker bezig! Ik denk dat hij is vergeten dat hij niet op de golven zit! *(Lacht)* Kan iemand hem eraan herinneren dat hij de nieuwkomer is?

C.P. Denk je dat hij om de prijzen mee gaat doen dit seizoen?

G.B. Nu wel.

C.P. En maak je je zorgen over zijn reputatie wat betreft sportiviteit?

G.B. Sportiviteit? *(Fluit)* Luister, je kunt zien dat hij een strijder is. Hij krijgt zo'n blik in zijn ogen als hij zijn board onderbindt. Hij gaat van chill naar akelig in een tel. *(Knipt met zijn vingers)* Maar ik denk dat dat precies is wat van hem een kampioen heeft gemaakt, toch?

C.P. Dus het maakt niet uit dat hij zal vechten, koste wat kost?

G.B. Nou, de pipe is toch solowerk, dus dat maakt niet uit.

C.P. Zou jij het terrein met hem willen delen?

G.B. *(Zwijgt)*

Clover zat in de sneeuw met haar ellebogen op haar knieën. Ze had haar gezicht naar de zon gericht en ontspande zich in de warmte. Haar kater was zo goed als verdwenen. Ze hadden bijna iedere boarder geïnterviewd. Bijna.

'Daar gaat hij,' mompelde Johnny.

Ze keek naar de pipe toen Beau erin gleed, zijn lichaam extreem ontspannen toen hij sprong. Van wat Clover had gezien was hij deze dag steeds beter geworden en had hij aan vertrouwen gewonnen naarmate hij jumps van toenemende techniek had aangedurfd.

'Hoor je dat?' mompelde ze toen hij zijn laatste sprong goed afleverde, waarbij de toeschouwers hard voor hem juichten. Iemand noemde hem 'maatje'.

'Ze zijn gek op hem,' was Johnny het met haar eens. 'Maar hij is ook een van hen. Dat voelen ze.'

Zijn punt was duidelijk: hij was anders dan Kit.

Tot hun grote irritatie had Tipper McKenzie gelijk gehad. Kit was vandaag ook in topvorm, maar niet om de redenen die hij had aangenomen. Ze herinnerde zich het meisje met het zwarte haar en de neusring. Kit had geen slechte avond gehad. Hij had een geweldige avond gehad, en nu reed hij met een energie die ze niet eerder had gezien. Hij had niet de poëtische vloeibaarheid van sommige andere boarders, had niet de gymnastische flexibiliteit waar de menigte zich aan vergaapte, maar hij had wel de lichaamskracht en een verfijnd technisch gevoel, waardoor hij messcherpe bewegingen maakte. Een paar keer had hij even zijn hand uitgestoken bij het landen, maar bijna elke landing was zeer degelijk. Hij was evenwichtig en gefocust, en toonde de mensen, eindelijk, waartoe hij in staat was.

Maar de ondertoon van weerstand tegen hem hield aan. Clover kon het zien in de gedempte reactie op zijn trucs. Hij mocht dan met pijn en moeite winnen aan respect, maar hij was niet geliefd, niet op de manier waarop er van zijn broer werd gehouden. Clover was geen expert in de sport, maar het leek haar dat Beau zijn broer inhaalde op het gebied van flair en puur plezier.

'Koffie?' vroeg Clover aan Johnny.

'Nee, dank je wel. Ik heb nog even geen behoefte aan stimuli... Maar wil jij niet naar Kit kijken? Hij moet zo weer, na deze gast.'

'Nope,' zei ze droog. Ze kon het bijna niet opbrengen om naar hem te moeten kijken. 'Jij bent degene met de camera.' Ze stond op, klikte haar de ski's onder en zette af. Het was maar een paar honderd meter naar de Ice Bar naast de stoeltjeslift, maar het voelde goed om haar benen even te bewegen.

Er was een korte rij voor de koffie en ze sloot achteraan. Ze had geen haast. Ze draaide zich om omhoog te kijken, de helling op. Deze positie verschafte een bijna totaal uitzicht recht de pipe in, maar ze kon niets zien, omdat er opeens een regen van sneeuw op haar viel, het furieuze schuim van een board dat in een keer tot een stop kwam, op centimeters van haar. De snowboarder keek haar aan, zijn borst ging op en neer. Met zijn helm en vizier op wist ze even niet…

'Mikey?'

Hij duwde zijn sneeuwbril omhoog. Zijn bruine teint was nog dieper geworden, en hij had nog meer en grotere sproeten op zijn wangen. 'Ik dacht al dat jij het was.'

Het was een agressieve stop. 'Hé,' zei ze, een beetje onzeker. 'Waar was je de hele dag? Ik heb je gezocht.'

'O ja?'

Ze bemerkte zijn koele toon. Hij was niet geïnteresseerd in kletspraat en ze wisten allebei dat zij wist dat hij bij het slopestyleparcours was geweest, trainend voor Modena.

'Hoor eens, over gisteravond…'

Hij ging meteen op zijn andere been staan.

'Het spijt me. Ik wil niet dat je denkt dat ik zomaar ben weggerend.'

'Nee? Wat moet ik dan denken?'

Ze haalde haar schouders op. Ze vond het heel erg dat ze dit moest toegeven. 'Ik moest vreselijk overgeven. Matty moest me naar huis brengen. Echt, ik was er slecht aan toe. Ik ben zowat flauwgevallen… Het spijt me.'

Hij zweeg nog even en bekeek haar alsof hij probeerde haar op een leugen te betrappen. 'Dat laatste shotje deed het hem, of niet?'

'Ik ben bang van wel. Het was niet zo best.'

Hij knikte, keek weg en keek naar een boarder die de lucht in vloog vanaf de big air kicker. 'Nou, dat is heel jammer. Het had alles in zich om een geweldige avond te worden.' Ze zag de warmte weer een beetje terugkomen in zijn ogen.

Ze grijnsde en stopte haar haar achter haar oor. 'Ja, dat is zo.'

'Gaat het nu weer?'

'Ja hoor. Niets wat drie baguettes en vijfentwintig koppen koffie niet kunnen oplossen.'

Hij grijnsde eindelijk terug. 'Dit is zesentwintig?'

'Ik weet niet hoe je het doet, zo feesten, en dan jezelf hier van allerlei schansen af gooien. Ik vond het al moeilijk genoeg om mezelf staande te houden met mijn voeten stevig op de grond.'

'Dat is mijn leven,' zei hij met een schouderophalen. 'Ik ben het gewend.'

Ze knikte en vroeg zich af wat dat in concrete termen betekende: hoeveel verschillende feestjes, hoeveel verschillende meisjes? Niet dat het uitmaakte.

'We vliegen vanavond,' prevelde hij, terwijl hij opzijkeek.

'Vanavond? Bedoel je dat jullie niet hier zijn, voor de laatste avond?'

Hij keek haar weer aan en hoorde de teleurstelling in haar stem. 'Sponsorverplichtingen van het olympisch team.' Hij rolde met zijn ogen.

'O...' zei ze, en ze snapte opeens de reden van zijn frustratie toen hij haar daarnet had bedolven onder de sneeuw. Ze hadden hun enige kans gisteravond verspeeld. Er was geen tijd meer.

Ze zagen een andere boarder over de rails glijden en Mikey floot als waardering voor zijn run. Hij keek haar aan. 'Weet je, ik kon je zien vanaf daarboven. Ik heb de hele dag naar je gekeken. Je zag er druk uit.'

'Ik wilde je vinden om het uit te leggen, maar we moesten alles uit onze laatste dag halen. We hebben de laatste tijd al zoveel tijd verloren en we krijgen geen andere kansen meer om met de pro's te praten voor Sankt Moritz.'

Zijn wenkbrauw ging omhoog. 'Ben je daar ook?'

'Ja.'

'Ik ook.' Zijn grijns werd breder, zijn boodschap duidelijk.

Misschien hadden ze dan toch nog een beetje tijd?

Een meelevend 'o' steeg op van de menigte toen een van de boarders in de pipe viel. Mikey trok een grimas. 'Yuki Watanabe,' mompelde hij. 'Die heeft de neiging tot overrotatie.' Ze keken toe hoe de man een tijdje verdwaasd bleef liggen, waarna hij zichzelf overeind hees. Mensen klapten voor hem, riepen zijn naam. Clover herinnerde zich dat ze een citaat van hem hadden opgehaald voor de lunch.

Mikey kneep zijn ogen half dicht. 'Hm. Het ziet er scherp uit daarboven.'

'Voel je je uitgedaagd?' vroeg ze, hem van dichtbij bestuderend. Hij was goed in zoenen, heel gezellig en je kon met hem lachen. Sankt Moritz kon wel een date zijn om naar uit te kijken. God wist dat ze daar op dit moment behoefte aan had.

'Ik dacht dat ik klaar was voor de dag, maar ik denk dat ik toch nog een keer ga...' Hij keek haar aan. 'Zeker als jij me toejuicht.' Hij schoof zijn board naar haar toe. 'En zeker als ik ook nog een kus krijg voor geluk...'

'Als je denkt dat je het nodig hebt,' zei ze lachend.

'Geluk? Nee... Maar een kus...' Hij boog zich voorover en kuste haar, waardoor de herinneringen aan gisteravond – de lichten, de hitte, de herrie – meteen weer terugkwamen.

Hij gaf haar een knipoog en trok zijn sneeuwbril weer voor zijn ogen. 'Ik kan maar beter naar boven gaan en in de rij gaan staan.' Hij bukte en maakte zijn schoen los. 'Beloof je dat je me gaat aanmoedigen?'

'Ik beloof het. Ga maar. Ik kom zo.'

Hij kuste haar nogmaals en trok haar dicht tegen zich aan met een arm om haar middel geslagen. 'Dan zie ik je zo boven,' zei hij, en hij stepte met zijn ene voet waarna hij opging in de rij voor de lift. Ze keek hem na.

'Ja?' vroeg de man achter de bar.

'O, sorry, *Milchkaffee*,' zei ze, waarna ze zich omdraaide en haar wanten met haar tanden van haar handen af trok om in haar jack naar haar pinpas te zoeken. Ze keek mee hoe hij de filters leegtikte en terugplaatste, de hendel overhaalde, stoom dat in wolken van de machine afsloeg in de ijskoude buitenlucht. Ze keek om zich heen en zag wat boarders sprongen maken, als silhouetten tegen de hemel.

De schuimende melk werd erop geschonken…

'Hé! Waarom vecht je met me, man?'

Haar hoofd schoot omhoog, samen met alle andere. De stem klonk in de verte, maar het accent reikte een eind. Het kwam uit het gebied rond de lift. Ze zag Mikeys handen in de lucht in een gebaar van niet-medeplichtigheid terwijl een andere boarder agressief tegen zijn borst botste. Er stonden misschien tien, twaalf mensen in de rij, lang niet genoeg voor voordringgedrag of ellebogenwerk.

'Wat is jouw fokking probleem?' wilde Mikey weten.

De andere boarder gaf geen antwoord en keek hem niet aan. Hij ging gewoon in de lift zitten bij wat skiërs, alsof er niets was gebeurd.

Mikey keek naar een paar andere boarders die in de rij stonden en hun handen vragend in de lucht staken. 'Wie was dat?'

'Een ontzettende eikel,' zei een van hen, met een gebaar van verbijstering.

'Waarom moest hij nou vechten?' vroeg Mikey weer, aan niemand in het bijzonder, terwijl de volgende rij stoeltjes al om de hoek kwam zetten om hem op te scheppen en naar de top te brengen.

Clover bleef in stilte staan staren.

19

'Welkom terug,' zei Carlotta, die de deur opendeed terwijl de poort achter hen dichtgleed.

'Nou, fijn om weer thuis te zijn,' verzuchtte Johnny, met witte vlokken in zijn bruine haar van de sneeuw die viel en op hun hoofden terechtkwam. Het was de eerste keer dat ze sneeuw zagen in het stadje, en vanuit de trein hadden ze al gezien dat alle pistes nu waren bedekt onder een dikke witte laag. Het resort zou vanaf volgend weekend volledig opengaan; de toeristen zouden dan beginnen te komen en de hotels zouden vollopen en zich klaarmaken voor Kerstmis.

'Ha, thuis? Dat zou je wel willen!' mopperde Matty, die langs hem door de voordeur naar binnen liep terwijl hij bukte om zijn tassen op te pakken. Ze stampte met haar besneeuwde laarzen op de mat. 'Hoi, Carlotta, fijn om er weer te zijn.'

'Was jullie trip succesvol?'

'Het was... heel druk. En afwisselend, en interessant.'

'Uw verwondingen zien er een stuk beter uit,' zei de huishoudster, terwijl ze naar Clovers wang en oog keek.

'Dank je wel. De zon heeft geholpen.' De blauwe plek was bijna weg, alleen in het felste licht zag je het nog vaag. 'Ik neem aan dat de anderen er al zijn?' Net als op de heenweg waren ze teruggevlogen. Clover, Matty en Johnny's reis had iets meer moeite gekost – al was het ook mooier qua uitzicht – met de trein.

'Ja. Kit en Ari zijn vanochtend teruggekomen, hoewel ze nu alweer weg zijn.'

Niet weer, hè! Clover weerstond de verleiding om met haar ogen te rollen. Het leek wel een kat-en-muisspel, waarbij ze hen najoegen over grenzen en een soort observatiepost bemanden in hun eigen huis. Wacht... 'En Beau dan?'

'Die blijft nog een paar dagen in Saas-Fee. Ik geloof dat er verse sneeuw was voorspeld en dat hij daarop wilde wachten.'

'Aha.' Clovers blik gleed naar de anderen. Was dit weer een kleine breuk die zich opende tussen de broers? Dat Beau eindelijk zijn eigen vrijheid en zijn eigen toekomst begon op te eisen?

'Jullie zullen wel moe zijn. We hebben drankjes en hapjes voorbereid voor als jullie klaar zijn,' zei Carlotta, die de deur achter hen dichtdeed en de kou buitensloot.

'Yes. Ik ben zo dol op dit huis,' mompelde Johnny, en hij lachte dankbaar naar haar terwijl hij naar zijn kamer liep.

'Kijk, bloemen!' zong Matty toen Clover zich hun kamer in wrong. Ze lag al op bed naast een boeket rode rozen en las het begeleidende kaartje.

'Laat me raden. Julian,' zei Clover, en ze liet haar tas op het bed vallen terwijl ze om zich heen keek. Deze vier muren weer? Johnny mocht dan blij zijn dat hij weer in luxe kon leven, Matty kon fijn weer in een baan om Julian heen cirkelen, maar Clover miste nu al de vrijheid van de laatste paar dagen, dat ze volledig kon relaxen en zichzelf zijn, weg van de priemende blik van Kit Foley. Het voelde als een stap terug om hier weer te zijn – op de plaats waar ze hun delict hadden gepleegd.

Ze begon haar vieze kleding uit te pakken, waarbij haar te binnen schoot dat ze maar een paar weken hadden tot ze naar Sankt Moritz zouden gaan, waar Kits professionele debuut zou plaatsvinden. Ze zouden hier vóór Kerstmis weg zijn, maar er was nog heel veel te doen. Ze hadden een grote hoeveelheid B-roll-materiaal verzameld. Ze hadden alle glinsterende panorama's, de spectaculaire trucs en bondige meningen die ze maar nodig konden hebben, genoeg voor twee films. Maar nu kwamen ze bij de kern, en de waarheid die ze geprobeerd had te ontkennen was dat als ze wilde dat Kit iets zou zeggen in zijn interview, ze op een of andere manier iets van de schade die ze had aangericht ongedaan moest zien te maken.

Haar grootste misdaad was niet het feit dat ze met hem naar bed was gegaan, maar het feit dat ze had toegegeven dat ze hem haatte. Zolang hij dat geloofde, zou hij haar niet vertrouwen en zou ze niets van hem krijgen. Ze moest een manier vinden om het terug te draaien en die woorden terug te nemen. Ze moest hem laten geloven – lang genoeg – dat ze bereid was zijn verhaal aan te horen.

Ze keek op en besefte dat Matty tegen haar sprak. 'Sorry, wat zei je?'

Matty sloeg haar ogen ten hemel. 'Ik zei dat hij een man met klasse is. Een man, geen jongetje, snap je?'

Kit? Maar toen snapte ze het. 'O. Julian... Ja.'

Johnny stak zijn hoofd om de deur. 'Wie wil er een drankje?'

'Ja,' zei Clover opgelucht. Het laatste wat ze nu nodig had was naar Matty luisteren die maar niet kan stoppen over hoe rijk, knap en attent Julian wel niet was. Ze lieten haar zwijmelen bij de rozen. Clover dacht niet dat Mikey Schultz een type was voor rode rozen, maar ze hadden nummers uitgewisseld en hij had haar wat grappige selfies gestuurd op weg naar Italië.

'Ik wil profiteren van het feit dat we het huis even voor onszelf hebben,' zei Johnny terwijl ze de lege zitkamer in liepen. Geplette kussens op de bank suggereerden dat iemand er recentelijk nog had gezeten. Een zilveren dienblad met gins, wodka, vermout en allerlei soorten flesjes prik stond klaar voor hen, met schalen chips, soepstengels, olijven. 'Wauw!'

Ze bleven staan en keken in totale verbijstering op naar de vijf meter hoge kerstboom. Hij was gedecoreerd met kilometers aan lampjes en stond in de hoek van de kamer bij het raam. Het kwam Clover voor dat Kit hem kon zien vanuit zijn bed. Of in dat bad. Ze keek nog een keer naar de glazen muur en probeerde zich hem daar voor te stellen, bladerend in een tijdschrift of met een van zijn zelfhulpboeken, zonder veel oog voor de schapenleren bank of voor hoe fijntjes de stof was van zijn lakens.

'Heeft Carlotta dat allemaal alleen gedaan?' vroeg Johnny.

'Fin zal toch wel geholpen hebben?' Of de brandweer? De plaatselijke school? Hoe waren ze überhaupt de trap op gekomen?

'Ik heb het al eens gezegd en ik zeg het nog een keer: wat hou ik van dit huis,' zei Johnny en hij liep naar het blad met drank en schonk twee enorme dirty martini's in en prikte vier olijven op een cocktailprikkertje.

'Proost!' Ze klonken met hun glazen en ze nam een flinke teug terwijl hij weer in een rechte lijn naar de platencollectie liep.

'Dat was wel interessant, hè, wat Carlotta zei, vond je niet?'

'Wat zei ze dan?' vroeg hij, terwijl hij haar kort aankeek.

'Dat Beau in Saas-Fee is achtergebleven om te freeriden.'

'Eh. Ja, dus?'

'Johnny. Beau is normaal gesproken Kits schaduw.'

'Ja. Maar dat betekent toch niet dat hij dat niet meer is. Hij geniet gewoon even van de poedersneeuw.'

'Maar je hebt gehoord hoe mensen voor hem juichten, hoeveel liefde er over hem werd uitgestort...' Ze kneep haar ogen tot spleetjes en dacht even heel diep na. 'Weet je nog dat Beau dronken werd toen Kit die megatruc had uitgevoerd?'

'De Switch Backside 1260,' mompelde Johnny.

'Ja. Die.' Ze nam nog een grote slok. 'Waarom zou Beau zo reageren?'

'Omdat hij een lapzwans is? Hij houdt ervan om dronken te worden.'

'Of omdat hij weet dat zijn broer gaat doen op de sneeuw wat hij in het water heeft gedaan? Hij wordt weer een ster. Het maakt niet uit dat Beau misschien beter is. Tipper McKenzie wil hem niet eens een kans geven. Ari vindt hem een profiteur. Het zal altijd om Kit draaien. Het heeft altijd om hem gedraaid en dat blijft zo.'

'En dus denk je dat het feit dat Beau achterblijft om met de homies te boarden een daad van verzet is?'

'Denk jij van niet?' keerde zij de vraag om. 'Hij wordt door hen geaccepteerd zoals Kit niet wordt geaccepteerd. Het is het enige wat Beau wel heeft en Kit niet. Misschien geeft Beau voor het eerst in zijn leven tegengas? Door iets voor zichzelf te nemen?'

Johnny zuchtte met een vermoeide blik.

'Wat?' zei ze.

'En dit ontleen je allemaal aan het feit dat Beau een paar dagen langer in Saas-Fee blijft?'

Ze knipperde. 'Ja! Kit heeft Beau zijn hele leven gedomineerd. Hij moet de ster zijn. Alles moet om hem gaan, waar ze wonen, waar ze boarden, wat ze eten, of ze uitgaan... Ik denk echt dat Beau eindelijk op een punt komt dat hij er genoeg van heeft.'

'Tja. Misschien.'

'Ik denk dat hij misschien wel wat wil zeggen...'

Johnny rechtte meteen zijn rug. 'Clo, ik ben kapot. We hebben de hele dag gereisd. Ik heb als een hond gewerkt op die pistes en de afgelopen weken.' Hij zuchtte. 'We hebben de tent maar heel even voor onszelf! Kunnen we niet even het werk uitschakelen en ontspannen? Een paar uurtjes? Alsjeblieft?'

Ze had meteen spijt. Elk woord was waar. Niemand had harder gewerkt of langere dagen gedraaid dan hij. 'Sorry,' zei ze met een vertrokken gezicht. 'Sorry. Ik vind het moeilijk om mezelf uit te zetten.'

'Dat weet ik.' Hij knipoogde naar haar, vol vertrouwen, lekker in zijn vel, altijd bereid om te vergeven en door te gaan. Volgens Clover kon hij nog geen wrok koesteren als zijn leven ervan afhing. 'Kom op,' zei hij. 'We moeten wat muziek opzetten. Dit huis is fantastisch, maar het mist wat leven.'

Johnny had gelijk. Het chalet miste inderdaad leven. Het was prachtig, maar op een steriele manier. Het was voorzien van alle luxe die je kon bedenken, maar het effect was op een of andere manier verstikkend. Clover pakte een soepstengel en liep naar de gigantische kerstboom, terwijl Johnny weer door de albumhoezen struinde. Ze kon haar eigen reflectie zien in het raam. Het was buiten al donker, op de achtergrond twinkelden de lichtjes in het stadje. Ze trok de band van haar spijkerbroek op en draaide zich om naar de kamer, nippend van de veel te sterke cocktail.

Het haardvuur knetterde er lustig op los, wat tenminste wat energie en geluid in het huis bracht. Ze slenterde naar het schaakbord. Toen ze er een paar dagen geleden langsliep was het neergezet voor een nieuw spel, maar inmiddels werd er weer gespeeld.

'Aha!' riep Johnny. Hij zette zijn glas neer om een plaat op te zetten. 'Dit wordt hem!'

Clover hoorde hem amper. Ze zag dat het zwarte paard naar E2 was verplaatst en dat zwart zijn loper kwijt was. Ze aarzelde even, omdat ze zich de ellende herinnerde van de laatste keer dat ze zich met hun spel had bemoeid, maar het was voor haar zo duidelijk wat de volgende zet moest zijn van zwart... Ze bukte en verplaatste de koningin terwijl de eerste vertrouwde klanken van 'Gimme Shelter' van The Rolling Stones door de ruimte galmden.

Ze keek hem aan met een veelbetekenende glimlach. 'Gatver, mijn favoriet.'

'Ik weet het,' grijnsde hij. Hij wist dat ze niet stil kon zitten bij dit nummer. Ze nam nog een slok van haar cocktail, het glas was al halfleeg.

Als vanzelf gingen haar ogen dicht en begon ze te dansen, waar haar lichaam al meteen veel meer door ontspande. Martini, The Stones, een openhaard en een kerstboom... Wat wilde een mens nog meer? Ze nam nog een slok en vergat het schaakspel.

'Kom op.'

Ze keek om en zag Johnny dansen, met zijn armen in de lucht. 'Nee!' gilde ze lachend.

'Waarom niet? Ze zijn er niet. Laat jezelf gaan! Voel je vrij, Clo!' zei hij voor de grap, buigend en strekkend als een bezetene.

Ze moest lachen en begon langzaam ook te dansen toen ze de muziek door haar lichaam voelde gaan. Ze kon het niet weerstaan. Het was haar favoriete nummer. Ze liet haar hoofd achterovervallen en haar haren dansen. Ze voelde de stress uit haar lichaam verdwijnen en nam nog een slok. Ze vond het gewicht van het glas in haar hand prettig. De melodieën bouwden op, er kwam meer ritme in toen de drums erbij kwamen.

Johnny deed zijn beste imitatie van Mick Jagger, met allerlei rare pruilmondjes, waar ze om moest lachen.

Ze viel in bij de vrouwelijke vocalen, waarbij ze vooroverleunde en met haar schouders schudde. Hun stemmen kwamen bij elkaar en versmolten. Ze hadden samen te veel karaokeavonden meegemaakt om nu niet in zingen uit te barsten. Ze draaide van hem af, met haar armen boven haar hoofd, haar heupen zwaaiend en zichzelf eindelijk verliezend in het liedje… Dat was fijn. Hij had gelijk. Ze was vergeten hoe het voelde om even los te laten, om niet steeds aan werk te denken, aan Kit Foley.

De gitaar kwam erbij en Johnny ging netjes over in een enthousiaste luchtgitaarsolo. Clover floot hem toe en danste om hem heen, met haar armen wijd terwijl ze langzaam rondjes om hem draaide, haar haar wapperend achter haar aan en haar ogen dicht. Ja, ze voelde zich vrij… vrij van de woede die in haar maag had liggen sudderen sinds Cory's dood. Een moment lang voelde ze zich licht, bruisend, alsof ze zou kunnen oplossen in een stroom van bubbels en dan opstijgen.

Johnny greep haar midden in een pirouette, zodat ze half in zijn armen werd geduwd door de kracht. Haar ogen gingen open en ze lachte. 'Oeps!'

'Je viel bijna daarover,' zei Ari, wijzend naar de lage salontafel vlak bij hun benen.

Ari?

'Niet stoppen, alsjeblieft,' zei hij en hij liet haar gaan en zette een stap naar achteren, waardoor ze Kit tegen de muur geleund zag staan met een hand in zijn broekzak. 'We vonden het wel leuk. Je kunt goed dansen. Vol eh… overgave.'

Clover keek naar Johnny, die er bijna nog erger geschrokken uitzag dan zij. Hadden ze zijn luchtgitaar gezien?

'We dachten dat jullie weg waren,' zei hij en schraapte zijn keel.

'Dat waren we ook. Maar nu zou ik willen dat we eerder waren teruggekomen,' zei Ari lachend. Hij liep naar de tafel en schonk voor zichzelf ook een drankje in. Hij hief het glas en keek Kit vragend aan.

Kit haalde zijn schouders op en bleef staan. Clover voelde haar wangen gloeien. Hoe lang hadden ze daar gestaan?

'Maar wanneer zijn jullie teruggekomen?' vroeg Ari, die de vermout tot ver boven het streepje liet komen.

'Veertig minuten geleden? Zoiets.'

'Lange dag,' zei Ari. 'Geen wonder dat jullie wat stoom afbliezen.'

Kit duwde zichzelf van de muur af en liep naar Ari om zijn borrel aan te pakken. Clover keek naar zijn rug, wetend dat ze zich moest herpakken, dat dit het moment was waarop ze hem ofwel voor zich moest winnen, of dat hij zichzelf dieper zou ingraven in de overtuiging dat ze hem tegenwerkte. Ze moest professioneel zijn. Onbevooroordeeld. Niet hatend. Al die dingen. Ze moest zorgen dat hij haar zou vergeven, want als ze dat niet deed, zou dat wat er tussen hen was gebeurd ook tussen hen in blijven staan.

Ze sloeg haar borrel achterover. Ze kon de moed goed gebruiken.

'Nog een?' vroeg Ari met uitgestoken hand toen hij zag dat haar glas leeg was.

'Ja, graag,' glimlachte ze, en ze liep naar hem toe. Ze stond nu dicht bij genoeg om er ontspannen uit te zien. Hoewel haar hartslag iets anders zei. Sinds het zwembad had ze niet dichter bij hem gestaan. *Wat doen jullie hier?* Dat was het enige wat hij tegen haar had gezegd sinds zijn laatste betekenisvolle woorden. *Ik haat jou ook*. De wetenschap van wat ze hadden gedaan stond robuust en vast als een huis tussen hen in.

De enige meevaller was dat Ari het niet leek te weten. Net als Beau had hij geen veelzeggende blik in zijn ogen als hij tegen haar sprak, en geen grijns om zijn lippen. Hoe ongelooflijk het ook klonk, ze dacht niet dat Kit het aan een van hen had verteld.

'Vond je het leuk in Saas-Fee?' vroeg Ari.

'Het zag er wel zo uit,' zei Kit.

Zijn toon was nietszeggend, maar door die ene opmerking wist ze dat hij haar met Mikey in de bar had gezien. Niets van wat hij ooit deed was achteloos. Achter alles zat een bedoeling.

'Nou, het hielp wel dat het zulk mooi weer was,' wist ze uit te brengen, want ze weigerde om ruzie te maken of zichzelf te verdedigen. Het ging hem niet aan met wie ze zoende, net zoals het niet haar zaak was met wie hij… Ze dacht aan het meisje met het zwarte haar. 'En we hebben eindelijk wat kleur gekregen!'

Te laat besefte ze dat ze de aandacht op haar gezicht had gevestigd en ze zag dat Kits blik op haar wang bleef hangen, zoekend naar de wegtrekkende sporen van haar blauwe oog. Dat van hem was ook bijna weg.

'Carlotta zei dat Beau daar is gebleven?' vroeg Johnny, die aarzelend van haar naar Kit keek, terwijl ze elkaars gezicht onderzochten.

'Dat klopt,' zei Ari over zijn schouder, terwijl hij Johnny's drankje ook inschonk. 'Je weet wat een beest hij wordt in de poedersneeuw.'

'Ja. En met wie is hij?'

'Gewoon wat homies die hij daar heeft leren kennen. Hij is over een paar dagen terug. Kit wil toch de pits doen en een aantal trucs goed erin stampen die hij daar heeft opgepikt, dus…'

'Aha.' Johnny's blik vloog naar Clover, alsof hij het antwoord voor haar had bevestigd. Dus toch geen grote samenzwering.

Ari draaide zich om en met z'n vieren stonden ze in een los vierkantje. 'Nou,' zei hij, en hij merkte iets op van de spanning die in de kamer hing. 'Proost dan maar.'

'Proost,' zeiden Johnny en Clover in koor.

'Wat draai je hierna voor ons, Johnny?' vroeg Ari in de stilte die viel. De naald was van de plaat af gelopen, want 'Gimme Shelter' was het laatste nummer op die kant van de plaat.

‘Hm,’ zei Johnny, dankbaar voor een excuus om weg te lopen en naar de platen te gaan. ‘Waar hebben jullie zin in? Iets met gitaar? Drum?’

‘Het moet iets zijn waar Clover weer van gaat dansen, en waar Kit weer van gaat lachen.’

Johnny verstijfde een moment en ging toen voor de platen op de grond zitten.

Kit wierp zijn manager een boze blik toe.

‘Ontspan, maatje,’ zei Ari geruststellend. ‘Ik plaag je maar... Maar even puur uit belangstelling, wanneer was de laatste keer dat je hebt gelachen, voordat we hier net binnenkwamen?’

‘Het is een beetje vroeg voor jouw bullshit. Je hebt nog niet eens een drankje gehad!’

Ari keek hem rustig aan. Langzaam tilde hij zijn hand op en zonder zijn ogen van Kit af te wenden dronk hij zijn glas leeg. Hij verblikte of verbloosde niet. ‘Nu jij.’

Kit spiegelde hem in stilte en leegde toen ook zijn glas.

Een moment lang was het volledig stil.

Clover keek van de een naar de ander, niet zeker of ze ruzie zouden krijgen of het nog eens zouden overdoen. Ze hoopte maar dat ze van haar niet hetzelfde verwachtten!

‘Beter?’ vroeg Ari een paar tellen later met een wenkbrauw opgetrokken.

Kit trok een mondhoek omhoog in een halve glimlach. Het was nog steeds alsof je een steen opensloeg en daar de zon in vond. ‘Het is een begin, lijkt me.’

‘Precies!’ zei Ari lachend, terwijl hij hem een vriendschappelijke schouderstoot gaf. ‘Dan kunnen we er beter snel nog een voor je maken!’

Clover voelde de kamer lichter worden. Zelfs Johnny’s schouders ontspanden terwijl hij ‘Sergeant Pepper’ van The Beatles opzette. Clover moest fysiek op haar lip bijten om te voorkomen dat ze mee zou blèren ‘*It was twenty years ago today...*’

Ari trok de zitzakken naar hen toe en ze lieten zich erin zakken in een halve cirkel om Johnny heen terwijl hij door het archief ging met het ene na het andere liedje.

'Nee! Ik ga níét dansen,' bleef Clover lachend zeggen, elke keer dat er een nieuw nummer werd opgezet en Ari aandrong dat ze moest opstaan en dansen.

'Kom op, Clover! Dans alsof we allemaal kijken, net als net!' grapte hij, en hij vulde haar glas bij.

Matty kwam na drie kwartier vragen wat 'al die herrie was'. Clover wilde dat ze een foto van haar gezicht had toen ze hen samen drinkend en lachend aantrof in zitzakken op de grond. Ze was binnen een paar seconden opgenomen in de chaos. Kit stond zelfs op om een zitzak voor haar erbij te trekken, terwijl Ari haar borrel voor haar inschonk.

'Hé...' Kit bleef staan toen hij langs het schaakbord kwam. 'Wie heeft die zet gespeeld?'

Clover voelde haar lach wegsterven. Ze zag dat Kit het ook zag en meteen wist dat zij het had gedaan. Ze herinnerde zich de laatste keer dat ze aan de stukken had gezeten.

Er klonk een gespannen stilte. Ze wachtte op de explosie. Iedereen wachtte op de explosie.

'Oké,' zei hij uiteindelijk. Hij tilde de tafel op en bracht hem naar haar toe. 'Wil je spelen? Laten we spelen.'

Hij ging tegenover haar zitten. Het was raar. De zitzakken waren heel laag vergeleken bij de tafelhoogte en ze moest de zak verschuiven om lekker te zitten en met haar hoofd hoog genoeg te komen. Zijn benen lagen om de tafel uitgespreid, de hare eronder. Hij strekte zijn voeten langs haar, terwijl hij naar het schaakbord keek om te zien wat haar laatste zet voor hem betekende.

Waarom had ze zich ermee bemoeid? Waarom was ze dit in godsnaam nog een keer begonnen?

Clover zat heel stil. De anderen waren nog volop aan het kletsen, ze bespraken liedjes en begonnen te zingen, ondertussen flink doordrinkend. Ze konden Ari aan Matty horen vragen van wie de bloemen waren.

Maar zij en Kit zaten in stilte. Ze kon voelen dat ze langzaam wenden aan elkaars nabijheid. Ze was zich scherp bewust van de manier waarop zijn lichaam dat van haar omvatte, hun gezichten op een meter van elkaar, met hun ogen neergeslagen, maar toch steeds zichtbaar in elkaars blikveld. Ze voelde aan dat hun stilte, hun beweginglooscheid, een soort tegenwicht was voor alle hartstocht die hen onverwacht had overvallen die rustige middag beneden. Als ze zichzelf in dat bad waren kwijtgeraakt, dan hadden ze hun beheersing weer gevonden op het schaakbord en nu namen ze hun correcte posities weer in: die van tegenstanders, zwart en wit, aan beide kanten van het bord.

Ze wilden allebei winnen. Ze bewogen de stukken voorzichtig, nadat alle mogelijke gevolgen van elke zet waren overdacht. Geen van beiden had haast, ze gingen op in de strijd. Het ging gelijk op – zijn paard, haar loper. Ze sloeg een pion, maar verloor haar toren.

Ze voelde de stilte die hen omhulde. Ze hadden net zo goed in een wolk of onder een dekbed kunnen zitten, of op een boot midden op de oceaan kunnen drijven. Hoe gezelliger de anderen werden, hoe luider hun stilte klonk. Te luid om doorheen te breken, het was juist comfortabel en fijn zo. De krachten die hen vanaf het begin zo hevig uiteen hadden gedreven – en waren veranderd in catastrofale aantrekkingskracht voor een paar verloren minuten – waren iets afgezwakt. Ze konden nu een huis delen, een kamer, een tafel.

Het verbaasde haar niet meer dat hij schaakte. Het was eigenlijk zeer voor de hand liggend – hij is een tacticus, zei ze tegen zichzelf terwijl hij nog een pion sloeg en hem met een tevreden blik op tafel neerzette. Zijn hele leven is een spel van zetten, bluf, intimidatie en dominantie.

Maar hij kon haar niet intimideren. Ze had haar eigen strategie. Zijn pion op F3 zat vast aan zijn koningin op F6. Als ze haar toren naar F3 verplaatste en de pion sloeg, dan zou hij zijn koningin naar C4 moeten zetten en kon ze zijn koningin pakken met haar toren op F4. Ze speelde agressief, vastbesloten om hem…

'Schaak,' mompelde hij en hij verzette zijn loper.

Wat?

Haar lippen gingen van elkaar toen ze zag wat hij had gedaan. Of beter gezegd, wat zíj had gedaan. Toen ze haar pion had verplaatst om zijn koningin op te jagen, had ze haar eigen koning op H2 blootgesteld aan zijn loper op D6. Haar eigen pion stond in de weg op H3 en ze kon niet naar G3 zonder een aanval van zijn paard op E4.

'Je was te druk met mij pakken,' zei hij zacht en hij keek naar haar wangen, die rood werden.

Clover wist dat hij gelijk had. Hij had haar naar F3 gelokt met de belofte van zijn koningin en daardoor had ze haar eigen verdediging verwaarloosd. Zijn truc had een naam: de tactiek van de aantrekking.

'Geen zorgen, je bent niet de eerste die me liever wil verslaan dan dat je wilt winnen.' Zijn blik ontmoette eindelijk de hare boven tafel, de eerste keer dat ze elkaar direct hadden aangekeken tijdens het spel. Ze zag dat er een dun donkerblauw randje om zijn lichtblauwe irissen zat, en ze zag triomf in zijn ogen.

Ze wist dat ze alleen zichzelf iets te verwijten had. Ze voelde zich dom. Vernederd. 'Gefeliciteerd,' zei ze met een geforceerd lachje. Ze stak haar hand uit over tafel. Het was iets wat zij wel kon en hij niet – waardig verliezen. Hij keek er even naar en schudde hem toen, en ze voelde dat schokje van hun eerste aanraking weer toen hun palmen elkaar raakten, zijn vingers op haar pols. Dichtbij, te dicht bij haar hartslag.

'Goed gespeeld,' zei hij zachtjes, en hij trok zijn knieën op en liet zijn ellebogen erop rusten terwijl hij naar haar staarde.

Ze wisten allebei dat het een spelletje was dat ze speelden, zowel op het schaakbord als erbuiten.

Pak me dan... Ik haat jou ook.

'Zo, zeg, dat is nog eens een fijn plaatje!'

Iedereen sprong op toen Julian plotseling de trap op kwam lopen.

'Julian!' hapte Matty naar adem, die heel duidelijk haar benen in stelling bracht om naar hem toe te rennen, maar zich toen realiseerde dat ze publiek hadden. 'Goh, dat we jou nu hier zien,' haperde ze.

'Ik ben op weg naar een etentje met de burgemeester,' zei hij, kijkend naar Kit terwijl hij de kamer in liep. 'We gaan het hebben over de details van de WST-sponsordeal, nu de ophef daarover is gaan liggen.' Zijn blik gleed van Kit naar Clover en hij zag hun geheelde gezichten, merkte op hoe dicht bij ze elkaar zaten en dat ze een spelletje deden. 'Ik ben echt heel blij dat iedereen er zo goed uitziet.'

'Blijf je voor een drankje?' smeekte Matty. 'Je hoeft nog niet meteen weg, toch? Er is zoveel te vertellen over Stomp.'

Kits blik kruiste die van haar weer. Er was ook veel gebeurd in Saas-Fee, voor hen beiden. Andere mensen, andere lippen, andere lichamen...

'Heel graag,' zei Julian, die de enkele knopen van zijn kostuumjasje losknoopte en naar de bar liep. Hij schonk zichzelf een gintonic in. Dit was tenslotte zijn huis.

Kit stond op en verwijderde de schaaktafel, waardoor Clover haar benen kon bewegen. Ze kwam overeind en was dankbaar voor de kans om een paar keer diep adem te halen. Haar verlies van even daarvoor zat haar nog dwars.

Kit daarentegen was in een royale bui door zijn overwinning. 'Het was een nuttige oefening, Julian,' zei hij, op de vriendelijkste toon die ze hem had horen gebruiken tegen zijn sponsor. 'Ook al hadden we uiteindelijk maar een paar dagen, het was het zeker waard.'

'Mooi! En het chalet? Was dat naar je zin?'

'Het chalet was top,' knikte Kit. 'Dank je wel.'

Julian keek naar Clover. 'Hoe vonden jullie de watermuur? Mooi, toch, met die kleuren die je zelf kon kiezen... Leuk voor etentjes!'

Clover glimlachte verbluft. Ze kon hem niet vertellen dat ze daar niet hadden gelogeerd, zonder de reden ervoor op te geven. Ze zouden daar ook hebben moeten verblijven. Dat was het plan geweest... Maar als ze loog tegen hem en net zou doen alsof ze er wel waren geweest, dan zou Ari weten dat ze loog. En dan zou hij zich afvragen waarom.

Ze voelde Kits blik op zich rusten, terwijl hij zich haar lastige situatie inbeeldde.

'Weet je zeker dat je daar niet wat roze grapefruit bij wilt, Julian?' kwam hij tussenbeide. 'Er zijn ook roze peperkorrels. Die zijn lekker.'

Julian keek naar zijn bleke drankje. 'Ja hoor, waarom niet?'

Clover keek met bonzend hart toe, terwijl Kit een plakje grapefruit afsneed voor zijn sponsor, en Johnny en Matty haar allebei veelzeggende blikken toewierpen. Kit die voor hen in de bres sprong?

Ze keerde zich af en probeerde kalm te worden. Haar bloed stroomde, maar ze wist dat dit het moment was om het hoofd koel te houden, want ze had het gevoel dat ze dit nog kon omkeren in een overwinning. Ze had hem onopzettelijk dichter bij haar doel gebracht. Nu hij voelde dat hij aan de winnende hand was, kon hij ontspannen en zijn verdediging laten zakken. Hij kon misschien niet tegenhouden dat ze filmde, maar hij had nu een paar kleine overwinningen gehad ten koste van haar: dit potje schaken, haar genadig 'redden' ten opzichte van zijn baas, die vrouw mee naar huis nemen voor haar neus en bewijzen dat hun ontmoeting zo betekenisloos was geweest als tandenpoetsen... Hij was ontspannen en tevreden met zichzelf en versloeg haar op elk punt.

Ari had zijn zin. Kit Foley was een en al glimlach. En ze had er niet eens voor hoeven dansen.

20

'Nog een klein stukje naar rechts,' mompelde Johnny.

Matty verschoof de softbox.

'Ja, zo is het goed.' Hij keek op en staarde door zijn wimpers naar de set. 'De stoel nog wat rechter... Nee, de andere kant op... Ja, dat is het... Oké, ik denk dat we er zijn.'

'Zijn we klaar?' vroeg Clover, die naar hem toe kwam en zelf op het schermpje keek. Haar stoel stond net buiten het shot. De camera stond net iets uit het midden opgesteld zodat de geïnterviewde niet zag dat er een groot zwart oog over haar schouder naar hem staarde. 'Oké.'

Ze ging rechtop zitten, schudde haar schouders los en nam ondertussen de vragen door in haar hoofd. Ze had ze op papier, maar ze wilde het oogcontact niet verbreken zodra de camera liep.

Ze hoorden Ari's voetstappen op de trap en keerden zich om toen hij de kamer in liep. 'Niet nerveus zijn,' zei Matty lachend. 'Het is echt maar een gesprekje. Clover bijt niet, dat moet je ondertussen wel weten.'

Ze hadden hem overrompeld bij het ontbijt, toen ze hem hadden verteld dat ze hem diezelfde ochtend wilden interviewen. Hij had maar een paar minuten gehad om zich voor te bereiden, maar zonder een kans om Kit in te lichten. Ze had het opzettelijk zo getimed. Ze wilde hem treffen als hij het niet verwachtte, terwijl Kit bezig was met zijn gebruikelijke ochtendtraining beneden in de gym en nu de vriendschappelijke stemming van gisteravond, gevoed door het onverwachte samenzijn, nog warm en voelbaar was.

Ari had een overhemd aangetrokken voor het interview. Clover had hem nog nooit zo netjes gekleed gezien. Het had het effect dat hij geen nek had. Hij zag er buitengewoon oncomfortabel uit.

'Kom maar hier zitten,' zei Matty, wijzend naar de stoel aan de andere zijde van de haard. Zell am See en het meer strekten zich uit achter zijn linkerschouder.

Clover, die al in de stoel tegenover hem zat, bleef geruststellend glimlachen terwijl hij van positie veranderde, aan zijn hemdsmouwen trekkend, zijn armen strekkend, zijn nek rekkend. Ze vroeg zich half af of hij dacht dat hij hier was voor een potje worstelen.

Matty schonk een glas water in uit de karaf. Ze hadden het kleine tafeltje verplaatst waar het schaakspel op had gestaan en het naast zijn stoel gezet. Het was hun ervaring dat geïnterviewden beter konden ontspannen als ze het gevoel hadden dat er iets was waardoor ze even een pauze konden nemen en weg konden kijken van de camera.

Ari keek haar aan, gespannen en weifelend. Er was niets over van de bon vivant die gisteravond de drankjes had ingeschonken, hardop zijn verzoeknummers roepend terwijl hij kaartspelletjes deed. Hij had zich grof geschoren, de littekens op zijn wangen waren nog bedekt met staalgrijze stoppels.

Johnny begon te filmen, Matty klapte de filmklapper tussen hen.

'Goed dan.' Ze keek Ari recht in de ogen aan en glimlachte zo warm mogelijk. 'Nou, Ari, kun je me allereerst vertellen hoe je Kit hebt ontmoet?'

Zijn schouders werden wat losser. Hier had hij een antwoord op. 'Tuurlijk. Het was bij een surfwedstrijd in Byron Bay. Hij was twaalf, ik was net zeventien. Ik had van hem gehoord, ik hoorde steeds maar over een of ander klein kind dat tegen jongens van vier, vijf jaar ouder surfte. En dat hij bijdehand was en dat het hem geen ree...' Hij deed zijn ogen wijd open. 'Sorry, kan dat eruit worden geknipt?'

Ze lachte. 'Maak je geen zorgen, wees gewoon jezelf. Wij lossen al die dingen op in de montage.'

Hij werd nog wat ontspannener. 'Het interesseerde hem niet,' zei hij voorzichtig. 'Het maakte niet uit hoe groot of hoe oud die andere jongens waren. Ik weet niet eens of hij wel naar ze keek. Kits ogen waren altijd alleen op de volgende reeks golven gericht. Hij was daar voor het surfen, weet je? De bekers kwamen vanzelf.'

Clover knikte en liet expres een lange pauze vallen voor de volgende vraag om hem de tijd te geven om te wennen. 'Hoe was hij tegen jou?'

'Het heeft even geduurd voor we een goede band kregen. Ik vond het irritant dat hij zo'n stuk jonger was en net zo goed als ik... Of eigenlijk, beter dan ik.' Hij rolde met zijn ogen. 'Ik denk dat we eerst respect ontwikkelden voor elkaar, pas daarna werden we vrienden. Die eerste keer dat we elkaar zagen, in Byron, versloeg hij me in onze heat. Bij de volgende wedstrijd versloeg ik hem. Zo ging het een tijdje, we gingen gelijk op, maar ik wist dat hij het momentum had. Hij was laat begonnen met de sport, maar hij leerde razendsnel. Bovendien, ik was al zo...' Hij spreidde zijn armen uit om zijn torso te laten zien. '... op mijn veertiende, terwijl hij een laatbloeier was. Dat tengere joch zou alleen maar groter en sterker worden...' Hij gniffelde even bij de herinnering. 'Het moment waarop we echt vrienden werden was buiten het water. We waren bij een wedstrijd in Phillip Island en ik verveelde me omdat ik moest wachten op de volgende heat. Er was een skatepark langs het strand waar wat jongeren rondhingen. Ik begon... Ik denk dat ik een beetje arrogant begon te worden. Voor ik het wist kreeg ik ervanlangs. Toen kwam Kit! Hij was kleiner dan die gasten – een paar koppen kleiner! – maar man, hij stompte erop los.' Hij grijnsde. 'Daarna waren we echte maten. Bij alle wedstrijden waren we samen. Ik zag hem als een soort broertje, denk ik.'

Clover lachte terug naar hem en maakte een notitie voor zichzelf dat Kit wist hoe hij moest vechten. Dat zou goed van pas komen in de montage. 'Denk je dat wat hem tot een goede vechter maakte hem ook tot zo'n fanatieke sporter maakte?'

'Jawel. Ik bedoel, het is dezelfde soort energie, nietwaar? Een andere uiting, maar het komt van dezelfde plek. Op een gegeven moment moet je je helemaal geven, zeker wanneer je pro wordt, weet je wel? Je moet het willen. Je geeft je helemaal, je zet je lichaam in. Het is daar niet voor watjes…' Hij sloeg een hand voor zijn mond toen hij besefte wat hij had gezegd. 'Sorry.'

'Geen probleem,' zei ze lachend. 'Heus.'

'Ik ben er gewoon niet aan gewend, aan eh… formaliteit.'

'Dit is ook niet formeel. Je bent Kits manager, zijn oudste vriend. We willen juist die vibe, van hoe het tussen jullie was.'

Ari knikte. Hij leek zich iets beter te voelen. 'Oké. Ik doe mijn best.'

'Je doet het hartstikke goed, Ari, echt waar,' droeg Matty bij. 'Ik smul van deze verhalen. Je zorgt voor kleur, maakt hem menselijk. Je laat ons zien hoe hij een kampioen is geworden.'

Hij leek gerustgesteld door wat ze zei. 'Oké.' Hij keek weer naar Clover.

'Dus als we even teruggaan naar toen jullie het tegen elkaar moesten opnemen als jongens. Wat denk je dat zijn drijfveren toen waren? Wat maakte hem anders?'

Hij dacht even na. 'Ik weet dat de scheiding van zijn ouders hem echt heeft gekwetst en ik denk dat hij op het water… zijn gevoelens kon kanaliseren.'

'Wat voor gevoelens?'

'Het gebruikelijke: woede, verdriet, frustratie… Hij had toen al veel meegemaakt. Hij was opgegroeid in Nieuw-Zeeland, de meeste mensen weten niet eens dat hij een kiwi is. Hij heeft het accent vrij snel afgeschud toen zijn moeder met hem en zijn broer naar de Gold Coast verhuisde.'

'Was dat met opzet, denk je?'

Hij dacht na. 'Weet ik niet. Kit is nooit iemand geweest die zich zorgen maakte over ergens bij horen, dat zal het niet zijn geweest. Toen ik hem leerde kennen woonde hij al een paar jaar in Australië en eerlijk, ik hoorde het niet. Hij had al zijn banden met dat land verbroken.'

'Waarom?'

'Nou, de relatie met zijn vader was niet goed. Ze hadden geen contact. Ik kan me voorstellen dat hij niet aan hem wilde worden herinnerd.'

'Hebben hij en zijn vader het ooit goedgemaakt, na de scheiding?'

'Nee.'

'Nooit?'

'Nee.'

'Is zijn vader nog in leven?' Ze wist het antwoord al, maar ze wilde het op band hebben.

'Zijn vader is omgekomen bij een motorongeluk toen Kit zestien was.'

'Wat vreselijk.'

Arie ademde diep in. 'Het was zwaar voor hem, maar dat liet hij niet zien. Dat was het jaar dat hij de World Surf Tour voor de eerste keer won. Het maakte alleen maar dat hij nog harder werd voor zichzelf.'

Clover knikte. Ze keek op haar papier en deed alsof ze las. 'Het spijt me als mijn volgende vraag... te opdringerig is, maar het zou de kijkers denk ik wel helpen als je hem kon beantwoorden.'

Ari ging rechterop zitten, alsof hij zich schrap zette.

'Is Kit op de begrafenis van zijn vader geweest?'

Ari ging verzitten en keek naar zijn handen alsof hij in dubio was of hij wilde antwoorden. Het duurde even en toen keek hij op. 'Nee.'

Ze knikte ernstig. 'Dat moet voor hem een zware last zijn. Hij heeft dus nooit echt... een plek kunnen geven aan wat klinkt als een traumatische breuk in zijn familiegeschiedenis.'

'Inderdaad. Maar Kit is...' Hij zuchtte. 'Hij heeft een eigen manier van omgaan met dingen. Hij is geen prater. Zoals veel mannen zet hij gevoelens om in handelingen. Hij verwerkt emotie met zijn lichaam.'

Clover staarde hem aan, maar ze zag hem niet. Ze herinnerde zich Kits gezicht in het zwembad. Dat moment van gebrokenheid. Hoe hij haar een minuut later optilde, zijn gezicht in haar haar... *Ik haat jou ook.*

'Sorry.' Ze lachte en probeerde zich te vermannen. Ze spiekte weer in haar aantekeningen om de focus te herpakken, zich bewust van het feit dat haar hart sneller klopte.

'Gaat het?' fluisterde Johnny achter haar.

'Ja hoor.' Ze haalde diep adem en keek Ari aan. 'Dus die vervreemding van zijn vader is nooit opgelost. Weet je waarom ze geen contact meer hadden?'

Ari haalde zijn schouders op. 'Een scheiding is iets heel naars, toch? Hij was nog klein toen het gebeurde. Ik neem aan dat het voor hem voelde alsof hij een kant moest kiezen. En hij koos voor zijn moeder.'

'Zijn zij hecht met elkaar?'

'Waren. Ze is overleden, aan kanker. Twee jaar geleden. Maar hij belde haar altijd om de paar dagen, waar hij ook was.'

'Wat verdrietig. Hij zal haar wel missen.'

'Yep. Maar...' Ari zuchtte. 'Dan stapt hij gewoon op zijn board en dan verwerkt hij het op die manier. Dan is het net of hij bij elke bocht een stukje van de pijn afsnijdt.'

'Hoe zit het met zijn privéleven? Heeft hij serieuze relaties gehad?'

'Nee,' zei Ari snel. Te snel.

'Dat is opmerkelijk. Hij is aantrekkelijk. Succesvol. Financieel onafhankelijk...'

'Geen tijd. Hij is altijd onderweg en het tourleven gaat niet samen met een relatie.'

'Nee? Genoeg andere surfers lukt het wel.' Cory Allbright, bijvoorbeeld. 'Tennissers, golfers...'

'Nou, hij wil zijn focus niet verliezen, dat speelt ook mee. Relaties kosten te veel energie. En als je dat optelt bij de scheiding van zijn ouders, dan krijg je een jongen die niet zo geïnteresseerd is in echte liefde en rozengeur.'

'Denk je dat hij weleens eenzaam is?'

Ari moest lachen. 'Nee. Hij leidt een prima leven. Hij wordt betaald voor wat hij het liefste doet. Hij heeft vrienden. En hij hoeft niet lang te zoeken naar gezelschap als hij weleens eenzaam is.'

Clover wist waar hij het over had. De groupies, het meisje uit de bar. Maar ze wilde naar Amy toe. Haar naam lag op het puntje van Clovers tong...

Maar ze week af. 'Dus zijn ondersteuningsnetwerk bestaat eigenlijk alleen uit jou en zijn broer Beau?'

'Ja, maar dat is stevig. Hij en Beau, ze zijn...' Ari maakte vuisten en drukte de knokkels tegen elkaar. 'Hecht. Ze zorgen voor elkaar. Altijd zo geweest.'

'Natuurlijk, Beau is zelf ook een topsurfer.'

'Typische kleine broer, nietwaar? Doet wat zijn grote broer doet. Als Kit rally had gereden, dan had Beau dat ook gedaan.'

'Denk je dat Kit in staat zou zijn om het te accepteren als zijn broertje het ooit beter in een sport zou doen dan hij?'

'Accepteren?'

'Ja. Ik heb het specifiek over het feit dat Beau onlangs veel aandacht heeft gekregen bij het trainingskamp voorafgaand aan de competitie in Saas-Fee. Sommigen suggereerden zelfs dat hij in de sneeuw misschien wel beter is dan Kit. Denk je dat Kit ooit opzij zou stappen en zijn broer zou steunen als zijn rechterhand, zoals Beau doet voor hem?'

Ari keek haar aan met een zweem van onzekerheid. 'Ik weet dat Kit Beau altijd zou steunen. En als Beau zou besluiten ook pro te worden, dan zou hij hem met evenveel respect behandelen als andere boarders. Thuis zouden ze altijd broers zijn.'

Dat was niet het antwoord waar ze op hoopte.

Ze veranderde van koers, ging van de hak op de tak, zodat hij niet kon zien waar ze wilde uitkomen. 'Vertel eens over Kits overgang naar de sneeuw. Het zag eruit alsof het hem geen moeite kostte.'

Ari's schouders ontspanden weer. 'Nou, er zit veel overlap tussen de twee sporten. Hij heeft er niet voor niets voor gekozen. En natuurlijk heeft hij leren snowboarden in Nieuw-Zeeland voordat hij ooit leerde surfen, dus hij had al flink wat spiergeheugen. Maar zoals ik zei, hij is gek op competitie. Als hij zich ergens op richt, dan stopt hij pas als hij het onder de knie heeft.'

'Maar denk je dat hij er net zo gek op is als op surfen?'

Ari's mond ging open, maar de woorden kwamen niet meteen. 'Eerlijk? Nee... Ik denk dat niets ooit voor hem zou kunnen zijn wat surfen was. Ik denk dat hij het gevoel had dat het hem heeft gered, op een moment dat alles instortte. Het was zijn therapie. Zolang er weer een golf kwam, dan was er altijd een nieuwe kans om op die plek te komen waar alleen surfen je kan brengen...' Hij grijnsde. 'Moet je mij zien, lekker zweverig... Maar het is waar. Surfen heeft een spirituele kant die je niet ziet als je naar wedstrijden kijkt.'

'Waarom is hij er dan mee gestopt?'

Ari's kin ging omhoog en zijn ogen stonden opeens hard. Ze bevonden zich op het terrein waar ze de laatste maand allemaal omheen waren gelopen. 'Je weet wel waarom.'

'Je doelt op het ongeluk met Cory Allbright bij Peniche?' zei ze, en ze liet haar hoofd iets kantelen om hem te helpen herinneren dat hij antwoord moest geven op de vragen, omdat het moest worden opgenomen.

'Ja.' Hij nam meteen een gesloten houding aan, wat haar deed denken aan hun eerste ochtend hier. 'Hij is ermee gestopt na het ongeluk met Cory Allbright.'

'Hoewel hij niet meteen stopte, toch?' Dat was een retorische vraag. 'Hij heeft het seizoen na Cory's ongeluk nog gewonnen, zijn negende World Tour-kampioenschap, het hoogste aantal ooit. Hij brak het record en stopte daarna,' zei ze op dezelfde toon. 'Wat ik denk ik aan je wil voorleggen is het feit dat hij niet is gestopt vanwege Cory's ongeluk. Hij is gestopt omdat hij het record van de meeste kampioenstitels had verbroken.'

Ari sloeg zijn ogen neer. 'Zo kan het lijken,' zei hij na een paar tellen. 'Maar na Peniche was het voor hem niet meer hetzelfde. Toen hij de negende won... het betekende niet zoveel. Hij was de liefde kwijt... Mensen vergeten dat Kit en Cory daarvoor heel goede vrienden waren.'

'Wat is er dan tussen hen veranderd?'

Ari maakte een veegbeweging met zijn hoofd. 'Ik weet het niet. Kit heeft het er nooit over.'

'Ook niet met jou? Dat vind ik moeilijk te geloven,' kaatste ze terug.

'Het is zo.' Hij haalde zijn schouders op. 'Ik zei al, hij is geen prater.'

'Maar jij bent zijn manager. Zijn vriend van vroeger. Toen alle jetski's bezig waren Cory uit het water te halen, toen de ambulances het zand op kwamen gillen, toen hij eindelijk uit de zee kwam die dag op Praia dos Supertubos... zeg je nou eigenlijk dat je hem niet hebt gevraagd waarom hij Cory's lijn had geblokkeerd?'

Ari slikte. 'Er was geen tijd voor vragen toen het gebeurde. Onze zorg was Cory vinden.'

'En daarna? In de uren en dagen erna, toen hij in coma werd gehouden, in de weken en maanden erna toen duidelijk werd hoe erg zijn verwondingen waren... ook toen heb je Kit niet gevraagd naar de reden?'

Ari staarde haar aan. Tot haar verbazing waren zijn ogen vochtig. 'Kit was niet in staat om te praten... Hij heeft amper een woord gezegd, tegen niemand niet, twee maanden lang. Ik wist dat hij zou praten als hij er klaar voor was.'

Twee maanden? Ze slikte. 'En de daaropvolgende vier jaar... toen wel?'

Ari beet op zijn lip. Hij keek opzij en schudde heel kort zijn hoofd. 'Maar ik weet dat hij er spijt van heeft. Ik weet dat er geen dag voorbijgaat dat hij niet aan Cory denkt.'

'Denk je dat dat een troost is voor Cory's weduwe? Of voor hun drie zoontjes?'

Clover keek naar hem terwijl hij van haar naar de camera keek en recht in de lens staarde. Ze zag aan hem dat hij tegen de grens aan zat. Hij zou weglopen als ze niet van tactiek veranderde.

Ze paste haar toon aan, meer vragend en minder verwijtend. 'Kits besluit om helemaal van sport te veranderen, waarbij hij vanaf nul opnieuw moest beginnen, nieuwe sponsors vinden... Dat heeft duidelijk een grote impact op jou en Beau. Jullie levens volgen het zijne... Hoe voelde jij je toen hij zijn plannen aan je onthulde?'

Het werkte. Ze zag zijn handen ontspannen, waarna hij ze op zijn dijen liet rusten. Ze vroeg zich af of zijn handpalmen net zo klam waren als de hare. 'Blij. Ik wist dat hij iets zocht wat surfen hem niet meer kon geven. Ik ben al zeven jaar Kits manager. Dit is mijn baan nu, dus mij maakt het niet uit waar we heen gaan of wat Kit doet. En Beau blijft altijd zijn broer.'

'Waarom ben je eigenlijk zijn manager geworden? Jij stond toen zelf nog aan de top.'

Hij ging met zijn hand naar zijn gezicht en wees op de diepe littekens op zijn wangen. 'Ik heb een ernstige wipe-out gehad bij de Pipe Masters. De onderstroom sleurde me met mijn gezicht over het koraalrif...' Hij vertrok zijn gezicht bij de gedachte. 'Het was een... nederig stemmende ervaring. Ik was gewoon een lappenpop in een wasmachine. Ik had wel zware valpartijen meegemaakt en je weet altijd dat het niet zonder risico is, dat weet je bij elke golf die je pakt. Maar die dag wist ik toen ik weer bovenkwam dat ik miste wat je nodig hebt op dat niveau. Je moet geen enkele angst hebben op het water. En daarna kon ik dat niet meer zeggen.'

Ze keek naar hem en besloot geen vervolgvraag te stellen, maar hem te laten praten. Het was vaak nuttig om de dynamiek van het gesprek om te gooien. Soms leverde het laten doorpraten van een geïnterviewde interessante goudklompjes op, die uit een eerste antwoord zouden zijn weggelaten.

Er viel een stilte.

'Kit wist het ook,' zei hij, gehoorzaam de stilte vullend. Hij liet zijn geheugen werken. 'Ik hoefde niets te zeggen. Hij zegt misschien niet veel, maar hij kan mensen goed lezen, en hij zag het in mij en begreep het. Het was zijn idee dat ik zijn manager werd. Hij is een trouwe vriend. Een goede vriend. Hij wist dat het een manier was om me nog een rol in het spel te geven. Ik kon de sport en alles wat erbij hoort niet helemaal de rug toekeren.'

'En toch heb je dat nu wel gedaan,' zei ze en ze wees hem op de Alpen op de achtergrond.

Hij haalde zijn schouders op. 'Ik ben geen vijfentwintig meer. Ik ben ouder en een heel stuk stijver. De wereld is veranderd. Geen van beiden zijn we dezelfde mensen als we toen waren. Het leven gaat door. We moeten weten wanneer we verder moeten.'

Ze lachte. 'Zou je teruggaan als je kon?'

'Ik doe niet aan hypothetische vragen. Dit is mijn baan. Kit Foley is nu snowboarder. Hij geeft er alles voor, en daarom ik ook.'

Clover dacht even na. 'Wat is het moeilijkste, denk jij, aan de ommezwaai?'

'Nou, het is om te beginnen wel even wennen aan al die kleren!' zei hij lachend, dankbaar dat de spanning geleidelijk afnam. 'Ik heb nog nooit zoveel lagen gedragen. Wij aussies kunnen nooit helemaal aan de kou wennen.'

'Denk je dat Kit ergens nog zijn oude leven mist?'

'Nee. Ik denk dat hij honderd procent focus heeft op het maximaal uitbuiten van de kansen die voor hem liggen. Dat is de man die hij is. Hij blijft niet hangen. Hij is een doener. Ik denk echt dat hij heel erg uitkijkt naar de uitdagingen die eraan komen.' Dat was een standaard pr-antwoord. Hij was welbespraakt, warm. Ze kon zien dat hij zijn zelfvertrouwen hervond.

'Dus volgens jou heeft hij nergens spijt van?'

'Nee,' zei hij vol vertrouwen.

'Je zei dat surfen zijn redding was als jongen, na de scheiding van zijn ouders. Maar surfen werd ook zijn ondergang. Denk je dat hij in snowboarden ook een soort verlossing zoekt?'

Ari keek verbijsterd. Ze voelde zich bijna rot dat ze de vraag had gesteld. 'Nee... Ik denk dat hij gewoon klaar was voor een nieuwe uitdaging. Er zijn nog meer werelden om te veroveren.'

'Krijgt hij van snowboarden dezelfde kicks als van surfen destijds? Als dat is waar hij zijn emoties verwerkt...'

'Ja. Ik bedoel, het is moeilijk om iets te vinden waarmee je het kunt vergelijken. Als je je hele leven tot aan het gaatje bent gegaan, zoals hij... Er is weinig waarbij je meer voelt dat je leeft dan als je van een watermuur af dendert die dreigt boven op je te breken met vierhonderd ton en die op je af komt met meer dan honderd kilometer per uur. Vooral wanneer je weet dat zelfs als je de wipe-out overleeft, de kans groot is dat je nog minstens vijf meter diep zit en in een *hold-down* blijft vastzitten...'

Hij leek te beseffen wat hij had gezegd, de woorden stierven op zijn lippen. Clover verroerde zich niet. Ze waren weer bij Cory.

Ze haalde langzaam adem. 'Kit gedijde goed, omdat hij werd gedreven. Gedreven door de pijn over zijn ouders' scheiding, gedreven door de boosheid op zijn vader... Gaat hij roekeloos om met het leven, volgens jou? Met zijn eigen leven? Of dat van anderen?'

'Nee!' Ari kwam bijna los van zijn stoel. 'Hij gaat altijd ongelooflijk bewust om met veiligheid. Hij is een atleet, hij kent zijn grenzen. Hij weet wat de gevaren zijn en hij doet alles wat hij kan om ze te verkleinen.'

'Maar dat is apert onwaar,' zei ze op een doelbewust kalme, rustige toon. 'De regel van interferentie en voorrang is gebaseerd op waterveiligheid en Kit negeerde opzettelijk Cory's voorrang. Hij blokkeerde opzettelijk zijn pad en dwong Cory daardoor het water in, waar de golf hem oppikte en met vierhonderd ton aan krachten neersmeet, waar hij toen onder een dúbbele hold-down klem zat.'

Ari staarde haar aan. Hij zei een tijdlang niets. 'De dubbele hold-down was… echt een extreem zeldzame gebeurtenis. Kit kon niet weten dat die eraan kwam. Als het een gewone set golven was geweest, dan was het goed gekomen met Cory. Alle surfers doen ademtraining. Kit kon toen hij nog in competitie was zijn adem bijna vier minuten inhouden. Hij wist hoe hij zijn hartslag omlaag kon krijgen. Dat heeft hem meer dan eens het leven gered.'

Clover staarde hem aan. 'Ademtraining?' zei ze fronsend. 'Kun je me daar meer over vertellen? Hoe train je daarvoor?'

'Op de ouderwetse manier. Je doet je hoofd onder water en houdt je adem zo lang in als je kunt. In de oceaan, het liefst, maar in bad of in een wasbak kan ook, als het moet.'

'Is er een reden waarom Kit dat in zijn huidige trainingsregime zou moeten inbouwen?'

Ari kreeg een frons. 'Voor boarden? Nee, natuurlijk niet.' Hij bleef haar vragend aankijken. 'Hoezo?'

'Ik trof Kit aan terwijl hij ademtraining deed in het zwembad.'

'Echt waar?' Ari lachte en snoof tegelijk, duidelijk in verwarring. 'Waarom zou hij dat doen?'

'Zeg jij het maar,' zei Clover en ze bleef hem koeltjes aankijken. 'Denk je nog steeds dat hij nergens spijt van heeft?'

'Ari, fantastisch gedaan!' zei Matty enthousiast toen Johnny het teken gaf dat hij de opname was gestopt.

Hij antwoordde niet. Zijn lichaam bleef stram toen ze naar hem toe rende en zijn microfoon loskoppelde.

'Ik zei toch dat we bereid waren te luisteren,' zei Clover, terwijl ze opstond en haar hand uitstak, waarmee ze hem dwong oogcontact te maken. 'Luister, je weet dat ik die vragen over Cory moet stellen. We kunnen er niet omheen. Iedereen wil jouw kant van het verhaal horen, deze hele film gaat daarover. We moeten de olifant in de kamer benoemen. Maar je hebt het goed gedaan, Ari. Je hebt Kit echt in een sympathiek licht gezet.'

'Vind je?' Hij schudde haar de hand en leek gerustgesteld door haar feedback. 'Ik bedoel, dit is niet mijn ding. Ik ben het niet gewend om aan die kant van de camera te staan. Kit is de ster, ik heb geen mediatraining gehad. Ik zeg gewoon wat er in me opkomt.'

'En dat heb je heel goed gedaan. Je hebt echt geholpen een heel ander perspectief te schetsen.' Matty grijnsde als aanmoediging. 'Zie je wel, dat viel toch wel mee? Wil je water?' Ze gaf hem zijn glas.

Clover kon de adrenaline bijna letterlijk door zijn bloedvaten zien spoelen. Het was een andere soort kick dan hij gewend was.

'Het viel eigenlijk wel mee.' Hij dronk het glas leeg en glimlachte toen opgelucht.

'Het was goed!' stelde Matty hem gerust. Ze was altijd zo goed in de opvang na een interview.

Hij lachte nerveus. 'Ik scheet zowat in mijn broek! Maar nu vraag ik me af waar ik me zo druk om heb gemaakt.'

Johnny, die bezig was de softbox te demonteren, keek naar Clover en lachte. Ze wisten dat Ari nu aan Kit zou terugkoppelen dat er niets te vrezen was. Juist om die reden was ze rustig aan begonnen.

'Nu kan in elk geval dit verdomde ding uit,' zei Ari, terwijl hij al begonnen was zijn hemd open te knopen.

Ze moesten lachen terwijl hij naar beneden ging om zich om te kleden en wachtten tot hij uit het zicht was verdwenen voordat ze elkaar een high five gaven.

'Tevreden?' vroeg Johnny haar.

'Ja. Zeker. Er zit wel wat goeds tussen, plus wat lijntjes die ik met Beau en Kit wil uitwerken. Dat over zijn vader wil ik met Beau behandelen. Ari noemt het motivatie, de rest van de wereld noemt het problemen met zelfbeheersing.'

Matty zuchtte. 'Ik krijg problemen met mijn zelfbeheersing als ik niet heel snel koffie krijg. Waar is Carlotta?'

'Maar waarom bracht je het niet op Amy?' vroeg Johnny. 'Je had het helemaal opgebouwd. Ik dacht dat je hem het mes op de keel zou zetten.'

'Ik weet het, ik zelf ook,' mompelde ze. 'Maar op het laatste moment voelde het toch verkeerd. Ik wilde hem niet afschrikken. Tot we zelf met haar contact hebben gehad en weten wat ze gaat zeggen... Ik wilde niet dat hij aan Kit rapporteert dat we van haar afweten.'

'Maar je hebt haar naam wel genoemd tegen Beau,' hielp Matty haar herinneren.

Clover vertrok haar gezicht. 'Ik weet het. En daar baal ik nog steeds van. Maar ik hoop maar dat zijn overreactie op het feit dat ik haar naam zelfs maar liet vallen betekent dat hij het ook niet tegen Kit zal willen zeggen. Hij hoopt dat hij me zo heeft laten schrikken dat ik er niet meer over begin.'

Johnny lachte. 'Ja hoor.'

'Ik wil het voorzichtig blijven aanpakken. Ze zijn allemaal zo gespannen als de neten. Ik moet zorgen dat iedereen steeds tegen Kit zegt dat deze gesprekken prima zijn. Niet bedreigend.' Ze keek naar Matty. 'Nog altijd niets over Amy?'

'Nog niet, maar ik heb wel eindelijk wat hoop,' zei Matty. 'Ik heb contact gelegd met een achterneef van me die in Melbourne woont.'

'Maar Amy is in Sydney.'

'Ik weet het,' zei Matty geïrriteerd. 'Er zijn heel veel foto's van haar en haar man bij races – de Melbourne Cup, de Queen Elizabeth Stakes – dus ik heb wat graafwerk gedaan en kwam erachter dat haar man wat grote namen heeft in de racewereld. Mijn neef is sportverslaggever, dus ik dacht dat hij misschien een ingang heeft. Het is een kleine wereld, de racewereld.'

'Ja. Dat klinkt goed,' knikte Clover. 'Blijf aandringen.'

'Ik doe mijn best, maar het tijdsverschil helpt niet. Ik heb zo'n twee uur per dag waarin ik redelijkerwijs kan hopen op contact.'

'Hm.' Clover keek naar Johnny. 'Jij kent niet toevallig iemand in Sydney? Iemand die even rond kan kijken...'

'Om bij haar voor de deur te gaan liggen?' snoof hij.

'Zoiets, ja. Op dit moment zou ik zelfs nog overwegen om een

Chinook vol commandotroepen te sturen. De tijd begint te dringen en we moeten echt wat persoonlijks...'

Het geluid van voetstappen op de trap deed hen omdraaien. Kit kwam de trap op gerend met twee treden tegelijk en kwam de woonkamer in. Zijn T-shirt had hij over zijn schouder gegooid, zijn zweet glinsterde onder het lamplicht.

Hij stokte toen hij hen zag staan. 'Hé,' zei hij argwanend.

'Hé, hoi,' zei Matty opgewekt, alsof hij precies degene was die ze hadden gehoopt te zien. 'We hebben net het interview gedaan met Ari!'

Er kwam iets stuurs in zijn blik. Het was duidelijk dat hij dat niet beschouwde als goed nieuws, ondanks haar blije toon.

'Hij was fantastisch! En hij vond het eigenlijk hartstikke leuk om te doen! Vraag het hem maar.'

Kit keek hen alle drie aan, waarna zijn blik bleef hangen bij Clover, zij was tenslotte de hoofdinterviewer. 'Gek dat hij dat niet heeft verteld bij het ontbijt.'

'Nou, we hebben hem er ook een beetje mee overvallen,' zei Matty op vertrouwelijke toon. 'Clo wist dat hij er zenuwachtig voor was, dus vond ze het beter om hem geen tijd te geven om te piekeren.'

'O, vond ze dat?' vroeg hij sceptisch, terwijl hij haar bleef aankijken, en ze zag daglicht door de kieren schijnen die nog niet waren gedicht door het nieuwe laagje vertrouwen dat zich gisteravond had gevormd. Die kieren konden verder uitscheuren en dan bleven er niets dan flarden over. Ze moest heel voorzichtig te werk gaan...

'Maar dat geldt natuurlijk niet voor jou. Wanneer zou jij jouw gesprek willen doen?' vroeg Clover. 'Hoe eerder we het doen, hoe eerder je van ons af bent.' Ze haalde haar schouders op. 'Op Sankt Moritz na.'

'Is dat zo?' zei hij koeltjes. 'Waarom zei je dat niet eerder? Geef me even tijd om te douchen.'

21

'Ben je er wel klaar voor?' fluisterde Johnny, terwijl hij de camera weer opstelde.

'Ik heb geen keuze,' mompelde Clover, die probeerde niet in paniek te raken. Haar inspanningen om een brug te slaan waren mislukt, en er was geen tijd meer om de boog te spannen voor haar vragen, geen tijd voor Matty om Ari's interview eerst nog uit te schrijven. Ze moest het uit haar hoofd doen met de draadjes die hij hun had gegeven.

Ze liep naar de kerstboom en deed haar ogen dicht om haar hoofd leeg te maken. Ze wist wat ze moest vragen, ze wist welke vraag er in het hart van deze film besloten lag. Het was alleen een kwestie van hoe daar te komen. Moest ze hem al vroeg te grazen nemen, gebruikmakend van het verrassingselement? Misschien verwachtte hij dat ze het gesprek langzaam zou opbouwen, waarna hij gemakkelijk met haar zou kunnen spelen. Aan de andere kant, als ze er te hard en te snel in ging, als haar timing verkeerd was, dan zou hij weglopen en dan had ze niet eens een interview.

Ze ging met haar handen door haar haar en greep het vast bij de slapen. O god, o god. Het moment waar ze de laatste zeven maanden op had gewacht was opeens aangebroken, en nu was zíj degene die werd overrompeld? Ze liet haar hoofd achterovervallen en zuchtte.

Toen zag ze Kit voor zijn glazen muur staan in zijn slaapkamer en ze bevroor. Hij staarde naar beneden – naar haar – terwijl hij een wit shirt aantrok. Ze liet haar handen langs haar zij vallen, terwijl hij de knoopjes dichtknoopte en haar blik vasthield. Beiden wisten hoe belangrijk het komende uur zou zijn voor hun toekomst... Ze moest hem zover krijgen dat hij haar vertrouwde.

Ze glimlachte, maar hij draaide zich om en liep weg.

'Shit,' zei ze voor zich uit.

Twintig minuten later kwam hij naar beneden, waar zij voor het haardvuur stond en de aantekeningen doornam die Matty snel had opgesteld met behulp van de opgenomen gesprekken en die ze voor haar had uitgeprint. Clover was gaan zitten om een lijstje te maken met de onderwerpen die ze vanuit Ari's interview wilde aansnijden. Amy's naam was onderstreept, met vraagtekens erachter.

'Hé!' zei Matty opgewekt, om hem te begroeten en haar te waarschuwen. 'Wauw!' zei ze lachend. 'Het is altijd een beetje gek om jullie in gewone kleren te zien. Voor mijn gevoel zou je dit in zwembroek moeten doen.'

Clover draaide zich om. Hij droeg jeans onder het overhemd, geen sokken, geen schoenen. Zijn haar was nog vochtig van de douche.

'Nu moet ik alleen dit nog aan je overhemd vastmaken,' zei Matty, terwijl ze het klipje van het microfoontje opendrukte, zodat hij het kon zien. Maar hij had in de loop der jaren talloze interviews gegeven, hij wist hoe het ging. Hij stond stil en keek naar de kerstboom terwijl Matty de microfoon bij hem opspeldde. 'Mooi. Je kunt.'

Hij keek omlaag naar het microfoontje en toen naar Clover. Hij keek duidelijk naar de aantekeningen in haar hand, alsof ze een soort vonnis bevatten.

'Goed, als je klaar bent, dan mag je hier komen zitten,' zei Clover opgewekt en ze wees naar de stoel die bij het raam klaarstond.

Hij keek ernaar, toen naar de stoel. Even dacht ze dat hij zou zeggen dat hij in haar stoel wilde zitten. Hij was ertoe in staat, dacht ze.

Hij liep erheen en nam plaats.

'Clo,' mompelde Johnny achter haar. 'Wil je daar misschien nog wat poeder op?'

Ze keek naar Kit en zag dat het licht van de softbox – hoewel die een flatterende warmte verspreidde op deze ochtend, terwijl het buiten weer sneeuwde – de laatste sporen van zijn blauwe plekken zichtbaar maakte.

Clover tuurde ernaar en liep naar hem toe. 'Kit, je blauwe plekken zijn nog te zien in dit licht,' zei ze en haar blik dwaalde over zijn gezicht. Zijn ogen volgden die van haar, ietwat argwanend. 'Het is niet heel erg, hoor, maar zou je er liever make-up op willen? Matty heeft...'

'Nee.' Hij keek haar met een strakke blik aan. Waar was de hartelijkheid van gisteren?

'Oké. Prima.' Ze kwam overeind en keerde terug naar haar stoel. Ze deed zelf ook haar microfoontje op en ging gemakkelijk zitten.

Matty had het klapperbord vast. Ari's naam had plaatsgemaakt voor die van Kit. Ze keek naar Johnny, wachtend op zijn teken.

'Ik wil een lege set.'

Alle hoofden draaiden naar hem toe.

'Wat?' vroeg Johnny, die meteen zijn hoofd boven de camera uitstak.

'Ik zei, ik wil een lege set. Alleen zij en ik.' Hij keek Clover aan.

Ze stond paf. 'Kit, die is al bijna leeg. Alleen Johnny en Mats zijn er, en die ken je even goed als je mij kent.'

Ze had precies het verkeerde gezegd. Hij bewoog nog geen spiertje, maar ze zag zijn weerwoord in zijn ogen flitsen en meteen voelde ze haar wangen gloeien.

Niemand bewoog.

Clover slikte. 'We hebben juist zo'n klein team, omdat het dan intiem voelt,' zei ze in plaats daarvan.

'Dit is niet intiem,' zei hij op sarcastische toon.

Ze slikte. Alweer fout. 'Discreet, dan.'

Hij vouwde zijn handen en liet zijn ellebogen op de armleuningen steunen. 'Lege set. Dat is mijn voorwaarde.'

Clover keek om naar Johnny. Was dat überhaupt mogelijk? Hij blies zijn adem uit en schudde zijn hoofd. 'Ik kan eventueel... ik kan een timer zetten op de camera's?'

Kit knikte. Hij leek tevreden.

Matty staarde Clover aan alsof ze gek was, alsof ze de kooi binnenging van een uitgehongerde tijger. Clover dwong zichzelf om nonchalant haar schouders op te halen. 'Prima. Voor mij maakt het niet uit,' loog ze. 'Als het voor Kit prettiger is...'

Ze wachtten in stilte terwijl Johnny de instelling van beide camera's dubbelcheckte en op knopjes drukte om de timer te zetten.

'Oké,' zei hij uiteindelijk. 'Ze beginnen zo te draaien. Dan gaat het rode lampje branden. Clo, jij moet wel de klapper zo even in beeld doen. Het is misschien een gekke beweging, maar je moet het echt even goed in het shot doen.'

Matty gaf haar schoorvoetend het klapperbord, ze keek er enigszins bezorgd bij. Clover nam het aan en bedankte haar zachtjes, al wist ze dat zelfs zoiets kleins haar concentratie al kon verstoren.

'Dank je, Johnny,' zei ze glimlachend, en ze slikte even toen haar beide vrienden, collega's, bondgenoten en beschermers naar de trap liepen. 'En zeggen jullie tegen Fin en Carlotta dat ze in de keuken blijven tot we aankloppen? We willen geen achtergrondgeluiden of dat er opeens iemand binnenloopt.'

'Die zijn allebei in de stad,' zei Kit.

Clover keek hem aan. 'O, nou, Ari dan.'

'Die is in de gym.' Kit zei het heel koeltjes, alsof hij alle antwoorden had. 'Maak je geen zorgen. We zijn echt helemaal alleen.'

'Te gek.'

De anderen verdwenen de trap af. Clover vroeg zich af of ze op de treden zouden gaan zitten om te proberen mee te luisteren. Ze hoopte van niet. Ze was al genoeg afgeleid.

Ze waren alleen, voor het eerst sinds die keer in het zwembad.

De stilte deed zich voelen toen ze wachtten tot de rode lampjes aangingen. Ze draaide zich om in haar stoel, zodat ze de camera achter zich kon zien, die het hele shot pakte. De close-upcamera, net naast hem aan de rechterkant, was makkelijker te zien, maar op deze manier kon ze aan Kits blik ontkomen. Ze voelde dat hij naar haar keek en dat hij haar ongemak voelde.

De seconden sleepten zich voort. Ze kon de timer niet zien vanaf waar ze zat, dus ze wist niet hoelang het nog duurde... Ze deed haar kin omhoog om haar ademhaling rustig te houden. Ze probeerde na te denken over haar eerste vraag, maar haar hoofd was leeg. Hij had haar routine met opzet verstoord. Ze wist dat het onderdeel was van zijn doel om haar uit balans te krijgen. Dit waren de spelletjes die hij speelde, waar Cory haar over had verteld. Hij maakte niet alleen gebruik van de tactiek van de aantrekking. Als hij niet kon winnen, speelde hij vals. Dat had hij destijds gedaan en hij deed het nog steeds.

Het rode lampje ging aan. Met een zichtbare zucht van verlichting hield ze het bord op, zodat het binnen het shot viel, en klapte het dicht. Langzaam, zichzelf bijeenrapend, zette ze het neer tegen een stoelpoot en kwam overeind. Ze dwong zichzelf om hem aan te kijken.

'Nou,' zei ze met een glimlach.

'Nou.'

'Ik weet dat je niet gek bent op interviews,' zei ze, wat nogal een understatement was. 'Dus ik dacht laten we eerst even opwarmen, een beetje plezier hebben.'

'Plezier?' Hij fronste. Verder had hij een stalen gezicht. 'Ik weet niet zeker of ik weet wat dat is.'

Ze glimlachte, maar ze vroeg zich af wanneer ze hem plezier had zien hebben sinds ze er was? Zelfs afgelopen nacht was hij vergeleken bij alle anderen redelijk stil. 'Laten we hier beginnen dan. Wat doe jij voor je plezier?'

Hij trok een wenkbrauw op en staarde haar aan met een veelzeggende blik. 'Weet je zeker dat je dit soort materiaal in je film wilt?'

Enigszins verhit bekeek ze haar aantekeningen. Ze voelde dat hij grijnsde. Het was de tweede keer dat hij had gezinspeeld op hun 'vergissing' en het tegen haar gebruikte.

'Vertel eens iets over jezelf wat mensen niet weten,' zei ze in plaats daarvan. Ze sloeg haar blik weer op, wetend dat ze hem toch moest aankijken. Ondanks zijn spelletjes moest ze verbinding met hem zoeken. Echt vertrouwen scheppen. En snel ook.

Hij inhaleerde langzaam. 'Ik ben goed in schaken.'

Ze knipperde toen ze zag dat zijn grijns zijn ogen had bereikt. 'Noem eens wat tegenstrijdigheden in jou?'

Hij dacht na. 'Ik vind sigaretten lekker ruiken, maar ik rook niet.'

'Waar ben je bang voor?'

'Voor angst.'

Dat was al te gemakkelijk. Betekenisloos. 'Iets anders.'

'Spinnen.'

Onzin, dacht ze, en ze glimlachte weer. 'Wat is het eerste wat je je herinnert?'

Hij keek even naar beneden omdat wat dieper na te denken. 'Het gezicht van mijn moeder.'

'Wat is het leukste aan op een board staan?'

'De snelheid.'

'Wat is het mooiste moment van je leven?'

'Onze verhuizing naar Australië.'

En dat ze daarbij zijn vader achterlieten? Ze keek wel uit om te reageren. Ze had verwacht dat hij de eerste keer dat hij de surftour won zou zeggen. Of de negende keer.

'En het ergste?'

'Toen mijn moeder overleed.' Zijn uitdrukking veranderde niet. Hij had niet geaarzeld. Alles werd gepresenteerd als een feit. Vrolijk of verdrietig, er zat geen emotie bij. Het waren maar woorden. Hij had een muurtje om zich heen.

Ze pauzeerde even. 'Oké, ik ga je wat of-of-vragen stellen en dan moet je me meteen antwoorden zonder na te denken. Goed?'

Hij haalde zijn schouders op, ietwat verdwaasd.

'Thee of koffie?'

'Geen van beide.'

'Je moet kiezen.'

Hij zuchtte. 'Koffie.'

'De bank of de gym?'

'De gym.'

'Uil of leeuwerik?'

'Uil.'

'Zomer of winter?'

'Zomer.'

Haar hoofd kantelde iets. Hij zag het en ging rechtop zitten.

'Tv of een boek?'

'Boek.'

'Minnaar of strijder?'

'Strijder.'

'Sneeuw of golven?'

'Allebei.'

Ze schudde haar hoofd. 'Je moet kiezen.'

'Sneeuw.'

Ze keek hem aan. Ze wisten allebei dat dat een leugen was.

'Goed dan. Golven.' Hij ging iets verzitten.

'Hond of kat?'

'Hond.'

'Aussie of kiwi?'

'Aussie.'

Weer een afwijzing van zijn vader. 'Blond of brunette?'

'Brunette.'

Afwijzing van haar. 'Liefde of haat?'

'Haat.'

Haar lippen gingen verbaasd van elkaar. Niemand gaf ooit dat antwoord. 'Een roemrijke nederlaag? Of winst ten koste van alles?'

Nu was het zijn beurt om verbaasd te zijn. Hij kneep zijn ogen tot spleetjes. Hij wist dat er een oordeel lag in het verkeerde antwoord. 'Winst ten koste van alles.'

Clover gaapte hem aan. Het was het antwoord dat mensen van hem zouden verwachten, het antwoord dat nu voor altijd vastzat aan zijn naam. Maar ze was niet zeker of ze hem wel geloofde. Hij antwoordde vanuit minachting, dit was als een middelvinger naar haar, en naar de wereld. Zijn antwoorden hadden haar verteld dat hij straffeloos kon zitten liegen. En dat zelfs wanneer hij de waarheid zei er geen emotie aan vastzat, geen doorbraak. Hij gaf er niets om of mensen hem graag mochten of niet, het maakte hem niet uit of ze hem geloofden. Anders dan zijn sponsor had hij geen interesse in het opvijzelen van zijn reputatie.

Ze bleef kijken. Ze zou hem er wel mee om de oren willen slaan. Ze zou Amy's naam willen droppen als een bom en dan kijken hoe hij weg zou proberen te komen.

'Vertel eens over de scheiding van je ouders,' zei ze stil en kalm. 'Waarom gingen ze uit elkaar?'

'Ze vergaten van elkaar te houden.' Ook weer zo'n antwoord van niks.

'Op basis van wat anderen in jouw nabije omgeving hebben gezegd lijkt het een diepe en blijvende impact op jou te hebben gehad.'

'Niet echt. Je went er snel genoeg aan, vooral als het gewoon het beste is om te doen. Ik zou willen dat het eerder was gebeurd.'

'Wilde je dat je ouders gingen scheiden?'

'Het was voor iedereen het beste.'

Ze keek naar hem en weigerde zich te laten opjagen door zijn korte, beknopte antwoorden. 'Ja, vaak wel. Maar dat betekent niet dat je niet hebt geleden. Getuige zijn van het ineenstorten van je ouders huwelijk toen je nog maar zo klein was moet een traumatische ervaring zijn geweest.'

'Als jij het zegt.'

'Was surfen voor jou een manier om je negatieve gevoelens zoals verdriet of boosheid te verwerken?'

'Ja.'

'Was het een plek waar je de controle kon hebben?'

Hij grijnsde. 'Iedereen die denkt dat hij de oceaan kan beheersen is gek.'

'Denk je dat je negenvoudig wereldkampioen zou zijn geweest als je een gelukkiger jeugd had gehad?'

'Hoe moet ik dat weten? Ik ben wie ik ben door de dingen die ik heb meegemaakt. Ik weet niet beter. Als mijn ouders niet waren gescheiden, zou ik waarschijnlijk in Nieuw-Zeeland zijn opgegroeid en was ik misschien nooit op een surfboard gaan staan.'

'Wat denk je dat je dan nu zou zijn, als dat niet jouw pad was geweest?'

'Negenvoudig wereldkampioen snowboarden.' Ze zag de arrogantie in zijn ogen.

'Dus je zou altijd een winnaar zijn geweest? Maakt niet uit of je ouders wel of niet waren gescheiden, en waar je ook maar had gewoond?'

'Winnen is vijftig procent voorbereiding, vijftig procent instelling. Je moet het harder willen dan je tegenstander.'

'De overwinning ten koste van alles, dat antwoordde je net. Kunnen andere mensen je wat schelen, Kit? Of zijn het gewoon obstakels die je moet verslaan?'

Hij kneep zijn ogen opnieuw samen. 'Het is niet persoonlijk daarbuiten. Het is iedere man voor zich. Iedereen doet dat.'

'Is dat zo? De snowboardgemeenschap staat bekend om zijn hechtheid. Er zijn genoeg mensen die vinden dat het geen olympische sport zou moeten zijn, dat zelfs gewone wedstrijden eigenlijk al afdoen aan de geest van het boarden.'

'Ik had het over de surfwereld.'

'Beschouw je jezelf nog steeds als een surfer?'

Zijn kaak stak nu iets naar voren. 'Natuurlijk. Ik heb twintig jaar lang niets anders gedaan. Dan lijkt me dat logisch.'

'Denk je dat je ooit net zoveel van snowboarden zult houden als je van surfen hebt gehouden?'

'Ik vind het weer lekkerder bij surfen.'

Hij probeerde het haar lastig te maken, maar ze glimlachte toch. 'Ari zei zo ongeveer hetzelfde...' Ze wist dat het hem een beetje van zijn stuk zou brengen als hij eraan werd herinnerd dat anderen ook al hadden gesproken. Hij kon niet precies weten wat ze hadden gezegd, wat ze over hem wist. 'Waarom ben je écht overgestapt op snowboarden?'

'Er viel niets meer te winnen in het surfen.'

'Dus je voelde je niet verdreven?'

'Nee.'

'Voelde je je welkom in de snowboardgemeenschap?'

'Ik ben hier niet om vrienden te maken. Ik ben hier om te winnen.'

'Om jezelf te bewijzen?'

'Tegenover mezelf. Wat anderen van me denken interesseert me niet.'

'Dus je wilt Kit Foley zijn, negenvoudig wereldkampioen surfen en wereldkampioen snowboarden, voor jezelf.'

'Ja.'

Ze voelde dat de vragen in een bepaald ritme kwamen: naarmate zijn antwoorden korter werden wist ze dat ze het zenuwcentrum naderde. Ze draaide om de hoofdvraag heen en hij wist het. 'Waarom vind je het zo belangrijk om een winnaar te zijn? Is de liefde voor de sport niet genoeg?'

'Ik heb graag een doel. Dat houdt je scherp.'

'Dus het is niet zo dat je het surfen hebt verlaten omdat je naam was geschaad na het ongeluk met Cory Allbright bij de Pipe Masters?'

'Ja. Het was tijd voor iets anders.'

'Vertel me eens over jouw verleden met Cory. De meeste mensen weten niet dat jullie ooit goede vrienden waren.'

Hij gaf niet meteen antwoord. Ze had hem een wortel voorgehouden en hij wist het, een kans om een ander perspectief te geven aan een verhaal waarvan iedereen geloofde dat al te kennen. Tot haar verbazing pakte hij de wortel.

'Hij was een van mijn beste vrienden. Vanaf het moment dat ik pro werd, op mijn veertiende, hebben we samen de wereld rondgereisd. We deelden hotelkamers om geld te besparen. We deden bijna alles samen.'

'Je was ook getuige bij zijn huwelijk met Mia.'

Hij ging verzitten en voelde zich duidelijk niet op zijn gemak. 'Dat klopt. Ik was erbij op de avond dat ze elkaar ontmoetten.'

'En je bent peetoom van zijn oudste zoon.'

Hij knikte. Zijn vingers, die hij gevouwen had, waren wit bij de knokkels.

'Dus wat is er dan misgegaan tussen jullie?'

'Wie zegt dat het is misgegaan?'

'Iedereen heeft de beelden gezien van de finale op Peniche. Je kunt de lichaamstaal zien tussen jullie op het strand, en zelfs bij de paddle-out leken jullie het aan de stok te hebben... Je sneed hem af, stak door zijn lijn. Je blokkeerde zijn runs en liet zo zijn wedstrijdtijd wegtikken. Waarom?'

'Om te winnen.' Hij haalde zijn schouders op, alsof het overduidelijk was.

'Maar dat kon je niet.'

'Kon ik dat niet?'

'Hij ging aan de leiding in die heat en in de competitie. Hij had tienduizend punten. Jij had zevenduizendachthonderd punten. Hij had nog maar één goede run nodig om die wedstrijd te winnen en de wereldtitel veilig te stellen.'

'En als hij geen goede run kon maken, dan zou de beslissing van de wereldtitel doorschuiven naar de Pipe Masters.'

'Je had hem nooit meer in kunnen halen. Dan had je op alle events tienen moeten halen.'

'Dan was ik voor tienen gegaan.' Hij haalde zijn schouders op.

'Je kwam terug van een blessure,' lichtte ze toe. 'Je was uit vorm.'

'Tja. Dat had ik allemaal en toch stond ik tweede. Het is pas over als het over is. Cory wist dat.'

Ze staarde hem aan en zag de arrogantie in zijn ogen. 'En zou hij hebben gedaan wat jij hebt gedaan, als hij in jouw schoenen had gestaan?'

Een zuur lachje speelde om zijn lippen. 'O ja, zeker. Cory heeft zoveel dingen geprobeerd. Hij was een vechter.'

'Wanneer is zijn vriendschap zo betekenisloos geworden voor je dat zijn veiligheid iets werd wat je gewoon weg kon gooien... om te winnen?'

Een paar tellen lang zat hij doodstil. De close-upcamera zou bijna niets aan verandering in zijn houding registreren, maar Clover zag wel dat zijn ademhaling iets oppervlakkiger was geworden, dat er een plotselinge somberte in zijn ogen was gekropen. Toen leunde hij opeens voorover. 'Hij heeft er zelf voor gekozen om te doen wat hij deed. Hij heeft er zelf voor gekozen om te surfen.' Hij sprak door op elkaar geklemde kiezen. 'Ik zag niet dat er een dubbele set golven aan kwam. Ik had mijn focus op de klok... Toen ik hem zag vallen en zag dat hij onder bleef... Ik heb geprobeerd hem te redden. Ik heb gedaan wat ik kon.'

'Maar het was te laat,' zei ze simpelweg. 'Hij is vier minuten en twaalf seconden onder water geweest.'

Hij keek haar aan met zo'n donkere blik dat ze het gevoel had dat er blaren zouden verschijnen op haar huid. Alsof zij verantwoordelijk was voor wat hij had gedaan. 'Zou jij je adem zo lang kunnen inhouden?'

Hij knipperde met zijn ogen. 'Nee.'

'Probeer je het?'

'Ik weet niet wat je bedoelt.'

'Je traint nog steeds als een surfer. Ook al woon je nu in een land zonder kust.'

'Ik weet niet waar je het over hebt.'

'In het zwembad, in het chalet hier in Zell am See, train je jezelf in het inhouden van je adem, nietwaar?' Haar blik bleef hetzelfde. Het was haar beurt om hun vergissing als wapen te gebruiken.

'Ja.'

'Waarom?'

'Gewoonte.' Hij haalde zijn schouders op.

'Niet uit schuldgevoel?'

'Nee.'

'Niet... vanwege een trauma?'

'Nee.'

'Zoals je al zei, je probeerde hem te redden, om hem naar boven te halen. Het moeten vreselijke minuten zijn geweest, met al die golven, en dan proberen hem te pakken te krijgen. Wetend dat elke seconde die voorbijging...'

'Stop!' Hij spande zijn kaakspieren aan. 'Hou op... Ik was daar. Ik weet het.' Hij keek uit het raam.

Ze wachtte tot hij zijn aandacht weer op haar vestigde. Ze wist dat de close-upcamera zijn innerlijke strijd zou vastleggen.

'Hoelang kun jij zonder adem, Kit? Wat is jouw persoonlijk record?'

Toen hij zijn mond eindelijk weer opende, zei hij zacht: 'Vier minuut acht seconden.'

Ze liet de stilte aanhouden tot de suggestie doorklonk. Ook voor hem zouden het vijf seconden te veel zijn geweest.

'Mis je hem?' Haar stem klonk zacht, vriendelijk. Hij vernauwde zijn ogen, uit wantrouwen voor haar medeleven.

Ze wachtte op zijn antwoord. Zou hij hier gemeen op reageren? Een leeg antwoord geven puur om haar de onthulling waar ze op uit was niet te gunnen?

'Ja.' Zijn stem klonk nu anders. De koude hardheid was weg.

'Als je terug kon, dingen anders kon doen... zou je dat doen?' Het was de vraag die Cory nooit had beantwoord.

'Ja, natuurlijk. Ik ben toch geen monster!' Zijn stem brak. Hij schraapte zijn keel. 'Maar dat kan ik niet, dus...' zei hij schouderophalend, en de hardheid keerde terug in zijn gezicht.

Ze staarde hem aan. 'Mensen weten niet wat voor impact het op jou heeft gehad, hè? In je hart en in je hoofd ben je nog steeds een surfer en toch heb je de sport waar je van houdt de rug toegekeerd. Je bent sponsors kwijt. Je bent zelfs de vrouw van wie je houdt kwijt...'

Zijn hoofd schoot omhoog. Ze zag de verwarring op zijn gezicht. Clover had Amy niet genoemd, maar wat ze zei was specifiek. Gericht.

'Wat heb je nog over in je leven... behalve winnen?'

Hij gaapte haar aan. Ze wist dat ze hem had verbluft met haar tactiek – er hard in gaan zoals hij verwachtte, dan omdraaien en zich voordoen als sympathisant, een vriendin zelfs... en dan weer omdraaien. De stilte was beladen. 'Laat me jóú een vraag stellen.'

Haar wenkbrauwen gingen omhoog. Ze was verbaasd. Toen schudde ze haar hoofd. 'Zo werkt dit niet.'

'Zie ik eruit als iemand die wat geeft om regels?' vroeg hij, terwijl hij naar voren leunde en zijn ellebogen op zijn dijen plaatste. 'Jij wilt dat ik mijn ziel blootleg voor jou terwijl jij daar lekker zit met een oordeel over mij zonder iets terug te geven?'

'Ja. Deze film gaat niet over mij. We zijn hier voor jouw verhaal.'

'Ik niet. Ik ben gewoon bezig met mijn eigen zaken, ik leef mijn leven. Ik heb hier niet om gevraagd en dat weet je.' Hij bleef haar aanstaren, met zijn gewicht op het puntje van zijn stoel. 'Het wordt er toch uit geknipt. Waarom ben je zo bang dat het een gesprek in twee richtingen wordt?'

'Ben ik niet.'

Hij bleef haar aankijken en wachtte af.

'Oké. Goed dan.' Ze haalde zo nonchalant mogelijk haar schouders op. 'Vraag maar.'

Zijn blik bleef hetzelfde. En hij begon meteen. 'Waarom zou ik jou vertrouwen? Wat is jóúw motivatie om hier te zijn?'

'Ik wil jouw kant van het verhaal horen.'

'Niet waar. Je hebt het antwoord al op alle vragen die je aan me stelt. Die heb je gekregen toen je precies ditzelfde deed met Cory. Er is een andere reden waarom je hier bent.'

Ze bleef hem in de ogen kijken. 'Goed... Iedereen weet wat je hebt gedaan, maar niemand weet waarom, en Cory heeft het nooit gezegd, hoe vaak ik het hem ook heb gevraagd. Ik wil weten waarom je valsspeelde tegen een oude vriend.'

'Maar waarom? Waaróm kan het jou wat schelen waarom ik het heb gedaan?'

Ze fronste haar voorhoofd. 'Omdat ik geef om…'

'Gerechtigheid?' Zijn wenkbrauw ging omhoog, er zat spot in zijn stem en ze herinnerde zich haar gesprek met Julian tijdens het eten, die avond dat hij was aangevallen. Ze had gezien hoe hij haar ongemak had opgemerkt, hoe hij op een of andere manier had geweten dat het tot haar kern leidde. 'Wat maakt jou geschikt om te beslissen wat rechtvaardig is? Wat weet jij nou van wat ik jou vertel? Ik wil wedden dat het ergste wat jou in je perfecte leventje ooit is overkomen was… dat je een keer gedumpt werd. Of dat je haar niet goed zat.'

'Je hoeft me niet te beledigen.'

'O ja? Zeg dat het niet klopt, wat ik zeg.'

'Het klopt niet wat je zegt.' Ze staarde hem aan, maar hij was nu degene die wachtte. En ze wist dat hij niets zou zeggen, helemaal niets – hierover of over wat dan ook – totdat zij hem de reden had opgegeven waarom hij haar zou moeten vertrouwen. Opeens rustte deze film, en haar hele toekomst, op het feit dat zij hem vertelde over haar verleden.

Ze voelde haar hart samenknijpen, stilstaan en in galop gaan. Zelfs maar de herinnering eraan was genoeg om haar lichaam in vluchtmodus te zetten. 'Je doet aannames over mij,' begon ze, met een stem die trilde van wrok. 'Je denkt dat je weet wat ik ben. Ik zie er op een bepaalde manier uit. Ik klink op een bepaalde manier. En misschien ben ik wel alles wat je aanneemt, maar dat ben ik niet. Ja, ik ben opgegroeid met privileges. Ik woonde in een huis met acht slaapkamers, ik zat op de beste school, ik had pony's… Ik was verwend, had mazzel en groeide beschermd op. Dat allemaal, totdat ik veertien was en mijn vader werd beschuldigd van fraude met aandelen. Hij verdween voor zeven jaar de gevangenis in en toen zijn we ons huis kwijtgeraakt...'

Ze zag een frons op zijn voorhoofd ontstaan.

'Mijn moeder, broer en ik kwamen terecht in een flat met een slaapkamer op de negentiende verdieping. Iets anders konden we niet krijgen. Mam gaf de slaapkamer aan Tom en mij, zodat we konden slapen en toch konden studeren op onze nieuwe school. Zij sliep op de bank. De muren waren zo dun dat je er met je vuist dwars doorheen kon slaan, in de speeltuin hingen drugsdealers rond...' Ze staarde hem aan en wilde niet laten zien hoe akelig alles was geweest: de constante angst, de permanente kou, dat licht en geluid vierentwintig uur per dag... 'Denk maar niet dat ik medelijden van je verwacht of nodig heb, want dat is niet zo,' zei ze er haastig bij. 'We hebben ons achteraf beschouwd redelijk goed aan de situatie aangepast.' Haar mond werd kleiner naarmate haar spanning toenam. 'Maar waar ik het meest onder heb geleden was dat mijn vader nooit een eerlijk proces heeft gehad. Hij was in de media allang veroordeeld, nog vóór de juryuitspraak. Ze hadden foto's van ons oude huis, van onze tennisbaan, het zwembad, de auto's... Pas toen zijn voormalige collega vijf jaar later werd gearresteerd op precies dezelfde verdenkingen, wilde men geloven wat mijn vader al die tijd al had gezegd. Dat iemand hem erin had laten lopen.'

Hij bekeek haar aandachtig, als een kat die een muis volgt. 'Is hij vrijgekomen?'

Ze voelde haar ogen groter worden terwijl de tranen opwelden. Ze wilde niet huilen. Ze wilde niet dat haar stem zou trillen. 'Niet door de gevangenispoort uit te lopen. Hij had maanden ervoor al zelfmoord gepleegd in zijn cel. Hij was gebroken door het feit dat iedereen zo makkelijk het slechtste geloofde. Hij moest wel corrupt zijn! Hij moest wel schuldig zijn...' Ze ademde schokkerig diep in. 'Mijn moeder stierf zestien maanden later aan een beroerte. De druk was haar te veel geworden.' Haar stem viel weg in stilte. Ze kon niets meer zeggen. En er viel ook niets meer te zeggen.

Hij staarde haar aan. Onuitgesproken woorden gingen door zijn hoofd, maar vonden geen vorm.

'Nou, dat was het,' zei ze en ze slikte. 'Dat is waarom ik dit doe. Ik zorg dat slachtoffers worden gehoord.'

Ze keken elkaar aan in een bijna plechtig zwijgen.

'Nu ik je vraag heb beantwoord moet je de mijne beantwoorden... Wat is er gebeurd tussen jou en Cory waardoor je zijn lijn blokkeerde?'

Ze keek naar hem en zag de woorden komen, zich opbouwen... Nog altijd onuitgesproken, maar ze kon hun gewicht in hem voelen. Het was als een golf die op het rif stuitte en toen oprees... een almachtige, niet te stoppen kracht die op het punt stond om losgelaten en uitgestort te worden...

Plotseling stond hij op en verbrak de trance. 'Dat vertel ik je niet, Clover. En ik zal het ook nooit vertellen.'

Ze sprong ook op. 'Maar we hadden een deal!' Haar stem stond bol van het ongeloof.

'Ja. Ik vroeg je waarom ik je zou moeten vertrouwen. En nu weet ik zeker dat ik dat niet kan.'

'Hoe kun je dat nu zeggen?' riep ze, terwijl de tranen in haar ogen nu de kans kregen om zich te verzamelen. 'Ik heb je net iets verteld... iets wat ik nooit aan iemand vertel! Johnny en Matty weten het niet eens!' Ze had zichzelf in de waagschaal gesteld. Ze had haar verleden onthuld om haar toekomst te verzekeren, door hem te tonen dat ze allebei wees waren. Dat ze allebei in carrières waren gedwongen die hun verleden susten. Dat ze niet zoveel van elkaar verschilden als ze dachten. Hij keek op haar neer. 'En het spijt me dat je dat allemaal hebt meegemaakt. Dat meen ik, het spijt me. Ik snap nu wat je motivatie is.' Ze kon de bedroefdheid weer in zijn ogen zien, die vluchtige melancholie die hij soms onbedoeld uitstraalde. In het zwembad, in de M+M Bar...

'Wat is het probleem dan?' vroeg ze, terwijl ze hem bij zijn onderarm vastpakte, een zwakke poging om hem tegen te houden. Ze kon de leegte in hem zien, terwijl hij haar wanhoop aanzag.

'Het probleem, Clover, is dat je me net hebt verteld dat je de voorvechter van de underdog wilt zijn.' Zonder te kijken pakte hij haar hand en trok die los van zijn arm. 'En we weten allebei dat ik dat niet ben.'

22

‘Ik dacht echt dat je hem had,’ mompelde Johnny en hij drukte op pauze. Het scherm liet Kits gezicht zien, bevroren op de laatste blik die hij haar toewierp voordat hij de kamer uit liep.

Ze waren in zijn slaapkamer, terwijl Clover op haar buik op zijn bed lag. ‘Ik weet het. Ik ook,’ fluisterde ze, fronsend terwijl ze het gesprek nog eens doornam. Ze dacht dat ze het geflikt had, ze dacht dat het haar was gelukt. Ze was door de act heengebroken, ze had hem zover gekregen dat hij gevoelens van spijt had toegegeven, kwetsbaarheid, verlies... En toen had hij de hele zwik terug op haar schoot gegooid.

‘Het lijkt bijna wel alsof hij de schuld wil krijgen,’ prevelde Johnny. ‘Hij wil niet het slachtoffer spelen, hij wil geen medelijden. Hij is een harteloze schurk, schuldig bevonden, vriendelijk bedankt? Alles wat we over hem denken is waar?’

‘Omdat dat zo is. Eigenlijk wilden we dit, toch?’ Clover zuchtte. ‘Dat hij dat zou toegeven? Hij heeft het ons zelf gezegd – hij is geen underdog.’

‘Alleen kunnen we dat materiaal niet gebruiken zonder jouw bekentenis ook mee te nemen. Dit kun je er niet uit knippen, want dan snap je de rest niet.’

‘Nee. Ik weet het,’ zei Clover met een vertrokken gezicht. Weer die aantrekkingstactiek... *Pak me dan! Schaakmat.*

Er viel een stilte.

‘Ik kan bijna niet geloven dat je dat allemaal hebt meegemaakt. Met je vader, bedoel ik,’ zei Matty zacht. Ze zat met haar benen over elkaar op de bureaustoel naast Johnny. ‘Dat heb je nooit verteld.’

‘Sorry.’

‘Jij hoeft geen sorry te zeggen! Ik ben degene die zich rottig voelt.

Ik ging ervan uit dat je een studiebeurs had, omdat je een of andere rijke troela was. Je ging ook met dat soort mensen om op de universiteit...'

Clover haalde haar schouders op. 'Ze hielden van een feestje. Ik wilde ontsnappen.'

'Dus je appartement...' vroeg Johnny voorzichtig.

'Is gekocht met mijn erfenis...' Ze haalde diep adem. 'En misschien raak ik mijn huis wel kwijt door mijn eigen stommiteit.'

'Hè?'

Clover beet op haar lip, want ze wist dat dit het moment was dat ze eerlijk moest zijn. De levensvatbaarheid van de film hing aan een zijden draadje. Zonder een vorm van bekentenis van Kit was het enige wat ze hadden iets wat leek op een vendetta tegen hem – en meer bewijs dat hij in alle aspecten de schurk was in *Pipe Dreams*. Zijn leven was ook verwoest, zeker, maar hij toonde geen berouw. Wat moesten kijkers daarvan denken? Ze had Mia een antwoord beloofd, maar ze moest ook nog een commercieel product afleveren en tot dusver had ze geen van beide.

Ze keek haar twee vrienden aan. 'Liam heeft deze film niet gesteund. Hij wilde Angelina. Hij denkt dat dit *Pipe Dreams* gaat ondermijnen.'

Hun monden vielen open.

'Maar... wie produceert dit dan?' zei Johnny met een frons.

'Ik. Ik heb een tweede hypotheek op de flat genomen.'

'Maar het budget...'

'Ik weet het.' Ze keek verontschuldigend naar Matty. 'Vandaar dat hok in Saas-Fee.'

Matty's handen vlogen naar haar mond. 'O god! Ik voel me zo'n trut!'

'Mats, dat kon je niet weten. Ik had het jullie eerder moeten zeggen. Ik wilde alleen niet dat jullie in paniek zouden raken. Of druk zouden voelen. Dit is mijn beslissing. Mijn risico.'

Ze keken elkaar aan en ze begrepen alle drie wat er op het spel stond. De vraag waar de hele film om draaide was nog altijd onbeantwoord en als hij het haar nu nog niet wilde geven, na dát, wanneer dan wel?

Minutenlang waren ze stil en in gedachten verzonken. Was hij het waard? Was Kit Foleys grote geheim – en het recht van Mia om het te kennen – het waard om Clovers huis kwijt te raken?

'Weet je, ik ben het met Johnny eens dat Kit vastbesloten lijkt om de schuld op zich te nemen, maar er waren wel momenten waarop het ook leek alsof hij wilde praten,' zei Matty zacht. 'Ik heb echt het gevoel alsof een deel van hem wíl bekennen...'

'Alleen niet tegenover mij,' mompelde Clover, terwijl ze hun in de ogen keek.

'Tja.'

Liam had gelijk gehad. Als Kit al met iemand wilde praten, dan zou het Oprah zijn. Niet met haar. Nooit met haar. Ze was hier gekomen voor Mia, om eindelijk een volledige bekentenis in Cory's nagedachtenis te krijgen. Met minder genoegen nemen zou een mislukking betekenen.

'Maar wat gaan we doen?' Matty fluisterde bijna. 'Je zei het al, je hebt alles geprobeerd.'

Clover liet haar hoofd in het kussen vallen. Ze had haar diepste pijn blootgegeven en hij had het terug in haar gezicht gegooid, waardoor ze het gevoel had dat ze de tragedie van haar ouders had misbruikt. Voor niets. Ze had meer onthuld dan hij. Hij had bijna de hele tijd de regie...

Opeens tilde ze haar hoofd op.

'Johnny, ga eens terug naar dat shot waar ik alles opnoem wat hij is kwijtgeraakt. Wat was het... zijn sport de rug heeft toegekeerd, sponsors kwijt, blablabla...'

Johnny zwaaide rond op zijn stoel en scrolde terug door de tijdlijn. Al snel vond hij het fragment. Ze luisterden naar Clovers stem die door de kamer galmde.

'*Je bent sponsors kwijt. Je bent zelfs de vrouw van wie je houdt kwijt.*'

Ze zagen dat zijn hoofd met een ruk omhoogschoot.

Clover liet haar hoofd schuin hangen en dacht na. 'Zie je dat? Zag je hoe snel hij bewoog? Er was verder niets waar hij zo van schrok.'

'Nou, het is de eerste keer dat je laat vallen dat je op de hoogte bent van Amy's bestaan,' zei Matty, starend naar het scherm. 'Je hebt hem niet eerder laten merken dat je het weet.'

'Ja. En ik heb haar naam niet eens genoemd. Maar moet je zijn gezicht zien.'

'Hij is geschokt.'

'Nee, het is meer dan dat. Hij ziet er... bezorgd uit.' Ze keek hen aan en dacht nog dieper na. Ze klauterde omhoog totdat ze op haar knieën zat. 'En direct daarna zorgde hij dat alle aandacht zich van hem naar mij verplaatste... Opeens moest hij ook een vraag stellen! Dat is geen toeval. Zijn natuurlijke reactie – gebaseerd op het gedrag dat we tot nu toe van hem hebben gezien – zou zijn dat hij zou ontkennen dat er een vrouw was van wie hij hield, of van wie hij had gehouden, of hij had me moeten vragen hoe ik van haar wist terwijl hij zo zijn best had gedaan om haar verborgen te houden. Maar om het gesprek helemaal om te gooien en het over mij te laten gaan?' Ze keek hen aan. 'Hij wilde gewoon niet dat het over haar ging. Niets. Geen seconde.'

Matty keek haar aan. 'Dus dat betekent?'

Clover trok een wenkbrauw op. 'Dat ze niet zomaar een ex is... We weten al dat ze met Kit was in de periode rond Cory's ongeluk. En als hij zo reageert... dan moet ze iets weten over wat er tussen hem en Cory is gebeurd.' Ze keek naar Matty. 'We moeten haar te pakken zien te krijgen. Als Kit ons niet gaat vertellen wat er is gebeurd, dan moeten we zorgen dat zij het doet, al moet ik naar Sydney vliegen en zelf voor haar deur gaan liggen.'

Clover en Johnny zaten met drie anderen in de gondel. De ramen raakten steeds meer beslagen naarmate ze hoger en hoger naar de top werden gezwiept. Matty was achtergebleven om de ochtendinterviews van Ari en Kit uit te schrijven. Het was bewolkt in het stadje en ze had het helemaal niet erg gevonden om haar kasjmieren huispak aan te trekken en 'de tent voor zich alleen te hebben'. Clover vroeg zich af of dat ook betekende dat ze Julian zou zien. Kit en Ari waren vertrokken – natuurlijk – terwijl ze met z'n drieën in overleg waren in Johnny's kamer, en ze hadden het aan Carlotta overgelaten om te bevestigen dat ze inderdaad bij de pipe aan het trainen waren.

Clover wiebelde met haar tenen in haar skischoenen en probeerde de spanning van zich af te schudden. Het was na de lunch en ze voelde zich onrustig. Het was geen grap dat ze naar Sydney zou vliegen. Ze zou doen wat er nodig was om antwoord op haar vraag te krijgen. Ze had al in Californië gewoond bij Cory, ze was al naar Oostenrijk gereisd voor Kit. Waarom zou ze niet naar Australië gaan?

Johnny bestudeerde de pistekaart, op zoek naar een goede route. Door de recente zware, niet-aflatende sneeuwval lag er een laag van anderhalve meter op de bovenste hellingen en iedereen wilde spelen. Het skigebied was nu volledig open en het stadje vulde zich snel met skiërs en boarders die op weg waren naar de liften. De parkeerplaatsen waren vol, de koffietentjes puilden uit en in restaurants moest je reserveren. Clover vond het bijna jammer dat ze Zell am See zouden verlaten juist nu de boel tot leven kwam.

Ze kon haar vlucht bijna proeven. Haar to-dolijst werd korter: Kits debuut in Sankt Moritz was over twee weken en hij was bezig met zijn laatste voorbereidingen, dus die moesten ze vastleggen. Ze moesten ook wat interviews voor en na de wedstrijden afnemen. Beaus interview moest nog worden ingepland, maar dat zou moeten wachten tot hij terug was uit Saas-Fee. Ze moest Amy ook te pakken zien te krijgen. En hoe afstotelijk het idee ook was, ze wist dat ze op een of andere manier nog een interview met Kit moest zien te krijgen. Maar kon ze dat? Hij had aan zijn verplichting voldaan, naar de letter van het contract, al was het niet naar de geest ervan. Hij had zich laten interviewen, zoals Julian had gevraagd.

Was het zijn fout dat ze daar niet uit had gehaald wat ze nodig had?

De gondel zwaaide heen en weer toen ze boven aankwamen en de deuren openschoven. Ze wachtte tot de anderen waren uitgestapt. Johnny had haar ski's al voor haar gepakt toen ze uitstapte. 'Gaat het?' vroeg hij, terwijl hij haar de ski's gaf. Hij voelde duidelijk aan dat ze piekerde.

'Ja hoor.'

'Nog boos?' vroeg hij met een schouderklopje.

'Zou jij dat niet zijn? Het voelt alsof ik ben beroofd.'

'Jij lacht straks als laatste. Hij is degene die iets te verbergen heeft, weet je nog.'

Ze liepen samen de sneeuw in en gooiden hun board en ski's neer. Het felle wit werkte verblindend, terwijl de wolken openbraken en de gletsjer even blonk als een kristallen schaal. Skiërs en boarders waren over het witte doek verstrooid als kleurrijke puntjes, als op een foto van Slim Aarons. Aan hun linkerhand lag het Alpine Centrum, een James Bond-achtig gebouw uit de jaren zestig met daarin een medisch centrum, restaurant en winkels. Clover voelde de verleiding om een koffie te halen en de middag door te brengen met alleen maar genieten van het uitzicht. De gedachte dat ze naar Kit Foley moest kijken die trucs deed en zijn laatste kunstje toonde stuitte haar tegen de borst.

Ze stepten en prikten zich voort naar de stoeltjeslift die hen naar de top van het park zou brengen en schikten in om andere mensen naast hen te laten zitten. Johnny gaf haar een knipoog toen ze mensen hoorden praten in het Duits, Frans, Italiaans, Engels... Wat een verschil met de week ervoor! Voordat ze naar Saas-Fee waren vertrokken, was het hier net hun eigen privéspeelterrein, met alleen zij en een kleine groep pro's.

Ze vond het een fijn gevoel hoe haar benen omlaaghingen terwijl ze wegschoten van de grond. De zon bleef maar kiekeboe spelen met de wolken terwijl ze naar hun schaduwen keek die over de weidse, niet-geprepareerde sneeuwvlaktes scheerden. Ze keek omlaag, zoekend naar dierensporen in het landschap, zich verwonderend over de prachtige en groteske ijsklompen in plotselinge kloven en spleten. Het Ice Camp, op het plateau vlak bij het funpark, was vol met skiërs die optimaal gebruikmaakten van de welkome zonneschijn en onderuit lagen in ligstoelen, met hun gezicht naar de hemel. Ze hadden weinig tijd, dacht Clover bij zichzelf, kijkend naar de horizon. Zware wolken naderden vanuit het oosten. Er kwam nog meer sneeuw aan. Dit zou een korte middag worden, en dat vond ze prima.

'Kom je achter me aan?' vroeg Johnny toen ze boven uitstapten en de helling afgleden.

'Altijd.' Ze paste de bandjes om haar polsen aan en controleerde of het bandje van haar helm goed vastzat – oftewel de 'hersenhuls', zoals ze Logan zijn helm had horen noemen in Saas-Fee.

Ze gleden traag wat blauwe pistes af, wegblijvend bij de skiklasjes die soms onvoorspelbaar konden zijn. Johnny liet het makkelijk lijken, op zijn board, met zijn cameratassen over zijn schouder. Een val op zijn rug zou niet alleen pijnlijk zijn, maar ook kostbaar.

Ook al deden ze het rustig aan, binnen tien minuten zagen ze het funpark onder zich verschijnen en zagen ze zwarte figuren van de witte schansen afspringen, soms met succes, soms niet. Clover zuchtte vermoeid. Ze zag Kits zelfgenoegzame blik al voor zich. Hij had haar niet alleen zover gekregen dat ze haar meest schaamtevolle geheim had opgebiecht, maar hij had het ook nog eens tegen haar gebruikt. Hoe ze het ook probeerde, ze kon niet van hem winnen. Niets werkte.

'Kom, het licht is nu nog goed,' zei Johnny, alsof hij haar gedachten kon lezen.

Ze stopten op hun vaste plekje net boven de pipe, en Johnny begon meteen de activiteit en de lichtsituatie te peilen. Het park leek nog drukker nu ze erin stonden. Jonge kinderen en tieners storten zichzelf op de schansen en rails waar hun ouders zich niet aan waagden en Clover merkte meteen dat de sfeer in hun afwezigheid was veranderd. Het voelde speelser, met meer plezier. Alleen de pipe was nog zoals voorheen – de dimensies van de superpipe waren veel te extreem voor de gemiddelde boarder – maar er had zich een menigte gevormd die stond te kijken naar de boarders die daar wel goed genoeg voor waren.

'Dit kan wel interessant zijn voor wat extra voxpops?' vroeg Johnny, toen hij zag hoeveel tieners er stonden te kijken. 'De nieuwe generatie, mogen ze hem of niet?'

Clover knikte aarzelend en skiede naar hen toe voor een eerste inventarisatie, terwijl Johnny de camera en het statief uitpakte. Ze verzamelde een paar jongens die zichzelf graag in beeld wilden zien, maar hun reacties waren teleurstellend positief. Hij is een legende, te gek, een coole gast... De enige uitspraak waar ze ergens nog wel wat aan kon hebben was dat Kit 'een beetje oud' werd genoemd.

'Ik weet niet of dit de moeite waard is,' zei ze na een uur zinloos rondvragen tegen Johnny met een kreun van verslagenheid. 'Ze zijn al onder de indruk als iemand een Cab doet. Het kan ze niet schelen wat iemand vier jaar geleden in het water heeft gedaan.'

'Ja, ik snap wat je bedoelt,' verzuchtte Johnny, die overeind kwam en over zijn gezicht wreef. Hij zag er ook afgemat uit. Ze deden dit nu al weken. Dit was niet wat de film nodig had. Ze keken allebei toe terwijl Kit zelf naar beneden kwam zetten en aan hun kant van de pipe de lucht in vloog en een Haakon Flip deed.

'Hij is in vorm vandaag,' mompelde Johnny, die oog had voor de technische aspecten, wat haar nooit zou lukken. Het enige wat zij zag was dat Kit zijn buitengewone atletische talent tentoonspreidde en ermee pronkte voor een bewonderende menigte...

'Nou, nou, hij is in een goede bui, of niet?' zei ze en ze draaide zich om. 'Hij heeft wel een goede ochtend.'

'Clo, niet zo streng voor jezelf. Je gaat heus krijgen wat je nodig hebt. Amy is de ontbrekende schakel.'

'En zij wil er niets van weten.'

'Ze weet nog niet wat ze wil. Ze denkt waarschijnlijk dat we hier zijn om te slijmen bij Kit Foley! Maar als het verkeerd tussen hen is afgelopen – en laten we eerlijk zijn, dat is natuurlijk zo – dan kunnen we haar laten inzien dat we niet per se Team Kit zijn...' Hij trok zijn wenkbrauwen op.

'Ja. Misschien,' verzuchtte ze. 'Ik zou gewoon willen dat het al vanavond was, zodat we Sydney kunnen bellen.'

'Mats zit erbovenop.'

Er klonk gejuich toen Kit zijn run voltooide en blij zijn vuist in de lucht stak. 'Zou het niet mooi zijn als hij achter een hoekje bleef steken en door de lucht vloog ten overstaan van al deze mensen?' prevelde ze.

Johnny moest lachen. 'Jij hebt suiker nodig. Ik ga koffie en een reep chocolade halen. Het wordt hier koud.'

Hij had gelijk. De lucht was al helemaal dichtgetrokken, waardoor het licht verdween en alles kouder voelde. Het licht was diffuus en de wind trok aan. Ze had gezien wat de temperatuur was toen ze de stoeltjeslift uit kwamen, min tien, en het zou nu vast harder vriezen. Het was na drieën en de zon begon al te zakken. In de bergen waren de dagen kort in deze tijd van het jaar. Om vier uur zou het donker zijn.

'Let jij op de camera's?'

'Anders ga ik wel even,' opperde ze, terwijl hij zich op zijn board vastklikte. Alles om maar niet te hoeven zien hoe Foley zich uitsloofde.

'Ik moet toch pissen,' zei hij schouderophalend, en weg was hij.

Clover zuchtte en keek naar de pipe. De rij voor de pipe was kort, maar er had zich een grote menigte verzameld. Nu de donkere wolken samenpakten, deden de mensen hun laatste afdaling, en wilden ze nog snel even een showtje meepikken voordat ze naar het dal gingen.

Haar telefoon ging.

'Ja, hallo?' zei ze afgeleid terwijl iemand die ze niet kende voor een Front Nine ging, maar slecht landde op een Back Five. De menigte liet een collectieve snik horen, terwijl hij onhandig draaide, in een poging zijn benen en board zo te krijgen dat ze de hard opeengepakte sneeuw niet zouden raken.

Het groepje tieners dat iets verderop op de grond zat, maakte wat grappen die ze net niet kon horen. De boarder leek in orde, maar toen hij zijn bindingen opende en de pipe uit liep, kon Clover zien dat hij mank liep.

'Clover?' Ze hoorde California aan de andere kant van de lijn: het geluid van de branding op de achtergrond, kinderen die gilden.

'Mia! Hoe gaat het met je?'

Mia lachte, een zeldzaam geluid. In al die tijd dat Clover bij hen had gewoond, had ze bijna nooit gelachen, en zeker niet na Cory's dood. 'Je gelooft nooit wat er met ons is gebeurd, Clo! Ik kan het zelf niet eens geloven!'

Clover grijnsde. Blijdschap was besmettelijk. 'Wat is er gebeurd?'

'Hunter, haal je broer daar eens weg! Kijk, daar, die rotsen.' Haar stem klonk even ver weg. 'Sorry, Clo. We zitten op het strand... Raad eens welk strand!'

'Eh...' Clover wist dat hun nieuwe appartement zo'n vijftien kilometer van de kust af lag.

'Mavericks!'

Half Moon Bay? Hun oude strand? Waren ze aan het picknicken?

'O, is het fijn om weer even terug te zijn?'

'O, joh, en of we terug zijn! We zijn terug-terug, baby!'

Clover was in de war. Ze keek toe hoe een volgende boarder vertrok en even later over haar hoofd vloog. Mia klonk bijna high, zo blij was ze.

'We hebben ons huis terug, Clo!'

Het duurde even voordat Clover begreep wat ze zei.

'Jullie huis? Het oude huis?'

'Ja! En het is ook niet meer oud!'

Clover herinnerde zich de projectontwikkelaar. Cory die dreigde dat hij zijn tanden eruit zou slaan. 'Heb je het teruggekocht?' vroeg Clover fronsend. Hoe dan?

'Nee! Dat is het hem juist. We hebben het gekregen!' Mia lachte van totale verbazing.

Clover kon even niets uitbrengen. Gekregen?

'Mia, dat klinkt niet... Ik bedoel... Hoe bestaat het?'

'Ja, dat zei ik ook! Geloof me, je had mijn gezicht moeten zien toen mijn advocaat belde en zei dat hij iets voor me had! Ik ging erheen en verwachtte weer zo'n rottige rekening en in plaats daarvan lag er een bos sleutels voor me klaar, en de akte, op mijn naam! Het huis is weer van ons!'

'Maar hoe kan dat dan? Wie...' stamelde Clover, bezorgd om haar vriendin.

'Hij wil anoniem blijven, hij kan het me niet vertellen. Dat is de enige voorwaarde in het contract. Maar ik weet wie het is. Ik bedoel, dat ligt nogal voor de hand.'

Was dat zo? 'Wie dan?'

'Scheermes!'

Clover dacht diep na. Wie was dat ook weer? Eddie Kahale. De surfer die Cory's herdenkingsdienst had geleid.

'Je hebt hem horen spreken tijdens de paddle-out. Hij zei dat hij zou zorgen dat we werden ondersteund en beschermd, maar ik had natuurlijk in geen miljoen jaar gedacht dat hij op zo'n manier woord zou houden!'

'Maar hoe kan hij zich dat nou veroorloven?'

'Niet alleen hij!' Mia lachte. 'Iedereen, de hele surfgemeenschap! Ze waren allemaal dol op Cory. Iedereen heeft bijgedragen om ons te helpen, maar ze houden geheim wie erachter zit, omdat ze weten dat we geen liefdadigheid zouden accepteren.'

Kon het waar zijn? Ze herinnerde zich zeker het aantal mensen dat zich op het water had verzameld om eer te bewijzen aan Cory. En ze herinnerde zich vagelijk dat iemand een crowdfundingsactie voor hen had opgezet nadat er door de film aandacht was gekomen voor hun penibele situatie… 'Maar weet je zeker dat het legaal is en bindend? Kan het je niet worden afgepakt?'

'Mijn advocaat heeft het gecheckt en gedubbelcheckt. Hij zegt dat hij nog nooit zo'n legaat onder handen heeft gehad, maar het klopt helemaal. Als een bus. Dus we wonen er weer! We zijn afgelopen weekend verhuisd. Eerlijk gezegd geloofde ik het zelf ook nog niet tot ik de boards van de jongens weer tegen de buitenmuur zag staan.'

Clover lachte en was gerustgesteld. 'Godsamme, meid, stuur me wat foto's straks! Ik wil het zien! Ik kan het niet geloven! Ik bedoel, dit is buitengewoon.'

Mia zuchtte voldaan. 'Het is zo goed om hier weer te zijn, Clo. Ik kan je niet vertellen hoe het was, daar in die betonnen jungle. De jongens verpieterden gewoon. Ze wisten even helemaal niet meer wat ze moesten.'

'Je verdient het, Mia! Je hebt zoveel ellende over je heen gekregen. Ik ben blij dat er eindelijk iets goed gaat.'

'Ik moet zeggen, je weet pas wat een huis betekent tot je het kwijtraakt.'

Clover voelde haar adem stokken. 'Ja,' bevestigde ze zachtjes. Ze schudde haar hoofd om haar eigen problemen weg te duwen. 'Nou, een boel mensen houden heel veel van je. Hoe erg alles ook was, je was nooit alleen.'

'Dankzij jou, Clo. Jij hebt er mede voor gezorgd. Door jou hebben mensen gezien…' Clover hoorde haar vriendin een diepe zucht slaken. 'Daarover gesproken… hoe gaat het met Foley? Waar ben je?'

'Nou, nu in Oostenrijk. En op dit moment zit ik naast een heel grote, glanzende witte halfpipe.'

'Ik kan niet geloven dat hij daar nog steeds voor gaat.' Mia's stem klonk hard. 'Speelt hij zijn gebruikelijke spelletjes?'

Clover kon de man zelf aan de overkant zien. Hij had zijn board losgemaakt om weer omhoog te lopen en hij stond ermee over zijn schouders, met zijn armen er losjes omheen. Tipper stond intensief tegen hem te praten, met geanimeerde gebaren, zijn armen buigend en een actie nabootsend waarvan hij duidelijk wilde dat Kit die zou herhalen.

'Ja, ik ben bang van wel.' Die morgen was een goed voorbeeld.

'Ik heb gehoord over de vechtpartij... Klinkt alsof hij nog steeds een agressieve klootzak is.'

'Hm, ja, echt.'

'Heeft hij al iets zinnigs gezegd?'

Wat ze bedoelde was of hij een verklaring had gegeven voor waarom haar man nu dood was.

'Langzaam maar zeker. Het heeft lang geduurd om wat vertrouwen te winnen.'

'Ja. Hij is zo achterdochtig als de neten.' Mia's zucht floot door de lijn heen. 'Zet je schrap, Clo, waarschijnlijk gaat het nooit gebeuren.'

Clover slikte. 'Ik doe mijn best. Als ik dat antwoord voor je kan krijgen, dan doe ik het.'

Er viel een stilte, het enige wat ze hoorde waren de golven op de achtergrond. Mia's stem klonk ingetogen toen ze weer sprak. 'Nou, dat zou... dat zou voor ons echt het laatste ontbrekende stuk zijn om het te kunnen afsluiten. En hem kennende denk ik dat hij de fatale fout heeft begaan om jou te onderschatten...' Enige commotie op de achtergrond maakte dat haar stem tijdelijk wegviel. Ze zuchtte. 'Clo, ik moet gaan. Taylor is gebeten door een kwal.'

'Au. Geef hem een kus voor me. Tot snel, en stuur wat foto's!'

'Doe ik!'

Ze hingen op. Clover keek naar de rij voor de pipe om te kijken naar de volgende die zou gaan beginnen aan zijn ride, maar hij stond omgedraaid met iemand te praten. De persoon achter hem liet hem iets zien op zijn telefoon.

Haar eigen telefoon zoemde dat er een bericht was. Ze klikte erop en kreeg een grijns op haar gezicht toen ze Mia's pas gerenoveerde, net cadeau gekregen huis zag. Een glimmende glazen kubus was het niet. Sterker, het verschilde niet zoveel van wat het eerst was geweest. Was er sprake van bouwbeperkingen? Ze nam aan dat het beschermd landschap was. Het had hetzelfde cottagegevoel als eerst, met de veranda er helemaal omheen en louvreluiken voor de ramen, het enige verschil was dat er dakvensters in het dak zaten, wat suggereerde dat daar nu ook slaapkamers waren. Ze zoomde in en lachte toen ze de gebruikelijke familie Allbright-troep zag: skateboards op het gras, surfplanken op schragen om te worden gewaxt. Handdoeken en natte zwembroeken overal…

Ze schrok op van een plotselinge schreeuw. Iemand had zijn board de pipe in gegooid en ze zag hoe het langs de wanden gleed als een vertraagde pendule.

Hè?

Ze keek om zich heen. Iedereen stond op zijn telefoon te kijken. Kit stond bij Tipper, die aan de telefoon hing met iemand, een hand op zijn hoofd alsof hij zijn hoed wilde tegenhouden in de wind. Maar hij droeg geen hoed…

Ze speurde de menigte af. Sommige mensen raakten overstuur. Er werd gevloekt. Iedereen…

'Hé, wat is er aan de hand?' riep ze naar de tieners die het dichtst bij haar zaten. Maar ze hoorden haar niet. Ze stonden in een kring om een telefoon heen, luisterend naar iets. 'Hé!'

Een boarder van misschien zestien, zeventien jaar met blonde dreads en een gouden tand keek haar verbaasd aan.

'Sorry,' zei ze met een lach. 'Ik wilde niet onbeleefd zijn. Maar wat is er aan de hand?'

De jongen leunde naar haar toe met een hand steunend in de sneeuw. 'Er zijn berichten dat Mikey Schultz een ongeluk heeft gehad tijdens de training in Italië.'

Ze gaapte hem aan. 'Mikey?'

'Yep. Die Amerikaan. Olympisch team.'

'Is het ernstig?'

'Ze zeggen dat hij is overleden.' Hij haalde zijn schouders op. 'Ik bedoel, ik weet het niet. Het is nog niet bevestigd. Dat is wat er wordt gezegd.'

Clover besefte dat ze stond, dat op enig punt tijdens zijn verhaal, haar lichaam uit zichzelf had bewogen, weg van zijn duivelse leugen. Ze voelde dat haar adem bleef steken in haar keel en niet naar binnen of naar buiten ging.

Mikey? Nee... Dat was onmogelijk... Dat kon toch niet? Ze had hem net nog gezien... Ze zou hem in Zwitserland weer zien... Nee... Nee...

'Mevrouw, gaat het?' vroeg de snowboarder terwijl ze verder naar achteren stapte. Ze struikelde en viel om. Het statief. De camera stond doelloos gericht op de lege halfpipe, haar ski's lagen ernaast in de sneeuw. 'Kende u hem?'

Dit klopte niet. Het was niet waar. Het kon niet waar zijn... Hij was vijfentwintig jaar oud...

Ze stond weer op en haar ledematen voelden alsof ze niet van haar waren. Ze zocht om zich heen naar Johnny. Waar was Johnny? Hij zou haar de waarheid vertellen. Hij zou haar zeggen dat het een vieze leugen was...

Koffie. In de verte hoorde ze een hoorn. Ze moest naar het Ice Camp. Het zou wel goed komen als ze daar eenmaal was...

Zonder goed te kijken stapte ze in haar ski's, waarbij haar handen trilden toen ze de skistokken greep. Ze moest naar Johnny toe.

Ze richtte de punten van haar ski's naar het dal en begon langs de achterzijde van de pipe te skiën, uitkomend bij de uitgang, en ze zag niet dat er een andere skiër vanaf de andere kant kwam, tot ze bijna botsten. Ze had niet eens tijd om te gillen en ze viel met gekruiste ski's, terwijl de andere skiër een scherpe bocht maakte en haar bedekte met sneeuw.

'Stomme trut!' riep hij en hij skiede verder.

Ze lag daar te hijgen en opeens snapte ze waarom ze niets zag... Er prikten tranen in haar ogen. Skiërs en boarders raasden langs en zeiden dat ze uit de weg moest gaan.

'Clover!'

Johnny? Ze keek op, maar ze zag niet helder. Alles was vaag. Ze worstelde om weer overeind te komen, duwend op haar stokken, en ze liet de ski's maar gewoon glijden. Haar hart ging veel te snel. Ze wist dat ze in paniek was. Geschokt.

'Clover!'

Ze moest gewoon in het Ice Camp zien te komen en het aan Johnny vertellen. Hij zou de waarheid wel weten. Hij zou haar zeggen dat het niet echt was, maar een gemene roddel, iemands idee van een zieke grap…

Mikey was niet dood. Echt niet. Nee.

Links, rechts, links… Ze liet de ski's de piste afglijden in lange meanderende bochten en zag niet verder dan haar eigen punten, en die zag ze ook amper. Ze skiede ongeconcentreerd, maakte bochten op de verkeerde plekken en ze ging te hard.

De bar was net onder het funpark, vijftien minuten bergafwaarts… En die zou nu wel in zicht komen, toch? Waar was hij nou? Ze keek op en speurde de berg af. Vanuit de lift zag je hem meteen, in het zonlicht, maar nu, met dat grijze licht, en de wind die het bovenste laagje van de sneeuw blies…

Rechts, links, rechts, links… De helling werd steiler, de sneeuw zachter… Het enige wat ze zag was het beeld van Mikey die op zijn board bij haar weggleed en haar groette. Tikje zelfgenoegzaam, charmant, waanzinnig sexy…

Niet dood. Dat kan niet.

'Clover!'

De stem klonk zo ver weg. Een stem in haar eigen hoofd zei dat ze door moest. Ze moest naar Johnny toe.

'Clover, stop!'

Ze hoorde het geluid van sneeuw die werd opgeworpen in de lucht en toen voelde ze dat ze tuimelde. Ze rolde en rolde… Ze voelde een van haar ski's losschieten. De sneeuw vloog in haar gezicht, in haar mond, tegen haar ogen, in haar haar…

'Shit!'

Ze riep het woord terwijl ze tot stilstand kwam. Ze lag voorover in de sneeuw, hijgend en snikkend, haar lichaam uitgespreid alsof ze van een hoogte was neergekwakt. Ze deed haar ogen open en versteende. Een paar meter bergafwaarts van haar zat Kit. Hij zat met zijn benen voor zich uitgestrekt, met een arm om een boomstammetje gehaakt. Hij leek in die houding te zijn vastgevroren en zijn lichaam stond stijf van de spanning.

Ze keek hem verbijsterd aan. Wat... Ze zag zijn benen trillen, de grond onder zijn benen was ontdaan van sneeuw, waardoor geel gras te zien was op de plek waar hij zijn board had neergezet om te remmen.

Langzaam werd haar zicht weer scherper, en toen zag ze de steile afgrond vlak voor hem. Hij zat op het uiterste randje steen. Ze keek naar het uitzicht en zag de steile wand van de berg ertegenover... Dit was niet het plateau van de gletsjer. Ze schrok zich dood. Waar was ze in godsnaam?

Hij keek omhoog naar haar. Hij zag bleker dan ze hem ooit had gezien. Een paar tellen lang leek hij niet in staat tot praten. Hij was maar een paar centimeter verwijderd van de afgrond.

Ook zij kon niet praten. Ze snapte niet hoe ze opeens hier waren beland. Wat was er gebeurd? Ze tilde haar hoofd op en keek omhoog. Het was steil en de sneeuw was overhoop geploegd, haar parallelle spoor werd doorsneden door het spoor van zijn board, toen hij achter haar aan was gesneld.

Had ze een bocht gemist? Was ze van de piste af gegaan? Maar waar dan, en wanneer?

Met langzame bewegingen, zijn arm nog altijd om de boom, trok hij zijn benen in en klikte zijn boots los van het board. Zijn bewegingen waren schokkerig en onhandig, deels door de adrenaline, deels door de onhandige positie, en het board glipte onder zijn voeten vandaan voordat hij het kon grijpen. Het vloog over de rand en verdween in een fluitende stilte.

Nog steeds zeiden ze niets.

Ze wilde overeind komen, maar hij hoorde haar kleren ruisen en keek op. 'Niet bewegen. Ik kom naar jou toe.'

Zijn stem klonk raar, hol bijna. Alles gebeurde in slow motion. Ze keek toe hoe hij naar haar toe gekropen kwam, eerst naar haar voeten om de bindingen van haar overgebleven ski los te maken. De ski kwam los en hij schoof hem opzij. 'Ga eens zitten.'

Hij hield haar bij haar elleboog vast, terwijl ze op haar knieën ging zitten en toen op haar hielen. Het enige wat ze nu nog zag was de afgrond achter zijn schouder. Ze was er recht op af gegaan. Ze zou er zo in zijn verdwenen. In het vlakke licht, tegen die witte achtergrond, dan zou ze het pas gezien hebben…

Hij schoof haar skibril – die vol krassen zat – op haar helm en klikte het bandje los. Hij legde haar helm in de sneeuw. 'Gaat het?' vroeg hij, toen hij de tranen zag die over haar wangen stroomden.

Ze knikte, terwijl de tranen bleven komen. Opeens kwam alles tegelijk binnen. De angst, de schrik…

'Ik weet het,' zei hij zacht.

'Is Mikey niet…' fluisterde ze, smekend met haar ogen.

Hij keek omlaag. Ze zag zijn adamsappel op en neer gaan. Hij slikte. 'Jawel. Hij is dood.'

Een kreet kwam uit haar keel en haar zicht werd belemmerd toen hij zijn armen om haar heen sloeg. Ze voelde de spanning in zijn spieren terwijl ze huilde. Hij hield haar stevig vast. Ze kon het niet geloven. Ze kon het niet…

Mikey Schultz was dood? Vijfentwintig jaar pas. Een saluut, een zoen en een lach was het enige wat ze had om hem te herinneren.

23

Ze wachtten op de helikopter. Kits jas was uitgerust met een noodtransponder, waarmee zijn positie tot op een paar meter exact kon worden bepaald. Het enige wat ze hoefden te doen was blijven zitten waar ze zaten.

Dat was makkelijker gezegd dan gedaan. Clover had nog nooit stiller gezeten terwijl ze in de afgrond staarde. Ondanks haar skijack, thermokleding en handschoenen rilde ze. Ze wist niet zeker of er technische kleding was die je warm hield tijdens het stilzitten op een rots op de noordhelling van een berg in de Oostenrijkse Alpen in december, terwijl het om je heen donker begon te worden. Ze konden niet eens een beschermende sneeuwwand graven, want de wind blies met dreigende rukken om hun heen. Omhoogklimmen was geen optie. Dat had ze zelf al ingezien zonder het te hoeven vragen. Het was te steil en onder de verse laag poeder was de sneeuw samengepakt en ijzig. En met hun schoenen aan konden ze uitglijden. Het was veiliger als ze wachtten tot de hulp bij hen kwam.

'Ik snap niet hoe ik het niet heb kunnen zien,' zei ze.

'Je was in shock.'

'Maar hoe kon ik nou die afgrond niet zien?'

'Adrenaline,' antwoordde hij. 'Het lichaam gaat in vluchtmodus. Het kan zich aanpassen aan bijna alles. Ik had het vroeger ook in zwaar water. Ik voelde me lichamelijk ziek als ik de beelden terugkeek van de golven die ik had bereden, maar toen ik daar was, in het moment...' Hij haalde zijn schouders op.

'Ik zou over de rand zijn geskied,' fluisterde ze, starend naar de afgrond, naar de windhoos daar voorbij.

Hij keek haar aan. 'Ja.' Hij slikte en keek weer weg. 'Gelukkig voor jou ben ik een kiwi…' En toen ze het niet leek te begrijpen, voegde hij toe: 'Rugby? Ik kan tackelen?'

'O ja. Ik korfbalde op school. Ik weet niet of ik daar iets aan zou hebben gehad als ik jou had willen redden.'

Hij keek geamuseerd. 'Nee.' Het werd snel donker, de sneeuw leek ultraviolet te kleuren.

'Hoe wist je dat ik hier was?' Ze keek naar hem.

'Ik was aan het praten met Tipper toen hij het telefoontje kreeg van de coach van het Amerikaanse team. Hij vertelde het me een paar minuten voordat ik jou langs zag schieten. Ik wist dat je…' Hij schraapte zijn keel. 'Iets met hem hebt gehad… dus toen dacht ik dat je het wel gehoord moest hebben, als je zo skiede… En toen zag ik je de bocht missen en buiten de piste gaan.'

'Maar het had ook jouw dood kunnen worden,' zei ze zacht.

Hij antwoordde niet meteen. 'Nou, jij hebt je in een gevecht gestort om me te redden. Dus ik vond dat ik wel wat terug mocht doen.'

'Gevecht? O ja, dat. Goeie vergelijking met van een rots skiën.'

Hij haalde zijn schouders op. 'Ik sta niet graag bij iemand in het krijt.'

Ze snoof. 'Ik wist niet dat je dat gevoel had.'

Hij keek haar aan, maar gaf geen antwoord. Zijn armen waren rond zijn knieën geslagen terwijl hij over de bergrand uitkeek. Hij had haar met haar benen over elkaar laten zitten, met haar armen rond de boom geslagen. 'Voor het geval dat er een lawine komt,' had hij gezegd. Hij had echter met geen woord gerept over wat híj in dat geval zou doen.

Ze waren gestrand in een bergspleet tussen twee bergen. Kaprun en Zell am See lagen achter hen, en in de afwezigheid van lichtvervuiling begonnen de sterren naar hen te knipogen. Ze verschenen een voor een… Een, twee, drie, vier…

'Jeetje, wat is het koud,' mompelde ze, terwijl ze haar handen over elkaar wreef. Er was sneeuw in haar jas gekomen toen ze de helling af rolde. Het was inmiddels gesmolten, waardoor haar huid koud en nat voelde.

Hij keek naar haar en zag dat ze bibberde. 'Hier, mijn jas,' zei hij en hij ritste hem open.

'Nee!' Ze keek hem geschrokken aan. 'Nee.'

'Het gaat wel, ik krijg het niet koud.'

'Iedereen krijgt het koud bij min vijftien. Zelfs ijsberen.'

Hij kreunde, maar ritste zijn jas weer dicht.

'Je rilt.'

'Het gaat wel. Ze komen er zo aan.' Toch? Hoelang was het nu? Veertig minuten? Ze zouden nu toch wel bijna komen? Ze onderdrukte een golf van angst bij het vooruitzicht dat ze hier de hele nacht moesten zitten. Ze zouden sterven van de kou, hier op deze rots.

Ze verzonken in stilte. Hoe ze ook worstelden met elkaars gezelschap, voor de verandering was ze er blij mee. Ze voelde zich dankbaar voor het geluid van zijn regelmatige ademhaling, waardoor ze wist dat ze niet alleen was in het donker. Ze kon zich nog het gevoel van zijn arm om haar middel herinneren, waardoor ze opzijviel en tegen de berg werd geduwd.

'Ik moet steeds aan Mikeys ouders denken...' fluisterde ze.

'Ik weet het,' mompelde hij terug.

Ze keek naar hem en zag dat zijn hoofd vooroverhing. 'Kende je hem?'

'Niet zo goed als jij.'

Ze deinsde terug, geschrokken door de opmerking, een plotselinge flits van zijn gebruikelijke humeur.

'Sorry,' zei hij snel. 'Shit, ik... Dat bedoelde ik niet zo... Echt niet.' Ze hoorde hem inademen. 'Ik... ik heb me niet netjes gedragen, de laatste keer dat ik hem zag.'

Ze herinnerde zich het geduw en getrek bij de lift en Mikeys verbazing. Kit was dus degene die hem had geduwd. 'Waarom?'

Hij keek haar schuin aan. 'Ik weet het niet,' zei hij na een tijdje. 'Ik weet het niet.'

Een noordelijke windvlaag kwam om de hoek van de rots en ze kregen hem vol in het gezicht. Ze rilde weer en hij zag het. Hij leunde naar voren en keek haar van dichterbij aan. 'Je lippen worden blauw,' mompelde hij. Hij trok een handschoen uit en drukte de rug van zijn hand tegen haar wang. 'Je bent ijskoud.'

'Het gaat wel.'

'Dat zeg je steeds.' Hij deed zijn handschoen weer aan en schoof voorzichtig naar haar toe. 'Je moet uit de wind. Leun maar tegen me aan.'

'Wat?'

Hij spreidde zijn armen en benen. 'Je hebt lichaamswarmte nodig. Kom maar bij me zitten.'

'Nee.'

'Godver, Clo. Dit is geen knuffel. Je gaat kapot van bevriezing. Kom hier bij me.'

Meer dan wat dan ook was ze verbaasd dat hij haar Clo noemde. Toch liet ze schoorvoetend de boom los en schoof op haar billen naar hem toe.

'Nee. Met je gezicht de andere kant op.'

'Zo bazig,' sputterde ze. Ze draaide zich om en ging tussen zijn benen zitten, met haar rug naar de wind. Hij trok zijn knieën op en sloeg zijn armen om haar heen als een windscherm. Hij trok haar tegen zich aan. Ze kreeg het onmiddellijk warmer.

'Beter?'

Ze knikte en haar haar ruiste tegen zijn jas.

'Goed zo.' Ze voelde dat hij zijn hoofd liet zakken om ook warm te blijven, zijn adem was warm op haar hoofdhuid. Ze sloot haar ogen en probeerde niet te denken aan de laatste keer... 'Niet je spieren spannen. Dat houdt de bloedsomloop tegen.'

Ze probeerde te ontspannen. Ze kon zijn hartslag horen tegen haar oor, langzaam en regelmatig.

Zo zaten ze daar, stil, proberend om de warmte vast te houden terwijl de avondhemel donkerder werd en de wind bijtender.

‘Wat als ze ons niet kunnen vinden?’ vroeg ze.

‘Ze vinden ons.’

‘Maar het duurt zo lang.’

Hij dacht na. ‘Ze komen zo.’

Ze rilde weer en hij hield haar steviger vast. Hij drukte haar zo dicht tegen zich aan dat ze een baby in zijn armen had kunnen zijn. Ze voelde dat ze opwarmde.

‘Je bent wel heel lief voor iemand die je zo haat… Je kunt me van de rots afduwen en dan kraait er geen haan naar.’

‘Denk niet dat dat niet bij me is opgekomen.’

Ze tilde haar hoofd op en keek hem aan. Hij beantwoordde haar blik. Het wit van zijn ogen was het enige wat zichtbaar was in het donker. Hij zag er verkleumd, gekweld en ongelooflijk vermoeid uit. Ze voelde een plotselinge, onverklaarbare drang om haar lippen op de zijne te drukken. Alsof dat het meest natuurlijke was om te doen voor warmte, menselijk contact, lichaamstemperatuur… Iets aardigs wat ze terug kon doen.

Ze zag het ook door zijn ogen gaan, een overgave van de vijandelijkheden die elke ontmoeting tussen hen markeerde. Ze keek hoe zijn blik over haar gezicht ging op de manier waarop hij dat in het zwembad ook had gedaan, toen het venijn zich had omgevormd in passie, toen schreeuwen opeens niet meer genoeg was en het verbale fysiek was geworden. Ze voelde het weer, die behoefte een emotioneel conflict fysiek te maken. Ze waren allebei koud, bang, geschokt en in de rouw…

Ze hoorde een plof-plof-ploffen en hij keek omhoog, als een wolf die aan de lucht snuift, terwijl een helder licht plotseling op de berg verscheen en steeds dichterbij kwam. Hij liet haar vrijwel meteen los en bewoog zijn knieën omlaag, waardoor de wind weer om haar heen blies. ‘Ze zijn er.’

Ze liep met haar hoofd omlaag tegen de wind en de striemende hagelbui in. Het voelde raar om op het vlakke land op gymschoenen te lopen na weken van rondploegen in skischoenen op hellingen. Zoveel mensen, zoveel licht... Winkeletalages met extravagante displays schitterden haar tegemoet – rendieren met een laagje sneeuw en levensgrote sledes, grote houten adventskalenders en paspoppen die gekleed waren in fluweel en lovertjes, waarvan de boodschap was dat het tijd was om te glinsteren en feest te vieren...

Ze hield haar blik voor zich, gericht op de rubberen zolen van de mensen die op haar af kwamen en om haar heen liepen. Mikey Schultz was dood. Die mooie, bruisende jonge man, zo dicht bij een leven vol roem en succes...

Ze bleef de ene voet voor de andere zetten, haar hand op de band van haar rugzak op haar schouder, haar enige bagage. Ze had afgezien van toiletspullen, ondergoed en wat T-shirts verder niets ingepakt. Ze wilde geen spullen, ze wilde niet wachten. Ze wilde alleen weg, weg van alles wat er was gebeurd. Ze had vanochtend de eerste trein terug naar Salzburg genomen, alleen Matty wist van haar plannen en alleen zij was opgestaan om haar uit te zwaaien terwijl de rest van het chalet nog sliep. Het vliegtuig was vertrokken en geland zonder dat ze het had gemerkt, terwijl ze met haar hoofd tegen het raam rustte.

De wereld voelde alsof hij binnenstebuiten was gedraaid, alles was omgekeerd. Het leven voelde chaotisch en fragiel als glas. Ze was aan de dood ontsnapt. Verblind door schok en afgrijzen zou ze zo van de rots zijn geskied als Kit Foley haar niet toevallig had gezien... Als. Haar leven nu, vandaag en voor altijd, hing aan die ene als.

Ze had amper geslapen, haar lichaam schokte hevig, terwijl ze het gevoel had dat ze viel. En als ze wel droomde, dan bleef dat ene snowboard maar voor haar geestesoog op en neer glijden in de pipe terwijl het nieuws over Mikey door de groep broeders weergalmde. Ze wist al dat ze nooit meer een voet op die gletsjer zou zetten.

Ze sloeg een straat in. Daar was een speeltuin en ze kon het geluid van spelende kinderen al horen. Ze besefte hoe vreemd het klonk, ongebreideld gelach, pure blijdschap... Wanneer had ze voor het laatst iemand zo horen lachen? Wanneer had ze zelf voor het laatst zo gelachen?

Ze hoorde een autoportier dichtslaan en ze keek op. Een jongetje kroop uit een zwarte Audi stationcar, nadat hij van de zijkant van de bank was gegleden tot zijn voeten de grond raakten. Zijn vader stapte ook uit en reikte in de auto naar iets in de middenconsole. Zijn telefoon? Bril? Een bloedmooie donkerharige vrouw in een gewatteerde jas van Moncler liep om de auto heen vanaf de andere kant en ze tilde een baby uit een autozitje, waarbij ze een kusje plantte op haar mollige roze wangetjes.

Was hun leven niet het leven waarvan Kit had gezegd dat zij het onvermijdelijk tegemoet ging?

Clover zag hoe de vader omliep en de kofferbak opendeed, waar hij een kerstboom uit haalde, die nog gevangenzat in zijn net. Het jongetje hupte opgewonden op de stoep, klappend in zijn handen terwijl zijn vader de boom moeiteloos op zijn schouder tilde en de kofferbak dichtklapte. Ze zag de lampen twee keer aan flitsen toen hij de auto afsloot. Het jonge gezin draaide zich naar het mooie stenen appartementenblok, waarbij het jongetje als eerste de trap op rende.

De moeder hield de baby tegen haar borst, haar beschermend tegen de kou en de natte sneeuw, terwijl ze hem volgde. De vader kwam als laatste en keek beschermend om voordat hij ook de trap op liep.

Hij bleef staan toen hij haar zag, zoals ze daar huilend naar hen stond te kijken.

'Clover?'

Het duurde even voordat ze weer op adem was. 'Hoi, Tom.'

24

'Hier?' vroeg Clover, terwijl ze de gestreepte kerstbal bij een tak hield en naar haar neefje keek.

'Nee! Hoger!' gilde Elliot, wijzend naar de tak erboven.

'Hier?'

'Ja!' joelde hij terwijl ze de bal voorzichtig net boven haar hoofd vasthaakte.

'Ik voel me net een superheld,' grijnsde Clover, met een blik op haar schoonzus, die in de leunstoel de baby zat te voeden.

'O, geloof me, als je waardering wilt, neem dan een hond,' zei Charlie lachend. 'Trixie geeft me altijd het gevoel dat ik een superheld ben als ik de keuken in kom. Wel een beetje jammer dat niemand ooit zo enthousiast wordt van mijn aanwezigheid als de hond!'

Clover lachte. Ze pakte een sneeuwvlok van glas op en liet hem aan zijn koordje ronddraaien. Elliot staarde terug met lichtjes in zijn ogen.

'Daar!' Hij wees naar een dennentak naast haar schouder.

'Hier?'

'Nee, daar!'

Ze haakte de bal aan een tak. Elliot maakte een paar sprongetjes op zijn plek.

'Tom zei dat je in Oostenrijk was de afgelopen tijd?' Charlie keek omlaag naar Bella en aaide haar over haar wangetje.

'Ja, de afgelopen maand, zo'n beetje. Zell am See, ken je dat? Het is vlak bij Salzburg.'

'Nee. Is het daar leuk?'

'Het is er prachtig! Het ligt aan een meer, op zevenhonderd meter hoogte, midden in de Alpen. Je moet er echt eens heen.'

'Misschien doen we dat wel. Kun je er mooi skiën? Tom wil Elliot graag zo snel mogelijk op de ski's hebben.'

Elliots hoofd ging omhoog toen zijn naam viel. 'Welke nu, mama?'

'Het roodborstje,' wees ze, zonder twijfelen.

Elliot gaf het aan Clover en begon de boom te scannen om te zien of er nog plek was. 'Daar!'

'Er zijn een paar geweldige oefenweides in Zell am See,' zei Clover, Elliots aanwijzingen volgend en het roodborstje op een hogere tak hangend. 'En het staat in verbinding met Kaprun en de gletsjer van Kitzsteinhorn. Daar was ik de laatste tijd meestal te vinden.'

'Mazzelaar!' Charlies ogen werden nauwer terwijl ze naar haar zoon keek, die op zijn plek stond te dansen. 'Elliot,' zei ze op waarschuwende toon. 'Moet je naar de wc?'

Hij schudde zijn hoofd net iets te hard.

'Ik denk van wel... Ga maar even, snel, snel!' Ze grijnsde naar Clover terwijl de peuter naar de wc sprintte. 'Er bestaat zoiets als het te spannend vinden om de kerstboom te versieren.'

Clover gniffelde.

'Sorry, ga door. Terwijl ik hier de baby zit te voeden en wc-instructies uitdeel, vertelde jij me over je leven bij de jetset.'

'Ha. Helaas. Zo klinkt het misschien, maar het is alleen maar werken en haast geen vrije tijd. Deze nieuwe film gaat over een snowboarder, dat is de reden dat we hier zijn.'

Charlie keek op. 'O. Dus je specialiseert je tegenwoordig in sportdocumentaires?'

'Nee, maar dit verhaal houdt verband met *Pipe Dreams*.' Clover reikte naar de doos voor een kerstbal.

'Een vervolg, bedoel je?' Charlie leek in de war. Ze wist van Cory's dood, natuurlijk.

'Nee, meer... de andere kant van de medaille. Het gaat over Kit Foley, de man die Cory Allbrights ongeluk heeft veroorzaakt. Hij is gestopt met surfen en maakt binnenkort zijn debuut – volgende week zelfs – als snowboarder.'

Charlottes ogen werden groot. 'Je maakt een grapje?'

'Dat was ook mijn reactie. Toen ik hoorde dat hij de switch maakte naar de sneeuw, leek het de zoveelste uiting van zijn arrogantie. Cory's leven was ingestort en de man die daar verantwoordelijk voor was, ging gewoon door alsof er niets was gebeurd? Toen Cory stierf, leek het nog grotesker.'

'Maar waarom maak je dan een film over hem? Ik dacht dat je unique sellingpoint was dat je slachtoffers een stem gaf?'

'Dat is ook zo. Kit is de slechterik in Cory's verhaal. Hij heeft nooit excuses aangeboden of zelfs maar een openbare verklaring afgelegd over zijn gedrag die dag. Ik wil weten hoe iemand zoiets doet en toch nog kan slapen. Op het oog ziet alles er prima uit. Hij won de wereldtitel het jaar na Cory's ongeluk, maar zijn sponsors lieten hem vallen, het publiek spuugde hem uit en sommige andere surfers wilden niet meer tegen hem strijden. Hij is niet gestopt met surfen, hij is eruit gewerkt. Nu probeert hij een nieuwe start te maken, maar in de sneeuw wordt hij ook niet bepaald met open armen ontvangen. Hij wordt verguisd. Hij heeft een volle prijzenkast, maar niet de roem die erbij hoort. Cory heeft misschien nooit dat geluk gehad, maar Kit – die ooit alles had – lijkt het nu niet meer terug te kunnen krijgen. Is dat erger? Cory was een held met gebreken, maar Kit is een gevallen held.'

'Is deze documentaire dan om te laten zien hoe hij is gevallen?'

'Ja. Ik vind dat mensen moeten zien dat hij er niet zonder kleerscheuren van af is gekomen. Zijn acties hebben consequenties die niet alleen Cory hebben geschaad. Mensen willen gerechtigheid.'

'Vertel eens, hoe is hij?'

Clover lachte bitter. 'Vijandig, agressief. Op zichzelf, afstandelijk. Hij heeft bijna geen vrienden, hij is alleen met zijn broer en zijn manager, die hij al zijn hele leven kent. Het enige wat hij doet is trainen, trainen, trainen. Hij lacht nooit, niet eens een glimlach. Echt gezellig, zeg maar...'

'Dat klinkt als depressief,' zei Charlie, die weer naar haar dochtertje keek.

Clover wist niet wat ze hoorde. Haar schoonzus was, als ze niet bezig was met haar perfecte gezin, een veelgevraagd psycholoog. 'Depressief?' Ze schudde haar hoofd. 'Nee. Hij is arrogant. En boos...'

'Ja, maar depressie uit zich soms op die manier. Mensen denken dat het betekent dat je verdrietig bent of huilerig, maar vaak vertonen mensen dan een vijandig, isolerend gedrag.'

Clover bleef haar aanstaren. Depressie? *Hij heeft een hoop shit aan zijn kop op het moment. Al geef ik toe dat hij dat niet op een aardige manier laat zien.* Dat had Ari gezegd tegen haar. En ze herinnerde zich de zelfhulpboeken naast zijn bed, de kalmerende slaapkamer.

'Het moet moeilijk zijn om met zo iemand om te gaan.'

Clover keek weer naar haar schoonzus, die naar haar glimlachte. 'Hij zou voor iedere filmmaker een zware klus zijn, laat staan voor de persoon die hem volksvijand nummer één heeft gemaakt! Je kunt wel zeggen dat we niet heel goed met elkaar kunnen opschieten.'

'Dat klinkt heel vervelend! Is het dan wel de moeite waard? Er moeten andere verhalen zijn die je kunt vertellen, met mensen die je wat minder raken.'

'Geloof me, als ik ermee kon stoppen, dan zou ik dat waarschijnlijk doen.' Clover aarzelde. 'Maar ik moet doorzetten. Ik heb het beloofd aan Mia, de weduwe van Cory.'

'Ah.' Charlie keek haar aan alsof ze het begreep.

Clover haalde haar schouders op. 'Ze moet weten waarom Kit heeft gedaan wat hij heeft gedaan. Ze heeft het nodig om het een plekje te kunnen geven.'

'Wist Cory het niet?'

'Hij had een vorm van geheugenverlies na de hersenschudding. Steeds weer als ik probeerde iets bij hem los te peuteren, werd hij ongelooflijk geagiteerd en gestrest.'

'Wie is er gestrest?' vroeg Tom, die de kamer binnenkwam met dozen vol versieringen die hij had opgediept uit hun kelder.

'Cory Allbright. Was. Nu niet meer, natuurlijk,' zei Clover zacht.

Tom fronste. 'Nee.'

'Clo's nieuwe film gaat over de niksnut die Cory's ongeluk heeft veroorzaakt,' zei Charlie, terwijl ze de baby rechtop zette en op haar ruggetje klopte.

'Wat? Waarom?'

'Hij staat op het punt om zichzelf opnieuw uit te vinden als professionele snowboarder,' zei Charlie, lachend toen de baby een boertje liet. Tom schudde verbaasd zijn hoofd, alsof dat nergens op sloeg. 'Over snowboarders gesproken, heb je gisteren gehoord van die Amerikaan?'

Clover viel stil.

'Nee.' Charlie fronste. 'Wat is er gebeurd?' De baby liet nog een boertje en Charlie kuste haar op de wang.

Tom haalde de deksel van een doos en haalde er een papieren slinger uit. 'Hij viel tijdens een trainingssessie voor een wedstrijd in Italië. Hij brak zijn nek... vijfentwintig jaar oud.'

'Arme jongen,' mompelde Charlie.

'Ja. Heb je het gehoord, Clo?' Hij zag haar uitdrukking. 'Clo?'

Ze slikte. 'Ik kende hem.'

Tom keek haar aan. 'O, shit.'

'Ja.'

'Kende je hem goed?'

'Goed genoeg om hem te kussen in een bar in Zwitserland vorige week.'

'O, shit.'

'Tom, hou op met dat te zeggen,' zei Charlie toen ze haar uitdrukking zag. Ze staarden haar allebei met grote ogen aan.

'Is dat waarom je van streek was, daarnet buiten?' vroeg Tom opeens. 'Is dat waarom je hier bent?'

'Ze is je zus! Ze heeft geen reden nodig om hier te komen en jou op te zoeken,' zei Charlie. Ze sloeg haar ogen ten hemel. 'Laat hem maar. Hij heeft de subtiliteit van een varken op stiletto's.'

Clover moest lachen. Het was een krachtig beeld. En vrij accuraat.

'Moet je horen, ik kende Mikey niet heel goed. Ik kan hier moeilijk beweren dat mijn hart is gebroken. Maar hij was echt een goede jongen. Lief, grappig, gezellig, charmant...' Ze kon niet geloven dat ze over hem sprak in de verleden tijd. 'We hadden afgesproken om elkaar volgende week in Sankt Moritz te zien. Dat is waar Kit zijn eerste wedstrijd heeft,' voegde ze toe toen ze zag dat Toms wenkbrauwen omhoogschoten.

Tom keek alsof hij het niet snapte. 'Kit?'

'Kit Foley. Mijn snowboarder. Over wie ik de film maak.'

'Ja, ja, tuurlijk.' Hij knikte. Er verscheen herkenning op zijn gezicht. 'O, Foley! Die gast die Orsini-Rosenberg heeft gecontracteerd.'

'Klopt,' zei Clover, een beetje verbaasd dat haar eigen broer Kits naam met Julian en niet met Cory associeerde. 'Ken je Julian?'

'Julian? Nee.' Tom lachte. 'Maar ik ken zijn broers. En zijn vader.' Hij floot zacht.

'Wat betekent dat?'

'Laten we het erop houden dat je niet rond die familietafel zou willen zitten nu. Ze voelen de druk.'

'Druk waarvan?'

'Van een dreigende vijandige overname. Noble Hotels Group zit al anderhalf jaar achter ze aan. Inmiddels hanteren ze de tactiek van de verschroeide aarde. Ze verkopen links en rechts bezittingen om het hoofd maar boven water te houden. Ondertussen hangt Junior een beetje de sneeuwmagnaat uit, denkend dat dat het antwoord is op al hun problemen.' Tom herinnerde zich iets en richtte zijn wijsvinger op haar. 'Was die Foley niet betrokken bij een vechtpartij, net toen Rosenberg zijn grote aankondiging deed over het sponsoren van een of andere... tour, of zo?'

'Ja.'

Tom lachte. 'Ik bedoel, dat kun je niet verzinnen.' Hij schudde zijn hoofd. 'Mijn advies: als die man je een tip geeft voor de paardenraces, doe dan het tegenovergestelde! Midas is hij niet.'

Clover rolde met haar ogen. 'Dank je wel, maar ik heb weinig met hem te maken. Hij heeft me geholpen door ervoor te zorgen dat Kit meedeed. Zonder hem was er geen film geweest.'

'Ja, ik zie wel voor me dat hij heel overtuigend kan zijn. Hij heeft connecties en hij heeft charme. Alleen hij is geen zakenman.'

Charlie tilde de baby op en rook aan haar luier. 'Yep. Tijd om te verschonen,' zei ze, met een blik op de hemel. 'Zo terug. Tom, doe jij de open haard aan? En trek je een fles rood open? Clo is waarschijnlijk wel toe aan een drankje.'

'Ik heb net theegezet voor haar!'

'Ze is niet heel dat eind gekomen voor thee, Tom.' Charlie en Bella verlieten de kamer en namen de uitgesproken lucht met zich mee. 'Heeft mijn vrouw, die altijd gelijk heeft, gelijk?' vroeg Tom. 'Wil je wat sterkers dan thee?'

'Ja.'

Hij keek haar aan en zag haar pipse gezicht. Hij liep naar haar toe en omhelsde haar stevig, de enige persoon in de wereld die van haar hield. 'Kom op, zus. Naar de keuken.'

Ze liep achter hem aan door het prachtige appartement. Moderne grijze banken, gele gordijnen, lampen uit de vorige eeuw en ingelijste litho's. De keuken was een ode aan minimalisme met marmeren werkbladen en glanzend witte keukenkastjes, geen apparaat of zelfs maar handgreep in het zicht. Het leek Clover een prima systeem om de kinderen uit de keuken te houden.

'Is het de snowboarder?' vroeg hij. Hij duwde op een kastje, waar de glazen in bleken te staan.

'Ja. En ook weer niet,' verzuchtte Clover. 'Ik moest gewoon even... ademen.'

Tom keek om naar haar terwijl hij naar een fles merlot reikte.

'Daar ben ik blij om. Als je niet ademde, zou dat wel een probleem zijn voor me.'

'Ha.' Haar glimlach verdween weer. 'Hoewel... ik gisteren bijna van een berg ben geskied.'

Ze zag dat hij bleek werd als een tekenfilmfiguur. 'Wat?'

'Ik had het net gehoord van Mikey en... ik was van streek en ik miste een bocht en eindigde buiten de piste en...' Ze slikte.

'Hoeveel scheelde het?'

'Een paar meter.'

Hij zette de fles neer op het aanrecht, zijn handpalmen plat op het blad, zijn armen gestrekt. 'Jezus. Clo! Ik kan niet geloven dat je op tijd hebt kunnen remmen.'

'Ik heb niet op tijd geremd, dat is het hem juist. Ik zag het niet eens tot ik al lag.'

Hij schudde zijn hoofd. 'Ik snap het niet... Hoe ben je dan gestopt?'

'Kit heeft me tegengehouden. Hij... heeft me getackeld.'

'Hij heeft je getackeld?'

'Hij stond op een snowboard en hij heeft me getackeld.'

'Hij heeft je getackeld, op een snowboard?'

'Ja.'

'En met hem is alles goed?'

'Alles oké. We waren alleen een beetje geschrokken. We waren door en door koud, omdat we op de helikopter moesten wachten.'

'De helikopter? Jullie moesten met de helikopter worden opgehaald?'

Ze knikte, denkend aan hoe Kit haar in het harnas had geholpen dat ze hadden laten zakken, en hoe hij haar had vastgemaakt. Ze herinnerde zich het gevoel van gewichtloosheid, hoe ze draaiend bij hem wegvloog, zijn opgerichte gezicht onder haar voeten terwijl zij in veiligheid werd gebracht.

'Jezus, jij bent echt toe aan een borrel!' Tom begon de fles open te maken. 'En je bent hem ook een borrel verschuldigd, dat is zeker.'

Ze forceerde een glimlach terwijl hij de kurk eruit trok. 'Geloof me, die zou hij niet van me aannemen.'

De kurk glipte uit de fles met een welkome plop.

'Waarom niet?' Hij schonk haar glas vol. Heel vol. En toen schonk hij zichzelf in.

'We kunnen niet echt goed overweg. We hebben een beetje een haat-haatverhouding.' Ze zag zijn lege blik. 'Hij is verantwoordelijk voor Cory's ongeluk. Het komt door hem dat Cory dood is.'

'O ja.' Hij leek in de war. 'Maar hij heeft ook je leven gered.' Hij stak zijn glas op naar haar. 'En daar drink ik op!'

'Hè?' Ze staarde naar hem.

'Nou, hij kan wel de reden zijn dat Cory dood is, maar hij is ook de reden dat jij leeft.' Hij haalde zijn schouders op en nam een flinke teug. 'Daar krijgt hij wel punten voor, toch? Op zijn allerminst moet je hem een drankje aanbieden!'

'Je snapt het niet, Tom,' verzuchtte ze, toekijkend terwijl hij zich omdraaide en een ander deurtje indrukte. Dit keer verscheen de koelkast. Hij haalde er een stuk manchego uit. 'Hij haat me. Echt, hij verafschuwt me.'

'Maar toch niet genoeg om je van die rots te laten skiën,' zei Tom en hij legde het stuk kaas op een plank en begon het in dunne plakjes te snijden.

'Nou, nee, maar...'

'Het klinkt in mijn oren alsof jij misschien degene bent die deze "vijandigheid" een beetje te serieus neemt.'

'Jij bent advocaat, dat is echt wat een advocaat zou zeggen. Jouw hart is gemaakt van as en stro,' zei ze. 'Maar dit gaat niet over mijn gevoelens. Cory was mijn vriend. Ik probeer hem te verdedigen.'

'Maar waartegen? Ja, er is iets vreselijk misgegaan met Cory. Dat ongeluk was rampzalig. Maar gelukkig is het met jou goed gegaan.'

'Waarom verdedig je hem?'

'Dat doe ik niet, maar je lijkt de positie in te hebben genomen dat deze Foley een foute gast is, maar slechte dingen kunnen ook goede mensen overkomen, weet je.'

'Hij is niet goed.'

'Hij heeft je leven gered.' Tom hield haar nauwlettend in de gaten terwijl ze een ander argument zocht. 'Weet je, er is een citaat van Roosevelt dat ik altijd mooi heb gevonden.'

'Bleh, de advocaat spreekt.' Clover rolde met haar ogen en ze was zich ervan bewust dat ze terugviel op haar tienerversie in het bijzijn van haar broer.

Hij grijnsde naar haar. 'Roosevelt zei: "We hebben te veel oog voor het geluk van de vroege vogel, maar niet genoeg voor de pech van de vroege worm."'

Tom liet de woorden bezinken terwijl Clover hem bleef aanstaren. 'Wie is hier dan de worm?'

'Hij.'

'Kit? Jij vindt Kit de worm?'

'Dat kan. Heb je daar weleens over nagedacht?'

'Nee!' zei ze lachend.

Hij hief zijn glas naar zijn lippen en bleef haar met een vragende glimlach aankijken. 'Nou, denk je niet dat je dat misschien toch moet doen?'

25

'Clo! Je bent terug!' Johnny kon de opluchting niet weren uit zijn stem terwijl hij zich op de bank omdraaide om haar aan te kijken. Ze glimlachte vanuit de smalle deuropening, enigszins verbaasd dat hij een rugbywedstrijd zat te kijken met Ari en Kit.

'Hé, hoi.' Ze had uiteindelijk vijf dagen in Genève doorgebracht. Het was zo fijn geweest om even weg te zijn, ze had eigenlijk helemaal niet terug willen komen. Een paar dagen bij haar familie was zo heerlijk simpel geweest. Terug in het oude schema, zoals Kit zou hebben gezegd: met Elliot naar het park, met Bella wandelen in de kinderwagen... Zij en Charlie hadden hartige taarten gebakken en een fles rode wijn gedronken terwijl ze keken hoe hun zelfgemaakte peperkoekhuis langzaam instortte omdat het te zompig was geworden (te veel siroop). Ze had aan de keukentafel gezeten en papieren slingers gemaakt met Tom en Elliot, kletsend over koetjes en kalfjes. Ze had Elliot verrast met een kleine kerstboom voor in zijn slaapkamer, omdat hij zo opgewonden was geweest bij het versieren van de grote boom, en ze had van hem geleerd hoe je pompons moest maken en sneeuwvlokken van papier.

Ze was even helemaal uitgelogd en had geweigerd na te denken over de film, haar flat, de deadline voor Cannes, of hoe ze haar belofte aan Mia moest nakomen en over de kwestie of Kit Foley een vroege worm was. Dat laatste vooral. Ze had veel tijd gestopt in het weigeren aan hem te denken.

Als het aan haar had gelegen, dan zou ze in Genève zijn gebleven, maar Kit en Ari zouden morgen naar Sankt Moritz vertrekken en ze wist dat ze dit laatste stukje moest doorzetten, zelfs als haar film een vraag stelde die hij niet kon beantwoorden. Ze kon Johnny sowieso niet alleen laten met het inpakprobleem van Matty. 'Heb ik veel gemist?'

'Niet echt,' zei Ari met een schouderophalen. 'Kit heeft alleen maar getraind. We zijn in de pipe geweest, op de trampolines. En we hebben elke avond rugby gekeken.' Hij grinnikte. 'We hebben geprofiteerd van het feit dat er geen vrouwen in het huis waren!'

'O? Waar is Mats dan?' Ze was nog niet in de slaapkamer geweest.

'Ze doet wat werk in de stad,' zei Johnny snel, terwijl hij overeind kwam. 'Heb je hulp nodig met je tassen?'

Ze wilde zeggen dat ze alleen een rugzak had meegenomen, maar iets in zijn houding maakte dat ze toch maar knikte. 'Ja, fijn.' Haar blik kruiste die van Kit toen ze zich wilde omdraaien. Hij had nog geen woord gezegd.

'Wat is er?' vroeg ze aan Johnny toen hij haar naar de trap duwde.

'Niet hier.'

Ze gingen naar haar kamer en hij sloot de deur nauwlettend. 'Mats heeft Amy te pakken gekregen,' fluisterde hij.

Clover zette grote ogen op. 'En...'

'Haar precieze woorden waren: "Ze is geen dame." Amy heeft behoorlijk wat woede, laten we maar zeggen, over het feit dat hun verloving is onthuld. Je kunt wel stellen dat het tussen haar en Kit niet goed is geëindigd. Ze wil hem nooit meer zien.'

'Nou, zei ze waarom ze uit elkaar zijn gegaan?'

'Zover is Matty niet gekomen. Het was een stortvloed aan krachttermen, dreigementen dat ze advocaten zou inschakelen en toen hing ze op. Mats heeft het daarna elke dag geprobeerd, maar...' Hij haalde zijn schouders op.

'Waarom zou ze in godsnaam advocaten inschakelen?' vroeg Clover met een frons. 'Het is toch geen misdaad om te weten, of publiekelijk te maken, dat ze verloofd zijn geweest!'

Hij haalde weer zijn schouders op.

'En waarom heeft Mats me niet verteld dat ze haar te pakken had gekregen? Of jij?'

'Dat wilden we wel, maar het is ook weer niet zo dat ze veel meer heeft gezegd dan een hoop vloekwoorden. Het leek ons beter dat je even kon rusten. Je hebt te veel op je bord gehad de laatste tijd. Met de stress om Kit, de klap op je kop, het nieuws over Mikey en toen skiede je bijna de afgrond in... Het is niet zo gek dat je even de rust en stilte van de stad nodig had.'

Clover zuchtte en kneep dankbaar in zijn arm. Ze vertrok nog steeds haar gezicht elke keer dat ze Mikeys naam hoorde. Zijn dood was uitgebreid behandeld door de pers. 'Maar waar is ze nu?'

'Nou, dat is het andere. Zij en Julian...' Hij trok een wenkbrauw op. 'Het is officieel aan.'

'O.' Clover liet haar schouders zakken.

'Ja. Hij stuurde bloemen, nog meer bloemen, toen gingen ze uit eten, en... sindsdien is ze hier amper meer geweest.'

'Wat? Dus jij bent hier elke avond alleen? Met hén?' Ze knikte naar het plafond.

'Ik weet het! Dapper van me, toch?' Hij liet zijn spierbal zien. 'Ze waren best aardig, ze lieten me gewoon doorfilmen, geen enkel probleem. We hebben best gelachen.' Hij knipoogde. 'Het is verbazingwekkend hoe aardig Kit is als jij er niet bent.'

'Bedankt!' gniffelde ze. 'Ik zei toch dat het persoonlijk was.'

'O, het is zeker persoonlijk. Ik denk dat hij ruziemaken met jou leuk vindt.' Hij keek naar haar om. 'Je had zijn gezicht moeten zien toen Matty ons bij het ontbijt vertelde dat je een paar dagen bij je broer ging logeren! Hij stond paf. Alsof het nooit bij hem was opgekomen dat je iets kon doen uit je eigen vrije wil.'

'Ja. Dat zal een klap zijn geweest.'

'Hij was best wel mat eigenlijk. Beau heeft zijn verblijf in Saas-Fee verlengd, we zien hem weer in Sankt Moritz.'

'Echt?' vroeg ze met interesse. 'Het klinkt echt alsof hij zijn vleugels gevonden heeft.'

'Ja, dat vind ik ook.'

Ze liet zich op het bed zakken en viel met haar armen wijd achterover. 'En, ben je helemaal klaar om morgen te vertrekken?' vroeg ze. 'Het is best snel gegaan, vind je niet?'

'Ik ga dat uitzicht wel missen, en de gym. En het eten van Fin. En Carlotta's enge talent voor onaangekondigd de hoek om komen.'

'Tja… We zijn verwend… Hoe zag Kit eruit tijdens de training? Denk je dat hij er klaar voor is?'

'Fysiek wel.' Hij tikte tegen zijn hoofd. 'Maar ik denk dat het nieuws over Mikey hem erg heeft aangegrepen. Er hangt een andere vibe hier deze week. Ik denk niet dat hij zich verheugt op vanavond. Er komt ook veel pers op af.'

'Waar?'

'In het casino.' Johnny zag haar blanco uitdrukking. 'Je weet het niet? Ik dacht dat dat de reden was dat je op tijd terugkwam. Er is een groot benefietgala in het casino in de stad. Julian is sponsor, natuurlijk. Hij dwingt Kit om erbij te zijn.'

'Ja, logisch.' Ze rolde met haar ogen. Als Kit ergens heen ging, moest zij mee. Ze was nog geen vijf minuten terug en ze zat er meteen weer middenin. 'Weet je, over Julian gesproken, je had moeten horen wat mijn broer me vertelde over de zaken van zijn familie… De dingen zijn niet zo rooskleurig als Mats misschien graag wil geloven.'

'Nee?'

'Het schijnt dat ze een vijandelijke overname vrezen. Julian staat onder druk om een succes van zijn kant van de business te maken, omdat al het andere slecht loopt.'

'Mats zal niet blij zijn. Ze gelooft echt dat hij de prins op het witte paard is.'

'Nou, dat is hij nog, denk ik, alleen misschien met een wat bescheidener bruidsschat,' zuchtte ze. 'Hoe laat begint het?'

'Om acht uur.'

'Acht?' Het was al zes uur!

'En de dresscode is black tie,' voegde Johnny losjes toe.

'Maar je hebt niet eens een hemd met een boordje!

'Ik mag blijkbaar Beaus smoking lenen. We hebben dezelfde maat.'

'Maar ik heb die kleding toch niet bij me, hier in de bergen!'

'Rustig, Assepoester.' Johnny liep naar de kledingkast en opende hem met een zwierig gebaar. Clover staarde naar Matty's juweelachtige kleren. 'Want jij gaat naar het bal!'

Gele zijde. Rode suède hakken. Clover staarde naar de combinatie die op het bed lag uitgespreid. Het werkte, maar wat had Matty het idee gegeven dat ze deze kleren nodig zou hebben op deze trip? Clover bedacht dat ze haar beter dankbaar kon zijn dat zulke noodsituaties in de wereld van haar vriendin bestonden.

Matty – die al in het hotel was met Julian – zou hen ontmoeten in het casino.

Clover deed haar deur open en riep in de gang naar Johnny. 'Johnny, kun jij mijn rits even dichtmaken?'

'Een momentje,' riep hij terug door de dichte deur. 'Ik ben verwikkeld in een gevecht op leven en dood met mijn mouw en manchetknoop!'

Ze dook haar kamer weer in, begon haar oorbellen in te doen en stapte in haar pumps, terwijl ze met een vinger haar hielbandje optrok, toen ze hem binnen hoorde komen.

'Dank je wel, Johnny.' Ze ging rechtop staan en hield haar haar omhoog. Ze wachtte. 'Toe dan. Je hebt weleens een vrouwenrug gezien, toch? Rits me even dicht.'

Er viel een stilte, toen voelde ze dat hij de rits langzaam dichtritste, waarmee de jurk strak om haar lijf kwam te zitten. 'Dank je wel.' Ze wiebelde een beetje om de jurk op zijn plek te krijgen. Ze draaide zich om.

Kit keek haar aan en zij liet haar haar vallen. 'O.'

Met haar hakken aan was ze maar een paar centimeter kleiner dan hij. 'Ik kwam even kijken of het goed met je ging.'

'Met mij?'

'Na die avond, bedoel ik. Toen je de volgende morgen was vertrokken, dacht ik...' Hij had geen woorden meer en trok zijn schouders op.

Wat? Wat dacht hij? Ze wist het nooit. Ze kon een schil afpeuteren, maar daaronder zaten er nog honderd. Wie zat er in de binnenste schil? 'Het gaat goed, hoor. Ik moest er alleen even tussenuit. Het werd allemaal...' Nu had zijn geen woorden meer.

'Ik weet het.'

Ze begreep niet wat hij hier deed. Hij was niet langsgekomen om te kijken hoe het ging na de knokpartij, toen ze veel ergere verwondingen had. Hij had haar van die richel gekregen zonder ook maar een gebroken nagel, dus waarom zocht hij haar nu op? 'En gaat het met jou ook goed?'

Hij leek verbaasd door de vraag, alsof het iets was wat hem nooit eerder was gevraagd. Zijn gezicht vertrok, een defensieve reactie. 'Natuurlijk.'

'Natuurlijk, omdat je onoverwinnelijk bent? Het gebeurt niet dagelijks dat je bijna in een afgrond valt. Je mag even in de war zijn, weet je.'

Hij staarde haar aan en wendde toen zijn blik af. Hij stak zijn handen in zijn broekzakken. Hij droeg een smoking die ze niet in de kast had zien hangen. 'Ik ben eigenlijk meer in de war door het feit dat ik je niet van de rots heb geduwd toen het kon. Waar zat ik met mijn hoofd?' mompelde hij, voordat hij een kort, donker lachje liet horen.

Ze zag hem naar zijn schoenen kijken. Hij zag er net zo ongemakkelijk uit als Ari vlak voor zijn interview.

'Nou, mijn broer was heel dankbaar dat je mijn leven hebt gered. Hij zegt dat ik je moet trakteren op een drankje.' Ze lachte. 'Maak je geen zorgen,' zei ze er snel bij. 'Ik zei meteen dat dat niet aan de orde was.'

'Hoe bedoel je?'

'Dat er heel wat moet gebeuren voordat jij iets van me zou accepteren.' Ze slikte. 'Maar dan nog... dank je wel.'

Hij keek haar in de ogen en heel even zag ze zichzelf terug op de richel met hem, zijn lichaam als windscherm, hoe hij haar opnieuw redde. Ze probeerde de sfeer tussen hen te peilen. Waar stonden ze nu? Vlak voordat ze bijna van de berg was geskied, had hij haar hele interview – en haar geheimen – gewoon terug in haar gezicht gegooid. Nu wist ze niet meer wát ze moest voelen in alle zaken die met hem te maken hadden.

Hij stak zijn hand in zijn broekzak. 'Dus je gaat mee vanavond?'

Haar wenkbrauw ging omhoog. Zag hij dat niet? Ze stond voor hem in hoge hakken en een koker van gele zijde. 'Nou, ik doe meestal niet een japon aan voor een bord op schoot, dus...'

'O ja. Tuurlijk. Ik bedoel, je ziet er...'

'Oké, Phillips, adem in...' Johnny verscheen achter Kit. 'O!'

Kit draaide zich half om. Er viel een stilte. Het voelde alsof er geen zuurstof meer in de kamer was en Clover voelde zich vreemd, alsof Kit en zij waren betrapt bij iets wat ze niet hadden mogen doen. Iets anders dan praten.

'Sorry, Johnny, Kit heeft me geholpen,' zei ze met een lachje.

'Ik ging net weg,' zei Kit snel en hij liep langs Johnny en klopte hem op zijn schouder. Hij wist niet hoe snel hij weg moest komen.

Johnny draaide zich om naar Clover, verbaasd over de snelle exit. 'Zei ik iets geks?'

Ze luisterde gefrustreerd naar Kits voetstappen op de trap. Maar hoe zag ze er nou uit?

26

Ari stuurde de auto met een bocht naar de ingang van het casino. Zelfs met geblindeerde ramen flitsten de lampen van de fotografen volop. Johnny was al aan het filmen vanaf de achterbank, met zijn camera gericht op Kits profiel. Kits hand ging automatisch naar zijn gezicht om het af te schermen.

'Spring er maar uit, ik zie jullie daar,' zei Ari met een somber gezicht.

Kits portier werd geopend door een portier en de herrie buiten – en ijskoude avondlucht – drong zich in hun crèmekleurige leren verwarmde heiligdom. Clover voelde haar zenuwen prikkelen. Ze had hier een voorproefje van gehad tijdens de BAFTA's en de Golden Globes en het voelde zo heftig, de media die zich verdrongen, en allerlei stemmen die gilden toen ze Kit zagen uitstappen.

Johnny wachtte niet tot zijn portier voor hem werd opengedaan. Hij sprong eruit voordat de wielen helemaal tot stilstand waren gekomen en rende om de auto heen om Kits aankomst verder te filmen.

Clovers portier werd ook geopend en ze keek goed uit dat ze haar knieën bijeenhield terwijl ze haar benen naar buiten zwaaide om zich van de bank te laten glijden. De rok van haar jurk was nauw en de auto was hoog van de grond. De portier bood haar zijn hand aan voor balans.

'Dank je...' Ze zag dat de hand van Kit was.

Ari trok op en nam daarmee het beschermende schild van de auto weg. Kits ogen gingen van haar weer naar de pers, met zijn wantrouwen als masker: geen glimlach, geen zwaaiende hand (tot ergernis van Julian, zonder twijfel). Clover wist niet of ze het hem kwalijk kon nemen. Nog maar een paar weken geleden hadden dezelfde kranten hun voorpagina's volgeklad met foto's van Kit die in elkaar werd geslagen, met koppen die suggereerden dat hij het gevecht was begonnen. En dan wilden ze nu, nu hij er zo goed uitzag in een smoking – en echt, hij zag er héél goed uit – dat hij mooi glimlachte en voor ze poseerde?

Een man in een donker pak gebaarde dat hij op de rode loper moest gaan staan die voor de deuren lag. Op grote posters werd het goede doel aangekondigd waar deze benefietavond om draaide, met Orsini-Rosenberg Hotels als een van de sponsors van de avond, de naam stond in grote dikke letters bovenaan.

Johnny ging op zijn hurken zitten met zijn camera gericht op Kit, die voor de pers in positie werd gebracht. Er was een explosie van licht en geluid, alsof er voor hun gezichten vuurwerk afging.

'Kit!'

'Hier, Kit!'

'Kijk eens naar mij!'

'Lach eens voor ons, Kit!'

Hij kon het niet. Hij keek niet eens op of om. Hij staarde recht voor zich uit en zag eruit alsof hij ze zo zou kunnen bespringen om weer een knokpartij te beginnen.

'*Ma'am?*'

Clover keek op. De man in het pak hield zijn arm op en wees haar een plekje naast Kit. Ze schudde haar hoofd.

Hij wees weer.

'Nee.'

Ze zag dat Kits blik naar haar afdwaalde, zonder dat hij verder bewoog.

'Clover!' Ze keek op en zag Julian – en Matty – bij de ingang van het casino staan. Julian hield zijn handen tegen elkaar als in gebed.

Clover was verbaasd. Was hij echt zo openlijk wanhopig? Had hij geen trots?

Ze keek naar Matty, die naast hem stond in een jurk met zwarte kanten laagjes. Ze zag er stralend uit. 'Alsjeblieft,' mimede Matty, waarna ze met haar mond een omgekeerde lach maakte en een zogenaamde traan over haar wang trok met haar wijsvinger. Haar vriendin had zeker geen trots.

Clover keek weer naar Julian. Hij smeekte haar nog steeds, zijn handen geheven, en ze herinnerde zich wat Tom had gezegd over de zakenproblemen van zijn familie.

'Bleh,' kreunde ze en ze liet zich door de man naast Kit voor de camera plaatsen.

Ze hoorde dat haar naam werd uitgesproken door een van de fotografen, gevolgd door de naam van Cory, terwijl de driehoeksverhouding tussen haar en Kit opeens, eindelijk, tot hen doordrong. Opnieuw gingen alle flitslichten af en wilde iedereen een foto van Kit Foley hebben die naast zijn wraakgodin stond.

'O, wat erg,' zei ze, zonder haar lippen te bewegen. 'Dit is verschrikkelijk.'

Als antwoord, alsof ze nog op de berg waren, voelde ze Kits vingertoppen op haar middel, met een lichte aanraking die steeds duidelijker voelbaar werd. Ze voelde zijn warmte door de dunne stof van haar jurk heen – ze had geen bijpassende jas, natuurlijk. De flitsen volgden elkaar nu twee keer zo snel op.

Ze verstijfde. Was hij nu bezig haar een beter gevoel te geven? Ze keek verwonderd naar hem op, maar hij keek al naar haar. De fotografen leken helemaal gek te worden toen ze elkaar in de ogen keken alsof ze een pasgetrouwd stel waren op het bordes van de kerk, zoals op de rots, in het zwembad…

Nee. Ze besefte waar hij mee bezig was. Ze wist dat hij haar zou kunnen kussen, ten overstaan van iedereen, als het de pers een controversieel plaatje zou geven. Zij tweeën, méér dan vrienden? Alsof alleen vriendschap tussen hen al niet meer dan genoeg stof zou doen opwaaien? Het was weer een spelletje, een perfecte manier om haar te ondermijnen.

Ze trok zich terug.

'Dat was het,' zei hij nors tegen de fotografen en hij haalde zijn hand van haar middel. Hij keerde zich om om naar binnen te gaan.

Clover liep de helling op, de warmte in. Ze rilde en wreef over haar blote armen en kreeg kippenvel toen Matty op haar afstoof.

'Eh... wat was dat in godsnaam?' fluisterde Mats in haar oor terwijl ze elkaar gedag kusten. 'Ik dacht even dat hij je ging zoenen!'

'Spelletjes,' fluisterde Clover terug. 'Stel je díé koppen eens voor.'

Matty keek haar raar aan.

'Bedankt voor de jurk trouwens.' Clover kneep in de gele zijde.

'Is die van mij...' Ze kreeg grote ogen. 'Met die schoenen? Ik had nooit gedacht...'

'En ondertussen zie jij er fantastisch uit in dat oude vod.' Clover kietelde de fragiele kanten laagjes. 'Zeg me niet dat hij met je is gaan winkelen?'

'Dat wilde hij!'

'En wanneer hebben jullie verkering gekregen?' vroeg Clover, terwijl ze keek naar Julian en Kit, die diep in gesprek waren verwikkeld. Of eigenlijk was Julian diep in gesprek verwikkeld. Kit stond met zijn handen in zijn zakken, zijn hoofd gebogen, en maakte een verveelde indruk.

'Wat had je dan gedacht?' siste Matty. 'Jij was opeens vijf dagen weg. Er viel niets anders te doen!'

Clover trok een wenkbrauw op. 'Dit komt níét door mij.'

'Nou, we gaan volgende week toch weg. Het was nu of nooit...'

'Ik wil gewoon niet dat je gekwetst wordt, dat is alles.'

'Ik word niet gekwetst! We hebben het gewoon even leuk samen. Er zullen geen harten breken bij het maken van deze film, dat beloof ik.'

'Hm.' Clover was er niet zo zeker van dat haar vriendin er zo losjes in zat als ze dacht. Er was haar nog nooit zo het hof gemaakt. Ze was opgegroeid met doorgevertjes en te krappe schoenen, en de wereld waar ze nu in terecht was gekomen – met luxehotels tot haar beschikking en designerjurken die voor haar werden gekocht – was een meisjesdroom. Maar het was niet echt. Zag ze dat wel?

'Kom op. Laat hen maar over werk praten. Jij ziet eruit alsof je een drankje kunt gebruiken,' zei Matty, terwijl ze haar arm door die van Clover stak en haar het casino in leidde.

Clover voelde de blikken van de mannen in hun rug terwijl ze voorbijliepen.

'Hier heb je wat fiches. Vijfhonderd euro van het huis, als beginnetje.'

Clover keek verbaasd toen Matty de fiches in haar hand liet vallen. 'Vijfhonderd euro? Gratis?'

'Ja, iedereen krijgt dat. Om er een beetje in te komen.'

'Hebben ze vijfhonderd piek aan iedereen hier gegeven?' vroeg Clover, de drukke zaal in zich opnemend.

'Clo, dat is niets vergeleken met wat deze mensen gaan uitgeven vanavond! En dertig procent van de opbrengst gaat naar het goede doel.' Clover keek naar de andere gasten. Wat Matty zei leek haar wel te kloppen – een gift van vijfhonderd euro per persoon was niets. Er waren behoorlijk wat juwelen te zien, ze zag veel jurken van ontwerpers en met diamanten ingelegde schoenen. Clover vermoedde dat veel van de gasten vanuit Salzburg en verder waren gekomen. Ze kon het geld in deze ruimte bijna ruiken.

Ze speurde de zaal af, van de blackjacktafels, langs de roulette, de baccarat, de pokertafels... Johnny mocht binnen niet filmen, om voor de hand liggende redenen – zelfs Julian had dat niet kunnen regelen – maar hij was van plan om zich later bij hen aan te sluiten 'voor een gokje' als alle gasten waren gearriveerd. Clover vond het belangrijk dat ze geen grote namen zouden missen die eventueel geïnterviewd zouden willen worden... al waren haar verwachtingen niet hooggespannen. Tot dusver herkende ze in elk geval niemand.

Matty nam voor hen allebei een glas champagne van het dienblad van een passerende bediende. 'Nou... denk je dat de sterren goed staan vanavond?' vroeg ze en ze tikte haar glas tegen dat van Clover.

Winnen… De wijze woorden van een Amerikaanse president schoten haar te binnen. 'Mats, ik denk dat we allebei veilig kunnen stellen dat de sterren de laatste tijd nogal ongunstig hebben gestaan voor me.'

'*Au contraire*, het zou ongunstig zijn geweest als Kit Foley je niet toevallig de verkeerde kant van een berg had zien af skiën.'

Clover fronste. 'Heb je met mijn broer gepraat?'

'Hè?' Matty drukte haar glas tegen haar lippen en keek ergens heel aandachtig naar. 'Je moet toegeven dat hij er goed uitziet in die smoking.'

'Geen commentaar,' prevelde Clover, in een poging verveeld te klinken terwijl ze toch even keek waar Matty naar keek en Kit en Julian naast de blackjacktafel zag staan. Ze herinnerde zich hoe Kit even had ingehouden voordat hij haar jurk dichtritste. Waarom had hij zich ingehouden? 'Vertel eens over Amy,' zei ze, van onderwerp veranderend.

Matty's ogen werden groot van opwinding. 'Ja? Heeft Johnny het je verteld?'

'Hij heeft me verteld dat ze heeft gedreigd met advocaten. Waarom?'

'Geen idee. Ik ben niet verder gekomen dan het noemen van je naam en dat we een film maken over Kit, en toen ontplofte ze.'

Clover fronste. 'Hoe heb je haar uiteindelijk te pakken gekregen?'

'Mijn neef heeft zijn belofte gehouden. Hij heeft me ook haar e-mailadres gegeven, maar ik besloot haar eerst te bellen. Ik dacht dat het beter was als ik haar overviel.' Ze nam een slokje. 'Dat pakte enigszins verkeerd uit, maar toen heb ik een e-mail gestuurd met uitleg wat we doen, met een link naar de trailer van *Pipe Dreams*. Dat zal haar laten zien welk team we zijn en dat zou haar moeten overhalen… Ik heb er een goed gevoel over. Ze was geschrokken, dat is alles, maar ze zal wel kalmeren… en een vrouw die zo boos is moet wel willen praten!'

‘Nou, dat hoop ik wel, want zij is onze laatste échte kans om inzicht te krijgen in wat er met Kit en Cory is gebeurd.’

‘Denk je nog steeds dat Kit niet wil praten? Ook al heeft hij je leven gered?’

Clover moest lachen. ‘Hij gaat niets zeggen juist omdat hij mijn leven heeft gered! Dat ziet hij als de ultieme ga-niet-naar-de-gevangenis-kaart. Hoe kan ik achter hem aan zitten en zorgen dat hij de verdenking op zichzelf laadt als hij de ultieme goede daad heeft gedaan? Dat is wat ik bedoel met mijn pech. Sta ik op een of andere manier bij hem in het krijt?’

‘Nee. Je hebt een rechtse directe voor hem opgevangen. Volgens mij staat het gelijk.’

Dat was wat Kit ook had gezegd. Ze waren vrij van elkaar. Geen van beiden stond bij de ander in het krijt.

Ze volgde Matty naar de roulettetafel. De cilinder draaide hard, het balletje sprong over de rode en zwarte vakjes, cijfers werden langzaam zichtbaar naarmate het afremde.

‘Ik zet in op rood,’ mompelde Matty.

Ze keken toe hoe de cilinder tot stilstand kwam. Rood.

Matty kirde. ‘Yes! Ik voel hem! Kom op, laten we spelen.’

Ze stonden bij de tafel. Matty legde twee fiches neer op rood 22. Clover eentje op zwart 14 en rood 9.

‘Je kunt wel wat gedurfder doen, hoor,’ plaagde Matty.

‘Eerst even het water peilen.’

Ze keken toe hoe de cilinder draaide.

Rood 22.

‘Yes!’ Matty hinnikte opgewonden. Clover zag dat haar fiche – en honderd euro – verdween. Matty kreeg er zes terug. Ze knipoogde naar Clover. ‘Nog een keer?’

‘Ja hoor.’

Ze legden weer fiches neer op zomaar een vakje.

‘Mijn hemel!’ riep Mats toen haar cijfer weer viel. ‘Ik ben *on fire*.’

Een veel oudere man rechts van haar bekeek haar van top tot teen met een bezorgde blik.

'Niet letterlijk,' stelde ze hem gerust en ze barstte in lachen uit. Ze nam nog een paar slokken.

Ook Clover nam een slok. Twee fiches en ze was al verloren. Ze had gokken nooit leuk gevonden. Ze vond het niet spannend om haar toekomst over te dragen aan de factor geluk, of willekeur, of het lot. Ze wist maar al te goed hoe het voelde om alles in een klap kwijt te zijn. Ze werd er gespannen en springerig van. 'Ik heb liever blackjack.'

'Laten we dat dan doen,' zei Matty en ze pakte haar stapel fiches op.

Ze liepen door de menigte, langs zwaar geparfumeerde vrouwen en grijsharige mannen. Er stond een grote kring mensen rond de blackjacktafels en ze keken naar de actie, genietend van de show van de croupier: het tikken op de tafel, het feilloze schudden en breken van de kaartspelen, handen vloeibaar als die van een goochelaar. Er hing een kermissfeer toen het spel werd gespeeld, mensen vergaapten zich en zeiden 'oeh' en 'ah' bij de wil van de kaarten. Een vrouw legde, alsof het niets was, vijftigduizend euro op een spel en verloor, waarbij ze een miniem schouderophalen liet zien en een serene glimlach.

Clover nam de situatie in de zaal in zich op. Terwijl de minuten wegtikten en de champagneglazen werden bijgevuld, kon ze de spanning zien stijgen onder de beleefde, welwillende glimlachjes. Matty had gelijk: de ruimhartigheid van het huis had de eetlust aangewakkerd en de zaken begonnen ernstiger te worden, terwijl de spelers dieper in de buidel tastten.

Toen er steeds meer plekken vrijkwamen, gingen ze zitten. Ze waren hier nu bijna een uur. Clover voelde de druk van het publieke oordeel, ogen op hen gericht terwijl ze voor de croupier zaten. Het was veel te makkelijk om te verliezen en ze verbaasde zich over hoe iedereen toch helemaal bereid was te geloven dat het geluk juist bij hén in de schoot zou vallen.

Clover was zo uitgespeeld. 'Ach ja,' prevelde ze, stiekem opgelucht dat ze klaar was, terwijl Matty opnieuw won. 'Jij gaat tenminste lekker.'

'Kop op. Jouw geluk gaat keren,' zei Matty en ze gaf haar wat van haar eigen fiches terwijl ze opstonden en nog wat rondliepen.

'Dank je wel, maar ik hoef ze niet. Gokken is niet mijn ding.'

'Hou ze maar, of een paar, tenminste. Het is maar monopolygeld,' zei Matty luchtig, zich gedragend met een nonchalance die niet paste bij iemand met een studieschuld van dertigduizend pond en niet veel uitzicht op het beklimmen van de vermogensladder.

'Maar dat is het niet, Mats. Het is misschien begonnen als cadeau, maar dat is echt geld wat je daar in je hand hebt. Hou het.' Ze lachte. 'Of geef het aan je vriendje. Ik denk dat hij het op dit moment harder nodig heeft dan ik.'

Matty gniffelde een beetje verward. 'Ja, dat is wel zo. Weet je hoeveel deze jurk heeft gekost? Chanel! Nieuw!'

Clover schudde haar hoofd, ze was niet geïnteresseerd in de jurk. 'De bedrijven van zijn familie zitten in de problemen. Grote problemen.'

Matty keek om zich heen en zag Julian aan de baccarattafel. Hij haalde lachend een armvol fiches naar zich toe. 'Ziet hij eruit als iemand met geldzorgen?'

Nee. Julian zag eruit, vond Clover, als het bruisende middelpunt van het feestje. Hij leek bijna iedereen hier te kennen en hij was een kop groter dan de meeste mensen in de zaal. Zijn blonde haar had een gouden glans in dit licht. Hij was charismatisch, dynamisch, uitgelaten. Hij keek op, alsof hij voelde dat hij werd bekeken. Zijn ogen begonnen te stralen toen hij Matty zag en hij wenkte haar.

'Kom,' zei Matty, die aan haar arm begon te trekken.

Maar Clover verzette zich. 'Nee, ga jij maar. Ik ga naar Johnny, kijken of alles goed gaat.'

'Je gaat niet weer weg zonder iets te zeggen, hè?'

'Wat zou dat uitmaken? Geef toe, we weten allebei dat je vanavond niet naar het chalet komt.'

Een koket lachje verscheen op het gezicht van haar vriendin. 'Ja, dat is wel zo,' gaf ze toe. 'Vanavond is waarschijnlijk onze laatste nacht samen. Hij zei dat hij hoopt ook naar Sankt Moritz te kunnen komen, maar hij kan het niet garanderen. Hij heeft hier zoveel te doen.'

'Precies, ja, hij is bezig zijn vaders zieltogende imperium van de ondergang te redden.' Clover gaf een paar klopjes op haar arm bij wijze van afscheidsgroet.

Ze keek Matty na die naar Julians zijde snelde. Wat Clover er ook op tegen had, ze kon niet ontkennen dat ze er samen goed uitzagen. Misschien pasten ze wel bij elkaar.

Ze speurde de ruimte af op zoek naar Johnny. Was hij al binnen? Een ober bleef vlak voor haar neus stilstaan en ruilde haar lege glas voor een nieuw glas. Het begon een beetje benauwd te worden in de zaal. Haar ogen dwaalden naar het terras achter de glazen deuren en ze kwam in de verleiding om even naar buiten te gaan, maar ze wist dat zelfs maar een kort moment genoeg was om haar te helpen herinneren hoe koud het kon zijn in een zijden jurk bij een meer in de Oostenrijkse Alpen in december.

Er was toch niets te zien. Het meer was een groot zwart gat, de bergen sliepen onder hun witte mantels. Ze wilde zich terugdraaien naar de zaal, die ze weerspiegeld zag in de ramen. Iemand keek naar haar. Ze wist instinctief wie het was. Ze staarde terug naar hem via het raam en voelde zich plotseling verloren. De wereld voelde alsof hij weer binnenstebuiten keerde, als een oude sok die niet goed zat.

Ze draaide zich om. Kit zat aan de pokertafel en keek naar zijn kaarten.

Clover keek naar hem en probeerde de lichaamstaal aan tafel te lezen. Ze proefde de spanning tussen de spelers onderling. Haar ogen vielen op de grote stapel fiches midden op tafel. Ze kon meteen zien dat daar voor honderden euro's lag, wat nogal afstak bij haar eigen magere prestaties. Maar hij hield nou eenmaal van risico's nemen. Hij had zijn leven gebouwd op risico's.

Ze kwam dichterbij en voelde haar hartslag versnellen bij de gedachte dat ze moest spelen om zo'n bedrag. Een vrouw in een satijnen cocktailjurk met rozenprint maakte plaats voor haar. Ze zei iets, wat Clover niet begreep.

'Het spijt me, ik spreek geen Duits,' verontschuldigde Clover zich. Kit keek op toen hij haar stem hoorde en zag dat ze nu vlakbij stond en toekeek.

'Hij heeft net alles ingezet. Driehonderdduizend. Hij gaat het aan het goede doel geven als hij wint,' fluisterde de vrouw in onberispelijk Engels, met een knikje naar Kit, tegenover hen. 'Hij heeft een winnende hand.'

Clover bestudeerde Kit terwijl zijn vingers op zijn kaarten drukten. Ze zag zijn kaakspieren aanspannen en zijn ogen bewegen terwijl hij zijn kaarten kreeg. Hij keek haar weer even aan.

'Pas.' De man naast hem gooide zijn kaarten neer en duwde ze van zich af.

Kit verroerde zich niet. Clover zag hem ademhalen. Het leek of alle ogen in de ruimte op hem waren gericht. 'Ik verhoog met twintig.' Hij schoof een fiche naar de berg. Zijn ogen gingen weer omhoog naar Clover.

Twintig? Bedoelde hij twintigduizend?

Ze keek naar de man aan de andere kant van de tafel. Hij keek ook naar haar. Of eigenlijk keek hij naar Kit, die naar haar keek.

Clover bevroor. Ze was zich opeens bewust van elke knippering van haar wimpers. Wat betekende dit allemaal?

De stilte hield aan. De spanning groeide per seconde.

'All-in.'

De woorden van de man ontlokten geroezemoes rond de tafel. Kits blik flakkerde weer naar haar, maar dit keer zat er iets van hitte in zijn blik. Ze wist dat ze weer iets fout had gedaan.

De tegenspeler legde zijn kaarten open. Straight flush.

Clover keek naar Kit met een toenemend gevoel van paniek, want hij beet op zijn lip en legde toen ook zijn kaarten neer. Net geen full house.

'O, wat jammer!' zei de vrouw naast Clover hardop.

Kit keek meteen naar Clover, met een donkere blik die haar duidelijk maakte dat hij haar de schuld gaf van deze verloren partij. Zonder een woord te zeggen gooide hij een fiche naar de croupier als fooi, duwde zijn stoel naar achteren, stond op en liep de drukte in. Clover keek hem na. Wat had ze gedaan?

'Ken je hem?' vroeg de vrouw in de bloemenjurk verbaasd.

'Ja,' mompelde Clover.

'Clo! Shit, daar ben je! Ik heb je overal gezocht!'

Ze draaide zich om en zag Johnny door de menigte naar haar toe komen. 'Johnny? Goeie timing. Kit is net driehonderdduizend kwijtgeraakt op de pokertafel en blijkbaar is het mijn fout.'

Hij fronste. 'Hoezo?' zei hij hijgend. Had hij gerend?

'Nou, omdat ik adem, toch?' vroeg ze boos. Ze keek hem aan. 'Waarom ben je buiten adem?'

'Ik moest bijna vechten om binnen te komen! Je hebt niet op je telefoon gekeken. Ik ben je al een half uur aan het appen!'

'Waarom zou ik op mijn telefoon moeten kijken? Ik ben in een casino! Wat heeft er zo'n haast dat je me zo dringend moest appen?'

Ze was al bezig haar avondtasje te openen en haar telefoon te pakken. Ze klikte op de appjes.

Johnny keek toe hoe haar gezichtsuitdrukking veranderde terwijl ze ze las en zag haar wit wegtrekken. Ze keek hem vol afschuw aan. 'Weet je het zeker?'

'Dat kun je zelf zien.'

'Wanneer is dit gebeurd?'

'Nu net. Het is breaking news. Het ontploft. De opening van alle nieuwszenders. Haar man is nogal een big shot.'

Clover scande de zinnen. 'Geloof jij het?'

Johnny leek verbaasd door de vraag. 'Jij niet?'

'Nee, dat zeg ik niet. Maar ik... ik bedoel, we moeten niet aannemen...'

Johnny lachte van verbazing. 'Ik dacht dat je een gat in de lucht zou springen. Nu moet hij wel praten, en jij bent degene die exclusieve toegang tot hem hebt. Je bent zijn enige hoop. Als hij wil overleven, dan moet hij zijn kant van het verhaal vertellen.'

'Maar hij kan dit niet verklaren!' riep ze. 'Hij is geruïneerd!'

Johnny schudde zijn hoofd. 'Dan biedt hij zijn excuses aan. Hij gaat voor de camera staan en geeft zich over aan de genade van het publiek. Hij zou niet de eerste beroemdheid zijn die door de knieën moet.'

'Dat gaat hij niet doen!' schimpte ze. 'Je kent hem!'

'Ja, maar Clo, je hebt het daarbuiten niet gezien.' Hij prikte met zijn duim in de richting van de hoofdingang. 'Als hij dacht dat het voorheen erg was...' Johnny floot. 'Een van de gasten die voor Reuters werkt heeft een vroege ping van Sydney ontvangen en liet aan zijn baas weten dat hij bij het casino stond waar Kit Foley aan het pokeren was... Ze staan allemaal op hem te wachten, Clo. Hij loopt zo in een hinderlaag.' Hij haalde adem. 'Je moet met hem praten en hem zien over te halen dat hij nu vertrekt via de achterdeur. Ik kan Ari vragen daarheen te rijden.'

Ze wist dat hij gelijk had. Ze moesten Kit hier weg zien te krijgen, voordat het uit de hand liep.

Clover speurde de zaal af. 'Ari is daar,' zei ze en ze wees naar een roulettetafel, waar hij stond te praten met een brunette met indrukwekkende bovenarmen. 'Zeg jij het tegen hem. Ik ga achter Kit aan. Ik zag hem net nog...'

Maar waar was hij nu heen?

Johnny rende weg, zich een weg banend tussen de mensen door, terwijl Clover om haar as draaide. Was hij naar een andere tafel gegaan? Ze kon zien dat Matty en Julian lachten en intensief met een ouder echtpaar zaten te praten. Ze hadden duidelijk een heerlijke avond. Maar ze keek niet lang, dit was niet het moment voor geluk...

Ze herinnerde zich de richting waarin Kit was gelopen toen hij de pokertafel had verlaten. Ze keek die kant op en ging op haar tenen staan. Het voelde alsof er een gewicht op haar borst drukte toen ze de hele ruimte afzocht. Die koppen konden niet waar zijn. Of wel?

Ze zag hem! Hij was op weg naar de uitgang.

'Pardon,' zei ze, terwijl ze probeerde langs een corpulente man te komen in een zwart gilet. 'Pardon.' De man draaide zich om toen hij haar handen op zijn lichaam voelde duwen. Ze kon Kit niet uit haar zicht laten verdwijnen.

'Kit!' riep ze, maar haar stem verdween in het gejuich bij een van de baccarattafels. Er waren zoveel mensen. Geen wonder dat Johnny buiten adem was geraakt toen hij haar wilde bereiken. 'Kit!' riep ze weer en ze stak haar arm op.

Dit keer hoorde hij haar en draaide zich om. Hij stond vlak bij de deuren. Nog twee stappen en hij zou voor de bende blaffende fotografen staan, die klaarstonden om zijn meest recente schandaal vast te leggen.

Hij keek haar recht aan.

'Kit, wacht! Niet weggaan!' riep ze.

Hij bleef haar aankijken met zijn gebruikelijke ondoorgrondelijke blik en draaide zich weer om. Natuurlijk zou hij haar trotseren! De deuren gingen open en hij stapte naar buiten.

'Nee!' stootte ze uit en ze duwde zich langs de mensen die haar in de weg stonden. Het kon haar niet schelen of ze onbeleefd was, en ze deed geen moeite te luisteren naar hun verontwaardigde protesten over haar gebrek aan manieren. Maar nog voor ze bij de deuren was, kon ze de razende gloed van de flitsers al zien. Het was alsof ze een atoombom zag vanaf de maan. Wit en stil.

Ze stormde naar buiten. Ze liep op tegen een muur van herrie. Kit werd omringd door verslaggevers die hun microfoons onder zijn neus duwden. Iedereen wilde commentaar, wat voor commentaar dan ook, wat had hij te zeggen op de aantijgingen die vanochtend waren geuit door zijn voormalige verloofde Amy Killicks?

Hij zag er verbijsterd uit en Clover zag zijn gezicht verstenen toen tot hem doordrong wat Amy had gedaan en hij begreep dat het nu toch was uitgekomen. Hij draaide zich langzaam om, alsof hij wist dat ze daar stond. Hij keek naar haar. Hij wist dat ze het wist.

Hij wist dat zij de reden was dat Amy de pers had opgezocht. Ze hadden haar uitgeknepen als een fles ketchup, met Matty's onophoudelijke telefoontjes en e-mails, vragend naar haar kant van het verhaal… Maar Amy vertrouwde hen niet. Door haar te laten weten dat ze van de verloving afwisten, hadden ze haar gedwongen om om zich heen te slaan. Dit was haar enige manier om de controle te behouden over het verhaal dat naar buiten kwam.

Hij knipperde drie, vier, vijf keer met zijn ogen, schijnbaar ongevoelig voor de gekte om hem heen. Hij stond in het oog van de storm. Hij wist dat hij hier niet zomaar van af zou komen. Ze had waarvoor ze gekomen was. Het was klaar met Kit Foley.

27

Ari reed de auto voor en zij en Johnny stapten in stilte in. In alle commotie was hun verbintenis met Kit vergeten. De journalisten waren al bezig hun teksten aan hun redacties te mailen. Ze stonden met hun rug naar hen toe. Het grote verhaal van de avond was al uitgebarsten.

Ze reden het stille stadje uit zonder een woord te zeggen en als Ari al wist waarom Amy haar verhaal had verkocht, dan vertelde hij dat niet. Hij had een somber gezicht, hij kneep met zijn vuisten in het stuur. Kit was al thuis – hij was in een klaarstaande taxi gestapt – en ze kwamen een paar minuten na hem bij het chalet aan. Clover keek omhoog toen ze de straat in sloegen, ze zag dat de lichten in het chalet brandden, niet in de grote kamer, maar achter de glazen muur, in zijn kamer.

Ari stuurde de auto de oprit op. Hij strekte en boog zijn vingers ongeduldig terwijl ze wachtten tot de poort opengleed. Alles duurde te lang...

'Laat hem maar aan mij over,' zei Ari met een strakke stem terwijl ze de hal van het chalet in schuifelden. Hij schudde zijn jas uit en maakte zijn stropdas los.

Clover opende haar mond.

'Ik meen het. Je wilt niet in zijn buurt zijn als hij zo is.'

Ze deed haar mond weer dicht toen ze Ari's vastberaden blik zag. Ze knikte.

'Clo, je moet even chillen. Neem anders een bad of zo,' zei Johnny, terwijl hij haar naar haar slaapkamer duwde, waarbij hij leek te vergeten dat het enige bad in het huis zich in Kits kamer bevond.

Ari rende de trap op met gigantische stappen.

Ze draaide zich om. 'Johnny, dat was echt foute boel,' siste ze met grote ogen.

'Ik weet het.'

'We hadden hem nooit zo naar buiten moeten laten gaan.'

'We hebben geprobeerd hem tegen te houden. Meer konden we niet doen.'

'Maar dat het is gebeurd komt door ons!'

'Misschien wel,' knikte hij. 'Maar als de dingen die Amy over hem heeft gezegd waar zijn... dan verdient hij dus echt niemands sympathie.'

Clover gaapte hem aan. 'Denk je dat ze waar zijn?'

Johnny kneep zijn ogen dicht. 'Ik hoop dat ze niet waar zijn. Maar ik geloof niet dat iemand zou ontkennen dat hij ertoe in staat is. Zou jij op dit moment Ari willen zijn?'

Ze zuchtte. 'Het is allemaal zo'n puinhoop.'

Hij keek haar vragend aan.

'Wat?' vroeg ze.

'Ik weet het niet,' zei hij met een schouderophalen. 'Ik dacht dat je blijer zou zijn. Dit is een schok voor ons allemaal... maar het staat ook niet mijlenver vandaan van datgene waarvoor we hierheen zijn gekomen. We hebben misschien geen bekentenis van hem over waarom hij heeft gedaan wat hij heeft gedaan met Cory, maar dít verhaal kunnen we wel van binnenuit vertellen. Ik wil wedden dat Ari hem daarboven nu zit te vertellen dat hij een interview met je moet doen om eens en voor altijd zijn kant van het verhaal te vertellen. Hij zal nooit een betere gelegenheid hebben dan hier en nu. Hij heeft het niet meer in eigen hand. Als hij zijn mond houdt, dan gaat hij ten onder en kan hij nooit meer meedraaien aan de top, waar dan ook. Ooit.'

Hij keek haar aan. Hij zag dat haar ogen heel groot waren en dat ze verwoed knipperde.

'Julian zal nu de band met hem moeten verbreken. Hij heeft geen keuze. Het is de ene ramp na de andere. Hij zal uitgelachen worden als hij achter hem blijft staan.' Hij klopte op de muur. 'Dag, mooi chalet... Kit staat op het punt om heel veel voordeeltjes te verliezen.'

'Volgens mij zijn de voordeeltjes de minste van zijn zorgen,' mompelde ze. Ze trok haar hakken uit en voelde haar voeten branden. Ze begon te ijsberen. 'Wat denk jij dat er nu boven gebeurt?'

'Kit gaat uit zijn dak en Ari probeert hem te kalmeren,' zei Johnny vlak. Hij streek met zijn hand door zijn haar en slaakte een vermoeide zucht. Hij was geen type voor drama. 'Ik moet zelf ook een beetje kalmeren. Dat was echt een gekkenhuis. Wil je wat drinken?'

'Ja. Ik ga het wel even...'

'Nee! Jij blijft hier. Ik wil niet dat Kit je al ziet. Dat maakt het alleen maar erger. Ik ga wel.'

Clover voelde zich gefrustreerd. Ze staarde voor zich uit terwijl Johnny de deur achter zich sloot. Ze wachtte geduldig, zo geduldig als ze kon, maar ze kon het niet uitstaan dat ze niet wist wat er gebeurde. Ze stak haar hoofd om de deur en probeerde op te vangen wat er voor geluid van boven kwam. Ze hoorde geen geschreeuw of dingen die kapot werden gegooid. Ze keek naar de lift... Ze kon er wel stilletjes heen gaan, kijken of ze iets kon horen vanaf de bovenste overloop...

'Als je het maar laat.' Johnny kwam de trap al af met de drankjes in zijn hand. 'Terug in je hok.'

Ze ging terug de kamer in. 'En? Heb je iets gehoord?'

'Niets specifieks. Verheven stemmen, maar niet zo hard dat ik het kon horen.'

'Ik moet erheen.'

'Nee.' Hij drukte een glas in haar hand.

'Maar dit is het moment om hem aan het praten te krijgen. Als hij rustiger wordt...'

'Nee. Hij is boos en dan wordt hij onberekenbaar. En als die beschuldigingen waar zijn...' Hij wierp haar een waarschuwende blik toe. 'Laat hem vanavond maar even... Proost.' En hij sloeg zijn hoofd achterover en dronk het glas cognac in een keer leeg.

Clover keek ernaar en deed toen hetzelfde. Haar gezicht vertrok toen ze de vloeistof voelde branden in haar keel.

Johnny bekeek haar. 'Beter?' vroeg hij even later.

Ze knikte en liet zich op het bed zakken. 'Denk je dat we het Mats moeten vertellen? Zij kan Julian waarschuwen.'

'Ik denk dat ze het al weten. Bij een schandaal gaat dat als een lopend vuurtje.' Hij keek haar verstrooid aan. 'Gelukkig is zij er om hem te troosten.' Zijn toon was mat.

Clover keek naar hem terwijl hij naar Matty's toilettafel liep en de flesjes en crèmes doelloos bekeek. 'Waarom heeft ze dit allemaal nodig?' prevelde hij. 'Het is niet alsof ze er nog mooier door wordt.'

'Vind je haar mooi?'

Hij draaide zijn hoofd half om. 'Dat zei ik niet.'

'Je zei: het is niet alsof ze er nóg mooier door wordt. Niet: het is niet alsof ze er mooier door wordt.'

Hij kreunde. 'Niet mij interviewen, alsjeblieft.' Hij stond met zijn rug naar haar toe terwijl hij de verschillende flesjes en potjes op het blad een voor een oppakte. Ze zag hem aan Matty's parfum ruiken.

'Waarom vertel je haar niet wat je voelt?' vroeg ze zacht.

'En hoe voel ik me?' vroeg hij scherp.

'Je bent gek op haar.'

'Doe niet zo raar! Ik word gek van haar. Ik vind haar een afschuwelijke snob. En zij vindt mij een afschuwelijke slons.'

'Misschien moet je haar dan ook vertellen dat je een titel hebt.'

Johnny zweeg. 'Hoe weet je dat?'

Clover zuchtte. 'Het stond op een brief die aan jou was gericht, de hoogwelgeboren heer Jonathan Dashwood.'

Het schaamrood steeg hem naar de kaken, met daarbij een vlaag boosheid. 'Ik gebruik die titel niet en ik wil niet dat ze het weet. Ik zou zelf nooit met iemand samen willen zijn die daarvan onder de indruk is.'

'Luister, Matty denkt alleen maar dat ze die dingen interessant vindt omdat ze weinig had toen ze opgroeide. Maar de waarheid is dat ze niet écht weet wat ze wil.'

Hij liet een bitter lachje horen. 'Geloof me, ze wil wat ze heeft! De prins op het witte paard.'

Clover schudde haar hoofd. 'Julian is een rijke, stomme playboy. Hij is niet wat zij nodig heeft, en dat weten we allebei. Jullie zijn altijd aan het lachen samen.'

'Als je zegt lachen, dan neem ik aan dat je bekvechten bedoelt?'

Clover negeerde zijn sarcasme. 'En ze bleef maar doorgaan over dat je naar huis was gegaan met wie je ook naar huis bent gegaan in Saas-Fee.'

Johnny gaf geen antwoord.

Clover liet het glas ronddraaien in haar hand. Het gewicht ervan voelde geruststellend. 'Tegenpolen trekken elkaar aan, Johnny. Jij houdt haar op de grond en zij tilt jou op. Het is heel duidelijk. Ik snap niet hoe het kan dat jullie dat niet zien.'

'Alsof jij wel ziet wat er recht voor jouw neus gebeurt?

'Wat?'

'Ik sta achter die camera en zie hoe jullie twee de laatste vijf weken om elkaar heen draaien. Ik heb tweehonderd uur materiaal hier van jullie twee.' Hij wees naar zijn slaapkamer aan de andere kant van de gang. 'Jullie zitten altijd naar elkaar te kijken. Hij kijkt naar je als je niet kijkt. Bij elke kamer die hij betreedt kijkt hij waar jij bent...'

'Ja! Omdat ik een persona non grata ben. Publieke vijand nummer één.' Ze lachte geschokt.

Hij staarde haar aan. 'Wat is er tussen jullie gebeurd op de berg?'

De berg? 'Je weet wat er is gebeurd! Ik ging zowat over de rand en hij hield me tegen.'

'Nee. Er is meer gebeurd. Want de volgende ochtend vertrok jij naar Genève en bleef hij achter als een opwindspeelgoedje dat iemand was vergeten op te winden!' Hij staarde haar bijna boos aan.

'Jullie blijven vijandig tegen elkaar, maar niemand trapt erin behalve jullie twee. Jouw probleem is niet dat jullie met elkaar naar bed zijn geweest, Clover. Het probleem is dat jullie maar één keer met elkaar naar bed zijn geweest!'

Clover staarde hem ontzet aan. Waar kwam dit nu vandaan? Johnny kon toch niet denken…

Het geluid van een kuch maakte dat ze allebei schrokken.

Ari stond bij de deur. Clover voelde haar wangen gloeien. Hoeveel had hij opgevangen? Was Kits naam genoemd? Kon Ari weten dat het over hem ging?

'Hoi,' zei Johnny met een verstikte stem. 'Hoe gaat het met hem?'

'Goed.'

'Goed?' zei Clover ongelovig.

Ari haalde zijn schouders op. 'Hij is wel van streek, maar hij incasseert het.' Hij keek hen beiden aan. 'Dus ik wilde even checken of jullie nog oké zijn met een vertrektijd van elf uur morgenochtend?'

Clover knipperde met haar ogen. 'Hij is toch niet van plan om naar Sankt Moritz te gaan?'

'Natuurlijk. Waarom niet?'

Waarom niet? Lag het aan haar of was de hele wereld gek aan het worden? 'Maar het verhaal…'

'Dat waait wel over. Amy heeft het recht om te zeggen wat ze wil zeggen.'

Zeggen wat ze wil zeggen? Ze had hem kapotgemaakt! Clover keek door haar wimpers. Dit waren niet Ari's woorden. 'Maar Julian…'

'Als hij zijn sponsoring terugtrekt, kan Kit solo gaan,' zei hij met een schouderophalen. 'Hij kan zelf voor fondsen zorgen.'

Er klonk een verbijsterde stilte. Ari keek met een strak lachje van haar naar Johnny. 'Oké, elf uur dus. Tot morgen.'

'Goed. Welterusten, Ari,' mompelde Johnny.

Hij keek naar haar toen ze de slaapkamerdeur van Ari hoorden sluiten. Opnieuw een beladen stilte. Hun woordenwisseling bleef hangen als rook, net als Ari's flagrante ontkenning van wat er die avond was gebeurd, wat grensde aan het absurde. 'Ik ga ook naar bed. Ik ben doodop.'

'Maar Johnny...'

Hij zette zijn lege glas op Matty's toilettafel en liep de kamer uit, zonder haar nog aan te kijken. 'Welterusten, Clo.'

Clover staarde naar de muur. Die staarde terug. Ze hoorde water uit kranen stromen en toiletten die werden doorgetrokken in de andere badkamers. Het chalet maakte zich klaar voor de nacht en de stilte terwijl zij daar zat, zowel roerloos als over haar toeren. Iedereen speelde een rol met een sluier van normaliteit, maar de waarheid lag twee graden ernaast, bijna over de waarheid heen gelegd, maar niet helemaal. Was zij de enige die het niet rustig over zich heen kon laten komen?

Ze stond op zonder te weten wat ze van plan was te doen. Ze wist alleen dat ze morgen niet Sankt Moritz in kon rijden en doen alsof er niets aan de hand was. Er was vanavond iets vreselijks gebeurd. Ze keek de gang in en liet haar blik dwalen over de dichte deuren en gedempte lampjes aan de muur.

Op haar tenen liep ze de gang door en de trap op. De lift zou te veel geluid maken en met zijn opvallende 'ping' zou hij nieuwsgierige geesten attent maken op beweging. Ze wist niet wat ze erger vond: betrapt worden door Ari of door Johnny.

Binnen dertig seconden boorden haar tenen zich in het crèmekleurige tapijt van de bovenste verdieping en was haar ademhaling zwaarder. Aan haar linkerhand stond de deur van Beaus slaapkamer op een kier, de lichten waren natuurlijk uit. Aan haar rechterhand waren ze nog aan. Ze stond voor de deur en zocht naar schaduwen die door de kamer zouden bewegen, maar daar was die te groot voor.

Terwijl haar ademhaling wat rustiger werd klopte ze op de deur en zonder op een reactie te wachten, ging ze – voor ze niet meer zou durven – naar binnen. Kit keek haar aan. Zijn strikje hing aan beide kanten losjes op zijn overhemd, de bovenste knoop was open. Hij had ook een glas cognac in zijn hand. Vanavond had iedereen blijkbaar iets sterks nodig.

'God, nee hè,' kreunde hij toen hij haar zag en hij keerde zich een beetje af. 'Ik kan niet… Ik kan het nu niet opbrengen… Wil je alsjeblieft weggaan.'

Ze trok een wenkbrauw op. Alsjeblieft? Zijn beleefdheid maakte haar zenuwachtig. Het moest wel erg zijn als hij beleefd was tegen haar. Ze zette nog een paar stappen. 'Ik wil jouw kant van het verhaal horen.'

Zijn hele lichaam zakte in. 'Als je denkt dat ik met jou een fucking interview ga zitten doen, midden in de nacht…'

'Geen interview. Ik wil het gewoon uit jouw mond horen. Vertelt ze de waarheid?'

Hij bleef haar aankijken zonder iets te zeggen, alsof hij verbijsterd was dat ze daar vraagtekens bij zette. 'Nou, dat moet wel,' zei hij uiteindelijk. 'Het staat in de krant, nietwaar?' Hij draaide zich om met een hand in zijn zij. Hij zuchtte opnieuw en sloeg zijn drankje achterover.

'Liegt ze?' vroeg ze weer.

'Wat voor reden zou ze hebben om te liegen?'

'Dat weet ik niet. Daarom vraag ik het aan jou.'

'Nou, van wat ik tot dusver heb gelezen heeft ze een meeslepend verhaal verteld,' zei hij kalm. 'Ik zou het zeker geloven… De timing is wel toevallig, vind je niet?' Hij keek haar aan. 'Het is al vier jaar uit en ze is al een tijd getrouwd met een of andere rijke gast… en nu opeens voelt ze de noodzaak om… naar buiten te komen met dit verhaal.' Hij gebaarde naar de iPad op het bed. Op het scherm was een krantensite geopend.

Ze wist wat zijn punt was. 'We hebben haar benaderd voor routineonderzoek. Voor zover wij wisten zou haar interviewen hetzelfde zijn als Ari of Beau interviewen. Ze was iemand die destijds dicht bij jou stond, iemand die ons inzicht zou kunnen geven in wie je was, hoe je je voelde, wat er speelde in je leven… Hoe konden wij weten…'

'Dat ik haar heb afgeranseld? In elkaar heb geslagen? Aan haar haren door de kamer heb getrokken?'

Ze voelde haar huid koud worden bij het horen van zijn woorden.

Hij kneep zijn ogen half dicht. 'Hoe wist je überhaupt van haar bestaan?'

Ze haalde haar schouders op. 'Research. Gesprekken leveren soms aanwijzingen op… We waren er niet naar op zoek… Maar waarom heb jij de relatie geheimgehouden?'

'Omdat ik haar in elkaar heb geslagen! Waarom anders? Ze kon moeilijk de straat op met al die blauwe plekken, toch?' Elk woord brandde van het sarcasme.

'Dit kost je je reputatie.'

'Welke reputatie?' schimpte hij. 'Die was ik al lang voor vanavond kwijt.'

Cory flikkerde tussen hen in, maar ze knipperde hem weg.

'Kit, als ze liegt, dan moet je dat zeggen. Door niets te zeggen veroordeel je jezelf.'

Hij haalde zijn schouders op en trok zijn strikje onder zijn kraag vandaan. 'Nou, dat is dan in elk geval fijn voor jou.'

'Je kunt gearresteerd worden! Waarom verdedig je jezelf niet?' smeekte ze en ze zette een stap naar hem toe.

'Waarom neem jij aan dat ze liegt?' Hij gooide zijn strikje op de grond en begon zijn manchetten los te maken.

'Ik… ik neem niks aan. Ik weet gewoon niet wat ik moet geloven.'

Hij staarde naar haar en schudde toen langzaam zijn hoofd. 'Clover, of je het gelooft of niet, dat maakt niet veel uit.' Hij schudde zijn overhemd van zich af en liet ook dat op de grond vallen. Hij gaf een ruk met zijn kin naar de deur. 'Doe de deur achter je dicht als je weggaat.'

Ze keek hem na terwijl hij de badkamer in liep en de deur achter zich dichttrapte. Ze staarde ernaar met een snel kloppend hart terwijl ze de douche hoorde aangaan. Er kon maar één reden zijn waarom hij zo deed, waarom hij niet terugvocht. Omdat hij dat niet kon. Het moest wel waar zijn.

Hij was alles wat ze ooit had gezegd dat hij was. Ze had het vanaf het begin geweten.

Hij was de man die ervoor had gezorgd dat Cory Allbright onder die golven terechtkwam. Hij was een man die zijn vuisten gebruikte.

Hij was een monster.

Toch?

De deur ging open.

Kit stond stil, in silhouet afgetekend, met zijn hand al op het lichtknopje tot hij haar zag liggen.

'Wat doe jij nou?' Zijn stem klonk schor. Het was een schok te veel voor zijn lijf vanavond.

'Waar ziet het naar uit?' vroeg ze kalmpjes, ook al had ze zelf geen idee waar ze mee bezig was. Ze was een vreemde voor zichzelf vanavond. 'Ik neem een bad.'

Het maanlicht dat door de glazen muren binnenviel glansde op het koper.

'Ik had gezegd dat je weg moest gaan.'

'Nee, je zei dat ik de deur achter me dicht moest doen als ik wegging. Ik ben nog niet weg.'

'Clover...' Er klonk iets waarschuwends door in zijn stem. 'Ik heb geen zin in jouw spelletjes op dit moment.'

'Ik speel geen spelletjes. Jij zei dat ik altijd een bad mocht nemen, dag en nacht.' Ze wisten allebei dat het sarcasme ervan had afgedropen toen hij dat die avond in het restaurant had gezegd, weken geleden alweer.

Hij keek haar een tijdlang aan en deed toen zijn ogen dicht. Hij was op. 'Goed dan. Neem lekker een bad.' Hij klikte het badkamerlicht uit, liet zijn handdoek vallen en stapte in bed. Hij klikte het bedlampje uit en draaide zich van haar weg.

De stilte nam bezit van de kamer.

Clover liet haar hoofd op de rand van het koperen bad rusten en keek naar buiten. Het was nu pikdonker en ze had een helder uitzicht door de glazen muur en de glazen pui van de woonkamer op het stadje en het meer. Lichtjes fonkelden lieflijk op het water. Ze kon het topje van de kerstboom bij de kerk zien. Het was bijna alsof ze helemaal naar beneden zou kunnen hink-stap-springen via de met sneeuw overladen daken van de chalets die zich in rijen boven elkaar gerangschikt onder hen bevonden.

Ze zuchtte en vergat even de absurditeit – of perversiteit zelfs – van de situatie. Ze had gehandeld zonder echt na te denken. Ze had de kranen opengedraaid en de badkuip gevuld toen hij onder de douche stond, waar hij zo lang onder had gestaan dat hij niets kon hebben gehoord van wat ze hier allemaal aan het doen was.

In de stilte konden ze alleen elkaar horen – het geluid van zijn lichaam dat rusteloos tussen de lakens woelde, het tingelend rimpelen van het water als zij zich bewoog. Ze luisterde naar zijn ademhaling. Hij stond nog lang niet op het punt in slaap te vallen. Ze bewoog haar benen in het water, wetend dat hij het ook moest horen. Ze wisten allebei dat ze op enig moment uit dat bad moest komen.

'Waarom doe je dit?' zei hij zacht. Vlak. Voor de eerste keer ooit klonk hij verslagen.

'Omdat ik niet geloof dat jij het hebt gedaan.'

Hij zuchtte, maar protesteerde niet. Hij klonk te vermoeid om nog verder te redetwisten.

'Je kon niet eens naar me kijken toen ik in elkaar geslagen was.'

Ze hoorde dat zijn adem stokte.

'Je bood je verontschuldigingen aan omdat je me iets te hard bij mijn arm had gepakt. En je haat me, dus ik weet hoe moeilijk het moet zijn geweest om dat te doen, maar toch deed je het. Ik weet nog wat je tegen me zei. Je zei: "Ik ben van alles. Maar dat ben ik niet."'

Hij antwoordde niet.

'Dat zijn niet de acties van iemand die heeft gedaan waar ze jou van beschuldigt… Ze liegt.'

Het bleef lang stil voordat hij zich naar haar omdraaide. De maan stond hoog aan de hemel en de bergen lichtten fel op achter haar, waardoor haar silhouet zichtbaar werd in het donker.

'Ja? Nou, ik kan niet bewijzen dat ik die dingen niet heb gedaan. En wie gaat me geloven als het mijn woord tegen het hare is? Ik ben de slechterik, en iedereen weet het.'

'Is dat zo? Ja, oké, je hebt een keer iets heel ergs gedaan.'

Hij wachtte tot ze nog wat zou zeggen. Dat deed ze niet.

'Maar?' drong hij aan.

'Precies, er is een maar. Jij hebt iets heel ergs gedaan, maar daar was een reden voor. Ik weet dat er een reden was. Vertel me waarom je het hebt gedaan. Waarom liegt Amy over jou? Waarom laat je haar liegen over jou?'

'Nee, dit ga ik niet doen,' verzuchtte hij. Hij wilde zich omdraaien, maar het plotse geluid van water dat plonsde en druppelde toen ze opstond maakte dat hij dat niet deed. Hij kon zichzelf niet helpen en bleef kijken terwijl ze daar door het maanlicht verlicht in het bad stond.

Hij verroerde zich niet toen ze eruit stapte en zichzelf afdroogde.

'Mijn broer zei iets tegen me toen ik bij hem logeerde afgelopen week,' zei ze en ze nam haar tijd, want ze wist dat ze zijn absolute aandacht had. 'Hij zei dat mensen te veel oog hebben voor het geluk van de vroege vogel en niet genoeg voor de pech van de vroege worm. Ik wilde dat op dat moment niet horen, maar ik denk dat hij misschien wel gelijk heeft.' Ze keek hem recht aan. 'Jij bent de vroege worm en Amy liegt. Vertel me wat er is gebeurd.'

Hij steunde op zijn elleboog terwijl hij haar aankeek. 'Clo… Ik kan het niet.'

'Je moet. Haar leugens zullen je kapotmaken.'

'Dat zou kunnen. Maar dat is beter dan...' Hij onderbrak zichzelf, maar ze kon zien dat hij moeite had om zich in te houden. Ze had een snaar geraakt.

'Beter dan wat?' fronste ze en ze zette een paar stappen naar hem toe. Ze was nu bijna op armslengte. 'Kit... Beter dan wat? Wat kan er erger zijn dan dit?'

Hij gaf geen antwoord.

'Laat me je helpen.'

'Niemand kan helpen.' Hij draaide zich abrupt om. 'Ik wil dat je gaat. Nu meteen.'

Hij zou het haar niet vertellen. Ze kon zien dat hij het wilde, de woorden lagen op het puntje van zijn tong. Maar iets weerhield hem ervan... Ze keek neer op hem en zag hoezeer zijn lichaam strak stond van woede en frustratie, vol van dingen die hij niet wilde zeggen, hoe het dekbed omhoogging en weer inzakte, tegelijk met zijn ingespannen ademhaling. Welk motief kon zo sterk zijn dat hij zijn eigen schip liet zinken en niet naar de reddingsboot greep? Waarom redde hij zichzelf niet?

Ze zette nog een stap naar hem toe en kroop onder het laken. Ze drukte haar lijf tegen het zijne.

Ze voelde hem naar adem happen. 'Clo...'

'Ik weet niet waarom je dit doet,' fluisterde ze. 'Maar ik zou willen dat je me vertrouwde.' Ze kuste zijn schouder, een keer, twee keer, en streek treurig over zijn arm, van zijn schouder tot zijn hand. 'Vertel me nou wat er is gebeurd.'

Opeens draaide hij zich om, greep haar en rolde samen met haar in één vloeiende beweging om naar het midden van het bed. Hij keek haar boos aan. 'Waarom luister je nooit?'

Ze keek hem in de ogen. 'Omdat er iets... onrechtvaardigs gebeurt. Je hebt ooit van haar gehouden. En zij van jou.'

'O ja...' Hij kuste haar met een urgentie en passie en droefheid die haar de adem benamen. Ze kon voelen dat hij haar wilde opeten, bezitten, zich wilde verliezen in haar. De wanhoop van de verloren ziel. Hij keek haar aan, zijn ogen vol verwarring. 'Maar waarom voelt jou haten dan beter dan haar liefhebben ooit heeft gevoeld?'

Ze moest slikken. De vraag verraste haar. 'Nou, misschien was het geen liefde,' fluisterde ze.

'Ja.' Zijn blik dwaalde over haar gezicht. 'Of misschien is dit geen haat.'

28

De wielen van het kleine jetvliegtuig kwamen neer op het asfalt in Sankt Moritz. Clover keek uit het raam en voelde een lichte angst. Zoals ze al hadden gevreesd was het verhaal in de internationale pers ontploft. Op zowat elke voorpagina had Kits gezicht gestaan – gebeiteld en boos, en knap in zijn smoking – in de stijl van een politiefoto naast foto's van Amy met een blauw oog en een kapotte lip.

Kit zat in de rij stoelen voor hen, naast Ari. Die zat hem te briefen over wat hij moest zeggen en doen, en vooral wat hij niet moest doen, als ze op Samedan aankwamen, het privévliegveld net buiten Sankt Moritz. Julians gulheid een privévliegtuig voor deze trip te regelen was een geste van barmhartigheid, zo niet genade, voordat de relatie formeel zou worden ontbonden. Het betekende dat ze niet hoefden te reizen in het openbaar (wat een zegen was voor zowel Julian als Kit, de onuitwisbare link tussen hun namen was onvoordelig). Het leek niemand een goed idee om Kit opnieuw te confronteren met tientallen flitsende fotografen op de luchthaven. Niet zo vlak na de onthulling.

Johnny, Matty en zij hielden zich rustig in een poging hun impact op deze zeer ontvlambare situatie te minimaliseren, een situatie die mede door hun toedoen was ontstaan. Geen van drieën was spraakzaam, maar Clover wist niet zeker of dat volledig te wijten was aan de zwijgende stemming rondom Kit. Johnny was nog boos op haar vanwege haar opmerkingen van de vorige avond, Matty was al de hele dag opvallend stil. Clover dacht dat ze het minder makkelijk vond dan ze had gedacht om weg te gaan bij haar geraffineerde minnaar. Het schandaal van de avond ervoor had vast niet voor het romantische afscheid gezorgd waar ze op had gehoopt.

Clover keek weer steels naar Kit. Hij zat aan de overkant, schuin voor haar. Ze kon zijn profiel zien. Hij zat achterover, met zijn hoofd tegen het hoofdsteuntje en zijn ogen dicht, en zuchtte diep. Hij leek uitgeput, en niet alleen door hun nacht samen. Ze was heel bewust op tijd terug naar haar eigen kamer gegaan voordat Carlotta en Fin om zes uur uit bed zouden komen. Niemand wist van hen en dit keer zou niemand het ook te weten komen.

Ze bekeek haar vrienden. Johnny zat haar aan te kijken. Hij wendde zijn blik af, alsof zijn punt op een of andere manier al was gemaakt. De camera rustte op zijn schoot, klaar om in actie te komen. Hij had Kit gefilmd bij het instappen, tijdens de vlucht en hij zou het uitstappen en het instappen in de klaarstaande wagen ook draaien. Kit leek hem niet eens meer op te merken. Hij bevond zich midden in een schandaal dat zijn reputatie op elk moment zo kon schaden dat die niet meer kon worden gerepareerd, en zij waren in de perfecte positie om het van binnenuit vast te leggen. Het was precies waar Clover op had gehoopt. Haar film had nu een doel, een opdracht voor Cannes.

Maar waarom voelde ze zich dan misselijk?

Ze keek naar buiten terwijl de trap naar beneden werd gelaten en de koude alpenlucht hun warme cabine binnenstroomde. Johnny ging als eerste naar buiten om zich op het asfalt op te stellen, daarna Ari, die controleerde of er geen journalisten waren die hen hadden opgespoord, al was de kans duidelijk groot dat ze via dit vliegveld zouden reizen. Kit keek even naar haar voordat hij uitstapte. Hij had zich niet geschoren en op zijn kaak zaten donkere stoppeltjes. Ze kon zien dat hij niet de man was die hij gisteren was. De blik in zijn ogen was anders, hij leek op zijn minst gekraakt, zo niet gebroken. Onherstelbaar verzwakt. Maar hoe stevig hij haar de vorige avond ook had vastgehouden, haar naam fluisterend in het duister en zichzelf verliezend, hij liet zich niet vermurwen. Zijn geheimen waren nog altijd geheim. Ze stonden nog steeds aan beide kanten van het glas.

Ze keek weer uit het raam. Net als hij moest ze zich in toom houden. Ze kon zichzelf niet toestaan dingen te voelen. Ze moest dit bezien vanuit journalistiek oogpunt. De gebeurtenissen van de laatste achttien uur hadden alles veranderd. Opeens was haar film niet meer de dode eend die ze er eerst in had gezien. Ze moest focus houden. Amy beschuldigde hem van bedreiging en mishandeling, en Kit weigerde het te ontkennen. Dat betekende dat ze Amy kon geloven en het ergste over hem kon bevestigen (iets waar ze aan het begin van dit project voor zou hebben getekend). Of ze kon uitvinden waarom hij niet terugvocht. Wat hield hij verborgen? Hoe dan ook, deze film had potentie. De foto's die van haar en Kit bij het casino waren genomen hadden een wervelstorm aan speculaties veroorzaakt over haar meest recente project en Liam had al drie voicemails voor haar achtergelaten. Ze moest hem nog terugbellen. Hij zou wel denken dat ze hem liet hangen, maar haar hoofd was net zo'n warboel als dat van Kit.

De landingsbaan was leeg, op de chauffeur na die op hen stond te wachten, en ze stapten een voor een opgelucht in de geblindeerde BMW X7. Johnny zat voorin naast de chauffeur, Kit en Ari in het midden en Clover en Matty achterin. In stilte snelden ze door het dal van de Engadinvallei, terwijl de bergen om hen heen als gotische kathedralen oprezen. Het licht was rozig onder een kristalheldere hemel en de bergen leken hier ruiger en puntiger dan in Oostenrijk. Stijf bevroren toeven sneeuw gaven het geheel de aanblik van een bruidstaart.

In nog geen tien minuten waren ze in de stad en kwamen ze langs het beroemde bevroren meer en de door paarden getrokken sledes. Clover wist niet of ze ooit meer bontjassen had gezien buiten de dierentuin. Overal hingen posters die aandacht vroegen voor de FIS-wedstrijden met de portretten van de grootste namen: Scotty James. Mark McMorris. Iedereen blaakte van gezondheid – gebruind, witte tanden, stralende lach…

Clover voelde een vlaag van opluchting dat Kits foto er niet bij stond. Hij was nog niet groot genoeg in deze sport en nu was hij een grote naam om de verkeerde redenen. Hoe meer hij hier onder de radar bleef, hoe beter.

Kit fronste zijn voorhoofd toen de chauffeur langzamer ging rijden om in te sturen naar de ingang van het Badrutt's Palace Hotel in het centrum van de stad. Het was een enorm, klassiek Europees hotel, met bogen, stenen muren en torens, de Zwitserse vlag wapperend in de bries en de grootste kerstboom die Clover ooit had gezien.

'Wonen er eekhoorns in dat ding?' fluisterde Matty.

'Wat doen we hier? Ik dacht dat we een appartement hadden,' zei Kit zachtjes tegen Ari.

Ari knikte. 'Dat was ook zo. Maar de host heeft ons geweigerd toen hij...' Hij haalde zijn schouders op.

'Toen hij hoorde dat ik de huurder was.' Kit keek uit het raam en beet op zijn kiezen. 'Maar moest het hier? Dit hotel is te... patserig. Ik ben snowboarder, geen bankier.'

'Dit was het enige wat Julian op zo'n korte termijn kon regelen. Alles zit zo'n beetje vol voor de competitie. Zijn familie kent de Badrutts. Het is een gunst.'

'Jezus,' mompelde hij en hij keek Ari weer aan. 'Er staat ook nog pers voor de deur. Hoe kunnen zij nou weten dat ik kom als ik het zelf niet eens weet?'

Ari schudde zijn hoofd en keek verbaasd. 'Ik heb geen idee. Je staat geboekt onder een andere naam... Maak je geen zorgen, maatje. Dat jij nou paranoia bent wil niet zeggen dat ze naar jou op zoek zijn. Hier komen allerlei sterren. Er is vast een of andere beroemdheid in de stad.'

'Hm.' Kit keek toch in zijn jaszak of hij zijn zonnebril bij zich had. Hij had een spijkerbroek aan, gympen en zijn basic donkergrijze JOR-snowboardjack. Hij trok ook een beanie over zijn hoofd. Alles was onopvallend, niets aan hem sprong eruit, behalve die jukbeenderen.

Ari boog zich voorover naar de voorste stoelen en tikte Johnny op de schouder. 'Hier niet filmen, maatje. Het laatste wat we willen is deze clan hyena's wijzen op Kits aanwezigheid.'

Johnny keek in de achteruitkijkspiegel naar Clover terwijl hij klopte op de camera die op schoot lag, alsof het een huisdier was. 'Natuurlijk. Begrepen.'

De chauffeur reed de overdekte binnenplaats op en stopte voor de mahoniehouten deuren. Kit deed het portier open en liep snel met zijn hoofd tussen zijn schouders langs de geüniformeerde portiers de draaideuren door.

De flitslampen van de fotografen begonnen meteen af te gaan en zijn naam werd zonder veel decorum geroepen, met daarbij opnieuw de vraag om commentaar. Ze waren te laat voor het shot, maar ze waren niet al te teleurgesteld. Ze wisten nu dat hij hier was en als hij elke dag langs hen moest als hij de berg op wilde, dan zou hij een soort stormbaan moeten trotseren. Hij was duidelijk degene op wie ze hadden staan wachten.

Clover sprong aan haar kant uit de auto, trok de capuchon van haar jas op om haar opvallende haar te verbergen en draaide haar gezicht ver weg van de paparazzi, maar ze bleef plotseling staan alsof ze door een kogel was geraakt.

'Wat is er?' vroeg Matty, die bijna tegen haar opbotste. 'O.' Ze legde een hand op Clovers schouder en stuurde haar weg van de aanblik van de poster aan de overkant van de straat. Mikey Schultz grijnsde naar hen. 'Jezus. Lekker oplettend, zeg,' mopperde Matty.

In het hotel was er niets wat wees op de onaangename situatie aan de andere kant van de stenen muren. De marmeren vloeren glansden onder de gewelfde plafonds, kunstige muurlampen stootten kantachtige patronen uit en grote ramen boden uitzicht op het dichtgevroren meer achter het hotel, met op meerdere plekken een laag sneeuw.

Kit stond al bij de balie van de receptie met zijn rug naar de lobby om geen aandacht te trekken, wachtend op Ari die moest komen zeggen onder welke naam ze hadden geboekt. Toch staarden mensen naar hem. Iets aan Kit trok de aandacht – zijn atletische bouw, zijn manier van bewegen. Maar ook zijn houding: hoofd omlaag, gebogen schouders, alsof hij zich probeerde te verstoppen.

Ze hadden ieder een eigen kamer. Julian zou de rekening betalen. Oorspronkelijk had het zijn royale gebaar moeten zijn voor het grote debuut, nu was het zijn zwanenzang. Matty, Clover, Johnny en Ari hadden kamers met balkon aan het meer, terwijl Kit een suite had. Kit had slechts met zijn ogen gerold toen hij het hoorde. De voortdurende generositeit van zijn sponsor was een beetje te veel van het goede, nu alles zo ontzettend fout was gelopen.

Ze trokken zich allemaal terug op hun kamer. De vreemde stemming die de hele dag om hen heen had gehangen was nog niet verdwenen. Niemand was zichzelf. Er waren geen plannen voor de avond. Dit was een werkreis, voor iedereen. Kit had met opzet de trainingen gemist om voor de hand liggende redenen en koos ervoor om morgen direct de kwalificatie in te gaan. Hij moest focussen. Ari zou de boards waxen en klaarmaken, Kit zou een massage krijgen en vroeg naar bed gaan…

Clover nam een lange douche en ging met de handdoek nog om zich heen op bed liggen. De kussens voelden als zijde onder haar wang, het dekbed was zacht en donzig. Ze keek uit over het meer en voelde de stilte van de bergen geleidelijk aan zorgen voor rust in haar lijf en hoofd. Ze voelde zich zowel afgemat als gegrepen door de drang om Kit te zien – om hem opnieuw te vragen waarom hij Amy beschermde…

Om hem gewoon te zien.

Opeens voelde het feit dat ze over een paar dagen hier – en dus bij hem – zouden weggaan steeds minder als een belofte. Johnny had gelijk gehad. Wat deze mengelmoes aan emoties tussen hen ook was, het was te simpel om het weg te zetten als haat. Het ene moment stootte hij haar af en het volgende trok hij haar aan. Ze was in dat bad gestapt, in zijn bed, zelfs terwijl hij bleef ontkennen dat Amy loog, omdat zij geloofde, of wilde geloven, dat hij beter was dan dat.

Ze zou liegen als ze net deed alsof ze onpartijdig was of een neutrale toeschouwer. Dat was ze nooit geweest. Ze stond duidelijk aan Cory Allbrights kant toen ze hiernaartoe was gekomen, maar haar positie was tenminste ondubbelzinnig geweest. Maar nu was ze Kits verhaal in gestapt en ze kon er niet meer uit stappen. Zijn leven was als een enorme lawine en zij was meegesleept in de poederwolk. Voor wie was ze hier?

Ze sloot haar ogen en vertelde zichzelf dat de hemel snel zou opklaren en dan zou alles weer op zijn plek vallen. Ze zou wel weten wat ze moest doen. Dingen begonnen al te schuiven. Het was hier anders dan in het chalet. Ze deelden geen ruimte meer en ze wist niet eens welke kamer hij had. Hij was een stap bij haar vandaan, al bezig bij haar weg te drijven…

Het was donker toen ze haar ogen opende en verward rechtop ging zitten. Waar was ze? Ze had in zoveel verschillende bedden gelegen de laatste tijd… Haar hart klopte te snel, zoals altijd wanneer ze uit een diepe slaap was gewekt. Maar waardoor was ze wakker geworden?

Daar was de klop op de deur weer.

'Wacht even,' zei ze hardop, al klonk haar stem gedempt doordat ze haar ledematen probeerde te coördineren terwijl ze uit bed schuifelde. Kit?

'Wie is daar?' Ze keek door het kijkgaatje voordat ze de deur opende. 'Ik lag diep te…' Haar stem stokte toen ze zag wie er voor haar stond. O nee. Wat was er nu weer?

Clover staarde naar de foto op Matty's telefoonscherm. Ze zaten op haar bed en het had een paar minuten geduurd voordat Clover kalm genoeg was om iets te zeggen.

'De bitch heeft jóú gebeld? Nadat ze haar verhaal heeft verkocht?'

Matty schudde heftig haar hoofd, in een poging het uit te leggen, maar haar gedachten en woorden waren een warboel. 'Nee, niet mij. Dit is een foto die ik heb gemaakt. Julian stond onder de douche toen zijn telefoon ging. Normaal zou ik dat negeren, maar het was zo'n idiote avond geweest... mensen bleven maar bellen voor commentaar. Ik vond dat ik op zijn minst even moest kijken wie het was, voor het geval het belangrijk was.'

Clover stak haar handen op. 'Wacht. Dus dit is een foto van het scherm van Júlians telefoon?'

'Ja.'

'Maar waarom zou Amy hem bellen?'

Matty's ogen werden weer groot. 'Dat is wat ik mezelf de hele tijd afvraag! Wat voor reden zou ze kunnen hebben om contact op te nemen met hem? Hoe kan het dat ze zijn nummer heeft? Ik probeer dat al de hele dag te bedenken, ik probeer een onschuldige verklaring te vinden... maar dat lukt me niet!'

Clover antwoordde niet. Was dit de reden dat Matty de hele dag zo afgeleid was? Ze stond op van het bed, omdat ze moest bewegen om na te kunnen denken. 'Oké. Time-out. Even diep ademhalen. Laten we dit even doordenken. Er zal een heel logische verklaring zijn voor het feit dat ze Julian belt. Uren nadat haar verhaal naar buiten is gekomen...' mompelde ze. 'Misschien wilde ze hem waarschuwen dat het verhaal naar buiten zou komen? Ze wist dat hij het aan Kit kon vertellen voor haar.'

'Maar in dat geval zou ze Ari hebben gebeld, toch? Kits manager. Of mij! Ik ben degene die contact met haar heeft opgenomen.'

'Ja,' beaamde Clover. 'Een van die twee was logischer geweest... Maar het ligt niet helemaal buiten alle mogelijkheden dat ze in plaats daarvan zijn sponsor heeft gebeld.' Clover beet op haar lip. 'Misschien kent ze hem zelfs wel. Als haar man zo rijk is, dan bewegen ze zich misschien in dezelfde kringen?'

'Clo, nee...'

Clover draaide zich om toen Matty dat zei.

'Ik heb alle scenario's gehad. Het is mijn fout. Ik weet het zeker.'

'Jouw fout?'

'Ik heb Julian over Amy verteld. De eerste avond dat jij in Genève was, heeft hij me mee uit eten genomen. Ik was heel blij, ik had hem een paar dagen niet gezien en ik had net contact gelegd met Amy. Hoewel het geen goed gesprek was, had ik wel het gevoel dat we haar konden ompraten. Ik was ervan overtuigd dat we eindelijk het ontbrekende puzzelstukje te pakken hadden... Daar was ik opgewonden over en dus heb ik hem erover verteld.'

'Dat je Kits ex-verloofde had gevonden?'

'Ik weet dat ik niets had moeten zeggen, maar ik dacht niet dat het riskant zou zijn als ik hem over Amy vertelde? Ze was maar een ex, toch? Er viel niets te vertellen afgezien van dat ze een bikinimodel was. Ik bedoel, dat is het enige wat we wisten! Dat, en het feit dat hij de verloving geheim had gehouden.'

'Dus dat is wat je Julian hebt verteld?'

'Ja. Ik dacht dat het niet veel uitmaakte. Ik noemde het gewoon terloops.'

Clover trok de handdoek wat strakker om zich heen. Ze was nog steeds naakt na haar eerdere douche. 'Dus je hebt Julian over Amy verteld en het volgende moment verkoopt Amy haar verhaal en daarna belt ze hem?'

'Maar dat... ik bedoel, zo klinkt het wel heel erg slecht... maar daar moet een onschuldige verklaring voor zijn!' zei Matty ietwat onsamenhangend.

Clover fronste en dacht diep na. 'Kreeg je de indruk dat Julian over Amy had gehoord voordat jij hem over haar vertelde?'

'Nee. Hij was net zo verbaasd als ik.'

'Had je Amy's nummer ergens opgeschreven waar Julian het kon zien?'

'Eh... ja. In mijn aantekeningen op mijn bureau.'

'Op het bureau in de hotelkamer die Julian je had gegeven om te werken?'

Matty's ogen werden groter naarmate de suggestie tot haar doordrong. 'Ja. Maar...' Het woord bleef eenzaam hangen op een wolkje ongeloof.

Geen van beiden zei wat. Als Julian in haar spullen had gerommeld, wat had hij dan nog meer gedaan? Clover begon te ijsberen. Dit voelde heel slecht. Hier zat iets helemaal fout.

'Het was Julian die als eerste contact met ons heeft gezocht, toch?' vroeg Clover, die terugdacht aan het begin. 'Híj heeft contact met óns opgenomen over de mogelijkheid van deze film...'

'Ja.' Matty zei het zacht.

Ze keken elkaar lang aan. Clover zag het kippenvel op de armen van haar vriendin.

'Al die tijd dacht ik dat hij probeerde ons te beïnvloeden om niet te hard te zijn voor Kit,' mompelde Clover. 'Maar kijk naar de timing van de dingen die zijn gebeurd... het gevecht bij het restaurant, toen waren we te gast bij Julian. Gisteravond bij het casino, we waren te gast bij Julian... Dat is te veel toeval, nietwaar? Steeds als we door Julian worden uitgenodigd, loopt Kit in een valstrik. Mensen met een bepaald belang lijken precies op het juiste moment te weten waar hij is. Die groep voor het restaurant, de paparazzi bij het casino... En bij elke gelegenheid was het zo getimed dat er maximale blootstelling was...'

'Maar dat slaat nergens op! Julian zou Kit toch nooit saboteren? Daarmee zou hij zichzelf in de voet schieten. Nee, dan zou hij zijn hele been eraf schieten! Denk eens aan al dat geld dat hij kwijt is aan de promotie van Kit, met die eigen kledinglijn, de snowboards, hij heeft de FIS World Tour naar Kaprun gehaald... Het chalet, de auto... Hij heeft een fortuin uitgegeven!'

'En toch nam hij uren nadat het verhaal naar buiten was gekomen een telefoontje aan van de vrouw die verantwoordelijk was voor het aan stukken blazen van zijn grote ster?' zei Clover. 'Waarom zou hij willen praten met de vrouw die alles heeft doen instorten?' Terwijl ze naar Matty keek doemde er een gedachte bij haar op. 'Tenzij dat precies is wat hij wilde?'

'Wát?'

'Je zegt het net zelf, hij heeft een fortuin uitgegeven...'

Een paar oude woorden schoten door haar hoofd. *Tegen die tijd zal hij gedaan hebben wat ik nodig heb.* Clovers ogen werden groot toen ze opeens het hele plaatje zag. 'O, mijn god... Verschroeide aarde...' Ze sloeg haar handen voor haar mond en haar hartslag schoot omhoog.

'Wat is verschroeide aarde?'

'Dat vertelde mijn broer me in Genève. Dat is een tactiek in het bedrijfsleven, een zeer riskante laatste-optie-strategie, waarbij je bezittingen van de hand doet en schulden opstapelt. Dat is wat Kit is voor Julian, een lopende, alsmaar stijgende schuld: de tour, de sponsordeal, de producten... Iedereen weet dat Julian geld opmaakt, dat hij de expertise ontbeert of zelfs maar de belangstelling in snowboarden! Hij is alleen maar schulden aan het stapelen om ervoor te zorgen dat het bedrijf van zijn familie er onaantrekkelijk uitziet voor de directie van het bedrijf achter de vijandige overname.'

Matty trok wit weg. Clover was opgelucht dat ze zat. 'Nee... Dat zou hij Kit niet aandoen.'

'Mats, het is de reden dat hij Kit heeft gecontracteerd. Kijk naar de krantenkoppen die hij heeft binnengehaald! De naam Orsini-Rosenberg heeft om alle verkeerde redenen in de krant gestaan. Het is opzettelijke reputatieschade. Kit was al giftig – niemand anders raakte hem met een vinger aan! – en Julian heeft nog wat olie op het vuur gegooid.'

Matty's hand bedekte haar opengevallen mond terwijl ze elkaar in stilte en shock aankeken. 'Ik ben misselijk... Hoe kon ik...'

Clover stak haar armen uit en kwam naast haar zitten op het matras. 'Mats, dit kon je niet weten. Hij heeft ons allemaal bespeeld, ieder van ons. Ik dacht dat hij alleen een belachelijke verwende man was. Ik heb hem ook totaal onderschat.'

Ze zwegen. Het was nogal veel om te behappen. Zelfs de prachtige hotelkamer waar ze in zaten was onderdeel van zijn spel om het familiemerk lang genoeg te devalueren tot er geen haaien meer om hen heen zwommen.

'Toch begrijp ik één ding niet,' zei Matty vlak, starend naar de spiegel tegenover haar zonder iets te zien. 'Als Julian Amy heeft benaderd nadat ik hem over haar had verteld, waarom zou ze dan nu de vuile was buiten hangen? Ze is doorgegaan met haar leven. Dat is allemaal achter de rug. Ze heeft een rijke man, het is niet alsof hij haar kan hebben betaald om die dingen te zeggen, toch? Ze heeft het geld niet nodig. Dus wat wint zij ermee?'

Clover dacht ook diep na. 'Het zal wel zijn om de schade te beperken,' mompelde ze uiteindelijk. 'Wat ze denkt dat Kit misschien wel tegen ons zegt over haar moet erger zijn dan wat zij naar zijn kop gooit. In dit verhaal is ze een slachtoffer en dankzij die foto's kan Kit niet bewijzen dat het niet zo is. Zijn reputatie is zo beschadigd, wie zal de wereld geloven, haar of hem?'

Matty keek haar verbaasd aan. 'Zeg je dat je denkt dat Amy liegt?'

'Dat weet ik zeker. Kit is van alles, maar hij heeft haar nooit geslagen.'

'Heeft hij dat tegen jou gezegd?'

'Niet met zoveel woorden.'

'Dus?'

'Hij gaat het onderwerp uit de weg,' verzuchtte Clover. 'Ik kan mijn vinger er niet op leggen, maar... het lijkt net of hij denkt dat dit de minste van twee kwaden is. Of zoiets.'

Matty stootte een verbaasde, vreugdeloze lach uit. 'Hoe is dit de minste van twee kwaden? Amy heeft hem door zijn knieschijf geschoten!'

'Ik weet het. Ik snap ook niet waarom hij niet terugslaat.' Clover haalde haar schouders op. 'Hij ligt erbij en laat zich door haar in elkaar slaan.'

'Wat niets voor hem is. We weten allemaal dat hij een vechter is.'

Als Matty's bedoeling was geweest om twijfel te zaaien over

Clovers verdediging, dan leek het geen effect te sorteren. Matty bestudeerde haar gezicht en zag Clover haar nagels bekijken en op haar lip bijten. 'Ik kan niet geloven dat ik dit ga zeggen...'

Clover keek haar aan. 'Dat je wat gaat zeggen?'

'Als ik niet beter wist, zou ik zeggen dat je eruitziet als iemand met twijfels...'

'Ik?' Ze zag Matty opstaan, alsof ze haar beter wilde kunnen zien.

'Je wilt hem nog steeds wel pakken, toch?' vroeg Matty met een strenge blik. 'Voor wat hij Cory heeft aangedaan?'

Clover knikte, maar haar stem bleef steken in haar keel. 'Ja,' zei ze schor. Ze schraapte haar keel. 'Natuurlijk.'

'Waarom zie je er dan uit als een bruid voor het altaar die haar rokken bij elkaar pakt en zich klaarmaakt om weg te rennen?'

29

Clover staarde uit over het meer, terwijl de ontbijtbordjes nog steeds voor haar op de tafel stonden. Een groepje ganzen vloog luid snaterend in V-vorm over het wateroppervlak. De dennenbomen aan de overkant van het meer waren die nacht vers bepoederd met sneeuw, waardoor de hele wereld bestond uit tinten wit: de zachte bleke lucht, het bevroren water, de rotsige bergen. Het was prachtig, de speeltuin van eenieders keuze die genoeg geld had om waar dan ook naartoe te gaan op aarde, en op dit moment waren mensen op die hellingen al aan het spelen en werden de eerste sporen getrokken op de geprepareerde pistes.

'Aarde aan Clo.'

Ze keek om en zag Matty, die net een hand voor haar gezicht zwaaide.

'De ober vraagt of je nog koffie wilt.'

Clover keek op en zag de ober verwachtingsvol bij de tafel staan met de kan. Ze glimlachte slapjes. 'Ja hoor,' zei ze, alsof ze hem een gunst verleende.

Ze keken toe terwijl hij inschonk. 'Dank u wel.'

'Weet je zeker dat het gaat?' vroeg Matty.

'Het gaat prima.'

'Je bent mijlenver weg.'

Clover keek haar aan. 'Ik probeer alleen te bedenken wat ik moet doen… Ik weet niet wat ik moet doen.'

Matty zuchtte. 'Vertel mij wat.'

'Heb je al iets van hem gehoord?' Ze wisten allebei dat Clover het over Julian had. Ze hadden afgesproken dat Matty hem niet zou laten merken dat ze wisten wat hij aan het doen was – of al had gedaan – totdat ze een of ander plan hadden bedacht. Clover was bezorgd dat ze sowieso niets meer van hem zouden horen. Ze hadden al gedaan wat hij van hen nodig had gehad. Als Kit doorging met de wedstrijd, of hij nu won of verloor, zou hij alleen maar meer krantenkoppen genereren die zouden terugvoeren op Amy's aantijgingen. Hij kon niet winnen. Alleen Julian kon winnen.

'Nee.' Matty beet op haar lip. Hoe langer de stilte groeide, hoe meer het bevestigde dat ze gebruikt was. Een pion in het spel van Julian.

'We moeten het Johnny vertellen. We kunnen dit niet verzwijgen.'

'Ik weet het.' Matty greep haar beker steviger vast, terwijl ze er met sombere blik in staarde. 'God, wat zal hij lachen.'

'Natuurlijk niet.'

'Jawel. Hij heeft Julian nooit gemogen. Hij vindt me vast een stommeling dat ik voor hem ben gevallen. Hij zegt altijd dat ik een slechte smaak heb in mannen, en hij heeft gelijk!'

Clover hield haar mond. Dat ze haar gedachten had geuit bij Johnny had alleen maar voor problemen gezorgd. Het laatste wat ze nodig hadden was nog meer onenigheid.

'Heb je de anderen nog gezien voordat ze weggingen?' vroeg Matty, die afgeleid een suikerklontje pakte met het miniatuurtangetje en het in haar thee liet vallen. Ze gebruikte nooit suiker in de thee.

'Ari, kort. Ik had hem geappt, of we elkaar nog even konden zien voordat hij vertrok.'

'Heb je hem verteld over Julian?'

Clover knikte. 'Hij zei dat hij op het juiste moment zal wachten om het aan Kit te vertellen.'

'Was hij geschokt?'

'Hij wist niet wat hij hoorde. Hij was woest en verbijsterd. Volgens mij kon hij zich amper voorstellen dat Kit zo was gebruikt.'

Matty keek naar het meer. Niet alleen Kit. 'Heb je Kit gezien?'

'Nee. Hij ontbijt blijkbaar op zijn kamer.'

'Hij houdt zich echt schuil.'

'Kun je hem dat kwalijk nemen? De hele wereld denkt dat hij vrouwen in elkaar slaat.'

Matty draaide haar hoofd terug. 'Waarom ben je niet met hen meegegaan naar boven?' Ze nam een slok thee en trok een vies gezicht vanwege de zoete smaak. 'Gatver.'

Clover antwoordde niet meteen. Als ze grip wilde krijgen op de situatie, dan moest ze een beetje afstand houden van Kit. 'Ik wilde de club om hem heen niet nog groter maken en zodoende nog meer aandacht op hem vestigen,' zei ze in plaats daarvan. 'Het wordt daarboven al een gekkenhuis.'

Ze wist dat Ari zou hebben geregeld dat de auto zo dicht mogelijk bij de hotelingang zou stoppen, zodat er geen foto's konden worden gemaakt, maar op de pistes kon hij zich niet verbergen. Daarboven zou Kit uiteindelijk blootgesteld zijn. Alle ogen zouden op hem zijn gericht, en om de verkeerde redenen.

'Maar dat is toch de bedoeling?' vroeg Matty. 'Het gaat daar straks los. Het is de eerste dag dat hij in het openbaar verschijnt sinds het nieuws naar buiten is gekomen. Iedereen zal een mening hebben. Dit is een geschenk uit de hemel.'

'Johnny filmt het allemaal.'

'Ja, maar we hebben naast beeld ook woorden...'

Clover onderbrak haar met een blik. 'Johnny is ermee bezig.'

'Goed zo.' Matty staarde naar haar handen terwijl er een stilte viel.

'Sorry.' Clover fronste en haar blik werd getrokken door een hard geluid en chaos in de verder zo kalme ruimte. Ze hapte naar adem, stond op en begon wild te zwaaien. 'Beau?'

Beaus ogen werden groot toen hij haar zag en hij snelde naar haar toe, bijna struikelend over een trolley. Clover en Matty keken verbaasd toe terwijl hij naar de tafel wankelde. Was hij nog dronken?

'Godzijdank! Ik heb jullie overal gezocht!'

'Beau, ga zitten, neem een kop koffie,' zei Clover om hem te kalmeren. 'Je ziet er...' Hij zag er verwilderd uit.

'Nee, ik kan niet zitten! We hebben geen tijd!'

'Ben je net aangekomen?'

'Ik kon niet eerder weg. De wegen waren dicht. Er was een lawine bij Visp.' Hij leek over zijn toeren.

'O... Nou, moet je horen, het spijt me, maar je hebt ze gemist. Ze zijn al naar boven. De voorrondes beginnen om elf uur, maar Kit moet pas om tien over half twaalf. Misschien haal je het nog als...'

'Nee.'

Clover fronste. 'Wat?'

'Ik ben hier voor jou. Omdat Kit er niet is. Ik moet het nu doen. Als ik hem zie, dan lul ik mezelf er weer uit.'

Clover voelde haar hart in galop gaan. 'Waaruit?'

'Ik moet je vertellen wat er is gebeurd. Wat er echt is gebeurd.' Hij slikte, zijn adamsappel ging op en neer in zijn keel. Zijn nek stond strak van de spanning. 'Als hij het niet zegt, dan doe ik het.'

Clover keek naar Matty.

'Maar Beau... Johnny is de berg op met Kit en Ari. Hij is niet hier. We kunnen niet draaien.'

Hij pakte haar telefoon op van tafel. 'Waarom kun je deze niet gebruiken?'

Clover staarde ernaar. Tja, waarom niet?

Professioneel was het niet. Clovers telefoon stond op het bureau tegen een fles mineraalwater uit de minibar en werd op zijn plek gehouden door een Twix. Matty gebruikte haar telefoon voor close shots van Beaus gezicht, wat nog flink lastig was. Ze moest de telefoon zo stil mogelijk houden, terwijl ze haar hoofd opzij moest draaien bij elke uitademing omdat ze niet in de microfoon mocht blazen.

Beau zag er niet op zijn best uit. Hij had zijn baard laten staan sinds ze hem in Saas-Fee hadden achtergelaten en Clover kon zien dat Matty getriggerd werd door het feit dat zijn haar ook al die tijd duidelijk niet was gekamd. Hij had ook flink wat kleur gekregen door de wind en de zon, waardoor de huid rond zijn ogen wit afstak tegen het donker van zijn roodbruine wangen.

Ze hadden hem allebei graag een beetje gestyled en gekapt, maar ze konden niet riskeren dat hij zich alsnog zou bedenken. Als hij handelde vanuit een impuls, dan moesten ze dienovereenkomstig reageren. Clover was blij dat de kamermeisjes haar kamer al hadden opgeruimd, dus die zag er op zijn minst presentabel uit.

'Klaar?' vroeg ze. Ze zaten nog net niet met hun knieën tegen elkaar.

Hij knikte ferm. Ze had hem nog nooit zo geconcentreerd gezien.

Ze haalde adem, reikte naar de telefoon en drukte op opnemen.

'Beau, je bent Kits jongere broer, jullie schelen vijf jaar. Hoe was hij, toen jullie opgroeiden? Waren jullie hecht?'

'Ja.' Hij knikte fanatiek. 'Hij was mijn held. Hij is mijn eerste herinnering. Ik heb nooit zonder hem geleefd. Ik had me geen betere broer kunnen wensen. Hij is altijd mijn beste vriend geweest. En mijn beschermer. Toen we klein waren.'

'Beschermer? Bedoel je tegen andere jongens?'

'Nee. Onze vader.'

Clovers wenkbrauw ging omhoog. 'Jullie vader?'

'Kit was het enige wat tussen mij en mijn vaders vuisten stond. Hij zorgde dat hij me met geen vinger aanraakte.' Een golf van opluchting spoelde over zijn gezicht, terwijl de woorden in de ruimte tussen hen bleven hangen, alsof ze vlammen hadden.

Clover was verbijsterd. Waren ze zo snel al hier beland? 'Kun je dat toelichten, alsjeblieft?'

'Ja. Onze vader was een alcoholist. Hij sloeg onze moeder regelmatig, en Kit ook. En op een gegeven moment begon hij mij te slaan.'

Ze slikte, overvallen door zijn nonchalance. 'Hoe oud was je toen het begon?'

'Vier? Vijf?'

'Dan was Kit negen of tien.'

'Ja. Hij was voor de duvel niet bang. En onwijs slim. Hij trok vaak de veters uit mijn vaders gympen, zodat hij niet zo snel kon rennen. Dan hadden we tijd om weg te komen.'

Clover staarde hem aan en was geschokt over het feit dat ze ontsnappingstactieken nodig hadden gehad. 'Is dat de reden dat je ouders zijn gescheiden?'

'Pa had Kits arm gebroken. Hij had hem van de trap gegooid. Dat was het moment dat mama besefte dat hij ons uiteindelijk allemaal zou vermoorden als we bleven.'

Clover vond het moeilijk om vragen te formuleren. Ze schrok zo van de harde antwoorden van Beau dat haar keel droog aanvoelde. 'En dat is waarom ze het land verliet? Ze nam jullie mee naar Australië?'

Hij knikte. 'Ze wilde zo ver mogelijk bij hem vandaan zijn. Vijf uur met het vliegtuig. Ze had geen geld, maar onze buurman wist wat er aan de hand was. Hij hoorde vaak het geschreeuw en hij heeft haar het geld geleend. Mama wist niet hoe ze het hem moest terugbetalen, omdat ze ons moest onderhouden en de huur moest betalen... Kit won het geld bij zijn eerst surfwedstrijd acht maanden later en hij heeft de man het geld gestuurd.'

Clover knipperde met haar ogen. Haar hart ging zo tekeer dat ze bang was dat het te horen zou zijn. 'Dus... surfen werd een manier voor Kit om je moeder financieel te ondersteunen.'

'Ja. Binnen een jaar was hij de kostwinner. Een plaatselijke surftent wilde hem wel sponsoren en zodra hij kon, werd hij pro.'

'Hielp het hem ook emotioneel, denk je? Op het water zijn?'

'Zeker. Het voorkwam dat hij opbrandde. Hij was lange tijd heel boos. Hij kon mijn vader niet vergeven voor wat hij ons had aangedaan.'

Clover was even stil. Ze wilde deze vragen niet stellen. Niet nu. 'Beau, het spijt me, maar ik moet dit vragen. In het licht van de onthullingen van Kits voormalige verloofde in de pers deze week, geeft je familiegeschiedenis geen gewicht aan haar beschuldigingen? De mishandelde wordt mishandelaar?'

'Nee.' Beau leunde voorover in zijn stoel. Clover kon zien dat zijn handen strak gevouwen in zijn schoot lagen. Ze kon zien hoeveel moeite het kostte om zijn zelfbeheersing te behouden. Hij moest hebben geweten dat ze dat zou vragen. 'Het is omdat het ons is overkomen dat hij nooit, nooit zou doen waar ze hem van beschuldigt. Hij zag hoe onze eigen moeder bont en blauw werd geslagen. Hij heeft het gewoon niet in zich om iemand anders zoiets aan te doen.'

'Maar hij was betrokken bij dat gevecht in Zell am See,' zei ze zacht. 'Er is beeld van hem...'

'Hij heeft niet geslagen totdat hij zag dat jij werd geraakt. Ik denk dat hij toen meteen werd teruggeworpen naar onze jeugd, dat hij onze moeder zag met een blauw oog. Daarna was hij er heel slecht aan toe. Zo had ik hem in geen jaren meer gezien. Hij kon het niet aan om te zien wat er met jou was gebeurd.'

Clover keek naar de grond. Was dat de reden dat hij haar niet was komen opzoeken? Waarom hij haar zijn kamer uit had gezet en niet in staat was om zelfs maar naar haar te kijken? Ze voelde de emoties prikken achter haar ogen, in haar keel, een druk op haar borst...

'Beau, we zijn nu al weken bij jullie in huis en in die tijd zijn er vreselijke dingen gebeurd met Kit, direct of indirect. En toch heeft hij geen enkele verklaring naar buiten gebracht waarin hij zijn handelen verdedigt of uitlegt. Mensen zullen zeggen dat als hij onschuldig zou zijn, hij zichzelf publiekelijk zou verdedigen.'

'Nee. Hij wil ze geen zuurstof geven. Kit heeft heel jong geleerd dat de beste tactiek met onze vader was om niet in contact te treden, geen oogcontact, geen gesprek... Ik denk dat hij dat heeft onthouden... Zijn hele leven heeft hij de sterke moeten zijn. Hij gaat nu niet toegeven.'

'Dat klinkt als een zeer... moeilijke manier om te leven. Je zegt dat hij emotioneel gesloten is.'

Beau haalde zijn schouders op. 'Het werkt voor hem. Hij weet wie hij kan vertrouwen en wie niet. Hij laat niemand dichtbij komen.'

'Niet eens Amy Killicks?'

Beau trok met zijn oog. Ze herinnerden zich allebei hun korte gesprek over haar in Saas-Fee. 'Niet ná haar. Hij gaf om haar. Hij beschermde haar... En daarom is het zo walgelijk wat ze heeft gedaan.'

'Bedoel je de beschuldiging dat Kit haar sloeg?'

'Kit probeerde haar te helpen! Hij heeft haar nóóit pijn gedaan. Dat weet ze. Ze weet dat ze liegt.'

'Maar er zijn foto's waarop je ziet...'

'Haar ex heeft dat gedaan!'

'Amy's ex?' Clover had het gevoel dat hij haar van de stoel had geduwd. Ze voelde alsof ze opkeek naar het plafond, alsof de wereld plotseling op zijn kop stond.

'Kit heeft die foto's zelf genomen, als bewijs. Hij probeerde Amy zover te krijgen dat ze ermee naar de politie zou gaan. Maar dat deed ze niet. Ze was te bang. Die gast stond in de buurt bekend om zijn losse handjes. Hij heeft in de gevangenis gezeten.'

Clover durfde niet naar zijn naam te vragen. Tenzij de beschuldiging bewezen was, konden ze worden aangeklaagd voor smaad. 'En waar is die man nu?'

'Dood. Overdosis.' Hij had de volgende vraag zien aankomen. 'Wat haar wel goed uitkomt, dat snap ik, want nu kan hij niet tegenspreken wat zij zegt. Niet dat hij dat zou hebben gedaan. Hij zou er niet mee zitten om iemand anders ervoor te laten opdraaien.' Hij snoof van minachting. 'Maar goed, hij is dus dood.'

Clover bleef even stil. 'Maar als wat jij zegt waar is, als die foto's de mishandeling door haar ex laten zien, dan is de echte vraag eigenlijk: waarom zou ze Kit dit aandoen? Als hij van haar hield en alleen maar voor haar wilde zorgen... waarom zou ze hem dan zoveel pijn doen?'

Beau spande zijn kaak aan. 'Ik weet het niet.'

'Ze is verdergegaan met haar leven. Ze is getrouwd. Ze is welgesteld, ze heeft het geld niet nodig... Waarom zou ze dit nu doen?'

'Ik weet het niet.' Hij zei het met een grom. Frustratie en boosheid begonnen op te spelen.

'Weet jij waarom ze uit elkaar zijn gegaan?'

Beau zuchtte. 'Nee.'

'Beau, je kunt niet serieus denken dat mensen dat geloven.'

'Het is zo.'

'Je hebt net verteld dat je zijn beste vriend bent, de persoon die het dichtst bij hem staat. Je wist dat zijn vriendin slachtoffer was van huiselijk geweld, maar je weet niet waarom ze uit elkaar zijn gegaan?'

'Ik zeg je, ik weet het niet. Hij heeft er nooit over gepraat.'

'Vond je dat niet vreemd?'

'Natuurlijk wel. Ik was bezorgd. Maar je pusht Kit niet als hij niet wil praten.'

Clover knipperde met haar ogen. Ari had hetzelfde gezegd, en ze had het zelf ook ervaren. 'Wanneer is dit allemaal gebeurd?'

'In 2017. Ze waren een jaar samen.'

'Wanneer zijn ze dan uit elkaar gegaan?'

Hij aarzelde niet. 'Oktober.'

'Oktober 2017?' Ze viel stil. Dat was een maand die ze maar al te goed kende.

Beau slikte en knikte. 'Ja.'

'Toen Cory Allbright in Peniche dat ongeluk kreeg?'

'Ja.' Hij werd ook stil en ze keken elkaar aan. Het was helder dat dit geen toeval was.

'Vertel eens wat je er nog van weet.'

'Van die dag?'

'Ja.'

Beau zweeg even. 'De omstandigheden waren zwaar. Het had gestormd en ze hadden de competitie al twee dagen uitgesteld. De golven waren hoog, maar er stond veel druk op om te beginnen. Iedereen wist dat Cory zijn titel wilde veiligstellen. Hij wilde niet wachten tot de Pipe Masters.' Hij maakte een onrustige indruk en ging anders zitten.

'Hoe was Kit?'

'Ontspannen. Hoe drukker Cory zich maakte, hoe relaxter hij werd.'

'Waarom?'

'Nou, hij heeft altijd het vermogen gehad om de energie van zijn tegenstander te pakken en die tegen hem te gebruiken. Dat is iets uit de martial arts. Onze moeder heeft lessen voor ons geregeld toen we klein waren. Als je terugkijkt snap je natuurlijk waarom, maar het leerde ons dat de beste verdediging een sterke aanval is. Kit vond het mooie dat we verdediging en aanval in een actie moesten zien te combineren.'

'Zijn held is Bruce Lee, toch?' vroeg ze, terwijl ze terugdacht aan Matty's aantekeningen.

Beau grijnsde. 'Ja. Hij hield het meest van zijn watercitaat: "Wees water. Wees vormloos. Stop water in een fles en het wordt de fles. Stop het in een theepot en het wordt de theepot. Water kan stromen, of het kan neerstorten." Hij knikte. 'Kit is altijd water geweest. En zijn leven is altijd in het water geweest. Ook nu nog. Water kan bevriezen, toch? En dan als sneeuw vallen?'

Clover zweeg. Ze overdacht deze uitleg van Kits spelletjes. Hij had geleerd om van vorm te veranderen, om te worden wat hij nodig had om te overleven, te winnen. Hij kon stromen of hij kon neerstorten.

'Is dat de vaardigheid die van hem zo'n geweldige rivaal heeft gemaakt?'

'O ja. Cory is nooit water geweest. Hij was meer… vuur, weet je wel? Te veel passie. Hij kon zijn eigen ergste vijand zijn. Hij werd te emotioneel en brandde zich dan.'

Clover dacht even na en probeerde de lijn te vinden tussen wat

Beau haar vertelde en wilde dat ze geloofde, en wat ze wist van Cory. 'Je zegt dat Kit chill was. Relaxed. Maar als je terugkijkt naar beelden van die dag, dan zie je de spanning tussen hen op het strand, terwijl ze wachten op de starttoeter. En bij de paddle-out zie je ze zelfs bakkeleien, hun armen raken elkaar in het water.'

'Ja.'

'Dus... toch niet zo chill dan,' bracht ze ertegen in.

Beau haperde. 'Nou, het is anders als de wedstrijd eenmaal is begonnen. Normaal is Kit niet zo.'

Ze merkte op dat hij het woord 'normaal' gebruikte. 'Kon er iets zijn gebeurd tussen hen voordat ze het water in gingen?'

Hij haalde zijn schouders op. 'Misschien. Zoals ik zei, Cory zat Kit al het hele seizoen dwars. Hij was gebrand op de titel. Hij was in de vorm van zijn leven, maar hoe beter hij presteerde, hoe opgefokter hij werd. Hij was ervan overtuigd dat Kit zou terugkomen en de titel zou stelen, net als in de voorgaande jaren.'

'En die kans bestond nog steeds, toch, dat Kit de titel kon pakken? Als Cory niet won op Peniche, dan zou Kit in theorie nog genoeg kunnen scoren om de wereldtitel twee maanden later bij de Pipe Masters in Oahu te winnen.'

'Dan had hij wel de ride van zijn leven moeten hebben om die score te krijgen. Maar ja, in theorie wel, ja.'

'Dus Cory was op jacht naar glorie. En in Peniche wilde Kit Cory koste wat kost afhouden van de winst. Er stond veel op het spel. Een half miljoen dollar aan prijzengeld...' Ze trok een wenkbrauw op. 'Dat klinkt ongelooflijk intens. Verre van chill.'

'Kijk, Kit raakte steeds meer over de zeik door Cory's gedrag. Hij zei bitse dingen in interviews, dat soort dingen. Maar Kit wist hoe hij daarmee om moest gaan. Hij wist dat zelfs als het in Oahu zou worden beslist, zijn kans om genoeg punten te verzamelen nog steeds heel klein was. Het was Cory die zich bedreigd voelde. Hij had de titel voor het grijpen. Hij moest gewoon zijn kop erbij houden, het water op en het nog een keer flikken.'

'En dat heeft hij ook gedaan,' beweerde ze. 'Cory heeft hem daar niet binnengesleept. Kit blokkeerde zijn lijn. Hij stal zijn voorrang. Hij speelde vals.'

'Jawel, maar dat was maar een moment van wrok. Tijdelijke gekte, of zo. Dat...' Beau leek van de wijs. 'Dat was niet Kits stijl.'

'En toch heeft hij het gedaan... met verwoestende gevolgen.'

Beau reageerde niet. Clover had het gevoel alsof ze een puppy schopte.

'Waarom surfte Kit deze wedstrijd op deze manier die zo, zoals jij zegt, niet bij hem paste?'

Beau haalde zijn schouders op. 'Je zei het al, er stond veel op het spel. Ze botsten even, dat gebeurt weleens. Maar uiteindelijk was Cory zijn vriend. Ze kenden elkaar al zo lang. Het was niet de bedoeling dat hij gewond zou raken! Ik weet dat het moment dat hij zag dat er een tweede reeks golven aankwam en wist dat Cory in een hold-down zat... Niemand heeft harder geprobeerd dan hij om Cory te pakken te krijgen.'

Clover zuchtte. 'Hoe was hij na het ongeluk?'

'Kapot. Hij zat helemaal stuk. Het zag er even heel somber uit. Hij sprak niet, met niemand. Hij trok zich terug.'

Ze herinnerde zich dat Ari haar had verteld dat hij twee maanden niet had gesproken. 'Kon Amy hem ook niet bereiken?'

'Ze was er niet.' Hij haalde zijn schouders op.

'Wat? Meteen daarna...'

'Het was gewoon chaos. Ik weet niet meer wanneer ik precies opmerkte dat ze er niet was. Maar tegen de tijd dat ik het merkte leek het niet belangrijk. Alles was zo anders. Wij waren maar met één ding bezig: Kit erdoorheen zien te krijgen.

Clover keek naar hem. 'Waarom denk je dat Amy die dingen nu over je broer zegt?'

'Het maakt niet uit wanneer ze het zou zeggen! Het zouden altijd leugens zijn. Kit heeft nog nooit een vinger naar haar uitgestoken, of naar welke vrouw dan ook. Het zou de herinnering aan onze moeder volledig onteren. Dat moet je erin stoppen.' Hij leunde naar voren en richtte een vinger op haar. 'Dat moet je hun duidelijk maken! Amy liegt. Ik weet niet waarom, maar het is zo. Mijn broer is een goede man en het wordt tijd dat de mensen die hem kennen, ik bedoel, echt kennen, opstaan en dat zeggen. Want Kit gaat dat zelf niet doen. Hij zal deze shit allemaal over zich heen laten komen, net zoals hij mijn vaders klappen voor mij opving. Hij ziet dit als de prijs die hij moet betalen voor het feit dat hij leeft en Cory niet meer.'

Clover keek hem even aan. Toen reikte ze opzij en drukte op stop.

Beau schrok. 'Is dit het? Wil je me niet meer vragen?'

'Heb je nog meer te zeggen dan?'

Hij staarde haar aan, bijna in paniek. 'Nee... Ik denk van niet. Ik wilde alleen uitleggen over onze vader en hoe dat bewijs is dat hij nooit zou doen wat Amy zegt dat hij heeft gedaan.'

'Je hebt het fantastisch gedaan, Beau. Je was meeslepend en zeer geloofwaardig. Ik denk dat veel kijkers overtuigd zullen worden door wat je hebt verteld.' Zijzelf in elk geval wel. Ze zag dat Matty haar ogen argwanend samenkneep achter zijn schouder.

'Is er nog meer wat ik had moeten zeggen? Ik moet hem helpen. Ze mag hier niet mee wegkomen.'

Clover boog zich peinzend naar hem toe en liet haar ellebogen op haar dijen rusten. 'Beau... jij beheert Kits socialmedia-accounts, toch?'

'Ja.'

'Dus... dan heb je zijn wachtwoorden?'

'Hoezo?'

Ze tikte met haar wijsvinger op haar lippen. 'Misschien heb ik net iets bedacht waarmee je hem kunt helpen.'

30

Ze zaten in de lobby toen de ophef buiten en een explosie van flitsen hun vertelden dat Kit en Ari terug waren. Clover ging rechtop in haar stoel zitten toen ze Kit de draaideuren in zag springen.

'Hij is net Superman,' mompelde Matty.

Hij trok zijn helm af en de bril die hij had opgehouden als een extra blokkade voor de fotografen. Hij schudde de sneeuw uit zijn haar. Ari dook achter hem op, toen Johnny, met zijn camera losjes op zijn schouder als een papegaai.

'Hé, broer!' Beau sprong op en liep met gespreide armen op zijn broer af. Als hij er vreemd uitzag met zijn wijde kleding en warrige haar te midden van het gepoetste marmer en bont, dan leek hij zich daarvan zelf niet bewust.

Kit grijnsde toen hij hem zag en ze keken allemaal toe hoe de broers elkaar omhelsden. Hun band was duidelijk. Alles wat Beau haar had verteld was waar, ze wist dat tot in het diepst van haar vezels. Een moment lang probeerde ze de twee te zien als kleine jongens, wegrennend van een dronken bullebak, hun eigen vader... Kit die van de trap valt...

Kit keek op en zag hen allemaal kijken. Zijn lach stierf weg, zijn blik bleef steken op haar. Had hij spijt van wat ze hadden gedaan en gezegd? Ze had hem amper gezien sinds ze zijn kamer had verlaten en ze wist dat hij haar uit de weg ging. Het had op dat moment zo natuurlijk gevoeld toen ze een paar uur van hun zelfverkozen pad waren afgeweken... Hij vertrouwde haar niet en zij wist niet wat ze moest geloven over hem, en toch flikkerde de connectie tussen hen als radioruis, waarbij stemmen soms duidelijk door de atmosfeer kwamen, voordat ze het volgende moment weer werden afgevoerd.

'Waar is Tipper?' vroeg Beau.

'Nog steeds daar. Coachmeeting. We hebben om zes uur evaluatie.'

'Hoe was het?' vroeg Clover, die van Kit naar Ari keek.

'Nou, een voorzichtige eerste run, in de tweede gevallen...' Ari grijnsde en sloeg Kit zo hard op de schouder dat Kit een stap terug moest zetten. 'En in de derde keihard toegeslagen. Hij heeft 95.8 gepakt, genoeg om hem in de finale op de zevende plek te laten starten.'

'Yes!' Beau joelde van verrukking en had niet door dat hij een oudere dame, die langsliep met haar hondje, bijna een hartverzakking bezorgde. 'Wat heb je opgegeven?'

'Back-to-back 1620s en een Double Alley-Oop.'

'Netjes,' knikte Beau en hij stak zijn hand op voor een high five. 'Wanneer is de finale?'

'Morgenavond zeven uur.'

'Met verlichting? Nice.'

'Ik ben blij dat je er weer bent,' zei Kit. 'Ik was een beetje bang dat je in Saas-Fee zou blijven.'

'Ik had er gisteren al willen zijn, ouwe, maar we konden geen kant op. Een enorme lawine op de weg.' Beau kneep zijn ogen half dicht. 'Maar je ziet er goed uit. Kan een stuk slechter. Ik wist niet in wat voor staat ik je zou aantreffen na alles wat er is gebeurd... Je ziet er best wel kalm uit.'

Kit haalde zijn schouders op. 'Het is oké. Het zijn maar woorden waar ze mee gooit, toch?'

Clover zag Ari's ogen naar haar afdwalen. Ze gokte dat hij hem niet had verteld over Julian.

Kit haalde zijn schouders een paar keer op. 'Maar goed, ik duik de sauna in, tegen de stijve spieren. Er stond een ijskoude wind vandaag.'

'Ga maar naar boven, maatje,' zei Ari en hij sloeg hem nog een keer op de rug. 'Ik boek een massage voor je, over ongeveer een uur, goed?'

'En vergeet niet te vragen om een happy ending, ouwe,' zei Beau lachend, wijzend naar hem.

Kits ogen gingen in Clovers richting, maar hij keek haar niet aan.

Clover wachtte tot hij weg was, voordat ze zich tot Ari wendde. 'Hoe was het echt?'

Ari trok een gezicht. 'Frisjes... En dan heb ik het niet over de wind.' Zijn gezicht stond ernstig. 'Laat ik het zo zeggen, als hij morgen wint, dan denk ik niet dat er veel mensen staan te juichen.'

'O god.' Ze keek naar Johnny. Zijn knikje gaf aan dat hij het allemaal op tape had.

'Het enige goede eraan is dat hoe meer ze hem haten, hoe meer hij erop gebrand is om te winnen. Hij pakt gewoon die haat en zet dat om in motivatie.'

'Ja. Was er veel pers?'

'Vieze parasieten,' zei Ari afkeurend. 'Ze waren overal. Gelukkig mogen ze niet in de wedstrijdzone komen. Kit hield zijn hoofd koel, kwam naar buiten en deed wat hij moest doen. Hij was totaal gefocust, hij heeft laten zien wat hij kan. Dat is wat iemand tot een kampioen maakt. Puur karakter.'

'Dat is te gek. Johnny, je laat het ons straks zien, hè?'

'Natuurlijk.'

'En jullie?' vroeg Ari. 'Wat hebben jullie vanochtend gedaan?'

Beau leek te schrikken.

'O, niet veel... Beetje gehangen, gekletst,' zei Matty snel. 'Clover en ik zijn de stad in gegaan en hebben wat etalages bekeken.'

'Hm,' mompelde Clover.

'Dat klinkt goed. Moet je horen, Kit gaat zo naar de fysio en rekken en strekken. Hij had een persconferentie staan, maar die heb ik natuurlijk afgezegd. Dan komt Tipper nog hier, dus het is een volle dag, maar we houden contact, oké?' Ari stak zijn duim naar hen op en liep naar de lift. 'Beau, kom je? Je moet even helpen met de boards. Dan kun je me meteen vertellen over het shredden waardoor je zo lang bent weggebleven.'

Beau wierp hun een knipoog toe, terwijl hij achter Ari aan begon te lopen.

Clover keek naar Johnny en toen naar de camera op zijn schouder. 'Zullen we?'

Ze gingen zitten in de kamer van Johnny, waar ze de montageset hadden neergezet. Johnny bleef maar achteromkijken alsof hij wilde checken of ze er nog waren, want het gebrek aan conversatie vulde de kamer als rook.

'Alles oké?'

'Ja.' Clover keek naar Matty. Ze was onkarakteristiek stil en Clover wist dat ze zenuwachtig was, omdat ze hem over Julian moest vertellen.

Ze trokken een leunstoel naast het bed en ploften neer terwijl hij op play drukte, waarmee de ruwe beelden van die ochtend naar voren kwamen: Kit die naar boven gaat in de cabine, peinzend uit het raam kijkend; Kit die uitstapt bij het hoogste station en behoedzaam kijkt naar de rondlopende menigte. Hij had zijn helm en bril op, maar op zijn helm stond JOR in zwarte schaduwletters. Mensen die hem wilden vinden zouden wel weten waar ze naar moesten zoeken. De superpipe lag in al zijn schitterende perfectie boven in het shot terwijl hij door de sneeuw naar de wedstrijdtent liep. Een paar jongens die door het scherm liepen stopten voor hem en keken hem aan. Toen spuugde een van de twee op de grond voor zijn voeten.

Clovers mond viel open. Ze zag dat Kit slikte, maar hij reageerde niet. Zijn gezicht was niet zichtbaar, maar zijn kaakspieren spanden een keer aan. Hij wachtte tot ze verder liepen. Ze hadden hun punt gemaakt, dus liepen ze door, maar andere mensen hadden het gezien. Clover kon zien dat er hoofden werden omgedraaid, hele hordes keken hem na terwijl hij langsliep. Ari, die de reserveboards bij de gondel had opgehaald, kwam naast hem lopen, en zo liepen ze samen verder, schouders naar achteren, kin omhoog in een trotse houding, alsof ze iedereen wilden uitdagen die ook wat wilde uithalen.

Johnny maakte een camerabeweging om met de lens dichter op Kits gezicht in te zoomen, terwijl hij naar de wedstrijdcommissarissen liep om zich te laten inschrijven en zijn startnummer op te halen. Hij schoof zijn bril omhoog, zodat ze zijn gezicht konden zien, en sprak zacht, met getuite lippen. Hij zag bleek en had donkere kringen om zijn ogen. Clover vroeg zich af of hij had geslapen. *Het zijn maar woorden waar ze mee gooit, toch?* Hij deed het af als een oppervlakkig wondje, maar Clover kon zien dat Amy hem ernstiger had verwond dan dat.

Johnny spoelde door. Ari haalde koffie voor iedereen. Kit zat alleen in de tent en keek naar de grote schermen. De andere boarders kwamen naar binnen, sloegen elkaar op de hand, negeerden hem. De blikken die hem werden toegeworpen... Ze geloofden allemaal wat ze hadden gelezen. Ze geloofden dat hij een monster was.

Clover voelde zich misselijk worden. Ze voelde een bepaalde hitte in haar borst. Dit was niet goed...

Kit kwam overeind, deed wat stretchwerk. Pakte zijn board op. Een high five met Ari, en weg was hij... Ari keek op het scherm, zijn vingers gespannen voor zijn mond, zijn ellebogen op zijn knieën. Hij zag er ook beroerd uit...

Johnny drukte weer op play. Hij had ingezoomd op Kits rivalen. Ze keken toe in stilte met van verachting gekrulde lippen. Ze kon zien dat ze allemaal hoopten dat hij zou falen. Kit moest aan zijn run zijn begonnen, want ze zag hun ogen nauwer worden, met knikkende hoofden en glimlachjes naarmate de seconden wegtikten. Ari had gezegd dat hij zijn eerste run behoedzaam was geweest.

'*Wat een watje...*'

'*Hij heeft de ballen niet...*'

'*Hij is goed met zijn vuisten, maar niet met zijn voeten...*'

'Is het allemaal zo?' vroeg Clover.

‘O nee. Het wordt erger,’ zei Johnny, die vooruitspoelde en stopte bij Kits tweede run. Dit keer was hij van positie veranderd en had hij de hoek vergroot, zodat hij zowel de actie op het tv-scherm kon vastleggen als de andere boarders. Ze zagen Kit een 1620 goed afwerken, maar hij tilde zijn hoofd te ver naar achteren – als een surfer – en verloor de controle. Clover snakte naar adem en haar handen vlogen voor haar mond toen ze hem als een lappenpop langs de zijkanten van de pipe op en neer zag glijden, voordat hij genoeg kon afremmen om te stoppen.

Ze kon niet geloven dat hij niets had gebroken. Het duurde even voordat ze de rest van de scène doorkreeg en besefte dat iedereen op de tribune en in de tent lachte... Iedereen moest lachen. Hij had zijn rug kunnen breken en zij...

Ze stond op en liep weg.

‘Waar ga je heen?’ riep Matty haar achterna.

‘Naar de wc... Laat maar lopen, hoor.’

Ze deed de deur achter zich dicht, liep naar het fonteintje en spoelde koud water over haar gezicht om af te koelen. Ze voelde zich prikkelbaar. Hoe kon hij dit verdragen?

Toen ze een paar minuten later naar buiten kwam, had Johnny de tijdlijn klaargezet op Kits laatste run.

‘Hij had een grote score nodig om door te gaan,’ legde Johnny uit en hij liet de opname weer lopen. ‘Hij staat nu tiende van de twaalf.’

Zuchtend liet Clover zich op het bed zakken. Johnny stond op dezelfde plek als eerder, met zowel het scherm als de atleten in beeld. Ari stond, te gespannen om nog te zitten, met zijn armen strak om zich heen geslagen, kauwend op een knokkel.

Clover staarde naar Kits figuur op het tv-scherm in de tent. De beeldkwaliteit van een scherm op een scherm was niet best, maar ze kon zien dat hij hoger kwam in de sprongen, en dat zijn trucs nu moeilijker waren.

Ze keek naar de boarders, hun ogen waren toegeknepen en hun monden waren opengevallen.

'Eikel...'

'Ik geloof het niet...'

'Man, dat was een lekkere...'

Dit keer waren er geen high fives. Het enige wat Kits triomferende run begroette was een fluitende stilte. Er had tuimelkruid achter hem aan kunnen rollen.

Clover keek toe terwijl Kit zijn board losklikte en een paar minuten later weer in de tent verscheen. Ari pakte hem vast in een omhelzing die leek op een houdgreep. Clover lachte hardop toen ze hen zag – en de andere boarders die in ijzige stilte toekeken – waardoor ze de blikken trok van Matty en Johnny.

'Je lijkt best wel... emotioneel betrokken,' merkte Johnny op, toen hij zag dat er tranen blonken in haar ogen.

'Nee,' wierp ze tegen, maar niet erg overtuigend. 'Ik ben gewoon blij dat hij door is. Het is beter voor de film als hij de finale haalt.'

Hij fronste, want hij geloofde haar duidelijk niet. Hij draaide zich naar de beide vrouwen toe om hen goed te kunnen aankijken. 'En wat hebben jullie twee gedaan? Want ik weet dat jullie niet zijn gaan winkelen.'

'Nee.' Matty drukte geheimzinnig een vinger tegen haar lippen. 'We hebben Beau geïnterviewd.'

Hij fronste. 'Ten eerste. Waarom is dat geheim? En ten tweede, hoe dan?'

'Op onze telefoons.'

'Nee!' riep Johnny uit. 'Dat is kutkwaliteit!'

'Hij zat op hete kolen,' zei Matty schouderophalend. 'Hij kon niet wachten, we moesten het hem laten vertellen voordat hij zich zou bedenken.'

'Hoezo? Wat heeft hij dan verteld?'

'Vooral veel over zijn vader. Hij was een alcoholist, die hun moeder sloeg, en hij heeft Kit van de trap gegooid...'

Johnny keek naar Clover. 'Maar daar heeft Kit in zijn interview niets over gezegd.'

'Nee. En ik denk dat Beau het ook niet zou hebben gezegd als Amy die beschuldigingen niet had geuit. Beau zei dat hun achtergrond de reden is dat Kit nooit een vrouw zou slaan, dat het de nagedachtenis aan hun moeder zou besmeuren.'

'En hij was heel hecht met haar. Ari zei dat hij haar altijd belde, waar ter wereld hij ook was.'

'Ja.'

Johnny dacht even na. 'Nou, het biedt wel een... sympathieke blik, maar het is nou niet wat je noemt bindend bewijs dat hij onschuldig is. Beau is zijn broer. Natuurlijk komt hij voor hem op. Ik denk niet dat het genoeg zal zijn om mensen er anders naar te laten kijken.'

'Denk je niet?' Clover beet op haar lip.

Johnny keek naar haar en zag haar gespannen uitdrukking. 'Dat is toch goed? Ik dacht dat onze lijn was dat Kit Foley de vijand was van het volk. Sympathie zou dan opeens een andere boodschap zijn?'

Clover keek naar Matty. 'Nou, de dingen zijn een beetje ingewikkelder geworden dan we dachten,' zei ze aarzelend.

'Hoezo?'

Matty vertelde hem over Amy's nachtelijke telefoontje naar Julian, hoe dat de manipulatie van het hele project vanaf het begin had blootgelegd.

Maar Julians manipulatie van Kit was niet Johnny's voornaamste zorg. 'Maar jij en hij...' Johnny staarde Matty aan. 'Hij...'

'O, dat doet er niet toe,' zei Matty luchtig, met een geforceerde glimlach. 'Ik ben een stomme idioot dat ik dacht dat hij kon zijn wat hij leek. Zoals altijd was mijn radar verkeerd. Jij bent natuurlijk heel blij dat je gelijk krijgt, nietwaar?' Haar stem klonk schor bij de laatste woorden. Ze stond snel op en liep ook naar de wc.

Johnny keek haar vol ongeloof na. 'Is die eikel op weg hierheen?' siste hij. Hij stond al overeind, met een wilde blik.

'Nee.'

'Dan ga ik daarheen! Hij mag hier niet mee wegkomen!' Hij zag eruit alsof hij datzelfde moment nog terug naar Zell am See wilde rennen op zijn Snoopy-sokken.

'En wie is er nu emotioneel betrokken?' vroeg Clover.

Hij staarde haar aan. 'Maar hij heeft haar gebruikt alsof ze niets is...' Zijn vinger prikte boos naar de wc.

'Johnny, ze is in orde. Hooguit gekrenkte trots. Ze was niet verliefd op hem. Hij heeft haar geen pijn gedaan.'

'O! Dus wat nu? We laten hem er gewoon mee wegkomen, is dat het? Hij heeft zijn lolletje gehad. Gekregen wat hij wilde... alles wat hij wilde... Hij heeft Mats gebruikt, Kit kapotgemaakt, zijn imperium gered... en dat heeft dan helemaal geen gevolgen?'

Hij keek weg, geërgerd en rusteloos, zijn schouders hoog opgetrokken.

'Johnny, ik ben net zo boos als jij...'

'Nou, dat betwijfel ik!'

Ze knipperde met haar ogen. 'Maar dit was nooit persoonlijk. Het was een zakelijke tactiek. Aardige mannen kunnen ook valsspelen.'

De deur van de wc ging open en Matty kwam eruit. Ze had haar gezicht duidelijk net gewassen.

'Gaat het?' vroeg Johnny.

'Absoluut.' Haar stem was zo fris en fruitig als een groene appel, maar ze keek hem niet in de ogen. 'Ik bedacht daarnet dat we Julian eigenlijk dankbaar moeten zijn.'

'Dankbaar?' Clover fronste haar voorhoofd.

'Ja. Hij is een lul en hij heeft ons allemaal erin geluisd, maar laten we eerlijk zijn, hij heeft ook het voorwerk voor ons gedaan. We hebben het ons misschien niet gerealiseerd, maar om heel uiteenlopende redenen wilden we allemaal hetzelfde: Kit Foley in de touwen. En daar hangt hij nu.' Ze wees op het scherm, dat stilstond op een beeld van Kit in de tent.

Clover slikte. 'Maar wat Beau zei over hun kindertijd. Hun vader. Ik geloof niet dat we dat zomaar… kunnen afzwakken. Het is hartverscheurend. En het biedt een andere kijk op waarom hij is zoals hij is.'

'Ja, dat is waar. Te bedenken dat die vader zijn kleine zoontjes in elkaar heeft geslagen,' beaamde Matty. 'Voor wat het waard is, ik geloof ook niet wat Amy zegt dat hij heeft gedaan…' Ze haalde adem. 'Maar je kunt niets veranderen aan het feit wat hij Cory heeft aangedaan. Hij is nog steeds díé man.'

'Mats heeft gelijk. We hebben vijf weken lang bij hem in huis gewoond,' zei Johnny. 'Ik haat hem niet. Verre van. We hebben best wel gelachen samen. Ik vind hem eigenlijk best wel oké als hij zijn muurtje eenmaal laat vallen. Maar het is wel zo dat we hier zijn gekomen om zijn kant van het verhaal te vertellen. Zoals je tegen mij zei, we hebben geen materiaal verzameld dat niet waar is, of echt, of feitelijk. Kit heeft zichzelf geen gunst bewezen door het voor jou moeilijker te maken, en hij heeft ook geen echte stoten uitgedeeld – sorry voor de woordgrap – tijdens jullie interview. Hij had alle kans om zichzelf te verklaren, zijn kant uit te leggen, wat sympathie te winnen bij de kijker. Maar in plaats daarvan heeft hij jou de vinger gegeven. En uiteindelijk moet hij dat zelf weten. Wij kunnen alleen laten zien wat hij ons heeft gegeven.'

Clover draaide zich om, met een kriebelend gevoel dat ze niet kon plaatsen. Zenuwen. 'Maar wat hij ons heeft gegeven is niet het hele verhaal. Hij houdt dingen geheim. Hij heeft nooit zijn vaders mishandelingen genoemd en dat maakt een wereld van verschil in hoe hij wordt gezien.'

'Misschien wil hij gewoon niet als slachtoffer worden gezien. Hij is nu eenmaal een trotse man, dat zie je.'

'Dus dan wil hij liever met de nek worden aangekeken? Of publiekelijk te schande worden gezet? Dat slaat toch nergens op,' zei ze verontwaardigd, terwijl ze naar hun gezichten keek en wist dat ze dachten dat wat zij zei niet klopte. 'Ik… ik denk gewoon dat we nog niet het hele verhaal hebben. Het laatste stukje van de puzzel mist nog.'

'Clo, heb je er ooit aan gedacht dat er misschien geen laatste stukje is?' Matty zuchtte. 'Dat het misschien echt zo is zoals Beau zei. Een moment van gekte. Van pure wrok. De rivaliteit liep uit de hand en een beslissing van minder dan een seconde eindigde in een tragedie. Niemand heeft ooit gezegd dat Kit wílde dat Cory in een dubbele hold-down terechtkwam. Maar hij heeft wel valsgespeeld om hem te laten verliezen. Hij ging hem achterna om te winnen, koste wat kost.'

Clover staarde haar aan en in haar hoofd klonk een echo, in de verte, wazig. *Je was te druk met mij pakken.* De woorden dreven door haar bewustzijn als een luchtbel, met daarin iets belangrijks... Ze kneep haar ogen dicht en dacht terug aan zijn grijns toen hij haar schaak had gezet. *Je bent niet de eerste die me liever wil verslaan dan dat je wilt winnen.*

Niet de eerste... Ze fronste terwijl de herinneringen plotseling als dominostenen omvielen, terwijl het ene gesprek het volgende omduwde...

'O god, wat?' vroeg Matty, die op haar gezicht de wisselwerking van de emoties zag.

'Aardige mannen kunnen ook valsspelen,' mompelde ze.

'Ja, dat zei je,' verzuchtte Johnny. 'Julian...'

'Niet Julian.' Ze was ver weg verzonken in haar gedachten, pogend om verbindingen te leggen tussen draadjes, half onthouden woorden... 'Ons standpunt is van meet af aan bepaald geweest door wat Cory ons heeft verteld en wat we konden zien op het beeld. We konden zien wat Kit deed en wat het betekende voor Cory... Cory was het slachtoffer...' Haar blik vond die van de anderen. 'Maar dat betekent niet dat hij niet óók de agressor was.'

Johnny's wenkbrauwen schoten omhoog. Cory was de held van *Pipe Dreams*. Cory was praktisch een heilige.

Ze keek Matty doordringend aan. 'Beau zegt op video dat Cory geërgerd was, vervelend deed, en Kit dwarszat.'

'Ja. Oog om oog. Kit speelde spelletjes,' zei Matty, alsof het niets bijzonders was. 'Dat hebben we zelf gezien.'

'Zeker, dat ontken ik niet. Maar kijk eens met andere ogen naar dat verhaal, doe eens alsof alles omgekeerd is.'

'Je wilt zeggen als Cory was begonnen?' vroeg Matty niet-begrijpend.

'Als Cory was begonnen, al vóór ze in het water lagen. Als Kit reageerde op iets wat Cory had gedaan. Maar in plaats van afgeleid te raken of verpletterd te zijn of verslagen, werd Kit boos...'

Ze zwegen terwijl ze probeerden de rollen om te draaien. Om de wereld te veranderen in een negatief van zichzelf.

Clover slaakte een zucht. 'O, mijn god, dat is het... Dat is waarom hij niets wil zeggen in zijn eigen verdediging, omdat dat zou betekenen dat hij moet onthullen wat Cory hem heeft geflikt... en Cory beschermen, en Cory's gezin, dat is het enige wat hij nu nog kan doen...'

De stilte breidde zich uit terwijl ze daar over nadachten.

'Nou, dat is dus einde film!' zei Matty terwijl ze haar handen in de lucht gooide. 'Er zal altijd een gat in het midden zitten als we niet weten wat er tussen hen is gebeurd. En dat gaan we niet weten, want als Kit onder deze waanzinnige hoeveelheid druk niet met ons wil praten, dan gaat hij nooit met ons praten!'

Clover keek hen aan terwijl alle domino's in haar hoofd waren omgevallen en zichzelf onthulden. 'Nou... ik denk dat hij dat al heeft gedaan. Volgens mij heeft hij het me verteld, nog voordat ik het vroeg.'

'Wat?'

'Wanneer?' vroegen ze tegelijk.

Clover knipperde. 'Zo'n beetje op de dag dat we elkaar ontmoetten.'

31

Clover ijsbeerde op het balkon. De wind stak op en blies losse poedersneeuw van de bovenste laag van de reling. Ze trok een vinger door de dikke laag sneeuw. Het kwam tot aan haar knokkel. Het gevoel van bevriezing kwam met een paar tellen vertraging.

Ze stak haar hand in haar zak en telde terug in de tijdzones. Middernacht hier betekende dat het daar vroeg in de middag zou zijn. De jongens waren dan op school. Waarschijnlijk hadden ze al in het water gelegen… surfend vanaf zonsopkomst, net als hun vader altijd deed.

'Hallo?'

'Mia, met Clo.'

'Clo!'

'Komt het uit? Ik kan terugbellen als je druk bent?'

'Nee, het is prima. De jongens zitten op school en dit is mijn vrije dag. Dat komt neer op dat ik zes uur lang probeer het huis op te ruimen voordat zij thuiskomen en alles weer overhoopgooien!' Ze lachte.

Clover moest ook even lachen. 'Een gebed zonder eind, hè?'

'De definitie van gekte. Iets steevast blijven doen en toch een andere uitkomst verwachten.' Clover hoorde dat ze even zweeg en ze sloot haar ogen. Hoe moest ze dit zeggen? 'Hoe is alles daar? Nog in Oostenrijk?'

'Eh… Zwitserland nu. Sankt Moritz.'

'O.' Er viel weer een stilte. Een zachte snuif. 'Weet je, ik zie het gewoon niet voor me, hoe ik ook mijn best doe, Kit Foley in de sneeuw. Met kleren aan. Hij had zowat vliezen tussen zijn tenen.'

'Ja… Dat is even wennen.' Ze slikte en had een wee gevoel in haar maag. Waar moest ze beginnen? Hoe kon ze de schok verkleinen?

Hoe kon ze deze woorden zeggen die gezegd moesten worden?

Een stilte zoemde door de lijn. Clover hoorde de oceaan brullen in haar achtertuin.

'Is alles oké, Clo? Je klinkt... gespannen.'

'Het gaat prima.' Maar haar stem was geknepen en zwak.

'Ben je ergens achter gekomen?'

Het voelde of Clovers keel dichtzat. Waar waren haar woorden?

'Moet ik gaan zitten?' Mia duwde de stilte weg.

'Waarschijnlijk.'

Het bleef lang stil. 'Oké. Ik ben er klaar voor.'

Clover werd gewaar van haar snelle ademhaling en de adrenaline die door haar aderen stroomde. Ze moest het zeggen. 'Ik weet wie je huis heeft gekocht.'

In de stilte die volgde luisterde ze naar het geluid van de golven op de achtergrond. Op het meer voor haar zag ze geen rimpel. Elke dag, elk uur werd het ijs dikker en bevroor het landschap in een statische pose. Ze kon iemand langs het water zien lopen, terwijl zijn voetstappen donkere afdrukken achterlieten in de maanverlichte sneeuw.

'Het is Kit, of niet?'

Clovers adem stokte verrast. 'Hoe wist je dat?'

'Nou, wie anders kan het zijn als jij zo somber klinkt?'

'Mia...' Maar wat kon ze zeggen?

Weer was het stil. Mia's stem klonk anders toen ze weer sprak. 'Heeft hij dat tegen je gezegd?'

'Nee. De eerste avond dat we hier waren ben ik zijn kamer in gelopen en daar vond ik tekeningen van een architect naast het bed. Ik kon de puntjes nog niet verbinden, tot... nou ja, tot vandaag.' Haar eerste gedachte toen ze Mia's foto had gezien was dat het huis er vertrouwd uitzag omdat het een kopie was van wat er eerder had gestaan. Het was niet in haar opgekomen dat ze de tekeningen voor dit huis naast Kits bed had zien liggen. En daarna was ze het vergeten, omdat toen het nieuws over Mikey haar had bereikt.

'Weet hij dat je het me vertelt?'

'God, nee!' zei Clover met een vertrokken gezicht. 'Ik denk dat hij weet dat jij het huis zou afwijzen als je wist dat het van hem kwam.'

'Natuurlijk zou ik het afwijzen! Hij heeft het al eens geprobeerd.'

'Wat?'

'Meteen na het ongeluk, toen Cory nog in het ziekenhuis lag, toen heeft hij me benaderd. Hij zei dat hij het goed wilde maken.' Mia gaf haar zin een sarcastische melodie mee, terwijl ze verder terugging in de herinnering. 'Ik heb Cory er nooit over verteld. Hoe had ik dat moeten doen? Kit Foley heeft ons dit aangedaan en nu wilde hij zichzelf op deze manier een beter gevoel bezorgen? Hij had mijn man zijn vermogen om inkomen te vergaren afgepakt! Kun je je voorstellen hoe Cory zich zou hebben gevoeld als hij erachter was gekomen dat Kit Foley ons kwam redden?'

Clover deed haar ogen dicht, want ze kon zich wel voorstellen wat Cory's antwoord zou zijn geweest.

In de stilte die viel kreeg de waarheid de kans om in te dalen.

'Ik kan het niet verdragen.' Mia's woorden waren bijna een fluistering. 'Ik zei tegen mezelf dat hij niet zo arrogant was dat hij die stunt nog een keer zou uithalen. Ik liet mezelf geloven dat Eddie het allemaal had geregeld... Hoe vertel ik de jongens dat we weer weg moeten?'

'Mia, nee,' riep Clover. 'Je hoeft niet weg!'

'We kunnen hier toch niet blijven? Dit is zijn schuldgevoel om wat hij heeft gedaan... Het is een vorm van bloedgeld!'

'Nee, dat is het hem juist... Ik denk dat het een vorm van liefde is...' Clovers eigen stem brak van emotie. 'Ik denk dat hij probeert het goed te maken en dat kan maar op één manier... Ja, hij heeft het ongeluk veroorzaakt, maar Cory was zijn vriend.' Clovers stem werd zacht. 'Jij bent zijn vriendin. De jongens... Ik weet dat het niet zo duidelijk is, maar hij probeert... jullie te beschermen, denk ik.'

Opnieuw viel er een beladen stilte, die zich verspreidde als mist boven water. 'Het klinkt alsof je sympathie voor hem hebt opgevat,' zei Mia uiteindelijk.

'Ja, dat heb ik ook wel een beetje.'

'Een beetje? Of veel?' Haar woorden dropen van argwaan. 'Heeft hij je bekeerd, Clo? Ben je gevallen voor zijn verhalen?' Opeens ademde ze scherp in van verbazing. 'O god, je bent toch niet voor hem gevallen?'

'Dat is het niet!' antwoordde Clover snel. Ze struikelde haast over haar woorden. 'Ik weet nu gewoon meer. Er zit zoveel meer achter dan ik dacht.' Ze slikte. 'Meer, denk ik, dan zelfs Cory wist. Hij heeft niet al zijn herinneringen teruggekregen na de hersenschudding.'

Lange tijd zei Mia niets. Toen zei ze: 'Nee?'

Clover fronste. Wat wilde dat zeggen?

Ze zwegen allebei, maar Clover voelde dat de verbinding tussen hen begon te trillen, een vibrerende gitaarsnaar die de halve aardbol omspande. 'Denk je dat ik niet weet waarom hij al die weken in die donkere kamer heeft gelegen? Waarom hij zichzelf haatte? Waarom hij woedeaanvallen had?' Mia's stem klonk laag, dreigend, als een storm die rommelt aan de horizon.

Clover durfde amper te ademen. Haar lichaam voelde alsof het van glas was gemaakt, breekbaar, alsof ze met een tik aan diggelen kon worden geslagen. Ze was ervan uitgegaan dat Mia niets wist. Dat was het punt, toch, van deze film? De reden dat Clover hier was?

'Mia, wat vertel je me nu precies? Wat weet je?' Ze kon haar blik nog altijd niet losmaken van de figuur die nu aan de oever van het meer stond en naar het maanverlichte landschap stond te staren.

De stilte duurde lang. Toen klonk er een snif in de verte. 'Ik heb de laatste tijd het nieuws gevolgd. Ik heb gezien wat Amy heeft gezegd, over dat Kit haar zou hebben geslagen.' Ze lachte spottend. 'Ze is altijd al een achterbakse trut geweest. Ze mocht me niet, omdat ze wist dat ik haar smerige spelletjes doorzag.'

Clover slikte. 'Geloof je haar beschuldigingen niet?'

'Allemaal totale onzin!' schimpte Mia. 'Iedereen die Kit kent, weet dat hij nooit een vrouw zou slaan. Niet na alles wat er met zijn vader is gebeurd. Maar hij laat haar ermee wegkomen, omdat... nou ja, omdat hij onze beschermengel is, nietwaar? Zwijgen is, in dit geval, goud. Beter dit dan de waarheid.'

Opnieuw daalde er een moment van wederzijds zwijgen neer, als een schoon laken dat over een bed werd gegooid. Clover verbrak de betovering niet met woorden. Ze zag voor zich hoe Mia grasprietjes plukte en om haar vinger wond zoals ze vroeger deed als ze ergens over nadacht.

'Cory hield van ons, dat weet ik. Hij wilde die titel gewoon te graag, dat was het probleem. Om eindelijk de beste te zijn... Hij wilde het te graag en hij verloor zichzelf uit het oog.' Mia slaakte een droevige zucht. 'De onderlinge rivaliteit was uit de hand gelopen. Van beste vrienden waren ze veranderd in bittere vijanden. Het was persoonlijk geworden, en het werd met de wedstrijd erger. Het maakte niet uit wat ik zei, dat we niets gaven om de titel, niet om geld. Dat we alleen hém wilden. Maar Cory heeft nooit Kits geloof in zichzelf gehad. Hij geloofde niet dat het hem zou lukken door te winnen, het zou alleen lukken als Kit verloor...' Ze zweeg een poos. 'Ik denk dat hij dacht dat zij de enige manier was om Kit van zijn stuk te brengen, de enige manier om hem te raken, zelfs als dat betekende dat hij mij daarmee verraadde.'

Het was de bevestiging waar ze bang voor was geweest. Clover deed haar ogen dicht en hoorde de echo van Kits woorden in haar hoofd. *Hij haatte me meer dan hij van zijn eigen gezin hield.*

Een paar tellen lang zwegen ze allebei.

'Denk je dat Kit ze samen heeft betrapt?' Clover zei het bijna fluisterend.

'Ik weet zeker dat dat het idee zou zijn geweest... vlak voor de finale, om Kit van zijn stuk te brengen.' Mia klonk vlak.

Clover voelde zich misselijk worden bij de gedachte hoe het voor hem moest zijn geweest om ze te betrappen, maar het plan had niet gewerkt. In plaats van gebroken te zijn was Kit boos geworden. Hij wist hoe hij pijn moest omzetten in een competitief voordeel. Dat was wat hem tot een winnaar maakte.

'Maar waarom zou Amy het hebben gedaan? Zij en Kit waren verloofd, hij had haar gered uit een relatie waarin ze werd mishandeld...'

'Ja, en toen bedroog ze hem ook, want dat is wat ze doet! Ze is getrouwd met een van de rijkste mannen van Sydney, denk je nou echt dat dat uit liefde is? Ze is slim. Ze pakt wat ze kan. Cory stond op het punt om wereldkampioen te worden en ze besefte dat ze op het verkeerde paard had gewed. Kit kwam terug van een blessure, sommige mensen zeiden dat hij over zijn hoogtepunt heen was... Maar dat was hij niet. De waarheid is dat zijn liefde voor haar hem zacht had gemaakt. Hij had niet meer datzelfde vuurtje vanbinnen.'

Clover slikte. Ze kon zich niet voorstellen dat Kit zacht was, of zonder vuur.

Ze zag de figuur een steen oppakken aan de oever. Hij haalde zijn arm naar achteren en gooide de steen ver weg over het bevroren oppervlak. Vagelijk bereikte haar het geluid van de steen die op het ijs ketste. Ze voelde dat er een herinnering opdoemde aan de rand van haar bewustzijn, een spookachtig beeld dat vorm probeerde aan te nemen.

'Hoor eens, ik zeg niet dat Cory onschuldig was in dit alles. Ik weet dat het zijn stomme plan is geweest, maar hij heeft dubbel en dwars betaald voor zijn fout. Maar zij? Ze heeft hem net genoeg gegeven, zodat hij kon denken dat ze het antwoord was op zijn probleem... En toen het misliep, is ze weggelopen en heeft ze niet omgekeken. Terwijl wij gebroken achterbleven.' Ze begon te huilen, boos, hevig snikkend. Ze hield zich niet meer in.

'Mia, het spijt me zo,' fluisterde Clover, die zich vreselijk nutteloos voelde. Ze was zo ver weg. Wat kon ze vanaf hier doen? 'Ik wilde alleen maar helpen.'

'Dat heb je. Dat heb je al gedaan.' Ze hoorde Mia sniffen en zuchten, ze zag voor zich hoe ze haar ogen afveegde met de rug van haar hand. 'Toen je hier kwam in het begin lag hij zich in die kamer op te vreten van schuldgevoel. Maar jij ging bij hem zitten, in stilte hield je hem gezelschap, dagen achter elkaar... Je liet hem zien dat hij nog niet vergeten was, dat mensen nog om hem gaven. Je hebt hem een reddingsboei toegeworpen.'

'Maar wat ik in de film heb gestopt, dat was niet waar.'

'Nee, het was wel waar, Clo. Het was de waarheid! Alleen niet de hele waarheid... Je hebt het in goed vertrouwen gedaan. En als je... Cory hebt opgehemeld en Kit als de slechterik hebt neergezet, dan was het omdat wij je dat hebben laten doen. Kit won het jaar erop de titel, hij heeft niets misgelopen. Wat ons betreft zat het zo. Was het zo erg dat hij een beetje slechte publiciteit kreeg?'

Clover verroerde zich niet. Ze was zo bereid geweest om het beste in Cory te zien en het slechtste in Kit.

'Het enige is... Ik haatte dus al de hele tijd de verkeerde persoon, nietwaar? Kit was net zo gekwetst als ik, maar dat negeerde ik. Het was makkelijker om hem te pakken en te negeren wat mijn onderbuik me ingaf. De hele wereld kon zien wat hij had gedaan...'

'Wist Cory dat jij het wist?'

Mia antwoordde niet meteen. 'Ik weet het niet. Ik heb haar naam nooit genoemd, niet één keer, in de jaren na het ongeluk, zelfs al lag haar naam altijd op het puntje van mijn tong. Elke dag werd ik wakker met de wens om het hem te vragen. Of zij de reden was dat dit ons was overkomen. Ik zag het ook in zijn ogen, het verlangen om te bekennen wat hij had gedaan. Hij wilde zijn geweten zuiveren... Maar we waren allebei laf. We hebben haar naam nooit uitgesproken, omdat we dan hadden moeten omgaan met wat dat betekende voor ons.'

Clover zuchtte. Ze voelde zich leeg. Alles was een puinhoop, niets was zoals het had geleken. Zwart was wit en boven was onder. 'Sorry, Mia. Ik wilde dat deze film je rust zou geven. Een antwoord.'

'Een ánder antwoord. Ik wilde dat het me een ander antwoord zou geven dan waar ik bang voor was. Toen Cory stierf, had ik alleen nog maar de hoop dat het inderdaad allemaal Kits schuld was. Ik wilde dat hij de klootzak was die mensen dachten dat hij was.'

Clover keek naar de man in de nachtelijke sneeuw terwijl hij terugliep naar het hotel. Hij keek op toen hij in de verlichte vlakken bij het raam liep en ze voelde hoe haar hart stokte toen Kits ogen haar vonden, daar op haar balkon. Op hetzelfde moment voelde ze een magnetische aantrekkingskracht tussen hen tweeën. Ze wilde naar hem toe rennen en vertellen dat ze precies wist wat hij was – en wat hij niet was. Dat ze alles helemaal verkeerd had gezien, al die tijd.

Maar hij liep door en verdween een moment later het hotel in. Wat de instincten ook waren die tussen hen heen en weer flitsten, ze wist dat hij haar niet zou komen opzoeken. Hij was alles verloren. Als *Pipe Dreams* een bepaalde waarheid over wat hij had gedaan had versterkt, dan had de nieuwe film een andere waarheid naar boven gehaald, en een veel ergere waarheid, over wat Cory had gedaan. Kit had zijn geheimen met goede redenen voor zich gehouden en nu had zij zijn wereld opgeblazen. Het was al die tijd al terecht geweest dat hij haar niet vertrouwde.

De verstoorde herinnering was nu compleet en ze herinnerde zich hem, alleen op zijn surfboard bij de paddle-out – apart van alle anderen, al aan de zijlijn. Er was hem onrecht aangedaan door een vriend, hij was verraden door de vrouw van wie hij hield, afgewezen door de sport die zijn thuis was, en toch ging hij door, stilletjes, proberend om ondanks alles toch het goede te doen. Hij was alles geweest wat Mia niet had gewild. Een door en door goeie vent met de pech van de vroege worm.

Clover liep slenterend door de winkelstraat en vergat in de etalages te kijken. Ze wilde kerstcadeaus kopen en er moest hier ergens een jurk hangen waar Matty haar oog op had laten vallen. Clover wilde haar opvrolijken, want Julian had haar telefoontjes niet beantwoord en haar grootste angst was waarheid geworden.

Er waren veel mensen op straat. Clover moest meerdere keren van de stoep af stappen, omdat er een assertief stel voorbijkwam. Kerstmis kwam nu echt dichterbij, terwijl kinderen sneeuwpoppen maakten op de speelpleintjes en in alle winkels kerstliedjes klonken. De wedstrijd had gezorgd voor een aanwas van de bevolking, maar de aanblik van al die snowboarders in hun oversized kleren in saaie kleuren was toch ietwat bevreemdend. Het stadje voelde niet alleen bevroren, maar ook bevroren in de tijd. Het was alsof je in de jaren vijftig rondliep, met bontjassen die hoog bij de kraag werden dichtgeknepen tegen de ijzige wind, getingel van belletjes op de achtergrond van sledes die door paarden door de straten werden voortgetrokken, terwijl passagiers ingepakt in dekens tegen de vachten zaten voor warmte. Clover had half het gevoel dat ze moest paraderen in vol gala en op hoge hakken, niet zoals ze er nu bij liep, in spijkerbroek en Uggs.

Ze sloeg een hoek om en een smalle straat in. Matty had gezegd dat het voorbij de kerk was en dan naar links. Clover staarde wezenloos naar de luxeartikelen terwijl ze langs de ramen liep: Rolex-horloges op kussentjes van blauw fluweel, stapels truien van kasjmier in regenboogkleuren, glanzende dragees en truffels in rijen onder gigantische engelen van chocolade, houten speelgoed en enorme sneeuwbollen op sokkels. Alles was het beste van het beste, glinsterend en prachtig. Clover kon kopen waar ze zin in had. Liam had haar al een aanbod voor een wereldwijde distributiedeal gedaan die zes keer hoger was dan wat ze voor *Pipe Dreams* had gekregen. De inside story van Kit Foleys ondergang was goud waard. Ze kon vragen wat ze wilde.

Toen ze de winkel naderde, zag ze meteen dat de jurk – een vlinderding van kobaltblauwe zijde – Matty op het lijf was geschreven. Hij was zo perfect dat Clover niet eens naar de prijs keek. Wat hij ook kostte, haar vriendin moest die jurk hebben.

Ze ging naar binnen en wees naar de jurk in de etalage. Binnen enkele minuten werd er een nieuwe voor haar in crêpepapier gewikkeld, terwijl Clover nog steeds wezenloos uit het raam staarde. Het lukte haar maar niet om in de kerststemming te komen. Ze had een verdoofd gevoel. Het gesprek met Mia van gisteravond speelde nog steeds door haar hoofd.

Ze zag een oudere dame aan de andere kant van de straat lopen. Ze liep ineengedoken en zette kleine pasjes in haar laarsjes van schapenvacht. Clover kon zich amper voorstellen hoelang ze erover deed om ergens te komen.

'Dat is dan zeshonderdnegentig euro, alstublieft.'

Clover was meteen weer met haar aandacht bij de verkoopster. 'Zes...' Ze liet haar hoofd zakken, grabbelde in haar tas naar haar portemonnee terwijl ze ondertussen haar schrik probeerde te verbloemen. Was dit iets waar ze aan zou wennen? Wilde ze hieraan wennen, een leven van jurken van zeshonderd euro?

Ze gaf de vrouw haar kaart en precies op dat moment klonk er buiten een geluid waardoor ze opkeek. De oudere dame was uitgegleden en Clover kon nog net zien dat een paar kinderen de andere kant op renden.

'O nee, die mevrouw!' riep ze uit, precies op het moment dat iemand naar haar toe begon te rennen.

'O. Ze is oké. Er is iemand bij haar,' zei de verkoopster met een glimlach, toen ze zag dat er een man naast haar hurkte en tegen haar begon te praten.

In de verte hoorde Clover de toetsen van de kassa terwijl ze toekeek hoe de man zich over de vrouw heen boog en haar zachtjes weer overeind tilde. Ze was zo klein, ze kon niet meer wegen dan zijn been. Hij was erg lief voor haar en ze zag hem controleren of ze nergens pijn had.

Ze zag dat de oude dame iets tegen hem zei en glimlachte. Clover zag dat hij toekeek terwijl de oude dame een paar voorzichtige stapjes zette. Hij hield zijn armen uitgestoken naar haar als een beschermende vader, voor als ze opnieuw zou vallen.

'Mevrouw?'

Clover draaide zich meteen om. 'Wat?'

'Uw pincode alstublieft?'

'O. Ja.'

Ze drukte de cijfers in en controleerde of ze de juiste knop had om te bevestigen. Toen ze even later opkeek, waren het oude dametje en Kit verdwenen.

Ze liep het hotel in met genoeg tassen in haar handen om het gevoel te hebben dat ze er nu waarschijnlijk wel uitzag als een echte hotelgast. Nadat ze Matty's jurk had gekocht, had ze een luxe – en peperdure – Aston Martin met afstandsbediening voor Johnny gekocht, een blouse voor Charlie, een paar zilveren manchetknopen voor Tom, een houten treintje voor Elliot en een knuffel voor Bella.

Een klein kerstkoor stond bij de gigantische kerstboom 'Stille Nacht' te zingen, wat de fotografen die nog aan de overkant stonden zo te zien niet konden waarderen. Ze stonden nog altijd te wachten op hun volgende kans om Kit te overvallen, de man van het moment, de man die iedereen zo graag haatte.

Hij zou vroeg of laat terugkomen, wist ze, en dan zouden ze allemaal weer gek worden. Het voelde als een wonder dat ze hem niet op straat schaduwden. Het was een klein wonder dat ze hem niet was tegengekomen. Als ze die boetiek niet in was gedoken… Maar het lot had andere plannen, het was duidelijk de bedoeling dat ze uit elkaar werden gehouden.

Ze duwde zich door de draaideuren en stapte de lobby in. Het was druk, met geroezemoes en gedempt getingel van een piano ergens, maar ze was niet in de stemming om naar mensen te kijken. Ze wilde alleen maar naar haar kamer.

Ze ging meteen naar de liften en drukte op het knopje. Door de ramen keek ze naar de meute journalisten, die stonden te wachten als aasgieren. Dachten ze ooit weleens na over hoe het voor iemand was om zo te worden belaagd? Dachten ze weleens na over het venijn dat volgde op hun onsmakelijke headlines, het gefluit op straat van passanten, het online getreiter... Was wat zij hem had aangedaan een haar beter?

De liftdeuren gingen open en ze draaide zich om.

Kit stond tegen de achterwand geleund met zijn armen gevouwen. Hij keek op toen zij niet instapte.

Even kon ze zich niet bewegen. Hou je gedeisd, had ze zichzelf opgedragen. Blijf bij hem uit de buurt. Dat was de reden dat ze vanochtend de deur uit was gegaan... Ze had hem niet willen zien vóór vanavond. Ze had een plan en daar moest ze zich aan houden. En nu, voor de tweede keer in een uur...

'Snel dan, voor ze me zien.'

Ze stapte de lift in en ging in de andere hoek staan, met zoveel mogelijk afstand tussen hen. Dat leek hem op te vallen.

'Hoe ben je...' Ze keek om naar de fotografen, die nog steeds tevergeefs voor het gebouw stonden te wachten.

Hij reikte snel naar voren en drukte op de knop om de deuren te laten sluiten. 'Ik mag de ingang bij de keuken nemen,' mompelde hij.

'O.'

'Welke verdieping?'

'Eh, vier.'

Hij drukte op de knop en de lift ging omhoog. De spanning tussen hen was te snijden. Het was de eerste keer dat ze alleen waren sinds die avond in het casino, sinds ze zo brutaal dat bad had genomen en bij hem in bed was gekropen, op jacht naar geheimen die hij heel terecht voor zich had gehouden. Het deed er niet toe dat ze het beste van hem wilde geloven, ze wisten allebei dat zij deze situatie had veroorzaakt en nu ze zo in tegenovergestelde hoeken stonden, had hun nacht samen net zo goed tussen twee heel andere mensen kunnen plaatsvinden dan tussen hen.

Het interieur van de lift bestond volledig uit blinkend koper – overal waar ze keken konden hun ogen elkaar treffen. Hij richtte zijn blik op haar tassen. Veilig.

'Kerstinkopen,' zei ze met zachte stem. 'Voornamelijk voor mijn broer en zijn gezin.'

'Niets voor mij?'

Ze keek hem aan, maar er flitste alleen een licht ironische blik in zijn ogen, voordat hij weer wegkeek. Een grapje. Een kletspraatje. Hij sloot haar buiten, ze was niet meer dan de eerste de beste vreemdeling in een lift.

'Wat was je aan het doen daarnet?' vroeg ze.

'Buiten?'

Ze knikte.

'Ik ging wandelen. Probeerde mijn hoofd leeg te maken.' Hij zei niets over het helpen van het oude dametje op de bevroren stoep. De barmhartige samaritaan. Maar ze wist nu dat hij dat nooit deed.

'Ben je zenuwachtig voor vanavond?'

'Niet echt.'

'Serieus?'

'Misschien een klein beetje.'

Ze vond zijn ogen, maar hij keek meteen weer weg, onvatbaar als een vos.

Zijn telefoon ging. Hij bekeek hem met een zucht. 'Ari…' prevelde hij met een lage stem. 'Ik ben met Clover.'

Hij fronste terwijl zijn manager tegen hem sprak. Clover zag de drie verschijnen in digitale cijfers. Een paar tellen en dan kon ze weg uit de lift. Ze had de wanhopige neiging om zo snel ze kon weg te komen.

Zijn arm schoot naar voren om op de stopknop te drukken. De lift kwam tot stilstand en ze wankelde terwijl hij haar aankeek.

'Wat is er?' vroeg ze bezorgd en haar hart begon te bonken, omdat ze het volle gewicht voelde van zijn vorsende blik.

'Ari zegt dat je me iets belangrijks moet vertellen?'

Ze had gehoopt dat Ari het nieuws zelf aan Kit zou vertellen, maar er was zoveel uit te leggen…

Ze peilde zijn gezichtsuitdrukking terwijl ze hem vertelde wat ze wist: de zakelijke problemen van Julians familie, hun plan van de verschroeide aarde, de hinderlaag voor de deur van het restaurant, de beschuldigingen van Amy, die zo waren getimed dat ze samenvielen met de perstoeloop bij het casino… Uiterlijk zag ze amper een reactie. Hij stond stil en hoorde haar aan, terwijl hij diep en langzaam ademde. Ze zag hem slikken op relevante momenten en hij knipperde sneller dan normaal, maar buiten dat zou niemand hebben geweten dat hij naar iets anders luisterde dan naar – pak 'm beet – de weersverwachting. Ze probeerde zich zijn gezicht voor te stellen toen hij de kamer binnenliep en daar Amy en Cory aantrof…

'Was dat het?' vroeg hij.

Ze knikte en wilde dat de lift kleiner was, dat hij een arm naar haar zou uitsteken, haar zou vastpinnen met zijn blik, en dat hij die dingen weer zou zeggen die hij in het donker tegen haar had gezegd.

In plaats daarvan leunde hij tegen de achterwand, met zijn hoofd achterover, starend naar het plafond, en liet de volle omvang van Julians manipulatie tot zich doordringen.

Eindelijk keek hij haar aan. 'Dank je wel dat je het me hebt verteld.'

'Dank je wel? En dat was het?'

'Wat moet ik zeggen? Het was een zakelijke strategie.' Hij haalde zijn schouders op. 'Ik wens hem succes.'

Ze staarde hem met open mond aan. Zijn antwoord was hetzelfde als die avond dat Amy's aantijgingen naar buiten waren gekomen. Hij had een harnas van Teflon met een kogelvrij vest eronder. 'Kit. Dit is niet oké. Wat hij je heeft aangedaan… Dat is vreselijk.'

Zijn blik gleed naar haar. 'Ik heb erger meegemaakt.'

Ze staarde hem aan en zag hoe hij de schok opnam, en de pijn, en meteen weer verderging. Hij zou het verraad pakken en het omzetten in de wil om te winnen, net zoals hij dat had gedaan na de scheiding van zijn ouders, zijn vaders dood, in het jaar na Cory's ongeluk. Hij zou doorgaan. Niet te stoppen. Niet te pakken. Onkwetsbaar… Niemand kon hem wat maken. Niemand kon dicht bij hem komen. Amy had hem geleerd – en dat had zij ook, op haar eigen bescheiden wijze – dat hij niemand kon vertrouwen…

Hij reikte naar voren en drukte weer op de stopknop. De lift schoot weer omhoog.

Ze wilde hem vertellen dat ze alles wist, alles wat hij verborgen had gehouden: Cory en Amy, wat hij had gedaan voor Mia en de jongens, de leugens die hij had doorstaan om hen te beschermen… Maar dan zou ze het voor zichzelf doen. Wat maakte het hem uit als ze nu wist dat hij geen monster was? Het kwaad was al geschied.

Het cijfer vier verscheen in de digitale display. De liftdeuren schoven open en ze stapte schoorvoetend uit.

'Wat ga je doen?' vroeg ze, zich weer omdraaiend naar hem.

'Je weet wat ze zeggen, succes is de beste wraak.'

Ze aarzelde. 'Is dat niet gelukkig zijn? Geluk is de beste wraak?'

Hij keek verward. 'Succes is geluk.'

'Is dat zo?' Hij had alle trofeeën gewonnen die er te winnen waren. Hij leek haar niet erg gelukkig.

Hij glimlachte – knap, gebroken – en voor een moment zocht hij haar gezicht af alsof zíj het raadsel was. Ze voelde aan dat hij zijn armen zou strekken om haar naar zich toe te trekken. Ze voelde de lawinewolk om hen heen optrekken, tijdelijk, waardoor er een blauwe lucht met zonneschijn verscheen. Maar in de volgende hartslag trok hij zich terug. De deuren gingen dicht, hij zou zo bij haar worden weggenomen.

'Je houdt er grappige ideeën op na, Clover Phillips. Straks zeg je nog dat je gelooft in de paashaas en happy endings.'

32

Clover ging de draaideuren door en Matty volgde op een paar stappen, met een knikje naar de portier, die zijn hoed voor hen afnam. Het sneeuwde zacht terwijl ze langs de verlichte kerstboom liepen en de weg overstaken. Het was nu donker, maar zelfs zonder het mega-wattage aan licht dat van de boom af kwam had ze hen kunnen vinden door de oplichtende sigaretten, die als vuurvliegjes in een groepje rondzweefden.

'Weet je het echt heel zeker?' vroeg Matty haar zachtjes terwijl ze dichterbij kwamen.

Clover kon alleen maar knikken. Het voelde alsof haar hart uit haar borst wilde springen. Ze bleef staan voor de groep journalisten alsof ze voor een roedel wolven stond. Ze waren niet aan het werk, de lensdoppen zaten op de camera's. In een los verband stonden ze te roken, koffie te drinken en te bellen. Een van hen merkte de twee vrouwen op die naar hen toe liepen en voor hen bleven staan. Hij wierp hun een verveelde, vragende blik toe.

Matty rechtte haar rug, waarmee ze indrukwekkend lang werd en intimiderend mooi. 'Dit is Clover Phillips, de BAFTA- en Golden Globe-winnende documentairemaker die de film *Pipe Dreams* heeft geproduceerd over de surfer Cory Allbright.'

Cory's naam kwam aan en meteen waren alle ogen op hen gericht. De verslaggevers wisten precies wat de relatie en geschiedenis van Cory met Kit Foley was.

'Juffrouw Phillips is hierheen gekomen om een verklaring af te leggen.'

Opeens werd de losse verzameling mannen strak en alert, lensdoppen werden verwijderd, recorders aangezet. Clover reikte naar haar rugtas en trok haar laptop eruit. Er werden wat vellen papier op hun plek gehouden onder het scherm en ze opende hem voorzichtig, omdat ze niet wilde dat er iets voortijdig zou ontsnappen. Ze keek naar de mannen. De camera's liepen al.

Ze voelde de adrenaline door haar aderen stromen en voelde een plotse neiging om weg te rennen, maar ze wist dat ze dit moest doen. Ook als ze niets meer in haar leven zou bereiken, ze moest heel stil blijven staan en deze taak volbrengen. Ze keek naar het vel papier in haar hand en begon te lezen.

'Mijn team en ik hebben de afgelopen weken Kit Foley gevolgd voor onze nieuwe documentaire, een follow-up van de rivaliteit tussen Cory Allbright en Kit Foley die in *Pipe Dreams* werd belicht. Als je die film hebt gezien, dan weet je dat ik ten opzichte van Kit geen voorkeur of loyaliteit heb. Sterker nog, mijn band met Cory en de Allbrights is vrij duidelijk zichtbaar geworden. De afgelopen dagen zijn echter beschuldigingen geuit die niet onbetwist mogen blijven.' Ze haalde adem en dwong zichzelf om niet te haasten en haar stem onder controle te houden.

'Kit Foley is niet verantwoordelijk voor de mishandeling van Amy Killicks. Hij heeft nooit een vinger naar haar uitgestoken. De beelden die als eerste in *The Sydney Herald* zijn gepubliceerd zijn door Kit zelf gemaakt, nadat Amy door haar toenmalige vriend was aangevallen.' Clover schraapte haar keel en zag de intense focus en het ongeloof in de ogen van de verslaggevers. Ze konden geen *clean shot* krijgen van Kit, zelfs een droog 'geen commentaar' van hem zou al iets zijn geweest. En om dan nu dit te krijgen…

'Kit nam de foto's als bewijs. Hij had geprobeerd Amy over te halen om aangifte te doen tegen haar voormalige partner, die haar lastigviel en stalkte. Ik heb hier meer beelden die niet zijn gepubliceerd…' Met een trillende hand hield ze de foto's omhoog die Beau voor hen had geprint. '… met daarop Amy die haar haar optilt om de blauwe plekken op haar rug te tonen. Er zou geen reden zijn geweest om dit te doen voor de persoon die die blauwe plekken had veroorzaakt, ook zou er geen enkele logische reden zijn voor de persoon die ze had veroorzaakt om ze vast te leggen, want dan zouden ze dienen als bewijs tegen hem. Bovendien heeft elke foto een digitaal pad, waarop de datum en tijd is te zien dat ze zijn genomen, en ook het apparaat waarmee ze zijn gemaakt, in dit geval Kit Foleys telefoon.'

Ze slikte. 'Jullie zullen, dat weet ik, twee vragen stellen na deze bekendmaking. Waarom liegt Amy Killicks? En waarom heeft Kit Foley zich niet verdedigd tegen deze beschuldigingen? Welnu, Kit heeft geprobeerd de nagedachtenis van Cory Allbright te beschermen, in het belang van Cory's gezin. Zijn voornaamste zorg is altijd Mia Allbright en haar drie jonge zoons geweest, en hij is er vast van overtuigd dat de omstandigheden rond het veelbesproken ongeluk van Cory in de kwartfinales in Peniche in Portugal privé zijn en dat ook moeten blijven. Dat vindt Kit nog steeds.'

Clover herpakte zichzelf opnieuw. Alles in haar wilde wegrennen. Haar stem klonk gespannen. Met elk woord dat ze uitsprak wist ze dat ze de onthullingen van haar film – en tegelijk daarmee haar toekomstige carrière – weggooide. 'Desalniettemin heeft Cory's weduwe, in het licht van de verhalen die Amy aan de pers heeft verteld, een verklaring opgenomen, die ze mij heeft gevraagd voor jullie af te spelen…'

Clover klikte op play op het bestand dat Johnny voor haar had gedownload en ze draaide de laptop naar de microfoons.

'*Mijn naam is Mia Allbright en ik wil officieel verklaren dat in oktober 2017 tijdens de Pro Portugal-wedstrijd in Peniche mijn echtgenoot Cory mij heeft bedrogen met Amy Killicks.*

Ik kende Amy destijds vrij goed, want zij was toen de verloofde van Kit Foley. Deze gebeurtenis was de oorzaak van Kits breuk met Amy, en van het daaropvolgende ongeluk op het water die dag.

Ik wil dat het bekend is dat ik Kit niet kwalijk neem wat er is gebeurd. Hij en ik waren beiden slachtoffer van Cory en Amy's daden, en wat er in de wedstrijd direct erna is gebeurd kwam voort uit een moment van boosheid, begrijpelijke boosheid, met onvoorziene ge-

volgen... Ik denk dat we winnaars soms verwarren met helden. Het zijn geen helden. Ze maken fouten, net als iedereen. Kit heeft fouten gemaakt, maar Cory zeker ook.

Ik weet dat Kit sindsdien heeft geprobeerd ons te helpen, op zijn eigen persoonlijke manier, en we danken hem daarvoor. Het zou voor hem makkelijk zijn geweest om zichzelf te verdedigen tegen Amy's leugens, maar hij koos ervoor om dat niet te doen. Hij koos ervoor om Cory's reputatie te beschermen voor mij en onze zoons. En daarom spreek ik me nu uit. Amy Killicks – nu mevrouw Robert Kesteven – liegt. Ze is benaderd door Clover Phillips' team om bij te dragen aan de nieuwe film over Kit en ik kan alleen maar aannemen dat ze dacht dat Kit op camera had verklaard wat er tussen haar en Cory was gebeurd vlak voor het ongeluk. Ik geloof dat ze heeft geprobeerd Kit in diskrediet te brengen met deze ongefundeerde beschuldigingen, in de hoop dat ze Kits eigen onthullingen zouden overschaduwen. Het is aan Kit om te beslissen of hij juridische stappen wil nemen tegen haar, voor smaad, maar als hij daartoe beslist, dan zeg ik nu en hier alvast dat ik bereid ben om voor een rechtbank te verschijnen en als getuige voor hem op te treden. Wij allen hebben rust en afsluiting nodig. Dit leed duurt al vier jaar, ook voor Kit, en we moeten door met onze levens.

Dat is wat ik te zeggen heb. Ik zal hierover verder geen commentaar geven en ik vraag u om de privacy van mijn jonge gezin te respecteren. Dank u wel.'

Clover drukte op pauze.

Een poosje hing er alleen een verbaasde stilte. Ze wist dat geen van de verzamelde verslaggevers ooit kon hebben verwacht dat ze zo'n gigantische scoop in een van de grootste verhalen in de sport zouden krijgen. Toen staken ze hun microfoons naar haar op en begonnen hun vragen in een kakafonie van steenkolenengels naar haar te roepen.

'Juffrouw Phillips, kunt u bevestigen dat Kit Amy voor de rechter wil slepen voor smaad en laster?'

'Clover, ben jij die vrouw op de grond op de foto bij het restaurant in Oostenrijk?'

'Heeft Kit zijn akkoord gegeven voor deze persconferentie?'

Matty zette een stap naar voren, zodat ze naast Clover kwam te staan, en gaf haar een trotse knipoog. Ze richtte het woord verrukt tot de verslaggevers. 'Eén tegelijk alsjeblieft. Jij, ja. Wat is je vraag?'

De muziek pompte lekker door, het stroboscopische licht bescheen de glasachtige superpipe, die net zo verzorgd was als een wenkbrauw van een van de Kardashians. Er was geen vuiltje te bekennen op het ijzige oppervlak. De tribunes zaten vol, mensen zwaaiden met vlaggen en spandoeken, hun gejuich steeg op naar de avondhemel terwijl ze wachtten op de volgende boarder. Dit was de derde van de drie runs en iedereen was op jacht naar een perfecte ride.

Clover begreep nu wat Beau had bedoeld met een wedstrijd met verlichting. Het was een heel ander gevoel. Dit leek in niets op het Stomping Ground-kamp of hun trainingssessies op Kitzsteinhorn. Surfen had zeker nooit zoiets opgeleverd. Kit bevond zich in een heel andere wereld en hij vond het geweldig. De menigte was duidelijk aardiger voor hem: een hoge score van 9.2 op zijn eerste run had niet meer dan een lauw applausje opgeleverd. Maar bij zijn tweede run, die iets lager scoorde – 8.9, dankzij een handje aan de grond bij de landing – steeg er al harder gejuich op. En nu, terwijl hij naar zijn startpositie gleed voor zijn laatste run, stonden mensen op van hun plek en werd zijn naam gescandeerd nog voor hij was vertrokken.

Matty pakte Clo bij haar elleboog terwijl de camera's Kits verbazing vastlegden. Ze zoomden in en trakteerden iedereen op wat close-ups. De menigte barstte weer uit in gejuich. Het verhaal was nu vast bekend. Mensen kwamen achter de waarheid.

Maar hij niet. Nog niet. Clover wist dat hij zijn oortjes in had. Zoals alle boarders had hij naar zijn eigen afspeellijst geluisterd, boardend op zijn eigen beat, een showtje weggevend voor de toeschouwers. Hij controleerde zijn skibril, de bevestiging onder zijn helm, sloeg een paar keer zijn handen tegen elkaar om zich te concentreren.

De menigte nam het ritme van hem over en begon mee te klappen. Ze toonden hem op alle mogelijke manieren dat ze achter hem stonden. Aan zijn kant. En dat ze wilden dat hij won.

Hij zette af.

'*En dat is een agressieve start van Kit Foley*,' kondigde de omroeper aan.

'O, mijn god!' fluisterde Matty terwijl Kit zijn board greep in de zwaai omhoog en zijn lichaam tot een perfecte boog spande. Hij landde, gleed omlaag en sprong aan de andere zijde omhoog, draaiend in de lucht alsof het de normaalste zaak van de wereld was.

En weer omlaag, en weer de lucht in...

'*Daar is de Switch Backside 1260, die Foley zich zo langzamerhand begint toe te eigenen!*' riep de commentator.

Clover kon amper kijken. Ze dacht aan Mikey. Als hij ook zou vallen...

'*Hij gaat hard en snel! Daar gaat hij voor de Double McTwist... geweldige uitvoering, zijn surfachtergrond laat zich hier duidelijk zien, die komt van pas bij die strakke wendingen...*'

Clover merkte dat ze haar adem weer inhield. Ze probeerde te ademen.

'*Hij gebruikt echt die opzwieper om zijn bewegingen groot en strak te maken... Gaat hij voor de Frontside Double Cork 1080? We hebben gehoord dat het hem tijdens de training is gelukt, en misschien is vanavond wel de... Ja! O, en die is goed! Hij flikt het hem!*'

Clover keek met open mond toe hoe Kit landde na de laatste sprong. Zijn armen vlogen de lucht in en hij stompte zijn vuist in de lucht terwijl hij met een grote bocht tot stilstand kwam.

'*En dat wordt een heel hoge score voor deze laatste run van de voormalig surfer! Wat een debuut! Hij laat het er zo makkelijk uitzien... Is er iets wat Kit Foley niet kan?!'*

Matty gilde het uit en gooide haar armen om Clovers nek, terwijl de mensen op de tribunes gek werden. Er werd op hoorns getoeterd, zijn naam werd geroepen. De camera's kwamen dichtbij en toonden het vuur in zijn ogen, terwijl hij zijn helm losmaakte en die samen met zijn skibril de lucht in gooide.

Clover keek met verbazing toe hoe de steun van de menigte hem omwikkelde terwijl hij rondjes draaide op zijn plek, met zijn armen gestrekt boven zijn hoofd. Ze zag het ongeloof op zijn gezicht. Ze had hem nog nooit zo gezien. Ze had hem nog nooit gelukkig gezien.

'*Die was goed, en hij weet het! En hij weet dat het publiek het weet! Dit kan weleens heel goed de gouden run van vanavond blijken te zijn!*'

Clover drukte haar vingers tegen haar mond terwijl ze naar hem keek, terwijl haar ogen volliepen met tranen toen ze zijn wens in vervulling zag gaan. Succes. De beste wraak.

De score flitste op het grote bord.

Een perfecte tien!

Iedereen schreeuwde! Het was hem gelukt! Met nog maar twee boarders te gaan was er bijna geen kans dat ze hem met hun puntentotaal nog konden inhalen, tenzij ze ook tienen scoorden.

Ze keek hoe hij op zijn knieën viel, overmand door emoties. Hij liet zijn hoofd hangen en plantte zijn handen in de sneeuw. Ze zag zijn schouders schokken van de emotie, de mentale druk brak als een golf over hem heen, en zo bleef hij even geknield zitten op de sneeuw. Iedereen die hem zag wist onder wat voor druk hij had gestaan. De leugens die er waren verteld.

'*Foley! Foley! Foley!*'

Het publiek scandeerde zijn naam en toonde zo dat ze achter hem stonden, dat ze voor hem waren. Was dit zijn verlossing? Hij keek op en de camera's brachten zijn natte oogwimpers in beeld.

De kampioen was dus een mens. Hij was uiteindelijk toch vlees en bloed, en tranen.

Hij stak zijn hand op als bedankje. Hij had gedaan waarvoor hij was gekomen.

En zij ook, uiteindelijk, want ze had de waarheid over Kit naar buiten gebracht.

Clover voelde dat Matty in haar arm kneep en haar hoofd op haar schouder liet rusten. Hij was nu op weg naar de perstent. Over enkele seconden zou hij ontdekken waarom de mensen weer van hem hielden. Waarom hij zowel roem had gewonnen als goud. Hij zou ontdekken wat ze had gedaan, dat ze de wereld had verteld dat zijn verloofde met een andere man naar bed was geweest.

En hij zou haar erom haten. Hij zou haar nooit vergeven. Ze had zijn geheim prijsgegeven ten overstaan van de hele wereld.

'Kom, het is tijd,' zei Matty, met een knikje en een lieve lach.

Clover keek weg van het scherm. De *boarding gate* was nu verlaten, boven de balie flitste in rode letters 'laatste oproep'. Haar hart bonkte, de tranen stonden in haar ogen toen ze naar de grondsteward liepen.

'Goedenavond, welkom bij Swiss Air,' zei hij en hij controleerde hun paspoorten en instapkaarten en gaf ze glimlachend terug. 'We wensen u een prettige vlucht.'

EPILOOG

Twee weken later
Somerset House, London

'Hou je goed aan me vast,' zei Johnny, staande aan de boarding. Het turquoise en ultraviolette licht bleef flitsen en 'All I Want for Christmas' leek op repeat te staan. Een tien meter hoge kerstboom stond aan de kant, de gebouwen met zuilenrijen om de binnenplaats heen baadden in het gouden licht. Het was allemaal warmer en een stuk gezelliger dan in haar donkere flat met de gordijnen dicht, waar ze ook vanavond weer had willen vertoeven.

Maar haar vrienden hadden andere plannen. Ze hadden dit plan. En het was niet zo'n best plan.

'Beloof me dat je me niet loslaat,' zei Clover met een stem die van de zenuwen omhoogging, terwijl ze moeite had om haar evenwicht te houden op de schaatsen. Ze hield zich vast aan de boarding en was geïntimideerd door de snelheid en het gemak waarmee iedereen voorbijraasde. Sinds wanneer kon heel Londen opeens schaatsen? Dit was Amsterdam niet!

'Ik beloof het,' grijnsde Johnny met een gezicht alsof het haar kinderachtige angsten waren die belachelijk waren en niet zijn kersttrui.

'Ik zweer, als je ook maar een tel loslaat, dan val ik en breek ik mijn benen.'

'Dan zal ik je geen tel loslaten,' zei hij kalm. 'Hou mijn handen maar vast en dan ga ik voor. Het enige wat je hoeft te doen is glijden. Even wennen aan het gevoel, oké? Het is niet eens zo heel anders dan skiën.'

'Mats, jij schaatst achter me, toch?'

'Ik beloof het, ik vang je op als je valt.'

Clover was zich bewust van de blikken die haar twee vrienden uitwisselden terwijl ze langzaam haar vingers losmaakte van de reling en haar handen in die van Johnny legde en zich zo liet voorttrekken over het ijs. Ze slaakte een gilletje toen ze voelde hoe haar messen over het glazige oppervlak gleden. Waarom had ze zich laten ompraten? Ze wisten dat ze haar leven lang al bang was voor schaatsen sinds Tom haar op achtjarige leeftijd bang had gemaakt met verhalen van bloedvlekken op het ijs en afgesneden vingers.

'O, goed, mag ik alsjeblieft zo'n pinguïn?' riep ze toen ze over de ijsbaan zweefden.

'Clo, die zijn voor kinderen,' zei Matty lachend achter haar.

'Kan me niet schelen! Ik moet een pinguïn hebben!'

'Je bent te groot!'

'Dan ga ik op mijn knieën.'

'Dan is het geen schaatsen!' zei Matty lachend.

'Nu weet ik hoe een man zich voelt als zijn vrouw ligt te bevallen,' zei Johnny met verkrampt gezicht, terwijl Clover zo hard in zijn handen kneep dat ze wit werden.

'Johnny, waarschijnlijk is dit het dichtste bij dat scenario dat je ooit zult komen,' zei Matty afkeurend. 'De kans dat jij ooit een vrouw zult overtuigen om met jou kinderen te krijgen is...'

'Afhankelijk van mijn bereidheid tot het dragen van een overhemd met boord?'

Het werd stil rond Clover, blikken die ze niet kon vangen terwijl ze langs haar heen scheerden. Ze was zich er vaag van bewust dat haar vrienden haar nodig hadden om tussenbeide te komen, maar ze kon niet geloven dat ze tijdens het schaatsen in staat waren tot een gesprek, laat staan tot gebekvecht. Ze hielden haar overeind! Johnny schaatste achteruit! Was zij de enige Londenaar die niet kon schaatsen?

Ze legde een paar trage rondjes af. Clover wilde het liefst weer terug naar de veiligheid van de dranktent. Ze had veel over voor een barkruk en een mok warme chocolademelk.

'Goed, probeer nu dit eens.'

'Wat? Wat?' vroeg ze in paniek, terwijl ze Matty zag versnellen en wegschaatsen met een souplesse die zij van haar leven nooit zou bereiken. Het toonbeeld van gratie, zelfs met een gewei met flitsende lampjes op haar hoofd.

Clover voelde zich lomp en belachelijk vergeleken bij haar en ze had spijt van haar kerstmannenmuts en de gouden slinger om haar nek. 'Matty, kom terug! Je hebt het me beloofd!'

'Nou, dan kom ik achter je rijden en dan schaatsen we zo samen verder,' zei Johnny. 'Dan kun je je gewicht een beetje verdelen en ondersteun ik je bij je middel. Goed?'

'Wat? Nee! We moeten zo blijven rijden,' drong ze aan met bevende stem en angst in haar ogen.

'Vooruitgang, Clo.' En voor ze hem kon tegenhouden liet Johnny haar met een grote glimlach los. 'Daar ga je!'

'Johnny, niet doen!' gilde ze terwijl ze zonder hem verder gleed, niet in staat om te draaien of te remmen. Ze was afhankelijk van hem, hij moest haar opvangen, overeind houden en sturen. Het volgende ogenblik voelde ze een van zijn handen weer lichtjes rond haar middel grijpen, terwijl hij met zijn andere hand haar hand pakte en hij schuin naast haar kwam schaatsen. 'O, mijn god!' zei ze met een zucht, terwijl ze zich aan hem vastgreep. 'Dat was doodeng! Je zei dat je me geen tel zou loslaten! Beloof dat je dat niet meer doet?'

'Dat is wel het idee.'

Ze verstijfde. Wat... Wat? Ze wilde haar hoofd omdraaien om het met eigen ogen te zien, maar ze kon haar ogen niet van het ijs halen. Niet als ze wilde blijven staan.

Johnny kwam voorbij met een dikke knipoog, haar zeker niet vasthoudend, terwijl hij aanzette om Matty in te halen.

'Ontspan. Hou je maar vast aan mij,' zei Kit kalm. 'Ik heb je.' Ze voelde hem van opzij naar haar kijken.

‘Ik… ik heb een pinguïn nodig,’ stamelde ze, terwijl ze een nieuwe aanval van paniek voelde opkomen.

‘Ik wil je pinguïn wel zijn.’

‘Wat doe je hier?’ fluisterde ze, bang dat als ze ook maar iets van volume in haar stem zou leggen, dat genoeg zou zijn om haar uit balans te brengen.

‘Nou, ik dacht ik moet je ergens zien te krijgen waar je niet van me weg kunt rennen… Dit was Johnny’s idee. Hij heeft me verteld dat je niet kunt schaatsen.’

Ze kon amper een woord uitbrengen vanwege de schok. Er gebeurde te veel in haar lichaam en hoofd – en hart – om dit te verwerken. ‘Johnny weet ervan?’

‘Ja. Hoewel het wel wat werk heeft gekost. Hij wilde me je adres niet geven. Blijkbaar leek het hem niet in jouw belang om me weer te zien. Wat dat ook mag betekenen.’

Wat het betekende was dat ze twee weken in pyjama had doorgebracht, afwisselend jankend of voor zich uit starend, terwijl Johnny non-stop had zitten monteren. Niet dat ze dat Kit aan zijn neus zou hangen.

‘Dus hoe heb je hem dan overtuigd?’

‘Ari en ik moesten hem dronken voeren.’

‘God, hij zal wel doodsbang zijn geweest.’ Ze kon een geschrokken lachje niet inhouden bij de gedachte aan Kit en Ari die hem in een hoekje dreven.

Kit kneep een beetje in haar hand terwijl ze de bocht maakten. Natuurlijk kon hij ook heel goed schaatsen. Hij voelde veel stabieler dan Johnny. ‘Waar is Ari nu?’

‘Naar Australië, naar zijn familie. Hij is net vertrokken. Met een flinke kater.’

‘O.’ Het was de dag voor kerstavond. Met een vlucht van tweeëntwintig uur zou hij waarschijnlijk net op tijd aankomen. ‘En Beau?’

Ze had haar volle concentratie nodig om niet onderuit te gaan terwijl ze ook nog een gesprek met hem voerde. Haar gedachten schoten alle kanten op en haar hart bonsde luid.

Hij zuchtte. 'Beau is weer in Saas-Fee... Het blijkt dat het niet alleen de poedersneeuw was die hem daar hield.'

Haar ogen werden groot toen ze begreep wat hij wilde zeggen. 'Heeft hij iemand ontmoet?'

'Blijkbaar.'

Ze gleden een tijdje in stilte voort. Ze wilde dat ze haar hoofd kon omdraaien om hem aan te kijken, om zijn stemming te kunnen peilen. Wat gebeurde hier precies? Waarom was hij hier? Om tegen haar te schreeuwen, haar omver te duwen? 'Hoe boos ben je op mij?' vroeg ze.

'Heel erg.'

'Tja.' Ze zweeg even. 'Dus je bent hier voor excuses?'

'Nee.'

'Nee?'

'Dat heeft weinig zin. Ik weet dat je het weer zou doen.'

'Dat weet je?'

'Je wilde gerechtigheid voor me, toch?'

Ze hoorde de sarcastische toon. 'Luister, het spijt me als ik je heb laten schrikken.' Ze kon zich amper voorstellen hoe overvallen hij zich moest hebben gevoeld toen hij van de pipe kwam met goud om zijn nek en vervolgens in de meest bizarre persconferentie van zijn leven hoorde wat voor stunt ze had uitgehaald.

'Schrikken is voorzichtig geformuleerd.' Ze voelde hem harder knijpen in haar hand.

'Maar ze mochten er niet zomaar mee wegkomen. Iemand moest iets doen.'

'En toen was jij degene die het moest doen?'

Ze slikte. Als ze hem boos maakte, dan liet hij misschien los.

'Nou, ik moest toch iets proberen. Het was mijn schuld dat alles zo was ontploft.'

Hij antwoordde niet, maar hij zei ook niet dat ze het bij het verkeerde eind had gehad. Ze wisten allebei dat ze zijn wereld behoorlijk op zijn kop had gezet.

Ze schaatsten een tijdje in stilte voort. Of beter, hij schaatste, zij hield vast. 'Heb je van hem gehoord? Van Julian, bedoel ik.'

Ze hoorde hem inademen bij de naam van zijn ex-sponsor.

'Nee. Hoewel ik zag dat het aandeel O-R Hotels in de lift zit. De prijs van hun aandeel is twaalf procent gestegen in de laatste weken.'

'Ja. Dat is heel... fijn om te zien,' mompelde ze.

Zijn greep werd weer fermer. 'Fijn?' schimpte hij. 'Jij hebt het zo gepland. Dat is waarom je die stunt hebt uitgehaald.'

'Het was geen stunt!' riep ze verontwaardigd uit.

'O nee? Wat was het dan?'

'Ik wist dat goud alleen niet genoeg was. Je moest meer doen dan alleen winnen om hem te verslaan. Je moest schitteren. Mensen moesten weten dat de dingen over jou in de kranten een en al leugens waren.'

'Ik wist niet dat je er iets om gaf.'

Was hij nou weer sarcastisch? Ze wist het niet. 'Het was niet alleen voor jou. Het was ook voor Matty.'

Hij hield zijn mond. 'Nou, gezien wat Johnny gisteravond na tien bier allemaal heeft verklaard denk ik dat ze wel iemand heeft die haar eer wil verdedigen.'

'O.' Ze lachte verbaasd, terwijl hij haar de volgende bocht in leidde. 'Nou, dat zou...'

'Fijn zijn?'

'Ik wilde zeggen: tijd worden.'

Ze wilde hem zo graag aankijken. Het was een vertwijfelend gevoel om zijn hand vast te houden en zijn arm om haar heen te voelen – en hem toch niet te zien. Maar misschien was het beter zo. Het was gemakkelijker om met hem te praten zonder in die ogen van hem te hoeven kijken.

'En hoe zit het met de film?' vroeg hij. 'Heb je nog een film over?

Of heb je alles wat goed was weggegeven om mij te redden?'

Een zuchtje ontsnapte haar. Hun enige overgebleven troef was dat ze zelf op beeld zou vertellen over het gevecht bij het restaurant in Zell am See. Niet wat je noemt geweldig. 'Zo ongeveer. Johnny doet wat hij kan, maar we hebben de clou feitelijk weggegeven, dus...'

Liam had zijn aanbod ingetrokken toen het nieuws van haar persconferentie en alles wat ze had onthuld hem had bereikt. Dat was nog een extra overtuigende reden om twee weken lang niet van haar bank te komen.

Kit reageerde niet meteen. 'Klinkt alsof je een exclusief interview nodig hebt.'

Ze wachtte op de 'maar'. Het bleef stil.

'Zou je dat doen?'

Zijn greep om haar middel werd steviger. 'Ik denk dat dat het minste is wat ik kan doen, als je alles bekijkt. En misschien gedraag ik me dit keer zelfs wel.'

Ze moest lachen terwijl hij haar op de baan leidde, stevig en zeker, en ze besefte dat haar angst voor het ijs langzaam aan het verdwijnen was. Het begon normaal te voelen door de herhaling, maar ze wist dat het meer was dan dat. Hij gaf haar een veilig gevoel.

'Ik heb Mia gesproken,' zei ze zacht. 'Ze zegt dat jullie weer contact hebben.'

'Ja.'

'Misschien ga je er in het nieuwe jaar naartoe?'

'Dat is het plan.'

'Ze zegt dat de advocaten van Amy's echtgenoot een aanbod hebben gedaan voor een minnelijke schikking voor de schade. Ze willen een streep eronder zetten.'

'Ja.'

Ze durfde hem een snelle blik toe te werpen en kreeg een korte indruk van zijn profiel. Zijn greep om haar middel werd steviger, omdat ze meteen begon te wankelen. Maar hij niet. Hij was haar pinguïn. 'Ze zei ook dat je je advocaten instrueert om het hele bedrag in een trust te stoppen voor de jongens.'

'Dat hoort vertrouwelijk te blijven,' zei hij kortaf.

'Mia en ik hebben geen geheimen voor elkaar.'

Hij spande zijn kaakspieren aan. 'Dat blijkt.'

'Dus dan is het eind goed, al goed,' zei ze luchtig. 'Je hebt gedaan wat je moest voor Cory door zijn gezin hun huis terug te geven... Je hebt je goud en een nieuwe carrière. Succes is geluk, toch?'

Er viel een lange stilte. 'Dat dacht ik vroeger wel, ja.'

Ze slikte. 'Maar nu niet meer?'

Hij zei even niets terwijl hij haar behendig om een stelletje dat net was gevallen manoeuvreerde. 'Ik ga stoppen met snowboarden.'

Ze snakte naar lucht. 'Maar...'

Zijn vingers omvatten haar middel nog steviger. 'Mijn hart zit er niet in. Tipper en Ari gaan nu met Beau werken.'

Ze kon even niets uitbrengen. 'Maar na al het werk dat je erin hebt gestopt.'

'Ik ga weer surfen. Dankzij jou heb ik daar weer vrienden. En sponsors. Ik denk dat ik nog wel een paar jaar kan meedraaien.'

'O jee... Nou, wat... geweldig,' zei ze aarzelend. Haar hart ging tekeer als een gekooide vogel.

'Ja.'

'Dus dan ben je veel op reis.'

'Ik kan de wedstrijden zelf uitkiezen... maar inderdaad.'

Ze legden een heel rondje af zonder te praten. Ze was bijna vergeten dat ze aan het schaatsen was. Het gevoel was nu vertrouwd, en het ritme naast haar was automatisch. Maar de angst om te vallen was niets vergeleken met de angst om hem nooit meer te zien.

'Kit, waarom ben je hier?' De woorden barstten eruit, bijna als een smeekbede. Ze had twee weken in een staat verkeerd die je alleen zou kunnen beschrijven als rouw. En nu kwam hij hier om te vertellen dat hij wegging?

'Ik moest iets weten.'

'Oké.'

Ze wachtte gespannen af. Hij zweeg nog even, alsof hij zijn gedachten op een rij moest krijgen. 'Waarom ben je vertrokken? Waarom heb je dat allemaal voor mij gedaan… en ging je zomaar weg?'

'Wat? Dacht je dat ik zou blijven om te wachten op je razernij?' Ze schrok ervan dat hij dat nog moest vragen. 'Wat er met Amy en Cory en jou is gebeurd… dat was privé. En ik heb dat aan de hele wereld verteld. Het kan wel het juiste zijn geweest, maar ik wist dat je me erom zou haten.'

Hij kneep opeens hard in haar hand. 'Ik haat je niet… Dat weet je.'

'Nee, dat weet ik dus niet!' riep ze uit. 'Ik weet niets van wat je voelt. Je vertrouwt niemand. Je laat niemand toe. Het is jij tegen de wereld. Tegen je vader. Tegen Cory. Tegen mij.'

Ze voelde dat hij opeens versnelde. Ze voelde dat zijn hand de hare losliet, dat er nu twee handen op haar heupen lagen, dat hij haar omdraaide en toen abrupt afremde op het ijs. Ze botste tegen zijn borst op. Ze keken elkaar aan en zijn handen grepen de hare. Ze wist niet wat er net was gebeurd. Ze had niet eens tijd gehad om naar adem te happen.

Hij keek haar aan. 'Omdat ik geen hoogte van je krijg.' Zijn stem was laag. 'Ik denk dat je tegen me bent en dan kom ik erachter dat je alles voor me op het spel hebt gezet… Niemand heeft ooit voor me gevochten. Ik ben niet… Ik ken dat niet…' Er lag vuur in zijn ogen. 'Maar toen was je opeens weg, zonder een woord, en ik bleef achter met…'

Hij maakte zijn zin niet af. Maar ze wist wat hij niet kon zeggen. Gevoelens waren voor hem angstaanjagender dan de oceaan of de bergen.

Ze staarde hem aan en wachtte.

'Niets voelde goed zonder jou.'

'Dan ga ik niet meer weg,' zei ze simpelweg.

Hij slikte en ze kon zien dat hij dat antwoord niet had verwacht. Dat hij het echt niet had geweten, hoe ze zich voelde. 'Nee?'

Ze schudde haar hoofd en er gebeurde iets tussen hen, terwijl ze de schaduwen in zijn ogen zag wegtrekken.

'God, ik wil je kussen, maar ik ben bang dat je valt.'

'Te laat,' fluisterde ze en ze hief haar gezicht naar hem op.

Met een beweging zette hij af en hield haar moeiteloos vast terwijl ze achteruitgleed met zijn arm om haar heen. Ze voelde dat hij remde en toen voelde ze de reling als steun in haar rug. Zijn ogen glansden terwijl ze beiden terugdachten aan hun eerste keer in het zwembad – per ongeluk, instinctief, onvermijdelijk.

Ze sloeg haar armen om zijn nek en ze had niet eens meer door dat ze op ijs stonden. 'Dus je haat me echt niet?' vroeg ze.

'Nee.'

Ze keek door haar wimpers. 'Wel waar,' drong ze aan. 'Je haat me.' Ze voelde hem schrikken.

'Nee.'

'Geef nou maar toe.'

Zijn ogen waren vol vuur, tot hij besefte dat ze hem plaagde. 'Nee.'

'Zeg het gewoon. Je haat me.'

'Niet... Ik hou van je.'

Ze keek hem diep in de ogen en eindelijk kon ze door alle lagen heen kijken. Daar was hij, eindelijk. Zonder masker. 'Ik weet het,' fluisterde ze terwijl hij haar tegen zich aan drukte. 'Ik hou ook van jou.'

DANKWOORD

Laat me beginnen met een bekentenis. Iedereen die iets afweet van snowboarden of Sankt Moritz zal weten dat daar geen halfpipe is. En iedereen die iets weet van het professionele snowboardcircuit zal weten dat het evenement FIS Sankt Moritz, dat begin december plaatsvindt, puur en alleen een ski-evenement is. Ik probeer altijd zoveel mogelijk situaties uit het echte leven te gebruiken, maar dat kan niet altijd, vooral niet wanneer je probeert een kerstboek te schrijven dat per definitie niet flexibel is wat datums betreft!

Research doen voor dit boek was een feest. Eerst moest ik alles leren over surfen, toen moest ik overschakelen naar de sneeuw en alles leren over boarden. Ik ben een skiër, dus alles was nieuw voor me, maar de opwinding van het spelen in de sneeuw in de Alpen is bij skiën en boarden hetzelfde. De eerste zaadjes voor dit verhaal zijn tien jaar geleden gezaaid toen ik een documentaire zag met de titel *The Crash Reel*, gebaseerd op de aanloop en de gevolgen na een ongeluk van snowboarder Kevin Pearce, die trainde voor de Olympische Winterspelen. Het was schokkend en verontrustend om te zien, maar ik kan gelukkig melden dat Kevin is hersteld. Al zit competitie op hoog niveau er niet meer in, hij heeft wel voldoening en succes gevonden in het geven van lezingen over traumatisch hersenletsel en veiligheid. Die film deed me inzien hoe groots en ingrijpend de risico's kunnen zijn wanneer het misgaat. Dit is een sport die eruitziet als spelen, maar de gevolgen van een graad of een seconde verkeerd kunnen gemakkelijk tragisch zijn.

Toch was dat lang geleden en ik had de film niet meer op mijn radar tot ik toevallig kort achter elkaar een paar andere documentaires zag – op de achtergrond, meestal terwijl ik aan het koken was – over twee andere gevallen sporthelden: Lance Armstrong en Oscar Pistorius. Hoewel hun lotsbestemmingen zijn bepaald door heel verschillende oorzaken, was ik toch getroffen door de overeenkomsten: roekeloosheid, perfectionisme en een bereidwilligheid om niet aardig gevonden te worden in het streven de beste te zijn. Is dat niet wat ervoor nodig is om een winnaar te worden? Ik was ook geïntrigeerd door het idee om met een openbaar schandaal te moeten leven en altijd de schurk te zijn.

Om al deze ideeën en thema's samen te brengen is er natuurlijk een enorm team hoogvliegers nodig om de schijn te wekken dat ik weet wat ik doe. Zoals altijd ben ik Pan Macmillan cum suis alle dank verschuldigd: het redactionele team Lucy Hale, Caroline Hogg en Jayne Osborne voor hun nauwkeurige bewerkingen, mijn bureauredacteur Samantha Fletcher en redacteur Camilla Lockwood voor hun blijvende geloof, ondanks alle willekeur die de eerste versies met zich meebrengen. Jez Trevathan, Stu Dwyer, Jonathan Atkins, Charlotte Williams, Elle Gibbons, Hannah Corbett, Jade Tolley, Rebecca Lloyd... echt iedereen drukt zijn eigen stempel op de voortgang van dit boek en ik ben daar zo dankbaar voor.

Dan mijn gezinsleden, die met mij moeten samenleven terwijl ik worstel met mijn warrige gedachten bij het in elkaar draaien van een verhaal. Bedankt dat jullie alles drie keer voor me herhalen en dat jullie niet boos het huis uit rennen als ik weer eens geen tijd heb gehad om de koelkast te vullen. Zonder jullie ben ik nergens. Jullie zijn fantastisch.